À PROPOS DE L'AUTEUR

Nora Roberts est l'un des auteurs les plus lus dans le monde, avec plus de 400 millions de livres vendus dans 34 pays. Elle a su comme nulle autre apporter au roman féminin une dimension nouvelle ; elle fascine par ses multiples facettes et s'appuie sur une extraordinaire vivacité d'écriture pour captiver ses lecteurs.

Nora Roberts

Saga O'Hurley
Volume 1

Nora Roberts

Saga O'Hurley
Volume 1

Traduction française de
B. DUFY
FABRICE CANEPA

HARLEQUIN

Titres originaux :

PARTIE 1 : THE LAST HONEST WOMAN
PARTIE 2 : DANCE TO THE PIPER

Ces romans ont déjà été publiés en 2018

HARPERCOLLINS FRANCE
83-85, boulevard Vincent-Auriol, 75646 PARIS CEDEX 13
Service Lectrices — Tél. : 01 45 82 47 47

www.harlequin.fr

ISBN 978-2-2804-3758-5

LE PAYS DE LA PASSION

Prologue

— Vous pouvez crier autant que vous voulez, madame O'Hurley.

La douleur la faisait haleter et serrer convulsivement les bords de la table, tandis que des gouttes de sueur coulaient une à une de ses tempes sur le drap blanc.

— Molly O'Hurley ne met pas ses enfants au monde dans les cris et les pleurs, dit-elle entre deux contractions.

Sa voix avait son timbre habituel — ferme et posé, avec un léger accent chantant —, même s'il lui avait fallu puiser dans ses réserves pour trouver la force de prononcer cette simple phrase.

Son mari venait de l'amener aux urgences, et il n'avait eu le temps ni de lui prodiguer des paroles d'encouragement et de réconfort ni de lui tenir la main pendant les premières phases du travail : après un rapide examen, l'obstétricien de garde l'avait immédiatement envoyée en salle d'accouchement.

Beaucoup de femmes auraient eu peur d'être ainsi obligées de confier leur vie et celle de leur enfant à de parfaits inconnus. Et Molly avait peur. Mais elle aurait préféré mourir plutôt que de l'avouer.

— Vous êtes une dure, hein ? observa le médecin.

La pièce était surchauffée, et il demanda d'un geste à l'infirmière de lui éponger le front.

— Tous les O'Hurley le sont, articula péniblement Molly.

Puis elle serra les dents pour s'empêcher de crier et de poser une question dont la réponse risquait d'ajouter à ses souffrances physiques une épreuve bien pire encore : ce bébé qui arrivait avant terme serait-il viable ?

Les contractions étaient maintenant si rapprochées qu'elles lui permettaient à peine de reprendre son souffle entre deux vagues d'une douleur insupportable.

— Vous avez eu de la chance que votre train ne parte pas dix minutes plus tôt, remarqua le médecin, sinon, vous auriez accouché dans un wagon.

De la chance ? Molly proféra les uns à la suite des autres tous les jurons qu'elle avait appris en sept années de mariage avec son Frank, et autant de temps à sillonner les Etats-Unis pour présenter leur spectacle dans des cabarets plus ou moins bien fréquentés.

L'obstétricien se contenta de sourire.

— Ne poussez pas encore, madame O'Hurley… Respirez ! Respirez bien ! Ah ! je vois les cheveux du bébé… Prenez une grande inspiration et, à la prochaine contraction, poussez de toutes vos forces ! Parfait ! Détendez-vous… Allez, on recommence… Poussez ! Poussez !

Une sensation atroce de déchirement, d'écartèlement. Et puis, dans le silence de la salle, un vagissement…

— C'est une fille, annonça le médecin. Elle n'est pas bien grosse, mais elle m'a l'air en parfaite santé.

Molly s'autorisa alors à pleurer, parce que c'étaient des larmes de bonheur.

Une fille… Frank allait être si fier, si heureux… Epuisée, elle ferma les yeux et écouta les cris qui annonçaient la venue au monde d'un nouveau petit d'homme.

— Je n'ai même pas eu besoin de lui donner une tape sur le derrière pour qu'elle manifeste sa présence, reprit le médecin en riant. Et elle a du coffre !

— C'est normal, déclara Molly. Les O'Hurley n'ont jamais eu besoin de micro pour...

Sa phrase resta en suspens : une contraction aussi forte que celles qui avaient immédiatement précédé l'expulsion venait de lui couper la respiration.

— On dirait que ce bébé avait de la compagnie, observa le médecin.

— Des jumeaux ? s'exclama Molly en riant malgré les ondes de douleur qui recommençaient de la submerger. Décidément, Frank, tu ne cesseras jamais de me surprendre !

Pendant ce temps, dans la salle d'attente, Francis O'Hurley faisait les cent pas en consultant sa montre toutes les trente secondes. Il était en train de vivre l'une des heures les plus émouvantes de toute son existence, et pourtant sa démarche gardait la souplesse et la légèreté du danseur professionnel qu'il était.

Cette naissance plusieurs semaines plus tôt que prévu n'avait pas non plus affecté son optimisme et sa gaieté naturels. Les yeux brillants, il ébouriffa d'un geste vif les cheveux d'un garçonnet à demi assoupi sur une chaise.

— Dans quelques minutes, tu auras un petit frère ou une petite sœur, Trace ! Qu'est-ce que tu préférerais ?

— Ça m'est égal... J'ai envie de dormir, papa !

— Envie de dormir ? répéta Frank avec un grand rire. Alors qu'un nouveau O'Hurley est sur le point de naître ? Tu devrais être aussi excité qu'un soir de première !

Il souleva son fils dans ses bras et le serra contre lui. Trace posa la tête sur son épaule en murmurant :

— Combien de temps on va rester ici, sans donner de représentation ?

— Je ne sais pas, mais quelle importance ?

A l'idée du spectacle qu'il avait dû annuler, et du

manque à gagner que cela représentait, Frank ressentit une pointe d'anxiété.

En homme habitué à prendre les choses du bon côté, cependant, il retrouva vite son entrain : même à Duluth, il y avait des cabarets, et il arriverait bien à en persuader quelques-uns de l'engager en attendant que sa femme soit de nouveau en état de voyager. Molly avait beau être petite et menue, elle était robuste et, comme lui, elle ne vivait que pour la scène. Leur existence d'artistes itinérants leur convenait, et même s'ils avaient encore du mal à joindre les deux bouts, ils avaient confiance en l'avenir : un jour, ils seraient célèbres, et ce serait alors dans les plus grands music-halls du pays que le « Quatuor O'Hurley » se produirait. Frank voyait déjà ce nom s'afficher en lettres lumineuses sur l'immense fronton du Caesar's Palace de Las Vegas.

— Monsieur O'Hurley ?

L'apparition du médecin dans l'embrasure de la porte le ramena à la réalité.

— Oui ? déclara-t-il, soudain rempli d'appréhension. Comment va Molly ?

— Très bien. C'est vraiment une femme extraordinaire !

Une onde de soulagement parcourut Frank. Il posa un gros baiser sur la joue de son fils et s'écria :

— Tu entends ça, fiston ? Ta mère est une femme extraordinaire !

Il se tourna ensuite vers le médecin et demanda :

— Et l'enfant ? Il est né en avance, mais il va bien, n'est-ce pas ?

— On ne peut mieux. Ce sont de beaux bébés, toniques et vigoureux.

— J'en étais sûr ! s'exclama Frank en esquissant un pas de deux. Ma Molly saute parfois une mesure, mais elle fait de beaux...

Les mots moururent sur ses lèvres. Il fixa le médecin, les yeux écarquillés, puis balbutia :

— A... attendez... Vous avez utilisé le pluriel... Ma femme a accouché de... de jumeaux ?

— Non, de triplées. Vous êtes l'heureux père de trois jolies petites filles, monsieur O'Hurley.

Les jambes molles, Frank se laissa tomber dans le siège le plus proche.

— Trois d'un coup..., murmura-t-il, abasourdi.

— Oui. Elles sont nées à quelques minutes d'intervalle, et je vous rassure : il n'y en a pas d'autre.

Comment allait-il arriver à nourrir trois bouches supplémentaires, pensa Frank, alors qu'une seule lui était déjà apparue comme un défi difficile à relever ?

Et puis, le premier choc passé, une joie immense lui inonda le cœur, et il se mit à rire. Les problèmes matériels se résolvaient toujours d'une manière ou d'une autre, et la vraie richesse, c'était ce que le destin lui accordait aujourd'hui : trois filles à chérir, à protéger, à guider dans la vie.

— Tu te rends compte, fiston ? dit-il à Trace, maintenant assis sur ses genoux. Ta mère a eu des triplées ! Trois bébés pour le prix d'un... Une véritable affaire !

Il posa ensuite son fils sur le sol, sauta sur ses pieds et courut serrer la main au médecin.

— Merci, docteur ! Vous avez devant vous l'homme le plus chanceux de la terre.

— Toutes mes félicitations, monsieur O'Hurley.

— Vous êtes marié, docteur ?

— Oui.

— Comment s'appelle votre femme ?

— Abigail.

— Alors ce sera le prénom de l'une de mes filles... Quand puis-je les voir ?

— Dans quelques minutes, le temps qu'une infirmière descende s'occuper de votre fils.

— Oh ! non, il m'accompagne ! C'est un grand jour pour lui aussi, et je veux qu'il s'en souvienne !

Le médecin commença à exposer les règles en vigueur dans son service, mais il interrompit brusquement ses explications pour demander :

— Vous êtes aussi têtu que votre femme, monsieur O'Hurley ?

— Plus !

— Dans ce cas, suivez-moi... Tous les deux.

Prenant Trace par la main, Frank emboîta le pas au médecin. Ils montèrent dans l'ascenseur, longèrent des couloirs interminables et, enfin, arrivèrent devant une grande vitre. Juste derrière, trois couveuses s'alignaient, et Frank, la gorge nouée, découvrit ses filles. Deux dormaient paisiblement, mais la troisième pleurait et s'agitait.

— Celle-là ne sera pas du genre à se laisser oublier, remarqua-t-il. Regarde, fiston : voici tes trois petites sœurs.

A présent bien réveillé, Trace observa les bébés d'un œil critique.

— Elles sont drôlement maigrichonnes, déclara-t-il au terme de son inspection.

— Tu l'étais toi aussi quand tu es né.

Les yeux de Frank se remplirent de larmes, et il ne les retint pas : en bon Irlandais, il n'avait pas honte d'extérioriser ses sentiments.

— Je vous promets de tout faire pour vous rendre heureuses, murmura-t-il, la main posée sur la vitre.

Il savait déjà que ses filles ne manqueraient jamais d'amour, et n'était-ce pas la condition essentielle du bonheur ?

1

Cette journée n'allait pas être une journée ordinaire. Les dés étaient jetés, et il se passerait maintenant beaucoup de temps avant que les choses reviennent à la normale. Elle ne pouvait qu'espérer avoir pris la bonne décision.

Abby était en train de seller son cheval dans le silence et la chaude odeur animale de l'écurie. Elle se sentait un peu coupable de partir se promener au milieu d'une matinée aussi chargée que d'habitude. Le fait d'échapper ne serait-ce qu'une heure à ses obligations était un luxe qu'elle ne s'accordait jamais, mais aujourd'hui, elle en avait besoin.

Et tant qu'à pécher, autant que ça en vaille la peine ! songea-t-elle.

Cette pensée l'amusa, parce que c'était typiquement le genre de chose qu'aurait pu dire son père. Et puis, si M. Jorgensen voulait vraiment acheter le poulain, il rappellerait, non ? Elle avait les comptes du mois à faire, et des factures en retard à payer, mais elle s'en occuperait en rentrant. Pour l'instant, elle aspirait à une solitude et à une détente que seule pourrait lui procurer une longue chevauchée à travers la campagne.

Deux des chats qui avaient élu domicile dans l'écurie s'étaient approchés, mais ils retournèrent se coucher dans le foin quand la jeune femme prit Judd par la bride et le conduisit dehors.

Là, elle vérifia une dernière fois que les sangles étaient bien attachées, puis elle sauta en selle avec l'agilité d'une cavalière confirmée.

L'envie la démangeait de partir au galop, mais le terrain, à proximité de la maison, était trop glissant : un mélange de boue et de neige fondue l'avait transformé en un véritable bourbier. Elle maintint donc son cheval au pas, le temps de gagner les grands espaces où ils trouveraient enfin tous les deux ce qu'ils désiraient le plus : la liberté.

Bien que l'air soit encore froid et humide, Abby y sentait comme un parfum de printemps et de renouveau. Peut-être était-ce dû au changement que sa vie était sur le point de connaître. Un changement bénéfique, du moins fallait-il l'espérer, car les doutes qui la torturaient depuis des mois allaient croissant. Avait-elle eu raison de signer ce contrat ? Quelles en seraient les conséquences ? Arriverait-elle à garder le contrôle de la situation, de façon à en minimiser les risques ?

Les terres qu'elle aimait, sans vraiment parvenir à les considérer comme siennes, s'étendaient maintenant devant elle à perte de vue. La neige ne les recouvrait plus que par plaques. Dans un mois, les poulains pourraient s'ébattre dans les prés, elle planterait de l'avoine et de la luzerne… Avec un peu de chance, elle finirait pour la première fois l'année avec un solde créditeur.

Chuck, lui, n'aurait pas nourri ce genre d'inquiétudes. Il ne pensait jamais au lendemain. Ses projets d'avenir se limitaient à gagner la prochaine épreuve du Grand Prix automobile. Abby savait pourquoi il avait acheté ce domaine au fin fond de la Virginie rurale. Peut-être l'avait-elle toujours su, mais, à l'époque, elle avait réussi à interpréter ce geste comme un message d'espoir, et non comme un signe de culpabilité. C'était cette volonté farouche de ne pas céder au découragement qui lui avait permis de survivre pendant ces huit dernières années.

Une fois le domaine acheté, pourtant, Chuck n'y avait pas passé plus de quelques semaines au total. Il aimait trop bouger pour rester là, à regarder l'herbe pousser.

Impatient, insouciant, égocentrique... Chuck était tout cela, et Abby ne pouvait même pas lui reprocher d'avoir tenté de le lui cacher avant de l'épouser : il s'était montré dès le début tel qu'il était, mais, fascinée par l'éclat de sa notoriété et de son charisme, elle l'avait laissé sans réfléchir l'entraîner dans son brillant sillage.

Alors âgée de dix-huit ans seulement, la petite Abigail O'Hurley avait trouvé très flatteur et très excitant d'être courtisée par le célèbre Chuck Rockwell — même si elle n'avait pas su tout de suite qui il était. La presse publiait son nom et sa photo en première page à chacune de ses victoires sur le circuit de formule 1, mais elle ne lisait pas les journaux, et encore moins les tabloïds qui, eux, ne parlaient pas de ses exploits sportifs, mais de ses nombreuses liaisons.

Leurs chemins s'étaient croisés à Miami. Il l'avait charmée, éblouie, et si vite conquise qu'elle était devenue sa femme avant d'avoir eu le temps de comprendre ce qui lui arrivait.

Une petite bruine s'était mise à tomber, mais elle arrêta malgré tout son cheval. La pluie ne la dérangeait pas, au contraire : elle noyait le paysage dans une brume qui renforçait la sensation d'isolement dont Abby avait tant besoin ce matin. Cela ressemblait à une fuite, elle en avait conscience, mais elle ne s'était jamais considérée comme quelqu'un de courageux. Tout ce qu'elle avait fait — et continuerait de faire —, c'était lutter, à sa manière, avec ses faibles moyens, pour assurer son avenir et celui de ses enfants.

Judd piaffa, mais la jeune femme lui flatta l'encolure,

et cela suffit pour le calmer. Elle avait séjourné à Monte-Carlo, à Paris, à Londres et dans d'autres villes réputées pour leur beauté, mais depuis plus de sept ans qu'elle vivait et travaillait ici, aucune ne pouvait se comparer à ses yeux avec cette plaine doucement vallonnée, recouverte d'un manteau de neige immaculée l'hiver, et l'été d'une herbe drue couleur d'émeraude.

Même à cette saison, quand la boue rendait les chemins de terre presque impraticables le jour et que les gelées nocturnes les transformaient en patinoire, Abby ne serait pas allée s'installer ailleurs pour tout l'or du monde.

Ce bonheur, elle le devait à Chuck, et ce n'était ni le seul, ni le plus important. Pendant sa brève existence, il avait brûlé la chandelle par les deux bouts, et leurs relations, d'abord placées sous le signe de la passion, s'étaient rapidement dégradées, mais avant de mourir, il lui avait fait le plus beau des cadeaux : leurs deux fils.

C'était pour eux qu'Abby avait finalement surmonté ses réticences. Pendant quatre ans, elle avait refusé tous les contrats qui lui étaient proposés pour participer à la réalisation d'une biographie de son mari. Cela n'avait pas empêché un éditeur d'en publier une, à la limite de la diffamation, et des articles tout aussi racoleurs paraissaient encore de temps en temps dans la presse à scandale.

Après des mois d'hésitation, elle était parvenue à la conclusion qu'un livre écrit en collaboration avec un véritable écrivain serait le meilleur moyen de mettre un terme aux médisances. Elle aurait ainsi un certain contrôle sur le produit fini, et cela donnerait à ses fils une bonne image de leur père.

Dylan Crosby était un excellent écrivain, connu pour sa rigueur et sa ténacité dans la recherche de la vérité. Abby savait donc qu'il lui poserait des questions sur des sujets très personnels et très sensibles. C'était ce qu'elle voulait, car elle pourrait lui donner les réponses de son choix, et tirer ensuite un trait définitif sur cette période de sa vie.

Il lui faudrait néanmoins faire preuve d'habileté, et elle n'était pas certaine d'en avoir la capacité. Chantel, son aînée de deux minutes et demie, avait un don inné pour agir sur les gens et les événements ; Maddy, sa cadette de deux minutes et dix secondes, était une impulsive, une battante qui obtenait généralement ce qu'elle voulait par la seule force de sa volonté. Entre les deux, il y avait Abby. La douce, la candide, la sage Abby… Ces qualificatifs qu'elle entendait accoler à son nom depuis sa plus tendre enfance lui arrachaient toujours une petite grimace de contrariété.

Son problème, aujourd'hui, n'était pas l'image que son entourage avait d'elle depuis vingt et quelques années. Ce qui la préoccupait, c'était Dylan Crosby, biographe et ancien journaliste d'investigation à la carrière jalonnée de coups d'éclat. L'une de ses enquêtes avait notamment abouti au démantèlement de l'un des plus gros réseaux criminels de la côte Est. Il avait aussi empêché un sénateur de se porter candidat à la présidence des Etats-Unis en révélant ses accointances avec la mafia.

C'était donc un homme résolu et expérimenté qu'Abby allait devoir affronter, mais elle aurait au moins l'avantage du terrain : en tant qu'invité, il serait obligé de se plier aux règles de la maison, et elle exercerait ainsi un certain ascendant sur lui. Il venait chercher des informations, et elle lui en fournirait, mais les secrets qu'elle voulait garder resteraient enfermés dans sa mémoire et dans son cœur.

Si ses années de scène lui avaient appris quelque chose, c'était bien à jouer la comédie. Alors, pour arriver à ses fins, il lui suffirait de déployer, au seul profit de Dylan Crosby, ses talents d'actrice.

« Toutes les vérités ne sont pas bonnes à dire », lui aurait sûrement déclaré son père s'il avait été là.

La jeune femme sourit et se promit de se répéter cet adage plusieurs fois par jour pendant les prochaines semaines.

Un peu rassérénée, elle fit demi-tour. L'heure du lever de rideau approchait.

Dylan maudit la pluie, reprit le chiffon déjà trempé posé devant lui et sortit de nouveau le bras par la vitre ouverte. L'essuie-glace côté conducteur ne marchait que par à-coups, et le deuxième ne marchait plus du tout. Tenant le volant d'une main, il essuya le pare-brise de l'autre tandis qu'une bruine glacée transperçait sa manche. Il avait manqué de sens pratique en achetant une Corvette de 1962 : ce rêve de collectionneur devenait un vrai cauchemar dès qu'il lui était demandé de rouler.

Il avait peut-être aussi eu tort de faire par la route, en plein mois de février, le trajet entre New York et la Virginie, mais il tenait à la liberté de mouvement que procurait un moyen de locomotion autonome — aussi peu fiable soit-il. La neige qui tombait dans le Delaware avait cédé la place à la pluie quelque part dans le Maryland, c'était déjà ça, mais il la maudit de nouveau en sentant des gouttes lui couler dans le cou.

Les choses pourraient être pires, songea-t-il, même s'il ne voyait pas bien comment. Sans doute était-ce le prix à payer pour réaliser enfin un projet qu'il nourrissait depuis trois ans : Abigail O'Hurley-Rockwell avait apparemment obtenu d'un éditeur la somme qu'elle voulait pour exploiter à son profit la notoriété de son défunt mari.

C'était une petite maligne, celle-là, une intrigante qui savait flairer les bonnes affaires... A dix-huit ans, elle avait réussi à séduire le coureur automobile le plus riche et le plus célèbre du circuit. Quelques mois plus tard, elle portait des diamants, se promenait en manteau de vison et passait des soirées entières dans les plus beaux casinos d'Europe et d'Amérique... Pourquoi ne pas se faire plaisir, quand l'argent dépensé était celui de quelqu'un d'autre ? L'ex-épouse de Dylan lui avait montré de quoi une femme était capable dans ce domaine au cours d'une union dont le seul mérite avait été sa brièveté : un an et demi seulement.

Il en avait tiré une leçon : le sexe dit faible ne l'était en fait pas du tout. Les femmes jouaient les pauvres petites créatures fragiles et vulnérables pour attirer les hommes dans leurs filets, et elles ne dévoilaient leur vrai visage qu'une fois leur ruse couronnée de succès. Pour s'en libérer, il fallait encore mettre la main au portefeuille, mais, une personne avertie en valant deux, Dylan savait qu'il ne se laisserait plus prendre au piège. Il lui suffisait de repenser à ce que son mariage lui avait coûté, financièrement et moralement, pour sentir le danger — et s'enfuir à toutes jambes.

Une nouvelle bordée de jurons lui échappa quand, ayant déployé tant bien que mal la carte posée sur le siège du passager, il s'aperçut qu'il aurait dû tourner à gauche au précédent carrefour. La route était heureusement déserte, et il put faire tout de suite demi-tour. Les essuie-glaces de la Corvette marchaient peut-être mal, mais question maniabilité, elle n'avait pas son pareil.

Pourquoi diable Chuck Rockwell avait-il décidé de s'installer dans ce coin perdu de Virginie ? se demanda Dylan. Cela ne ressemblait pas au pilote flamboyant dont il avait suivi et admiré la carrière. Sans doute son épouse l'avait-elle persuadé d'acheter cette propriété comme placement. Elle avait apparemment fini par s'y plaire, en tout cas, puisqu'elle y vivait en recluse depuis sept ans,

Quel genre de femme était-ce ? Si Dylan voulait écrire une biographie sérieuse de son mari, il devait la comprendre. Elle avait accompagné Rockwell sur le circuit de formule 1 pendant toute leur première année de mariage, puis elle avait pratiquement disparu. Peut-être en avait-elle eu assez des odeurs d'essence et de pneus surchauffés... Quoi qu'il en soit, elle avait déserté les tribunes, et c'était sans elle que Rockwell avait ensuite fêté ses victoires et pleuré ses défaites. Elle n'avait donc pas assisté à sa dernière course, celle où il avait trouvé la mort, et elle avait attendu les obsèques, trois jours plus tard, pour se montrer en public. Là, elle n'avait pas prononcé un mot, ni versé une larme.

Cela prouvait qu'elle n'avait jamais aimé son mari. Elle l'avait épousé pour son argent, et fermé les yeux sur ses infidélités afin de pouvoir continuer à profiter des fortunes que lui rapportaient ses succès en Grand Prix et ses contrats publicitaires. Maintenant veuve, elle était à l'abri du besoin jusqu'à la fin de ses jours... Pas mal, pour une petite chanteuse qui, sans cela, aurait probablement continué à gagner misérablement sa vie en se produisant dans des bars miteux...

La boue et les ornières du chemin de terre dans lequel Dylan s'était engagé l'obligèrent à ralentir. Il essuya de nouveau le pare-brise, mais lorsqu'il entendit son pot d'échappement racler le sol après un cahot spécialement violent, ce fut contre Abigail qu'il pesta, et non plus contre le mauvais temps. L'entretien de son domaine intéressait visiblement moins Mme Rockwell que les bijoux et les fourrures !

La vue de la maison le surprit pourtant agréablement : ce n'était pas l'imposante bâtisse à laquelle il s'attendait, mais une demeure simple et accueillante. Le bleu des volets formait un heureux contraste avec le revêtement blanc des murs, une véranda ouverte était adossée à la façade, et ses piliers soutenaient une terrasse à balustrade de bois ajouré qui s'étendait sur toute la longueur du premier étage. L'ensemble aurait eu besoin d'une couche de peinture neuve, mais il n'en avait pas moins beaucoup de charme et de caractère. Un panache de fumée sortait de la cheminée, une bicyclette équipée de stabilisateurs était appuyée contre le mur, près de la porte d'entrée, et les aboiements d'un chien achevaient de donner à l'atmosphère un caractère chaleureux et familial.

Dylan avait souvent songé à acheter une maison comme celle-ci, où il pourrait écrire loin du bruit et de la foule des grandes villes. Cet endroit lui rappelait la ferme de son enfance, l'ambiance de travail et le sentiment de sécurité qui y régnaient, et dont il avait gardé la nostalgie.

Son pot d'échappement frotta une deuxième fois contre le sol, et son humeur s'assombrit de nouveau. Il se gara derrière un petit break, remonta sa vitre, et il s'apprêtait à ouvrir sa portière quand une grosse boule de poils mouillés s'élança dans sa direction.

C'était un chien d'une taille impressionnante, et même si son accueil se voulait amical, Dylan n'avait pas trop envie de le voir sauter sur lui. Ses aboiements et les deux énormes pattes qui grattaient à présent la vitre étaient suffisants pour le dissuader de sortir de la voiture.

— Sigmund !

L'animal tourna la tête vers la maison, et Dylan l'imita. Abigail Rockwell se tenait en haut des marches de la véranda. Les journaux avaient publié suffisamment de photos d'elle pour qu'il la reconnaisse immédiatement, même s'ils semblaient montrer des personnes différentes au fil du temps : la jeune mariée aux airs ingénus qui posait près de Chuck au bord des pistes ; la femme du monde élégante et sophistiquée ; la veuve assistant, les yeux secs, aux obsèques de son mari...

Aujourd'hui, pourtant, elle ne ressemblait à aucun de

ces trois personnages : ses cheveux blonds retombaient en mèches désordonnées sur son front, elle portait un gros chandail de laine, un jean et des bottes, et son visage aux traits fins était dépourvu de tout maquillage.

— Au pied, Sigmund ! ordonna-t-elle.

Le chien obéit, mais Dylan attendit prudemment qu'il ait rejoint sa maîtresse pour se risquer dehors.

— Madame Rockwell ? dit-il.

— Oui. Excusez Sigmund... C'est un animal très démonstratif, mais il ne mord pas. Pas souvent, tout du moins.

— Vous me rassurez..., marmonna Dylan avant d'aller ouvrir son coffre.

Impassible mais les nerfs à vif, Abby regarda l'écrivain sortir ses bagages. Avait-elle eu raison d'autoriser cet inconnu à pénétrer dans sa maison, dans sa vie ? Peut-être valait-il mieux tout arrêter maintenant, avant qu'il ne soit trop tard...

Et puis il se tourna vers elle et, pour la première fois, elle le vit de face et en pleine lumière. Des cheveux noirs ruisselants de pluie encadraient un visage qu'elle trouva dur, marqué par les stigmates d'une trop grande expérience de la vie. C'était le visage d'un homme sans illusions, sans indulgence — un homme dangereux.

Les yeux de la jeune femme se posèrent ensuite sur ses vêtements trempés, sur ses chaussures déjà maculées de boue, et elle eut pitié de lui.

— Venez à l'intérieur ! déclara-t-elle. Vous devez être gelé.

— Oui, et fourbu, aussi : votre chemin est dans un état épouvantable.

— Je le sais. L'hiver a été rude.

Maintenant qu'elle l'avait invité à entrer, Abby ne pouvait plus reculer, et c'était mieux ainsi : d'une part, elle avait signé un contrat, et d'autre part, les raisons qui l'y avaient poussée étaient trop importantes pour qu'elle renonce au dernier moment, et par simple lâcheté, à atteindre son but.

Dylan n'avait cependant pas répondu à son invitation : debout sous la pluie, une valise dans chaque main et plusieurs sacs sur l'épaule, il la dévisageait. Sans doute pour la jauger...

De plus en plus nerveuse, elle enfonça les mains dans les poches de son jean pour les empêcher de trembler.

Le gros pull-over d'Abigail faisait ressortir plus qu'il ne dissimulait son extrême minceur, songea Dylan, et elle avait de très beaux yeux verts, mais il y lisait une étrange expression. S'il n'avait su à l'avance que c'était une femme froide et calculatrice, il aurait pensé qu'elle avait peur.

Intrigué, il s'approcha d'elle, et ses traits lui apparurent alors dans tout l'éclat de leur beauté : elle avait des pommettes hautes, un petit nez droit, une bouche généreuse, des cils foncés qui mettaient en valeur ses prunelles claires et la blancheur de sa peau... Etonné, Dylan se rendit compte que pas plus que de maquillage elle ne portait de parfum : elle sentait juste la pluie et le feu de bois.

Il la suivit jusqu'à la porte, mais s'arrêta devant pour enlever ses chaussures.

— Je ne veux pas salir vos parquets, expliqua-t-il.

— Il n'y a que du dallage au rez-de-chaussée, déclara-t-elle en le précédant dans le vestibule, mais merci d'y avoir pensé. Laissez vos bagages ici et venez dans la cuisine. Il y fait chaud, et vous pourrez vous sécher devant la cheminée.

L'intérieur de la maison surprit autant Dylan que l'extérieur : pas de marbre au sol, comme il s'y attendait, mais des carreaux anciens; pas de décoration tape-à-l'œil dans l'entrée, mais quelques meubles au bois patiné, dont une table ornée d'un bouquet de fleurs en papier mâché qui ressemblait au cadeau de fête des Mères d'un très jeune enfant. Deux petites figurines en costume de spationaute traînaient par terre, et Abigail les ramassa au passage sans faire de commentaire, comme si c'était la chose la plus naturelle du monde.

— Vous arrivez de New York ? demanda-t-elle.

— Oui.

— La route n'a sûrement pas été facile, par ce temps.

— Non.

Dylan avait conscience qu'en répondant ainsi par monosyllabes, il frisait l'impolitesse, mais il n'était pas brusque à dessein — même s'il pouvait l'être quand cela l'arrangeait. Ce qu'il voyait l'intéressait plus qu'un échange de banalités, tout simplement.

Une fois dans la cuisine, il s'arrêta et regarda autour de lui. Il n'y avait pas de vaisselle sale dans l'évier ni de poussière sur le carrelage, mais la pièce était loin d'être en ordre : un puzzle commencé occupait tout un coin du plan de travail, un fouillis de photos, de dessins et de Post-it recouvrait le réfrigérateur, trois paires et demie de baskets s'entassaient près de la porte de derrière... Mais Dylan nota surtout la bonne odeur de café et de feu de bois qui flottait dans l'air.

Si ce M. Crosby refusait de lui parler, pourquoi avait-il pris la peine de se déranger ? songea Abby. Elle l'étudia du coin de l'œil. Pour être dur, son visage n'en était pas moins séduisant : des sourcils noirs et épais, une mâchoire énergique, des yeux verts au regard intense... Elle connaissait ce regard; Chuck avait les yeux noisette, mais le même message s'y lisait : « J'obtiens toujours ce que je veux, parce que tous les moyens me sont bons pour y parvenir. »

Cette volonté farouche de gagner lui avait finalement fait perdre la vie, mais Abby craignait maintenant d'avoir affaire au même type d'homme — fascinant, charismatique, dominateur. L'âge et l'expérience l'avaient cependant aguerrie, se rappela-t-elle. Et, cette fois, l'amour ne viendrait pas troubler son jugement.

— Donnez-moi votre pardessus, dit-elle.

Quand il eut obéi, la jeune femme se surprit à réagir devant un corps d'homme pour la première fois depuis des années. Elle resta un moment figée, à observer tour à tour les larges épaules de l'écrivain, ses hanches minces, ses longues jambes, et elle sentit un trouble sensuel l'envahir lentement, mais c'était d'autant plus ridicule que...

Cette pensée, même incomplètement formulée, suffit à lui rendre sa lucidité. Elle alla suspendre le manteau à la patère fixée près de la porte, puis déclara :

— Vous voulez du café ?

— Oui, volontiers.

— Comment le buvez-vous ?

— Noir.

Rien de tel qu'une tâche manuelle pour s'empêcher de trop réfléchir, Abby était bien placée pour le savoir... Elle sortit une tasse, la remplit et la posa sur la table.

— Où vous êtes-vous arrêté pour dormir ? demanda-t-elle.

— Nulle part. J'ai roulé toute la nuit.

— Vous devez être épuisé !

Il n'en avait pourtant pas l'air : ses joues étaient certes couvertes d'une ombre de barbe, mais il semblait en pleine possession de ses capacités physiques et intellectuelles.

— J'ai eu un moment de fatigue, vers 3 heures du matin, répondit-il, mais j'ai trouvé mon second souffle... Merci pour le café.

Sur ces mots, il s'assit et vida sa tasse en silence. Les échanges de politesses ne l'intéressant visiblement pas, Abby décida de passer aux choses sérieuses :

— J'ai lu vos livres, monsieur Crosby, et notamment

celui que vous avez consacré à Millicent Driscoll. Il n'est pas tendre pour elle !

— Je me suis contenté d'exposer les faits. Je laisse le mélo aux magazines *people*.

— Oui, je comprends... Vous la connaissiez ?

— Pas avant son suicide.

— Que voulez-vous dire ?

— Que, pour écrire sa biographie, il m'a fallu mener une enquête très approfondie sur son histoire et sa personnalité. Cela m'a permis de réunir sur elle un ensemble d'informations dont même ses amis les plus proches devaient ignorer une partie.

— C'était une actrice et une femme exceptionnelle, mais la vie ne lui a pas fait de cadeaux... Ma sœur me parlait souvent d'elle.

— Chantel O'Hurley ? Elle aussi est une actrice formidable et une femme exceptionnelle...

— Oui. Vous l'avez interviewée pendant la préparation de votre livre, n'est-ce pas ?

— En effet.

Et il ne l'avait pas trouvée très sympathique, aurait pu ajouter Dylan, mais la seule évocation de Chantel avait amené un sourire sur les lèvres d'Abigail — le premier qu'il y voyait depuis son arrivée —, et il ne voulait pas la braquer.

— Les trois sœurs O'Hurley sont devenues célèbres, chacune à sa manière, reprit-il. Chantel mène une brillante carrière à Hollywood, Maddy à Broadway...

— Et moi, je ne dois ma modeste notoriété qu'au fait d'avoir épousé un grand pilote de formule 1... Vous me croyez jalouse de mes sœurs, monsieur Crosby ? Eh bien, détrompez-vous ! Je suis très fière d'elles, au contraire.

— Rien ne vous empêche de remonter sur les planches et de vous faire un prénom dans le show-business.

Si elle n'avait perçu une pointe de sarcasme dans la voix de son interlocuteur, Abby aurait éclaté de rire.

— J'ai d'autres priorités, déclara-t-elle d'un ton posé.

— C'est drôle... Vous ne ressemblez à aucune de vos deux jumelles.

— Vous connaissez Maddy ?

— Je l'ai souvent vue en photo, et plusieurs fois sur scène.

Habituée à être comparée à ses sœurs, la jeune femme haussa les épaules.

— Nous sommes très différentes, toutes les trois, et c'est très bien comme ça... Un peu plus de café, monsieur Crosby ?

— Non, merci... D'après ce qu'on raconte, Chuck Rockwell est entré un soir par hasard dans le cabaret où la famille O'Hurley se produisait, et il n'a même pas accordé un regard à vos jumelles : il a eu le coup de foudre pour vous.

— Ah bon ? C'est ce qu'on raconte ?

— Oui. Les gens aiment le romanesque au point de le confondre avec la réalité.

— Mais vous, vous êtes un cynique ?

— Je ne suis pas ici pour écrire un roman, ou un conte de fées, madame Rockwell. Et si l'éditeur a omis de vous exposer les règles que vous devrez respecter, je vais le faire maintenant.

— Je pense les connaître, mais allez-y... Permettez-moi seulement de commencer à préparer le dîner pendant ce temps. J'espère que vous n'avez rien contre le *chili con carne* ?

— Euh... non, balbutia Dylan, décontenancé.

Ainsi, Abigail cuisinait ? Il ne l'aurait pas cru, mais sans doute était-ce juste pour un soir, parce qu'elle voulait l'impressionner. Il resta un moment silencieux, à la regarder sortir de la viande hachée du réfrigérateur et la mettre à cuire dans une poêle avec des épices, puis il expliqua :

— La première règle, c'est que votre rôle dans la réalisation de cet ouvrage se limitera à celui d'informatrice : vous n'aurez aucun contrôle sur sa rédaction.

— Très bien. Et ensuite ? demanda Abigail d'une voix calme.

Sa réputation de froideur était méritée, songea Dylan. Beaucoup de gens l'avaient même taxée d'insensibilité.

— Ensuite, ce livre étant la biographie d'un homme dont vous avez été l'épouse, vous seule pouvez m'éclairer sur les aspects les plus intimes de son existence. Je vous poserai donc des questions très personnelles, et j'attends des réponses franches et complètes. Vous avez renoncé à protéger votre vie privée le jour où vous avez signé ce contrat.

— J'y ai renoncé le jour où je me suis mariée avec Chuck, monsieur Crosby ! Maintenant, arrêtez-moi si je me trompe, mais il me semble que l'écriture de cet ouvrage vous inspire quelques réserves.

— Non, c'est vous qui m'en inspirez.

Surprise, Abby se tourna vers Dylan, mais l'expression méprisante de son visage lui donna la raison de son hostilité : il pensait, comme tant d'autres, qu'elle avait épousé Chuck par intérêt.

— Je vois..., déclara-t-elle. Mais pour collaborer avec moi, vous n'êtes pas obligé de me trouver sympathique.

— Non, et réciproquement. La seule chose que nous nous devons l'un à l'autre, c'est une parfaite honnêteté, et j'aime autant vous prévenir : comme je compte écrire la biographie la plus exhaustive et la plus documentée possible de votre mari, il y aura forcément des moments où mon « indiscrétion » vous énervera.

— Je ne m'énerve pas facilement. On m'a même souvent reproché d'être trop placide.

— Je vous garantis que vous aurez de nombreuses occasions de vous mettre en colère contre moi avant la fin de mon séjour ici.

— On dirait que vous vous en réjouissez d'avance !

— Les défis me stimulent.

La jeune femme émit un petit rire sans joie, puis demanda :

— Vous avez connu Chuck, monsieur Crosby ?

— Non.

— Dommage : vous vous seriez très bien entendus, tous les deux. Son seul but, dans la vie, était de gagner, et il ne laissait personne lui dicter la façon de s'y prendre pour y parvenir : il menait ses courses comme il l'entendait, ou pas du tout. La souplesse n'était pas son fort.

— Et vous ?

Bien que la question lui ait été posée sur un ton désinvolte, Abby y répondit sérieusement :

— L'un de mes plus gros problèmes, en grandissant, a été ma propension à me plier à la volonté des autres... Je vais vous montrer votre chambre, à présent. Vous aurez ainsi le temps de défaire vos bagages et de vous reposer avant le dîner.

Dylan suivit son hôtesse dans le vestibule. Là, elle prit d'autorité l'une de ses valises. Il la savait lourde, et ce fut pourtant sans difficulté qu'elle la souleva et s'engagea avec dans l'escalier. Cette femme était beaucoup plus forte qu'elle n'en avait l'air... Avec elle plus encore qu'avec les autres, il fallait donc se méfier des apparences... Dylan rassembla le reste de ses affaires et lui emboîta le pas.

— Il y a une salle de bains au bout du couloir, indiqua-t-elle avant d'ouvrir la porte d'une chambre et d'aller mettre la valise au pied du lit. Comme j'ai pensé que vous auriez besoin d'une table de travail, je vous en ai monté une. Il y a au rez-de-chaussée une pièce qui peut servir de bureau, mais vous serez plus au calme ici.

— Ce sera parfait.

La pièce serait même un endroit idéal pour écrire, jugea Dylan. Elle était claire, spacieuse, et l'amateur d'art qu'il était apprécia à leur juste valeur les meubles anciens qui la décoraient. Une bonne odeur de cire se mêlait aux senteurs de fleurs séchées du pot-pourri posé sur la commode, et derrière la fenêtre, qui donnait sur l'arrière de l'habitation, s'étendait un paysage champêtre de prés, de bois et de vallons.

— J'aime beaucoup votre maison, déclara Dylan. Elle est très jolie.

— Merci, mais si vous l'aviez vue quand nous l'avons achetée... Le toit fuyait de partout, et la plomberie était entièrement à refaire. Une seule visite m'a cependant suffi pour savoir que je m'y plairais.

— Vous aviez donc dès le départ l'intention de vous y installer en permanence ?

— Oui.

— Pourquoi ?

— Parce que j'avais besoin de me créer des racines.

— La vie trépidante que vous meniez aux côtés de Chuck avait pourtant des avantages, non ?

Abby ne répondit pas : elle s'était déjà laissée aller à trop parler. Il lui faudrait être plus prudente, à l'avenir.

— Je redescends surveiller la cuisson du *chili*, annonça-t-elle.

— Attendez ! Je voudrais que vous m'expliquiez, avant de partir, pourquoi vous avez brusquement donné votre accord à la publication d'une biographie de votre mari.

Pour que ses fils aient de leur père une autre image que les portraits brossés par des auteurs et des journalistes assoiffés de sensationnel, mais cela, Abby ne comptait pas le dire à Dylan : soit il ne la croirait pas, soit il ne comprendrait pas.

— J'ai attendu d'être prête, répondit-elle.

— Vous n'auriez pas plutôt attendu de pouvoir en tirer le maximum de profit ? Parce que, en refusant toutes les propositions pendant des années, vous avez fait monter les enchères… Je suis sûr que ce contrat va vous rapporter une fortune.

Silence.

Dylan, qui avait entrepris de déballer son Dictaphone et son ordinateur portable, jeta un coup d'œil à Abigail. Sa remarque perfide, destinée à la mettre en colère, n'avait provoqué aucune réaction, et il en fut agacé.

— Le repas sera servi à 19 heures, déclara-t-elle finalement. On dîne tôt, à la campagne.

— Je vous ai insultée, madame Rockwell… Pourquoi feignez-vous de ne pas m'avoir entendu ?

— Je déteste les conflits, et je les évite donc dans toute la mesure du possible.

Des clameurs s'élevèrent soudain, venant du dehors. Dylan sursauta, mais son hôtesse, elle, ne cilla pas. Il y eut ensuite des aboiements furieux, puis un bruit qui ressemblait à celui d'un troupeau d'éléphants piétinant le plancher de la véranda.

— J'ai mis des serviettes propres pour vous dans la salle de bains, indiqua Abigail.

— Merci. Euh… je peux vous demander la cause de ce tohu-bohu ?

— Quel tohu-bohu ? répliqua-t-elle.

Une lueur d'amusement brillait dans ses yeux et, pour la première fois, Dylan eut l'impression d'avoir devant lui une femme chaleureuse et sensible.

— On dirait une invasion de barbares, dit-il.

— C'est exactement ça.

La porte d'entrée s'ouvrit et se referma avec une telle force que les tableaux accrochés aux murs tremblèrent.

— Maman ! Maman ! On est là !

Ce cri résonna dans l'escalier, immédiatement suivi par une nouvelle cavalcade et le début d'une violente dispute.

— Mes enfants ont peur que j'oublie leur existence s'ils ne font pas de bruit, expliqua Abigail. Maintenant, excusez-moi, mais il faut que j'aille m'occuper d'eux avant qu'ils n'aient transformé le rez-de-chaussée en champ de bataille.

2

Le temps qu'Abby arrive dans la cuisine, ses fils avaient enlevé et mis sur une chaise leurs anoraks dégoulinants d'eau. Une flaque était en train de se former dessous, et une autre devant le réfrigérateur, dont les deux petits garçons inspectaient le contenu sans prendre garde aux gouttes qui tombaient de leurs cheveux trempés.

— Salut, m'man ! dirent-ils d'une même voix en se tournant vers leur mère.

— Bonsoir, mes chéris.

La jeune femme évalua les dommages et les jugea acceptables. A part les flaques et les traces de semelles boueuses sur le carrelage, les seuls dommages étaient quelques pièces de puzzle tombées par terre quand les enfants avaient posé leurs cartables sur le plan de travail.

— Tommy Harding a encore été puni dans le car, annonça Chris. Il va être obligé de s'asseoir à l'avant pendant une semaine entière.

— Il a craché sur Angela, expliqua Ben.

— Charmant ! s'écria Abby. J'espère que tu n'as rien à voir avec ça !

— Non. J'ai juste dit qu'elle était moche.

— Elle est pas vraiment moche ! protesta Chris, toujours prêt à défendre les faibles et les opprimés.

— Si, elle est moche, moche, moche ! Et tu sais quoi,

m'man ? On a fait la course depuis le car, avec Chris, et je lui ai laissé plein d'avance, mais c'est quand même moi qui ai gagné !

— Toutes mes félicitations.

— J'ai failli gagner, souligna Chris, et ça m'a donné faim.

— Vous avez déjà goûté à l'école, non ?

— Oui, mais…

— Alors tu n'as droit qu'à un verre de lait et à un cookie.

— Un seul ? Mais j'ai très, très faim !

— Moi aussi ! s'exclama Ben.

Un élan d'amour souleva Abby devant les deux petits visages tournés vers elle. Chris, le cadet, avait l'air d'un ange, avec ses cheveux blonds et bouclés, ses grands yeux noisette au regard candide… Ben, lui, était tout le contraire de son frère : un petit diable aux cheveux bruns en bataille et aux yeux noirs brillant de malice.

— Bon, d'accord, dit-elle. Deux cookies chacun, mais c'est tout. Sors le lait du réfrigérateur et referme bien la porte, Ben ! Toi, Chris, va chercher la boîte à gâteaux dans le placard.

Ses fils obéirent sans discuter. Ils savaient qu'ils n'obtiendraient rien de plus.

— C'est à qui, la voiture qui est garée dans la cour ? demanda Ben quand son frère et lui furent attablés devant leur deuxième goûter.

— A M. Crosby, répondit la jeune femme en prenant une serpillière pour éponger les flaques d'eau.

— Le type qui veut écrire une bioga… une biagro…

— Une biographie.

—… une biographie de papa ?

— Oui.

— Je vois pas pourquoi les gens auraient envie de lire un livre sur quelqu'un qui est mort.

Cette façon désinvolte de parler de son père était typique de Ben, songea Abby. Qui en était responsable ? Chuck lui-même ? Ou elle, pour avoir refusé de traîner son enfant comme un paquet d'un circuit à l'autre ? Mais peu importait, au fond… Seul comptait le résultat.

— Ton père était très célèbre, Ben, et il a encore beaucoup d'admirateurs. Allez vous changer, maintenant, et ne dérangez pas M. Crosby. Il occupe la chambre la plus proche du palier. Il a roulé toute la nuit, et il est sûrement en train de dormir.

— D'accord, déclara Ben. On montera tout doucement.

Les petits garçons quittèrent la cuisine et, une fois dans le vestibule, Ben chuchota à son frère :

— Suis-moi et mets les pieds exactement où je mets les miens, pour ne pas faire craquer les marches, sinon ce M. Crosby nous entendra arriver.

— Mais on ne doit pas le déranger !

— On ne va pas le déranger. On va juste jeter un coup d'œil dans sa chambre, pour voir à quoi il ressemble.

— Mais maman a dit…

— Je sais ce que maman a dit, mais ce type n'est peut-être pas écrivain, en fait… Si c'était un voleur ?

— Un voleur ? répéta Chris, les yeux écarquillés.

— Oui, et je suis même sûr que c'en est un. Cette nuit, quand on sera tous endormis, il dévalisera la maison, et il partira avec son butin.

— Il prendra mes petites voitures ?

— Sûrement… Et je parie qu'il a un pistolet, en plus, alors il ne faut surtout pas le réveiller. Viens, maintenant, et pas un mot, pas un bruit !

Les mains dans les poches arrière de son jean, Dylan contemplait par la fenêtre un panorama très semblable à celui qu'il voyait depuis sa chambre d'enfant. La pluie tombait à verse sur une campagne qui s'étendait à l'infini, sans un village, ni même une ferme, en vue.

Cet isolement le déconcertait, comme tout ce qu'il avait découvert depuis son arrivée chez Abigail Rockwell. Il s'attendait à une demeure prétentieuse et remplie de domestiques, or il n'y en avait aucun — à moins que ce ne soit leur jour de congé —, et la maison n'avait rien de luxueux.

Dylan savait bien sûr qu'Abigail avait deux fils, mais il croyait qu'elle les avait mis en pension, ou confiés à une nurse professionnelle. La femme couverte de bijoux et habillée par les plus grands couturiers dont il avait des dizaines de photos dans son dossier ne devait avoir ni le temps, ni l'envie d'élever des enfants, avait-il pensé.

Mais si elle n'était pas cette femme du monde frivole et sophistiquée, qui était-elle ? Dylan avait pour tâche d'écrire une biographie de Chuck Rockwell, et voilà qu'il se surprenait à trouver sa veuve beaucoup plus intéressante !

Elle ne ressemblait pas à une veuve, en fait, songea-t-il en allant poser l'une de ses valises sur le lit, mais plutôt à une étudiante en vacances. Ceci dit, ses années de scène lui avaient appris à jouer la comédie… Comment faire la différence entre l'actrice et la vraie Abigail Rockwell ?

Alors que Dylan commençait à déballer ses affaires, des pas furtifs, dans le couloir, attirèrent son attention. Pendant sa carrière de journaliste d'investigation, il avait vécu suffisamment de situations dangereuses pour acquérir une sorte de sixième sens, qui lui permettait de percevoir le moindre bruit suspect, le mouvement le plus léger.

Sans cesser de sortir chemises et pull-overs de sa valise, il leva les yeux vers le miroir accroché au mur, face à la porte, et la vit s'entrouvrir lentement. Des petits doigts s'agrippèrent ensuite au rebord, puis deux têtes se glissèrent dans l'embrasure, l'une au-dessus de l'autre.

— Il a bien l'air d'un voleur, murmura Ben. T'as vu ses yeux ? Ils sont fuyants.

— Tu crois vraiment qu'il a un pistolet ? chuchota Chris.

— Oui, et même plusieurs... Regarde ! Il se dirige vers le placard et... Attention ! Le voilà !

Ben avait à peine fini de parler que la porte s'ouvrit toute grande. Son frère et lui tombèrent à plat ventre sur le plancher.

Le menton tremblant, Chris fixa l'homme qui le dominait de toute sa hauteur, et balbutia :

— Je... je veux pas que tu me prennes mes petites voitures.

Amusé, Dylan s'accroupit.

— D'accord, je ne les prendrai pas, mais tu me les montreras, un de ces jours ? J'adore les voitures, les petites comme les grosses.

— P... peut-être, mais Ben s'est trompé, alors ? T'es pas un voleur ?

— Tais-toi, Chris ! Je plaisantais, évidemment... Excusez-le, monsieur, c'est juste un mioche.

— J'suis pas un mioche ! J'ai six ans !

— Six ans ! répéta Dylan en s'efforçant d'avoir l'air dûment impressionné. Et toi, Ben, quel âge as-tu ?

— Huit ans... Enfin, presque.

Les enfants se relevèrent, et Dylan serra la main à chacun d'eux.

— Ben... Chris... Ravi de faire votre connaissance. Moi, je m'appelle Dylan.

L'aîné hocha gravement la tête, tandis qu'un sourire angélique illuminait le visage du cadet.

— On a trouvé ta voiture drôlement chouette ! s'écria ce dernier.

— Oui, elle a ses bons côtés.

— Ben dit qu'elle peut rouler à deux cent cinquante kilomètres/heure.

— C'est possible. Je n'ai jamais essayé.

— Maman nous a interdit de te déranger.

— Ah bon ? Quand vous me dérangerez, je vous le ferai savoir, mais ce n'est pas le cas en ce moment.

Chris profita aussitôt de cette invitation tacite à rester : il grimpa sur le lit et se mit à bavarder pendant que Dylan commençait de vider sa deuxième valise. Ben, lui, demeura silencieux ; visiblement, rien de ce qui se passait dans la pièce ne lui échappait, mais il se contentait d'écouter et d'observer.

C'était un petit garçon qui n'accordait pas facilement sa confiance, conclut Dylan. Ils avaient donc ce trait en commun, mais il trouvait attristant qu'un enfant aussi jeune ait déjà perdu son innocence.

Quand Dylan sortit une cartouche de cigarettes de sa valise, Chris annonça avec un froncement de sourcils réprobateur :

— Maman dit que fumer est une très mauvaise habi-tude.

— Elle a raison.

— Alors pourquoi tu fumes ?

— Parce que…

Faute de pouvoir se justifier, Dylan changea de sujet :

— Tu me passes l'appareil photo qui est au fond de la valise ?

Avant de lui tendre le reflex 24x36, Chris l'examina sous toutes ses coutures.

— Il est drôlement chouette ! s'écria-t-il. Tu vas nous prendre en photo ?

— Peut-être.

En allant poser l'appareil sur la commode, Dylan vit

dans le miroir que Ben s'était approché du Dictaphone et en effleurait délicatement les touches.

— Ça t'intéresse ? lui demanda-t-il.

Ben recula immédiatement d'un pas.

— Les espions se servent de ce genre de truc, marmonna-t-il.

— Oui, il paraît… Il y en a beaucoup, par ici ?

Le petit garçon dut percevoir le sarcasme, car il s'enferma dans un silence boudeur. Mais Chris, lui, expliqua :

— On a cru un moment que M. Petrie, celui qui vient s'occuper des chevaux, était un espion, mais c'en est pas un, finalement.

— Vous avez des chevaux ?

— Oui, plein !

— Quelle sorte de chevaux ?

— Je sais pas… Des gros.

— Espèce d'idiot ! s'exclama Ben. C'est des morgans, et moi, un jour, je monterai Thunder, notre étalon. Il est magnifique !

L'enthousiasme avait remplacé la défiance dans son regard, nota Dylan. S'il voulait nouer de bonnes relations avec lui, c'était donc par ce biais qu'il pourrait y arriver.

— J'avais un trotteur de seize paumes, quand j'étais petit, indiqua-t-il.

— Seize paumes ? répéta Ben sur un ton admiratif.

Mais il regretta aussitôt d'être sorti de sa réserve, car son visage se referma, et il ajouta :

— Je suis sûr que Thunder l'aurait battu à la course.

— Ben ! Chris ! Qu'est-ce que vous faites là ?

Les enfants sursautèrent et se tournèrent vers la porte. Abby les considéra d'un œil sévère et vit sans surprise le plus grand rougir de honte tandis que le plus jeune, tout joyeux, sautait du lit et courait vers elle en criant :

— Tu sais quoi, m'man ? Dylan est pas un voleur, finalement !

— Je suis ravie de l'apprendre, mais je croyais vous avoir dit de ne pas le déranger... J'attends tes explications, Ben !

— Ils ne me dérangent pas, intervint Dylan. Nous faisions connaissance.

La jeune femme l'ignora.

— Dois-je vous rappeler que vous avez des choses à faire, les garçons ?

— Mais, m'man..., commença Ben.

— Il n'y a pas de mais qui tienne ! Auriez-vous oublié que des dizaines d'animaux attendent que vous leur apportiez à boire et à manger ? Et j'ai trouvé ceci par terre dans l'entrée... J'imagine que tu comptais me le montrer, Ben ?

Les joues du petit garçon s'empourprèrent de nouveau à la vue de la dictée couverte de corrections au crayon rouge qu'Abby venait de sortir de sa poche.

— Il y avait plein de mots compliqués dedans, protesta-t-il, des mots qu'on avait jamais rencontrés !

— Admettons, mais tu vas les étudier ce soir, et je vérifierai moi-même que tu as bien retenu leur orthographe... File te changer, maintenant ! Et toi aussi, Chris !

— Ben a dit que Dylan allait me voler mes petites voitures !

— Tu es trop crédule, observa Abby en se penchant pour poser un baiser sur le front de Chris.

— C'est mal ?

— Non. Disparais, à présent !

— J'ai encore faim, m'man...

— Alors nous dînerons un peu plus tôt que d'habitude, mais pas avant que vous n'ayez terminé tout ce que vous avez à faire.

— D'accord... A plus tard, Dylan !

— A plus tard, bonhomme.

Lorsque les enfants furent partis, Abby se tourna vers l'écrivain.

— Je suis désolée, monsieur Crosby. Mes fils sont habitués à avoir la maison pour eux tout seuls. Ils ne savent pas que la chambre d'un invité est son domaine privé.

— Vous n'avez pas à vous excuser : ils ne m'ennuyaient pas.

— Tant mieux, mais ça viendra, je peux vous le garantir ! s'écria la jeune femme en riant.

Surpris de voir à quel point cet accès de gaieté la transformait, Dylan ne put s'empêcher de hausser les sourcils. Il avait soudain devant lui une femme pleine d'humour et d'entrain, vive et piquante. Mais là encore, était-ce la vraie Abigail Rockwell, ou l'actrice en train de jouer un nouveau personnage ?

La deuxième hypothèse était sûrement la bonne, car elle reprit très vite son sérieux, et ce fut d'une voix calme et froide qu'elle déclara :

— Vous m'avez exposé vos règles, tout à l'heure, monsieur Crosby. A mon tour de vous dire ce que j'exige de vous : vous ne devrez en aucun cas mêler mes fils à l'élaboration de votre ouvrage. Vous ne leur poserez aucune question sur leur père, et vous ne leur demanderez même pas d'évoquer les souvenirs qu'ils en ont.

Dylan, qui s'était remis à ranger ses affaires, s'arrêta pour observer son interlocutrice. Elle avait l'air inoffensif, mais il la soupçonnait de pouvoir se métamorphoser en lionne si elle sentait la moindre menace peser sur ses enfants.

— Je n'en avais de toute façon pas l'intention, répondit-il. Je pensais qu'ils étaient tous les deux trop jeunes pour se rappeler leur père.

C'était faux, au moins en ce qui concernait Ben, mais Abby jugea plus prudent de ne pas le préciser.

— Nous nous comprenons, alors, se borna-t-elle à remarquer.

— Non, nous en sommes encore très loin, madame Rockwell.

Le regard scrutateur de Dylan rendait la jeune femme terriblement nerveuse. Parviendrait-elle à lui cacher jusqu'au bout les secrets qu'elle voulait garder ? Mais c'était un risque dont elle avait toujours eu conscience, et qu'elle avait résolu de prendre… Il fallait maintenant l'assumer.

— J'enverrai un des garçons vous prévenir quand le dîner sera prêt, indiqua-t-elle avant de quitter la pièce.

Une brusque sensation de froid la saisit alors, si intense qu'elle se frotta vigoureusement les bras. Elle avait envie de téléphoner à ses parents pour qu'ils la réconfortent, ou à Chantel, dont l'esprit caustique aidait à relativiser les problèmes, ou à Maddy, dont l'énergie et l'optimisme avaient quelque chose de communicatif. Son grand frère était le seul membre de sa famille qu'elle ne pouvait pas joindre : Trace était en train de parcourir l'Europe, à moins qu'il ne soit maintenant en Afrique, ou encore ailleurs.

Abby savait pourtant qu'elle n'appellerait ni ses parents, ni aucune de ses deux sœurs. S'ils apprenaient qu'elle avait des soucis — s'ils ne faisaient que le deviner —, ils accourraient… Donc, elle ne les appellerait pas. Les choix et les décisions dont son avenir dépendait lui appartenaient désormais entièrement. Elle n'était plus l'enfant malléable et docile d'autrefois, mais la mère de deux fils, une femme libre et indépendante qui ne se laissait plus influencer par personne.

Une fois dans la cuisine, elle sortit des légumes du réfrigérateur et prépara une salade composée. Les garçons allaient faire la grimace, mais elle arriverait bien à les persuader d'en avaler au moins quelques bouchées…

Ils la rejoignirent une demi-heure plus tard et se lavèrent — non sans réticence — les mains et la figure pendant qu'elle versait le *chili* dans un plat.

— Monte dire à M. Crosby que le repas est servi, Chris, déclara-t-elle.

— Non, j'y vais ! s'écria Ben.

Ce zèle lui ressemblait si peu qu'Abby leva un sourcil interrogateur.

— J'ai quelque chose à aller chercher dans ma chambre, de toute façon, expliqua-t-il avec un haussement d'épaules.

— Très bien, mais ne t'attarde pas en haut : le dîner est prêt.

— Je suis pas obligé de manger les champignons, hein, m'man ? demanda Chris, déjà installé sur son tabouret.

— Non, tu n'es pas obligé.

— Tu m'en donneras pas ?

— Non.

— Et s'il y en a quand même dans ma part, tu les enlèveras ?

— Oui.

— Tous ?

— Tous.

— Parce que, si j'en mange un seul, je vais vomir.

Dylan et Ben entrèrent dans la cuisine alors que la jeune femme commençait de mettre la salade dans les assiettes.

— J'en veux pas, annonça Ben en s'asseyant à sa place.

— Les légumes sont pleins de vitamines, et tu en as besoin pour grandir, répliqua Abby. Chris, tu peux attaquer : il n'y a aucun champignon dans ta part.

— T'es sûre ? Parce que, s'il y en a un seul, je vais...

— Oui, je sais.

Sans réfléchir, Abby prit l'assiette de Dylan et la remplit de salade, mais elle s'aperçut brusquement qu'il la regardait d'un air ironique.

— Oh ! excusez-moi ! s'exclama-t-elle. Je suis tellement habituée à servir tout le monde…

— Ce n'est pas grave. Et j'aime les champignons, moi. Vous pouvez donc me les laisser.

Le joyeux bavardage de Chris dispensa ensuite la jeune femme de se creuser la tête pour alimenter la conversation. Ben, lui, se taisait ; il mangeait du bout des dents, sans cesser d'observer Dylan du coin de l'œil, et avec sur le visage une étrange expression. Etait-ce de la méfiance ? se demanda Abby. Du ressentiment ? Elle n'arrivait pas à en avoir le cœur net. Ben était un enfant assez secret, mais…

Et puis elle se rendit compte que leur invité occupait la place qui avait été celle de Chuck. Il n'était pas souvent à la maison et n'y restait jamais longtemps, mais cette place était la sienne… Ben s'en souvenait-il ? Il avait pourtant à peine trois ans la dernière fois où son père était venu… A peine trois ans, mais tellement adulte, à bien des points de vue…

Un petit coup de coude la ramena au présent.

— P… pardon ? bredouilla-t-elle.

— J'ai dit que j'avais mangé toute ma salade, grommela Ben.

— Ah ! c'est bien ! Je vais te servir la suite.

— Je peux le faire moi-même.

Ignorant cette protestation, Abby tendit la main vers le plat de *chili*, mais elle croisa soudain le regard de Dylan et quelque chose, dans ses yeux, la persuada de passer la cuillère à Ben et de le laisser se débrouiller tout seul. A la fois gênée et contrariée de l'être, elle remarqua pour se donner une contenance :

— La pluie tombe moins fort, depuis un moment.

— Oui, déclara Dylan en se servant à son tour de *chili*, mais il faudrait qu'elle s'arrête complètement pendant plusieurs jours pour qu'il n'y ait plus vingt centimètres de boue dans votre cour.

— Si vous aimez être dehors, j'espère que vous avez apporté des bottes.

— Non, mais ça ira… J'ai appris par vos fils que vous aviez des chevaux ?

— J'élève des morgans, en effet.

— Je ne savais pas que vous faisiez de l'élevage.

— Peu de gens le savent, parce que je n'en suis qu'à mes débuts. Vous vous y connaissez en chevaux, monsieur Crosby ?

— Il avait un trottoir quand il était petit ! intervint Chris.

— Un trott*eur,* espèce d'idiot ! s'écria Ben.

— Si je t'entends encore une fois insulter ton frère, tu sors de table ! le prévint Abby.

— Oui, pardon… Et c'était un cheval de seize paumes !

— Vraiment ?

— J'ai grandi dans une ferme du New Jersey, indiqua Dylan.

— Pourquoi vous êtes devenu écrivain, alors ? demanda Ben. Ça doit être ennuyeux, comme si on était tout le temps à l'école !

— Certaines personnes aiment se servir de leur tête, dit la jeune femme. Un peu plus de *chili*, monsieur Crosby ?

— Volontiers. Il est délicieux.

Ce compliment était sincère, et Dylan s'étonnait même qu'Abigail soit capable de cuisiner aussi bien. Il remplit de nouveau son assiette, puis décida de reprendre la conversation là où elle en était restée. Sans trop savoir pourquoi, car il préférait d'habitude écouter que parler — et surtout de lui-même —, il éprouvait le besoin de justifier son choix de carrière aux yeux de Ben.

— Tu te trompes : je ne m'ennuie jamais. Mon métier

me permet au contraire de beaucoup voyager et de rencontrer des gens passionnants.

— Je voyagerai, moi aussi, quand je serai grand. Dans un vaisseau spatial. Je serai un pirate de l'espace : j'irai de galaxie en galaxie, je les pillerai, et je reviendrai sur Terre avec mon butin.

— Ben est un grand criminel en puissance, souligna Abby. J'ai déjà commencé à mettre de l'argent de côté pour payer sa caution le jour où la police l'arrêtera.

— C'est quand même mieux que Chris ! Il veut ramasser les poubelles, lui !

— Non, j'ai changé d'avis ! s'écria l'intéressé en fusillant son frère du regard.

— Nous sommes allés voir Maddy à New York l'année dernière, expliqua Abby, et Chris a été fasciné par les camions des éboueurs... Si tu débarrassais la table, à présent, Ben ? Il me semble que c'est ton soir.

— Non, j'ai pas envie !

— Envie ou pas, c'est la même chose. Je te rappelle notre accord : je prépare les repas, et vous vous occupez de remplir le lave-vaisselle à tour de rôle, ton frère et toi.

Ben esquissa une moue boudeuse, puis son visage s'éclaira, et il dit d'un ton triomphant :

— Dylan habite ici, maintenant, alors pourquoi il ferait rien dans la maison, lui ?

Pourquoi cet enfant n'était-il logique que s'il y trouvait son avantage ? se demanda la jeune femme, désabusée.

— Désolée, Ben, mais M. Crosby est notre invité, et...

— Votre fils a raison, intervint Dylan. Dans la mesure où je vais partager votre vie pendant un certain temps, il est normal que j'en suive les règles.

— Merci, monsieur Crosby, mais vous n'avez pas à vous plier aux caprices de ces deux petits monstres.

— Non, j'insiste ! Je participerai aux tâches ménagères

à égalité avec vos fils, et c'est moi, ce soir, qui suis de corvée de vaisselle.

— Génial ! s'exclama Ben. Tu viens, Chris ? On va...

— Faire vos devoirs ! décréta Abby.

Ben ouvrit la bouche pour protester, mais comprenant sans doute qu'il avait maintenant tout intérêt à adopter un profil bas, il la referma sans rien dire.

— Ensuite, vous pourrez regarder la télévision, ajouta la jeune femme.

Les enfants se levèrent d'un bond et sortirent en trombe de la cuisine.

— Excusez-les, déclara Abby. Leurs manières laissent un peu à désirer.

— Ne vous excusez pas. J'ai eu leur âge.

— Oui, bien sûr... Vous voulez autre chose, monsieur Crosby ?

— Non, merci, j'ai très bien mangé, mais vous ne trouvez pas que nous devrions nous appeler par nos prénoms ? Nous n'allons tout de même pas nous donner du « monsieur » et du « madame » pendant tout le temps de mon séjour ici ! D'accord... Abigail ?

— Abby, rectifia automatiquement la jeune femme.

— Abby.

— Dylan n'est pas un prénom très courant.

— Mon père aurait préféré quelque chose de plus simple, comme John ou Peter, mais ma mère, elle, était une excentrique, et elle a eu gain de cause.

L'écrivain fixait sur Abby ce regard scrutateur qu'elle commençait à connaître, et qui l'effrayait. Elle le voyait déjà comme le signe avant-coureur de questions auxquelles elle ne se sentait pas encore prête à répondre.

— Mes parents à moi sont tous les deux des excentriques, observa-t-elle avant de se mettre à débarrasser la table.

— Laissez cela ! déclara Dylan en se levant. C'est à moi de le faire !

— Vous vous êtes acquis la reconnaissance éternelle de Ben pour l'avoir déchargé de ce travail, mais vous n'êtes nullement obligé de…

— Si ! Je me suis engagé, et je n'ai qu'une parole.

Dylan se pencha pour prendre la pile d'assiettes qu'Abby venait de soulever, et leurs doigts se touchèrent. C'était un contact fortuit, comme en produisent tous les jours les situations les plus ordinaires, et pourtant la jeune femme sursauta si violemment que les assiettes faillirent lui échapper des mains.

— Vous êtes bien nerveuse ! remarqua Dylan.

— Je… je ne suis pas habituée à avoir un adulte avec moi dans la cuisine.

— Alors asseyez-vous. Je m'occupe de tout.

— Non, il vaut mieux que je vous aide, au moins aujourd'hui, pour vous montrer où se rangent les affaires et comment fonctionne le lave-vaisselle. Ce n'est ni très long ni très fatigant, mais je tiens à ce que mes fils participent aux tâches ménagères.

— Je peux préparer le dîner une ou deux fois par semaine, si vous voulez, et ces soirs-là, c'est vous qui débarrasserez, histoire de varier les plaisirs.

— Vous cuisinez ?

— Oui. Ça vous surprend ?

C'était bien le cas. Son père, son frère et son mari, les seuls hommes dont Abby avait partagé l'existence, n'auraient même pas su allumer un four, et elle avait bêtement étendu cette incompétence à l'ensemble de la gent masculine.

— Un peu, reconnut-elle.

Maintenant occupé à charger le lave-vaisselle, Dylan remarqua :

— Les paniers ont du jeu, et j'ai l'impression que le

bras d'aspersion supérieur est désaxé… Vous devriez changer cet appareil, ou au moins le faire réparer.

— Il marche très bien.

La jeune femme l'avait acheté d'occasion, et installé elle-même, au prix de longs efforts, mais elle n'avait pas l'intention de l'avouer. Et il y avait dans la maison beaucoup d'autres choses qu'il aurait été plus urgent de changer ou de réparer. Ses moyens ne le lui avaient pas permis jusqu'ici, mais elle le pourrait une fois le manuscrit accepté par l'éditeur et le reste de l'avance versé sur son compte bancaire.

Ils terminèrent leur tâche en silence, puis Dylan suggéra :

— Si nous établissions notre planning de travail, à présent ?

— Vous êtes impatient de commencer ?

— Oui. J'attends depuis plusieurs années le feu vert pour écrire cette biographie.

— Je comprends… Eh bien, les moments où je suis le plus disponible sont le milieu de la matinée et le début de l'après-midi, mais j'essaierai de m'arranger pour me libérer plus souvent.

— Je vous en remercie.

Le simple fait de ranger la cuisine ensemble les avait-il rapprochés ? songea Dylan. C'était inattendu, mais il se sentait mieux disposé à l'égard d'Abby. Et elle éprouvait peut-être le même sentiment de complicité, car ce fut sans lui demander d'abord s'il en voulait qu'elle lui apporta une tasse de café, comme si elle avait deviné qu'il en mourait d'envie.

Plus étrange encore, il dut se retenir pour ne pas toucher les cheveux qui retombaient en cascades blondes sur ses épaules. Et après lui avoir tendu la tasse, elle demeura immobile devant lui plus longtemps que nécessaire.

Quelque chose passa alors entre eux, comme si un mystérieux aimant les attirait l'un vers l'autre…

Et puis Abby se détourna. Le charme était rompu.

« Concentre-toi sur le quotidien, se dit la jeune femme. Cela t'occupera l'esprit et te permettra d'ignorer ces stupides élans de désir. »

— Nous prenons notre petit déjeuner tôt, les enfants et moi, déclara-t-elle, parce que le car de ramassage scolaire vient les chercher à 7 h 30. Si vous aimez vous lever tard, vous devrez donc vous débrouiller tout seul.

— Pas de problème.

— Si je ne suis pas dans la maison, je serai probablement dans l'écurie, ou dans l'une des autres dépendances, mais je rentrerai vers 10 heures pour travailler avec vous.

Qu'est-ce qu'une femme comme elle pouvait bien faire dans une écurie pendant plus de deux heures ? songea Dylan.

Décidant de le découvrir par lui-même plutôt que de poser la question, il annonça :

— D'accord pour 10 heures, mais il y aura sans doute des jours où mes contraintes à moi nous obligeront à changer d'horaire.

— Bien sûr, je m'efforcerai de m'adapter. Mes soirées sont cependant réservées aux enfants. Ils vont se coucher à 20 h 30, et j'accepterai de vous consacrer ensuite quelques heures si vous le jugez indispensable, mais à titre exceptionnel : c'est le moment où je m'occupe de tout ce que je n'ai pas eu le temps de faire dans la journée.

— Moi aussi.

Peut-être était-ce un effet de la lumière tamisée que projetait la lampe ancienne suspendue au plafond, mais Dylan ne trouvait plus le visage d'Abby seulement beau : il y voyait également de la douceur, de la chaleur, un mélange de gravité et d'innocence qui pouvait amener un homme imprudent à oublier la duplicité foncière des femmes. L'expérience avait heureusement rendu Dylan très prudent.

— J'ai quelque chose à vous demander, Abby.

— Oui ?

— Pourquoi avez-vous abandonné la scène ?

— Vous avez eu l'occasion d'assister à une représentation des « Triplées O'Hurley » ? s'exclama la jeune femme en riant.

— Non.

— J'en étais sûre ! Vous ne m'auriez pas posé la question, autrement !

— Votre numéro était donc si mauvais ?

— Pire que ça ! Excusez-moi, maintenant, mais il faut que je monte voir ce que font les garçons. Le silence qui règne là-haut ne me dit rien qui vaille. La télévision est dans le séjour, si vous voulez regarder les informations.

Une fois de plus, Abby avait surpris Dylan : jamais il ne l'aurait crue capable de se moquer d'elle-même ; c'était une qualité rare et difficile, sinon impossible, à simuler. Du train où allaient les choses, il ne resterait bientôt plus rien des certitudes qu'il avait en entrant dans cette maison...

— Je finirai bien par vous percer à jour, madame Rockwell..., murmura-t-il.

— Pardon ?

— Désolé, je réfléchissais tout haut.

— Je sais, mais j'ai entendu ce que vous disiez, et je tiens à vous rassurer : je ne suis pas aussi compliquée que vous avez l'air de le penser. De toute façon, c'est pour écrire un livre sur Chuck, et non sur moi, que vous êtes ici.

— Oui, et je le ferai, ça aussi.

Cette perspective suscitait chez Abby autant d'espoir que de frayeur, mais elle se contenta de hocher la tête avant d'aller rejoindre ceux pour qui elle avait accepté de se mettre en danger : ses enfants.

3

Comme la veille, Dylan entendit des pas furtifs dans le couloir, puis sa porte s'entrouvrir doucement. Ces bruits l'avaient réveillé en sursaut, et il lui fallut un moment pour se souvenir qu'il n'était pas dans une chambre d'hôtel, au beau milieu d'une enquête à risque. Cette période de sa vie était derrière lui, et le pistolet qu'il avait caché sous son oreiller pendant trois ans n'y était plus. Par habitude, cependant, il feignit le sommeil en gardant les paupières closes et en respirant de façon profonde et régulière.

— Il dort encore.

C'était la voix de Ben, sourde et légèrement méprisante.

— Pourquoi il a le droit de se lever tard, lui ? chuchota Chris.

— Parce quc c'est un adulte, espèce d'idiot ! Les grands peuvent faire tout ce qu'ils veulent.

— Maman est levée, et c'est une grande.

— Oui, mais elle, c'est pas pareil : il faut qu'elle s'occupe de nous.

— Ben ! Chris ! Dépêchez-vous de descendre ! Le car sera là dans dix minutes ! appela Abby depuis le bas de l'escalier.

— Viens ! dit Ben à son frère. On recommencera à l'espionner ce soir, en rentrant de l'école.

La porte se referma, et Dylan ouvrit les yeux. Sans

prétendre bien connaître les enfants, il avait la nette impression que les petits Rockwell sortaient de l'ordinaire. Tout comme leur mère. Il jeta un coup d'œil à son réveil. 7 h 20. Les habitudes des habitants de cette maison étaient réglées comme du papier à musique.

Vingt minutes plus tard, il descendit l'escalier et s'arrêta, stupéfait, en découvrant la cuisine transformée en véritable champ de bataille. Il y avait deux boîtes de céréales renversées sur la table, un paquet de pain de mie ouvert sur le plan de travail avec, à côté, une grande traînée de confiture, un pot de beurre de cacahuète au couvercle vissé de travers et tout un assortiment de cuillères et de couteaux sales. Des bols s'entassaient pêle-mêle dans l'évier, et des empreintes de pattes boueuses, devant la porte de derrière, traçaient un chemin d'un mètre à peine. Inutile d'être Sherlock Holmes pour comprendre que Sigmund avait tenté une incursion — vite enrayée.

Mais la cafetière posée sur la cuisinière était à moitié pleine, et, pour Dylan, c'était le plus important. Il se servit, puis se dirigea avec sa tasse vers la fenêtre. La pluie avait gelé durant la nuit, et la pellicule de glace qui recouvrait le sol étincelait au soleil. Elle ne tarderait pas à fondre, et les abords de la maison seraient alors de nouveau transformés en bourbier…

Dans la lumière éclatante de cette belle journée d'hiver, le paysage alentour apparaissait avec plus de netteté que la veille, et Dylan fut de nouveau frappé par l'absence de voisins, proches ou lointains. Pourquoi une femme comme Abby, habituée à être sous les feux des projecteurs, avait-elle choisi de venir s'enterrer dans cet endroit perdu ?

Et il y avait un autre mystère qui intriguait Dylan : pourquoi n'avait-elle pas d'homme dans sa vie ? Veuve depuis quatre ans, jeune, belle et riche, elle aurait logiquement dû se trouver, sinon un deuxième mari, du moins un compagnon. Elle n'était certes pas seule et, contrairement à toute attente, ses fils comptaient beaucoup pour elle, mais une femme de son âge avait d'autres besoins...

L'apparition d'Abby, qui sortait d'un appentis, tira Dylan de ses réflexions. Elle referma soigneusement la porte, passa la main dans des cheveux que le soleil faisait briller comme de l'or liquide, puis resta immobile, le visage levé vers le ciel, un léger sourire sur les lèvres. Elle était emmitouflée dans un gros anorak dont le bas lui arrivait à mi-hanches, laissant découvert un jean étroit et rentré dans des bottes en caoutchouc fatiguées.

Se savait-elle observée et prenait-elle une pose ? se demanda Dylan tandis qu'une onde de désir aussi inopportune qu'incontrôlable courait le long de ses veines. Mais non... Elle n'avait pas tourné la tête, ni même jeté un coup d'œil en direction de la maison... L'image de sérénité et de douceur qu'elle offrait n'avait donc rien d'étudié.

Au bout d'un moment, elle se remit en marche, le panier qu'elle tenait à bout de bras se balançant au rythme de ses pas, puis elle disparut dans l'écurie.

Abby avait toujours aimé l'atmosphère et l'odeur de l'écurie, surtout le matin, quand les animaux commençaient juste à se réveiller. Après avoir posé son panier près de la porte, elle entra dans le premier box, celui de la jument alezane qui allait bientôt mettre bas, et lui caressa les flancs. Tous les muscles du cheval frémirent, mais il se détendit quand la jeune femme lui murmura :

— Oui, je sais, tu te sens grosse et laide... J'ai connu ça, moi aussi, et les dernières semaines sont les pires, mais tu vas avoir un beau poulain, et j'ai déjà un acheteur : M. Jorgensen est très intéressé.

Avec un soupir, Abby passa un bras autour de l'encolure de la jument, et ajouta pour elle-même :

— Mon Dieu ! Pourquoi cela me donne-t-il le sentiment d'être une marchande d'esclaves ?

— Ce sera votre première vente ?

Dylan… Elle ne l'avait pas entendu arriver. Sans lâcher la jument, elle se tourna vers lui. Il s'était rasé, ce qui adoucissait un peu ses traits, mais son expression était toujours aussi dure.

— Oui, répondit Abby. Jusqu'à maintenant, je n'ai fait qu'acheter des chevaux. Ils ne m'ont encore rien rapporté.

La jument était très belle, puissante et bien charpentée, avec un œil vif et une robe luisante, nota Dylan en pénétrant dans le box.

— Comment s'appelle-t-elle ? demanda-t-il.

— Eve, parce qu'elle va me donner mon premier poulain.

— C'est vous qui l'avez choisie ?

— Non. M. Petrie m'a dit de placer une enchère sur elle, et je lui ai obéi. Elle était à peine sevrée, à ce moment-là.

— Ce Petrie s'y connaît, car vous avez là une excellente poulinière.

— L'idée de la séparer de ses petits dès leur naissance me brise pourtant le cœur.

— Les affaires sont les affaires.

Dylan retrouvait avec plaisir les odeurs et l'ambiance apaisante d'une écurie. Il habitait en ville depuis si longtemps qu'il les avait presque oubliées.

— Combien de chevaux avez-vous ? déclara-t-il.

— Huit : un étalon, quatre juments, dont deux sont pleines, et trois hongres, pour monter. Comme vous le voyez, je ne suis pas près de diriger un haras.

— Non, mais c'est un bon début.

Tout en parlant, Abby avait pris le licou suspendu à la cloison, et Dylan, surpris, demanda :

— Qu'est-ce que vous allez faire ?

— Mettre les chevaux au pré le temps de nettoyer leurs box.

— C'est vous qui vous en chargez ?

— M. Petrie vient me donner un coup de main trois fois par semaine, mais il est en ce moment au fond de son lit avec la grippe, comme la moitié des habitants du comté.

Après avoir équipé d'un licou les deux juments pleines, Abby les emmena dehors. Dylan la regarda s'éloigner sans bouger. Elle était bien trop frêle pour manier une fourche à fumier pendant plus de trois minutes, alors qu'essayait-elle de prouver ? Les femmes jouaient souvent les martyres pour apitoyer les hommes, et cette ruse marchait peut-être avec certains, mais pas avec lui.

Et puis il parcourut l'écurie des yeux. Huit box à nettoyer... Même si Abby essayait de lui donner le change, il ne pouvait pas la laisser effectuer seule une tâche aussi pénible.

Abby était en train de refermer la barrière du pré quand elle vit Dylan s'approcher avec les deux autres juments. Elle se porta à sa rencontre, tendit la main vers les longes, mais il lui lança un regard si dur qu'elle recula d'un pas.

— C'est gentil de vouloir m'aider, dit-elle, mais vous n'êtes pas obligé. Si vous avez interprété mes paroles comme une sollicitation tacite, vous vous êtes trompé.

— Ce n'est pas le cas, grommela-t-il.

— Ecoutez, monsieur Crosby... euh... Dylan... Je peux très bien me débrouiller sans vous, et je suis sûre que vous préféreriez occuper votre matinée à des activités plus agréables.

— Comme ça, à brûle-pourpoint, il ne m'en vient qu'une douzaine à l'esprit.

— Alors rentrez dans la maison et attendez tranquillement que je vous y rejoigne.

— Non !

— Bon, puisque vous me proposez si aimablement vos services, je me vois dans l'obligation de les accepter.

— Je suis d'une amabilité proverbiale.

— Je n'en doute pas.

Une fois les juments dans le pré, Dylan regagna l'écurie avec Abby.

— Les hongres sortent tout de suite, eux aussi, indiqua-t-elle, mais l'étalon reste ici jusqu'à ce que ce soit au tour de son box d'être nettoyé, et je rentre les autres chevaux avant. Si je laisse Thunder dehors avec eux, il risque de mordre les hongres et de se montrer un peu entreprenant avec les juments.

— Quel animal gracieux !

— Il a un tempérament un peu trop fougueux, mais un très beau pedigree.

Le rouan auquel la jeune femme était en train de passer un licou lui donna soudain un violent coup de tête. Elle vacilla, et Dylan tendit automatiquement le bras pour l'empêcher de tomber, mais elle avait déjà retrouvé son équilibre.

— Espèce de brute ! déclara-t-elle en riant à l'animal. Tu sais que je vais t'enfermer dans un pré, et tu aimerais mieux que je t'emmène te promener, hein ? Peut-être plus tard, mais là, je n'ai vraiment pas le temps.

Quand les trois hongres eurent rejoint les juments, Abby enfila une paire de gants de jardinage et en tendit une autre à Dylan.

— Vous êtes sûr que ça ne vous ennuie pas ? demanda-t-elle.

— Prenez la rangée de gauche, je m'occupe de celle de droite.

Dylan attrapa une fourche et se mit au travail. Il aurait

nettoyé ses quatre stalles et changé leur litière avant qu'Abby en ait terminé avec une seule, il en était certain.

Il se rendit bientôt compte que si les séances de musculation qu'il faisait régulièrement le maintenaient en forme, elles ne lui procuraient pas le même sentiment de satisfaction qu'une activité purement manuelle comme celle-ci. Certains muscles dont il avait oublié l'existence se rappelèrent cependant à son bon souvenir tandis qu'il allait vider une brouette pleine de fumier sur le tas de compost, au fond de l'écurie... Abby avait allumé un transistor et accompagnait de la voix les chansons qui passaient. Il l'ignora — ou tenta du moins de l'ignorer.

C'était la première fois que la jeune femme travaillait aux côtés d'un homme. Il y avait bien M. Petrie, se rappela-t-elle en essuyant d'un revers de manche la sueur qui perlait sur son front, mais lui, c'était différent. Son mari ne se serait jamais abaissé à ramasser du fumier, et son père... Abby sourit. Quand Frank O'Hurley venait lui rendre visite, il se trouvait toujours quelque chose d'urgent à faire au moment où son aide risquait d'être sollicitée. L'artiste en lui répugnait à se salir les mains, et Abby ne lui en voulait pas.

Le mode de vie campagnard ne convenait ni à son père, ni au reste de sa famille, ni à Chuck, mais il lui convenait à elle et à ses enfants. Elle avait fait des concessions, elle devrait sans doute encore en faire, mais rien, jamais, ne la déciderait à quitter sa ferme.

Alors que Dylan attaquait son troisième box, il vit du coin de l'œil Abby entrer dans la stalle voisine.

— Terminez d'abord votre rangée ! ordonna-t-il.

— Je l'ai terminée.

— Ah bon ? Vous travaillez vite !

— Question d'habitude.

— Laissez-moi quand même finir la mienne. J'ai dit que je m'en chargeais, et...

— Et vous n'avez qu'une parole, je sais, mais permettez-moi au moins d'aller vider la brouette : elle est presque pleine.

Tout en parlant, la jeune femme était sortie du box. Elle s'apprêtait à soulever les brancards de la brouette quand Dylan s'écria :

— Posez ça !

— Mais…

— Posez ça ! répéta-t-il d'un ton menaçant avant de planter sa fourche dans le foin et de se diriger vers Abby, les yeux luisant de colère.

Son orgueil de mâle était blessé, comprit-elle. Il ne supportait pas qu'une femme le surclasse dans une activité physique, domaine où les hommes étaient censés être les meilleurs. Cela faisait si longtemps qu'elle vivait seule que le risque de provoquer ce genre de réaction machiste ne lui avait même pas effleuré l'esprit.

Elle posa la brouette et déclara :

— Voilà ! Vous n'avez aucune raison de vous fâcher.

— Si ! Vous croyez vraiment que je vais vous laisser transporter dix kilos de fumier alors que je suis là pour m'en occuper ?

— Excusez-moi, je ne voulais pas…

— C'est *mon* travail, compris ?

— Oui, je veillerai désormais à ne le faire qu'en votre absence.

Dylan attrapa les brancards et s'éloigna en marmonnant des phrases inintelligibles. Abby secoua la tête, puis sortit de l'écurie pour y ramener les juments dont les box avaient été nettoyés.

Après avoir attendu sagement que Dylan ait achevé sa tâche, elle alla chercher les autres chevaux, les pansa et leur donna à manger. Il ne restait plus maintenant que l'étalon.

— Je me charge de lui, dit la jeune femme d'un ton qui,

cette fois, n'admettait pas de réplique. Il est ombrageux et imprévisible... Hein, Thunder, tu n'aimes pas qu'on envahisse ton espace ?

Sans cesser de parler à voix basse au cheval, elle ouvrit le haut de la porte, attendit un moment pour ouvrir le bas, puis pénétra à pas lents dans le box. L'étalon recula, les oreilles en arrière, mais elle continua de lui murmurer des mots apaisants et lui maintint fermement la tête le temps de lui mettre le licou.

— Ecartez-vous ! ordonna-t-elle ensuite à Dylan. Il déteste se sentir bridé, et il va sûrement manifester sa contrariété en lançant quelques coups de pied.

Comme pour lui donner raison, Thunder commença alors de ruer et de se cabrer. Il se calma quand Abby l'eut grondé doucement — un peu à la manière dont elle grondait ses fils, pensa Dylan.

Une fois seul, il empoigna sa fourche et entreprit de nettoyer le box. Il avait presque fini lorsque la jeune femme revint.

— Vous n'êtes visiblement pas novice en la matière, observa-t-elle.

Comme il avait relevé les manches de son pull-over, elle voyait jouer les muscles de ses avant-bras. Il grommela une réponse, mais, plongée dans sa contemplation, elle ne l'entendit pas. L'envie la démangeait de toucher ces bras puissants, de sentir leur force l'envelopper. Il y avait si longtemps que...

La jeune femme s'obligea à se ressaisir. Elle alla caresser l'une des juments et demanda d'un ton faussement désinvolte :

— Vos parents élevaient des chevaux ?

— Non, ils avaient un troupeau de vaches laitières, mais il y a toujours quelques chevaux, dans une ferme. Cela dit, je n'avais pas nettoyé un box depuis l'âge de seize ans.

— Vous n'avez pas perdu la main.

— Ce sont des choses qui ne s'oublient pas.

Le plaisir qu'il y prenait risquait en revanche de lui faire oublier la raison de sa présence chez Abby, songea Dylan. Mais dans l'immédiat, il voulait achever le travail commencé.

— Vous avez un balai ? s'enquit-il.

— C'est à Ben qu'incombe la mission de balayer l'écurie, et je laisse généralement Thunder au pré pendant toute la matinée, si bien que nous en avons terminé ici pour l'instant. Et grâce au temps que votre aide m'a permis de gagner, je vais pouvoir vous préparer du café frais.

— Il sera le bienvenu, avoua Dylan.

Ensuite, il irait chercher son Dictaphone, son bloc-notes, et il se concentrerait sur le but de son séjour en Virginie.

— Je n'ai pas rangé la cuisine après le départ des enfants, déclara Abby. Vous y avez tout de même trouvé de quoi manger ?

— Je n'ai pas cherché. J'ai juste pris une tasse de café.

— J'ai là de quoi vous faire des œufs au bacon, annonça la jeune femme en soulevant le panier qu'elle avait posé près de la porte.

— Vous avez des poules ?

— Oui. Ce sont les garçons qui s'occupent de ramasser les œufs l'été, mais l'hiver, je n'ai pas le cœur de les envoyer patauger dans la boue avant l'école, et c'est donc…

Le pied de Dylan dérapa sur une plaque de verglas. Abby tendit la main pour le rattraper, mais elle glissa elle aussi. Instinctivement, ils s'agrippèrent l'un à l'autre, et restèrent un moment à vaciller, étroitement enlacés, avant de recouvrer leur équilibre.

Le visage enfoui dans l'épaule de l'écrivain, Abby se mit à rire.

— Ça vous amuse, d'avoir failli vous rompre le cou ? s'écria Dylan.

— Je ris toujours quand je viens d'échapper à une catastrophe, expliqua-t-elle en levant la tête vers lui.

Un sourire flottait sur ses lèvres, ses yeux brillaient comme des émeraudes et, sans réfléchir, Dylan plongea les doigts dans ses cheveux. Il n'aurait pas dû, bien sûr, mais c'était plus fort que lui : ils étaient si blonds, si épais, si soyeux…

Le sourire d'Abby s'effaça, et la lueur de gaieté, dans ses prunelles, céda la place à la flamme sombre du désir. Dylan se sentit alors perdre pied : il brûlait soudain de l'embrasser. La déontologie — sans parler du simple bon sens — le lui interdisait pourtant…

Le cœur de la jeune femme battait la chamade. Le hasard avait exaucé son vœu de tout à l'heure : les bras musclés de Dylan l'enveloppaient. Et ils lui procuraient un merveilleux sentiment de bien-être, comme si elle connaissait cet homme depuis toujours, et non depuis moins de vingt-quatre heures… Des envies, des besoins qu'elle pensait ne plus jamais éprouver l'assaillaient brusquement, et quand Dylan pencha lentement la tête vers elle, jusqu'à ce que leurs bouches se touchent presque, elle entrouvrit les lèvres, prête à s'offrir à son baiser.

Et puis sa raison reprit le dessus. Une seule fois dans sa vie, elle avait omis de réfléchir avant d'agir, et cela lui avait coûté très cher.

— Non, murmura-t-elle. Il ne faut pas.

— Comme vous voudrez, déclara Dylan en rompant leur étreinte.

La façon dont Abby lui avait fait croire qu'elle était consentante, pour finalement se dérober, était typique des femmes, songea-t-il. Elles aguichaient les hommes, puis les repoussaient, jouant ainsi avec leur libido pour mieux asseoir leur pouvoir sur eux.

Furieux d'être tombé dans ce piège vieux comme le monde, il se dirigea vers la maison à grands pas, au risque de glisser de nouveau, mais peu lui importait...

Abby regarda Dylan s'éloigner. Il paraissait très en colère, comme s'il ne comprenait pas qu'ils auraient commis une grave erreur en donnant à leurs relations une nature plus intime. A quoi cela les aurait-il menés, sinon à rendre la situation plus compliquée encore qu'elle ne l'était déjà ?

Quand elle entra dans la cuisine, il avait la main sur le bouton de la porte du vestibule.

— Restez ! lui dit-elle. Votre petit déjeuner sera prêt dans quelques minutes.

— Prenez votre temps ! répliqua-t-il avant de quitter la pièce.

Son ton sec la blessa et, cherchant comme toujours dans le travail un dérivatif à ses problèmes, elle entreprit de préparer le café et les œufs au bacon.

La passion qui l'avait envahie dans les bras de l'écrivain n'était pas encore tout à fait éteinte, mais elle ne pouvait pas laisser une étreinte fortuite avec un quasi-inconnu bouleverser un équilibre durement acquis. A bien y réfléchir, d'ailleurs, Dylan avait dû céder à une pulsion qui n'avait rien d'irrésistible, sinon il aurait un peu insisté... Ce n'était pas très étonnant, en fait : elle n'était pas le genre de femme à rendre les hommes fous de désir. Chuck lui avait assez souvent reproché son manque de sensualité pour l'en convaincre. Elle avait cependant d'autres qualités, qui faisaient d'elle une personne sérieuse, responsable, attentive aux autres, et cela lui suffisait.

Ses pensées furent interrompues par le retour de Dylan.

Elle le vit poser un petit magnétophone sur la table, et le calme relatif qu'elle avait réussi à retrouver s'évapora.

— Vous voulez travailler ici ? demanda-t-elle.

— Oui, nous y serons au chaud.

— Bien… Vous pouvez vous asseoir : les œufs sont presque cuits.

— Merci, mais ne vous sentez pas obligée de me préparer trois repas par jour. C'est gentil de votre part, mais…

— Le montant du chèque que vous m'avez envoyé pour couvrir vos frais de séjour le justifie.

— Je croyais que vous aviez du personnel.

— Du personnel ? répéta Abby.

Cette idée l'amusa tellement que, toute sa nervosité envolée, elle éclata de rire.

— Moi, j'aurais une cuisinière, une femme de chambre, et pourquoi pas un majordome, tant que vous y êtes ? reprit-elle. Où êtes-vous allé chercher ça ?

Avant de répondre, Dylan mit le Dictaphone en marche.

— Rockwell était riche, et vous avez hérité de tous ses biens, non ? A votre place, la plupart des femmes auraient une domestique ou deux.

— Je préfère m'occuper moi-même de mon intérieur.

— Vous n'aviez personne pour vous aider, du vivant de votre mari ?

— Si, mais pas ici : à Chicago, avant et après la naissance de Ben. Comme Chuck voyageait énormément et que nous n'avions pas encore de maison à nous, nous logions chez sa mère, et il y avait là toute une armée de domestiques.

— Janice Rockwell… Elle ne vous aimait pas beaucoup, n'est-ce pas ?

— Qui vous a raconté cela ? demanda Abby en servant les œufs et une tasse de café à Dylan.

— Des gens que j'ai interrogés au cours de mon

enquête préliminaire. Et il n'a pas dû être très agréable de cohabiter avec une belle-mère qui désapprouvait votre mariage avec son fils.

La conversation s'engageait sur un terrain dangereux, et Abby choisit bien ses mots avant de déclarer :

— Janice n'était pas vraiment contre ce mariage, mais elle adorait Chuck. Vos recherches vous ont sûrement appris qu'elle s'est retrouvée veuve très jeune. Son fils n'avait alors que sept ans, et ce n'est pas facile pour une femme seule d'élever des enfants.

— Vous êtes bien placée pour le savoir.

— Oui. Quoi qu'il en soit, Janice avait tendance à se méfier des femmes qui tournaient autour de Chuck. Un homme aussi célèbre et séduisant que lui avait forcément beaucoup d'admiratrices.

— Mais vous n'en faisiez pas partie.

— Non, le monde de la formule 1 m'était totalement étranger. Je ne connaissais ni le nom ni le visage de Chuck la première fois que je l'ai vu.

— J'ai du mal à le croire.

— Janice aussi.

— D'où son antipathie pour vous : elle vous considérait comme une intrigante.

— Ne me faites pas dire ce que je n'ai pas dit ! Et si vous êtes si sûr de connaître à l'avance les réponses à vos questions, inutile de me les poser : nous gagnerons tous les deux du temps.

— Excusez-moi... Vous vous entendiez donc bien avec votre belle-mère ?

— Assez bien. Nous n'étions pas intimes, mais Janice n'avait rien contre moi personnellement. Elle avait juste du mal à accepter qu'une femme — n'importe laquelle — lui enlève son fils unique. C'est parfaitement naturel.

Dylan avait le sentiment que ce sujet rendait son interlocutrice nerveuse. Elle avait entrepris de ranger la cuisine, et l'énergie qu'elle y mettait semblait destinée à masquer un certain malaise. Il décida cependant de ne pas insister. Il y reviendrait plus tard.

— J'aimerais que vous me racontiez votre première rencontre avec Chuck.

Le danger était passé, songea Abby, soulagée. Elle allait enfin pouvoir parler sans être contrainte de surveiller chacun de ses mots.

— Nous nous produisions, ma famille et moi, dans un cabaret de Miami. Une course importante se déroulait alors à proximité, et des groupes de pilotes, de mécaniciens, de sponsors et de fans avaient pris l'habitude d'assister à notre spectacle. C'est Chantel qui les attirait, je crois : elle était déjà ravissante et, même si elle n'a jamais eu la voix de Maddy, elle chantait bien. Après chaque représentation, papa devait tenir à distance la horde d'hommes qui s'intéressaient à elle d'un peu trop près. Et puis, un soir, Chuck est venu avec Brad Billinger.

— Billinger a maintenant quitté le circuit de formule 1.

— Oui, il a mis fin à sa carrière après la mort de Chuck. Ils étaient très proches. Je ne l'ai pas vu depuis plusieurs années, mais il envoie toujours des cadeaux aux enfants pour leur anniversaire et à Noël… Bref, l'entrée de Chuck et de Brad a provoqué des cris et une pagaille indescriptible. Mes sœurs et moi étions alors sur scène, et il y avait tellement de vacarme dans la salle qu'il couvrait nos voix. Ce n'est cependant pas rare, dans ce métier : la clientèle des cabarets est souvent bruyante, agitée, et l'alcool n'arrange rien.

— Non, j'imagine.

— C'était toujours moi que papa chargeait de régler ce genre de problème, parce que Chantel avait tendance à se mettre en colère, et Maddy à regagner les coulisses en attendant que les choses se calment. J'ai donc pris le micro et annoncé que notre numéro suivant était si dangereux qu'il nous fallait un silence absolu.

Ainsi, à dix-huit ans, Abby avait pour mission de discipliner une foule de spectateurs excités..., pensa Dylan en se renversant sur sa chaise. Pour que son père lui ait confié cette tâche, et contrairement aux apparences, elle devait avoir un caractère bien trempé.

— Mon intervention a ramené le silence à toutes les tables sauf une, celle des deux nouveaux arrivants, pousuivit-elle. J'ai jeté un coup d'œil dans cette direction, et je me suis aperçue que Chuck me regardait fixement. Ensuite, à l'entracte, Chantel m'a dit que le Superman de la formule 1 m'avait dévorée des yeux pendant toute la fin de notre prestation. C'est elle qui m'a appris qui c'était : elle lisait beaucoup les magazines *people*.

— Excusez-moi de vous interrompre, mais je peux fumer ?

— Si vous voulez.

Après avoir fouillé tous les tiroirs de la cuisine, la jeune femme finit par trouver un couvercle de bocal à conserves et le posa devant Dylan.

— Désolée, c'est tout ce que je peux vous offrir en guise de cendrier, déclara-t-elle.

— Ce sera parfait... Ainsi, ça a été le coup de foudre ?

Comment expliquer ce qui s'était passé exactement ? se demanda Abby. Elle n'avait alors que dix-huit ans, aucune expérience des hommes... Avec le recul, elle comprenait qu'elle avait été en grande partie victime de sa naïveté, mais Dylan refuserait sûrement de le croire, alors mieux valait aller au plus simple.

— On peut appeler ça comme ça, dit-elle. Chuck est resté jusqu'à la fin du spectacle, il est revenu le lendemain soir, s'est présenté et a proposé de m'emmener dîner, bien qu'il soit plus de minuit. Cela m'a donné l'impression d'être tellement adulte, tellement... femme.

Abby sourit. Elle était si jeune, alors, et, comme Chris, si crédule…

— Papa n'a évidemment pas voulu en entendre parler, reprit-elle. Le lendemain après-midi, deux douzaines de roses rouges m'ont été livrées au motel où nous logions. Rien d'aussi romantique ne m'était jamais arrivé… Et le soir, Chuck était de nouveau dans la salle, et tous les soirs suivants, jusqu'à ce qu'il ait ensorcelé ma mère, amadoué mon père et fait ma conquête. Quand il a quitté Miami pour le pays où se déroulait la prochaine épreuve du Grand Prix, je suis partie avec lui. Dans l'intervalle, j'étais devenue son épouse.

— Comment votre famille a-t-elle réagi à ce mariage éclair ?

« Donne-lui assez de grain à moudre pour qu'il ait des histoires à raconter, mais pas plus ! » se dit la jeune femme.

— Ma famille a rarement une opinion unanime sur un sujet quel qu'il soit. Ma mère a pleuré, puis elle a retouché sa robe de mariée pour la mettre à ma taille. Papa a pleuré, lui aussi, d'une part parce qu'il devait se séparer de l'une de ses filles, et d'autre part parce que cela sonnait le glas des « Triplées O'Hurley ». Maddy m'a traitée de folle, mais elle a tout de suite ajouté que tout le monde avait le droit de commettre une folie de temps en temps. Quant à Chantel…

La plus grande prudence s'imposant de nouveau, Abby laissa sa phrase en suspens.

— Quant à Chantel ? répéta Dylan.

— Eh bien, c'est l'aînée de nous trois. Elle est venue au monde seulement deux minutes et demie avant moi, mais cela en fait malgré tout ma grande sœur. Déjà à cette époque, elle avait décidé d'avoir de nombreux amants, et comme j'étais censée la prendre pour modèle en tout, elle a trouvé stupide que je me marie aussi jeune. Trace, lui, ne l'a appris que trois ou quatre mois plus tard. Il était alors en Autriche.

— Trace, votre grand frère ? Je n'ai pas beaucoup d'informations sur lui.

— Personne n'en a, et c'est sans importance en ce qui vous concerne : il n'a jamais rencontré Chuck.

— A peine mariée, vous avez donc suivi Chuck sur le circuit de formule 1... Un peu curieux, comme lune de miel, non ?

Par certains côtés, cette première année tout entière avait été une lune de miel, se rappela Abby, mais il y avait manqué ces moments de solitude à deux qui lui auraient permis de mieux connaître Chuck et, peut-être, de sauver leur couple.

— J'avais l'habitude de voyager, déclara-t-elle d'un ton dégagé. J'ai même failli naître dans un train : papa a conduit maman de la gare à l'hôpital de Duluth vingt minutes avant qu'elle n'accouche, et, dix jours plus tard, nous repartions... Quand je me suis installée ici, je n'avais encore jamais vécu plus de six mois d'affilée au même endroit. En me mariant avec Chuck, j'ai juste échangé un circuit contre un autre.

— Mais celui de formule 1 est plus excitant.

— A certains points de vue, mais, comme les artistes, les pilotes ne peuvent espérer réussir qu'au prix d'un long et dur travail.

— Pourquoi avez-vous épousé Chuck ?

Le visage qu'Abby tourna vers Dylan était lisse, mais il lui sembla voir une ombre de tristesse voiler son regard.

— Il avait tout du prince charmant, répondit-elle, et je croyais aux contes de fées.

4

Abby ne lui disait pas toujours la vérité, Dylan n'avait pas besoin d'un détecteur de mensonges pour s'en rendre compte : un léger changement de ton ou une petite hésitation lui suffisaient pour repérer les moments où elle ne répondait pas à ses questions avec une entière franchise.

Les mensonges ne le dérangeaient pas. Ils ne le surprenaient pas non plus. Les gens mentaient pour diverses raisons — l'instinct de conservation, la gêne, le refus de montrer ses faiblesses —, et c'était à lui de distinguer le vrai du faux. Une fois qu'il en avait compris le motif, un mensonge lui en apprenait même souvent beaucoup plus que la vérité.

L'ennui, avec Abby, c'était qu'il n'avait pas encore réussi à trouver la cause de ses réticences. Le scandale excitait le public, alors pourquoi cachait-elle des informations qui auraient fait vendre plus de livres, et lui auraient donc rapporté plus d'argent ? Elle n'était certes pas allée jusqu'à donner une vision idyllique de son mariage avec Chuck Rockwell, mais elle n'en avait pas moins minimisé les problèmes. Et Dylan savait qu'ils étaient nombreux.

Assis à sa table de travail, avec la lampe de bureau pour seul éclairage, il sortit une pile de cassettes du tiroir, puis jeta un coup d'œil à sa montre. Il était un peu plus de minuit. Les autres membres de la maisonnée étaient couchés depuis longtemps, mais lui, il n'avait pas d'horaires — et pas la moindre intention de s'en laisser imposer. S'il avait envie de travailler toute la nuit, rien ni personne ne l'en empêcherait.

Son enquête préliminaire sur Rockwell l'avait amené à interviewer des gens qui le connaissaient bien. Les opinions sur lui ainsi recueillies étaient différentes, mais toutes tranchées : il était soit adoré, soit détesté. Dylan prit la cassette marquée « Stanholz » et la mit dans le Dictaphone.

Riche avocat de Chicago, Grover Stanholz était un grand amateur de course automobile et un ami de la famille Rockwell. Pendant dix ans, il avait joué auprès de Chuck les rôles de père, de mentor et de bailleur de fonds, mais un an avant la mort de son protégé, alors devenu célèbre, il lui avait retiré et son appui, et son financement.

Pensif, Dylan appuya sur la touche d'avance rapide. Il ne lui fallut pas plus d'une minute pour trouver l'endroit qu'il cherchait, et sa voix résonna soudain dans le silence de la chambre. Il baissa le volume et écouta, le front plissé par la concentration.

« Rockwell était un gagneur, monsieur Stanholz. Il constituait pour vous un investissement très rentable... Pourquoi, dans ces conditions, et alors que tout le monde prédisait son triomphe dans le Grand Prix de France, avez-vous cessé de le commanditer ?

— Comme je vous l'ai déjà expliqué, l'intérêt que je portais à Chuck n'était pas seulement d'ordre matériel. Son père et moi étions très proches, et des liens d'amitié m'unissaient aussi à sa mère. Chuck n'avait d'ailleurs pas besoin de mon aide pour percer dans le monde de la formule 1 : il avait la course dans le sang, et cela lui aurait permis de connaître une carrière tout aussi brillante que je le finance ou qu'il ait à se démener pour trouver des sponsors.

— Il ne pouvait pas se servir de l'argent hérité de son père ?

— Non. Cet argent était placé sur un compte administré par Janice Rockwell, et jamais elle ne lui aurait donné les fonds nécessaires pour risquer sa vie en roulant à trois cents kilomètres/heure ! Elle adorait son fils, et elle m'a assez reproché de lui avoir mis le pied à l'étrier, mais j'admirais la passion qui animait ce garçon. C'était vraiment un être à part. Pour réussir dans ce métier, il faut avoir à la fois de la confiance en soi et de l'humilité, du bon sens et de l'audace. Ce dosage subtil de traits opposés, Chuck le possédait de façon innée, et je me suis toujours demandé s'il n'avait pas remporté trop de victoires trop tôt. Cela a fait pencher la balance du mauvais côté : sa confiance en lui s'est transformée en arrogance, et son audace en inconscience. Il est devenu incontrôlable.

— Incontrôlable ?

— Oui. Ses succès lui sont montés à la tête. Il se croyait invulnérable et n'écoutait plus personne. Sa mort m'a beaucoup peiné, mais elle ne m'a pas surpris : s'il ne s'était pas tué à Detroit, il se serait tué un peu plus tard, dans une autre compétition. En cessant de le financer, j'espérais lui donner matière à réfléchir, mais il a continué de s'autodétruire.

— Vous voulez dire qu'il se droguait ?

— C'est un sujet que je ne souhaite pas aborder.

— Des rumeurs ont pourtant circulé selon lesquelles Chuck aurait consommé régulièrement de la cocaïne au cours des mois précédant l'accident qui lui a coûté la vie.

— Si vous cherchez des preuves à l'appui de ces rumeurs, adressez-vous ailleurs. Pour moi, Chuck a été victime de lui-même, et je préfère me souvenir de lui comme du grand champion qu'il a incontestablement été. »

Dylan arrêta le magnétophone. Dans ses dernières

réponses, Stanholz reconnaissait tacitement que Chuck se droguait. Cette information avait été confirmée par plusieurs personnes, mais elles avaient demandé à Dylan de ne citer ni leur nom, ni leurs propos, dans son ouvrage. En tout état de cause, l'autopsie effectuée après la course n'avait révélé aucune trace de drogue dans l'organisme du pilote.

Un autre aspect de sa vie intéressait au moins autant Dylan, et il introduisit une nouvelle cassette dans le Dictaphone. C'était celle de son entretien avec Lori Brewer, sœur du chef d'entreprise qui avait succédé à Stanholz comme sponsor de Chuck. Cet ancien top model, deux fois divorcé, était de son propre aveu attiré par les hommes qui prenaient des risques. L'épouse de Rockwell n'était pas dans les tribunes à Detroit, mais sa maîtresse, elle, s'y trouvait... Dylan mit l'appareil en marche, et la voix de Lori, grave et sensuelle, s'éleva dans la pièce :

«... l'homme le plus fascinant que j'aie jamais rencontré.

— Vous avez suivi Chuck sur le circuit de formule 1 pendant près d'un an, madame Brewer... Vous aviez certainement conscience des bruits qui couraient sur la nature de vos relations avec lui...

— Bien sûr, et je m'en moquais éperdument ! Nous étions amants, et je n'en avais pas honte, au contraire ! Chuck faisait l'amour comme il pilotait : avec génie.

— Le fait qu'il soit marié ne vous posait pas de problèmes moraux ?

— Aucun. Les absents ont toujours tort, et Chuck avait de toute façon l'intention de divorcer. Sa femme avait cependant la mainmise sur son compte bancaire, et, quand il est mort, son avocat était en train de négocier un accord. »

Dylan arrêta la cassette et poussa un juron étouffé. Pas une fois au cours de leurs conversations Abby n'avait parlé de divorce. Il était bien sûr possible que Chuck ait menti à Lori Brewer, mais celle-ci avait trop d'expérience pour se laisser longtemps abuser par de fausses promesses. Si Chuck avait réellement engagé une procédure de divorce, en tout cas, Abby semblait décidée à tenir la chose secrète.

C'était un sujet que Dylan n'avait pas encore abordé directement avec elle, et celui de Lori Brewer non plus. Une fois qu'il l'aurait fait, Abby le traiterait sûrement en ennemi, et il devrait alors batailler pour lui soutirer des informations. La patience était pour l'instant sa meilleure arme, et il l'utiliserait le plus longtemps possible.

Ecartant les enregistrements de pilotes, de mécaniciens et de plusieurs femmes qui s'étaient affichées à un moment ou à un autre avec Rockwell, Dylan prit celui qu'il avait réalisé le matin même.

Il avait trouvé Abby dans le séjour, en train de plier du linge, et elle dégageait une telle impression de quiétude qu'il avait hésité à la déranger. Ses cheveux étaient relevés en queue-de-cheval, coiffure qui mettait en valeur ses pommettes hautes et dégageait son cou gracile. Un sweat-shirt trop grand pour elle dissimulait ses formes, et elle ne portait pas de chaussures, mais de grosses socquettes de laine. L'idée de troubler sa tranquillité avait ennuyé Dylan, mais après tout elle était payée pour lui apporter son concours…

Il appuya sur la touche lecture du magnétophone.

« Les exigences du métier qu'exerçait Chuck ont-elles créé des tensions dans votre couple ?

— Dans la mesure où il l'exerçait déjà quand je l'ai épousé, la compétition automobile a toujours fait partie intégrante de notre mariage.

— Vous aimiez donc le voir courir ? »

Un long silence, pendant lequel Dylan se rappelait avoir senti Abby chercher ses mots.

« C'est derrière un volant que mon mari donnait le meilleur de lui-même : il y était magnifique de compétence, de détermination, de maîtrise… Il avait tellement confiance en lui et dans ses capacités que je n'avais pas peur. Il me semblait impossible qu'il perde la course, et encore moins le contrôle de sa voiture.

— Au bout d'environ un an, vous avez pourtant cessé de l'accompagner sur le circuit.

— J'étais enceinte de Ben, et je ne pouvais plus mener ce genre de vie vagabonde. Chuck a été… »

Un nouveau silence, puis ce léger changement de ton qui annonçait une entorse à la vérité.

« Chuck a été très compréhensif. C'est quelque temps plus tard que nous avons acheté cette maison. Nous pensions tous les deux que Ben, puis Chris, avaient besoin de stabilité.

— On a du mal à imaginer un homme comme Chuck Rockwell installé dans ce coin perdu… Mais il ne s'y est pas vraiment installé, n'est-ce pas ?

— C'était pour lui un port d'attache, où il venait se ressourcer entre les compétitions. »

Cette façon oblique de répondre aux questions intriguait Dylan. A quel jeu Abby jouait-elle ? Il la connaissait maintenant assez pour ne pas douter de son intelligence. Elle était certainement au courant des infidélités de Chuck, et en particulier de sa liaison avec Lori Brewer, alors qu'essayait-elle de faire ? De protéger sa mémoire ? Mais pourquoi voudrait-elle défendre l'image d'un homme qui l'avait trompée honteusement, et sans le moindre souci de discrétion ?

Etait-elle du genre à rester dans l'ombre et à trouver son bonheur dans un rôle de femme au foyer, ou bien avait-elle toléré les aventures extraconjugales de son époux parce que tout ce qui lui importait, au fond, c'était l'argent qu'il gagnait et dont elle profitait ?

Et, de tous les portraits que Dylan avait eus de Chuck Rockwell, lequel était le vrai ? Celui du pilote narcissique, du merveilleux amant ou du mari compréhensif ? Aucun homme ne pouvait être les trois à la fois, et Abby, la seule personne en mesure d'éclairer Dylan, ne lui disait que des semi-vérités, ou des mensonges purs et simples.

Peut-être la transcription des interviews lui permettrait-elle d'y voir un peu clair ? Dylan considéra la pile de cassettes. La nuit promettait d'être longue. Il avait besoin de café pour se tenir éveillé.

A la clarté de la veilleuse qui restait allumée dans le couloir, Dylan vit que la porte de la chambre d'Abby, située en face de la sienne, était entrouverte. Et comme aucune lumière ne filtrait par l'interstice, l'envie le prit d'aller l'ouvrir un peu plus grand pour regarder Abby dormir.

Il ne céda cependant pas à la tentation. Non par discrétion — chacune de ses questions constituait une intrusion dans la vie privée de la jeune femme, et elle avait renoncé à préserver son intimité en signant ce contrat avec l'éditeur —, mais pour se protéger contre lui-même : s'il regardait, il voudrait toucher, et s'il touchait, il ne serait peut-être pas capable de s'arrêter à temps.

Une surprise l'attendait dans la cuisine : Abby y était attablée, les coudes posés de part et d'autre d'une tasse, le menton calé sur ses poings fermés. Dans la pénombre d'une pièce juste éclairée par les rayons de la lune et la lueur du feu, dans la cheminée, elle avait l'air terriblement seule.

— Abby ?

Elle sursauta et tourna vers Dylan un visage qu'il trouva anormalement pâle.

— Désolé, dit-il. Je ne voulais pas vous effrayer.

— Je ne vous avais pas entendu entrer. Pourquoi êtes-vous descendu ?

— Pour me faire du café. Et vous ?
— De la tisane.
— Vous n'arrivez pas à dormir ?
— Non. Ma conscience me tourmente.

Un frisson d'excitation parcourut Dylan : allait-il enfin connaître l'un des secrets qu'Abby lui avait cachés jusqu'ici ? Elle paraissait vulnérable, ce soir, et bien qu'il éprouve un désir inattendu de la prendre dans ses bras pour la réconforter, il tenait là une excellente occasion de lui arracher des confidences.

— Et pourquoi votre conscience vous tourmente-t-elle ? demanda-t-il.

— Je ne cesse de revoir Chris, les yeux remplis de larmes, quand je l'ai envoyé se coucher sans le laisser regarder son émission de télévision préférée.

Dylan rit intérieurement — de lui-même plus que de son interlocutrice —, mais ce fut d'un ton grave qu'il observa :

— A mon avis, Chris s'en remettra, et cette punition était de toute façon méritée : vos fils n'auraient pas dû donner à manger au chien dans l'une de vos assiettes de porcelaine fine.

— Ce service est très laid et je ne l'utilise jamais, mais c'est un cadeau de Janice à Chuck… enfin, à Chuck et à moi — sans compter qu'il a beaucoup de valeur.

— Il doit donc être traité avec respect, et vous avez eu raison de le souligner, alors pourquoi vous sentez-vous coupable ?

— Je déteste me mettre en colère.

— En colère ? Vous n'avez même pas haussé le ton !

— Non, mais Chris est parti en reniflant, Ben en boudant, et je ne supporte pas l'idée de les avoir rendus malheureux.

— Je doute que le fait d'être privés de télévision pour un soir les traumatise à vie !

— Vous me trouvez bête, n'est-ce pas ?

— Aucun homme n'est capable de comprendre vraiment ce qu'éprouve une mère, aussi me garderais-je bien de vous juger.

Abby avait la gorge sèche et un peu douloureuse. Elle but une gorgée de tisane, puis expliqua :

— Il est particulièrement difficile d'être une mère qui doit tout faire seule : fixer les règles, prendre les décisions… et commettre les erreurs. Il m'arrive parfois, tard le soir comme aujourd'hui, de me reprocher d'être trop dure, trop exigeante avec mes fils. Ils sont encore si jeunes…

— Ce ne serait pas plutôt avec vous-même que vous êtes trop dure ?

— Non. Je suis responsable d'eux.

— Ecoutez, je ne suis pas un grand expert en matière d'enfants, mais il me semble que les vôtres sont heureux et équilibrés. C'est à vous qu'ils le doivent, alors reconnaissez vos propres mérites au lieu de pleurnicher dans votre tisane !

Bizarrement, ces paroles prononcées d'un ton rogue réconfortèrent Abby.

— Je ne pleurniche pas dans ma tisane ! protesta-t-elle en riant. J'admets cependant avoir tendance à trop m'inquiéter. Quand Ben était tout petit et qu'il piquait une colère, par exemple, je téléphonais à ma mère juste pour l'entendre me dire qu'il n'était pas caractériel pour autant.

— Ce n'est pas avec votre mari que vous discutiez de ce genre de chose ?

— Il ne m'aurait pas…

La jeune femme s'interrompit. L'heure tardive et la fatigue avaient affaibli ses défenses. Si elle n'était pas vigilante, des confidences aux conséquences désastreuses risquaient de lui échapper.

— Je vais faire le café, déclara-t-elle en se levant.

— Ne bougez pas ! Je m'en occupe.

La main de Dylan s'était posée sur son épaule. Ce geste était juste destiné à la stopper dans son élan, et pourtant il lui donna envie de se retourner et de se jeter dans les bras de l'écrivain. C'était stupide, car il la repousserait, évidemment — à moins qu'il ne perçoive son émoi et en profite pour lui soutirer des informations.

Elle se rassit donc, mais cela n'empêcha pas Dylan de reprendre la conversation là où ils l'avaient laissée :

— Vous ne m'avez pas encore parlé de Chuck en tant que père… Pourquoi ?

— Parce que vous ne me l'avez pas demandé.

— Je vous le demande maintenant.

— Nous verrons demain. Je suis épuisée.

— Et moi j'en ai assez de vos faux-fuyants ! Chaque fois que j'aborde un sujet sensible, vous vous dérobez, ou bien vous me mentez carrément ! Je sais que Chuck était loin d'être parfait, alors pourquoi essayez-vous de gommer ses défauts ?

— C'était mon mari. Cela vous suffit, comme réponse ?

— Non !

A la voix tremblante de son interlocutrice, Dylan sentit qu'elle était sur le point de craquer, et, même s'il avait eu des scrupules, il les aurait fait taire : il avait besoin de connaître la vérité, non seulement pour écrire une biographie de Chuck qui serait le reflet exact de la réalité, mais aussi pour comprendre Abby.

— Je vais vous dire ce que j'en pense, moi ! reprit-il. C'est par pur intérêt que vous refusez d'admettre que Chuck et vous aviez des problèmes de couple. Vous ne voulez pas ternir sa mémoire pour éviter de vous attirer les foudres de Janice Rockwell. C'était son fils unique, elle l'adorait, et si vous le critiquiez publiquement par mon intermédiaire, le peu de sympathie qu'elle a déjà pour vous se transformerait en une haine féroce. Janice est très riche : en plus de sa fortune personnelle, elle a hérité pour moitié de celle de son mari. Vous espérez sûrement qu'elle vous léguera tout son argent, et il est donc important que vous restiez dans ses bonnes grâces.

De pâle, Abby devint blême, et sa voix tremblait encore, mais de colère, cette fois, quand elle déclara :

— Vous avez beaucoup d'imagination !

— Je peux me tromper, en effet, mais alors, donnez-moi la vraie raison de votre attitude.

A quoi bon ? songea la jeune femme. Dylan ne la croirait pas. N'avait-il pas avoué lui-même, quelques minutes plus tôt, son incapacité à comprendre ce qu'éprouvait une mère ? Ses accusations la blessaient profondément, mais, en tentant de se justifier, elle ne ferait que s'humilier, et comme elle n'en était pas à un mensonge près, elle s'écria :

— Je me moque de ce que vous pensez, et je vais donc vous dire ce que vous avez envie d'entendre : oui, j'ai des vues sur l'argent de ma belle-mère ! Oui, je suis une veuve abusive qui exploite à son profit la notoriété de son mari, mais comme je suis sûre que Janice lira votre ouvrage, je ne veux pas me l'aliéner en vous livrant des informations qui porteraient atteinte à la mémoire de son fils ! Voilà ! Vous êtes satisfait ?

En l'espace de quelques secondes, Abby avait confirmé la mauvaise opinion que Dylan avait d'elle en arrivant, et infirmé la bonne impression qu'elle lui faisait depuis le début de leur cohabitation.

— Oui, je suis satisfait, répondit-il.

Mais tandis qu'il la regardait se lever et se diriger vers la porte, il se demanda combien de temps il lui faudrait pour démêler le vrai du faux.

Abby se réveillait toujours vite et, après une demi-tasse de café, elle se sentait prête à commencer la journée. Elle fut donc surprise, le lendemain matin, d'avoir du mal à quitter son lit. Courbatue, la tête lourde et les jambes molles, elle descendit néanmoins préparer le petit déjeuner. Cette fatigue inhabituelle était sûrement due à la nuit courte et agitée qu'elle venait de passer.

Les enfants, eux, étaient pleins d'entrain et d'énergie ; ils avaient déjà oublié l'incident de la veille. Quand le car les eut emmenés, la jeune femme se servit une deuxième tasse de café dans l'espoir de donner un coup de fouet à son organisme, mais cela ne suffit pas à dissiper son malaise : il lui fallut se forcer pour se lever de sa chaise et mettre son anorak.

Le soleil brillait, dehors, et la douceur de l'air annonçait l'arrivée du printemps, mais Abby frissonna et regretta de ne pas avoir mis un pull-over supplémentaire. Elle couvait un rhume, se dit-elle en massant ses tempes douloureuses. Tant pis… Elle ne pouvait pas se permettre de s'en préoccuper. Marchant comme une somnambule, elle alla ramasser les œufs, puis se rendit dans l'écurie.

Les box avaient besoin d'être nettoyés, les chevaux nourris et pansés… Aussi loin qu'elle remonte dans ses souvenirs, c'était la première fois que la perspective des heures de travail qui l'attendaient la faisait soupirer. Quand aurait-elle enfin un peu de temps à elle, du temps pour se reposer, pour paresser un après-midi entier au coin du feu avec un livre ?

Un petit rire sans joie lui échappa à cette idée. Elle secoua la tête et décrocha le licou d'Eve. Le moment était spécialement mal choisi pour penser à des livres, et à un livre en particulier… Vivant à l'écart du monde depuis des années, elle avait oublié les risques de blessure inhérents à toute relation étroite avec une autre personne.

Non ! se corrigea-t-elle aussitôt. Ses relations avec

Dylan ne pouvaient être qualifiées d'étroites. Elles étaient et devaient rester strictement professionnelles. Il la considérait comme une opportuniste ? Et alors ? Si elle s'en offusquait et le jetait dehors, cela changerait-il quelque chose ? Le contrat qu'elle avait signé l'obligeait de toute façon à collaborer avec lui jusqu'au bout...

Elle avait eu tort de s'emporter, hier soir, songea Abby en emmenant les deux juments pleines au pré, et de le conforter ainsi dans les préventions qu'il avait contre elle. Mais pourquoi tenait-il tant à connaître les raisons qui l'avaient poussée à autoriser la publication de cette biographie ? Il était payé pour l'écrire, et ses motivations à elle pour lui prêter son concours n'auraient pas dû l'intéresser.

Son mal de tête empirait, et elle avait du mal à réfléchir. Avec un peu de chance, l'exercice physique lui éclaircirait les idées, et quand elle en aurait fini avec le nettoyage de l'écurie, elle aurait trouvé une solution au problème que Dylan lui posait.

Le temps que le premier box soit prêt, cependant, elle se sentait encore plus mal qu'avant. De violents frissons la secouaient, elle était en sueur, et la fourche lui semblait peser une tonne.

— Vous devriez engager un palefrenier !

La jeune femme jeta un coup d'œil vers la porte. Dylan se tenait sur le seuil, haute silhouette dont le contre-jour laissait le visage dans l'ombre.

— Merci du conseil, répliqua-t-elle. J'étudierai la question dès que j'aurai une minute.

— Si vous arrêtiez cette mascarade, Abby ?

— De quoi parlez-vous ?

— De la comédie que vous me jouez, celle de la superwoman qui trime du matin au soir pour nourrir sa petite famille.

— Vous n'avez pas encore compris ? J'essaie de vous impressionner.

— Inutile ! C'est un livre sur Chuck, et non sur vous, que je dois écrire.

— Je vous promets de me remettre au tricot dès cet après-midi.

Les poings de Dylan se crispèrent. Abby avait du répondant… Il voulait la contraindre à se découvrir, mais la douceur et la persuasion seraient sûrement plus efficaces que la colère pour y parvenir, aussi s'obligea-t-il à reprendre son sang-froid.

Il desserra les poings et déclara d'un ton conciliant :

— Ecoutez, nous avons tous les deux un même objectif : la rédaction de cette biographie. Cela exige un minimum d'entente entre nous, sinon les choses n'avanceront pas, et aucune collaboration n'est possible si vous continuez à me mentir. Vous avez été mariée à Chuck pendant cinq ans, il y a donc des aspects de sa vie que vous êtes la seule à connaître, et c'est pour m'en parler en toute franchise que l'éditeur vous a payée.

— D'accord, mais pas maintenant : il me reste sept box à nettoyer.

Malgré ses bonnes résolutions, Dylan sentit la moutarde lui monter au nez.

— Il me semble vous avoir dit d'arrêter cette mascarade ! s'exclama-t-il en arrachant la fourche des mains d'Abby et en l'attrapant par les revers de son anorak. J'en ai assez de perdre mon temps, alors appelez celui ou ceux qui s'occupent normalement des chevaux, et mettons-nous au travail !

Sachant qu'elle n'en aurait pas la force, la jeune femme ne tenta même pas de se dégager. Il lui fallut se contenter d'observer d'un ton railleur :

— Ah oui, mon « personnel » ! Désolée, mais je lui ai donné un mois de congé… Si vous voulez me poser des questions, allez chercher votre matériel, et nous travaillerons ici. C'est à prendre ou à laisser.

Dans son exaspération, Dylan la secoua par les épaules, et il eut la surprise de la voir vaciller sur ses jambes. Il l'adossa à la cloison et demanda :

— Qu'est-ce que vous avez ?

— Rien. Je ne suis pas habituée à être molestée, c'est tout.

— Molestée ? Le mot est un peu fort, non ? protesta Dylan.

Tout geste de violence envers une femme lui faisait cependant horreur. Furieux contre lui-même, il lâcha Abby, qui se pencha pour ramasser sa fourche, mais chancela de nouveau et dut s'agripper à la porte du box pour ne pas tomber, comme si la tête lui tournait.

— Ecoutez, si vous êtes malade..., commença Dylan.

— Je ne le suis jamais. Je suis juste un peu fatiguée.

Et très pâle, remarqua-t-il soudain. Il lui posa une main sur le front et déclara :

— Vous êtes brûlante.

— C'est normal : l'exercice physique m'a donné chaud. Laissez-moi finir tranquillement mon travail, à présent !

— Je ne supporte pas les martyrs, grommela Dylan en saisissant la jeune femme par le bras.

Il était très rare que le sang irlandais d'Abby se manifeste par un accès de colère. Contrairement aux autres membres de sa famille, dont le tempérament bouillant s'exprimait souvent sans retenue, elle avait toujours privilégié le calme et la réflexion pour résoudre ses problèmes, grands ou petits, mais là, elle vit rouge : avec une vigueur qui la surprit elle-même, elle libéra son bras et repoussa Dylan si brutalement qu'il manqua perdre l'équilibre.

— Je me moque éperdument de ce que vous supportez ou ne supportez pas ! s'écria-t-elle. Le contrat que j'ai signé ne vous autorise pas à vous mêler de mes affaires.

Elles ne vous regardent pas, alors, soit vous apportez votre magnétophone ici, soit vous attendez que je sois disponible pour m'interroger sur Chuck. Vous pensez que je nettoie l'écurie tous les matins dans le seul but de me rendre intéressante ? Peu m'importe ! Cela ne change rien à la situation : j'ai des tâches à effectuer, et je ne regagnerai pas la maison avant de les avoir terminées.

Le temps de conclure sa diatribe, la jeune femme avait la poitrine haletante et, quand elle empoigna les brancards de la brouette pour couper court à la discussion en s'éloignant, ses forces la trahirent : à peine l'instrument soulevé, elle fut contrainte de le reposer.

Dylan en avait plus qu'assez des mensonges et des échappatoires d'Abby, mais il décida de laisser cela de côté pour l'instant. Dans l'immédiat, elle avait besoin d'aller se coucher. Il la reprit par le bras et, cette fois, ce fut en vain qu'elle tenta de se dégager.

— Je vous interdis de me toucher ! dit-elle d'une voix faible.

— J'essaie de m'en empêcher depuis une semaine, répliqua Dylan, mais les circonstances m'y obligent aujourd'hui : vous semblez incapable de mettre un pied devant l'autre.

Comme pour lui donner raison, la jeune femme tituba lorsqu'il voulut l'entraîner vers la porte. Il étouffa un juron, la souleva de terre et franchit le seuil de l'écurie d'un pas résolu.

— Mais il faut que je nettoie les box ! protesta Abby. Et les œufs… Ils sont restés à l'intérieur…

— Je retournerai les chercher tout à l'heure.

— Non, posez-moi ! J'ai encore mille choses à faire. Et où m'emmenez-vous, d'ailleurs ?

— Dans votre lit.

— Il n'en est pas question ! Non seulement les chevaux n'ont été ni nourris ni pansés, mais le vétérinaire vient à 13 heures pour s'assurer que les deux juments pleines vont bien, et M. Jorgensen l'accompagnera.

— Ce Jorgensen sera certainement ravi d'acheter un poulain à qui vous aurez passé votre grippe.

— Quelle grippe ? Je couve un rhume, rien de plus !

Agacé, Dylan leva les yeux au ciel, mais poursuivit son chemin en silence : à quoi bon discuter avec une femme qui s'obstinait à nier l'évidence ?

Deux minutes plus tard, il l'allongeait sur son lit et commençait de lui enlever ses bottes.

— Ne vous inquiétez pas, déclara-t-il. Quelques jours de repos, et vous serez rétablie.

— Je vous répète que je ne suis pas malade ! riposta Abby en se soulevant sur les coudes. Une ou deux aspirines suffiront pour me remettre d'aplomb.

— Vous pouvez vous déshabiller seule, ou vous voulez que je vous aide ?

— Je ne vais sûrement pas me déshabiller ! s'écria la jeune femme bien qu'elle n'ait maintenant qu'une envie — poser sa tête sur l'oreiller, fermer les yeux et dormir.

— C'est de mon aide que vous avez besoin, dans ce cas.

Joignant le geste à la parole, Dylan s'assit près d'Abby et descendit la fermeture Eclair de son anorak.

— Arrêtez ! ordonna-t-elle. Je n'ai nullement l'intention de me coucher au beau milieu de la journée. Je suis peut-être un peu grippée, je vous l'accorde, mais j'ai deux fils qui vont rentrer de l'école à 16 h 30, et je dois entre-temps m'occuper des chevaux, et d'Eve en particulier : il est très important pour moi que la transaction avec M. Jorgensen aboutisse.

Dylan la considéra avec attention. Elle avait très mauvaise mine, les yeux brillant de fièvre, mais s'il ne lâchait pas du lest, elle allait se relever, et il ne pouvait tout de même pas l'attacher dans son lit…

— M. Jorgensen ne sera pas là avant plusieurs heures,

souligna-t-il, alors profitez-en pour vous reposer. Vous avez vraiment envie de tomber évanouie à ses pieds pendant sa visite ?

Cela risquait en effet d'arriver si elle ne reprenait pas des forces d'ici là, pensa Abby, car elle se sentait faible au point de devoir fournir un gros effort pour garder seulement les yeux ouverts. Même si son amour-propre souffrait de devoir se rallier à l'avis de Dylan après l'avoir si âprement combattu, il lui fallait bien reconnaître qu'il avait raison.

— D'accord, dit-elle. Je vais me reposer jusqu'au déjeuner.

— Parfait ! Où rangez-vous vos médicaments ?

— Il y a une armoire à pharmacie dans la salle de bains du couloir. Vous y trouverez un tube d'aspirine.

— Je vous l'apporte avec un verre d'eau.

— Merci.

— De rien. Couchez-vous, en attendant.

Quand Dylan fut parti, la jeune femme se mit péniblement debout. Un vertige la saisit aussitôt, accompagné d'une sueur froide et de nausées, mais en se déplaçant très lentement, elle réussit à marcher sans encombre jusqu'à la commode et à en sortir une chemise de nuit.

Plus tard, elle ne se souviendrait même pas avoir ôté ses vêtements, enfilé la chemise de nuit et regagné son lit.

En revenant de la salle de bains, Dylan découvrit Abby étendue à plat ventre sur le couvre-lit, et plongée dans un sommeil si profond qu'il put la soulever et la coucher entre les draps sans la réveiller.

Elle ne se réveilla pas non plus quand il se pencha pour écarter les mèches blondes éparses sur son visage.

Et elle ne bougea pas d'un millimètre pendant toute l'heure où il resta assis près d'elle, à la regarder dormir.

Et à se poser des questions.

5

Abby se réveilla baignée de sueur, courbaturée et désorientée. Elle avait la bouche sèche, la gorge douloureuse, et un mal de tête qui redoubla dès qu'elle se redressa pour consulter la pendulette posée sur la table de chevet.

Un cri de stupeur lui échappa alors : 14 h 15 ! Elle avait dormi plus de cinq heures… et manqué son rendez-vous avec M. Jorgensen ! Consternée, elle se leva précipitamment — et le regretta aussitôt, car elle fut prise d'un étourdissement qui l'obligea à s'asseoir sur le lit.

Il lui fallait pourtant absolument s'habiller et aller voir si ses deux visiteurs n'étaient pas encore là : ils avaient pu arriver en retard, auquel cas il lui suffirait de trouver une excuse pour expliquer son absence. Eve n'avait pas été pansée ce matin, mais le vétérinaire répondrait de son bon état de santé et de celui de son poulain.

Rassemblant ses forces, la jeune femme se releva et attrapa son jean.

— Vous avez une course urgente à faire ?

Dylan venait d'entrer dans la chambre avec un plateau, et elle lui lança d'un ton accusateur :

— Il est plus de 14 heures !

— Je le sais.

Après avoir mis le plateau sur la commode, Dylan se tourna vers Abby et l'examina de la tête aux pieds. L'encolure de sa chemise de nuit s'arrêtait juste à la naissance de petits seins ronds et haut placés ; l'une des bretelles avait glissé, découvrant une épaule à l'ossature délicate et, sous le tissu léger se dessinaient une taille fine, des hanches minces et de longues jambes.

Une onde de désir parcourut Dylan. Elle était malvenue, mais il se dit que tout homme normalement constitué se serait senti émoustillé par le spectacle d'une femme à demi nue debout devant un lit aux draps froissés. Cela n'avait rien de personnel.

— C'est la première fois que je vous vois sans trois épaisseurs de vêtements, observa-t-il.

— Je dois être ravissante.

— Vous le seriez si vous n'aviez pas une mine de papier mâché… A votre place, je regagnerais mon lit avant de me trouver mal.

— Je ne peux pas. M. Jorgensen…

—… est un drôle de spécimen, compléta Dylan en prenant le jean des mains d'Abby et en le posant sur une chaise. Il m'a parlé de ses chevaux avec plus d'affection que de sa femme.

— Il est encore là ? Il faut que je me dépêche de…

— Non, coupa Dylan, il est reparti, alors vous allez vous recoucher bien sagement et ouvrir la bouche. En cherchant bien, j'ai fini par dénicher un thermomètre dans l'armoire à pharmacie, et je l'ai apporté.

Abby n'eut pas l'air de l'entendre. Les sourcils froncés, elle annonça :

— Je vais appeler Jorgensen et lui fixer un nouveau rendez-vous, mais vous auriez dû me réveiller un peu avant 13 heures… Vous lui avez expliqué pourquoi je n'étais pas là pour l'accueillir, au moins ? Et le vétérinaire ? Il a examiné Eve ?

— Je ne répondrai à aucune de vos questions tant que vous ne serez pas dans votre lit.

Le ton mi-léger, mi-sévère de Dylan — celui-là même

qu'Abby utilisait pour faire obéir ses fils, songea-t-il — produisit l'effet souhaité : elle se recoucha et le laissa lui mettre le thermomètre dans la bouche.

— Parfait ! déclara-t-il. Je vous donne les nouvelles, maintenant. D'après le vétérinaire, Eve est en excellente santé, il n'y a pas de complications à redouter, et elle poulinera dans la semaine qui vient. D'autre part, Jorgensen m'a chargé de vous dire qu'il vous téléphonerait pour discuter du prix après la naissance. L'autre jument pleine — Gladys, c'est ça ? — va très bien elle aussi, et Jorgensen connaît plusieurs personnes susceptibles d'acheter son poulain. Il est prêt à vous donner leur nom, mais j'ai la nette impression qu'il se portera lui-même acquéreur s'il arrive à obtenir le feu vert de son épouse… Voilà ! Vous êtes satisfaite ?

Abby fit oui de la tête et ferma les yeux. Ses efforts allaient enfin être récompensés… La vente des deux poulains lui permettrait de rembourser en grande partie l'emprunt qu'elle avait dû contracter après la mort de Chuck. Sauf imprévu, cette dette-là au moins serait épongée dans un an ou deux… Soulagée au point de sentir des larmes lui nouer la gorge, elle garda les paupières closes, le temps de se ressaisir.

Cette femme était décidément un mystère, pensa Dylan qui ne la quittait pas des yeux. Pourquoi avait-elle l'air si émue ? La vente des poulains lui rapporterait sûrement une grosse somme, mais ce n'était rien comparé à ce qu'elle avait hérité de son mari… L'aurait-elle déjà entièrement dépensé ? Mais comment ? Même si certains meubles de sa maison étaient de véritables pièces de musée — son lit, par exemple, un très beau modèle du XVIIIe siècle —, même si son étalon avait dû lui coûter très cher, ils ne pouvaient avoir englouti toute la fortune de Rockwell… Dylan jeta un coup d'œil au placard. Sans doute contenait-il les fourrures et les vêtements de grands couturiers qui expliquaient ce brusque besoin d'argent.

Lorsque son regard se posa de nouveau sur Abby, elle avait rouvert les yeux, et il retira le thermomètre de sa bouche.

— Vous avez plus de trente-neuf de fièvre, annonça-t-il.

— Plus de trente-neuf ? Impossible ! Faites-moi voir !

— Puisque je vous le dis !

— Faites-moi voir !

— Vous êtes toujours aussi grincheuse, quand vous êtes malade ?

— Je ne le suis jamais, et c'est pour cela que je ne vous crois pas.

Dylan soupira, mais tendit l'instrument à la jeune femme. Elle haussa les sourcils, puis le lui rendit en silence.

— Vous me croyez, maintenant ? grommela-t-il.

— Oui, mais j'aurais préféré ne pas savoir que j'avais autant de fièvre. Je me sens beaucoup plus mal qu'avant.

— Je vous ai monté un jus d'orange et de la soupe. Par quoi voulez-vous commencer ?

— Je n'ai envie ni de l'un, ni de l'autre.

— Envie ou pas, vous allez avaler les deux, plus l'aspirine que vous n'avez pas prise tout à l'heure ! Il faut absorber beaucoup de vitamines et de liquides, quand on a la grippe. Je vous apporte le plateau.

Soudain consciente de se comporter comme une enfant grognon, Abby eut honte d'elle-même. Non seulement Dylan avait reçu Jorgensen et le vétérinaire à sa place, mais il s'était donné la peine de lui préparer un repas...

— Merci, dit-elle quand il lui posa le plateau sur les genoux, et excusez ma mauvaise humeur. Je devrais vous être reconnaissante, et au lieu de ça, je n'arrête pas de me plaindre, mais j'ai tellement de choses à faire que l'idée d'être clouée au lit me rend folle.

— Nul n'est irremplaçable.

— C'est faux. Une mère l'est toujours pour ses enfants.

Il y avait une telle tendresse dans la voix d'Abby que Dylan se surprit à envier Ben et Chris.

— Alors vous devez guérir le plus vite possible, observa-t-il d'un ton faussement dégagé. Commencez donc par manger votre soupe.

— Oui, désolée… Je suis vraiment une très mauvaise malade.

— Moi aussi, si ça peut vous rassurer : j'ai été opéré de l'appendicite, il y a cinq ans, et mes récriminations m'ont mis à dos tout le personnel du service de chirurgie.

— Ça me rassure, en effet, et j'ajouterai à ma décharge que je suis plus habituée à soigner qu'à être soignée. Les garçons ont eu tous les deux la varicelle, en septembre dernier, et j'ai joué les infirmières pendant une semaine.

Après avoir avalé péniblement deux cachets d'aspirine, Abby se força à manger quelques cuillerées de soupe, puis elle rassembla son courage et déclara :

— Je vous présente mes excuses pour hier soir et ce matin.

— Des excuses ? Et pourquoi donc ?

La jeune femme leva les yeux vers Dylan. Il semblait parfaitement détendu, comme si, contrairement à elle, il avait déjà oublié leurs violentes disputes. Les mots durs qu'elle lui avait alors adressés ne l'avaient apparemment pas atteint, et ceux qu'il avait prononcés ne lui avaient laissé aucun remords.

— J'ai dit des choses que je ne pensais pas, répondit-elle, comme souvent quand je suis en colère.

— La colère vous amène peut-être à vous exprimer avec plus de franchise que vous ne le croyez.

Bien qu'il s'oblige à ne pas le montrer, Dylan était mal à l'aise. Il s'en voulait d'avoir par deux fois poussé à bout une femme affaiblie par la maladie, même s'il l'ignorait à ce moment-là.

— Ecoutez, continua-t-il, j'ai toujours l'intention d'obtenir de vous la vérité, et par tous les moyens, mais je ne suis pas un monstre : je ne reprendrai pas les hostilités avant que vous soyez de nouveau en état de vous défendre.

— Je n'ai donc rien à craindre de vous tant que je suis grippée ? remarqua Abby en riant.

— Non, mais vous ne perdez rien pour attendre... Finissez votre soupe, à présent !

— Désolée, mais je ne peux vraiment pas.

— On vous a déjà dit que vous vous excusiez trop ? demanda Dylan en posant le plateau sur la table de chevet.

— Oui. Désolée...

— Et que vous étiez une femme surprenante ?

— Ça, non, et pour cause : je suis quelqu'un de très ordinaire, et même d'assez terne.

Dylan regarda les mains fines d'Abby, des mains qui maniaient la fourche à fumier avec énergie et pliaient le linge avec délicatesse. Il les revit chargées de bagues, à l'époque où les paparazzi guettaient chacune de ses apparitions publiques... Non, cette femme n'avait rien d'ordinaire et, loin d'être terne, elle présentait des contradictions qui la rendaient fascinante.

— J'ai dans mon dossier une photo de vous prise à Monte-Carlo, déclara-t-il. Vous y portez un superbe manteau de vison blanc.

— Oui, je m'en souviens, murmura Abby. Quand je le mettais, j'avais l'impression d'être une princesse de conte de fées.

Sa voix était ensommeillée, et ses paupières à demi fermées. Dylan aurait dû la laisser se reposer, mais son emploi de l'imparfait l'intriguait.

— Où est ce manteau, maintenant ? s'enquit-il.

— Le... toit...

Les yeux de la jeune femme se fermèrent complètement.

Elle s'était endormie sans satisfaire la curiosité de Dylan, car seul un accès de délire provoqué par la fièvre pouvait expliquer cette réponse saugrenue.

Elle marmonna encore quelques phrases incohérentes pendant qu'il l'installait plus confortablement dans le lit. Il recula ensuite d'un pas et resta un long moment à la fixer, plus déterminé que jamais à percer ses secrets.

Dylan était en train de taper à l'ordinateur ses notes sur les débuts de Rockwell en formule 1 quand des éclats de voix s'élevèrent sous la véranda. Les garçons étaient revenus de l'école… Il appuya sur la touche « enregistrer » et descendit au rez-de-chaussée pour les accueillir.

— C'était pas ma faute ! cria Ben.

— Si ! répliqua Chris. T'es qu'un idiot !

— Non, c'est toi, l'idiot ! T'avais qu'à…

— Quel est problème ? demanda Dylan en ouvrant la porte.

Les deux enfants avaient les yeux luisant de colère, et Chris était couvert de boue de la tête aux pieds. Le menton tremblant, il pointa vers son frère un doigt accusateur et déclara :

— Il m'a fait tomber exprès !

— C'est pas vrai !

— Si, et je vais le dire à maman !

— Une seconde ! intervint Dylan.

Il avança d'un pas pour barrer le chemin aux petits garçons, puis il reprit :

— Tu ne crois pas que tu es un peu grand pour t'amuser à faire tomber Chris, Ben ?

— C'est qu'un menteur ! protesta l'interpellé. Il m'accuse toujours de choses que je n'ai pas faites, et je vais le dire à maman ! Elle me croira, elle !

De grosses larmes se mirent à couler sur les joues

de Chris, et Dylan éprouva une envie inattendue de le serrer dans ses bras pour le consoler. Il se contenta cependant de lui donner une pichenette amicale sur le nez et de suggérer :

— Si tu me racontais ce qui s'est passé ?

— Il m'a poussé, juste pour me montrer qu'il est le plus fort.

— C'est pas vrai ! répéta Ben, mais d'un ton moins véhément et les yeux baissés. Enfin, si, je l'ai poussé, mais pas exprès : on faisait la course, et je l'ai bousculé en bas de l'escalier.

— C'était donc un accident ? souligna Dylan.

— Oui.

— Alors excuse-toi, et le problème sera réglé.

— Je m'excuse, marmonna Ben, mais le problème est pas réglé pour autant : Chris est tout sale, et maman va être furieuse contre moi. Elle me privera encore de télévision, si ça se trouve !

— Nous ne sommes pas obligés de lui dire ce qui est arrivé.

— Oui, mais quand elle verra Chris, elle posera des questions, et il faudra bien lui répondre !

— Elle n'est pas forcée de le voir dans cet état... Viens, bonhomme, je vais te mettre dans la machine à laver.

Dylan prit Chris par la main, et le petit garçon observa en riant pendant qu'ils se dirigeaient vers la cuisine :

— On peut pas mettre les gens dans une machine à laver : il y a pas assez de place... Où est maman ?

— Dans son lit. Elle a la grippe.

— Comme M. Petrie ?

— Oui.

— Maman n'est jamais malade ! objecta Ben.

— Elle l'est pourtant aujourd'hui, et elle est en train de dormir, alors ne parle pas trop fort.

— Je veux la voir !

Surpris par le ton agressif du petit garçon, Dylan s'arrêta devant la porte de la buanderie et se tourna vers lui. Au lieu de le suivre, Ben s'était arrêté sur le seuil de la cuisine ; il avait le visage fermé, et une lueur de défi dans les yeux.

— D'accord, monte la voir, déclara Dylan d'une voix conciliante, mais ne la réveille pas.

Il entra ensuite dans la buanderie et ordonna à Chris :

— Enlève tes vêtements sales !

Puis il se pencha sur la machine à laver pour tenter d'en comprendre le fonctionnement pendant que Chris, derrière lui, expliquait avec sa volubilité habituelle :

— Ma maîtresse a eu la grippe, la semaine dernière, alors on a eu une remplaçante. Elle était rousse et elle n'arrivait pas à retenir nos noms... Maman sera guérie demain ?

— Pas tout à fait, mais elle ira sans doute un peu mieux.

— Je vais lui prêter mes crayons de couleur, et lui raconter des histoires, aussi. Elle m'en raconte toujours quand je suis malade.

— Ça lui fera sûrement plaisir.

— Et si elle se sent vraiment mal, je lui amènerai Edgar.

— Qui est Edgar ?

— Le chien en peluche que tante Maddy m'a donné quand j'étais petit. Je dors encore avec lui, mais il faut pas le dire à Ben, parce qu'il se moquerait de moi.

— Ne t'inquiète pas : je garderai le secret.

— Si maman va mieux demain, tu crois qu'on pourra aller au cinéma ? Parce que c'est samedi demain, et qu'elle nous a promis de nous emmener au cinéma.

— Je ne sais pas.

En se retournant pour ramasser les vêtements à laver, Dylan s'aperçut que Chris s'était entièrement déshabillé et tremblait de froid. Il déplia l'une des serviettes posées sur le sèche-linge et enveloppa le petit garçon dedans.

— Tu as grand besoin d'un bain, observa-t-il.

— J'aime pas les bains.

— Peut-être, mais tu avais raison : tu ne tiens pas dans la machine à laver.

Chris éclata de rire et, quand la lessive fut en route, il tendit les bras à Dylan dans un geste si spontané qu'il aurait été cruel de l'ignorer.

« Mon Dieu ! songea Dylan en le soulevant et en le serrant contre lui. J'ai réussi pendant plus de trente ans à éviter toute forme de sensiblerie, et voilà que je me laisse attendrir par un gamin de six ans à la figure maculée de boue… »

— C'est l'heure du bain ! décréta-t-il.

— J'aime pas les bains.

— Je le sais, mais tu as sûrement un bateau pour t'amuser dans l'eau…

— Je préfère les petites voitures.

— Alors prends-en une.

— Je peux en prendre trois ?

— Autant que tu voudras, à condition qu'il reste de la place pour toi dans la baignoire.

Une fois sur le palier, Dylan posa Chris par terre et chuchota :

— Va chercher tes petites voitures, mais ne fais pas de bruit, d'accord ? Et ferme bien la porte de la salle de bains avant d'ouvrir les robinets.

— D'accord, mais il faudra que tu viennes m'aider à me laver les cheveux. J'y arrive pas tout seul.

Dylan pensa au travail qui l'attendait sur son bureau, hésita…

— Entendu, dit-il finalement. Je te rejoins dans quelques minutes.

Le baby-sitting n'était pas prévu au contrat, mais il n'avait pas vraiment le choix, et ce n'était pas comme si Abby lui avait imposé cette tâche : ils étaient tous les deux victimes des circonstances. Bloquée au fond de son lit par la grippe, elle était même plus à plaindre que lui.

La porte de Ben était fermée, remarqua Dylan. L'aîné des petits Rockwell n'avait pas un caractère facile, et le plus simple aurait été de le laisser bouder dans sa chambre. L'idée de laver les cheveux de Chris ne l'enthousiasmait pas, mais lui, au moins, c'était un enfant ouvert et sociable.

Sans trop savoir pourquoi, Dylan alla pourtant frapper à la porte de Ben.

— Entrez !

Le petit garçon était assis sur son lit, une armée de guerriers miniatures disposée devant lui.

— Tu es allé voir ta mère ? demanda Dylan.

— Oui, et je l'ai pas réveillée, répondit Ben sans lever la tête. Elle n'a pas l'air bien du tout.

— Il lui faut du repos, mais la grippe n'est pas une maladie grave.

— Un jour, en rentrant de l'école, je l'ai trouvée allongée sur le canapé du séjour. Elle m'a dit qu'elle avait la migraine, et c'était peut-être vrai, mais j'ai bien vu qu'elle avait pleuré, en plus… Est-ce qu'elle a encore pleuré aujourd'hui ?

— Non, elle est juste malade, mais tu as tort de t'inquiéter : tout le monde a besoin de pleurer de temps en temps, même les mamans. C'est physique.

Cette explication aurait sans doute suffi à Chris, mais à en juger par son air sceptique, Ben, lui, avait compris que Dylan l'avait inventée dans le seul but de le rassurer. Les gens ne pleuraient en effet jamais sans raison, et les larmes d'Abby en avaient donc une, mais laquelle ? C'était un mystère de plus à élucider.

— Si maman avait appris que j'avais poussé Chris, même par accident, elle m'aurait puni, déclara Ben après un moment de silence.

Sa conscience le tourmentait, pensa Dylan, et c'était

tout à son honneur, mais il fallait maintenant trouver un moyen d'apaiser ses scrupules… Il réfléchit quelques instants, puis suggéra :

— Et si tu t'occupais seul, ce soir, des tâches que tu partages d'habitude avec ton frère ?

— Oui, c'est peut-être ça que maman m'aurait donné comme punition.

— Et, dans la mesure où c'est au tour de Chris de débarrasser la table et de remplir le lave-vaisselle, je crois qu'elle t'aurait aussi demandé de le faire à sa place.

— Oh ! non, pas ça !

— Si, mais comme cette idée vient de moi, je t'aiderai à le faire.

Ces mots valurent à Dylan un sourire reconnaissant, et ce fut assez content de lui qu'il quitta la chambre de Ben pour aller s'occuper de Chris.

Un bruit de voix tira Abby du sommeil. Elles chuchotaient, mais leurs inflexions révélaient qu'il y avait de la dispute dans l'air.

La jeune femme ouvrit les yeux et vit ses fils debout au pied de son lit. Leur discussion les absorbait tellement qu'ils ne s'aperçurent pas qu'elle était devenue sans objet.

— Il faut la réveiller tout de suite ! décréta Ben.

— Non, il faut attendre Dylan.

— Non, tout de suite, je te dis !

— Et si elle a encore de la fièvre ?

— On va lui prendre sa température.

— Tu sais comment on fait ?

— Oui. On lui met ce truc de verre dans la bouche, et on regarde jusqu'où monte le trait rouge.

— Pendant qu'elle dort ?

— Mais non, espèce d'idiot ! Il faut la réveiller d'abord !

— Je suis réveillée, annonça Abby avant de se redresser et de s'adosser à l'oreiller.

Les petits garçons se tournèrent vers elle et la fixèrent en silence, visiblement mal à l'aise. C'était la première fois qu'ils la voyaient alitée, et ils ne savaient pas trop quelle attitude adopter.

— Tu te sens mieux ? finit par déclarer Ben d'une voix timide.

— Un peu, mentit-elle car le seul fait de s'asseoir avait ravivé toutes ses douleurs.

— Tu veux que je te prête mes crayons de couleur ? proposa Chris en grimpant sur le lit.

— Peut-être plus tard… Vous revenez juste de l'école ?

— Non, on est rentrés depuis longtemps, hein, Ben ?

— Oui, et on a même dîné.

— Dîné ?

Abby jeta un coup d'œil à sa pendulette. Il était 20 heures passées. Elle avait dormi tout l'après-midi !

— Qu'avez-vous mangé ? demanda-t-elle.

— Des *tacos*, répondit Chris. Dylan les fait super bien… Tu veux que je te lise une histoire ?

— Tu sais même pas lire ! lui lança Ben d'un ton méprisant.

— Si ! Mlle Schaeffer dit que je lis très bien !

— Alors que tu commences juste à apprendre ? Ça m'étonnerait !

— Encore en train de vous disputer, les garçons ? observa Dylan qui, comme le matin, venait d'entrer dans la pièce avec un plateau. Je suis content de voir que tout est normal… Pousse-toi, Chris ! Il me faut de la place pour poser ce plateau, et ta mère a besoin d'espace pour prendre son repas.

— On l'a tous préparé ensemble, annonça fièrement Chris. Dylan a fait cuire les œufs, Ben a réchauffé la soupe, et moi, j'ai coupé le pain.

— Ça a l'air délicieux, murmura Abby.

C'était un pieux mensonge : elle aurait en fait volontiers jeté par la fenêtre le plateau et son contenu. Quand Dylan se pencha pour lui remonter son oreiller, elle croisa son regard et vit une lueur d'amusement y danser. Les écrivains devaient être psychologues, et il savait donc qu'elle n'avait pas le choix : elle ne pouvait pas décevoir ses fils en leur avouant son manque d'appétit.

— Dylan a dit que tu avais besoin de reprendre des forces, déclara Ben.

— Vraiment ?

— Oui, et il a dit qu'il fallait pas faire de bruit pour pas te réveiller, renchérit Chris. On n'en a pas fait, hein ?

— Non, pas du tout.

— Il a dit aussi qu'il jouerait aux cartes avec nous après le dîner si on ne te fatiguait pas... On ne te fatigue pas, hein ?

— Bien sûr que non.

— Et Dylan a dit que tu serais sans doute encore trop malade demain pour nous emmener au cinéma, intervint Ben, visiblement agacé par la façon dont son frère monopolisait la conversation.

— Décidément, Dylan a dit beaucoup de choses ! remarqua la jeune femme avant d'avaler avec peine une première cuillerée de soupe. En ce qui concerne le cinéma, nous verrons demain... Si vous me racontiez votre journée, maintenant, les garçons ? Vous avez bien travaillé, à l'école ?

— Oui, répondit Ben. Un oiseau est entré dans la classe pendant la récréation du matin, et Mme Lieter a essayé de le chasser quand les cours ont repris, mais il n'arrêtait pas de se cogner aux carreaux.

— Cela n'a pas dû vous déplaire, j'imagine.

— Non, tout le monde riait, mais elle est allée chercher un balai, elle a ouvert une fenêtre, et l'oiseau a fini par partir.

— Tricia est tombée dans la cour et s'est fait une grosse bosse ! annonça Chris. Elle a pleuré pendant au moins une heure. Moi aussi, je suis tombé, mais j'ai pas pleuré… enfin, presque pas. Dylan voulait me mettre dans la machine à laver.

— Dans la machine à laver ?

— Oui, parce que j'étais tout sale, mais j'ai juste pris un bain, finalement.

— Comment es-tu tombé ?

— Il a glissé, expliqua Dylan. Il y a encore pas mal de boue devant la maison.

Comme il était resté jusque-là silencieux, Abby trouva étrange qu'il ait brusquement décidé de répondre à la place de Chris. L'expression de Ben, mi-gênée, mi-soulagée, lui parut encore plus suspecte. Elle eut néanmoins la sagesse de ne pas poser de questions.

— Merci pour le dîner, dit-elle en posant sa cuillère, mais je n'ai pas assez faim pour tout manger.

— Si vous redescendiez le plateau dans la cuisine, les garçons ? suggéra Dylan. Je vous y rejoins dans une minute.

Quand ils furent partis, il apporta à la jeune femme un verre d'eau et deux cachets d'aspirine, puis il prit le thermomètre sur la table de chevet et le sortit de son étui.

— Je vous suis très reconnaissante de vous être occupé des enfants, déclara Abby. Je ne sais pas ce que j'aurais fait sans…

Sa phrase demeura en suspens : Dylan venait de lui mettre le thermomètre dans la bouche. Jugeant inutile de s'engager dans un combat perdu d'avance, elle se cala contre l'oreiller et attendit patiemment que l'instrument ait donné son verdict.

— J'ai moins de fièvre que ce matin, n'est-ce pas ? demanda-t-elle au bout de la minute réglementaire.

— Non, deux dixièmes de plus.

— Alors je ne serai sûrement pas en état d'emmener les garçons au cinéma demain. Ils vont être affreusement déçus.

— Ils n'en mourront pas.

Dylan rangea le thermomètre et esquissa un pas vers la porte, mais Abby, prise d'une impulsion subite, lui saisit le poignet.

— Vous pourriez me rendre un dernier service ? demanda-t-elle.

— Oui ?

— Je ne supporterai pas de rester une minute de plus seule dans ce lit, alors...

— Serait-ce une invitation ?

— Pardon ? Oh ! non, vous m'avez mal comprise ! Ce n'était pas du tout... Je voudrais juste que vous m'aidiez à descendre au rez-de-chaussée. J'ai besoin de me distraire.

— Entendu. Je vais vous asseoir devant la télévision, mais à mon avis, vous n'aurez pas le temps de suivre une émission en entier : vous vous endormirez au bout de dix minutes.

Comme le matin, Dylan souleva Abby dans ses bras, mais elle s'autorisa cette fois à savourer le plaisir de sentir sa force et sa chaleur l'envelopper. L'espace d'un soir, elle pouvait s'imaginer que quelqu'un était là pour la soutenir et la protéger.

Avant même que Dylan arrive en bas de l'escalier, un âpre combat se livrait en lui. Le corps blotti contre sa poitrine, si doux, si menu, si délicat, éveillait en lui des émotions contre lesquelles il se croyait immunisé. Il s'efforçait de les chasser, parce que le plus grand danger, pour un homme, était de se laisser tromper par l'apparente fragilité des femmes... Faute d'y parvenir, il pressa le pas : plus vite il poserait Abby, moins il risquerait de succomber à la tentation de satisfaire le désir grandissant qu'il avait d'elle.

Ce désir le submergea pourtant au moment précis où il pensait le danger écarté : il venait d'installer la jeune femme dans le canapé du séjour quand, dans un élan irrépressible, il se pencha vers elle et prit ses lèvres.

Le baiser de Dylan ne surprit pas Abby. Il lui apparut au contraire comme la suite logique du rêve éveillé qu'elle avait fait dans ses bras. Elle s'y offrit sans réserve, et sans doute, après tant d'années, avait-elle tout oublié du plaisir des sens, car elle eut l'impression d'embrasser un homme pour la première fois.

Dylan savait qu'Abby lui avait cédé moins par passion que par faiblesse, et pourtant il lui semblait qu'une mystérieuse alchimie était en train de s'opérer entre eux. Il finit par craindre que ce sentiment de symbiose, exaltant mais sûrement imaginaire, ne l'entraîne trop loin et, bien qu'à regret, il rompit leur étreinte.

— Les garçons m'attendent dans la cuisine pour jouer aux cartes, déclara-t-il d'une voix mal assurée. Ils doivent se demander pourquoi je tarde tant.

Puis, cherchant son salut dans la fuite, il pivota sur ses talons et alla allumer la télévision.

Pour s'empêcher de retenir Dylan en le prenant par la main, Abby avait fermé les yeux dès qu'il s'était écarté d'elle.

Quand elle les rouvrit, il n'était plus là.

6

Abby se réveilla le lendemain matin dans son lit, mais sans pouvoir dire comment elle y était arrivée.

Quelque chose de tiède et de duveteux lui touchait la joue, et sa première réaction alarmée se transforma en attendrissement lorsqu'elle identifia l'objet posé sur son oreiller — le chien en peluche auquel Chris tenait comme à la prunelle de ses yeux. Il avait dû le lui apporter pendant qu'elle dormait.

Elle se redressa et vit un Post-it suspendu au bord de la table de chevet. Ben y avait écrit, de son écriture malhabile : « Guéris vite, maman ! »

Un élan d'amour la souleva. Ses fils avaient certes leurs défauts, mais ils étaient toujours là quand elle avait besoin d'eux.

La réciproque n'était malheureusement pas vraie, pensa la jeune femme en regardant la pendulette : il était presque 10 heures, et elle n'avait pas encore préparé leur petit déjeuner !

Furieuse contre elle-même, Abby se leva. Ses jambes flageolaient et la tête lui tournait un peu, mais il en aurait fallu beaucoup plus pour l'arrêter. Elle alla chercher son peignoir dans le placard, l'enfila et se dirigea vers la salle de bains.

La douche qu'elle prit — après avoir enlevé de la baignoire toute une collection de petites voitures — lui fit du bien : elle en sortit tonifiée et le cerveau débarrassé des brumes du sommeil.

Dylan…

Le fait que, à peine bien réveillée, sa première pensée soit pour Dylan la surprit d'abord — et l'inquiéta ensuite : était-ce mal ?

Non, peut-être pas, mais c'était assurément dangereux. Leur baiser de la veille avait enclenché un processus qui menaçait de devenir incontrôlable, et, avant de se retrouver face à Dylan, elle devait absolument décider de la suite à donner — ou non — à l'attirance imprévue qu'ils ressentaient l'un pour l'autre.

Le plus sage serait de l'ignorer, mais le pourrait-elle ? Et lui, le voudrait-il ?

Une seule fois par le passé elle avait éprouvé ce genre de transport, et omis d'écouter la voix de la raison. C'était une erreur qui lui avait coûté très cher. Elle n'aurait su dire combien de temps il lui avait fallu pour guérir des blessures que Chuck lui avait infligées, mais une chose était sûre : elle n'aurait pas la force de se reconstruire une deuxième fois. Elle n'avait donc pas le choix : le risque de rompre à jamais un équilibre durement acquis était trop grand, et les conséquences pour ses enfants trop graves.

C'était à eux qu'elle devait penser d'abord, et en s'engageant dans une liaison avec Dylan, elle leur nuirait doublement, car il lui serait beaucoup plus difficile de mentir à un amant qu'à une simple relation de travail. La biographie de Chuck donnerait alors à ses fils l'image de lui dont elle voulait précisément les protéger, et elle aurait ainsi sacrifié leur intérêt à la satisfaction de ses propres besoins. Il n'en était évidemment pas question.

Forte de cette décision, Abby alla jeter un coup d'œil dans la chambre de Ben, puis dans celle de Chris. Ils étaient déjà levés tous les deux et attendaient sans doute leur petit déjeuner en regardant l'une des émissions télévisées pour enfants du week-end.

Elle les trouva en effet dans le séjour, mais comme l'idée que Dylan puisse être avec eux ne l'avait pas effleurée, elle écarquilla les yeux en le voyant assis dans le canapé, Chris sur ses genoux et Ben allongé à ses pieds. Ils étaient en train de discuter des mérites comparés des mangas et des dessins animés de Tex Avery, Ben défendant les premiers et Dylan les seconds.

Cette scène toucha et attrista en même temps la jeune femme. Obnubilé par sa carrière, Chuck ne s'était jamais intéressé à ses fils et, un samedi matin comme celui-ci, il les aurait laissés seuls devant la télévision. Dylan exerçait un métier prenant et excellait dans son domaine, lui aussi, mais il ne jugeait pas déshonorant de s'occuper d'enfants qui n'étaient pourtant pas les siens… La vie était vraiment mal faite !

Immobile sur le seuil, Abby resta à contempler ce tableau jusqu'à ce que le courant d'air provoqué par la porte ouverte alerte Chris. Il tourna la tête, aperçut sa mère et s'écria joyeusement :

— Bonjour, m'man !

Dylan suivit son regard et considéra la jeune femme avec attention avant de dire d'un ton sévère :

— Vous n'auriez pas dû sortir de votre lit.

— J'y retournerai tout à l'heure, répliqua-t-elle, mais il faut d'abord que je prépare le petit déjeuner. Je vous appellerai dès qu'il sera prêt, les garçons, et il faudra ensuite que vous m'aidiez à nourrir les chevaux.

— On leur a déjà donné à manger, indiqua Chris.

— Oui, renchérit Ben, et on a aussi déjeuné. Dylan nous a fait des crêpes. Elles étaient super-bonnes.

— Ah !

C'était tout ce qu'Abby avait trouvé à dire. Elle se sentait bête et, pire encore, inutile.

Se drapant dans sa dignité, elle pivota sur ses talons et partit vers la cuisine.

— Continuez de regarder l'émission sans moi, entendit-elle Dylan déclarer aux enfants.

Des pas retentirent juste après dans son dos, et Dylan la rejoignit au moment où elle entrait dans la cuisine.

— Il y a un problème ? demanda-t-il.

— Non.

Il n'y avait pas *un* problème, pensa la jeune femme en se dirigeant vers la cafetière, mais des dizaines... Comment allait-elle pouvoir garder ses distances avec Dylan alors qu'il se montrait si gentil avec ses fils, par exemple ? Comment allait-elle pouvoir s'occuper l'esprit alors que toutes ses tâches quotidiennes s'effectuaient sans aucune intervention de sa part ?

Les mains de Dylan se posèrent soudain sur ses épaules. Elle se raidit, mais il n'en tint pas compte et la força à se tourner vers lui. Les yeux dans les siens, il lui tâta le front, puis annonça :

— Vous avez encore de la fièvre.

— Je me sens beaucoup mieux qu'hier.

— Un peu mieux, peut-être, mais sûrement pas « beaucoup »... Asseyez-vous !

— Je suis assez grande pour savoir si j'ai besoin ou non de m'asseoir.

— Je n'en suis pas certain : vous vous comportez de nouveau comme une enfant butée, et puisque votre humeur ne s'est pas du tout améliorée, j'en déduis que votre état non plus.

— Si ! C'est juste que j'en ai assez de rester dans mon lit, à manger de la soupe, à avaler des cachets d'aspirine et à prendre ma température.

Les bienfaits de la douche commençaient pourtant à s'estomper : Abby avait maintenant de la peine à tenir debout et, bien qu'il lui en coûtât d'obéir à Dylan, elle dut s'y résigner.

— Parfait ! déclara-t-il en lui servant un jus d'orange. Buvez ça, et ensuite seulement, vous aurez droit à une tasse de café.

— Décidément, vous aimez donner des ordres !

— Et vous, vous n'aimez pas en recevoir... Allez, Abby, soyez raisonnable : buvez !

Elle lui lança un regard noir, mais vida malgré tout son verre.

— Voilà ! Vous êtes content ? grommela-t-elle.

Partagé entre l'amusement et l'irritation, Dylan s'assit à côté d'elle.

— Pourquoi êtes-vous si agressive ? demanda-t-il.

— Je vous l'ai déjà expliqué.

— Oui, mais je pense que, comme d'habitude, vous ne m'avez pas dit toute la vérité. Je finirai pourtant par la connaître...

Incapable de résister à la tentation, Dylan prit le visage de la jeune femme entre ses mains. Le souvenir de leur baiser de la veille l'avait tenu éveillé une bonne partie de la nuit, et il brûlait de renouveler l'expérience.

— Vous êtes encore une énigme pour moi, murmura-t-il, mais je suis patient... Vous aimez les défis, Abby ?

— Non.

— Moi, si. Je les trouve stimulants, et même excitants, dans certains cas.

— Lâ... lâchez-moi, balbutia-t-elle. Les enfants pourraient nous surprendre.

— S'ils n'ont encore jamais vu leur mère embrasser un homme, c'est une lacune qu'il est grand temps de combler !

Malgré ses bonnes résolutions, Abby n'arrivait pas à trouver la volonté nécessaire pour repousser Dylan et, quand il joignit leurs lèvres, elle lui résista d'autant moins qu'il mit dans son baiser une douceur inattendue.

Etait-ce ainsi qu'un homme embrassait une femme qu'il ne désirait pas seulement, mais pour laquelle il éprouvait aussi du respect et de l'affection ? se demanda-t-elle. Etait-ce cela dont elle avait toujours rêvé, sans en avoir clairement conscience ? Dans l'affirmative, ses défenses seraient vite abattues… Elle les sentait déjà s'affaiblir au fil des secondes et céder la place à une passion dévorante.

Dylan ne s'expliquait pas l'impression d'innocence que lui donnait la façon dont Abby répondait à son baiser. Il ne s'expliquait pas non plus l'intensité de son attirance pour elle. Il aimait le mélange d'appréhension et de désir qu'exprimaient ses yeux lorsqu'il la touchait. Il aimait la voir lutter contre les deux, puis céder au second et s'y abandonner alors entièrement. Il y avait là quelque chose de mystérieux, mais d'unique, aussi, et de précieux : dans ces moments-là, elle ne mentait pas, elle ne jouait pas la comédie; c'était la vraie Abby qui se révélait dans cet élan sincère et généreux de tout son être.

— J'ai envie de vous, chuchota-t-il avant de lui couvrir le visage de petits baisers.

— Tu prends la température de maman ?

La voix de Chris fit sursauter la jeune femme. Elle s'écarta vivement de Dylan et se tourna vers le garçonnet qui, immobile sur le seuil, les regardait avec la curiosité candide de ses six ans.

— Maman m'embrasse quelquefois sur le front, quand j'ai de la fièvre, reprit-il. J'ai soif… Je peux avoir du jus d'orange ?

— Euh… oui, bien sûr, bredouilla Abby. En fait, Dylan était juste…

—… en train de dire à ta mère de remonter se coucher, compléta Dylan d'un ton désinvolte, comme s'il ne s'était rien passé entre eux. Je vais te donner à boire et ensuite, vous irez mettre vos anoraks, Ben et toi.

— Pour aller où ? demanda Abby.

— En ville. Nous sommes à court de fruits, de café et d'un tas d'autres choses.

Cette petite sortie lui permettrait aussi de s'éloigner d'Abby, ajouta intérieurement Dylan. Près d'elle, il perdait tout contrôle de ses émotions.

— Je pourrai acheter des chewing-gums, m'man ?

— Oui, mais sans sucre, et pas plus d'un paq…

La jeune femme ne termina pas sa phrase : oubliant son jus d'orange, Chris avait quitté la pièce en courant. Elle l'entendit crier à Ben de se préparer et, bien qu'humiliée par le peu d'importance que Dylan accordait visiblement à leur baiser, elle eut pitié de lui et déclara :

— Vous n'êtes pas obligé d'emmener les enfants.

— Ça me fera de la compagnie.

— Je ne suis pas sûre que vous sachiez vraiment dans quoi vous vous engagez… Vous avez déjà fait des courses avec deux petits garçons ?

— Non, mais je vous répète que j'aime les défis.

— Alors vous allez être servi : ils vont vous tarabuster pour que vous leur achetiez tout un tas de choses inutiles.

— Je serai inflexible.

— Comme vous voudrez, mais ne venez pas vous plaindre ensuite : je vous aurai prévenu.

L'irruption dans la cuisine d'un Ben et d'un Chris prêts à partir mit fin à la discussion.

Une fois seule dans la maison, Abby trouva un compromis entre sa fatigue et sa répugnance à rester inactive. Il y avait des tâches que personne ne pouvait effectuer à sa place, et qui ne demandaient pas d'effort physique. Les comptes, par exemple, et elle prit dans son secrétaire factures, chéquier et relevés bancaires avant de regagner son lit.

Elle s'était depuis longtemps résignée à ne jamais avoir assez d'argent pour signer des chèques sans se préoccuper de leur montant. C'était le remboursement de l'emprunt contracté pour l'achat du domaine qui grevait le plus lourdement son budget, mais elle n'en éprouvait aucun regret : ce domaine représentait la sécurité, et elle en devenait un peu plus propriétaire à chaque prélèvement. Dans treize ans et deux mois, elle le serait à part entière.

Treize ans et deux mois..., songea-t-elle, pensive. Ses fils seraient alors des hommes, mais elle espérait que la maison de leur enfance compterait encore pour eux, qu'ils s'y seraient créé des souvenirs dominés par l'amour, la joie et le sens des responsabilités. Ils ne connaîtraient peut-être jamais la richesse, mais leur éducation leur aurait appris que la valeur d'une personne se mesurait à ce qu'elle était, et non à ce qu'elle possédait.

Après avoir payé diverses factures, Abby rédigea son chèque mensuel à l'ordre de Grover Stanholz. Le prêt qu'il lui avait accordé était encore loin d'être remboursé, mais si les deux poulains à naître se vendaient bien, cette dette-là au moins serait rapidement acquittée.

La jeune femme joignait toujours un mot à son envoi, et s'apercevant qu'elle avait oublié de prendre son bloc de papier à lettres, elle dut se relever pour aller le chercher.

Une fois recouchée, elle réfléchit quelques instants, puis écrivit :

« Mon cher Grover,

» J'espère que vous allez bien. Ici, l'hiver a été très humide, et nous attendons avec impatience l'arrivée du printemps. Merci encore pour votre invitation. Les enfants auraient été ravis de découvrir la Floride, mais je ne peux ni leur faire manquer l'école, ni quitter la ferme, parce que deux de mes juments sont sur le point de pouliner.

» Si vous projetez un voyage vers le nord, venez nous rendre visite. J'aimerais vous montrer ce que vous m'avez permis de réaliser.

» Bien à vous,

Abby. »

Aurait-elle dû parler de Dylan à Grover ? se demanda la jeune femme en pliant la feuille et en la mettant dans une enveloppe avec le chèque. Ils avaient discuté au téléphone de leur contribution respective à la biographie de Chuck, et elle savait que Dylan l'avait déjà interviewé.

Il lui semblait cependant préférable d'éviter désormais ce sujet jusqu'à ce que l'ouvrage soit terminé. Grover avait aimé et pleuré Chuck comme un père. Elle lui envoyait des photos des enfants une ou deux fois par an, elle lui donnait de leurs nouvelles tous les mois... Que pouvait-elle faire de plus ?

Une fois déduit de son dernier solde le montant de tous les chèques qu'elle venait de libeller — et encore, elle avait laissé de côté les factures les moins urgentes —, Abby constata qu'il ne lui restait plus que vingt-sept dollars sur son compte courant.

Elle allait devoir puiser dans l'épargne destinée à financer les futures études supérieures de ses fils : ils avaient absolument besoin de chaussures neuves, et ce n'était pas avec vingt-sept dollars qu'elle pourrait leur en acheter !

La somme que lui verserait l'éditeur à l'acceptation du manuscrit lui permettrait heureusement de reconstituer ses économies. Elle avait donc eu raison de signer ce contrat, et la vente des poulains...

L'argent... L'argent... Résolue à ne pas le laisser devenir une obsession, Abby posa tous les papiers par terre, puis s'adossa de nouveau à l'oreiller, fixa le plafond et se chercha une nouvelle occupation.

A son grand agacement, aucune ne lui vint à l'esprit. Elle aimait la lecture et regrettait souvent de ne pas avoir assez de temps à y consacrer, mais si elle prenait un livre, elle était sûre de s'assoupir dessus au bout de deux pages, et il n'était pas question de passer encore une journée entière à dormir.

En tournant la tête vers la table de chevet, elle vit le thermomètre. Non, elle n'y toucherait pas ! Mais il y avait le téléphone, à côté… La jeune femme hésita, puis décrocha le combiné. Elle venait de payer presque toutes ses factures, non ? Cela méritait bien une petite récompense…

Elle composa le numéro. Au bout de trois sonneries, une voix enjouée retentit dans l'écouteur :

— Allô !

— Maddy ? C'est moi.

— Abby ! J'étais justement en train de penser à toi ! La télépathie entre jumeaux n'est décidément pas un mythe ! Alors, quoi de neuf ?

— Je suis clouée au lit avec la grippe, et je m'ennuie.

— C'est donc seulement pour te distraire que tu m'appelles ?

— Bien sûr que non ! J'en avais envie depuis longtemps, mais les journées sont trop courtes, d'habitude, pour que je puisse faire tout ce dont j'ai envie. Là, pour une fois, j'ai du temps libre.

— Si tu veux guérir vite, il faut que tu te reposes et que tu boives beaucoup… Tu te sens vraiment très mal ?

— Pas très bien, mais un peu mieux qu'hier.

— Et comment vont les deux petits monstres ?

— Rien de nouveau sur ce front-là : ils détestent toujours l'école, n'arrêtent pas de se chamailler, laissent traîner leurs affaires partout et me font rire au moins dix fois par jour.

— Tu as de la chance.

— Je sais. Parle-moi de la Grosse Pomme, maintenant ! J'ai besoin de me changer les idées.

— Eh bien, il a neigé la semaine dernière, et je suis allée me promener dans Central Park. C'était si beau que même le gibier de potence qui y rôde en permanence était sous le charme.

A New York, il suffisait de quelques heures pour que la neige se transforme en une boue grisâtre, songea Abby avec un sourire, mais sa sœur avait le don de ne considérer les choses et les gens que dans ce qu'ils avaient de meilleur. Quant à lui déconseiller de se promener seule dans Central Park, c'était naturellement inutile : elle n'écoutait jamais personne.

— Ton spectacle marche toujours aussi bien ? demanda Abby.

— Oui, avec le succès qu'il remporte, il se jouera sans doute encore pendant des années… Papa et maman sont venus le voir le mois dernier. Ils avaient plusieurs engagements dans les Catskills, et je les ai persuadés de faire un détour par Manhattan. Papa a eu une dispute homérique avec le chorégraphe.

— Ça ne m'étonne pas ! Comment vont-ils ?

— Ils ne cessent de rajeunir. J'aimerais connaître leur secret !

Maddy marqua une pause, si brève que personne d'autre que ses deux jumelles n'auraient pu la percevoir, avant de déclarer :

— Où en est ce projet de biographie ?

— Il s'est concrétisé, répondit Abby d'un ton qui se voulait détaché. L'écrivain chargé de la rédiger est même chez moi en ce moment.

— Tout se passe bien ?

— Oui.

— Tu aurais dû attendre que l'un de nous soit là pour te soutenir.

— Ce n'était pas nécessaire, mais vous me manquez tous.

— J'ai reçu une lettre de Trace.

— De Trace ? Où est-il ?

— Au Maroc. Il a montré ma photo à un cheikh, qui lui a proposé de me troquer contre douze chameaux... C'est flatteur, non ?

— Très ! Trace a accepté ?

— Il ne le précise pas, mais je n'en serais pas surprise.

Un autre silence, plus long que le premier, et ce fut d'une voix étrangement grave que Maddy reprit :

— Tu sais quoi, Abby ? Je songe à quitter le spectacle.

— Mais tu m'as dit à l'instant qu'il allait sans doute encore se jouer pendant des années !

— Justement : je n'ai pas envie de m'enfermer dans une routine et, au bout d'un an, il est peut-être temps que je passe à autre chose. Si je saute le pas, je peux venir faire un petit séjour chez toi avant de me mettre en quête d'un nouveau rôle ?

— Bien sûr ! Je serai ravie de te voir.

— Parfait ! Il faut que je raccroche, à présent : il y a une matinée le samedi, et je suis déjà en retard pour la séance de maquillage. Embrasse les garçons pour moi !

— Je n'y manquerai pas. A bientôt !

Abby reposa le combiné sur son socle et se représenta Maddy en train d'attraper son sac à main, d'y chercher fiévreusement ses clés, puis de sortir comme une trombe de son appartement. C'était du vif-argent, et elle avait toujours la tête pleine de projets — dont le dernier était sans doute le plus fou : vedette d'une comédie musicale qui faisait courir tout New York, voilà qu'elle envisageait d'aller tenter sa chance ailleurs !

Comment deux femmes nées des mêmes parents et ayant reçu la même éducation pouvaient-elles mener des vies aussi différentes ? pensa Abby. Ses projets à elle se limitaient pour l'essentiel à l'organisation matérielle de journées qui se ressemblaient toutes : le nettoyage de l'écurie, le pansage des chevaux, le ménage, les courses, la préparation des repas, la lessive...

De ces modestes tâches, la moins fatigante était la lessive, se dit-elle. Le repos qu'elle venait de prendre lui ayant redonné quelques forces, elle quitta son lit, enfila un vieux survêtement et se rendit dans la buanderie.

Deux heures plus tard, elle se dirigeait vers l'escalier avec une première fournée de linge propre et plié quand la porte d'entrée s'ouvrit à la volée, livrant passage à deux enfants et à un chien aussi excités les uns que les autres.

— Couché, Sigmund ! s'écria Abby en s'écartant vivement de la trajectoire de l'animal de peur d'être renversée.

— Regarde, m'man ! J'ai une nouvelle voiture ! s'exclama Chris.

La jeune femme posa le panier à linge sur le sol afin de pouvoir examiner jusque dans ses moindres détails le modèle réduit de Ford Mustang que son fils lui tendait.

— Superbe ! observa-t-elle gravement avant de le lui rendre.

— Et moi, j'ai un avion ! annonça Ben. Un jet !

— Montre !

Au terme d'une inspection aussi attentive que la première, Abby répéta :

— Superbe ! Où...

L'arrivée de Dylan, un sac d'épicerie sous chaque bras, l'interrompit.

— Allez chercher le reste des courses dans le coffre, les garçons ! ordonna-t-il.

Les deux enfants s'élancèrent dehors, le chien sur leurs talons, et Abby suivit Dylan dans la cuisine.

— Je vous croyais décidé à être inflexible ? remarqua-t-elle avec un sourire narquois.

— Et moi, je vous croyais décidée à retourner vous coucher ?

— Je l'ai fait, et je suis restée dans mon lit le temps de me sentir assez bien pour me relever... Ecoutez, c'est très gentil de votre part d'avoir offert des jouets aux garçons, mais ils vous y ont sûrement poussé, et vous n'auriez pas dû leur céder.

— Facile à dire..., marmonna Dylan. Et je ne m'en suis pas trop mal sorti, tout bien considéré : si j'avais écouté Ben, je lui aurais en plus acheté une réplique de la navette spatiale.

— Ils vous ont malgré tout convaincu de prendre des sucreries, nota la jeune femme en sortant de l'un des sacs un paquet de dix barres chocolatées.

— Il se trouve que j'aime ça.

— Je vois... Et du pop-corn...

— Il se trouve que j'aime ça *aussi*.

— Pour le plus grand bonheur de votre dentiste, j'en suis sûre !

— Et devine ce qu'on a rapporté d'autre ? déclara Chris.

Il venait de surgir dans la pièce, ployant sous le poids d'un sac rempli à ras bord, et Abby se dépêcha de le lui enlever des mains avant qu'il ne le laisse tomber.

— Qu'avez-vous rapporté d'autre ? demanda-t-elle.

— Il faut pas le dire ! s'exclama Ben en apparaissant à son tour, chargé d'un quatrième sac. C'est une surprise.

— Je suis curieuse de savoir ce que c'est, mais je patienterai, et comme vous devez tous mourir de faim, je vais préparer le déjeuner.

— On a déjà mangé, annonça Chris. Des hamburgers.

— Et des frites, ajouta son frère. Viens, Chris ! On va jouer avec mon avion !

Cet ordre fut immédiatement obéi : Chris se rua vers la

porte, que Ben n'avait même pas attendu d'avoir terminé sa phrase pour franchir en courant.

— Il leur arrive de marcher ? observa Dylan.

— Rarement, et vous vous en êtes certainement aperçu dans le magasin. Je suis même étonnée : vous n'avez l'air ni épuisé ni à bout de nerfs. Cette expérience semble vous avoir amusé, au contraire.

— C'est bien le cas, mais je ne vois pas ce qu'il y a d'étonnant là-dedans.

Abby le voyait, elle : Chuck n'avait jamais trouvé amusante la compagnie de ses fils. Dans ses bons jours, il les ignorait; dans ses mauvais jours, il leur reprochait d'être trop bruyants et de le fatiguer.

— La plupart des hommes — et les célibataires tout particulièrement — considèrent comme une corvée d'emmener des enfants faire des courses, se borna-t-elle cependant à expliquer.

— Vous exagérez !

— C'est vrai, et après tout, vous êtes peut-être marié et père de famille... Vous ne portez pas d'alliance, mais cela ne veut rien dire.

— Je suis divorcé, et mon ex-femme était mannequin. La maternité aurait nui à sa carrière.

— Je suis désolée.

— Pourquoi ?

— Parce qu'un divorce est toujours douloureux.

— En ce qui me concerne, c'est le mariage qui l'a été. Le mien n'a heureusement duré qu'un an et demi.

— Un divorce n'en est pas moins un constat d'échec.

— Peut-être, mais mieux vaut le reconnaître et tourner ensuite la page. C'est beaucoup plus sain.

— Les choses sont sûrement plus faciles quand il n'y a pas d'enfants qui risquent d'en pâtir.

Cette conversation intéressait beaucoup Dylan et, sans en avoir l'air, il observait attentivement son interlocutrice. Ils n'avaient pas encore abordé le sujet du divorce dont Chuck aurait engagé la procédure avant de mourir. Ils évoquaient en ce moment le problème en termes généraux, mais Dylan voyait, à l'ardeur avec laquelle elle s'était soudain mise à ranger les provisions, qu'Abby était nerveuse.

— Vous avez retrouvé une bonne partie de votre énergie, remarqua-t-il d'un ton goguenard. Que dit le thermomètre ?

— Rien. Je n'ai pas pris ma température ce matin, mais je sens que la fièvre est tombée.

— Tant mieux, parce que nous pourrons ainsi nous remettre plus vite au travail.

— Il reste des paquets à rapporter de la voiture ?

— Oui, un. Je vais le chercher, mais ne m'attendez pas : je me chargerai de le vider.

La surprise annoncée par Chris était sûrement dedans, songea la jeune femme. Cela avait obligé Dylan à lui demander de le laisser seul, et elle ne se fit pas prier. Il ne l'avait pas quittée des yeux pendant toute cette discussion à propos du divorce, et cela l'amenait à se poser une question très dérangeante : savait-il ce qui se serait passé si Chuck ne s'était pas tué à Detroit ?

Inquiète, elle alla reprendre le panier à linge abandonné dans le vestibule et regagna sa chambre.

Lors de ses séances de travail avec Dylan, elle n'avait pas essayé de présenter Chuck comme un mari parfait, mais elle s'était malgré tout efforcée de donner de leur mariage un bilan positif.

C'était ce qu'elle s'était juré de faire : les désillusions, les larmes, les mensonges et les serments rompus ne seraient pas mentionnés. Il lui était évidemment impossible de cacher des infidélités dont la presse à scandale avait abondamment parlé, mais elle avait décidé d'en minimiser l'importance. L'idée ne l'avait pas effleurée que Dylan puisse être au courant de la procédure de divorce en cours au moment de la disparition de Chuck, et pourtant il semblait l'être...

Non ! se dit résolument Abby. C'était de la paranoïa... Il n'avait aucune raison d'interroger son avocat, et celui-ci était de toute façon tenu au secret professionnel.

Quatre ans plus tôt, la perspective d'annoncer aux enfants que leurs parents allaient divorcer l'avait plongée dans l'angoisse. Au lieu de cela, elle avait dû les informer du décès de leur père.

Chris le connaissait alors à peine, et il était trop petit pour comprendre ce que mourir voulait dire, mais Ben, lui, avait été très affecté. Abby l'avait pris ce soir-là dans le lit où elle avait passé tant de nuits solitaires, et ils avaient pleuré ensemble.

Maintenant, elle tentait de faire en sorte qu'ils aient de leur père l'image d'un homme digne de leur respect et de leur admiration — le problème étant qu'elle était de moins en moins sûre de pouvoir y arriver.

Ben interrompit ses réflexions en entrant — sans frapper — dans la pièce.

— Il faut que tu descendes, m'man. La surprise est prête.

Il avait les joues rouges d'excitation, les cheveux comme toujours en bataille... Dans un élan de tendresse irrésistible, la jeune femme alla à sa rencontre et le prit dans ses bras.

— Je t'aime, lui chuchota-t-elle à l'oreille.

Un rire mi-ému, mi-gêné, s'échappa des lèvres de Ben, puis, comme ils étaient seuls, il s'autorisa à enlacer la taille de sa mère et à la serrer étroitement contre lui.

— Moi aussi, je t'aime, murmura-t-il.

— Dépêche-toi, m'man ! cria soudain Chris depuis le bas de l'escalier.

— Oui, on t'attend pour commencer, déclara Ben avant de s'écarter d'Abby et de bondir dans le couloir.

Son moment d'abandon n'aurait pas duré longtemps, pensa la jeune femme en le suivant, mais il avait beau jouer les durs, ce n'était encore qu'un tout petit garçon, et elle jugeait nécessaire de lui donner de temps en temps une preuve concrète de son amour.

Les exclamations de joie que poussait Chris la guidèrent jusqu'au séjour.

— Alors, c'est quoi, cette surprise ? demanda-t-elle.

— Un magnétoscope ! répondit Ben. Comme on pouvait pas aller au cinéma, Dylan en a loué un, et il a fini de le brancher. On va regarder *Les Guerriers de l'espace* !

— Je crois savoir qui a choisi ce titre, observa malicieusement Abby.

— Il y en avait de plus intéressants dans l'arrière-salle du magasin, mais j'ai été mis en minorité, précisa Dylan. J'ai tout de même rapporté ceci...

La vue de l'étui qu'il tendit alors à la jeune femme la fit sourire de satisfaction.

— *Sans foi ni loi* ! s'écria-t-elle. Le film qui a lancé Chantel ! Elle y est absolument merveilleuse.

Le simple fait d'avoir cette cassette vidéo dans les mains lui rappelait qu'elle n'était jamais vraiment seule.

— C'est drôle, ajouta-t-elle, j'ai eu Maddy au téléphone, tout à l'heure, et maintenant...

— On mettra le film de tante Chantel après *Les Guerriers de l'espace* ! décréta Ben.

Jamais Abby n'autorisait ses fils à passer plus de deux heures par jour devant la télévision, mais elle décida de faire une exception.

— D'accord, dit-elle, et je comprends, à présent, pourquoi vous avez acheté cet énorme paquet de pop-corn... Va le chercher, Ben !

Cinq minutes plus tard, ils étaient tous assis dans le

canapé. Dès la première scène, un combat féroce à l'arme laser se déroula sur l'écran, et Chris, effrayé, se blottit contre sa mère. Elle se pencha vers lui et lui chuchota des mots rassurants.

Un profond sentiment de bien-être l'envahit peu à peu. Elle n'attendait finalement pas tellement plus de la vie que ce genre de joie simple — un après-midi d'hiver à regarder des films en mangeant du pop-corn dans une ambiance chaude et intime.

Heureuse, détendue, elle se cala plus confortablement dans le siège. Sa main se retrouva alors contre celle de Dylan et, en se tournant vers lui pour murmurer une excuse, elle s'aperçut qu'il la fixait.

Les questions qui semblaient toujours rôder au fond de ses yeux y étaient encore, mais elle commençait à s'y habituer, et n'était-ce pas à lui qu'elle devait ces quelques heures de bonheur paisible ?

Alors elle lui sourit et, au lieu de retirer sa main, elle entrelaça leurs doigts.

Il y avait tant de spontanéité dans le geste et le sourire d'Abby que Dylan se refusa à y voir plus qu'une façon de le remercier. Venant de toute autre femme, pourtant, il les aurait automatiquement interprétés comme des avances… Qu'avait donc celle-ci de spécial, pour l'amener de plus en plus souvent à baisser sa garde ?

Peut-être lui rappelait-elle seulement qu'il avait toujours voulu fonder une famille. Il avait cru autrefois que Shannon, si belle, si sophistiquée, si courtisée, valait le sacrifice de ce rêve.

Devenus amants le soir même de leur rencontre, ils s'étaient mariés peu de temps après. Sur le moment, cela avait paru naturel à Dylan : ils s'entendaient merveilleusement bien sur le plan sexuel, le tourbillon de fêtes et de plaisirs auxquels leurs métiers respectifs leur donnaient accès les grisait tous les deux…

Mais très vite, les exigences de Shannon en matière d'argent, de distractions et de sensations fortes avaient augmenté ; dans le même temps, Dylan avait pris conscience de la futilité de la vie qu'ils menaient, et ses anciennes aspirations étaient revenues. Elles lui parlaient de week-ends en famille, d'une maison aux pièces jonchées de jouets, d'enfants aux doigts poisseux qui posaient mille questions, du sourire d'une femme dont la beauté ne devait rien aux artifices du maquillage et de la mode...

Et aujourd'hui, assis dans ce séjour, il se rendait soudain compte que tous les éléments de son rêve y étaient réunis.

A condition, cependant, que la femme assise près de lui soit bien la vraie Abby.

Et, dans l'affirmative, qu'il accepte de renoncer pour elle à la liberté dont il avait retrouvé tous les avantages après son divorce.

7

Le travail en retard qu'Abby devait maintenant rattraper lui permit d'éviter Dylan pendant presque toute la matinée du lundi suivant. En passant devant sa chambre après avoir réveillé les enfants, elle avait entendu le cliquetis du clavier de son ordinateur, régulier, presque mécanique, alors qu'elle s'attendait à une alternance d'interruptions. Le fait de fouiller dans la vie des autres, puis de la mettre en mots, ne semblait pas lui poser plus de problèmes que l'élaboration et la rédaction d'un simple rapport administratif.

Ce bruit avait rappelé à la jeune femme que le répit dont elle avait joui durant les trois jours précédents était terminé : elle n'était plus malade, et les interrogatoires allaient donc reprendre. Si seulement il lui était encore possible de croire, comme avant l'arrivée de Dylan, qu'elle pourrait éluder les questions gênantes et donner aux autres les réponses de son choix…

Comme d'habitude, l'accomplissement de ses tâches journalières lui fut cependant d'un grand secours. Le rituel du petit déjeuner, l'action revigorante d'une tasse de café noir, la recherche frénétique d'un gant égaré et retrouvé juste à temps pour que les garçons ne ratent pas le car de ramassage scolaire… Tout cela la ramena à une réalité quotidienne d'une permanence rassurante.

Elle regarda ensuite ses fils remonter le chemin en

courant, et la pensée lui vint soudain qu'ils étaient à elle. Ces deux hommes en devenir qui partaient faire leur apprentissage de la vie, bonnet de laine sur la tête et cartable au dos, n'auraient pas existé sans elle… C'était une idée un peu angoissante, mais exaltante, aussi, et après qu'ils eurent disparu, Abby resta encore un moment sur le pas de la porte, perdue dans ses pensées.

Quoi qu'il arrive, songea-t-elle, personne ne pourrait lui enlever le bonheur d'avoir mis au monde ces deux petits êtres.

Et la journée lui parut subitement moins dure à affronter.

Alors qu'elle se dirigeait vers l'écurie, quelques minutes plus tard, un ronronnement de moteur lui parvint. Elle s'arrêta et vit le vieux pick-up de M. Petrie se garer à l'angle de la maison.

— Bonjour, madame Rockwell ! dit-il en descendant de l'habitacle, son éternelle chique coincée dans une joue hérissée de barbe grise.

— Monsieur Petrie ! s'écria la jeune femme avec un grand sourire. Je suis contente que vous soyez de retour, mais vous êtes sûr d'aller assez bien pour reprendre le travail ?

— Je me sens en pleine forme !

Et c'était bien l'impression qu'il donnait. La grippe ne semblait avoir en rien diminué la vigueur de son corps trapu, et ses traits burinés avaient leurs bonnes couleurs habituelles. Il était à peine plus grand qu'Abby, mais d'une robustesse et d'une agilité surprenantes pour un homme de son âge.

— Il est vrai que votre femme ne vous aurait pas permis de sortir de chez vous si vous n'étiez pas complètement guéri, observa Abby.

— Cette vieille chouette…, déclara-t-il affectueusement. Elle m'a posé des cataplasmes pendant une semaine entière ! Vous, en revanche, je vous trouve pâlichonne.

— Non, j'ai été un peu fatiguée, mais tout est rentré dans l'ordre. J'allais commencer à m'occuper des chevaux.

— Comment vont les futures mamans ?

— On ne peut mieux. Le vétérinaire est venu vendredi et les a examinées. Elles devraient pouliner vers la fin de la semaine.

— Jorgensen est venu, lui aussi ?

— Oui, et il est très intéressé.

— Ne laissez pas ce vieux filou vous embobiner. Le poulain d'Eve vaut de l'or, et il le sait, mais il essaiera sûrement de marchander.

— Ne vous inquiétez pas : je serai ferme.

Travaillant pour Abby depuis deux ans, Petrie la connaissait assez bien pour ne pas en douter. Elle semblait peut-être sortir de l'un des magazines que les médecins et les dentistes mettaient dans leur salle d'attente, mais elle avait une volonté de fer. Une veuve qui élevait deux enfants ne pouvait s'autoriser aucune défaillance.

— Vous allez emmener les chevaux au pré et les panser là-bas, dit-il. Je nettoierai les box, pendant ce temps.

— Mais…

— Il n'y a pas de mais qui tienne ! Vous avez été seule à manier la fourche pendant toute une semaine, alors c'est à moi de le faire aujourd'hui. Ça m'aidera en plus à me débarrasser des kilos que j'ai pris : ma femme a profité de ma faiblesse pour me gaver.

Tout en parlant, ils étaient entrés dans l'écurie, et Petrie flatta l'encolure d'Eve, qui avait passé la tête par l'ouverture de son box en les entendant arriver.

— Bonjour, ma beauté ! Tu vois, je suis de retour ! déclara le vieil homme avant de sortir une carotte de sa poche et de la lui tendre.

— Vous lui avez manqué, dit Abby.

— J'en suis sûr !

Petrie se dirigea ensuite vers la stalle de Gladys, lui donna une carotte à elle aussi et reprit :

— Vous savez quoi, madame Rockwell ? Si j'en avais les moyens, je m'offrirais une jument juste comme celle-ci.

La maigre retraite qu'il touchait après toute une vie de dur labeur le lui interdisait évidemment, et le regret de ne pouvoir le payer plus transperça Abby.

— Sans votre aide, je ne les aurais achetées ni l'un ni l'autre, souligna-t-elle.

— Si, vous vous seriez débrouillée. Vous les auriez seulement payées trop cher. Vous ne connaissiez rien aux chevaux, à cette époque, mais vous avez vite appris !

Dans la bouche d'un homme aussi expérimenté, c'était un immense compliment, et la jeune femme se mit au travail avec un plaisir qu'elle n'avait pas éprouvé depuis des jours.

Posté à sa fenêtre, Dylan regardait Abby panser les chevaux dans le pré en chantonnant. Il ne l'entendait pas, mais il le devinait au mouvement de ses lèvres. Elle accomplissait sa tâche de façon extrêmement méticuleuse, et avec un entrain qu'il ne l'avait encore jamais vue manifester. C'était sûrement parce qu'elle ne se savait pas observée, et cela signifiait qu'elle n'avait pas encore assez confiance en lui pour se laisser complètement aller en sa présence.

Elle avait enlevé ses gants et bouchonnait à mains nues l'un des hongres. Le regard de Dylan se fixa sur ces mains fines, qui semblaient uniquement faites pour porter des bagues, et qui frottaient pourtant la robe du cheval comme si c'était la chose la plus naturelle du monde. Il se les représenta en train de se promener sur sa peau, d'en explorer chaque centimètre carré…

Même de loin, il se rendait compte que le grand air

et l'exercice physique avaient rosi les joues de la jeune femme, mais dans ses fantasmes, c'était la fièvre des sens qui les colorait. Emporté par son imagination, il se vit lui ôter une à une les épaisseurs de ses vêtements d'hiver et découvrir les trésors dissimulés dessous. Palpitante, elle ne le quittait pas des yeux, et il y lisait une passion égale à la sienne...

Dylan se força à redescendre sur terre. Il avait désiré nombre de femmes dans sa vie, dont certaines avaient répondu à ses avances, d'autres pas, mais dans les deux cas, son intérêt pour elles n'avait jamais duré longtemps. Les pensées érotiques qu'Abby lui inspirait en ce moment pouvaient donc avoir cette même nature éphémère. Et, si elles revenaient le hanter, il saurait les chasser, car il ne voulait pas devenir l'un de ces hommes qui se laissaient dominer par leurs pulsions — qu'il s'agisse d'une envie de pouvoir, d'une soif de richesse, ou, pire encore, de leur appétit sexuel.

Il n'en resta pas moins à sa fenêtre tout le temps qu'il fallut à Abby pour panser les chevaux, puis les ramener dans l'écurie. Il attendit même qu'elle en ressorte, sans songer un seul instant aux minutes qui passaient et au travail qu'il avait interrompu en entendant un bruit de voix, dehors.

A sa grande surprise, Abby reparut dans la cour avec l'un des hongres. Il n'était pas sellé, et pourtant elle sauta souplement sur son dos avant de presser ses flancs et de s'engager au galop dans le sentier qui menait aux vastes étendues de la campagne environnante.

Dylan faillit ouvrir la fenêtre et lui crier de revenir, faute de quoi elle allait se rompre le cou, mais le temps qu'il se décide, elle était arrivée au bout du chemin et faisait demi-tour. Ses cheveux brillaient au soleil et flottaient derrière elle comme une bannière dorée ondulant dans le vent, mais il fut surtout frappé par l'expression de pur bonheur peinte sur son visage.

Dix fois, vingt fois — Dylan était trop fasciné par ce spectacle pour compter —, elle parcourut le sentier dans les deux sens, et lorsqu'elle mit finalement pied à terre, il vit qu'elle riait aux éclats. Elle passa ensuite les bras autour du cou de l'animal, le caressa, lui parla à l'oreille, et Dylan l'envia d'inspirer une telle affection à sa cavalière.

Un homme jaloux d'un cheval n'avait plus toute sa tête, il lui restait juste assez de lucidité pour en avoir conscience, mais cela ne l'empêcha pas de continuer à regarder dehors. Quand Abby disparut de nouveau dans l'écurie, il s'exhorta à s'éloigner de la fenêtre, mais ses jambes refusèrent de lui obéir : il ne bougea pas.

La jeune femme ressortit avec Thunder, la main posée haut sur le licou. L'étalon ne se laissait pas mener facilement : il renâclait et piaffait, et ses oreilles pointées vers l'arrière traduisaient sa nervosité. Une fois dans le pré, Abby l'attacha solidement à la clôture et entreprit de le panser.

Le cheval remuait la tête, roulait des yeux et, lorsque la jeune femme lui souleva une jambe pour en nettoyer le sabot, il tenta de se dégager d'une secousse si violente qu'elle manqua tomber à la renverse. Elle tint bon, et l'animal ne lui opposa plus de résistance, mais ce calme était trompeur : dès qu'elle le lâcha, il lui lança un coup de pied qui arracha une exclamation de frayeur à Dylan. Elle l'esquiva cependant et poursuivit tranquillement sa tâche. Dylan était sûr qu'elle grondait gentiment l'étalon, comme si c'était l'un de ses fils en proie à un accès de colère.

« Mais qui êtes-vous donc ? » lui cria-t-il silencieusement, les deux paumes pressées contre le carreau comme pour l'obliger à le regarder, à l'écouter et à lui répondre.

Oui, qui était-elle ? Comment la mère dévouée de Ben et de Chris, la cavalière joyeuse et insouciante qu'il venait d'observer et la femme qui lui mentait pouvaient-elles être une seule et même personne ?

Abby lui mentait pourtant, et elle continuerait de le faire jusqu'à ce qu'il l'oblige à se découvrir. Et ce serait aujourd'hui, se dit-il tandis qu'elle brossait la robe noire et luisante de Thunder.

Fort de cette décision, il retourna s'asseoir devant son ordinateur et se remit au travail.

Il était plus de 11 heures quand Dylan entendit Abby rentrer dans la maison. Il en avait maintenant terminé avec la relation de l'enfance de Rockwell et de ses débuts sur le circuit de formule 1. Il avait aussi raconté sa rencontre avec sa future épouse — de son point de vue à elle, en citant certains de ses propos et en donnant un aperçu de l'histoire de sa famille. Cela intéresserait les lecteurs de savoir qu'elle avait pour jumelles l'une des étoiles montantes de Hollywood et la vedette d'une comédie musicale qui triomphait à Broadway.

Trois sœurs, trois actrices… Le texte que lui débitait Abby ne le satisfaisait cependant pas, et il allait la forcer à le remplacer par le récit de la vérité.

Des pas résonnèrent dans l'escalier, puis dans le vestibule. Abby se dirigea en hâte vers le réfrigérateur pour y ranger les œufs du jour, et lorsque Dylan pénétra dans la cuisine, ce fut sans se retourner qu'elle lui déclara :

— Bonjour ! J'ai fait du café, si vous en voulez.

— Oui, merci.

Elle l'entendit sortir une tasse du placard et se risqua alors à lui jeter un coup d'œil. Il n'était pas rasé, et elle éprouva un petit pincement au creux de l'estomac devant ce visage auquel une ombre de barbe noire donnait une beauté rude, presque sauvage.

— M. Petrie est revenu, annonça-t-elle. Je ne l'attendais pas avant le début de la semaine, mais il a l'air rétabli, et je crois surtout que les chevaux lui manquaient.

— Vous avez fini de vous occuper d'eux ?

— Pas vraiment. Je compte retourner voir de temps en temps comment vont Eve et Gladys.

— Mais dans l'immédiat, vous êtes disponible pour une nouvelle séance de travail ?

— Euh... oui.

— Parfait !

Dylan posa sa tasse sur la table, s'assit et alluma son Dictaphone.

— Quand Chuck et vous avez-vous décidé de divorcer ?

L'œuf que tenait Abby lui échappa des mains et alla s'écraser sur le sol. Elle resta quelques secondes à le fixer d'un œil hagard, puis, sans un mot, elle entreprit de nettoyer le carrelage.

— Vous voulez que je répète la question ? demanda Dylan.

— Non, mais j'aimerais savoir d'où vous vient cette idée de divorce.

— De Lori Brewer.

— Je vois..., murmura Abby, maintenant occupée à laver l'évier des mains qui, à sa grande satisfaction, avaient cessé de trembler.

— Elle entretenait une liaison avec votre mari.

— Vous ne m'apprenez rien.

— Il en avait eu d'autres avant celle-ci.

— Là non plus, vous ne m'apprenez rien.

— C'est tout ce que vous avez à dire à ce sujet ?

Abby se tourna vers Dylan et le considéra en silence, le visage impassible.

— Votre mari vous trompait ouvertement, Lori n'était que la dernière d'une longue série de maîtresses, et cela vous laisse froide ? s'écria-t-il.

S'il espérait la faire réagir en évoquant les infidélités de Chuck, une grosse déception l'attendait, pensa la jeune femme. Il y avait longtemps qu'elles ne lui causaient plus ni chagrin, ni humiliation, ni rancœur. Tout ce qu'elle éprouvait en ce moment, c'était une vague curiosité devant la colère qu'exprimaient les yeux de Dylan.

— Puisque vous êtes déjà au courant des aventures extraconjugales de mon mari, à quoi bon en parler ? déclara-t-elle.

— Il allait vous quitter pour Lori Brewer ?

Avant de répondre, Abby se servit une tasse de café et en but une gorgée. Elle eut ainsi le temps de trouver un faux-fuyant sans mentir pour autant.

— Il est possible que Chuck ait informé Lori Brewer de son intention de divorcer, mais il n'a jamais abordé ce sujet avec moi.

C'était la vérité, son instinct le disait à Dylan, mais cela ne faisait qu'embrouiller les choses.

— Lori n'est pas du genre crédule, observa-t-il, or elle était persuadée que Chuck l'aurait épousée avant la fin de l'année… Vous pouvez m'expliquer pourquoi ?

— Non. C'est à elle qu'il faut le demander.

Le calme de son interlocutrice attisa la fureur de Dylan, et il résolut de la laisser éclater. Mieux que la patience, elle lui permettrait peut-être d'abattre les défenses d'Abby.

— Très bien ! s'exclama-t-il. Dans ce cas, je vais vous poser une question à laquelle vous seule pouvez répondre : quels sentiments vous inspiraient les infidélités de votre mari ?

Impossible de se dérober, cette fois… Abby savait depuis le début que Dylan finirait par la mettre au pied du mur, et elle s'y était préparée, mais sans doute pas assez bien, car les phrases qu'elle avait répétées lui vinrent difficilement :

— Chuck et moi, nous nous… comprenions. Il faisait un métier très stressant, et le fait d'être sans cesse par monts et par vaux…

—… lui donnait le droit d'évacuer son stress par tout moyen de son choix ?

— Je n'ai pas dit cela, et je ne cherche même pas à l'excuser. Je me contente de vous fournir la raison de sa conduite.

— Vous considérez les contraintes de sa profession comme une raison valable pour collectionner les maîtresses et consommer de la drogue ?

Abby devint blême, et si sa stupeur était feinte, elle était en train de passer à côté d'une grande carrière d'actrice, songea Dylan.

— De… de la drogue ? balbutia-t-elle.

— Oui. De la cocaïne, plus précisément.

— Non, murmura-t-elle, je ne peux pas le croire…

L'accent de désespoir qui perçait dans sa voix, la façon dont ses mains s'agrippaient au rebord du plan de travail achevèrent de convaincre Dylan qu'elle ne jouait pas la comédie : il lui avait bel et bien appris quelque chose qu'elle ignorait, et qui la frappait d'horreur.

— Je suis navré, déclara-t-il d'un ton radouci, mais cette information m'a été donnée par quatre personnes différentes.

— Et vous allez la publier… Les enfants vont… Oh ! mon Dieu ! Qu'ai-je fait ?

La jeune femme se cacha le visage dans ses mains, et elle sursauta en sentant Dylan la prendre par le bras : elle ne l'avait pas entendu se lever.

— Asseyez-vous ! ordonna-t-il.

Puis, comme elle secouait négativement la tête, il l'installa de force sur une chaise.

— Je vous défends d'écrire dans votre livre que Chuck se droguait ! décréta-t-elle une fois surmontée sa première réaction de panique. Vous n'avez aucune preuve de ce que vous avancez, et si vous passez outre à mon interdiction, je vous intenterai un procès en diffamation.

— Calmez-vous, pour commencer, et nous pourrons ensuite…

— Me calmer, alors que vous venez de me dire que Chuck… Eteignez votre magnétophone. La suite de cette conversation doit rester entre nous, c'est bien compris ?

Dylan obéit. Le visage d'Abby exprimait maintenant une détermination farouche, et sa voix était ferme. Il se la rappela soudain en train de porter sa valise à l'étage, le jour de son arrivée, et il se fit la même réflexion qu'à ce moment-là : elle était beaucoup plus forte qu'elle n'en avait l'air.

— Entendu, répondit-il. Cela restera entre nous. Je vous écoute.

— D'après vous, Chuck se droguait… Si c'est vrai, je vous jure que je l'ignorais.

— Vous pensez que vous auriez eu les moyens de le savoir ?

Un douloureux sentiment d'échec envahit la jeune femme et lui contracta la gorge.

— Non, admit-elle.

— Je suis désolé, mais c'est vrai, et sa mère, elle, le savait. Je tiens de source sûre qu'elle a essayé de lui faire suivre une cure de désintoxication.

— Alors sa dernière course, celle où il a trouvé la mort…

— Non, l'autopsie n'a révélé aucune trace de drogue dans son organisme. Il a juste négocié le virage un peu trop vite.

Dans le silence qui suivit, Dylan crut entendre Abby pousser un soupir de soulagement.

— Ecoutez, déclara-t-elle, je n'ai pas l'habitude de demander des traitements de faveur, et vous allez sans doute me reprocher d'attenter à votre liberté d'écrivain, mais permettez-moi de vous rappeler que deux enfants innocents sont directement concernés par cette affaire. Et si votre sens des responsabilités ne suffit pas à vous interdire de révéler dans votre ouvrage que Chuck consommait de la cocaïne, c'est moi qui vous en empêcherai. J'irai jusqu'à solliciter l'aide de Janice s'il le faut.

— Vous comptez censurer ainsi tout ce que je pourrai révéler de négatif sur Chuck ?

— Je ferai ce que je jugerai nécessaire pour protéger mes enfants.

Cette réponse reflétait un élan du cœur, mais elle exprimait aussi une mise en garde qui irrita Dylan.

— Pourquoi avez-vous accepté de collaborer à cette biographie, si vous n'êtes pas prête à en assumer les conséquences ? s'écria-t-il.

— Je ne vous ai pas interdit de parler des liaisons de mon mari, n'est-ce pas suffisant ?

— Vous n'avez rien à m'interdire ! Je vous ai prévenue dès le premier jour que votre rôle dans la réalisation de ce livre se limiterait à celui d'informatrice, et il est trop tard pour avoir des regrets : si vous vous opposez à sa publication, vous violerez le contrat que vous avez signé, et c'est vous que l'éditeur poursuivra en justice, alors soyez franche avec moi ! Dites-moi la vérité, et je vous promets de la rapporter en toute objectivité.

— Je n'ai pas le choix, n'est-ce pas ? Je dois vous croire sur parole ?

— Oui.

— Très bien ! Rallumez votre magnétophone !

Le temps que Dylan remette l'appareil en marche, Abby avait recouvré son calme, mais ce fut seulement après avoir bien pesé ses mots, et les yeux fixés sur ses mains, qu'elle déclara :

— Chuck ne s'est jamais drogué en ma présence. Nous avons été mariés pendant cinq ans, et pas une fois je ne l'ai vu consommer de stupéfiants. Je suis convaincue qu'il n'en a jamais fait usage. Comme tous les sportifs de haut niveau, il était astreint à des règles très strictes en matière d'hygiène de vie.

— Après votre première année de mariage, cependant, vous avez pratiquement vécu chacun de votre côté.

— C'est vrai. Nos obligations respectives nous imposaient de longues séparations.

— Vous aviez aussi des obligations communes, et il me semble que vous auriez dû, en leur nom, passer plus de temps ensemble.

Abby décida d'ignorer cette remarque. A une certaine époque, elle avait oscillé entre la mauvaise conscience et la tentation de s'apitoyer sur son sort, mais cette époque était révolue. Le moment était peut-être venu de révéler des secrets peu flatteurs pour elle, mais de deux maux, il fallait choisir le moindre.

— Ces longues séparations faisaient que mon mari se sentait souvent seul, enchaîna-t-elle comme si de rien n'était, et comme il avait beaucoup d'admiratrices, ce qui devait arriver est arrivé.

— Et vous l'avez accepté ?

— Disons que j'en ai pris mon parti. Dans les problèmes de couple, les responsabilités sont généralement partagées, et il y avait des domaines où je n'étais pas capable de donner à Chuck ce dont il avait besoin.

— De quoi parlez-vous ?

— Je me suis mariée à dix-huit ans et, malgré une vie d'artiste de music-hall constamment en tournée, j'avais eu une enfance et une adolescence très protégées. J'étais vierge quand Chuck m'a épousée, et il me reprochait souvent de l'être restée, d'une certaine façon. Je l'ai déçu sur le plan sexuel, et il est allé chercher ailleurs ce qu'il ne trouvait pas dans son mariage. C'était peut-être moralement condamnable, mais c'était aussi compréhensible.

— Cessez de vous rabaisser comme ça !

Il y avait dans la voix de Dylan une rage à peine contenue qui surprit Abby.

— Vous vouliez des réponses franches, non ? observa-t-elle en levant les yeux vers lui. Eh bien, je vous explique franchement ce qu'il en est : Chuck couchait avec d'autres femmes parce que la sienne ne le satisfaisait pas au lit.

— C'est ce qu'il vous a dit, et vous avez été assez naïve pour le croire ?

— Oseriez-vous prétendre en savoir plus que moi sur ma vie de couple ?

— Non, mais je vous connais maintenant assez pour être sûr que Chuck vous a mis de fausses idées dans la tête.

— Vous m'accusiez pourtant de froideur, tout à l'heure !

— J'ai eu tort, et c'est vous-même qui allez me le prouver !

Joignant le geste à la parole, Dylan prit Abby par la taille, la souleva de son siège et s'empara de ses lèvres avant qu'elle ait eu le temps de comprendre ce qui passait. Tiraillée entre l'envie de s'offrir au baiser de l'écrivain et la voix de sa raison qui lui ordonnait de le repousser, elle tenta d'abord de se dégager, mais sans grande conviction, et la vague montante du désir eut tôt fait de noyer ses velléités de résistance : elle lâcha prise et ne songea plus qu'à répondre à l'appel impérieux de ses sens.

Dylan avait fantasmé sur Abby pendant toute la nuit et toute la matinée, mais il ne s'attendait pas à ce qu'un simple baiser allume en lui un tel incendie. Et, malgré ce qu'il en avait dit, il ne s'attendait pas non plus à la trouver si fougueuse. Elle se pressait contre lui, ses mains lui couvraient le dos de caresses fiévreuses, et il sentait son cœur battre à grands coups dans sa poitrine.

Le souffle court, ils finirent par s'écarter l'un de l'autre, et Abby poussa un petit soupir de bien-être avant de poser la tête sur l'épaule de Dylan dans un geste d'abandon qui l'émut profondément. La flamme dévorante de la passion avait cédé la place à une immense tendresse, et il glissa les doigts dans les cheveux dorés de la jeune femme, puis lui chuchota à l'oreille :

— Allons dans ma chambre. Nous y serons plus à l'aise.

Abby brûlait d'accepter, mais la force même de cette pulsion lui causa un choc qui la ramena à la réalité. Dylan l'attirait, il aurait été stupide de le nier, mais de là à s'engager dans une liaison avec lui...

Non, c'était trop dangereux... Elle ne pouvait pas se permettre de se jeter une deuxième fois les yeux fermés dans les bras d'un homme.

— Non, je..., commença-t-elle.

— J'ai envie de vous, murmura Dylan en traçant une ligne de baisers le long de sa tempe.

— Je le sais, mais... je ne suis pas prête.

— Vous avez pourtant envie de moi... Je le vois. Je le sens.

— C'est vrai, mais cela ne suffit pas. Il me faut du temps.

Dylan scruta le visage d'Abby. Elle avait les joues rouges, comme il se les était représentées quelques heures plus tôt, mais ses yeux exprimaient maintenant moins de désir pour lui que de doutes sur elle-même.

— Je me demande ce que votre mari a bien pu vous dire pour vous faire ainsi perdre toute confiance en vous, remarqua-t-il.

— Ce qui s'est passé entre lui et moi n'a aucun rapport avec la situation présente.

— Bien sûr que si !

— Ce n'était pourtant pas à lui que je pensais quand je vous embrassais.

— Alors laissez-moi vous prouver que ses reproches étaient injustifiés.

— Je vous répète que j'ai besoin de temps.

— Seriez-vous en train de jouer à vous faire désirer ?

— Non, j'ignore tout de ce genre de jeu. Mon manque d'expérience dans le domaine de la séduction est la raison même de l'échec de mon mariage.

— J'en ai assez de vous entendre endosser la responsabilité des infidélités de Chuck ! s'écria Dylan, impatienté. J'ai un marché à vous proposer : racontez-moi toute l'histoire, je la rapporterai dans mon livre telle que vous me l'aurez relatée, et je suis sûr que les lecteurs parviendront à la même conclusion que moi.

Présenté de cette façon, cela paraissait simple, songea Abby, mais de son point de vue à elle, les choses étaient beaucoup plus compliquées, et les enjeux beaucoup plus élevés.

— Je ne sais pas si je peux prendre ce risque, déclara-t-elle. Il faut que je pense à mes enfants. Toutes les vérités ne sont pas bonnes à dire.

— Je ne suis pas de cet avis, et si vous refusez de me parler, je me débrouillerai d'une façon ou d'une autre pour découvrir ce que vous me cachez, alors réfléchissez ! Vous ne croyez pas que la vérité fera moins de mal à vos fils si c'est vous qui la révélez ? Moi aussi, je pense à eux, figurez-vous !

— C'est possible, mais vous n'avez pas tous les éléments pour savoir où résident leurs véritables intérêts.

Dylan se passa une main nerveuse dans les cheveux et se mit à marcher de long en large dans la pièce. Ils étaient dans une impasse et, bien qu'il déteste les compromis, il allait devoir en trouver un. Il voulait absolument connaître la vérité, et il commençait à se demander si c'était vraiment le biographe en lui qui en avait besoin. N'était-ce pas plutôt pour sa satisfaction personnelle qu'il la recherchait et, peut-être aussi, pour soulager Abby du fardeau du secret ?

— Je vais vous faire une deuxième proposition, annonça-t-il. En échange du récit fidèle et complet de vos relations avec Chuck, je vous donnerai un droit de regard sur le texte de l'ouvrage. S'il y a un problème, nous en discuterons, et je n'enverrai pas le manuscrit à l'éditeur avant qu'il nous convienne parfaitement à tous les deux.

— Vous êtes réellement prêt à vous laisser dicter des modifications ? demanda Abby d'un ton dubitatif.

Son scepticisme n'étonna pas Dylan. Compte tenu de la façon dont son mari l'avait traitée, elle avait d'excellentes raisons de se méfier des hommes.

— Oui, et le fait que mes paroles aient été enregistrées constitue la preuve de ma bonne foi, répondit-il avec un geste en direction du Dictaphone, qui tournait toujours. Alors, marché conclu ?

La jeune femme acquiesça de la tête et, quand Dylan la rejoignit et lui tendit la main pour sceller leur accord, elle la serra en espérant avoir pris la bonne décision. Elle n'avait pas eu le temps d'en peser toutes les conséquences, mais Dylan ne lui avait pas laissé le choix…

— Chuck vous a fait beaucoup de mal, dit-il en plongeant son regard dans le sien.

Ce n'était pas une question, mais une assertion, et prononcée avec une douceur si proche de la tendresse qu'Abby sentit des larmes lui piquer les yeux.

— Oui, murmura-t-elle.

Une rage froide envahit Dylan — contre Rockwell, cette fois —, mais comme elle risquait de nuire à son objectivité, il la maîtrisa, invita de la main Abby à se rasseoir et déclara d'une voix posée :

— Chuck et vous aviez de graves problèmes de couple, n'est-ce pas ?

— Oui.

— Ils étaient dus à ses aventures extraconjugales ?

— En partie. Chuck avait dans de nombreux domaines des besoins que je ne pouvais pas satisfaire, mais l'inverse était aussi vrai : j'attendais de lui plus qu'il ne pouvait me donner. Ce n'était peut-être pas un bon mari, mais ce n'était pas un mauvais homme pour autant, et je tiens à le souligner.

Bien que Dylan ne soit pas tout à fait du même avis, il se borna à demander :

— Pourquoi avez-vous cessé de l'accompagner dans ses déplacements au bout d'un an ?

— J'étais enceinte de Ben, et même si j'admets avoir été contente de trouver là une excuse valable pour ne plus suivre Chuck sur le circuit de formule 1, ces voyages incessants me fatiguaient réellement. Nous habitions alors chez sa mère, à Chicago, et il s'est arrangé, au début, pour venir m'y rejoindre assez souvent. Je crois que l'idée d'être père l'angoissait un peu, mais le rendait aussi heureux. Quoi qu'il en soit, il me couvrait d'attentions quand il était à la maison, et il essayait vraiment d'améliorer les rapports… difficiles que nous avions, sa mère et moi.

Les souvenirs affluaient dans l'esprit d'Abby. Elle se rappelait ces mois passés dans la luxueuse demeure des Rockwell, la douce euphorie où la plongeait la pensée de son enfant à naître, la décoration de la nursery qu'elle avait réalisée, ses tentatives — vite abandonnées — pour apprendre à tricoter…

— Les séjours de Chuck à Chicago ont cependant fini par s'espacer, poursuivit-elle, et puis, un jour, j'ai trouvé sur mon lit un tabloïd avec, en première page, une photo de Chuck au bras d'une superbe blonde, et un article rempli d'allusions perfides.

— C'était votre belle-mère qui l'avait mis là ?

— Sans doute, mais je ne peux pas l'affirmer, et c'est maintenant sans importance. J'étais alors enceinte de huit mois, et j'ai eu l'impression que tout s'écroulait autour de moi. Chuck est revenu à la maison le week-end suivant, et je lui ai montré le journal en exigeant des explications.

— Il vous en a donné ?

— Non. Il m'a reproché d'accorder foi à ces médisances, passant ainsi en une minute du statut de coupable à celui de victime, puis il a jeté le journal au feu. Il avait l'air tellement en colère que je me suis sentie obligée de m'excuser.

— C'était très habile de sa part, observa Dylan.

Malgré sa volonté de rester impassible, il avait du mal à parler calmement. La façon dont Rockwell avait manipulé une femme aussi jeune et vulnérable le faisait bouillir de rage.

— Je voyais dans ses yeux qu'il mentait, continua Abby, mais je portais son enfant, et j'étais si seule, si désemparée, que j'ai feint de le croire. Avec le recul, cependant, je pense que j'ai eu tort : si j'avais insisté pour qu'il me dise la vérité, j'aurais pu lui pardonner, et cela aurait peut-être tout changé.

— Il aurait rompu cette liaison et vous serait redevenu fidèle ?

— Je n'en suis pas certaine, mais je ne le saurai jamais, à présent.

— Toujours est-il qu'il a ensuite eu d'autres maîtresses…

— Oui, mais il ne faut pas oublier que nous ne menions pas une vie de couple normale et que, physiquement, les choses ne marchaient pas bien entre nous. Chuck était un homme avide de succès, mais dès qu'il en avait remporté un, il partait à la conquête d'un autre. C'était un trait hérité de son enfance, où il lui avait toujours été demandé d'être le premier et le meilleur en tout.

Abby secoua tristement la tête avant de reprendre :

— A cause de cela, il avait constamment besoin de prouver, aux autres comme à lui-même, qu'il était bien le meilleur dans tous les domaines, y compris celui des performances sexuelles. J'étais loin de le satisfaire sur ce plan-là, mais j'espérais que ses responsabilités de père donneraient une deuxième chance à notre couple, en persuadant Chuck de se fixer. J'aurais dû savoir qu'il n'y était pas du tout prêt...

Comme elle s'interrompait de nouveau, Dylan lui pressa la main pour l'encourager à poursuivre.

— Peu après la naissance de Ben, dit-elle tristement, l'une des admiratrices de Chuck s'est mise à me bombarder de lettres où elle menaçait de se suicider s'il ne me quittait pas pour l'épouser. Elle est allée raconter aux médias que je le rendais malheureux, et c'est à ce moment-là que nous avons acheté ce domaine. Chuck regrettait que j'aie été ainsi livrée en pâture à la presse à scandale, et c'était une façon de me dédommager des ennuis qu'il m'avait indirectement causés. Nous nous sommes installés ici, mais Chuck est reparti presque aussitôt.

— Et vous ne l'avez pas accompagné...

— Non. Ma priorité était de faire de cette maison un point d'ancrage, pour Ben, pour moi et, je l'espérais encore, pour Chuck aussi. Au bout de plusieurs mois sans pratiquement aucune nouvelle de lui, j'ai commencé à me dire que notre mariage était voué à l'échec, que rien ne pourrait le sauver. Chuck a fini par revenir, après avoir gagné le Grand Prix d'Italie. Il m'a alors annoncé son intention de revendre le domaine, et nous nous sommes violemment disputés. Le bruit a réveillé Ben, il est entré dans notre chambre, et Chuck est devenu comme fou : il a reporté sa colère sur son fils, qui s'est mis à hurler, et...

Abby laissa sa phrase en suspens. Même après tout ce temps, l'évocation de ce terrible souvenir la bouleversait, et elle attendit d'avoir recouvré son sang-froid pour reprendre son récit :

— Ben était très jeune, et devant son visage terrorisé, mon sang n'a fait qu'un tour : j'ai ordonné à Chuck de partir. Il est monté dans sa voiture et il a démarré en trombe. J'ai réussi à calmer Ben et je suis restée avec lui jusqu'à ce qu'il se rendorme, puis je suis allée me coucher. Je ne pensais pas que Chuck reviendrait, pourtant...

La voix d'Abby n'était plus qu'un murmure, et elle avait les yeux perdus dans le vague. Dylan, qui l'observait attentivement, comprit alors qu'elle se parlait maintenant à elle-même, pour exorciser ses démons.

— Chuck était ivre, continua-t-elle. Il ne buvait jamais beaucoup, parce qu'il ne tenait pas bien l'alcool, mais là, il était fin soûl, et d'humeur encore plus belliqueuse qu'avant. J'ai tenté de le persuader de se taire et de descendre dormir au rez-de-chaussée, pour ne pas réveiller Ben, mais il était trop en colère, et trop ivre, pour m'écouter. Il m'a dit que je ne valais rien en tant qu'épouse, et moins que rien en tant qu'amante, que seuls Ben et le domaine m'intéressaient... Je lui ai tenu tête, et il ne l'a pas supporté : il m'a jetée sur le lit, en hurlant qu'il était grand temps que j'apprenne à lui donner ce qu'un mari était en droit d'obtenir de sa femme, et... il m'a violée... Il est parti le lendemain à l'aube et, quelques semaines plus tard, je me suis aperçue que j'étais enceinte.

Abby se passa une main tremblante dans les cheveux, se tourna ensuite vers Dylan et déclara :

— Maintenant que vous connaissez la vérité, j'ai une question à vous poser : Chris a-t-il vraiment besoin de savoir que son père m'a violée, et qu'il est le fruit de ce viol ?

Puis, sans attendre la réponse, elle se leva et quitta la pièce.

8

Dylan n'arrivait pas à travailler. Il fixait l'écran de son ordinateur comme si son seul regard avait le pouvoir d'y faire apparaître les phrases que sa conscience l'empêchait de taper sur le clavier. Son entretien avec Abby s'était déroulé des heures plus tôt, mais les émotions qu'il avait éveillées en lui n'avaient rien perdu de leur intensité.

Une fois seul dans la cuisine, il était resté un long moment, comme tétanisé, face à un Dictaphone qu'il n'avait même pas songé à éteindre.

Le récit de la jeune femme ne l'avait pas choqué : il avait cessé depuis longtemps de croire à la bonté de la nature humaine. Son expérience de journaliste et de biographe ne lui permettait plus d'ignorer que certains hommes étaient capables des pires violences, des crimes les plus sordides, des actions les plus basses. Ses enquêtes lui avaient montré les blessures, les cicatrices, les traumatismes que les victimes en gardaient... Il ne s'étonnait plus de rien, et rien ne pouvait percer la carapace qu'il s'était forgée au fil du temps.

Du moins le pensait-il, car l'histoire d'Abby l'avait profondément affecté. Dans le silence de la cuisine, il s'était rappelé chaque mot qu'elle avait prononcé, pâle mais digne, avec une douleur compréhensible, mais sans colère ni pathos. Et il avait eu mal pour elle.

Il était ensuite allé en ville, autant pour laisser à Abby

la tranquillité dont elle avait sûrement besoin que pour prendre le recul nécessaire à une appréciation objective des choses.

La température s'était radoucie, et la neige n'était plus qu'un mauvais souvenir. Le printemps pointait son nez, et quand il commencerait à céder la place à l'été, la biographie de Chuck Rockwell devrait être terminée, mais Dylan se trouvait maintenant devant un terrible dilemme : fallait-il dire toute la vérité, ou en cacher une partie, pour épargner Chris ?

Quand il était rentré, les garçons étaient en train de jouer dans la cour, et il les avait regardés depuis sa voiture s'ébattre avec la gaieté et l'insouciance de leur âge. Au bout d'un moment, Chris était venu lui demander de jouer au ballon avec eux. Il avait les joues rouges, les yeux brillants, et sa petite main s'était blottie dans celle de Dylan avec une confiance qui lui était allée droit au cœur.

En passant devant la fenêtre de la cuisine, Dylan avait vu Abby, occupée à préparer le dîner. Leurs regards s'étaient croisés, puis elle avait repris sa tâche avec sa calme efficacité coutumière.

Ni alors, ni pendant le repas, ni après, il ne l'avait sentie nerveuse, et si cette sérénité n'était qu'un masque destiné à donner le change à ses fils, elle révélait une force de caractère hors du commun. Ils avaient joué aux cartes, tous ensemble, puis la jeune femme était montée coucher les garçons en annonçant qu'elle ne redescendrait pas.

Dylan avait alors décidé d'occuper le reste de la soirée à travailler, mais une fois assis devant son ordinateur, il avait été rattrapé par son dilemme. L'histoire d'Abby contenait tous les éléments susceptibles de transformer la biographie de son mari en best-seller : l'amour, le sexe, la trahison, la violence... Il avait enfin obtenu la vérité, et il lui suffisait maintenant de la relater de façon rigoureuse et objective, comme il en avait l'habitude. N'était-ce pas pour cela qu'il était venu ? Pour cela que l'éditeur le payait ?

Mais cette petite main blottie dans la sienne... Ce rire d'enfant, l'un des sons les plus merveilleux qu'il ait jamais entendus...

Non, il ne pouvait pas publier ce qu'Abby lui avait confié le matin ! Il aurait beau résister à la tentation de faire du sensationnel, les faits parlaient d'eux-mêmes, et leur divulgation bouleverserait la vie de trois innocents.

Cela n'aurait pas dû entrer en ligne de compte. La recherche et la révélation de la vérité avaient toujours été ses seuls objectifs, et il les considérait à la fois comme un droit, un devoir et un service rendu au public.

Il revoyait pourtant Chris lui tendre les bras, et Ben, seul dans sa chambre avec une armée de guerriers miniatures... Il se rappelait le sentiment de plénitude qu'il avait éprouvé le jour où Abby avait entrelacé ses doigts aux siens...

La conclusion s'imposait : ils lui avaient fait oublier la règle d'or apprise dès la première semaine de sa carrière de journaliste : ne jamais nouer de liens personnels avec les sujets d'une enquête.

Ils avaient forcé la porte de son cœur, et maintenant, il était trop tard ; même s'il le voulait, il ne pourrait pas les en chasser.

Alors, cédant à une impulsion subite et sans se laisser le temps de réfléchir, il sortit de sa chambre, traversa le couloir et alla frapper à la porte d'Abby.

— Entrez !

Il la trouva assise devant un petit bureau, en train d'écrire une lettre, mais elle n'eut l'air ni surprise ni contrariée de cette interruption. Dylan eut même l'impression qu'elle l'attendait.

— Il faut que nous parlions, déclara-t-il.

— Entendu. Fermez la porte.

Après avoir obéi, il resta un moment immobile et silencieux. Il n'y avait plus de barrière entre eux, à présent, plus de magnétophone pour les enfermer dans leurs rôles respectifs d'intervieweur et d'interviewée. Ce qui allait se dire ne concernait qu'eux, et Dylan se demanda comment ils en étaient arrivés là, comment leurs rapports avaient pu changer de nature aussi vite, et de manière aussi radicale.

Le décor de la pièce respirait le calme et la douceur, comme son occupante, et, comme elle, il ne laissait rien transparaître des violences passées. Elle les avait occultées, pour les empêcher de briser sa vie et celle de ses enfants. En les lui révélant, elle avait remis leur destin à tous les trois entre ses mains, et il aurait pu lui en vouloir de le charger d'une telle responsabilité, mais il y voyait avant tout un témoignage de confiance, et un appel à ce qu'il y avait sans doute de meilleur en lui.

— Vous préférez rester debout ?

Brusquement tiré de ses réflexions, Dylan tressaillit, esquissa un sourire gêné, puis alla s'asseoir sur le lit.

— Je ne me sens pas en droit de rendre public ce que vous m'avez appris ce matin, annonça-t-il.

Une onde de soulagement se répandit dans les veines de la jeune femme. C'était ce qu'elle avait espéré, mais la peur d'avoir pris un risque inconsidéré l'avait torturée toute la journée.

— Merci, murmura-t-elle.

— Ne me remerciez pas ! Je vais malgré tout écrire beaucoup de choses qui ne vous plairont pas.

— Je commence à penser que cela a moins d'importance que je ne le croyais jusqu'ici. Je voulais que mes fils aient une bonne image de leur père, qu'ils soient fiers de lui, mais plus j'y réfléchis, plus je me dis qu'ils ont avant tout besoin d'être fiers d'eux-mêmes.

— Pourquoi avez-vous finalement décidé de me révéler ce que votre mari vous a fait subir ? demanda Dylan.

Abby garda le silence. Comment lui expliquer sans se mettre en danger ce qui l'avait amenée à se décharger de ce lourd secret ? Elle le savait, pourtant... Il lui avait témoigné une gentillesse à laquelle elle ne s'attendait pas. Il l'avait aidée à nettoyer les box des chevaux alors que rien ne l'y obligeait. Il s'était pris d'affection pour ses fils. Il l'avait soignée pendant sa grippe... Tout cela lui avait permis de découvrir les qualités humaines qu'il dissimulait sous des dehors brusques... et elle était tombée amoureuse de lui.

S'apercevant soudain qu'elle tripotait nerveusement son stylo, Abby le posa sur le bureau, étouffa un soupir et finit par répondre :

— Je ne peux pas vous donner toutes les raisons, mais sans doute avais-je besoin d'en parler, parce que je me suis ensuite sentie soulagée. Je n'avais encore raconté cette histoire à personne.

— Même pas à votre famille ?

— Non. Je suis passée par différentes étapes — la honte, la culpabilité, la colère... Il m'a fallu les franchir une à une avant de parvenir à me reconstruire.

— Pourquoi diable êtes-vous restée avec un mari qui vous avait traitée de façon aussi odieuse ? s'écria Dylan.

Cette question le plongeait dans un abîme de perplexité, car il se refusait maintenant à croire que c'était une affaire d'argent. La femme couverte de bijoux et de fourrures dont il avait des dizaines de photos dans son dossier n'était pas la vraie Abby, il en avait désormais la certitude.

La jeune femme fixa ses mains, qui ne portaient plus ni alliance ni bague d'aucune sorte. Elle les avait toutes vendues depuis longtemps, et sa rancœur l'avait quittée depuis plus longtemps encore.

— Après… ce qui s'est passé, déclara-t-elle, Chuck s'est excusé en pleurant. Son repentir était visiblement sincère, et j'ai pensé que nous pourrions retirer quelque chose de positif de cette nuit affreuse. J'ai même cru un moment que nous allions réussir à sauver notre mariage, mais la naissance de Chris a détruit cet espoir : Chuck ne pouvait pas le regarder sans se rappeler les circonstances de sa conception, et il lui en voulait de raviver ainsi ses remords.

— Et vous, que ressentiez-vous en regardant Chris ?

— Un immense bonheur.

— Vous êtes vraiment une femme remarquable !

— Moi ? Pas du tout ! Je me considère comme une bonne mère, mais il n'y a rien de remarquable là-dedans, et je n'ai pas été une bonne épouse. Chuck avait besoin d'une femme entreprenante et dynamique, qui aurait partagé son goût pour la vie trépidante du championnat de formule 1. J'étais trop casanière pour lui.

— Et vous, de quoi aviez-vous besoin ? demanda Dylan d'une voix grave.

Surprise, Abby se tourna vers lui. Personne, hormis les membres de sa famille, n'avait jamais songé à lui poser cette question.

— Je ne sais pas trop, répondit-elle. Je sais seulement que j'ai maintenant tout pour être heureuse.

— Vos fils et ce domaine combleraient donc tous vos besoins ? observa Dylan en se levant et en s'approchant du bureau. Je croyais que vous aviez définitivement renoncé à me mentir ?

Il était trop près…, pensa la jeune femme. Ses idées se brouillaient quand il lui suffisait de tendre le bras pour le toucher, pour l'attirer vers elle…

— Je… je ne comprends pas de quoi vous parlez, bredouilla-t-elle.

Dylan lui prit les deux mains et la mit doucement

debout. Sentant ses doigts trembler, il resserra son étreinte et déclara :

— Vous avez peur de moi ?

— N... non.

— De ce qui se passe entre nous, alors ?

— Oui. Je suis désolée, mais je ne peux pas m'en empêcher. Mieux vaut nous en tenir à des relations amicales.

— Il est trop tard... Dites-moi, Abby, quelqu'un vous a-t-il déjà fait l'amour ?

— J'ai deux enfants, je vous le rappelle !

— Cela ne répond pas à ma question.

— Je ne vois pas ce que...

— Alors je vais m'exprimer plus clairement : il y a eu d'autres hommes que Chuck dans votre vie ?

— Non.

— Même pas un amant de passage, juste pour le plaisir ?

— Je n'ai aucune disposition pour l'amour physique, murmura la jeune femme en rougissant.

Son mari lui avait décidément ancré cette idée dans la tête ! songea Dylan, partagé entre la colère et la compassion.

Un troisième sentiment prit cependant très vite le dessus : la volonté de prouver à Abby que les hommes n'envisageaient pas tous l'acte sexuel en termes de performance.

— Vous devriez me laisser en juger par moi-même, dit-il avant d'entourer le visage d'Abby de ses mains.

— Non... Il ne faut pas...

— Pourquoi ? Vous n'avez pas envie de moi ?

Dylan n'était pas habitué à jouer les séducteurs. Les femmes étaient toujours venues à lui de leur plein gré ; elles étaient consentantes, expérimentées, et parfois même aguicheuses. Aucune n'avait jamais tremblé, et ce fut lui, soudain, qui eut peur : saurait-il être assez doux et attentionné avec Abby pour réparer les dégâts psychologiques causés par la cruauté de son mari ?

— Si, j'ai envie de vous, répondit-elle, mais je crains de vous décevoir.

— Ne vous inquiétez pas pour ça. Laissez-vous aller, et le reste suivra.

La bouche de Dylan se posa sur celle d'Abby, et il l'embrassa avec toute la délicatesse dont il était capable. Un long frisson la parcourut, et elle referma les mains sur ses poignets dans un geste où il voulut voir une preuve de confiance et d'acceptation.

La lampe du bureau nimbait de lumière le beau visage levé vers lui, et il sentit son pouls s'accélérer, le désir monter en lui comme une lame de fond, mais quand, involontairement, il mit plus d'insistance dans son baiser, la jeune femme se raidit, et il dut s'écarter d'elle pour lui murmurer :

— Détendez-vous ! Tout va bien.

Avec une patience qui l'étonna lui-même, il lui caressa ensuite les cheveux, la berça doucement, et les efforts qu'il déployait pour maîtriser le tumulte de ses sens furent récompensés : elle finit par s'abandonner contre sa poitrine et lui enlacer la taille, timidement, mais avec une tendresse qui lui gonfla le cœur d'une joie inattendue, proche de l'exaltation.

C'était un sentiment qu'il n'avait encore jamais éprouvé dans les bras d'une femme et qui le grisait, comme un vin capiteux.

Ses lèvres reprirent celles d'Abby et, lentement, progressivement, intensifièrent l'ardeur de leurs assauts. Attentif à chacune de ses réactions, il attendit de la sentir prête pour approfondir son baiser. Elle poussa alors un soupir de volupté dont le souffle le traversa de part en part et le fit soupirer à son tour.

Encouragé, il glissa les mains sous le chandail de sa

compagne. Elle tressaillit, mais il lui murmura de nouveau des mots apaisants, et des promesses qu'il espérait pouvoir tenir. Elle avait la peau lisse, d'une douceur satinée qui invitait les caresses, et il dut encore fournir un violent effort de volonté pour ne pas céder à la tentation de lui arracher son pull-over.

Il se contint cependant et le lui enleva avec d'infinies précautions, en guettant le moindre signe de réticence ou d'appréhension dans son comportement.

Quand Abby se retrouva à demi nue face à Dylan, les craintes qu'il avait réussi à calmer revinrent la tourmenter. Elle se sentait terriblement vulnérable, habitée par des pulsions qui l'empêchaient de réfléchir, et comment pourrait-elle satisfaire son compagnon si elle perdait toute lucidité ?

Et lorsqu'il lui prit la main et se dirigea vers le lit, un sentiment de panique la saisit et c'est en balbutiant qu'elle murmura :

— N… non. Je… je suis désolée, mais…

— Nous allons juste nous étendre l'un près de l'autre, Abby. Je promets de ne pas vous toucher si vous ne le voulez pas.

Luttant contre sa peur, elle se laissa guider jusqu'au lit, s'allongea et tenta de se raisonner pendant que Dylan se couchait à son côté : elle n'était plus une jeune fille inexpérimentée, mais une femme à qui cinq années de mariage avaient au moins enseigné les réalités de l'amour physique.

— La lumière…, chuchota-t-elle.

— Non, déclara Dylan, les yeux dans les siens. Je veux que chacun de nous voie sur le visage de l'autre le plaisir qu'il va lui donner.

— Ne… ne surestimez pas mes capacités dans ce domaine.

— Et vous, ne les sous-estimez pas.

Le baiser qui suivit réduisit Abby au silence. D'une ardeur proche de la violence, il déchaîna en elle une tempête de sensations qui lui arrachèrent un cri de surprise et de volupté mêlées. Il lui semblait que son corps tout entier s'éveillait à un monde de jouissance encore inconnu, et pourtant Dylan ne faisait que l'embrasser…

Comment était-ce possible ? se demanda-t-elle vaguement avant de se sentir soulevée par un élan de passion si puissant qu'il balaya tous ses doutes, toutes ses interrogations, et jusqu'à la peur de ne pas être à la hauteur des espérances de son compagnon.

Maintenant qu'il tenait Abby dans ses bras, Dylan mesurait dans toute son intensité la force de l'envie qu'il avait d'elle. Cela le surprenait beaucoup, l'effrayait un peu, mais il restait décidé à faire passer ses besoins à elle en premier.

Alors il mit au service de cet objectif toute son expérience, et même des trésors d'inventivité qu'il ignorait posséder. Il promena sa bouche et ses mains sur un corps qu'il trouva délicieusement réceptif à ses caresses, et ce fut Abby elle-même qui, avec des gestes fébriles, déboutonna sa chemise et la lui enleva.

Si la peau de Dylan était d'une étonnante douceur, son torse était aussi ferme et musclé que la jeune femme l'avait imaginé, et elle s'émerveilla de cette force dont un autre aurait peut-être fait usage pour la soumettre à ses exigences — mais pas lui. D'une patience dont elle avait rêvé autrefois, mais qui lui avait été refusée. D'une passion qu'elle avait vainement appelée de ses vœux, et se découvrait soudain capable, non seulement d'éprouver, mais aussi d'inspirer.

Ses doigts explorèrent la large poitrine de son compagnon, et il dit son nom dans un soupir de plaisir qui lui donna un sentiment de pouvoir très nouveau et très agréable.

Ce fut cependant à elle de gémir quand il emprisonna

entre ses lèvres la pointe durcie d'un sein et la mordilla sans pitié, lui infligeant la plus exquise des tortures. Il lui ôta ensuite son jean, finit de se déshabiller, et leurs corps fiévreux se mêlèrent dans une danse dont chacun dirigeait tour à tour le mouvement, jusqu'à ce qu'ils communient dans un même besoin de fusion.

L'éblouissement qu'éprouva Abby quand Dylan entra en elle la prit au dépourvu. Elle n'avait jamais rien ressenti d'aussi fort et d'aussi délicieux à la fois.

Y avait-il des mots pour décrire cette sensation ? A peine eut-elle le temps de formuler cette pensée que ses hanches, comme mues par une volonté indépendante de la sienne, se soulèvent et se mirent à bouger sur un rythme de plus en plus rapide.

La maîtrise de lui-même que Dylan était parvenu à garder vola en éclats lorsque Abby, ses ongles lui griffant le dos, lâcha la bride à sa passion : il laissa s'exprimer pleinement celle qui le consumait, et ce fut ensemble, dans un même cri d'extase, qu'ils atteignirent l'orgasme.

Les moments qu'Abby venait de vivre lui avaient ouvert les portes d'un univers entièrement nouveau. Personne ne lui avait encore permis de se sentir aussi importante, aussi complète, aussi vivante.

Elle avait envie de le dire à Dylan, mais la peur du ridicule l'en empêcha. Elle se contenta donc de poser la tête sur sa poitrine et d'écouter un cœur qui battait à peine moins vite que le sien.

Les moments que Dylan venait de vivre lui avaient révélé une dimension de l'union charnelle qu'il ignorait jusque-là. Jamais personne ne lui avait permis d'éprouver un tel bonheur, un tel transport, un tel sentiment d'osmose. Abby lui avait fait découvrir des émotions entièrement nouvelles, et il avait envie de le lui dire, mais, craignant qu'elle ne voie dans ces mots une simple flatterie, il se contenta de refermer les bras sur elle et d'observer :

— Je croyais que tu n'avais aucune disposition pour l'amour physique ?

— Pardon ?

— Tu as déclaré tout à l'heure que tu n'avais aucune disposition pour l'amour physique... C'était par modestie, j'imagine ?

— Non, c'est vrai : je ne suis pas très compétente en la matière.

— Quelle matière ?

— Eh bien, le côté technique de... des rapports sexuels.

— Nous venons de faire l'amour, et non d'avoir un rapport sexuel.

— C'est la même chose.

— Absolument pas ! répliqua Dylan, irrité.

Puis, comme Abby, sans doute effrayée par ce mouvement d'humeur, tentait de s'écarter de lui, il resserra son étreinte et reprit d'une voix douce mais ferme :

— Je ne suis pas Chuck, tu ne t'en es pas encore aperçue ?

— Si, mais...

— Mais quoi ? Tu attends de moi que je note tes performances ? Que je te délivre un certificat de bons et loyaux services ?

— Bien sûr que non, répondit la jeune femme en rougissant. Je voudrais juste savoir...

—... si tu ne m'as pas déçu ? Ecoute-moi bien, Abby ! L'idée t'a-t-elle jamais traversé l'esprit que ton mari pouvait ne pas mériter la réputation de bête de sexe que les tabloïds lui ont faite par pur intérêt commercial ? T'es-tu jamais demandé si ce n'était pas lui le responsable de ce qui se passait ou ne se passait pas dans l'intimité de votre chambre ?

— Je n'avais pas à me le demander : toutes les femmes qui se disputaient ses faveurs étaient là pour prouver que…

— Que rien du tout ! s'écria Dylan. Il est très facile pour un homme de collectionner les aventures d'un soir. Cela lui permet de ne songer qu'à son propre plaisir. La situation est très différente avec une femme envers qui on a des devoirs — dont celui de la rendre heureuse… Là, il faut prendre le temps de la connaître, être attentif à ses besoins et apprendre à les satisfaire.

Abby leva la tête et le fixa, les yeux écarquillés.

— Mais en cet instant précis, ajouta-t-il, je n'ai pas trop envie de parler de Chuck Rockwell. C'est à nous deux que tu dois penser, et à rien d'autre.

— Tu as raison, et d'autant plus que j'ai une immense dette envers toi : tu m'as obligée à reconsidérer des choses que je tenais pour acquises, et je t'en suis infiniment reconnaissante.

— Combien de fois devrai-je te dire de ne pas me remercier ?

— C'est la dernière fois, je te le jure !

Le baiser dont Abby effleura les lèvres de Dylan pour sceller sa promesse le fit frissonner, et elle s'émerveilla de nouveau du pouvoir qu'elle possédait de lui donner du plaisir.

— Tu vas rire…, commença-t-elle.

— Je ne me sens pas exactement d'humeur à rire, coupa-t-il en suivant du doigt la courbe de ses épaules, mais je t'écoute.

— Eh bien, j'ai l'impression d'avoir maîtrisé ce soir un art très complexe et très important.

— Comme le crawl ?

— Ne te moque pas de moi !

— Je n'oserais pas, mais je te rappelle que la maîtrise d'un art exige de la pratique… Beaucoup de pratique.

— Et tu te proposes de parfaire dès maintenant mon apprentissage ?

— Tu as tout compris !

Ce badinage, auquel Abby n'était pas habituée, lui réjouit le cœur : elle y voyait la preuve d'une complicité qui allait bien au-delà de la simple entente physique.

Alors que Dylan se penchait pour l'embrasser, un cri perça le silence, et elle se redressa aussitôt.

— C'est Chris !

Sautant du lit, elle alla prendre son peignoir dans la penderie et se précipita dans la chambre du petit garçon. Recroquevillé sous sa couette, il pleurait toutes les larmes de son corps.

— Que se passe-t-il, mon chéri ? dit-elle en le prenant dans ses bras.

— Il y avait… des serpents… Plein de serpents… ils me poursuivaient… Je courais, je courais… et puis je suis tombé dans un grand trou.

— Ce n'était qu'un rêve, un très mauvais rêve, mais il est fini, maintenant, et je suis là.

— Tu… vas rester… avec moi ?

— Oui, jusqu'à ce que tu te rendormes.

— Non, je veux… plus dormir, sinon ils… vont revenir !

— Ils ne reviendront pas, je te le promets.

— Il a fait un cauchemar ? demanda Dylan depuis l'embrasure de la porte.

Bien qu'il ait pris le temps de se rhabiller, la crainte de s'imposer dans un rôle qui n'était pas le sien le retenait d'entrer.

— Oui, répondit Abby sans cesser de bercer Chris. De vilains serpents le poursuivaient.

— Si je les avais vus, même en rêve, j'aurais eu peur, moi aussi, observa Dylan.

Chris lui adressa un pâle sourire, puis frotta ses yeux encore remplis de larmes et, cette fois, Dylan ne put résister : il franchit le seuil et alla s'accroupir devant le petit garçon.

— Tu sais qui est le pire ennemi des serpents ? déclara-t-il.

— N… non.

— Les mangoustes ! Elles les avalent tout crus, alors si tu rêves encore de serpents, imagine que tu es une mangouste, et c'est eux qui s'enfuiront.

— Une… mangouste ? Ça existe vraiment ?

— Oui. Je t'en trouverai une photo demain sur Internet. C'est un animal qui vit en Inde.

— Oncle Trace est allé en Inde. Il nous a envoyé une carte postale.

Chris bâilla, se serra de nouveau contre sa mère et lui murmura :

— Tu restes, hein ?

— Oui, ne t'inquiète pas.

— Et Dylan aussi ?

— Moi aussi, dit l'intéressé.

Puis il s'assit sur le lit, et la jeune femme, penchée sur son fils, lui chanta ce qui ressemblait à une berceuse irlandaise. Dylan éprouvait un merveilleux sentiment de bien-être, différent de celui que lui avait apporté l'assouvissement de son désir pour Abby, mais tout aussi fort. Il avait l'impression d'avoir enfin trouvé la place qu'il avait cherchée toute sa vie.

C'était stupide, et il crut que ce bonheur ne durerait pas… Il grandit pourtant, jusqu'à le plonger dans un état d'euphorie où le temps semblait s'être arrêté, transformant en éternité ce moment d'harmonie parfaite.

Lorsque Chris se fut rendormi, Abby le recoucha doucement, lui effleura la joue d'un baiser et posa Edgar près de lui. Elle se redressa ensuite, et Dylan se pencha à son tour pour embrasser le petit garçon sur le front.

— Il est irrésistible, non ? chuchota la jeune femme.

— Oui, et quand il l'aura compris, il mènera tout le monde par le bout du nez.

— Il me fait penser à mon frère. D'après papa, Trace avait appris à tirer profit de son charme naturel avant de savoir marcher... Viens, je vais aller voir si Ben ne s'est pas découvert.

A la lueur de la lampe du couloir, elle constata qu'un désordre indescriptible régnait dans la chambre de son fils aîné. Des vêtements, des livres et des jouets jonchaient le sol, et elle se promit d'obliger Ben à ranger la pièce pendant le week-end suivant.

Pour l'instant, il était allongé sur le ventre, une jambe sous la couette et l'autre dessus. Abby posa par terre les figurines alignées sur l'oreiller et la basket qui trônait au milieu du lit avant d'installer Ben plus confortablement et de rabattre la couette sur lui.

— Il dort à poings fermés, murmura-t-elle.

— Oui, et dans son sommeil au moins, il est aussi irrésistible que son petit frère, remarqua Dylan avec une pointe de malice, mais je les aime bien tous les deux.

Touchée, Abby lui sourit, puis elle mit la main dans la sienne et l'entraîna vers la porte en observant :

— Tu es un homme foncièrement gentil.

— Il n'y a pas beaucoup de gens qui sont de cet avis.

— Sans doute, mais c'est parce que tu leur as caché des côtés de ta personnalité que tu m'as montrés à moi.

C'était vrai, songea Dylan, mais il ne pouvait lui dire pourquoi, faute de le savoir lui-même.

— Retournons nous coucher, se borna-t-il à déclarer.

La jeune femme acquiesça de la tête, et ils se dirigèrent tout naturellement vers sa chambre. Ils n'avaient pas eu besoin de se consulter pour décider de passer ensemble le reste de la nuit.

9

Comment était-il possible que tant de choses arrivent en si peu de temps ? se demanda Abby le lendemain matin avec un mélange de ravissement et d'incrédulité. En l'espace de vingt-quatre heures, elle avait découvert le plaisir et, peut-être — mais seulement peut-être —, elle avait fait un premier pas sur le chemin d'une rupture définitive avec les liens et les obligations qui l'enchaînaient au passé.

C'était à Dylan qu'elle le devait, mais il ne voulait pas en être remercié. Elle ne pouvait pas lui exprimer sa gratitude sans le mettre en colère, ni lui dire qu'elle l'aimait sans risquer de le faire fuir. Il lui fallait donc se taire et se contenter de ce qu'elle avait, en essayant de ne pas penser au jour où il partirait.

Mais ce jour lui paraissait encore très loin, et ce fut pleine d'entrain qu'elle accomplit ses tâches habituelles. Ensuite, après avoir laissé un mot pour Dylan sur la table de la cuisine, elle monta dans sa voiture.

Un mardi sur deux, elle allait nettoyer à fond la maison de Mme Cutterman, et gagner ainsi un salaire qui couvrait en partie ses dépenses d'alimentation.

La grippe ne l'avait heureusement pas clouée au lit très longtemps, car elle avait absolument besoin de ce travail pour équilibrer son budget en attendant la vente des poulains. Son jour de ménage bimensuel chez les

Smith tombait le lendemain, et, en passant en revue son programme de la semaine, elle calcula qu'elle aurait juste assez de temps pour tout faire, y compris emmener les garçons acheter des chaussures le samedi suivant.

Abby s'efforça de rester concentrée sur ces réalités de la vie quotidienne et de ne pas trop réfléchir aux événements de la nuit précédente. Ils n'avaient pas eu la même importance pour elle et pour Dylan, elle devait avoir la sagesse de le comprendre. Il ne lui en avait pas moins donné ce qu'elle n'avait eu d'aucun homme avant lui — du respect, de la tendresse, de la passion —, et ce souvenir lui mettait le cœur en fête.

Elle alluma l'autoradio et s'engagea sur la nationale.

Quand Dylan entra dans la cuisine, son premier souci fut de se servir une tasse de café. Une nuit blanche ne lui posait pas de problème, d'habitude, mais elle ne produisait visiblement pas les mêmes effets s'il l'avait occupée à travailler ou à faire l'amour, puis à fixer le plafond sans arriver à trouver le sommeil — comme la veille. Abby, elle, avait dormi près de lui aussi paisiblement que ses fils, dans les chambres voisines.

Sur le plan physique, il s'était senti parfaitement détendu, mais les pensées qui se bousculaient dans sa tête l'avaient tenu éveillé. Ce qui s'était passé entre Abby et lui n'avait rien d'ordinaire, il en avait conscience, et une partie de lui-même le regrettait, tandis que l'autre — celle qu'il occultait depuis des années — s'en réjouissait.

Cette contradiction le gênait, mais ce qui le taraudait surtout, c'était l'énigme que représentait la femme allongée à son côté.

Il avait entrepris de comparer l'opinion qu'il avait d'elle avant de la rencontrer avec la façon dont elle lui apparaissait maintenant, et, là aussi, il se heurtait à une contradiction : il ne voyait aucun point commun entre la femme parée de bijoux qui avait vécu pendant une année entière dans un tourbillon de plaisirs, et celle qu'il avait sentie palpiter dans ses bras.

Laquelle était la vraie Abby ? La première, la seconde — ou aucune des deux ?

Les événements dramatiques qu'elle lui avait racontés le matin lui étaient ensuite revenus. Ils lui glaçaient encore le sang chaque fois qu'il y pensait. Il se croyait blasé... Les émotions qui l'agitaient prouvaient le contraire, mais pour ne pas les laisser fausser son jugement, il s'était rappelé la question qu'il avait posée à Abby, et dont la réponse ne l'avait pas entièrement satisfait : si Chuck Rockwell l'avait violentée, pourquoi était-elle restée avec lui ? Dans la mesure où il la trompait ouvertement, elle n'aurait pas eu de mal à obtenir un divorce pour faute. Elle ne l'avait pourtant pas demandé, et Dylan n'arrivait pas plus à résoudre ce mystère que celui de ses propres sentiments.

Il la désirait toujours autant — plus même, depuis qu'il savait à quel degré de plaisir elle pouvait l'amener. C'était comme une drogue dont il serait tout de suite devenu dépendant, mais il y avait autre chose : la capacité de se moquer d'elle-même qu'Abby possédait, la charge de travail qui pesait sur ses épaules et dont elle s'acquittait sans jamais se plaindre, le mélange de fermeté et d'amour avec lequel elle élevait ses fils...

C'était vraiment une femme à part..., songea Dylan.

Puis, l'expérience lui ayant appris qu'il fallait être très naïf, ou aveuglé par la passion, pour croire une femme différente des autres, il coupa court à ses réflexions et s'approcha de la fenêtre.

Sans doute Abby était-elle dans l'écurie, se dit-il, en train de nourrir les chevaux. Il pouvait monter chercher son Dictaphone et attendre qu'elle revienne, mais il l'imagina en train de soulever un sac de grain ou une botte de foin… Il secoua la tête, pivota sur ses talons pour aller prendre son manteau, et son regard fut alors attiré par le mot posé sur la table :

« Dylan,

» Je vais passer la matinée chez Mme Cutterman. Son numéro est dans l'annuaire, au cas où tu aurais besoin de me joindre. J'irai ensuite faire quelques courses en ville. Je devrais être de retour en début d'après-midi.

Abby. »

Dylan se sentit brusquement abattu. Abby ne rentrerait pas avant des heures, et c'était maintenant qu'il avait besoin d'elle. Il voulait voir sur son visage l'empreinte de la nuit précédente avant que la reprise de ses activités quotidiennes ne l'ait effacée. Il voulait lui parler calmement, raisonnablement, jusqu'à résoudre la contradiction entre ce qu'il savait d'elle et ce qu'il éprouvait. Il voulait lui faire l'amour, encore et encore, dans la grande maison vide.

Elle lui manquait affreusement.

Troublé par ce constat, Dylan jugea plus prudent de l'ignorer. Il se versa une deuxième tasse de café, l'emporta dans sa chambre et essaya de se concentrer sur son travail.

Quand Abby se gara dans la cour, le ciel commençait à s'assombrir, et elle pesta contre les météorologues, qui avaient annoncé une journée ensoleillée. Sur la foi de ces prévisions, elle avait envoyé les garçons à l'école chaussés de leurs baskets et non de leurs bottes. La pluie qui allait sûrement tomber transformerait de nouveau le chemin et les abords de la maison en bourbier, et…

Mais à quoi bon se tourmenter, puisque ses fils avaient de toute façon besoin de chaussures neuves ? pensa la jeune femme en montant les marches de la véranda, un sac de courses à la main.

Elle ouvrit la porte, ramassa deux petites voitures, trois figurines et une chaussette qui traînaient dans le vestibule, puis entra dans la cuisine. Là, elle enleva son anorak, alluma la radio et mit à cuire la viande hachée qu'elle avait sortie du congélateur avant de partir.

— Bonjour !

De frayeur, Abby faillit lâcher sa spatule. Elle se retourna d'un bloc… et se trouva pratiquement nez à nez avec Dylan.

— Je… je ne t'avais pas entendu arriver, balbutia-t-elle. Tu marches aussi silencieusement qu'un chat !

— Non, tu as juste réglé la radio trop fort, comme d'habitude.

— C'est vrai, reconnut-elle en baissant le volume.

Même si elle était maintenant remise de la peur que Dylan lui avait faite, elle se sentait nerveuse — mais elle s'y attendait.

— J'ai dû aller racheter du lait, reprit-elle. Les garçons en boivent tellement que je suis tentée d'acheter une vache.

Dylan se sentait nerveux, et c'était quelque chose auquel il ne s'attendait pas du tout.

— Tu as passé une matinée agréable ? demanda-t-il.

— Agréable ?

— Oui, avec ton amie.

— Mon… Ah ! Mme Cutterman ? Oui, elle est très gentille.

La pensée des trois cents mètres carrés de sol qu'elle venait de nettoyer et des dizaines de meubles qu'elle venait de cirer traversa l'esprit de la jeune femme, mais elle la chassa, ouvrit un placard et mit beaucoup plus que les dix secondes nécessaires pour en sortir une boîte de sauce tomate.

Le bruit strident du vieil ouvre-boîte électrique lui

portait d'habitude sur les nerfs, mais elle y trouva aujourd'hui une excellente excuse pour se taire le temps de chercher un sujet de conversation anodin.

— Il va pleuvoir avant que les garçons ne soient rentrés de l'école, dit-elle faute de mieux.

— Quelqu'un a téléphoné pendant ton absence.

— Qui ?

— Une certaine Betty, de l'Association des parents d'élèves.

— Elle t'a dit ce qu'elle voulait ?

— Trois douzaines de biscuits pour je ne sais quelle fête… Elle a ajouté qu'elle était sûre de pouvoir compter sur toi.

— Oui, cette bonne vieille Abby, toujours prête à rendre service…, observa la jeune femme, sans amertume et même avec une pointe d'autodérision dans la voix. Et pour quand les lui faut-il ?

— Mercredi prochain.

— C'est noté.

Un silence gêné s'installa pendant qu'Abby mélangeait la sauce tomate et des épices à la viande hachée. Les spaghettis étaient le plat préféré de Ben : il était capable d'en avaler trois pleines assiettées de suite. Abby, elle, avait l'estomac noué au point de se demander si elle arriverait jamais à manger de nouveau.

— Tu as envie de rattraper la séance de travail que je t'ai fait manquer ce matin, j'imagine ? finit-elle par déclarer. J'ai presque terminé ici, mais je dois ensuite m'occuper de la lessive. Si ça ne t'ennuie pas d'attendre que…

Les mots moururent sur ses lèvres : Dylan venait de lui poser la main sur l'épaule. Le cœur battant, elle se retourna, et il scruta son visage comme s'il y cherchait la réponse à une question d'une importance vitale, mais laquelle ? Elle aurait été bien en peine de le dire.

Et puis il l'enlaça et l'embrassa avec une douceur qui chassa d'un coup toute sa nervosité.

— Oh ! Dylan... J'avais tellement peur que tu aies des regrets...

Pourquoi ne l'avait-il pas prise plus tôt dans ses bras ? s'interrogea Dylan. Quand il la tenait serrée contre lui, tout paraissait si simple...

— Des regrets ? répéta-t-il. A propos de quoi ?

— De la nuit dernière.

— Non seulement je n'en ai aucun, mais j'en garde un souvenir ébloui.

— C'est vrai ?

— Oui, et j'ai été très déçu de trouver la maison vide en me levant : j'avais prévu d'occuper la matinée à une activité où ta présence était indispensable.

— Une nouvelle séance de travail ?

— Au contraire ! Je voulais te proposer de faire l'école buissonnière.

— L'école buissonnière ?

— Oui. Tu m'as l'air d'être le genre de personne qui ne l'a pas assez faite.

— Je ne suis jamais restée assez longtemps dans une même école pour en arriver à sécher les cours. Et d'ailleurs, il va pleuvoir. Ce n'est pas drôle de se promener sous la pluie.

— Qui t'a parlé de sortir ? Montons dans ta chambre, et tu verras que l'école buissonnière peut se pratiquer aussi à l'intérieur.

Comprenant soudain ce que Dylan avait en tête, Abby objecta :

— Mais les enfants seront là dans à peine deux heures !

— Raison de plus pour ne pas perdre de temps à discutailler !

Sur ces mots, Dylan souleva la jeune femme dans ses

bras, puis il sortit de la cuisine, longea le vestibule et gravit l'escalier d'un seul élan.

Un frisson d'excitation parcourut Abby à l'idée de s'écarter pour une fois des règles établies et de s'abandonner au plaisir de l'instant. Elle posa la tête sur l'épaule de son compagnon et s'exclama en riant :

— Personne ne pourra changer de chaussettes demain matin !

— Et toi et moi serons les seuls à savoir pourquoi…

Ils firent l'amour avec une frénésie, une absence d'inhibitions qu'Abby n'avait encore jamais connues. Leurs vêtements allèrent s'entasser pêle-mêle sur le plancher et, dans la lumière incertaine qui entrait par la fenêtre, Dylan entraîna la jeune femme dans des contrées où elle aurait eu peur de s'aventurer avec qui que ce soit d'autre. Comme un enfant lors de sa première expérience des montagnes russes, elle découvrait des sensations qui lui coupaient le souffle, mais qu'elle brûlait juste après de retrouver.

Dylan se sentait transporté dans des contrées où aucune femme ne l'avait jamais emmené. Parce qu'Abby lui appartenait et qu'il lui appartenait, se dit-il soudain, mais, curieusement, c'était un sentiment de légèreté et non de dépendance qu'il éprouvait. Il avait l'impression de voler et de monter toujours plus haut dans les sphères d'un plaisir indicible.

Et puis, une fois satisfait le besoin impérieux d'assouvir leur désir, une douce langueur remplaça la passion. Une petite pluie s'était mise à tomber, et son murmure accompagnait comme une musique leurs lentes caresses et leurs soupirs de volupté.

Ces instants de tendre complicité permirent à Dylan de se rendre compte que plus sa compagne lui révélait d'elle-même, plus elle le fascinait. Elle semblait posséder des facettes si nombreuses qu'il doutait de jamais les connaître toutes, et si contradictoires qu'il se demandait s'il arriverait un jour à la comprendre.

Tantôt il voyait en elle la jeune fille impétueuse qui avait tout quitté pour l'amour d'un homme, tantôt la victime d'un mari égoïste et violent, tantôt la femme volontaire qui avait repris son destin en main et protégeait ses enfants comme une lionne ses petits. Il était cependant résolu à assembler les pièces de ce puzzle pour en avoir une image enfin claire et complète.

Cela menaçait de tourner à l'obsession, mais quand ils étaient dans les bras l'un de l'autre, comme maintenant, la capacité de se poser des questions abandonnait vite Dylan, chassée par l'envie de caresser la peau douce d'Abby, de respirer l'odeur fraîche de ses cheveux, de se perdre jusqu'au vertige dans la chaleur de son corps offert.

Lentement mais irrésistiblement, la fièvre du désir les saisit de nouveau et leur fit tout oublier. Elle les emporta dans le monde secret des amants heureux tandis que la pluie, dehors, augmentait de violence comme pour se mettre au diapason du regain de leur passion.

Abby descendait l'escalier en fredonnant quand la porte d'entrée s'ouvrit à la volée, livrant passage à deux enfants trempés jusqu'aux os.

— Essuyez-vous les pieds ! leur ordonna-t-elle machinalement avant de courir les embrasser.

— Il pleut, annonça Chris d'un ton pénétré.

— Vraiment ?

— Oui, et mon devoir d'orthographe est tout mouillé, déclara Ben.

— Il ne le serait pas si tu l'avais rangé dans ton cartable, souligna la jeune femme.

— Je l'ai sorti dans le car pour pouvoir te le montrer

tout de suite, expliqua Ben en lui tendant une feuille froissée et dégoulinante d'eau.

— Tu as eu un A ! s'exclama-t-elle, la main sur le cœur comme sous l'effet d'une émotion trop violente. Mais avec la pluie, le nom marqué en haut s'est à moitié effacé... Tu n'aurais pas pris la copie d'un autre élève, par hasard ?

— Non !

— Alors cet exercice sans une seule faute est réellement l'œuvre de Benjamin Francis Rockwell, *mon* Benjamin Francis Rockwell ?

Ben esquissa une moue de contrariété, comme chaque fois que sa mère lui rappelait son deuxième prénom.

— Ouais..., grommela-t-il.

— Ne te fâche pas, je plaisantais ! Je suis très fière de toi, et tu sais ce que je vais faire pour te récompenser ?

— Quoi ?

— Du chocolat au lait avec des marshmallows dedans.

— Je pourrai en avoir, moi aussi ? demanda Dylan depuis le haut de l'escalier.

— Bien sûr !

— Et à quoi devons-nous cette faveur ?

— A la note que Ben a obtenue en orthographe, répondit Abby. Il y avait vingt mots très difficiles, et il les a tous écrits correctement.

— Je suis impressionné, déclara Dylan.

Maintenant arrivé en bas des marches, il ébouriffa affectueusement les cheveux de Chris, puis il tendit la main à Ben en disant :

— Félicitations !

— Y a pas de quoi en faire tout un plat, marmonna le petit garçon.

La poignée de main virile que lui donna Dylan ne parut cependant pas lui déplaire, et ce fut d'une voix enjouée qu'il enchaîna :

— J'aurai droit à autant de marshmallows que je veux ?

— Tu ne perds pas le nord, toi ! s'écria Abby en riant. Mais c'est d'accord : tu l'as bien mérité.

Lorsque tout le monde fut réuni dans la cuisine, les deux enfants entreprirent de raconter leur journée dans une joyeuse cacophonie, et en se coupant sans cesse la parole.

Seul le chocolat que leur mère leur servit eut le pouvoir de les réduire au silence et, un quart d'heure plus tard, ils mettaient leurs anoraks et leurs bottes pour aller nourrir les animaux.

— Je crois que je n'avais pas dégusté de chocolat aux marshmallows depuis vingt ans, observa Dylan avec un coup d'œil nostalgique en direction de sa tasse vide.

— Ça te rappelle des souvenirs ?

— Oui. Ma mère m'en faisait quand j'étais petit. C'est un vrai cordon-bleu. Ses tartes au citron sont les meilleures que j'aie jamais mangées.

— Tu vois souvent tes parents ?

Cette question éveilla en Dylan un sentiment familier de culpabilité et de résignation mêlées.

— Une ou deux fois par an, répondit-il. Je me promets toujours de leur rendre visite plus fréquemment, et puis je me laisse accaparer par mon travail.

— Je comprends, murmura Abby.

Le jour viendrait où ses fils quitteraient la maison, pensa-t-elle, et où leurs occupations les en tiendraient éloignés pendant de longs mois, mais elle l'acceptait à l'avance : c'était dans l'ordre des choses.

— Je ne vois pas mes parents très souvent, moi non plus, reprit-elle. Ils ne restent jamais assez longtemps au même endroit.

— Ils se produisent toujours dans les cabarets ?

— Oui, et ils ne sont pas près d'arrêter, dit la jeune femme avec un sourire attendri. Ils ont le spectacle dans le sang, et mon père est extrêmement fier que Chantel et Maddy perpétuent la tradition familiale de façon aussi brillante. Il en veut à Trace, en revanche, d'avoir choisi une autre voie.

— Que fait ton frère ?

— Il voyage, mais aucun de nous ne sait ce qu'il fait exactement. D'après papa, il ne le sait pas lui-même.

— Et ton père ne t'en veut pas, à toi, d'avoir abandonné ta carrière d'artiste ?

— Non. Je lui ai donné deux petits-fils, et c'est le plus beau cadeau que je pouvais lui offrir… Tes parents sont fiers de ta réussite professionnelle, j'imagine ?

— Mon père aurait préféré que je reste à la ferme pour traire les vaches, mais j'ai appris par ma mère qu'il avait lu tous mes articles et tous mes livres.

Le retour de Chris dans la cuisine, hors d'haleine et le visage bouleversé, interrompit la conversation. Abby courut à sa rencontre et lui demanda anxieusement :

— Que se passe-t-il ? Ben s'est blessé ?

— Non, c'est Eve… Elle est couchée par terre, et elle arrête pas de trembler.

Chris n'avait pas fini de parler qu'Abby avait attrapé son anorak. Elle sortit de la pièce en trombe, sans prendre le temps de troquer ses baskets contre des bottes, et se précipita vers l'écurie. Là, elle trouva Ben assis à côté d'une jument qu'il caressait, les yeux remplis de larmes.

— Elle va mourir ? déclara-t-il d'une toute petite voix.

— Bien sûr que non ! répondit la jeune femme en s'agenouillant près de lui et en lui passant un bras autour des épaules. Elle va juste avoir son bébé… Nous en avons déjà parlé, tu te souviens ?

— Oui, mais elle a vraiment pas l'air bien…

— Ne t'inquiète pas ! C'est parce qu'elle souffre, et c'est normal.

— Pourquoi c'est normal qu'elle souffre ?

— Parce que, chez les humains comme chez les animaux, une naissance est toujours un peu douloureuse, mais ça en vaut la peine, et tout ira bien, je te le promets.

Malgré ces propos rassurants, Abby avait la gorge nouée. Des gouttes de sueur coulaient sur la robe du cheval, de violents frissons le secouaient, et des plaintes s'échappaient de sa bouche tremblante.

La jeune femme lui flatta doucement l'encolure et ordonna à Ben :

— Va téléphoner au vétérinaire et dis-lui que nous avons besoin de lui, mais n'oublie pas de te présenter avant !

— D'accord.

— Tu lui expliqueras qu'Eve est en travail.

— En travail ?

— Oui, cela signifie que son poulain sera bientôt là, alors dépêche-toi de revenir, sinon tu risques de manquer quelque chose de tout à fait extraordinaire.

Stimulé par cette perspective et flatté de se voir confier une mission importante, Ben s'élança vers la porte pendant qu'Abby posait la tête de la jument sur ses genoux et lui chuchotait des mots apaisants.

— On peut aider ?

La jeune femme se retourna. Dylan se tenait sur le seuil du box, la main de Chris dans la sienne. Le petit garçon semblait à présent moins effrayé que curieux. Sans doute Dylan l'avait-il rassuré comme elle avait rassuré Ben, et elle lui adressa un sourire reconnaissant.

— Si j'en crois ma propre expérience, répondit-elle, il n'y a pas grand-chose d'autre à faire qu'encourager la future mère et laisser agir la nature. La présence d'un homme de l'art n'est vraiment nécessaire qu'en cas de complications.

Une nouvelle contraction arracha un gémissement à la jument, et Abby se pencha sur elle pour lui murmurer :

— Oui, je sais, tu as mal… J'ai connu ça, moi aussi…

— Tu as eu mal, quand je suis né ? demanda Chris.

— Un peu, et tu n'étais pas pressé de sortir de mon ventre ! J'ai même cru un moment que tu avais décidé d'y rester. Mais le médecin a mis de la musique, et en entendant *Let It Be,* tu as dû penser qu'il y avait des choses intéressantes à découvrir dehors, parce que tu es né avant la fin de la chanson.

— Eve serait peut-être contente, si on lui mettait de la musique ?

— Certainement !

Chris courut allumer la radio, puis se hâta de regagner le box et de reprendre la main de Dylan. Ben les rejoignit un instant plus tard et, bien qu'essoufflé, il annonça d'une seule traite :

— Le vétérinaire a dit qu'il allait venir le plus vite possible mais qu'il ne fallait pas s'inquiéter parce que Eve est très robuste.

— Oui, tout se passera bien, déclara Abby.

Mais au fil des minutes, alors que les contractions devenaient de plus en plus intenses, son bel optimisme commença à vaciller. L'obligation de résoudre seule les problèmes, petits et grands, que posaient la subsistance et l'éducation de deux enfants, lui avait permis d'acquérir une certaine assurance, mais s'il lui arrivait de jouer les infirmières quand ses fils étaient malades, elle n'avait pas de véritable compétence en matière médicale, aussi si les complications dont elle avait parlé survenaient…

Elle secoua la tête pour se forcer à se ressaisir. Complications ou pas, elle allait faire tout son possible pour sa jument. Eve était beaucoup plus pour elle qu'un moyen de gagner de l'argent : c'était un être de chair et de sang, dont elle s'occupait jour après jour depuis plus d'un an, et qu'il lui était très douloureux de voir souffrir.

Dylan vint s'accroupir près d'elle, lui caressa doucement le dos et murmura :

— J'ai assisté à la naissance de nombreux veaux, et les choses ne doivent pas être différentes pour un poulain… Je te prêterai main-forte si le vétérinaire n'est pas là à temps.

Reconnaissante, elle posa la tête sur son épaule — mais se hâta de s'écarter de lui en remarquant que Ben fronçait les sourcils.

Et quand la phase de l'expulsion commença, elle oublia dans le feu de l'action la proposition de Dylan, son instinct lui dictant les gestes qu'il fallait pour aider Eve à mettre son petit au monde.

Leurs sueurs se mêlaient, le sang qui accompagnait l'apparition d'une nouvelle vie rougissait ses mains, et l'espoir qu'apportait cette nouvelle vie brillait dans ses yeux, nota Dylan avec un respect mêlé d'admiration. Il jeta un coup d'œil aux petits garçons et sourit en les voyant contempler, bouche bée, ce fascinant spectacle.

— C'est fabuleux, non ? leur dit-il.

— Moi, je trouve ça répugnant, marmonna Ben.

Mais il était manifestement captivé et, lorsque du ventre de la jument sortirent des jambes grêles, puis une tête, puis un corps trapu, il s'écria d'une voix émerveillée :

— C'est un cheval ! Un vrai cheval !

— Il est drôlement gros, observa Chris. Comment il pouvait tenir là-dedans ?

— Elle, rectifia Abby. C'est une femelle. Elle n'est pas magnifique ?

— Si, mais elle est toute sale, remarqua Ben.

Comme en écho à cette critique, Eve commença alors de lécher vigoureusement son nouveau-né.

— Bravo ! s'exclama Dylan en embrassant Abby sur la joue. Un vétérinaire n'aurait pas fait mieux !

Chris tendit une main timide vers le poulain, puis suspendit son geste et demanda :

— On peut jouer avec elle ?

— Pas encore, indiqua sa mère. Tu as le droit de la caresser, en revanche.

Le petit garçon effleura du doigt la robe encore humide du poulain, mais il se recula vivement quand celui-ci esquissa un mouvement pour se relever. Après quelques tentatives aussi touchantes que maladroites, il y parvint, et Chris s'écria, les yeux écarquillés :

— Elle s'est mise debout toute seule ! La petite sœur de Cathy Jackson, elle, y est pas arrivée avant des mois et des mois !

Cette supériorité lui apparaissait visiblement comme une victoire personnelle.

— Comment on va l'appeler ? enchaîna-t-il.

— Ce n'est pas à nous d'en décider, répondit Abby. Si M. Jorgensen l'achète, il voudra choisir lui-même son nom.

— On peut pas la garder ?

— Non, et tu le sais : nous en avons déjà parlé.

— Tu nous as pourtant gardés, Ben et moi !

— Les chevaux grandissent beaucoup plus vite que les humains, intervint Dylan. A toi, il te faudra des années pour devenir adulte, et seulement alors tu seras capable de te débrouiller tout seul dans la vie. Ce poulain, lui, n'aura plus besoin de sa mère dans très peu de temps.

— On ira lui rendre visite ! décréta Ben d'un air provocant, comme s'il défiait quiconque d'oser le contredire.

— Je suis sûre que M. Jorgensen nous le permettra, déclara Abby. Il est très gentil.

— On pourra aussi assister à la naissance du bébé de Gladys ?

— Oui, si vous n'êtes pas à l'école à ce moment-là.

Un bruit de moteur se fit entendre, et la jeune femme, regardant ses mains, nota pour la première fois qu'elles étaient maculées de sang.

— Ce doit être le vétérinaire, reprit-elle. Il faut que j'aille me laver.

L'excitation de Ben et de Chris ne retomba pas de la soirée, et Abby les autorisa à se coucher plus tard que d'habitude et à aller dire bonsoir au poulain avant.

Quand ils furent enfin dans leur lit, elle s'installa devant la cheminée du séjour, où Dylan avait allumé du feu.

— Quelle journée ! observa-t-il en venant s'asseoir près d'elle.

— Oui, je suis épuisée, mais je suis très heureuse qu'Eve ait mis bas à une heure où les garçons étaient à la maison. C'est quelque chose qu'ils n'oublieront jamais — et moi non plus.

Un sentiment de nostalgie qu'Abby n'avait pas éprouvé depuis très longtemps l'envahit. Elle gardait un merveilleux souvenir de ses grossesses, et même de ses accouchements qui, malgré la douleur, restaient les deux moments les plus forts de son existence.

Aurait-elle le bonheur de donner encore la vie ? Sans doute pas… Dylan avait pris des précautions, et il avait eu raison. Un soupir lui échappa pourtant, et seule la retint d'en pousser un deuxième la pensée qu'elle avait déjà deux beaux enfants. Non, elle n'avait vraiment pas le droit de se plaindre !

— Je te trouve bien songeuse, observa Dylan. A quoi penses-tu ?

— Je suis trop fatiguée pour penser, mentit-elle. Tu vas devoir attendre demain pour me poser des questions.

— Et tu y répondras franchement ? Parce que j'en ai encore beaucoup d'autres, et qui concernent le passé, celles-là.

— Je le sais.

— C'est pour écrire la biographie de Chuck que

je suis ici, souligna Dylan comme pour se convaincre d'une chose dont il n'était plus sûr qu'elle soit toujours entièrement vraie.

L'idée que, une fois l'ouvrage terminé, ils se sépareraient pour ne plus jamais se revoir assombrit de nouveau la jeune femme. Il lui fallait néanmoins s'y résigner : Dylan ne lui avait fait aucune promesse, et mieux valait donc accepter dès maintenant le caractère éphémère de leur liaison.

— Je le sais, répéta-t-elle dans un murmure.

Dylan sentait que la nouvelle nature de leurs relations avait affaibli les défenses d'Abby, qu'il lui suffirait d'insister un peu pour qu'elle lui parle à cœur ouvert. L'écrivain en lui l'y exhortait, et pourtant il se contenta de passer un bras autour des épaules de sa compagne et de regarder avec elle les flammes danser dans l'âtre.

— Nous avions une grande cheminée de pierre, à la ferme, déclara-t-il au bout d'un moment. Ma mère disait toujours qu'on aurait pu y faire rôtir un bœuf.

— Tu as eu une enfance heureuse ? demanda Abby en se serrant contre lui.

— Oui. Je n'étais pas ravi de devoir me lever tous les matins avant l'aube pour aller traire les vaches, mais j'étais heureux. Il y avait un ruisseau, près de la maison, avec un vieux chêne, juste au bord. Je m'asseyais dessous et je passais des après-midi entiers à lire en écoutant le bruit de l'eau.

— C'est ton goût de la lecture qui t'a donné celui d'écrire ?

— Sans doute, mais si j'adorais les romans, c'est un genre auquel je n'ai jamais songé à m'essayer. J'avais pour ambition de répandre la vérité sur le monde, et c'est pour cela que j'ai d'abord choisi le journalisme. J'étais très idéaliste à l'époque — ou très naïf, comme on veut... Je ne connaissais pas le proverbe selon lequel la vérité se cache au fond d'un puits, et je mesurais encore moins la quantité de boue qu'il fallait remuer pour la découvrir.

— Cela ne t'a apparemment pas découragé, mais pourquoi as-tu abandonné un métier où tu t'étais fait un nom pour te spécialiser dans les biographies ?

— Parce que je trouve passionnant de me plonger dans la vie d'une personne et de voir combien d'autres vies elle a affectées, quelles marques elle a laissées, quelles erreurs cette personne a commises.

— Certaines erreurs ont un caractère très intime, alors imagine que quelqu'un écrive un jour ta biographie... Tu serais content d'y voir révélés tous tes secrets, même si le livre est objectif et fidèle à la vérité ?

Cette question parut amuser Dylan : il avait la joue posée sur les cheveux d'Abby, et elle sentit un rire silencieux le secouer. Il n'avait pas l'air de comprendre qu'elle parlait le plus sérieusement du monde.

— Le mieux serait que je la rédige moi-même, répondit-il, et je m'y dépeindrais sans aucune complaisance, tu peux en être sûre.

— As-tu fait des choses, dans ta vie, dont tu aies vraiment honte ?

Dylan n'eut pas à réfléchir longtemps : quel homme, passé trente ans, pouvait se vanter d'avoir toujours eu une conduite irréprochable ?

— Je ne suis pas un saint, admit-il.

— Et tu confesserais tes fautes sans te soucier de l'opinion que les gens auraient ensuite de toi ?

— Oui, parce qu'on ne peut pas transiger avec la vérité.

Se rappelant alors ce qu'Abby lui avait dit sur les circonstances où Chris avait été conçu, Dylan se sentit obligé d'ajouter :

— Mais parfois, quand c'est réellement important, on peut feindre de l'ignorer.

Les yeux fixés sur les flammes, la jeune femme ne fit pas de commentaire. Elle était trop occupée à méditer à propos de la dernière remarque de son compagnon.

Parce qu'il voulait se mettre au travail de bonne heure, Dylan descendit le lendemain matin dans la cuisine avant que les garçons aient terminé leur petit déjeuner. Comme il fallait s'y attendre, ils étaient en train de parler du poulain né la veille et de celui que Gladys allait bientôt mettre au monde.

Forts de leur expérience, ils avaient résolu de prendre une part active à cette deuxième naissance — si la jument ne les trahissait pas en poulinant pendant qu'ils étaient à l'école. En attendant, chacun d'eux emportait une photo Polaroïd du petit d'Eve pour la montrer à leurs camarades de classe.

— On est mercredi, et c'est le jour où il y a des hamburgers à la cantine, annonça Ben d'un ton faussement dégagé. Ils ne coûtent que deux dollars.

Abby remit dans le placard le pot de beurre de cacahuète qu'elle venait de sortir pour préparer des sandwichs à ses fils.

— D'accord, dit-elle. Va me chercher mon sac à main.

— Je pourrai m'acheter un hamburger, moi aussi ? demanda Chris entre deux bouchées de cornflakes.

— Bien sûr.

Quand Ben lui eut apporté son sac, Abby préféra en vider le contenu sur le plan de travail plutôt que de tâtonner à l'aveuglette pour y trouver son portefeuille.

— Tenez, déclara-t-elle en tendant deux billets d'un dollar à chacun des enfants, mais faites bien attention à ne pas les perdre !

— T'inquiète pas ! s'écria joyeusement Chris avant de

fourrer les billets dans la poche de son jean et de courir décrocher son anorak. M'man ?

— Oui ?

— Je sais d'où viennent les bébés... mais comment ils y sont arrivés ?

Maintenant occupée à se servir une deuxième tasse de café, la jeune femme tressaillit si violemment qu'elle renversa du café sur la table. En se tournant vers Chris, elle surprit l'expression goguenarde de Dylan. Il ne perdait rien pour attendre, mais dans l'immédiat, elle devait répondre à Chris, et comment expliquer les choses de la vie à un petit garçon de six ans dans les deux minutes qui lui restaient avant de partir pour l'école ?

— C'est l'amour qui les met là, indiqua-t-elle. Un genre d'amour très spécial.

— Ah bon ! dit Chris, apparemment satisfait. Tu viens, Ben ?

Puis, voyant que son frère n'avait pas fini d'enfiler son anorak, il reprit d'une voix triomphante : « Je serai à l'arrêt de bus avant toi ! », et quitta la pièce comme un bolide, obligeant Ben à remonter sa fermeture Eclair et à courir après lui en même temps.

— Au revoir, les garçons..., marmonna Abby avec un hochement de tête désabusé.

Elle nettoya ensuite la table, sous le regard amusé d'un Dylan à qui elle s'apprêtait à lancer une remarque acerbe lorsqu'il observa :

— Je suis admiratif.

— Admiratif ?

— Oui. Chris t'a posé une question très importante, très délicate, et au lieu de l'éluder ou de lui donner une leçon de biologie comme d'autres l'auraient fait, tu lui as fourni exactement la réponse dont il avait besoin. Je regrette cependant de ne pas avoir eu le Polaroïd sous la main quand il a voulu savoir comment les bébés arrivaient dans le ventre de leur mère… Si tu avais vu ta tête !

— Alors je me félicite, moi, que l'appareil soit resté dans l'écurie ! Je ne suis déjà pas vraiment à mon avantage le matin…

— Tu te trompes ! Tu es très belle le matin. Si belle, même, que j'aimerais pouvoir ne me lever qu'à midi, après t'avoir regardée dormir, te réveiller, puis te rendormir dans mes bras.

Le cœur d'Abby se mit à battre tellement fort qu'elle se demanda si Dylan ne l'entendait pas.

— Ça ne me déplairait pas à moi non plus, avoua-t-elle, mais les enfants…

— Je sais, et je comprends. C'est juste une idée que je trouve… excitante.

— Moi aussi, mais j'ai malheureusement trop de choses à faire pour traîner au lit. Je me dis toujours que je reconnaîtrai le début de l'adolescence chez mes fils au fait qu'ils dormiront au-delà de 7 heures.

Encore troublée par les pensées érotiques que son compagnon avait éveillées en elle, la jeune femme commença de débarrasser la table avec des gestes qui n'avaient pas leur précision habituelle.

— Laisse ! déclara Dylan. Je m'en occuperai.

— Non, c'est à moi de…

— Tu as déjà entendu parler de l'égalité des sexes ?

— Bien sûr ! Je suis une féministe convaincue, et c'est pour cela que les garçons sont de corvée de vaisselle à tour de rôle, emportent leur linge sale dans la buanderie — les bons jours — et savent se servir d'un aspirateur. Leurs épouses me remercieront plus tard, mais ils ne peuvent pas non plus *tout* faire, et encore moins les jours d'école.

— Oui, mais moi, je suis là, alors profites-en !

— Bon, d'accord… Tu ranges la cuisine, et moi, je

vais nourrir les animaux. Ce sera autant de temps de gagné.

— Et ensuite, nous nous mettrons au travail.

— Non. Il faut que j'aille chez les Smith, et je ne serai pas rentrée avant midi.

Dylan ouvrit la bouche pour protester, mais il se retint. De quel droit aurait-il privé Abby de l'une de ses rares distractions ? Si elle avait prévu de rendre visite à des amis, il devait s'incliner...

Pendant qu'ils parlaient, elle avait entrepris de replacer une à une dans son sac les affaires éparpillées sur le plan de travail, et Dylan, qui l'observait, remarqua soudain :

— Tu emportes toujours une boîte de gants en latex avec toi ?

— Oui, pour ne pas risquer de l'oublier en partant. Mme Smith ne jure que par l'ammoniaque.

— Pardon ?

— L'ammoniaque, répéta Abby en refermant son sac et en se demandant si le reste des spaghettis de la veille suffiraient pour faire un dîner. Mme Smith exige que tous ses sols soient lessivés à l'ammoniaque pur.

— Tu veux dire que... c'est toi qui t'en charges ?

— Oui. Je vais nettoyer sa maison à fond un mercredi sur deux.

— A titre bénévole ?

L'esprit occupé par des dizaines d'autres choses, Abby alla décrocher son anorak avant de répondre :

— Bien sûr que non ! Je suis payée six dollars de l'heure... Excuse-moi, mais il faut que je me dépêche, maintenant... Ah ! ne mets pas le lave-vaisselle en route : il ne sera certainement pas assez plein pour...

— Une seconde ! Tu travailles comme femme de ménage ?

— Oui, déclara-t-elle distraitement. J'ai...

La fin de sa phrase lui resta dans la gorge : Dylan

s'était levé d'un bond et s'approchait d'elle, les yeux luisant de colère.

— Et la matinée d'hier ? gronda-t-il. Tu ne l'as pas passée à prendre le thé avec cette Mme Cutterman, comme je le croyais ?

— Non, je fais aussi le ménage chez elle deux fois par mois.

— Tu ne te fatigues pas assez ici ? Il faut encore que tu ailles te mettre à quatre pattes chez les autres pour laver leurs carrelages ?

— Il n'y a pas de sot métier !

— Sans doute, mais je peux savoir pourquoi tu exerces celui-là ?

— Parce que le seul autre domaine où j'ai quelque compétence est le chant à trois voix, et que je n'ai pas la possibilité de l'exploiter ici.

— Arrête de te dérober et explique-moi pourquoi la veuve de Chuck Rockwell s'amuse à jouer les cendrillons pour six dollars de l'heure !

La jeune femme blêmit. La colère de Dylan l'avait d'abord surprise, irritée ensuite, mais le mépris qu'exprimait sa dernière remarque la blessait profondément.

— Je n'ai ni le temps ni l'envie de parler de ma situation financière avec toi ! déclara-t-elle.

Puis elle se dirigea vers la porte, mais Dylan lui barra le passage.

— Je t'ai posé une question !

— Et je t'ai donné la seule réponse que tu auras jamais ! répliqua Abby, son orgueil reprenant le dessus. Je n'ai pas de comptes à te rendre, et je n'ai pas l'intention de rester là, à me faire traiter comme une moins que rien sous prétexte que je passe l'aspirateur et que je cire les meubles chez les autres contre rémunération ! Je n'en ai pas honte, et tu peux en penser ce que tu veux, je m'en moque !

— Tu refuses donc de me dire pourquoi...

— Oui, parce que ça ne te regarde pas !

Contournant Dylan, Abby franchit les quelques mètres qui la séparaient de la porte, l'ouvrit d'un geste brusque et la claqua derrière elle.

Dylan songea à s'élancer à sa poursuite, mais il y renonça finalement. Ce fut toutefois la rage au cœur, et plus décidé que jamais à découvrir la vérité, qu'il monta travailler dans sa chambre.

10

Pour tenter d'oublier Abby et le mystère de plus en plus épais qui l'entourait, Dylan se concentra sur la figure centrale de son ouvrage et y arriva si bien — au moins dans un premier temps —, qu'il écrivit une vingtaine de pages presque d'une traite.

Depuis le début de ses investigations, il avait appris à connaître Chuck Rockwell en tant qu'homme — un homme égocentrique, excessif et inconstant —, mais il ne pouvait pas non plus ignorer les qualités qui avaient fait de lui l'un des plus grands coureurs automobiles de sa génération.

Né avec une cuillère d'argent dans la bouche, il aurait pu occuper un poste purement honorifique dans le conglomérat familial et mener ainsi la vie facile d'un riche oisif. Au lieu de cela, il avait décidé de suivre sa propre voie, et c'était tout à son honneur.

Ce choix avait été très vite récompensé par des victoires en Grand Prix qui lui avaient valu le respect de ses pairs — même si certains ne l'appréciaient guère sur le plan humain —, les louanges de la presse et une renommée internationale.

Une année de compétition en formule 1 lui avait suffi pour réaliser des objectifs que très peu de pilotes atteignaient dans leur carrière, il avait épousé une ravissante jeune femme qui lui avait donné deux beaux enfants... Tout lui souriait, et pourtant il s'était lancé dans ce qui apparaissait à Dylan comme une entreprise systématique de destruction de tout ce que la vie lui avait apporté de bon.

Sa conduite irresponsable lui avait fait perdre l'appui et le financement de son fidèle sponsor, il s'était aliéné la plupart des rares amis qui lui restaient sur le circuit, et il avait failli à tous ses devoirs envers sa famille.

Parvenu à ce point de l'histoire, Dylan fut contraint de se reposer la question qui l'obsédait depuis deux jours : pourquoi Abby n'avait-elle pas quitté un mari qui la trompait pratiquement depuis le début de leur mariage, la laissait élever seule leurs fils et avait même abusé d'elle ? Pourquoi n'avait-elle pas demandé le divorce ?

Tant qu'elle ne le lui aurait pas dit, ce qu'il écrirait sur sa vie de couple avec Chuck se réduirait à de simples hypothèses.

Tant qu'elle ne lui ferait pas assez confiance pour le lui dire, il ne pourrait pas prendre le risque de s'attacher à elle.

Cette dernière réflexion lui arracha un petit rire sans joie. A quoi bon se mentir ? se demanda-t-il en écrasant d'un geste rageur sa cigarette dans le couvercle de boîte de conserve qui lui servait de cendrier. A quoi bon nier qu'il était trop tard pour décider de s'attacher ou non à Abby ? Elle avait commencé par le rendre fou de désir, et fini par lui ravir son cœur.

Il avait toujours pensé que l'expression « tomber amoureux » était à prendre au pied de la lettre : il s'agissait bien d'une chute, due à un manque d'attention ou de prudence. Et il avait bien le sentiment d'avoir fait un faux pas. Un faux pas qui, selon toute probabilité, allait causer un tort irréparable à l'écriture de son livre, à sa liberté d'action et à sa vie tout entière.

Abby lui manquait… Il était plus de midi. Pourquoi n'était-elle pas encore rentrée à la maison ?

Cette pensée acheva de le perturber : il habitait sous ce toit depuis moins de deux semaines, et il s'y sentait déjà chez lui… Il connaissait Abby depuis moins de deux semaines, et il la considérait déjà comme sienne… Quant à Ben et Chris…

Dylan repoussa sa chaise et se mit à marcher de long en large dans la pièce. D'accord, il adorait ces enfants, et alors ? Il aurait fallu avoir un cœur de pierre pour ne pas les aimer.

Cela étant, rien ne l'empêchait de réagir. Il n'était nullement obligé de sacrifier pour une femme et deux petits garçons, aussi charmants soient-ils, une existence qui lui convenait parfaitement et dont la construction lui avait coûté tant d'efforts. Il n'était responsable que de lui-même ; la seule personne dont il voulait satisfaire les besoins et recevoir l'approbation était Dylan Crosby.

Il n'était certes pas millionnaire, mais son compte en banque était bien garni, et s'il avait envie de partir le lendemain se prélasser pendant quinze jours sous le soleil des tropiques, il n'avait à en demander l'autorisation à personne.

Etait-il égoïste ? Il réfléchit un moment, puis haussa les épaules. Peut-être l'était-il, mais il avait des excuses. Il avait trait les vaches tous les jours que Dieu faisait jusqu'à l'âge de dix-huit ans… Il avait travaillé dur pour obtenir son diplôme de journaliste, puis pour réussir dans une profession où il était difficile de percer… Il avait risqué plusieurs fois sa vie au cours d'enquêtes qui avaient permis d'envoyer de dangereux criminels derrière les barreaux…

Le mariage était le seul domaine où il avait essuyé un échec, mais maintenant, il était libre de toute attache, sur le plan professionnel comme personnel, alors pourquoi s'en créer de nouvelles ? Ce n'était pas parce qu'il se plaisait dans cette maison qu'il allait décider d'y rester jusqu'à la fin de ses jours ! Ni Abby ni lui n'avaient été heureux en ménage, et rien ne disait qu'ils le seraient ensemble une fois éteints les premiers feux de la passion...

Pourquoi tardait-elle tant à rentrer ?

A la seconde même où un bruit de moteur lui parvint, Dylan se précipita dans le couloir, descendit dans le séjour et regarda par la fenêtre. Ce ne fut cependant pas le break d'Abby qu'il vit s'arrêter dans la cour, mais une grosse limousine gris métallisé d'où sortirent un homme, puis une femme, puis une autre...

— Ah ! le bon air de la campagne ! s'écria Frank O'Hurley d'une voix théâtrale. Quelle fraîcheur ! Quelle pureté ! Respirez-moi ça ! Mais... c'est quoi, cette odeur ?

— Du crottin de cheval, déclara Maddy. Tu peux prendre mon sac à main, maman ? Je l'ai laissé dans la voiture.

Molly descendit lestement de la limousine, tendit le sac à sa fille, puis mit sa main en visière pour se protéger de l'éclat du soleil. Elle n'était pas spécialement frivole, mais le fait de plisser les yeux donnait des rides, et l'apparence comptait beaucoup dans son métier. Elle posa sur la maison un regard mi-satisfait, mi-déconcerté, et observa :

— J'ai toujours du mal à imaginer notre Abby en fermière.

— Oui, renchérit Frank, nous avons complètement raté son éducation.

— Arrête, papa ! s'exclama Maddy. Les enfants ont bien le droit d'être différents de leurs parents !

Dylan ouvrit la porte d'entrée juste à temps pour voir le chauffeur, visiblement subjugué, aider Chantel O'Hurley à descendre de la voiture.

— Merci, Donald, lui dit-elle d'une voix basse et sensuelle. Vous serez gentil de mettre les bagages sous la véranda, et vous pourrez ensuite disposer.

— Très bien, mademoiselle O'Hurley.

— Comment fais-tu pour avoir tous les hommes à ta botte ? murmura Maddy à sa sœur pendant que le chauffeur ouvrait le coffre.

— Je ne sais pas : c'est inné, répondit Chantel en riant.

Elle aperçut alors Dylan et enchaîna dans ce qui aurait été un ronronnement si les chats ronronnaient au moment de sortir leurs griffes :

— Tiens, tiens... Qui voilà ?

— Ce doit être l'écrivain qui prépare la biographie de Chuck. Sois gentille avec lui !

— Je te rappelle que j'ai une réputation à soutenir, et la gentillesse n'en a jamais fait partie.

Debout en haut des marches, Dylan observait les nouveaux arrivants. L'une des sœurs O'Hurley portait un pantalon et une veste trop grands pour elle, et dont les couleurs discordantes auraient dû offenser la vue, mais qui, sur elle, composaient une tenue d'une originalité aussi flatteuse et piquante que la coupe courte de ses cheveux blond vénitien. L'autre sœur était l'image même de la sophistication, depuis la racine de ses longs cheveux blond platine jusqu'au bout de ses chaussures en crocodile.

Près d'elles se tenaient une femme gracieuse et menue d'une cinquantaine d'années, et un petit homme mince qui faisait de grands gestes du bras en direction de l'écurie.

Maddy fut la première à aller saluer Dylan. Elle gravit l'escalier d'un pas vif et lui donna une poignée de main énergique en disant :

— Bonjour ! Nous sommes la famille d'Abby.

Chantel la suivit d'un pas lent, ignora la main que Dylan lui tendait et murmura :

— Monsieur Crosby... Nous nous sommes déjà rencontrés...

— Mademoiselle O'Hurley..., susurra-t-il.

S'il avait jamais vu une femme qui aurait aimé lui enfoncer un couteau dans le corps — et su exactement où frapper pour porter un coup mortel —, c'était bien celle-là.

— Et voici nos parents, déclara Maddy.

— Frank et Molly O'Hurley, précisa son père avant de serrer vigoureusement la main à Dylan.

— Non, Molly et Frank, rectifia Molly d'un ton malicieux et avec un sourire qui ressemblait beaucoup à celui d'Abby.

— Elle veut toujours figurer en tête d'affiche ! expliqua Frank en l'embrassant affectueusement sur la joue. Où est ma fille ?

— Elle est allée faire des courses, répondit Dylan.

Il se fiait toujours à ses premières impressions, et ce petit homme exubérant lui avait inspiré une sympathie immédiate.

— Des courses ! répéta Frank. Ça lui ressemble bien ! Elle a toujours eu le goût de la vie domestique.

— Contrairement au reste de sa famille, souligna Molly. Vous êtes donc l'écrivain dont Abby nous a parlé, monsieur Crosby, celui qui va réaliser la biographie de son mari ?

Bien qu'il ait perçu de la désapprobation dans sa voix, Dylan eut le sentiment qu'elle n'était pas dirigée contre lui personnellement, mais contre la décision qu'avait prise sa fille d'autoriser la rédaction de cet ouvrage.

— En effet, répondit-il. Ecoutez, je ne sais pas exactement quand elle reviendra... Elle devrait déjà être là, en fait, mais...

— Pas de problème ! s'écria Frank en lui donnant une petite tape amicale sur le bras.

Il le contourna ensuite et entra dans la maison avec tant d'assurance et de naturel qu'il fallut un moment à Dylan pour s'apercevoir qu'il avait superbement ignoré les bagages entassés sous la véranda.

Cette désinvolture ne parut surprendre aucun des membres de sa famille. Maddy empoigna deux valises et déclara à Dylan avec un clin d'œil amusé :

— Il est malin, hein ? Allez, Chantel, aide-moi ! Ça te rappellera le bon vieux temps.

Sa sœur considéra les bagages, l'air de se demander lequel pesait le moins lourd, et elle finit en effet par soulever le plus petit de la pile.

— C'est bien la fille de son père, observa Molly avant de se pencher et de prendre une valise dans chaque main.

— Donnez, je vais..., commença Dylan.

— Laissez, je suis plus forte qu'il n'y paraît, et je suis habituée à porter les valises ! coupa-t-elle en riant. Occupez-vous plutôt des autres, parce que je peux vous garantir que ces deux demoiselles ne reviendront pas les chercher... Il y a du café de prêt, Frank ?

Puis elle franchit le seuil d'un pas décidé, et Dylan la suivit avec le reste des bagages.

L'après-midi promettait d'être animé, mais non dépourvu d'intérêt.

Le ressentiment d'Abby n'avait duré que le temps d'arriver chez les Smith. Il était peut-être légitime, mais il ne l'avancerait à rien, et l'honnêteté l'obligeait à admettre que les torts étaient partagés : sans lui mentir à proprement parler, elle n'avait pas tout dit à Dylan. Il le savait et, pour un homme à ce point épris de vérité, cela équivalait à un mensonge.

Sa dureté, son mépris ne l'en avaient pas moins blessée. C'était de sa compréhension qu'elle avait besoin, et elle avait cru leurs relations désormais assez intimes pour qu'il l'accepte telle qu'elle était.

Cet espoir se réaliserait-il un jour ? Tout en faisant le ménage, Abby avait poursuivi l'examen de conscience commencé dans sa voiture, et découvert ainsi l'injustice de ses muettes exigences envers Dylan : elle voulait de lui une confiance qu'elle lui refusait, un soutien qu'elle avait peur de lui offrir et, surtout, un amour dont sa dissimulation la rendait indigne.

Sur le coup, sa colère avait eu quelque chose de libérateur, mais elle l'avait laissée insatisfaite et malheureuse. Peut-être le moment était-il venu de prendre un risque et de donner à Dylan ce à quoi il attachait manifestement tant d'importance : une totale franchise.

Le résultat n'était pas garanti, mais elle aurait au moins essayé, et celui lui éviterait plus tard d'avoir des regrets.

Ce fut donc décidée à lui révéler tous ses secrets qu'Abby rentra chez elle. Décidée, aussi, à le faire tout de suite, avant que sa résolution ne faiblisse.

En pénétrant dans le vestibule, elle le vit sortir de la cuisine et, rassemblant son courage, elle le héla :

— Dylan ! Il faut que je te parle.

— Moi aussi, mais ça ne va pas être possible maintenant.

— Si ! Je...

L'apparition d'une silhouette, sur le palier, l'empêcha de poursuivre, et il lui fallut plusieurs secondes pour être sûre qu'elle ne rêvait pas, que c'était bien Maddy qui s'engageait maintenant dans l'escalier, pieds nus, les mains dans les poches d'un pantalon bariolé, et sur le visage un sourire éclatant.

— Maddy !

Les deux sœurs s'étreignirent et, après force rires, embrassades et autres démonstrations de joie, elles se mirent à parler en même temps, dans un enchevêtrement de questions et de réponses où elles semblaient néanmoins se retrouver parfaitement.

— Aucune de vous deux n'a jamais su attendre la fin d'une réplique pour dire la sienne, lança Chantel du haut des marches.

Et puis, à la grande surprise de Dylan, cette beauté froide et hautaine descendit l'escalier quatre à quatre pour aller se jeter dans les bras d'Abby.

— Je n'en reviens pas ! s'exclama cette dernière en regardant ses jumelles tour à tour comme pour s'assurer qu'elles étaient bien là. Comment avez-vous réussi à vous libérer toutes les deux ?

— J'ai quitté le spectacle, répondit Maddy. Ma doublure est aux anges.

— Et moi, j'ai tourné la dernière scène de mon film il y a trois jours, indiqua Chantel. Le réalisateur voulait que je reste pour d'éventuels raccords, mais je l'ai envoyé promener !

Elle prit ensuite Abby par le menton, tourna son visage vers la lumière et marmonna, les sourcils froncés :

— C'est incroyable… Tu ne portes aucun maquillage… Je te déteste !

Abby éclata de rire, puis passa un bras autour de la taille de chacune de ses deux sœurs.

— Si vous saviez comme je suis contente de vous voir ! déclara-t-elle.

La pointe de détresse qui perçait dans sa voix aurait échappé à la plupart des gens, mais pas à Chantel : elle foudroya Dylan du regard, ses prunelles d'un bleu intense assombries par la colère.

L'atmosphère se tendit brusquement, et Maddy, qui avait toujours eu horreur des conflits, utilisa sa méthode habituelle — la diversion — pour désamorcer celui-là :

— Et tu n'as encore rien vu ! dit-elle à Abby. Allons

dans la cuisine... Vous prendrez bien une tasse de café avec nous, Dylan ?

Ce dernier eut la nette impression que Maddy, malgré son ton amical et l'expression candide de ses yeux bruns, avait l'intention de le soumettre à une sorte de test. Il décida de relever le défi, acquiesça de la tête et emboîta le pas aux triplées.

— Maman ? Papa ? murmura Abby, stupéfaite, en découvrant ses parents confortablement installés dans la cuisine.

— Ah ! te voilà enfin ! s'écria Frank avant de sauter sur ses pieds et d'ouvrir des bras dans lesquels la jeune femme courut se blottir.

Sa mère vint les rejoindre, et Abby les embrassa tour à tour, respirant avec délice les odeurs familières de menthe et de parfum français qui leur étaient indissociables : Frank suçait des pastilles de menthe du matin au soir, et Molly aurait préféré se passer de chaussures que de son Chanel N° 5.

— Mais qu'est-ce que vous faites là ? leur demanda-t-elle. La salle de spectacle la plus proche est à plus de trente kilomètres d'ici !

— Nous sommes en vacances, indiqua son père. Nous avons hésité entre aller à Paris ou te rendre visite, et tu as de la chance : c'est toi que nous avons choisie.

Molly leva les yeux au ciel, se rassit, puis questionna :

— Où sont les garçons ?

— A l'école, répondit Abby. Ils rentreront vers 16 h 30.

— Toute la sainte journée le nez dans leurs cahiers et dans leurs livres..., observa Frank. Quelle tristesse !

— Je t'interdis de faire ce genre de remarque devant eux ! Ils seraient trop contents d'entendre un adulte prendre leur parti.

— Et Abby n'a pas besoin de ça, intervint Maddy. Nous lui causons déjà assez de souci en l'obligeant à nourrir quatre bouches supplémentaires pendant trois jours… Dis, comment marche ta cuisinière ? Le brûleur refuse de s'allumer.

— Il faut pousser le bouton à fond avant de le tourner… Alors, c'est vrai, maman, papa et toi êtes vraiment en vacances ?

Si cette question s'adressait à sa mère, c'était parce qu'Abby savait qui, de ses deux parents, lui donnerait la réponse la plus fiable.

— Nous sommes juste entre deux engagements, expliqua Molly, mais nous pouvons rester jusqu'à la fin de la semaine — si tu arrives à nous supporter pendant tout ce temps.

— Bien sûr ! Ce genre de réunion familiale est tellement rare… Il ne manque que Trace.

— Ah ! celui-là ! gronda Frank. Aucun sens des responsabilités, aucune ambition… Je me demande comment mon propre fils peut ne penser qu'à bourlinguer, sans se préoccuper du lendemain !

— Oui, c'est un grand mystère, intervint Chantel d'un ton sarcastique.

— Il a pourtant du talent ! poursuivit Frank, à qui la flèche de sa fille avait visiblement échappé. Je lui ai appris tout ce que je savais, et il n'est plus monté sur les planches depuis près de dix ans… Quel gâchis !

— Vous ai-je dit que Chris faisait du théâtre ? demanda Abby pour détourner la conversation. Il a tenu le rôle d'un mouton dans la représentation que son école a donnée à Noël.

— Magnifique ! s'écria son père, passant en une seconde de la colère au ravissement. Il ne devait pas avoir beaucoup de texte, mais il faut bien commencer par quelque chose.

— Bien joué, Abby ! murmura Maddy.

— J'ai l'habitude, avec les enfants…

Se rappelant soudain la présence de Dylan, la jeune femme se tourna vers lui. Il se tenait à l'écart, spectateur discret mais attentif de la scène qui se déroulait devant lui. Abby aurait aimé savoir si le sourire qui flottait sur ses lèvres exprimait de l'amusement ou du mépris.

— Un peu de café, Dylan ? proposa-t-elle.

— Oui, Dylan, venez vous asseoir ! déclara Frank, se souvenant brusquement qu'il avait un public. Je vais vous raconter la fois où nous avons dû improviser un numéro parce que nous avions oublié une valise de costumes dans le train.

— Parce que *tu* l'avais oubliée, rectifia Maddy, mais tu as pensé que Dylan pouvait ne pas s'intéresser aux dessous du show-business ?

— Tu dis des bêtises : le show-business intéresse tout le monde ! Sans compter que Dylan est écrivain, et que les écrivains adorent les histoires vécues.

— Vécues, mais narrées avec le sens de l'exagération légendaire des Irlandais, précisa Chantel.

— Un peu de respect, jeune insolente ! Asseyez-vous, Dylan, et ne faites pas attention à mes filles. J'ai réussi à leur apprendre le chant, la danse et les claquettes, mais pas les bonnes manières.

Frank attaqua son récit et enchaîna ensuite sur une nouvelle anecdote, sans reprendre son souffle ni se laisser perturber par les rires et les commentaires qui fusaient autour de lui. Il y avait sûrement une part d'invention dans ce qu'il racontait, mais Dylan aurait été bien en peine d'y démêler le vrai du faux, et peu lui importait, d'ailleurs : il s'amusait beaucoup.

Les O'Hurley composaient une tribu qu'il trouvait à la fois étrange et pittoresque. Ils parlaient fort, se moquaient les uns des autres et se coupaient sans cesse la parole, chacun occupant le devant de la scène à son tour, puis cédant la place à quelqu'un d'autre. Ils avaient visiblement tous des personnalités très dissemblables, mais quand ils étaient ensemble, leurs disparités semblaient s'emboîter comme les pièces d'un puzzle.

Sans doute parce que c'était Abby qu'il connaissait le mieux, Dylan était particulièrement frappé par le changement qu'il avait vu s'opérer en elle : très tendue lorsqu'elle était rentrée tout à l'heure, elle plaisantait et riait maintenant avec autant d'entrain que ses sœurs.

Individuellement ou collectivement, les O'Hurley étaient des gens à part, songea Dylan, et leur histoire pourrait faire l'objet d'un livre aussi intéressant sur le plan humain que documentaire.

Ce n'était pas le genre d'ouvrage qu'il écrivait, bien sûr, mais il n'en continua pas moins d'écouter, d'observer et de ranger dans un coin de sa mémoire toutes les informations ainsi recueillies.

Quand les garçons revinrent de l'école, le bruit et la confusion qui régnaient déjà dans la cuisine montèrent encore de plusieurs crans. Un simple observateur aurait pu penser que les O'Hurley se disputaient l'attention d'un nouveau public, mais Dylan, lui, y perçut tout autre chose : l'expression de l'immense amour qui les liait les uns aux autres.

Ben et Chris furent embrassés, admirés, interrogés. Certains enfants se seraient peut-être sentis agressés par ces témoignages d'intérêt quelque peu exubérants... Ben et Chris, eux, semblaient les trouver tout à fait naturels. Ils ne devaient pas voir souvent leurs tantes et leurs grands-parents, et pourtant ils étaient parfaitement à l'aise avec eux : ils répondaient à leurs questions sans gêne ni timidité et, quand elles cessèrent, Chris grimpa sur les genoux de Dylan et entreprit de raconter à son grand-père le déroulement complet de sa journée à l'école.

D'un geste machinal, Dylan lui passa un bras autour de la taille, et ils restèrent ainsi pendant près d'une heure, avec le feu qui crépitait dans la cheminée, l'odeur de café qui flottait encore dans l'air et la joyeuse cacophonie des voix excitées qui se répercutait sur les murs de la pièce.

A la minute même où Abby commença de préparer le dîner, Frank bondit sur ses pieds, prit ses petits-fils par la main et leur demanda de lui montrer les jouets qu'ils avaient eus pour Noël.

— Toujours le même..., déclara Maddy d'un ton désabusé.

— Oui, dit Molly en riant, mais il est féministe, à sa manière : il ne fait aucune différence entre les tâches traditionnellement réservées aux femmes, comme la cuisine, et celles dont les hommes sont censés se charger, comme porter les valises ou changer une roue. C'est du travail manuel dans les deux cas — quelque chose qu'il fuit comme la peste... Je peux t'aider, Abby ?

— Non, laisse Chantel et Molly s'en charger. Je ne vais d'ailleurs rien faire de compliqué ce soir, juste un hachis parmentier.

— Tu ne comptes tout de même pas me demander de peler des pommes de terre ? protesta Chantel.

Abby regarda les mains aux ongles manucurés et aux doigts chargés de bagues de sa jumelle...

— Si, c'est exactement ce que je compte te demander, répondit-elle avec un sourire goguenard.

— Je t'ai donné une idée que tu n'aurais jamais eue autrement..., soupira Chantel. J'aurais dû me taire !

Elle alla néanmoins s'asseoir et prit le couteau que lui tendait sa sœur.

Bien que tenté de rester pour savourer le spectacle réjouissant de la nouvelle reine de Hollywood en train d'éplucher des pommes de terre, Dylan se leva et annonça :

— Je vais nourrir les animaux.

— Non, c'est aux garçons de..., commença Abby.

— Ils ont droit à une dérogation, compte tenu des circonstances, coupa Dylan en décrochant son manteau.

— Je vous accompagne ! s'écria Maddy. Vous avez sûrement besoin d'aide, et je préfère m'occuper des chevaux que de peler des pommes de terre.

Puis elle se dirigea d'autorité vers la porte et l'ouvrit, mais elle marqua un temps d'arrêt en s'apercevant que la nuit était tombée et la température extérieure proche de zéro.

— Allons-y, dit-elle cependant à Dylan qui l'avait rejointe, mais j'espère que vous arriverez à trouver votre chemin jusqu'à l'écurie dans le noir, parce que moi, je ne connais pas assez bien les lieux... Et je n'ai encore jamais donné à manger à aucun animal, sauf à un poisson rouge qu'une amie m'avait confié pendant ses vacances.

— Je peux me débrouiller tout seul, indiqua Dylan.

A peine avaient-ils franchi deux mètres que Sigmund bondit sur Maddy, pattes en avant et langue pendante. Elle évita la collision avec l'agilité d'une femme habituée à slalomer entre les passants sur les trottoirs encombrés de New York, puis elle s'accroupit et frotta vigoureusement des deux mains le pelage du chien.

— Ma proposition d'aide était en fait un simple prétexte pour vous parler seule à seul, expliqua-t-elle en levant la tête vers Dylan. Je ne sais pas quoi penser de vous... J'étais presque décidée à ne pas vous aimer, jusqu'à ce que je vous voie avec Chris. Pour moi, il n'y a pas meilleur juge qu'un enfant, et celui-là vous adore manifestement.

Dylan gardant le silence, elle se redressa et ajouta, les yeux dans les siens :

— Si je suis ici, c'est en grande partie à cause de vous.

Les animaux pouvaient attendre, songea Dylan. Il alluma une cigarette et déclara d'une voix calme :

— A cause de moi ? Je ne comprends pas.

— J'ai eu Abby au téléphone, la semaine dernière, et je l'ai trouvée bizarre. Or il en faut beaucoup pour la perturber. Elle a vécu des moments très difficiles, à une époque où ni Chantel ni moi n'étions là pour lui apporter notre soutien. Il me semble qu'elle en a de nouveau besoin aujourd'hui, et c'est pour cela que nous sommes venues.

— Abby m'apparaît à moi comme une personne énergique et autonome.

— Elle l'est, et cet endroit est là pour le prouver. Je ne sais pas si elle vous l'a dit, mais c'est elle qui a tout fait ici. Son mari n'a pas levé le petit doigt pour l'aider.

— Vous ne l'aimiez pas.

— Non, mais Abby l'aimait, elle, et il a piétiné ses sentiments. Comme je ne veux pas voir l'histoire se répéter, j'étais prête à vous chasser de chez elle, par la force s'il le fallait, mais je pense que ce ne sera pas nécessaire, finalement.

— Pourquoi ? Vous ne me connaissez pas.

— C'est vrai, mais Chris vous connaît, lui, et il a l'air de trouver aussi naturel de s'asseoir sur vos genoux que vous de l'y garder pendant des heures… Un homme qui aime les enfants ne peut pas être entièrement mauvais.

Un sourire satisfait ponctua cette conclusion, puis Maddy prit le bras de Dylan, et ils se remirent en marche serrés l'un contre l'autre comme de vieux amis.

Le dîner se déroula dans une ambiance agitée mais joyeuse. Lorsque le moment arriva de débarrasser la table, Frank offrit à ses petits-fils de leur jouer du banjo, et devant l'accueil enthousiaste que reçut cette proposition, Abby n'eut pas le cœur de protester : elle commença de desservir tout en écoutant son père entonner une ballade irlandaise dans le séjour.

— Laisse, lui dit sa mère. Je vais m'en occuper.

— Non, maman ! Pour une fois que tu es en vacances…

— Ça me rappellera ma jeunesse, quand j'étais serveuse. Je trouvais reposant de faire la vaisselle, parce que c'était beaucoup moins fatigant que de courir sans arrêt des cuisines à la salle.

— Tu devrais venir te reposer chez moi, déclara Maddy en se dirigeant, avec un seul verre et sans hâte excessive, vers l'évier. Allez, Chantel, aide-nous !

— J'ai déjà épluché les pommes de terre, souligna l'interpellée, et regardez mes mains : elles sont toutes abîmées.

— Ce sera parti le temps que tu rentres à Los Angeles, indiqua Molly.

— Oui, mais mademoiselle ne vit que pour les apparences, grommela Maddy. Même ici où tout le monde s'en moque, elle ne supporte pas le moindre outrage à sa précieuse beauté !

Ignorant cette pique, Chantel se leva d'un air digne et annonça :

— Je vais rejoindre papa et les garçons.

Dylan se leva à son tour, s'approcha d'Abby, occupée à mettre des assiettes dans le lave-vaisselle, et lui dit à voix basse :

— Va rejoindre ton père, toi aussi. Tu as fait suffisamment de tâches ménagères pour aujourd'hui.

Cette remarque suffit à rappeler à la jeune femme leur dispute du matin et, pour prévenir le déclenchement d'une scène devant sa famille, elle renonça à discuter.

— D'accord, je te laisse faire, murmura-t-elle.

Puis elle ajouta plus fort, à l'adresse de sa mère et de sa sœur :

— Dylan a gentiment proposé de me remplacer. Je serai dans le séjour, si quelqu'un a besoin de savoir où se range tel ou tel objet.

— Accompagne-la, Maddy ! déclara Molly. Je finirai ici avec Dylan… Frank meurt sûrement d'envie de donner un petit concert avec ses filles.

Maddy ne se fit pas prier et, quelques secondes plus tard, débutait ce qui s'annonçait comme une reprise intégrale de l'ancien répertoire des « Triplées O'Hurley ».

Tout en passant une éponge humide sur le plan de travail, Molly se mit à chanter à l'unisson, mais elle s'arrêta soudain pour observer, avec cette touche d'autodérision qui, comme son sourire, rappela Abby à Dylan :

— Je dois devenir sentimentale, sur mes vieux jours, parce que je suis tout émue de les entendre.

— Vous avez une famille dont vous pouvez être fière, madame O'Hurley.

— Par pitié, ne m'appelez pas comme ça ! Je n'ai déjà que trop conscience de ne plus avoir l'âge d'exécuter des numéros de claquettes dans les cabarets. La couche de fond de teint de plus en plus épaisse que je suis obligée de mettre pour cacher mes rides m'interdit de l'oublier.

Dylan referma la porte du lave-vaisselle et considéra attentivement son interlocutrice. Elle avait des traits délicats, un regard expressif, une bouche généreuse et, non seulement les rides dont elle avait parlé étaient très peu marquées, mais elles n'enlevaient rien à sa beauté.

— Vous paraissez à peine plus âgée que vos filles, déclara-t-il en toute sincérité.

— Vous êtes un charmeur ! s'écria-t-elle en éclatant d'un rire sonore qui surprenait chez une personne aussi petite et menue. J'ai lu votre dernière biographie dans le train, celle de cette actrice qui s'est suicidée…

— Et ? insista Dylan, curieux de connaître l'opinion de Molly sur son livre même s'il n'était pas du tout certain qu'elle serait flatteuse pour lui.

— Votre perspicacité vous a permis de découvrir sur cette femme des choses qui, à mon humble avis, n'avaient pas besoin d'être révélées, mais vous les exposez de façon honnête, et sans porter de jugement.

Molly s'interrompit le temps de rincer l'éponge, puis elle plongea les yeux dans ceux de Dylan et reprit d'une voix grave :

— Ne faites pas de mal à Abby, c'est tout ce que je vous demande. Elle est forte — si forte, même, que cela m'effraie. Elle panse seule ses blessures, mais il lui en reste des cicatrices, et je ne veux pas que d'autres viennent s'ajouter aux anciennes.

— Je n'ai jamais eu l'intention de lui faire du mal.

— Sans doute, mais il se peut que vous lui en fassiez involontairement… Vous savez chanter ?

Déconcerté par ce brusque changement de sujet, Dylan mit quelques secondes à rassembler ses idées, puis il répondit en riant :

— Non, je n'ai pas l'oreille musicale.

— Avec les O'Hurley, vous l'aurez acquise avant la fin de la soirée…

Sur ces mots, Molly prit Dylan par le bras et l'entraîna dans le séjour.

Il était plus de minuit quand le silence revint dans la maison, même si Abby soupçonnait ses jumelles d'être encore en train de chuchoter et de pouffer de rire dans la chambre qu'elles partageaient. Ses parents, eux, dormaient sûrement, aussi à l'aise dans ce lit inconnu qu'ils l'avaient été dans des centaines d'autres au cours de leur existence vagabonde.

Abby se sentant trop agitée, et pour se coucher tout de suite, et pour aller rejoindre ses sœurs, elle décida de se rendre dans l'écurie. Là, elle trouva le poulain dont la vue avait enchanté Maddy, endormi sur la litière de son box et veillé par sa mère.

Peut-être trop proche du terme de sa gestation pour se reposer, Gladys était réveillée, et la jeune femme la caressa, espérant ainsi calmer leur nervosité à toutes les deux.

— Tu devrais être dans ton lit !

Les doigts d'Abby se crispèrent sur la crinière du cheval, et elle attendit d'avoir recouvré un semblant de sang-froid pour se tourner vers Dylan.

— Je ne t'avais pas entendu arriver. Je croyais que tout le monde était couché.

— Je t'ai vue sortir par la fenêtre de ma chambre. Que fais-tu ici au milieu de la nuit ?

— Je suis venue m'assurer que Gladys allait bien, répondit Abby en posant la tête sur l'encolure de la jument.

La dispute du matin lui paraissait très loin, et beaucoup plus loin encore les moments de passion qu'elle avait connus avec Dylan.

— La visite de mes parents et de mes sœurs va nous empêcher de travailler ensemble pendant quelques jours, reprit-elle.

— Ce n'est pas grave. Ecoute…

Dylan laissa sa phrase en suspens. Il aurait voulu attirer Abby dans ses bras et lui exprimer ainsi, sans l'aide des mots, son désir de lui apporter le même soutien inconditionnel que sa famille, mais un mur semblait les séparer, que seule une franche explication pouvait abattre.

— J'aimerais que nous parlions de ce matin, finit-il par annoncer.

— D'accord. Tu préfères discuter ici, ou dans la maison ?

— Ici, parce que personne ne risque de nous déranger. J'ai des questions à te poser, et j'entends obtenir des réponses… Tu me rends fou à te dérober sans cesse, à me dire des demi-vérités — quand ce ne sont pas des mensonges purs et simples.

— Alors tu vas être content, car j'ai justement décidé, en revenant de chez les Smith, de ne plus rien te cacher.

— C'est tout ce que je te demande, indiqua Dylan en essayant de se persuader que c'était bien vrai, mais pourquoi maintenant ?

Un moment tentée de recourir à une échappatoire, la jeune femme se raisonna. Elle s'était promis d'être honnête et elle le serait, quelles qu'en soient les conséquences.

— Parce que je suis tombée amoureuse de toi, murmura-t-elle.

Si Dylan ne s'enfuit pas à toutes jambes, cette déclaration d'amour ne parut pas non plus le ravir. Il demeura silencieux, et Abby, le cœur lourd, ajouta :

— Tu m'as posé une question et je t'ai donné une réponse qui te déplaît peut-être, mais qui a le mérite d'être franche, comme tu le voulais.

Malgré le choc que lui avait causé Abby, Dylan voyait que son mutisme la blessait, et il s'écria :

— Une seconde ! Tu ne peux pas me révéler quelque chose d'aussi… inattendu, et refuser de comprendre que j'en sois surpris !

— Et maintenant que tu as recouvré l'usage de la parole ?

— Je… je ne sais pas quoi dire, avoua-t-il piteusement.

— Alors ne dis rien, lui conseilla la jeune femme d'une voix radoucie. Il y a longtemps que j'ai appris à assumer seule la responsabilité de mes sentiments… Revenons-en à ce qui s'est passé ce matin…

— Je me moque de ce qui s'est passé ce matin ! coupa Dylan.

Puis il s'approcha d'Abby, lui entoura le visage de ses mains et la regarda comme s'il la voyait pour la première fois.

— Je ne sais pas quoi faire de toi, marmonna-t-il, et je sais encore moins quoi faire pour toi.

Maintenant tentée de l'enlacer et de chercher dans ses bras un réconfort qu'il aurait accepté de lui donner, elle en était sûre, la jeune femme surmonta encore ce moment de faiblesse.

— C'est un problème que je ne peux pas t'aider à résoudre, déclara-t-elle.

— Je ne veux pas m'engager dans une relation durable..., poursuivit Dylan, comme s'il pensait tout haut. L'échec de mon premier mariage ne m'a pas donné envie de renouveler l'expérience, et j'exerce de toute façon une profession qui requiert une bonne dose d'égoïsme...

— Je ne te demande pas de m'épouser. Je ne te demande même rien du tout.

— Et je le regrette, parce que je pourrais alors te dire non et trouver une demi-douzaine d'autres raisons pour te convaincre que nous n'avons aucune chance de construire un avenir ensemble ! s'exclama Dylan. Les choses seraient ainsi beaucoup plus simples !

Abby le considérait en silence. Elle était à présent parfaitement calme, et une lueur d'amusement brillait même dans son regard. Furieux contre elle, furieux contre lui-même, il la fixa un instant d'un œil noir, avant de capituler et de la prendre dans ses bras.

— J'ai envie de toi, murmura-t-il, et j'aurai beau faire, je ne pourrai pas m'en empêcher.

— Pourquoi devrais-tu t'en empêcher ?

Il n'en fallut pas plus pour que Dylan s'empare des lèvres d'Abby, et ce fut comme si les événements de la journée n'avaient jamais eu lieu : la passion qui l'animait était aussi forte qu'avant, et Abby répondait à son baiser avec une égale ardeur. Dans la pénombre de l'écurie, il voyait son visage s'enfiévrer et la flamme d'un désir grandissant brûler dans ses yeux.

Une odeur pénétrante d'animaux, de foin et de cuir

emplissait l'air, mais il ne sentait plus que le léger parfum de savon qui s'exhalait de la peau de sa compagne.

— Je ne suis plus du tout d'humeur à parler, lui chuchota-t-il à l'oreille.

— Moi non plus. Pas ce soir. Mais tu sauras bientôt toute la vérité, je te le promets.

Dylan hocha la tête en se demandant s'il ne venait pas d'apprendre une vérité plus importante que toutes celles dont il cherchait à obtenir la révélation depuis le début de son séjour en Virginie.

11

Les événements se précipitèrent quand Gladys entra en travail. Abby était alors en train d'effectuer ses tâches quotidiennes en compagnie de son père. Le soleil avait maintenant asséché la cour, et la brise légère qui soufflait apportait avec elle un parfum de printemps.

Frank se gardait bien évidemment de proposer de l'aide à sa fille — il avait trop peur qu'elle le prenne au mot —, mais il la distrayait en lui racontant des anecdotes de ses dernières tournées, et elle ne se lassait pas de l'écouter.

Bien qu'elle ait elle-même passé plus de la moitié de son existence sur les planches, il arrivait encore à lui faire croire que la vie d'artiste n'était que glamour et griserie du succès. Il ne parlait jamais des fins de mois difficiles, ni des heures de dur travail qu'exigeait la mise au point d'un numéro, ni des bars enfumés où les représentations se déroulaient devant un public indifférent ou abruti par l'alcool.

Cet éternel optimiste ne voyait que le bon côté des choses et, à plus de cinquante ans, il avait gardé intacts l'enthousiasme et les rêves de sa jeunesse.

— Ah ! Las Vegas ! s'écria-t-il pendant qu'Abby ramassait les œufs. Le scintillement des néons, le cliquetis des machines à sous, les gens qui dansent jusqu'à l'aube… J'aimerais tellement y redonner un spectacle !

— Je suis sûre que tu en auras l'occasion, déclara la jeune femme.

Peut-être pas sur le Strip, ajouta-t-elle intérieurement, peut-être pas avec son nom écrit en grosses lettres sur le fronton d'un grand music-hall, mais il se produirait de nouveau à Las Vegas, et dans des dizaines d'autres villes. Un homme comme lui avait autant besoin de la scène que d'oxygène pour vivre.

Seul l'amour de sa famille l'emportait sur celui de son métier, et c'était pour cela qu'il s'était levé ce matin à 7 h 30 et se promenait maintenant dans une cour de ferme avec sa fille, alors qu'il ne se levait généralement pas avant midi. Abby le sachant, elle appréciait cet effort à sa juste valeur.

— Toi, tu te plais ici, n'est-ce pas ? observa Frank. Tu dois tenir ça de ta grand-mère, qui n'a jamais voulu quitter son coin de campagne irlandaise… Chacun ses goûts, mais es-tu vraiment heureuse, ma chérie ?

La jeune femme prit le temps de réfléchir : le ton soudain grave de son père lui interdisait de répondre à la légère.

Alors, était-elle heureuse ? L'exploitation de son domaine garantissait son indépendance et lui apportait beaucoup de satisfactions. Ses enfants… Elle sourit en se rappelant leur réticence à partir pour l'école, tout à l'heure, alors qu'il se passait tant de choses intéressantes à la maison… Ses enfants lui donnaient des joies, un sentiment de fierté et d'accomplissement qu'elle n'aurait pas connus sans eux.

Et puis il y avait Dylan, grâce à qui son existence avait encore pris une nouvelle dimension, celle de la passion, d'un amour inconditionnel. Il ne le partageait peut-être pas, il partirait sans doute bientôt, mais le souvenir du bonheur qu'il lui avait permis d'éprouver resterait à jamais gravé dans sa mémoire et dans son cœur.

— Il y avait très longtemps que je ne m'étais sentie

aussi bien, finit-elle par déclarer. J'ai trouvé ici tout ce que j'étais venue y chercher, et je suis contente de ce que j'y ai accompli.

La vie calme et régulière que menait sa fille était aux antipodes de l'idée que Frank se faisait du bonheur, mais il avait toujours voulu que ses enfants réalisent leurs rêves, quels qu'ils soient, et il lui suffisait de les savoir heureux pour l'être aussi. La réponse d'Abby ne le satisfaisait cependant pas entièrement et, bien qu'il ait conscience d'aborder là un sujet délicat, il se risqua à observer :

— J'ai l'impression que ce Dylan Crosby ne te laisse pas indifférente... Je me trompe ?

— Non. Je suis amoureuse de lui.

La jeune femme fut surprise de la facilité avec laquelle ces mots lui étaient venus — sans la moindre peur, sans l'ombre d'un regret.

— Je vois..., marmonna son père. Il faut que j'aille lui parler ?

Interloquée, Abby le fixa un instant en silence, puis elle éclata de rire.

— Non, surtout pas ! Je t'adore, papa...

— J'espère bien, mais j'avoue que je me fais du souci pour toi : je n'aime pas te savoir seule ici, à trimer toute la journée pour essayer de joindre les deux bouts. Ta mère prétend que j'ai tort de m'inquiéter, mais je ne peux pas m'en empêcher.

— C'est maman qui a raison : je ne voudrais pas d'une autre vie, ni pour moi, ni pour les garçons.

Frank ne jugea pas nécessaire de dire à sa fille qu'il avait passé des nuits entières à se ronger les sangs, à l'époque où elle était mariée avec Chuck Rockwell. Il ne supportait pas l'idée qu'elle soit malheureuse, et bien qu'il n'y ait pas une once de méchanceté en lui, la mort de son gendre ne l'avait pas spécialement ému. Il s'était contenté de prier pour qu'Abby retrouve la paix de l'esprit.

— Un père a toujours à cœur de protéger ses filles, déclara-t-il. Chantel m'a donné des angoisses quand elle était adolescente, mais elle a appris depuis à se défendre toute seule. Maddy, elle, n'a jamais eu besoin de personne : c'est une battante, capable de soulever des montagnes... Et maintenant que tu vas épouser un homme visiblement intègre et sérieux, je vais enfin pouvoir dormir sur mes deux oreilles.

— Dylan et moi n'allons pas nous marier, papa.

— Mais tu viens de me dire...

—... que j'étais amoureuse de lui, rien de plus. Nous ne sommes pas faits l'un pour l'autre : ma vie est ici, et la sienne est à New York.

— Tu racontes des bêtises !

Abby ouvrit la porte de l'écurie, et Frank, qui s'était pourtant juré de ne pas s'approcher des chevaux, fut obligé de la suivre. Les odeurs animales avaient beau l'écœurer, cette conversation était trop importante pour être interrompue. Pendant des années, il avait emmené sa famille de ville en ville, il l'avait guidée dans des pérégrinations incessantes et compliquées... Il devait être beaucoup plus simple de persuader sa fille de prendre un chemin où elle avait déjà envie de s'engager.

— Quand on est amoureux, continua-t-il, on fait des compromis. Attention ! Je ne parle pas de sacrifices, mais de concessions mutuelles, et cela demande de la bonne volonté de la part des deux personnes concernées. Si tous les efforts viennent d'une seule d'entre elles, leur relation est comme un élastique trop tendu : elle finit par casser.

Même si son père n'avait pas prononcé le nom de Chuck — il l'évitait dans toute la mesure du possible —, c'était à lui qu'il pensait, Abby le savait. Elle le considéra un moment en silence. Sans être beau, il ne manquait ni de charme, ni de charisme. Il faisait souvent le pitre, parce qu'il aimait répandre la joie autour de lui, mais c'était un homme extrêmement sensible et perspicace.

— Rassure-toi, lui dit-elle en l'embrassant sur la joue. Dylan n'est pas Chuck, et je ne suis plus la jeune fille naïve d'autrefois qui croyait aux contes de fées.

— Dylan partage tes sentiments ?

— Je l'ignore, et je ne suis pas sûre d'avoir envie de le savoir parce que, dans l'affirmative comme dans la négative, cela compliquerait la situation. Mais ne t'inquiète pas : ma vie actuelle me convient telle qu'elle est. Je ne cherche pas un homme pour s'occuper de moi. Mon mariage m'aura au moins appris une chose : que des rapports d'égalité sont nécessaires pour qu'un couple fonctionne. J'aurais dû le comprendre bien avant, rien qu'en observant celui que vous formez, maman et toi.

— Tes fils ont besoin d'un père.

— C'est le seul manque que je ne peux pas combler à moi toute seule.

Percevant dans la voix d'Abby une pointe de remords, et beaucoup de regret, Frank l'attira contre lui et déclara fougueusement :

— Peu de femmes élèvent leurs enfants aussi bien que toi, et si quelqu'un ose dire le contraire, il aura affaire à moi !

Abby éclata de rire. Son père avait le sang chaud, comme tous les Irlandais, et elle se souvenait de bagarres qui l'avaient opposé à des adversaires d'une taille et d'un poids nettement supérieurs aux siens.

— Si tu m'aidais à m'occuper des chevaux, maintenant ? suggéra-t-elle.

— Euh… je n'ai aucune compétence dans ce domaine, marmonna Frank en reculant d'un pas. Je suis un homme des villes.

— Viens au moins voir le poulain !

Le box le plus proche était celui d'Eve, mais Abby, poussée par une sorte de prémonition, le dépassa pour aller jeter un coup d'œil à Gladys… et un cri lui échappa : la jument était couchée sur le sol, visiblement en proie à une violente contraction.

— Quoi ? Qu'y a-t-il ? s'exclama Frank en rejoignant Abby devant le box — mais sans la suivre quand elle y entra. Cet animal est malade ? Méfie-toi ! Il est peut-être contagieux !

— « Cet animal » est une jument, papa, et *elle* va mettre bas, ce qui exclut tout risque de contagion.

Après avoir lâché quelques-uns des plus beaux jurons de son répertoire, Frank se ressaisit juste assez pour proposer :

— Tu veux que j'aille te chercher de l'eau chaude ?

— Non. Contente-toi d'appeler le cabinet du vétérinaire. Tu trouveras le numéro dans un carnet posé sur la table du téléphone du séjour.

— Tu n'as pas peur de rester seule avec… elle ?

— Ne te tracasse pas ! J'ai l'habitude.

Frank partit en courant et, comme Abby s'y attendait, il ne revint pas. Ce fut Dylan qu'elle vit apparaître quelques instants plus tard et, à sa grande surprise, Chantel l'accompagnait.

— Tout se passe bien ? demanda-t-il.

— Oui. Papa a appelé le cabinet du vétérinaire ?

— C'est moi qui m'en suis chargé. Frank a surgi dans la cuisine, complètement affolé, en réclamant de l'eau chaude. C'était tout ce qu'il semblait capable de dire, mais cela m'a suffi pour comprendre… Molly avait presque réussi à le calmer quand je suis sorti de la maison.

Abby se tourna vers sa sœur, plus élégante que jamais en pantalon beige et chemisier de soie blanche.

— Tu es bien matinale, observa-t-elle.

Les journées d'une actrice en tournage commençaient

à l'aube, mais Chantel ne se donna pas la peine de le préciser et déclara avec un haussement d'épaules :

— Les gens sont censés se lever tôt, à la campagne, non ? Je peux te prêter main-forte ?

— C'est gentil, mais tu ne portes pas vraiment la tenue adéquate, sans compter que Gladys a déjà fait l'essentiel du travail. Son petit devrait être là dans moins d'un quart d'heure.

Dylan alla s'agenouiller près d'Abby, et ils aidèrent le poulain à venir au monde dans une atmosphère d'entente tacite qui donna à Chantel matière à réfléchir : se serait-elle trompée sur Dylan Crosby ? L'expérience lui ayant appris à juger les hommes, elle se croyait pourtant à l'abri de ce genre d'erreur.

Un bruit de pas retentit soudain dans l'allée, puis Maddy s'arrêta sur le seuil du box, les yeux bouffis de sommeil et vêtue, par-dessus un T-shirt froissé qui avait dû lui servir de chemise de nuit, d'une salopette dont une bretelle, mal attachée, pendait sur son épaule.

— Les cris que poussait papa m'ont réveillée en sursaut, expliqua-t-elle, et je suis chargée d'un message : le cabinet du vétérinaire a rappelé pour dire qu'il avait eu une urgence et ne serait pas là avant un bon moment. Papa a mis de l'eau à chauffer sur les quatre brûleurs de la cuisinière, et il menace de téléphoner au SAMU si le vétérinaire n'est pas arrivé quand elle sera en train de bouillir… Je n'ai même pas pu me faire du café !

— Tu sais tricoter ? lui demanda Chantel.

— Moi ? Tu plaisantes !

— Dommage, parce que nous allons avoir besoin de quatre petits chaussons roses… Entre, et tu verras quelque chose qui t'enlèvera tout regret d'être sortie de ton lit avant le milieu de l'après-midi.

Maddy obéit et s'écria d'une voix excitée :

— Le poulain est né ! Mon Dieu qu'il est mignon ! Il

faut que j'aille chercher mon appareil photo, sinon mes camarades du cours de danse ne voudront jamais me croire... Ne bougez pas ! Je reviens tout de suite !

Puis elle partit comme une flèche, et Chantel annonça froidement :

— Bon, maintenant que le spectacle est terminé, je vais rentrer et essayer de convaincre papa de retirer au moins une casserole du feu. Je me damnerais pour une tasse de café.

Elle s'éloigna ensuite sans se presser, laissant derrière elle les effluves d'un parfum capiteux, et Dylan murmura à Abby :

— Je ne pense pas qu'il existe deux familles comme la tienne.

— Moi non plus, déclara la jeune femme en essuyant du revers de sa manche la sueur qui coulait sur son visage.

Quand Maddy suggéra une promenade à cheval, Abby changea son programme de la matinée et sella Judd. Leurs parents préféraient rester à l'intérieur et Dylan travaillait, si bien que les triplées allaient se retrouver entre elles, comme si souvent autrefois.

Après avoir réglé la hauteur de ses étriers, Maddy se tourna vers Chantel pour lui demander :

— Tu as besoin d'aide ?

— Non, ça ira, répondit Chantel en attachant la sous-ventrière de sa jument.

— Je ne savais pas que tu montais, observa Abby, qui vérifiait derrière sa sœur la fixation de chaque pièce de harnachement. Je t'ai donné Matilda, parce qu'elle est très douce, mais tu es sûre que...

— Ne t'inquiète pas ! A condition d'aller lentement, je ne devrais pas tomber.

Une fois dehors, Maddy sauta souplement sur le dos

de son cheval, tandis que Chantel avait quelque peine à se mettre en selle. Pour ménager son amour-propre, Abby décida de maintenir Judd au pas, et elle annonça au moment où elles s'engageaient sur le sentier :

— Je vais vous emmener visiter la partie Est du domaine, là où je planterai de l'herbe à fourrage dans quelques semaines.

— De l'herbe à fourrage..., répéta Chantel. Je ne sais même pas à quoi ça ressemble.

— Arrête de bêcher, miss Hollywood, lui lança Maddy, et accélère un peu l'allure, sinon cette promenade sera mortellement ennuyeuse !

— J'ai encore mieux à te proposer, miss New York : faisons la course ! répliqua Chantel.

Puis, sous le regard stupéfait de ses sœurs, elle pressa les flancs de sa jument et partit au galop. Abby ouvrit la bouche pour lui crier une mise en garde, mais elle la referma en s'apercevant que Chantel était en réalité une excellente cavalière.

— Elle nous a bien eues ! s'exclama Maddy.

— Oui, mais ne perdons pas de temps à discuter : il faut la rattraper.

Abby éperonna son cheval, Maddy l'imita, et elles s'élancèrent à la poursuite de leur jumelle. Ce jeu leur rappelait une enfance où, malgré les contraintes que leur imposait la préparation de leurs numéros de chant et de danse, elles avaient réussi à s'amuser, à se défier, à se disputer et à se réconcilier comme toutes les autres sœurs. Et s'il arrivait souvent que ce genre de complicité disparaisse avec l'âge adulte, les triplées savaient, elles, que rien ne pourrait jamais les séparer : déjà unies dans le ventre de leur mère, elles le resteraient toujours.

Essoufflées et riant aux éclats, Abby et Maddy s'arrêtèrent en haut de la côte où Chantel les attendait, un sourire joyeux sur les lèvres. La star hautaine avait cédé la place à une jeune femme pleine d'humour et d'entrain.

— Où as-tu appris à monter comme ça ? lui demanda Maddy.

— Tu te bourres de vitamines et tu t'imposes dix kilomètres de jogging par jour, mais cela ne veut pas dire que tu es la plus sportive de la famille... Le film que je viens de tourner est un western dont l'action se situe dans les années 1870, et j'ai passé plus de temps en selle pendant ces dernières semaines qu'un cow-boy professionnel.

— Ainsi, la vie d'une vedette de Hollywood n'est pas juste une longue suite de brunchs dans des restaurants chic, de cocktails et de réceptions au bord de piscines de rêve ? observa ironiquement Abby.

— C'est cela aussi, répondit Chantel, mais je suis comme toi : j'exerce l'activité pour laquelle j'ai le plus de dispositions, et je donne le meilleur de moi-même en toutes circonstances.

— Elever des enfants et planter de l'herbe à fourrage... Oui, tu as raison : c'est sans doute ce pour quoi je suis le plus douée.

— Je n'irais pas jusqu'à t'envier, mais je t'admire.

Les trois sœurs repartirent au pas, Chantel au milieu, Abby à sa gauche et Maddy à sa droite, comme à l'époque où elles se produisaient sur scène.

— Vous vous rappelez ce bar miteux, près de Memphis, où on a joué un soir ? déclara Maddy.

— Le Mitzie's Place ? s'écria Abby. Comment l'oublier ? Tous les clients étaient ivres, et une dispute entre deux d'entre eux a tourné à la bagarre générale... Le spectacle était dans la salle !

— Oui, les bouteilles volaient, et c'est un vrai miracle qu'aucune de nous n'ait été blessée. J'y repense avant chaque première, et je me dis que, quoi qu'il arrive, ça ne pourra pas être pire.

— Que vas-tu faire une fois de retour à New York ? demanda Abby. Tu n'as pas pris un risque inconsidéré, en te retirant d'une production qui remporte un tel succès ?

— Au bout d'un an, j'en avais assez de chanter les mêmes chansons et d'exécuter les mêmes numéros jour après jour… Je voulais passer à autre chose, et il y a justement une comédie musicale actuellement en préparation. Le metteur en scène est encore à la recherche d'un commanditaire, mais les répétitions pourront commencer dès qu'il l'aura trouvé. J'y jouerai le rôle d'une stripteaseuse.

— Pardon ? s'exclamèrent Abby et Chantel d'une même voix.

— Vous m'avez très bien entendue : j'y jouerai le rôle d'une stripteaseuse. C'est un personnage formidable, une femme libre qui rencontre l'homme de sa vie et prétend être bibliothécaire avant de comprendre qu'elle doit se faire aimer pour elle-même… Et je vous rassure : je ne me déshabillerai pas sur scène. Ce sera un spectacle tous publics.

— Et toi, Chantel ? demanda Abby. Tu as des projets ?

— Bien sûr ! Je commence dans une dizaine de jours le tournage d'un feuilleton télévisé… Vous avez lu *Strangers ?*

— Oui, et j'ai adoré, déclara Maddy. Attends… Ne me dis pas que tu vas jouer Hailey ?

Le sourire éclatant de Chantel lui fournit la réponse, et elle enchaîna :

— Tu as de la chance : c'est un rôle génial ! Tu as lu le livre, Abby ?

— Non, je n'ai plus le temps de lire.

— C'est l'histoire de…

— Ne lui raconte pas, coupa Chantel, sinon tu lui gâcheras le plaisir de la découverte ! De toute façon, elle n'aura pas longtemps à attendre : la diffusion débute dans quelques mois.

— Je ne pensais pas que tu travaillerais de nouveau pour la télévision, observa Abby.

— Moi non plus, mais je ne pouvais pas refuser. Le scénario est trop bon, et mes dernières apparitions sur le petit écran ont été des publicités pour du shampooing et du dentifrice… Je veux montrer aux gens qui ne vont pas au cinéma que je suis capable de faire autre chose.

Elles étaient maintenant loin de la maison, et, Abby paraissant détendue, ses jumelles échangèrent un regard complice, puis Chantel tira sur les rênes de son cheval de façon à ce qu'il aille se placer à la gauche d'Abby.

— A ton tour de nous parler de toi, Abby ! décréta-t-elle. Comment se passe ta collaboration avec Crosby ? Il ne te pose pas trop de questions indiscrètes ?

— Si, mais je m'y attendais.

— Est-ce que le fait d'être amoureuse de lui te facilite les choses ?

Abby ne fut pas surprise que Maddy considère ses sentiments pour Dylan comme un point acquis. Ses sœurs les connaissaient sans qu'elle ait eu besoin de les en informer.

— Oui et non, répondit-elle. Mon intention, au départ, était de tricher un peu avec la vérité, mais ça ne marche pas avec lui : il arrive à savoir, rien qu'en me regardant, si je travestis ou non la réalité.

— Tu lui as parlé de la terrible injustice que cette garce de Janice Rockwell a commise contre toi, après la mort de Chuck ? s'exclama Chantel dans une brusque bouffée de colère.

— Cela n'a pas vraiment de rapport avec l'ouvrage qu'il est en train de rédiger.

— Peut-être, mais moi, j'aimerais bien voir ça écrit

noir sur blanc, grommela Maddy. Ta belle-mère mérite d'être dénoncée publiquement.

— « Dénoncée » n'est pas le terme juste : ce qu'elle a fait est condamnable sur le plan moral, mais parfaitement régulier sur le plan légal. C'est un mal pour un bien, d'ailleurs : cela m'a appris à ne compter que sur moi-même.

— Je pense cependant que Dylan devrait connaître toute l'histoire, insista Chantel. C'est l'occasion ou jamais de montrer cette horrible femme sous son vrai jour, celui de la mère richissime d'un célèbre pilote de course qui a laissé dans la misère la veuve et les enfants de son fils.

— Il ne faut rien exagérer ! protesta Abby. Nous n'étions pas complètement démunis.

— Janice vous a malgré tout spoliés, et tu devrais le dire à Dylan. Si tu as suffisamment confiance en lui pour lui révéler une partie de la vérité, pourquoi taire le reste ?

— Je suis du même avis, indiqua Maddy. J'étais contre ce projet de biographie, mais maintenant qu'elle est en chantier, autant faire les choses à fond. Je sais que tu ne nous as pas tout raconté, Abby, et c'était ton droit le plus absolu, mais je suis sûre que cela te soulagerait de lever enfin le voile sur la façon dont Chuck et sa mère t'ont traitée.

— Si j'étais seule en cause, je n'hésiterais pas, mais je dois penser à mes fils.

— Tu crois vraiment qu'ils ont gardé de Chuck l'image d'un père et d'un mari parfaits ? remarqua Chantel d'une voix douce.

Poussée dans ses derniers retranchements, Abby fut contrainte d'admettre ce qu'elle occultait depuis si longtemps.

— Non, répondit-elle. Même si les garçons étaient trop petits pour comprendre ce qui se passait exactement, ils ont perçu la tension qui régnait dans la maison quand

Chuck était là, et ce qu'ils ignorent, ils l'apprendront tôt ou tard. Je veux juste que Dylan écrive cette biographie avec suffisamment de compassion pour qu'ils puissent, une fois grands, pardonner ses fautes à leur père.

— Dylan en a ? demanda Chantel.

— De quoi ?

— De la compassion.

— Oui, et même beaucoup plus que je n'aurais osé l'espérer.

— Il partage tes sentiments ?

— Je n'en sais rien. La seule chose dont je sois sûre, c'est qu'il tient à moi — et même à un point qui l'étonne lui-même, je crois. Il s'est aussi pris d'affection pour les garçons, mais je doute que cela l'empêche de partir une fois son livre terminé.

— Alors il faut que tu l'obliges à rester ! décréta Maddy.

— Comment ? Je n'ai ni ta capacité à te jouer des difficultés, ni le machiavélisme de Chantel.

— Je te remercie ! s'exclama cette dernière, mi-figue, mi-raisin.

— Ne te fâche pas ! Je voulais juste dire que nous sommes différentes. Maddy a une telle foi en son destin qu'il se réalise presque sans intervention de sa part, toi, tu arrives à plier les gens et les événements à ta volonté, et moi, je me contente de battre les cartes que la vie me distribue jusqu'à obtenir la meilleure main possible. Celle que j'ai actuellement me rend très heureuse, mais je ne me sens pas en droit de demander à Dylan de rester parce que, s'il me demandait de partir avec lui, je devrais refuser. Je ne peux plus me permettre, comme à dix-huit ans, de céder à mes impulsions : j'ai deux fils, et leurs intérêts passent avant les miens.

Sans se concerter, les triplées choisirent ce moment pour prendre le chemin du retour, et Chantel ferma un instant les yeux pour mieux savourer la sensation du vent dans ses cheveux. Elle éprouvait un sentiment de complète liberté qu'il ne lui était pas souvent donné de goûter.

— Je ne vois pas pourquoi tu demanderais à Dylan de rester, remarqua-t-elle. Trop de femmes pensent qu'il leur faut absolument un homme pour atteindre leur plein épanouissement... Je pense, moi, qu'elles peuvent et doivent l'atteindre toutes seules, et laisser ensuite éventuellement un homme entrer dans leur vie, mais comme une simple cerise sur le gâteau.

— Je comprends, maintenant, pourquoi tu as brisé tant de cœurs ! s'écria Maddy.

— Je ne brise pas les cœurs. Je ne fais que les meurtrir un peu.

— Admettons, mais de toute façon, ce n'est pas parce que ni toi ni moi ne sommes prêtes à nous fixer qu'Abby n'a pas le droit d'occuper ses journées à laver et repasser des chemises, et d'avoir quelqu'un pour lui sortir ses poubelles le soir.

— Intéressante description d'une relation riche et profonde..., commenta ironiquement l'intéressée. Mais comme je suis la seule de nous trois à avoir connu l'expérience du mariage, je m'estime qualifiée pour vous dire qu'il ne se limite pas à ça.

Chantel fronça les sourcils et observa :

— Qui te parle de mariage ? Je veux bien que tu prennes du bon temps avec Dylan, mais tu ne songes tout de même pas sérieusement à t'enchaîner de nouveau ?

— Voilà une description de la vie de couple aussi intéressante que la mienne ! nota Maddy en riant.

— Oui, déclara Abby avec un hochement de tête désabusé, et pourtant, si je pensais pouvoir trouver un compromis acceptable pour Dylan comme pour moi, je n'hésiterais pas à le demander en mariage.

— Fais-le, et tu verras bien ce qui se passera ensuite,

lui conseilla Maddy. Si tu l'aimes, si tu es sûre que c'est l'homme de ta vie, ne te laisse pas arrêter par des problèmes qui se résoudront peut-être d'eux-mêmes !

— Ne l'écoute pas, Abby ! décréta Chantel. Elle ignore tout de la psychologie masculine, et pour cause : les seuls hommes qu'elle fréquente sont des danseurs qui s'admirent devant une glace du matin au soir.

— Tu peux parler ! répliqua Maddy. Les acteurs que tu fréquentes ne savent plus, eux, qui ils sont quand ils se regardent dans une glace après une journée de tournage.

— Bref, mieux vaut que nous restions toutes les trois célibataires, conclut Abby.

— Absolument ! renchérit Chantel.

Chacune demeura ensuite un moment plongée dans ses propres réflexions, et puis, alors qu'elles arrivaient en vue de la maison, Maddy observa :

— Moi, même si j'en avais envie, je ne pourrais pas caser un homme dans mon emploi du temps.

— Tu n'es pas obligée de passer tes journées avec lui, souligna Chantel. Une nuit par-ci par-là suffit largement à satisfaire les besoins d'une femme.

— Tu ne penses pas ce que tu dis, lui déclara Abby.

Pour éviter de répondre, Chantel éperonna son cheval et partit au galop.

— Il n'est pas question qu'elle me batte une deuxième fois ! s'écria Maddy en piquant des deux.

Abby les considéra un instant d'un air amusé avant de presser les flancs de Judd : elle savait que les longues et puissantes foulées du hongre lui permettraient de coiffer ses sœurs sur le poteau.

12

Les rayons de la lune baignaient la chambre d'une lumière douce et apaisante. Bien que silencieuse, la maison semblait encore habitée par l'écho des voix et des rires dont elle avait résonné pendant la journée, de celui de la musique qui l'avait emplie pendant la soirée : Molly avait joué du banjo pendant que Frank dansait, puis Frank avait pris le banjo, et tout le monde s'était mis à chanter.

Ses parents et ses sœurs seraient partis le lendemain, songea Abby, mais la joie qu'ils avaient apportée chez elle s'y attarderait encore longtemps.

La tête posée sur l'épaule de Dylan, la jeune femme gardait les yeux ouverts pour ne pas risquer de s'endormir. Elle ne voulait pas que le sommeil lui fasse perdre une seule minute des moments où elle pouvait le toucher, l'embrasser… La présence de sa famille les obligeait à conserver leurs distances : depuis trois jours, Dylan ne venait la rejoindre dans sa chambre qu'une fois le reste de la maisonnée endormi, et il la quittait ensuite à l'aube.

Ils n'en avaient pas discuté, mais il avait eu l'air de comprendre qu'elle aurait été gênée de se livrer à de grandes démonstrations de tendresse devant ses parents. Elle avait beau être adulte, veuve et mère de deux enfants, elle redevenait avant tout leur fille quand ils étaient sous le même toit.

Dylan ne s'offusquait pas de la réserve qu'Abby lui témoignait durant la journée. Leurs nuits n'en étaient que plus douces, et il trouvait même excitant de les passer avec elle en cachette de ses parents et de ses sœurs, à l'affût du moindre bruit qui aurait annoncé l'arrivée de l'un d'entre eux.

Peut-être Abby et lui riraient-ils plus tard de ces rendez-vous clandestins, mais pour l'instant, il repensait aux coups de téléphone qu'il avait donnés ces derniers jours.

Sa famille occupait beaucoup Abby, et il en avait profité pour mener de son côté une enquête dont les résultats l'avaient surpris. Lorsqu'ils seraient de nouveau seuls dans la maison, leurs séances de travail reprendraient, mais quelques pièces du puzzle s'étaient déjà assemblées, certaines questions avaient déjà trouvé leur réponse. Il les poserait malgré tout, car ces secrets qu'il connaissait maintenant, il avait besoin de les entendre de la bouche d'Abby. Si elle les lui révélait, il serait sûr d'avoir gagné sa confiance, et peut-être pourraient-ils alors tirer un trait sur le passé et songer à l'avenir.

— Tu dors ? murmura-t-il.

— Non.

— A quoi penses-tu ?

— A mes parents.

— Je n'avais encore jamais rencontré de gens comme eux.

— C'est normal : ils sont uniques en leur genre.

— Je les aime beaucoup, mais j'ai vraiment eu peur, quand ton père a insisté pour m'apprendre à faire des claquettes… Si je n'étais pas arrivé à l'en dissuader, je me serais complètement ridiculisé !

— Tu aurais dû accepter : il est capable d'apprendre n'importe quelle danse à n'importe qui. J'en suis la preuve vivante.

— La limousine de Chantel emmènera tes parents à la gare routière où ils prendront le bus pour Chicago, si j'ai bien compris ?

— Oui. Un cabaret les a engagés pour trois soirs. Chantel voulait leur acheter des billets d'avion en première classe, mais ils ont refusé. Maman a déclaré qu'elle se débrouillait depuis cinquante ans pour aller d'un endroit à un autre sans quitter le sol, et qu'elle ne voyait pas pourquoi elle changerait d'habitude maintenant.

— Ta mère est une femme sensée.

— Disons qu'elle a sa propre logique et qu'elle s'y tient, même si ce n'est pas celle de tout le monde. Installe-la dans un pavillon de banlieue entouré d'un joli jardin avec tout le confort moderne, par exemple, et elle devient folle au bout d'une semaine... Elle a trouvé en papa un compagnon idéal.

— Depuis combien de temps se connaissent-ils ?

— Environ trente-cinq ans.

Dylan resta un moment silencieux, puis il observa :

— Voilà qui redonne confiance dans l'institution du mariage.

— Oui, et si je me suis mariée si vite, c'est en partie parce que mes parents m'avaient offert l'image d'un bonheur conjugal indestructible. J'ai eu tort de croire que c'était le cas de tous les couples, mais raison en ce qui les concernait, puisqu'ils s'entendent toujours aussi bien... Ils vont beaucoup me manquer.

— Leur départ laissera un grand vide, en effet : on ne s'ennuie jamais, avec eux ! J'ai eu peur pour tes lampes, hier soir, quand ton père a décidé d'apprendre aux garçons à jongler avec des pommes.

— Et je continuerai à craindre pour mes lampes tant qu'ils ne se seront pas lassés de ce petit jeu, dit Abby avec un sourire désabusé.

— Ou que tes réserves de pommes seront épuisées, mais ils s'exerceront alors peut-être avec des assiettes.

— Je préfère ne pas y penser !

Abby se redressa et, bien qu'elle sourie toujours, le regard qu'elle posa sur Dylan était grave.

— Je suis contente que tu aies fait la connaissance de mes parents. Il se peut qu'un jour, en traversant une petite ville perdue au fin fond de la province, tu voies leur nom sur une affiche… Tu te souviendras alors de moi.

— Je n'aurai pas besoin de ça pour me souvenir de toi.

— Qui sait ?

— Non, j'ai une excellente mémoire, et il y a des choses qui ne s'oublient pas.

— Comme ceci ? demanda Abby en effleurant d'un baiser la bouche de Dylan.

— Oui.

— Et comme cela ? susurra-t-elle, sa bouche lui mordillant à présent l'oreille.

— Ou… oui, murmura-t-il d'une voix rauque.

Puis il allongea la jeune femme sur le dos, la recouvrit de son corps et acheva de l'immobiliser en refermant les mains sur ses poignets. Si elle le touchait maintenant, il ne pourrait plus répondre de rien : la force de son désir l'amènerait à chercher trop vite une jouissance dont il voulait au contraire qu'ils savourent tous les deux la délicieuse attente, avant de connaître un plaisir d'autant plus intense qu'il aurait été retardé.

Ils avaient toute la nuit devant eux. Il lui suffisait même de dire un mot pour qu'ils aient toute la vie, puisqu'elle l'aimait…

Cette idée le terrifiait, et plus encore le fait qu'Abby ne lui demande rien, car elle lui demandait ainsi plus qu'il ne se croyait capable de donner.

Alors il noya sa peur dans la volupté du moment présent et fit courir ses lèvres sur un corps qui vibrait et frissonnait sous lui. Il sentait le cœur d'Abby battre de plus en plus fort, son pouls à lui s'accélérer, mais cette montée du désir s'accompagnait d'un étrange sentiment de paix, comme si une partie de lui-même que n'atteignait pas la fièvre des sens trouvait dans les bras de sa compagne l'assouvissement d'une faim jusque-là ignorée.

Abby laissait Dylan lui infliger le délicieux tourment de baisers qu'elle ne pouvait pas lui rendre. Le mélange de passion et de douceur avec lequel il lui faisait l'amour ne cessait de l'émerveiller. Jamais, même en rêve, elle n'avait imaginé qu'il existait un homme capable de désirer autant une femme tout en la respectant.

Lorsque Dylan libéra ses poignets, et malgré l'impatience qui la possédait, elle commença par prendre son visage dans ses mains pour l'embrasser tendrement, et il but à ses lèvres avec une telle avidité qu'elle se demanda s'il avait conscience du besoin qu'il avait d'elle.

Dans le cas contraire, leur relation s'achèverait au moment où il aurait eu les réponses qu'il voulait obtenir. Et elle avait déjà promis de les lui fournir, compromettant ainsi ses chances de le garder plus longtemps…

Les ruses, les artifices dont usaient certaines femmes pour retenir les hommes lui étaient totalement étrangers. Elle n'avait que son cœur à lui offrir, mais cela ne suffirait sans doute pas.

— Dylan…, murmura-t-elle.

Percevant une étrange gravité dans la voix d'Abby, Dylan se redressa, et il lut dans ses yeux toute la force et la vulnérabilité d'une femme amoureuse qui n'attendait rien, et qui donnait tout.

Touché jusqu'au fond de son être, il la reprit dans ses bras, mais cet instant où elle avait mis son cœur à nu s'était gravé en lui, et il savait qu'il aurait désormais beaucoup plus de mal à accepter l'idée de vivre sans elle.

Entre les bagages à faire, les détails de dernière minute à régler et les émissions télévisées pour enfants du samedi, tous les membres de la maisonnée eurent un début de matinée occupé.

Chantel, qui attendait son heure, sortit discrètement de la cuisine cinq minutes après que Dylan fut allé aider les garçons à nourrir les animaux. Bien que la température soit douce pour un mois de mars sur la côte Est, elle frissonna et se réjouit à l'idée de retrouver bientôt la chaleur du sud de la Californie.

Mais avant de partir, elle devait parler à Dylan.

Il était en train de sortir deux chevaux de l'écurie pour les emmener rejoindre ceux qui étaient déjà dans le pré. Chantel s'accouda à la clôture et le regarda s'approcher du coin de l'œil.

En voyant Chantel s'arrêter devant le pré, Dylan comprit tout de suite la raison de sa présence. Il savait qu'elle avait quelque chose à lui dire, et le moment était visiblement venu. Il ouvrit la barrière aux deux hongres, la referma soigneusement, puis il rejoignit la jeune femme et lui tendit une cigarette qu'elle accepta.

Chantel fumait rarement, mais là, elle en éprouvait le besoin. Après avoir tiré quelques bouffées, elle déclara, les yeux fixés sur les chevaux :

— Je me demande si je vais ou non finir par vous aimer, mais ça n'a pas vraiment d'importance. Les sentiments d'Abby en ont, en revanche.

Ces paroles ressemblaient tant à celles de Maddy sur le même sujet que Dylan sourit intérieurement. Cette communauté de pensée entre jumeaux était un phénomène très surprenant, mais comme les personnes concernées devaient, elles, le considérer comme une chose toute naturelle, il ne le releva pas.

Le poulain d'Eve se mit à téter sa mère, et ils la regardèrent en silence se camper solidement sur ses jambes, puis attendre patiemment que son petit soit rassasié.

— Je vous ai trouvé très antipathique quand vous m'avez interrogée à propos de Millicent Driscoll, reprit Chantel au bout d'un moment. Certaines de vos questions, et la froideur avec laquelle vous les avez posées, m'ont profondément déplu. Cela m'a dissuadée de vous répondre aussi franchement que je l'aurais pu, et c'est dommage, parce que votre livre y aurait peut-être gagné en humanité. Je veux cependant éviter que la même chose se produise avec la biographie de Chuck. Abby est ma sœur, et ce que vous raconterez sur son mariage a le pouvoir de lui faire beaucoup de mal.

Ensuite, et pour la première fois, elle se tourna vers Dylan et le regarda droit dans les yeux. Même dans la lumière crue du soleil matinal, elle était d'une beauté resplendissante, avec son visage à l'ovale parfait, ses pommettes hautes, son teint de porcelaine... Il était tentant de ne voir en elle que cette femme divinement belle, et d'oublier qu'elle était aussi une redoutable mangeuse d'hommes.

— Je pense que vous tenez à Abby, poursuivit-elle, mais j'ignore si vous vous autoriserez à laisser cela entrer en ligne de compte dans la rédaction de votre ouvrage. Quoi qu'il en soit, je suis venue vous donner des éclaircissements sur ce qui s'est passé entre Chuck et elle. Si Abby est d'accord, vous pourrez utiliser ce que je vous aurai dit, mais si elle ne l'est pas, vous le garderez pour vous. C'est bien clair ?

— Oui. Je vous écoute.

— Quand Chuck est entré dans ce cabaret de Miami, Abby l'a tout de suite subjugué. Peut-être même est-il tombé d'amoureux d'elle et l'est-il resté pendant quelque temps. Je ne sais pas quel genre de femme il fréquentait avant, mais il est évident qu'Abby ne leur ressemblait pas du tout. Même avec ses costumes à paillettes et son maquillage de scène, elle respirait la pureté et la candeur. Il n'est généralement pas flatteur de qualifier quelqu'un d'innocent, mais dans son cas, cela n'a rien de péjoratif : elle était innocente, et elle l'est toujours.

Chantel sourit, mais pas du sourire mécanique qu'elle plaquait sur son visage devant les photographes : celui-là venait du cœur, et il la transfigurait.

— Abby croyait alors que l'amour durait toujours, que la fidélité en était indissociable, et c'est avec ce type d'illusion qu'elle s'est mariée.

— Et Chuck ? demanda Dylan sans juger utile de relever la dernière remarque de Chantel.

— Comme je vous l'ai déjà dit, peut-être l'a-t-il aimée — autant et aussi longtemps qu'il était capable d'aimer quelqu'un. Certaines personnes lui trouveraient des excuses : une mère tyrannique, la mort prématurée d'un père qui, de son vivant, était déjà trop obsédé par son travail pour s'occuper de lui… Chuck était un handicapé des sentiments, mais son enfance de pauvre petit garçon riche ne constitue pas une excuse à mes yeux.

Chantel marqua une pause, l'air d'attendre que Dylan fasse un commentaire, mais il connaissait déjà l'histoire familiale de Rockwell, et il n'était pas loin de partager l'avis de son interlocutrice.

— Continuez ! se borna-t-il à déclarer.

— Les relations entre Abby et Chuck ont commencé de se dégrader très peu de temps après leur mariage. Elle ne l'a confié à personne, mais Maddy et moi nous en sommes tout de suite rendu compte. Elle a accompagné Chuck en Europe et ailleurs, elle a accepté pour lui de porter des fourrures et des vêtements de grands couturiers… De nombreuses femmes auraient aimé mener ce genre de vie, mais pas elle. Je ne dis pas qu'il ne lui a pas plu, au début, mais, contrairement aux autres O'Hurley, son plus cher désir a toujours été de se créer des racines.

— D'où son installation ici.

— Oui. Chuck a acheté ce domaine après le scandale qu'avait causé l'une de ses admiratrices, et qui avait rejailli sur Abby, expliqua Chantel en laissant tomber sa cigarette sur le sol et l'écrasant du bout de sa chaussure. Il s'en est cependant très vite lassé, et il a fait clairement comprendre à Abby que, si elle voulait le garder, il lui faudrait s'en occuper toute seule.

— C'est elle qui vous l'a dit ?

— Non, Chuck lui-même, le jour où il est venu me voir à Los Angeles, fermement décidé à avoir une aventure avec moi… Charmant, n'est-ce pas ? Donnez-moi une autre cigarette !

Le temps que Dylan la lui allume, Chantel avait maîtrisé la fureur dont la remplissait toujours l'évocation de ce souvenir.

— Chuck n'était pas mon type, enchaîna-t-elle, et même si je n'ai pas la réputation d'être un modèle de vertu, les quelques principes qui me restent m'auraient de toute façon interdit de coucher avec le mari de ma sœur. Je ne suis pourtant pas arrivée à le chasser de chez moi. Il était à moitié ivre, potentiellement violent, et j'ai dû l'écouter me raconter les « problèmes » que lui posait sa femme : elle était ennuyeuse, casanière, elle ne s'intéressait qu'à sa ferme, et lui, il n'avait pas l'intention de dépenser un sou pour remettre en état une vieille bâtisse perdue au milieu de nulle part… Alors si elle voulait réparer le toit ou refaire la plomberie, elle n'avait qu'à se débrouiller pour trouver l'argent…

» Il a ensuite parlé du projet que nourrissait Abby d'élever des chevaux, et il s'est moqué d'elle. Je crois que je l'aurais étranglé, à ce moment-là, s'il ne s'était justement levé pour partir. J'étais contente d'être débarrassée de lui, mais j'avais aussi mauvaise conscience : pendant que ma sœur se débattait au milieu des pires difficultés, je ne pensais qu'à ma carrière. Mon instinct m'avait dit qu'Abby était malheureuse, et je n'avais pas pris le temps de lui tendre la main. »

Et lui, avait-il vraiment mieux traité Abby durant ces deux dernières semaines ? songea Dylan. Dès son arrivée, il avait senti que ses préjugés contre elle étaient mal fondés. Cette impression s'était confirmée au fil des jours, et pourtant qu'avait-il fait, à part lui poser des questions, encore et encore ?

— Pourquoi Chuck vous a-t-il raconté tout cela ? déclara-t-il d'un ton qui se voulait détaché.

— Il croyait sans doute que ses « déboires conjugaux » lui vaudraient ma sympathie et que je me rangerais dans son camp. Au lieu de ça, il n'était pas plus tôt parti que j'ai appelé Maddy et que nous sommes venues ici. La maison était alors en très mauvais état, et comme Chuck ne lui donnait pas un centime, Abby travaillait par-ci par-là, en emmenant Ben avec elle. Notre visite lui a fait plaisir, mais elle a refusé de nous écouter quand nous lui avons conseillé de divorcer.

— Pourquoi est-elle restée avec un mari qui ne se contentait pas de la négliger, mais qui la trompait aussi ?

— C'est à elle qu'il faut le demander, mais je peux vous dire ceci : Abby est d'un naturel confiant, et elle pensait que Chuck changerait. En attendant, il était urgent de rendre la maison habitable, et nous sommes allées vendre ses bijoux à Richmond. Chuck lui en avait offert beaucoup pendant les six ou sept premiers mois de leur mariage, et la somme qu'elle en a obtenue lui a permis de parer au plus pressé. Moi, je lui ai acheté son vison, et elle m'a dit plus tard, pour plaisanter, m'avoir vue en photo avec son toit sur le dos.

Chantel ne précisa pas qu'à cette époque, elle n'avait pas vraiment les moyens de s'offrir des fourrures.

— Abby a donc vendu son vison pour réparer le toit..., murmura Dylan.

— Oui, et il y avait de nombreux autres travaux à effectuer, mais Abby ne s'est jamais découragée. Cette rentrée d'argent lui a donné une bouffée d'oxygène, et les choses se sont un peu arrangées. Elle est ensuite tombée enceinte de Chris, et même si j'ai ma petite idée là-dessus, c'est un sujet dont je préfère ne pas parler.

Cette remarque montra à Dylan que Chantel avait deviné la vérité et, sachant qu'elle le comprendrait à demi-mot, il déclara d'une voix douce :

— Je n'ai pas l'intention d'en parler, moi non plus.

— Je vais finir par bien vous aimer, alors ! observa Chantel avec l'ombre d'un sourire. Mais pour en revenir à ma sœur, la naissance de Chris n'a pas résolu ses problèmes de couple, au contraire. Chuck était de plus en plus absent, il affichait ses maîtresses, et bien que ce ne soit pas une excuse, peut-être cherchait-il ainsi à pousser Abby au divorce — dans son intérêt à elle. Et ce n'est qu'au moment où elle s'y est finalement résolue qu'il a mesuré ce qu'il allait perdre.

— Abby a donc engagé une procédure de divorce ?

— Oui. Tous les torts étant du côté de son mari, elle aurait pu s'en prévaloir pour réclamer une grosse pension alimentaire — c'est ce que j'aurais fait, moi —, mais elle voulait juste le domaine et une petite contribution financière à l'éducation de ses fils. Chuck entretenait alors une liaison torride avec Lori Brewer, et ils menaient la grande vie, mais je crois que la décision d'Abby lui a ouvert les yeux : il a brusquement eu conscience d'avoir lâché la proie pour l'ombre. Il avait la meilleure des épouses, deux beaux enfants, et non seulement il manquait à tous ses devoirs envers eux, mais il avait sacrifié le bonheur qu'ils pouvaient lui apporter à un mode de vie destructeur.

» Je sais qu'il le regrettait, parce qu'il m'a téléphoné quelques jours avant sa dernière course. Il avait appelé Abby pour lui demander de revenir sur sa décision, elle avait refusé, et il m'a suppliée d'essayer de la faire changer d'avis. Je l'ai envoyé promener, naturellement... Il est mort moins d'une semaine plus tard. »

— Et Abby ne s'est jamais pardonné de ne pas lui avoir offert une deuxième chance, observa Dylan.

— Exactement. Maddy et moi ne cessons de lui répéter qu'elle n'a aucune raison de se sentir coupable, mais sans résultat.

— Et le fait que la mort de son mari lui ait permis de résoudre ses problèmes financiers doit aussi lui donner mauvaise conscience. Ce n'est pourtant que just...

L'expression de colère qui s'était peinte sur les traits de Chantel avait interrompu Dyaln au milieu de sa phrase, et, perplexe, il reprit :

— Pourquoi me regardez-vous comme ça ? Qu'est-ce que j'ai dit ?

— Excusez-moi, j'avais oublié qu'Abby ne vous en avait pas parlé... C'était pourtant l'une des choses que je comptais vous révéler.

— Je ne comprends pas. Rockwell était riche, non ? et elle a forcément hérité de ses biens.

— Pas du tout. Janice Rockwell a fait en sorte que ni Abby ni les garçons ne touchent un centime de l'argent que son mari avait légué à Chuck. Chaque fois que j'y pense, je vois rouge !

Dylan, lui, sentit son sang se glacer dans ses veines. Il se rappela toutes les accusations, toutes les remarques blessantes qu'il avait lancées à Abby depuis le jour de son arrivée...

— C'est pour cela qu'elle continue de travailler comme femme de ménage ? articula-t-il péniblement.

— Oui. Pour subsister, et aussi pour rembourser l'emprunt contracté au moment de l'achat du domaine.

Un tumulte de pensées et d'émotions agitait Dylan. Pourquoi avait-il douté d'Abby ? Elle était seulement trop fière pour lui dire ce qu'il apprenait maintenant par Chantel...

Mais c'était de l'orgueil mal placé, et elle aurait dû le faire taire ! songea-t-il pour tenter de se justifier à ses propres yeux. Il avait le droit de savoir... Il avait le droit de...

Non, admit-il finalement, il n'avait aucun droit, et si ses idées préconçues ne l'avaient pas aveuglé, il aurait compris tout seul qu'Abby ne « s'amusait » pas à aller lessiver le carrelage des autres, qu'elle ne « jouait » pas les martyres en nettoyant l'écurie tous les matins et que l'élevage des chevaux n'était pas pour elle un simple passe-temps, mais une question de survie.

— Pourquoi êtes-vous venue me parler de tout cela ? demanda-t-il.

— Parce que quelqu'un doit persuader ma sœur qu'elle n'a rien à se reprocher.

— Et vous m'en croyez capable ?

— Oui, et je vous crois également capable de la rendre heureuse... si vous avez le courage de lui sacrifier un peu de votre précieuse liberté.

Les yeux de Chantel luisaient de défi, et Dylan ne put réprimer un sourire.

— Je crains de vous avoir mal jugée, lors de notre première rencontre, déclara-t-il.

— Ce n'est pas grave, répondit-elle en lui donnant une petite tape amicale sur le bras. Je vous avais mal jugé, moi aussi.

Maddy passa alors la tête par la porte de la cuisine et cria :

— Chantel ! La limousine est là !

— J'arrive ! Une dernière chose, Dylan… N'allez pas vous imaginer qu'après cette conversation, je me désintéresserai du sort d'Abby… Si vous lui faites le moindre mal, vous aurez affaire à moi !

— J'avais compris.

— Alors il ne me reste plus qu'à vous souhaiter bonne chance.

— Merci.

Les adieux furent longs et démonstratifs, comme Dylan s'y attendait, mais Maddy l'embrassa avec une chaleur et une affection qui, elles, le surprirent, avant de lui murmurer à l'oreille :

— Vous êtes l'homme qu'il faut à Abby… Bienvenue dans la famille !

Pendant que les adultes échangeaient baisers, accolades et promesses de se téléphoner bientôt, Ben et Chris avaient grimpé dans la limousine et en découvraient avec ravissement les équipements de luxe. Ils actionnèrent une demi-douzaine de fois la commande électrique de la vitre teintée qui séparait le chauffeur et les passagers, explorèrent le minibar, allumèrent la télévision… Abby dut les tirer par le bras pour qu'ils sortent du véhicule.

Lorsque la voiture eut disparu au détour du chemin, Chris annonça :

— Je conduirai une limousine, quand je serai grand. Comme ça, je porterai une belle casquette et je pourrai monter à l'avant, comme M. Donald.

— Moi, je préfère être à l'arrière, pour regarder la télé, dit Ben.

— On voit que le sang des O'Hurley coule dans tes

veines ! s'exclama Abby en riant. Faites ce que vous voulez, maintenant, mais moi, je rentre boire un grand verre de jus de fruits. J'ai besoin de reprendre des forces, avant de m'attaquer au désordre qui règne dans la cuisine !

— On peut aller jouer avec les poulains ? demanda Ben.

— Oui, mais n'oubliez pas qu'ils sont encore fragiles, alors ne les…

La jeune femme ne termina pas sa phrase : les garçons étaient déjà partis. Elle soupira, puis se rendit dans la cuisine et proposa à Dylan, qui l'avait suivie :

— Je te sers quelque chose ?

— Non, merci.

Trop agité pour s'asseoir, Dylan se mit à marcher de long en large dans la pièce. Les révélations de Chantel, et tout ce qu'il avait appris au cours des derniers jours, le taraudaient. Il n'arrivait pas à se pardonner d'avoir si mal jugé Abby, de s'être montré si dur avec elle.

— Tu es très attachée à ce domaine, n'est-ce pas ? finit-il par déclarer.

— Oui. C'est, après mes fils, ce qui compte le plus pour moi.

— Et tu as du caractère.

Il y avait tant de véhémence dans la voix de Dylan qu'Abby, surprise, se tourna vers lui.

— Oui, je crois, répondit-elle.

— Pourquoi as-tu laissé ton mari te traiter comme quantité négligeable, dans ce cas ? Pourquoi as-tu laissé ta belle-mère te déposséder de ton héritage ?

— Une seconde ! s'écria la jeune femme, qui aurait préféré attendre au moins quelques heures avant de se replonger dans ses douloureux souvenirs. Ce dont tu accuses Janice s'est passé après la mort de Chuck, et n'a donc aucun rapport avec sa biographie.

— Je me moque de la biographie de Chuck ! répliqua Dylan.

Et il se rendit brusquement compte, pour la toute première fois, que c'était vrai : il n'accordait plus la moindre importance à ce livre. Seule Abby l'intéressait — qui elle était, ce qu'elle avait fait et ce qui lui avait été fait. Le ressentiment, l'amertume, la révolte qu'elle semblait ne pas éprouver, il les éprouvait pour elle.

— Janice Rockwell s'est débrouillée pour que tu ne touches pas un centime de l'argent légué à Chuck par son père, reprit-il. Cet argent t'aurait permis de rembourser l'emprunt contracté pour l'achat du domaine... Pourquoi n'as-tu pas défendu tes droits et ceux de tes enfants ?

Abby s'exhorta au calme. Elle avait surmonté depuis longtemps sa rancœur et n'avait aucune envie de la voir se raviver.

— Je ne sais pas de qui tu tiens tes informations, déclara-t-elle froidement, mais elles sont incomplètes. Ce qui revenait à Chuck de la succession de son père était placé sur un compte administré par Janice. Chuck devait en obtenir la jouissance à l'âge de trente-cinq ans, mais il est mort avant, et c'est donc sa mère qui en a hérité.

— Tu aurais dû lui intenter un procès, et je suis sûr que tu l'aurais gagné.

— Je ne voulais pas causer un scandale, et Chuck nous avait laissé de l'argent, de toute façon.

— Le peu qu'il n'avait pas encore eu le temps de dépenser...

— Mais assez pour financer les études supérieures des garçons, et c'est déjà bien.

— Non, parce que toi, dans l'intervalle, tu te débats dans des problèmes financiers qui t'obligent à aller faire le ménage chez les uns et chez les autres !

— Et alors ? Cela n'a rien de déshonorant !

— Sans doute, mais je ne supporte pas l'idée que tu te tues au travail... Et pourquoi ne m'as-tu pas mis au courant de ces problèmes financiers — peut-être pas tout de suite, mais plus tard, quand nos relations sont devenues plus… confiantes ?

Plus confiantes ? répéta intérieurement Abby. Dylan semblait avoir oublié le déséquilibre qui subsistait entre eux sur le plan affectif, car elle, au moins, elle n'avait pas hésité à lui avouer ses sentiments.

Pour se donner le temps de recouvrer son calme, elle alla prendre la cafetière sur la cuisinière et la rinça sous le robinet de l'évier.

— J'ai été aussi honnête avec toi que je pouvais l'être, finit-elle par répondre. S'il ne s'était agi que de moi, je t'aurais probablement tout dit, mais je devais penser à mes fils.

— Tu sais très bien que je les aime trop pour leur faire du mal.

Malgré tous ses efforts, la jeune femme n'arrivait pas à dominer sa colère. Elle la sentait monter irrésistiblement en elle, se rapprocher dangereusement de la surface…

— Je ne comprends pas pourquoi tu accordes autant d'importance à cette histoire d'héritage, marmonna-t-elle. Ce n'est que de l'argent !

— Non, c'est beaucoup plus que ça, sinon tu m'en aurais parlé !

L'image d'Abby enveloppée dans un somptueux manteau de fourrure blanche traversa l'esprit de Dylan, apportant avec elle toute sa frustration, sa honte et sa mauvaise conscience. Il était furieux contre lui-même, mais cela ne le rendit que plus agressif envers Abby.

— Tu as vendu ton vison pour réparer le toit ! s'écria-t-il d'un ton accusateur.

— C'est vrai, mais je ne vois pas ce qu'il y a d'extraordinaire là-dedans : je n'ai pas besoin d'un vison pour aller ramasser les œufs et m'occuper des animaux.

— Mais tu savais que je te soupçonnais de vénalité, et tu n'as pas jugé utile de me détromper ! Même quand nous avons commencé à nous attacher l'un à l'autre, tu as continué à user de faux-fuyants et de mensonges par omission... Tu m'as caché que tu te battais depuis des années pour nourrir ta famille et garder le domaine, tu m'as caché que tu avais demandé le divorce... J'ai obtenu ces informations par une tierce personne, et cela m'a profondément blessé.

— Et moi, tu crois que ça ne me fait rien de remuer tous ces souvenirs, de me rappeler que je n'ai pas été à la hauteur des espérances que Chuck avait placées en moi ?

— Tu dis des bêtises !

— Non. C'est la stricte vérité.

Agacé de l'entendre s'adresser des reproches aussi injustifiés, Dylan s'approcha d'Abby, la prit par les épaules et s'exclama en la secouant légèrement pour mieux la convaincre de son erreur :

— Pourquoi t'accuses-tu de fautes que tu n'as pas commises ? C'est toi la victime, toi qui as été trahie, délaissée...

— Arrête de crier après maman !

Le visage livide, Ben se tenait sur le seuil de la cuisine, et Abby, déjà bouleversée, ne parvint qu'à murmurer :

— Ben...

— Lâche maman ! ordonna le petit garçon, le menton un peu tremblant, mais les poings serrés et les yeux lançant des éclairs. Lâche-la, et va-t'en ! On veut pas de toi dans cette maison !

Honteux de s'être laissé emporter par la colère, Dylan s'écarta d'Abby et se tourna vers Ben en disant :

— Tu sais bien que jamais je ne ferais de mal à ta mère.

— Tu mens ! Je t'ai vu !

— Tu n'as pas compris ce qui se passait, Ben, intervint Abby. Dylan et moi nous disputions un peu, rien de plus.

— Je ne veux pas qu'il te crie après, et je ne veux pas qu'il te brutalise !

— Moi aussi, j'ai crié, et il ne me brutalisait pas.

— Si tu le défends, c'est que tu l'aimes plus que moi !

— Non, mon bébé...

— Je suis pas un bébé ! Et je vais te le prouver !

Puis, avant que sa mère ou Dylan aient pu esquisser un geste, Ben courut vers la porte de derrière, l'ouvrit toute grande et la claqua derrière lui.

— Je m'y suis mal prise..., murmura la jeune femme, accablée.

— Ce n'est pas ta faute mais la mienne, déclara Dylan. Je vais lui parler.

— Je ne sais pas... Je devrais peut-être... Oh ! mon Dieu ! Il a sorti Thunder !

Le temps qu'Abby traverse la cuisine et se précipite dehors, le petit garçon avait sauté sur le dos de l'étalon, qui se mit aussitôt à encenser et à lancer des ruades.

La peur nouait la gorge d'Abby au point de la rendre muette. L'espace d'un instant, elle crut que Ben allait réussir à maîtriser le cheval, mais celui-ci se cabra soudain, et son cavalier eut beau se cramponner à sa crinière, il fut projeté dans les airs, y demeura une seconde comme suspendu, puis retomba lourdement sur le sol.

Glacée d'horreur, Abby resta quelques secondes à regarder Thunder piaffer, ses sabots évitant par miracle le petit corps inerte allongé par terre, puis elle courut s'agenouiller près de son fils tandis que Dylan immobilisait l'étalon.

— Ben est blessé ? demanda-t-il.

— Il est inconscient, et j'ai l'impression qu'il s'est cassé le bras gauche.

— Va chercher la voiture pendant que je ramène Thunder dans son box !

En se redressant, la jeune femme vit que Chris les avait rejoints. Il était presque aussi pâle que son frère, et il tremblait de tous ses membres.

— Viens, lui dit-elle en lui tendant la main. Il faut emmener Ben aux urgences.

— C'est… c'est grave ?

— J'espère que non.

Dylan l'attendait, Ben dans les bras, quand elle revint au volant de son break.

— Tu es en état de conduire ? s'enquit-il.

— Oui, répondit-elle avant de l'aider à s'installer sur le siège du passager.

Serrant les dents pour contenir ses larmes, elle s'engagea ensuite lentement dans le chemin afin d'éviter les secousses, mais une fois sur la nationale, elle ne pensa plus qu'à arriver le plus vite possible à destination et appuya sur l'accélérateur.

Quelques plaintes s'échappèrent soudain des lèvres de Ben, puis il ouvrit les yeux, et ses gémissements se transformèrent en sanglots lorsqu'il eut complètement repris connaissance. Pour le distraire de sa douleur, Abby se mit à lui parler ; elle avait conscience de tenir des propos incohérents, mais le ton apaisant de sa voix parut rassurer le petit garçon.

Assis sur la banquette arrière, Chris se pencha et posa une main timide sur la jambe de son frère, tandis que Dylan, faute de mieux, caressait doucement les cheveux de Ben.

— On sera bientôt à l'hôpital, lui murmura-t-il. Tiens bon !

— J'ai mal…

— Oui, je sais.

Pour la première de sa vie, Dylan comprenait ce que voulait dire souffrir pour quelqu'un, et il lui sembla que le trajet avait duré une éternité quand Abby se gara enfin sur le parking des urgences.

La jeune femme manqua s'emporter lorsque l'autorisation d'accompagner son fils dans le service de radiologie lui fut refusée. Elle s'obligea cependant à garder son sang-froid et alla donner au bureau des admissions toutes les informations nécessaires sur la couverture sociale et les antécédents médicaux de Ben.

Son petit garçon avait tenté de prouver qu'il était un homme, il s'était blessé, et elle ne pouvait rien faire pour le soulager... Cette impuissance lui déchirait le cœur et, comme toujours quand son attention n'était plus sollicitée par une activité ou par une autre, ses émotions finirent par la rattraper : une fois dans la salle d'attente, les larmes qu'elle contenait depuis une heure commencèrent de couler silencieusement sur ses joues.

Assis près d'elle, Chris sur ses genoux, Dylan lui prit la main et la serra fort dans la sienne.

— Il est si petit..., chuchota-t-elle. Il devait vraiment beaucoup m'en vouloir, pour commettre une telle imprudence !

— Les garçons sont toujours un peu casse-cou, déclara Dylan avec autant de conviction que le lui permettaient ses propres remords.

— Qu'est-ce qui va arriver à Ben ? demanda Chris.

Ses larmes le bouleversaient visiblement, et Abby les essuya du revers de sa main libre avant de répondre :

— Il a fait une mauvaise chute, mais il sera très bien soigné ici, et il guérira vite.

— Il aura sans doute un plâtre, précisa Dylan, et tu pourras écrire quelque chose dessus quand il sera sec.

— Et je signerai après, comme les gens célèbres qui donnent des augo... des autro...

— Des autographes. Oui, bien sûr !

— Cool !

Abby avait envie de chercher un exutoire à sa nervosité en arpentant la pièce, mais elle se força à rester assise. Lorsque Chris quitta les genoux de Dylan pour venir s'installer sur les siens, elle faillit l'écraser entre ses bras, mais elle se maîtrisa de peur de l'effrayer.

Les pires hypothèses se succédaient dans son esprit. Et si Ben ne s'était pas juste cassé un bras ? S'il avait en plus des lésions internes ? Il était tombé sur le dos, et si la moelle épinière avait été touchée, le laissant paralysé à vie ?

L'apparition du médecin qui avait pris le petit garçon en charge à son arrivée la tira de ses sombres réflexions.

— Alors ? demanda-t-elle anxieusement.

— Fracture du cubitus franche et nette, qui ne nécessite pas d'opération et dont votre fils ne gardera aucune séquelle. Je viens de lui poser un plâtre qui rendra sûrement jaloux tous ses camarades de classe.

— C'est… c'est tout ? bredouilla la jeune femme avec un sentiment de soulagement à la mesure de ses récentes angoisses.

— Oui, à part quelques beaux bleus, qui passeront par toutes les couleurs de l'arc-en-ciel avant de disparaître complètement. Ben est un enfant robuste et, à son âge, les os se ressoudent vite. Je l'ai placé en observation pour plus de sûreté, mais ne vous inquiétez pas : vous devriez pouvoir le ramener chez vous dans quelques heures. Je vous rédigerai une ordonnance et je vous donnerai les règles à suivre pendant sa convalescence, mais je lui ai déjà interdit de remonter sur un cheval avant un bon moment.

— Merci… Je peux le voir ?

— Suivez-moi !

Abby trouva Ben encore allongé sur la table où le médecin l'avait soigné. Il était si pâle, il paraissait si petit sous le drap blanc qui le recouvrait, qu'elle eut beaucoup de peine à retenir de nouvelles larmes en allant l'embrasser.

— Mon chéri..., murmura-t-elle. Tu m'as fait tellement peur !

— Je me suis cassé le bras ! s'écria-t-il en montrant fièrement son plâtre.

A son regard, à la façon dont ses doigts se refermèrent sur les siens quand elle lui prit la main, Abby comprit qu'il lui avait pardonné.

— Tu as toujours mal ? questionna-t-elle.

— Un peu moins.

Chris s'approcha alors et examina le plâtre avec intérêt avant d'annoncer :

— Dylan a dit que je pourrais mettre mon autographe dessus.

— D'accord, déclara Ben.

Puis, regardant Dylan pour la première fois depuis l'arrivée de ses visiteurs, il ajouta :

— Vous écrirez tous quelque chose dessus... Thunder s'est échappé ?

— Non, répondit Abby. Dylan l'a ramené dans son box.

— J'ai fait une bêtise, avoua-t-il d'un air penaud. Je suis désolé...

— Tu n'as pas à l'être. Tu as voulu me défendre, et c'était très courageux de ta part. Même si tu t'es exagéré la gravité de la situation, je suis contente de savoir que j'ai chez moi un petit homme toujours prêt à me protéger.

— C'est normal, dit Ben en rougissant de plaisir.

— Le médecin a décidé de te garder quelques heures en observation. Pour gagner du temps, je vais lui demander tout de suite l'ordonnance et aller chercher les médicaments à la pharmacie de l'hôpital.

— Emmène Chris, intervint Dylan. Moi, je reste avec Ben : j'aimerais lui parler seul à seul.

Lisant de la gêne plutôt que de la colère sur le visage de son fils, Abby acquiesça de la tête.

— J'ai soif, indiqua Ben. Je peux boire quelque chose ?

— Je poserai la question au médecin. A tout à l'heure !

La jeune femme se pencha pour l'embrasser de nouveau, et il lui rendit son baiser, mais quand, avant de quitter la pièce, elle se retourna pour lui adresser un dernier sourire, il avait les yeux fixés sur Dylan.

— Tu étais furieux contre moi, n'est-ce pas ? remarqua Dylan lorsque Chris et Abby furent partis.

— Ouais.

— Et tu avais raison. C'est moi qui ai fait la première bêtise, en me mettant en colère pour quelque chose qui n'en valait pas la peine. Les adultes se conduisent parfois de façon stupide.

Bien qu'il soit du même avis, Ben préféra se tenir sur la réserve.

— Je sais pas…, marmonna-t-il. Peut-être…

Comment gagner sa confiance ? songea Dylan. La réponse ne tarda pas à venir : en lui disant la vérité. C'était son idée fixe, son cheval de bataille, et s'il l'exigeait des autres, ne la leur devait-il pas aussi ?

— J'ai un problème, déclara-t-il, et j'espère que tu vas pouvoir m'aider à le résoudre.

Le petit garçon haussa les épaules et se mit à tripoter le bord du drap, mais Dylan sentit qu'il avait capté son intérêt.

La nuit commençait à tomber quand Abby arrêta la voiture devant la maison. Elle installa Ben dans son lit avec l'aide de Dylan et lui mit des livres et des jouets à portée de la main pour le distraire. Elle lui monta ensuite son dîner, mais les antalgiques qui lui avaient été administrés à l'hôpital l'avaient abruti, et il s'endormit avant de l'avoir terminé.

Alors qu'Abby était en train de le border, Dylan apparut

dans l'embrasure de la porte, avec dans les bras un Chris que les événements de la journée avaient lui aussi épuisé.

— Même la pizza n'a pas pu le tenir éveillé, observa-t-il avec un sourire attendri. Il a piqué du nez au milieu de son deuxième morceau.

— J'irai le coucher dès que j'aurai fini ici.

— Non, je m'en occupe. Descends dîner, pendant ce temps.

Il restait une bouteille de vin dans la caisse que Chantel avait achetée au début de son séjour, et Abby, une fois dans la cuisine, la déboucha et remplit deux verres. Elle se servit ensuite une part de pizza, et se rendit alors compte qu'elle n'avait rien mangé depuis le petit déjeuner.

Son appétit s'envola cependant entre deux bouchées, chassé par une brusque vague d'émotion. Repoussant son assiette, elle posa la tête dans le creux de ses bras repliés et fondit en larmes.

Ce fut ainsi que Dylan la trouva, et il n'eut pas une seconde d'hésitation : il la souleva doucement de sa chaise, la serra contre lui et la berça jusqu'à ce que ses pleurs se calment.

— C'est… c'est idiot…, bredouilla-t-elle. Ben n'a rien de grave, mais… je ne cesse de revivre cette seconde horrible où il est resté comme suspendu dans les airs…

Dylan s'écarta d'elle juste assez pour pouvoir essuyer les larmes qui tremblaient encore au bord de ses paupières.

— Je comprends, dit-il. J'ai eu très peur, moi aussi.

— Heureusement que tu étais là, murmura-t-elle en l'embrassant sur la joue. Je ne sais pas ce que j'aurais fait sans toi.

— Tu te serais très bien débrouillée toute seule. C'est l'une des choses qui m'intimident le plus chez toi.

— Moi, je t'intimide ? s'écria-t-elle.

Et cette idée lui parut si saugrenue qu'elle en oublia ses craintes rétrospectives et se mit à rire.

— Oui, répondit gravement Dylan. Il n'est pas facile, pour un homme, d'entretenir une relation avec une femme qui n'a besoin de personne pour élever ses enfants, gérer un domaine et vaincre n'importe quelle difficulté. Une femme qui, non seulement est capable de faire tout cela, mais le fait sans se plaindre ni s'en vanter.

— Je ne te suis pas...

— Non, tu es bien trop modeste pour t'estimer à ta juste valeur. Tu trouves naturel d'assumer seule des responsabilités qui se partagent normalement à deux... Tu es une femme remarquable, Abby !

— Si je n'avais débouché moi-même notre dernière bouteille de vin, je te soupçonnerais de l'avoir vidée pendant que j'étais là-haut avec Ben !

— Je ne suis pas ivre, au contraire : j'ai les idées plus claires que je ne les ai eues depuis mon arrivée ici.

Déconcertée, Abby tendit l'un des verres à Dylan et but une gorgée de l'autre pour se donner une contenance.

— Tu étais pourtant furieux contre moi, ce matin, remarqua-t-elle.

— Oui, je sais... Excuse-moi.

— Tu n'as pas à t'excuser. Tu as dit des choses très justes, et je me rappelle en particulier la question que tu m'as posée juste avant l'irruption de Ben : tu m'as demandé pourquoi je m'accusais de fautes que je n'avais pas commises. Eh bien, je vais te répondre maintenant : parce que ma décision de divorcer rompait la promesse que j'avais faite à Chuck de rester toujours à ses côtés. C'est pour cela que je ne l'avais pas quitté plus tôt, mais je m'étais finalement dédite d'un engagement que je considérais comme sacré, et je me suis punie en endossant l'entière responsabilité de l'échec de notre mariage.

La jeune femme but une autre gorgée de vin — pour se donner du courage, cette fois —, avant de poursuivre :

— Ta colère m'a ouvert les yeux. Je regretterai toujours

que Chuck ait gâché sa vie, car il avait toutes les cartes en main pour la réussir, mais il a fait de mauvais choix, et il est temps que je me reconnaisse le mérite d'avoir fait les bons. C'est à toi que je dois cette prise de conscience, et je t'en remercie.

— J'accepte ta gratitude, mais j'attends beaucoup plus de toi… Tu n'as pas envie de savoir de quoi nous avons parlé, Ben et moi, pendant que tu étais partie chercher ses médicaments ?

— Si, mais j'ai pensé que tu me le dirais de toi-même si tu voulais que je le sache.

— J'admire ta discrétion !

— J'ai également pensé que je pourrais toujours le demander à Ben, ajouta Abby, une lueur de malice dans les yeux.

— Ce ne sera pas utile, mais je retire mon compliment.

— Ça m'apprendra à être honnête, mais je t'écoute !

— Je vais te répéter ce que j'ai expliqué à Ben tout à l'heure. Je lui ai dit que j'étais follement amoureux de sa mère, que c'était un sentiment nouveau pour moi et que j'avais du mal à le gérer. Je lui ai dit que j'avais conscience d'avoir commis des erreurs et que j'avais besoin de lui pour les réparer.

Dylan s'interrompit, enleva son verre à Abby et le posa avec le sien sur la table. Il brûlait de la prendre dans ses bras, mais ne s'en sentait pas le droit avant de savoir si elle accepterait sa proposition.

— J'ai dit à Ben que je m'y connaissais un peu en agriculture, continua-t-il, que je n'étais pas sûr, en revanche, de faire un bon mari et un bon père, mais que sa mère, son frère et lui m'avaient donné très envie d'essayer.

Un tel mélange d'espoir et de vulnérabilité se lisait maintenant dans les yeux d'Abby que Dylan marqua une nouvelle pause. Il aurait voulu lui promettre de l'aimer, de la protéger et de lui être fidèle jusqu'à ce que la mort les sépare, mais elle avait déjà entendu ces promesses, pour les voir ensuite trahies…

— Tu me permets d'essayer ? se borna-t-il donc à déclarer.

Le cœur d'Abby battait la chamade, et ce fut d'une voix étranglée qu'elle demanda :

— Que t'a répondu Ben ?

— Qu'il trouvait mon idée excellente.

— Moi aussi ! s'écria-t-elle en se jetant dans ses bras. Moi aussi !

Immensément soulagé, et plus heureux qu'il n'aurait cru possible de l'être, Dylan s'autorisa enfin à la serrer contre lui.

— Mais ne t'avise pas d'acheter des vaches…, observa-t-il avec un grand sourire.

— Non, pas de vaches, c'est juré !

Rejetant la tête en arrière, la jeune femme éclata de rire, et Dylan contempla un instant son beau visage rayonnant de bonheur avant d'unir leurs lèvres pour un baiser où s'exprimaient tout leur amour, toute la confiance qu'ils avaient maintenant l'un dans l'autre, et toute leur foi en l'avenir.

— Abby ? murmura Dylan.

— Oui ?

— Tu penses que j'arriverai à convaincre ton père de danser à notre mariage ?

— Le « convaincre » de danser ? répéta Abby, prise d'un nouvel accès de gaieté. Même si tu le voulais, tu ne pourrais pas l'en empêcher !

LES AMANTS DE L'AUBE

Prologue

L'après-midi, entre le déjeuner et l'heure de l'apéritif, le pub était désert et présentait une apparence très peu engageante. Il était difficile alors d'identifier la couleur d'origine de l'épaisse moquette qui recouvrait le sol. Constellée de taches et de brûlures de cigarettes, elle ressemblait un peu à la carte géographique de quelque contrée inconnue.

Dans l'air flottait l'odeur incertaine qui caractérisait ce genre d'endroit, un mélange de fumée, de café froid et de relents d'alcool. Les rayons du soleil qui filtraient à travers les carreaux sales soulignaient l'omniprésence de la poussière qui recouvrait le moindre tableau, le moindre colifichet suspendu aux murs ou au plafond.

Pour la plupart des gens, il n'y avait rien de plus déprimant qu'un bar désert mais, pour les O'Hurley, il s'agissait d'un endroit familier et rassurant. Ils se sentaient chez eux partout où se trouvait une scène susceptible de les accueillir.

Celle du pub était minuscule mais elle conviendrait bien à leur prestation de ce soir.

— Très bien, Abby, encouragea Frank O'Hurley. Surtout, n'oublie pas de garder le sourire !

Une fois de plus, il fit répéter aux triplées âgées de cinq ans le numéro de danse qu'elles devraient présenter le soir même. A n'en pas douter, elles sauraient gagner la sympathie du public qui se montrerait peut-être plus généreux, leur permettant ainsi de régler la modeste chambre d'hôtel qu'ils avaient réservée en ville.

— Franchement, Frank, la prochaine fois que tu décides de rajouter quelque chose au spectacle, j'aimerais que tu t'y prennes un peu plus à l'avance, se plaignit Molly, son épouse, qui préparait les robes que porteraient leurs trois filles. Je ne suis pas couturière, moi...

— Je suis désolé, ma chérie, mais il s'agit d'une inspiration de dernière minute. D'ailleurs, je suis certain que tu t'en tires à merveille. Tu es la femme la plus talentueuse qui soit, et chaque jour je me félicite de t'avoir rencontrée.

— Tu fais bien, répondit Molly, touchée par cette déclaration théâtrale.

— Allons-y, mes chéries, reprit Frank en se tournant de nouveau vers les trois fillettes. On recommence, d'accord ?

Il décocha un sourire encourageant aux triplées qui reprenaient patiemment leur numéro. Des trois, Chantel était la moins motivée. En fait, elle était sûrement plus intéressée par la belle robe qu'elle porterait ce soir-là que par la qualité de sa prestation. Abby, quant à elle, avait juste à cœur de faire plaisir à son père.

Mais Maddy était différente. Elle adorait danser et était douée d'un réel talent. Depuis qu'il avait commencé à la faire travailler, Frank avait remarqué en elle cette intelligence du corps, ce talent inné qui faisait les grands interprètes.

Une fois de plus, elle confirma cette impression en restituant parfaitement les mouvements qu'il venait de leur montrer.

— Très bien ! s'exclama Frank avant de se tourner vers son fils Tracy qui était assis au piano. Pourrais-tu improviser une courte introduction ? Deux ou trois mesures, pas plus, histoire de laisser à tes sœurs le temps d'entrer en scène...

Trace s'exécuta instantanément, inventant sans effort une phrase musicale rythmée qui reprenait les accords du pas de danse. Une fois de plus, Frank regretta amèrement de n'avoir pas les moyens de lui payer des cours de musique. Tout ce qu'il savait, il l'avait appris en écoutant jouer son père et en s'entraînant sur les pianos des bars où ils se produisaient.

Avec quelques années de pratique, il aurait certainement pu devenir un concertiste renommé et échapper à la vie modeste que menaient ses parents. Et Frank enrageait de ne pouvoir lui offrir cette chance.

— Ça te va, papa ? demanda Trace.

— C'est parfait. Formidable ! Bon, les filles, on reprend encore une fois, d'accord ?

Pendant les quinze minutes qui suivirent, ils travaillèrent sans relâche, perfectionnant le numéro des fillettes. Le résultat final, pour imparfait qu'il soit, ne manquait pas d'un certain charme et Frank savait qu'il toucherait les spectateurs.

L'essentiel, pour lui, c'était de convaincre le patron et d'obtenir un contrat pour la période estivale, lorsque les touristes afflueraient dans la petite ville côtière. S'il y parvenait, ils pourraient interrompre durant quelques mois leur vie d'errance et jouir de l'existence sans avoir à se soucier continuellement des lendemains incertains.

Lorsqu'il réalisa que Chantel perdait sa concentration, Frank comprit que ses deux sœurs ne tarderaient pas à l'imiter et il mit aussitôt fin à la répétition.

— Vous êtes formidables, s'exclama-t-il avec enthousiasme avant de les embrasser l'une après l'autre. Vous allez faire un vrai triomphe !

— Est-ce que ça veut dire qu'on aura nos noms sur l'affiche, nous aussi ? demanda Chantel.

Frank éclata d'un rire réjoui.

— Tu entends ça, Molly ? Notre petite princesse veut déjà devenir une star !

— Cela ne m'étonne pas, répondit son épouse en souriant.

— Ecoute, Chantel, reprit Frank d'un ton sérieux. Tu auras ton nom sur l'affiche le jour où tu sauras faire ça.

Il se lança dans une démonstration de claquettes trompeusement simple en tendant la main en direction de sa femme. Celle-ci le rejoignit et ils se mirent à évoluer dans un ensemble parfait qui témoignait mieux que des mots de l'accord profond qui existait entre eux.

Abby s'assit sur le tabouret du piano à côté de Trace tandis que celui-ci improvisait une petite musique amusante pour accompagner leurs parents.

— Chantel va passer tout son temps à s'entraîner jusqu'à ce qu'elle y arrive, souffla-t-il à sa sœur.

— Tant mieux ! Comme ça, on aura nos noms sur l'affiche.

— Je pourrais peut-être te montrer comment faire…

— Tu nous le montreras à toutes ? demanda la fillette.

Trace éclata de rire. Il savait combien ses sœurs étaient unies, et cette question ne le surprenait pas. Toutes auraient probablement réagi exactement de la même façon.

— Peut-être, répondit-il.

Satisfaite, Abby posa la tête contre son épaule et observa ses parents. Ils riaient, emportés par la musique et par la joie qu'ils éprouvaient à danser ensemble. Aux yeux de la fillette, cette scène était la plus naturelle et la plus rassurante au monde. Même quand sa mère était fâchée, Frank parvenait toujours à la dérider et à la faire rire.

Chantel, quant à elle, observait attentivement les pas des danseurs, essayant vainement de les reproduire. Abby songea qu'elle ne tarderait pas à se mettre en colère. Mais cela ne ferait que décupler sa motivation.

— Je veux essayer aussi, dit brusquement Maddy qui était restée un peu en retrait.

— Vraiment, ma chérie ? fit Frank en mettant fin à sa petite démonstration.

— Oui. Je suis sûre que je peux y arriver.

Elle commença à taper des pieds en rythme, alternant les coups de talon et les glissés, reproduisant fidèlement le numéro de ses parents. Sidéré, Frank se tourna vers Molly.

— Regarde-moi ça ! s'exclama-t-il, admiratif.

Molly fixa sa fille dont les gestes se faisaient de plus en plus précis. Elle se sentit envahie par un sentiment ambigu. Elle était fière du talent de son enfant et triste en pressentant déjà le jour où elle volerait de ses propres ailes.

— On dirait que nous allons devoir lui acheter une paire de claquettes, déclara-t-elle.

Frank hocha la tête avec enthousiasme et s'approcha de Maddy.

— Essaie cet enchaînement-là, maintenant, lui demanda-t-il en exécutant une série de mouvements un peu plus élaborés.

Il prit la main de sa fille et répéta la figure, prenant soin de réduire la taille de ses pas pour s'adapter aux siens. Maddy copia avec précision chaque geste. Frank essaya successivement plusieurs numéros de plus en plus difficiles. Maddy ne se laissa pas démonter, paraissant se jouer des difficultés comme si elle avait pratiqué les claquettes durant toute sa vie.

— Ma chérie, tu es géniale ! s'exclama son père rayonnant de fierté et de joie. Ça me donne une nouvelle idée de spectacle. Molly, tu as vu ça ?

Son épouse hocha la tête, amusée par l'enthousiasme dont il faisait preuve.

— Je crois que nous avons donné naissance à une danseuse ! déclara Frank. Trace, joue-moi un boogie.

Son fils s'exécuta, et Frank et Maddy se lancèrent dans une démonstration improvisée sous les applaudissements des deux autres fillettes.

Maddy se sentait plus heureuse qu'elle ne l'avait jamais été. Elle avait l'impression de découvrir quelque chose qui avait toujours été là, tout au fond d'elle, sans qu'elle le sache. Et tandis qu'elle sautait et virevoltait en tenant son père par la main, elle ne faisait plus qu'un avec la musique.

1

— Cinq, six, sept… !

Vingt-quatre pieds battaient le plancher de bois à l'unisson, tandis que douze corps virevoltaient en un parfait accord. Les miroirs qui couraient le long des murs renvoyaient aux danseurs l'image d'une chorégraphie parfaitement maîtrisée. Le rythme du piano s'accéléra tandis que la fin du tableau approchait, et leurs gestes se firent plus rapides.

Combien de danseurs s'étaient succédé dans cette salle ? Combien avaient souffert et transpiré, répétant les mêmes gestes encore et encore, jusqu'à ce qu'ils soient comme une seconde nature, jusqu'à ce qu'ils puissent les enchaîner sans la moindre hésitation, sans même avoir à réfléchir ?

Cette salle de répétition avait dû voir défiler des milliers d'entre eux, des plus grandes stars aux simples anonymes. Des interprètes illustres avaient brûlé ces planches, et les portraits de certains d'entre eux étaient affichés dans le hall.

Ce lieu était l'un de ceux qui avaient fait l'histoire de Broadway. Les plus grandes comédies musicales y avaient été montées loin des yeux des spectateurs qui les découvriraient bien plus tard sans imaginer le travail et les efforts déployés pour réaliser le spectacle qui illuminerait un soir de leur vie.

Loin des paillettes et des mondanités, des costumes colorés et des applaudissements, les danseurs y répétaient durant des heures leurs mouvements, jusqu'à ce que leurs muscles soient tétanisés par l'effort, jusqu'à ce que leur respiration se fasse haletante. C'était le prix à payer pour faire naître cette magie qu'était la danse.

L'assistant frappait des mains en rythme, leur rappelant chaque figure. A ses côtés, le chorégraphe surveillait attentivement ce ballet complexe et aucun détail n'échappait à son regard acéré.

— Stop ! s'exclama-t-il soudain.

La mélodie mourut en une dernière cascade de notes cristallines tandis que les danseurs s'immobilisaient.

— Ça manque d'énergie, déclara le chorégraphe en fronçant les sourcils. Ce n'est pas assez enlevé...

Les danseurs se regardèrent avec une pointe de désespoir mêlé de résignation. Ils travaillaient depuis des heures sur ce qui devait constituer l'un des tableaux centraux de la comédie musicale. La fatigue commençait à les gagner, et le chorégraphe dut s'en rendre compte puisqu'il leur fit signe de prendre cinq minutes de pause.

Soulagés, ils s'effondrèrent à même le sol, profitant de ce répit bienvenu pour masser leurs muscles endoloris. Certains effectuaient des exercices pour se décontracter, d'autres sortirent de leurs sacs des barres de céréales et des bouteilles d'eau.

— Tu en veux un morceau ?

Maddy O'Hurley contempla la tablette de chocolat que lui tendait l'une des autres danseuses et secoua la tête.

— Non, merci. Le sucre a tendance à me faire tourner la tête.

— Moi, j'ai vraiment besoin d'un coup de fouet, et pour ça rien ne vaut un peu de glucose... Ce type va finir par nous tuer !

Maddy sourit en jetant un coup d'œil au chorégraphe qui s'entretenait à voix basse avec le pianiste.

— Je reconnais qu'il n'est pas commode, acquiesça-t-elle. Mais, au moins, il a l'air de savoir ce qu'il veut !

— Peut-être. Mais cela ne m'empêche pas d'avoir des envies de meurtre.

— Que dirais-tu de l'étrangler avec une corde de piano ? suggéra Maddy en riant.

— Il serait capable de se plaindre de la note que j'ai choisie, répondit l'autre danseuse en secouant la tête, fataliste.

Maddy sentait son énergie lui revenir peu à peu et elle se massa le cou pour chasser la raideur qui commençait à s'y faire sentir.

— Je t'ai remarquée aux auditions, remarqua-t-elle. Tu es vraiment très douée.

— Merci... Mais je ne me suis pas présentée : je m'appelle Wanda Starre, avec deux « r ».

— Enchantée. Je suis Maddy O'Hurley.

— Oh, je sais.

Maddy s'était déjà taillé une solide réputation dans le petit milieu de la comédie musicale. La plupart des danseurs la connaissaient de vue, sachant qu'elle était l'une de celles qui avaient réussi dans cette profession où la compétition pouvait être redoutable.

— Tu sais, c'est mon premier contrat blanc, déclara Wanda.

— Vraiment ? s'étonna Maddy.

Les contrats roses étaient ceux que signaient les danseurs occupant les seconds rôles alors que les blancs étaient réservés aux interprètes principaux. Passer de l'un à l'autre pouvait prendre des années et constituait généralement l'un des tournants majeurs d'une carrière.

Maddy contempla attentivement Wanda. La jeune femme avait la peau plus noire que l'ébène. Ses traits étaient fins et la grâce que dégageait sa silhouette mince et nerveuse était encore soulignée par sa haute taille.

— Je suis étonnée, reprit la jeune femme. Tu danses merveilleusement bien…

— C'est gentil. J'espère juste que je ne serai pas trahie par mes nerfs. Honnêtement, je suis terrifiée à l'idée de participer à ce spectacle.

— Moi aussi, confia Maddy.

— Allons, tu me fais marcher ! Ce n'est pas la première fois que tu joues dans une pièce de ce genre.

— Mais c'est la première fois que je travaille pour Macke, répondit la jeune femme en suivant des yeux le chorégraphe qui s'éloignait du pianiste pour reprendre sa place au fond de la salle. Je crois qu'il va être temps de s'y remettre, ajouta-t-elle.

Tous les danseurs se levèrent et écoutèrent les nouvelles instructions de Macke. Au cours des deux heures qui suivirent, ils répétèrent patiemment, perfectionnant chaque mouvement, suivant attentivement les recommandations de plus en plus précises du chorégraphe.

Enfin, tous les danseurs furent congédiés à l'exception de Maddy qui bénéficia de dix minutes de relâche avant de travailler le solo qu'elle devait interpréter. En tant que danseuse principale, elle devait travailler beaucoup plus que les autres et mémoriser deux fois plus d'enchaînements.

Il lui faudrait également répéter avec son partenaire masculin et les autres rôles principaux de la pièce. Cela représentait un entraînement digne de celui des athlètes professionnels puisqu'elle devait s'exercer quasiment tous les jours.

Sur les deux heures dix que durerait le spectacle, elle serait présente durant plus d'une heure et demie. D'ici là, elle devrait assimiler chaque geste de façon si parfaite qu'il lui semblerait en fin de compte littéralement dicté par la musique.

— Essaye de reprendre la première phrase avec les bras un tout petit peu plus levés, conseilla Macke lorsqu'elle eut terminé son solo pour la première fois. Et tâche de ne pas laisser ton énergie décroître sur la seconde partie. Il faut que le public se sente emporté par le rythme de plus en plus saccadé. D'accord ?

Maddy hocha la tête et le pianiste attaqua de nouveau la mélodie. La jeune femme recommença son solo, s'investissant corps et âme dans l'enchaînement excessivement complexe qu'elle devait réaliser.

— C'est mieux, déclara Macke lorsqu'elle eut terminé.

Venant de lui, cette simple remarque prenait la dimension de louanges enthousiastes.

— Cette fois, tâche de montrer un peu plus de décontraction. Il faut que tout cela semble parfaitement naturel. Le public ne devrait même pas se rendre compte des efforts que tu fais.

Le chorégraphe s'approcha de Maddy et entreprit de lui masser délicatement les épaules. Sous ses doigts, la jeune femme sentit ses muscles contractés se détendre légèrement. Macke avait peut-être la réputation d'être une peau de vache, songea-t-elle, mais il connaissait parfaitement ses danseurs.

— N'oublie pas non plus que tu es une stripteaseuse dans cette pièce, pas une ballerine. Ça doit se sentir dans chacun de tes gestes... Moins de grâce, plus de provocation !

— D'accord, acquiesça Maddy.

Macke retira ses mains de ses épaules, et elle reprit sa place. Le pianiste, aussi infatigable que précis, reprit le morceau depuis le début.

Cette fois, la jeune femme essaya d'oublier la technique et de s'identifier totalement à son personnage. Mary Howard était une jeune stripteaseuse dévergondée et aguicheuse qui jouait de ses charmes pour obtenir ce qu'elle voulait. Maddy devait découvrir comment bougeait une telle femme, quels étaient son port de tête, sa démarche et ses gestes.

Lentement, les mouvements de Maddy s'accordaient avec l'image mentale qui se formait dans son esprit. Elle se fit plus suggestive, plus aguicheuse, ébauchant chaque pas sans vraiment l'achever, le laissant en suspens comme une invite muette, une provocation.

Son visage diaphane aux traits d'elfe laissa transparaître une volupté que trahissaient l'éclat de ses yeux et la moue sensuelle qui jouait sur ses lèvres. Elle s'abandonna pleinement à cet être qu'elle était censée incarner, le laissant prendre possession d'elle. Aux yeux de Macke et de son assistant, elle paraissait transfigurée.

La grâce naturelle et innocente que dégageait Maddy avait laissé place à une séduction presque sexuelle. Son corps se tordait au rythme de la musique, suggérant les transes extatiques d'une étreinte amoureuse. L'air paraissait s'être chargé d'électricité tandis qu'elle enchaînait avec une facilité déconcertante les phrases de son solo.

Maddy exultait. Elle sentait instinctivement qu'elle atteignait une sorte d'état de grâce, ne faisant plus qu'un avec la musique. D'une certaine façon, sa vie entière l'avait préparée à de tels instants. Pendant des années, elle avait suivi ses parents sur les routes, multipliant les spectacles devant les publics les plus divers.

A cinq ans, elle avait déjà appris à anticiper les réactions des spectateurs, à reconnaître leur état d'esprit, à percevoir leurs changements d'humeur. Elle avait compris comment adapter son jeu à son auditoire et influer de façon subtile sur ses dispositions. C'était ce qui faisait parfois la différence entre un spectacle réussi et un échec cuisant.

Puis, riche de cette expérience pratique, elle avait commencé à suivre des cours de danse. Là, durant des heures, elle avait perfectionné sa technique, appris les secrets du métier, mémorisé des centaines d'enchaînements. Elle avait oublié les noms et les visages de certains de ses professeurs mais leurs leçons s'étaient inscrites au plus profond d'elle-même.

Lorsque l'argent manquait, elle devait renoncer momentanément aux cours mais son père prenait alors le relais, la faisant répéter dans les arrière-salles des bars où ils se produisaient ou même dans leurs chambres d'hôtel. La danse était devenue le seul univers de Maddy, une véritable religion qui occupait chaque instant de son existence.

Comment, dès lors, aurait-elle pu opter pour une autre carrière ? Après s'être installée à New York, elle avait commencé à courir les auditions. Malgré son expérience, elle avait commencé par essuyer quelques refus et avait dû se remettre en question.

Au lieu de baisser les bras, elle avait persévéré, s'inscrivant à plusieurs cours où elle avait élargi ses horizons. Au bagage technique qu'elle possédait déjà, elle avait allié une connaissance approfondie des principaux courants de la danse : classique, modern jazz et contemporaine.

Cela lui avait permis d'accroître sa sensibilité, de mieux appréhender les secrets de la chorégraphie, d'ajouter à ses instincts une compréhension plus théorique de son art. Pendant six années, elle s'y était consacrée pleinement, affrontant avec courage la solitude et les continuelles remises en question.

Elle avait multiplié les auditions, acceptant les rôles les plus modestes afin de se perfectionner et d'accumuler de l'expérience. Pour payer ses leçons, elle avait accepté successivement divers petits boulots : serveuse, hôtesse d'accueil, baby-sitter…

Puis les chorégraphes avaient fini par la remarquer, lui confiant des responsabilités de plus en plus importantes.

Elle avait alors pu vivre des cachets qu'elle touchait sans pour autant renoncer à sa formation.

Finalement, elle avait décroché le premier rôle dans *Suzanna's Park*, une comédie musicale. Le succès de cette pièce avait été immédiat et les prolongations s'étaient succédé. Maddy aurait sans doute pu conserver le rôle-titre pendant plusieurs années mais elle avait décidé de ne pas renouveler son contrat.

Ce choix avait constitué une réelle prise de risque mais elle avait alors l'impression de ne plus rien avoir à apprendre en conservant indéfiniment sa place. Elle avait donc décidé d'aller de l'avant malgré les conseils de son agent.

Finalement, elle n'avait eu qu'à se féliciter de ce choix. Macke, l'un des chorégraphes les plus respectés de la scène new-yorkaise, l'avait en effet remarquée et lui avait confié le personnage de Mary dans sa nouvelle pièce.

C'était certainement le rôle le plus difficile qu'elle ait jamais eu à interpréter mais elle savait que, si elle y parvenait, il suffirait à asseoir définitivement sa réputation à Broadway.

Une fois de plus, elle reprit son solo, s'investissant pleinement dans chaque mouvement, s'efforçant de satisfaire chacune des exigences de Macke qui ne la quittait pas des yeux. Le visage du chorégraphe ne trahissait aucune de ses émotions, révélant simplement l'intense concentration avec laquelle il analysait le moindre de ses gestes.

Lorsqu'elle s'arrêta enfin, l'ombre d'un sourire se dessina sur ses lèvres et il lui jeta sa serviette.

— Pas mal, déclara-t-il.

Encore essoufflée par sa prestation, Maddy éclata d'un rire un peu rauque.

— Pas mal ? répéta-t-elle. C'est tout ?

— Tu es douée, répondit Macke d'un ton malicieux.

Mais je connais les danseurs : si on leur fait trop de compliments, ils prennent tout de suite la grosse tête.

Maddy hocha la tête et essuya les gouttelettes de transpiration qui constellaient son visage.

— Je peux te demander quelque chose ? fit-elle enfin.

— Je t'écoute, répondit Macke en sortant une cigarette qu'il alluma.

C'était en contradiction complète avec le règlement mais personne n'aurait eu le courage de le lui faire remarquer. Macke était une véritable légende vivante et, s'il avait décidé de transformer sa salle de répétition en fumoir, personne n'y trouverait à redire.

— Combien de pièces as-tu montées ? demanda la jeune femme.

— Beaucoup trop pour me rappeler le nombre exact, répondit le chorégraphe en haussant les épaules.

Maddy sourit, songeant qu'il connaissait probablement la réponse exacte. Mais, à sa façon un peu bourrue, Macke restait un homme assez modeste malgré l'adulation dont il faisait l'objet.

— Est-ce que celle-ci te paraît prometteuse ?

— Pourquoi ? Tu es nerveuse ?

— C'est un euphémisme...

— Tant mieux. Les interprètes doivent toujours rester dans le doute. Cela les empêche de se laisser aller à la facilité. Ils continuent à chercher, à expérimenter, à se remettre en question...

— Peut-être... Mais, dans mon cas, le doute est synonyme d'insomnie, et ce n'est pas souhaitable à la veille d'un spectacle aussi important.

— Dans ce cas, dis-toi bien ceci : la pièce est tirée d'un livre à succès, le livret est solide, la musique a été écrite par un bon compositeur et le chorégraphe est excellent. Que te faut-il de plus ?

— Une ovation debout à la fin de la première représentation. Je suppose que cela finirait de me rassurer…

— Malheureusement, quel que soit l'accueil du public, il sera trop tard pour faire marche arrière. La seule chose que nous pouvons faire, c'est donner ce que nous avons de meilleur et ne pas ménager nos efforts. Mais une chose devrait te rassurer : le producteur qui nous soutient n'a pas l'habitude de s'intéresser aux mauvais projets…

— C'est bien Valentine Records, n'est-ce pas ?

— Oui. Et ils ont insisté pour obtenir les droits exclusifs de diffusion. D'après mon expérience, c'est toujours bon signe.

Macke écrasa sa cigarette dans le petit cendrier portatif qui ne le quittait jamais.

— Reed Valentine, le gérant de cette maison de disques, a la réputation d'être encore plus doué que son père. Il est doté d'une intuition diabolique et, s'il croit à la pièce, c'est qu'elle va marcher.

— Eh bien, c'est tout le mal que je lui souhaite ! s'exclama Maddy en souriant. Je serais ravie que les disques et les vidéos se vendent comme des petits pains.

— Moi aussi. Et maintenant, il est grand temps que tu ailles te reposer.

Maddy hocha la tête et se dirigea vers les douches. Pour elle, il s'agissait d'un moment privilégié : l'eau brûlante dénouait ses muscles, transformant la fatigue en une délicieuse lassitude. Elle avait débuté la matinée par un cours de danse classique avant de venir répéter la pièce.

Elle avait commencé par travailler les chansons avec le compositeur. Ce dernier s'était montré très satisfait de sa prestation. De fait, Maddy avait une jolie voix et assez de coffre pour chanter sans micro dans une salle de concert. Les années passées dans la troupe familiale lui avaient en effet appris à compenser l'acoustique parfois douteuse des lieux dans lesquels ils se produisaient.

Le lendemain, elle travaillerait son jeu d'actrice. C'était l'aspect de son travail qui la préoccupait le plus. Sa sœur Chantel avait toujours été meilleure actrice qu'elle, et elle n'était jamais parvenue à s'identifier aussi complètement aux personnages qu'elle devait interpréter.

Elle s'intéressait beaucoup plus à la danse qui, à ses yeux, constituait un art plus immédiat, plus brut. Entre la pensée et le geste, il n'y avait pas de médiation, pas de représentation. Et c'était cette pureté qui fascinait la jeune femme depuis les premiers mouvements que lui avait enseignés son père dans un coin perdu de Pennsylvanie.

Du bar insignifiant où elle avait fait ses premiers pas de danse, à la scène de Broadway, elle avait parcouru un long chemin mais elle estimait avoir encore beaucoup à faire pour devenir la danseuse accomplie qu'elle rêvait d'être.

Après s'être séchée, la jeune femme enfila des habits propres et quitta le vestiaire. De la salle de répétition, lui parvenaient les notes familières d'un passage de la comédie musicale sur lequel le musicien avait décidé de retravailler. Cela signifiait que certaines parties chantées seraient de nouveau modifiées, songea Maddy avec une pointe de résignation.

Mais c'était le prix à payer lorsque l'on avait la chance de collaborer avec les plus grands. S'ils étaient parvenus à une telle maîtrise de leur art, c'était grâce à leur exigence et à leur perfectionnisme. Macke lui-même avait apporté des dizaines de modifications à sa chorégraphie au fil des séances de travail...

Traversant le hall, la jeune femme se dirigea vers la sortie. Elle n'avait rien mangé depuis le petit déjeuner qu'elle avait avalé en vitesse ce matin et se sentait affamée. S'arrêtant une dernière fois, elle écouta les accords qui se répétaient encore et encore, remarquant les modifications subtiles qu'introduisait le pianiste chaque fois.

Fredonnant cet air, elle quitta enfin la salle de répétition et s'engagea dans la rue. A peine avait-elle parcouru une dizaine de mètres qu'elle sentit une brusque traction exercée sur son sac de sport. Elle agrippa fermement la poignée, se retourna et se retrouva face à un adolescent de seize ou dix-sept ans vêtu de guenilles. Dans son regard brillait une lueur aussi farouche que déterminée.

Il avait dû s'attendre à lui arracher facilement le sac, réalisa la jeune femme en un éclair. Après tout, comment aurait-il pu savoir que, sous des dehors frêles et minces, elle cachait une telle force ? A présent, il comprenait son erreur mais n'en paraissait que plus décidé à s'emparer du sac.

Maddy aurait pu appeler à l'aide mais elle savait que, si la police intervenait, le jeune homme finirait probablement en prison. Or elle ne croyait guère en une institution qui, d'après ce qu'elle en savait, formait plus de criminels qu'elle n'en sauvait.

— Est-ce que tu sais seulement ce qu'il y a là-dedans ? demanda-t-elle sans cesser de tirer sur la poignée du sac. Un tas de vêtements imbibés de sueur et des chaussons de danse. Je doute que tu en aies l'utilité…

A ce stade, un voleur professionnel aurait certainement renoncé et se serait enfui sans demander son reste. Mais l'adolescent paraissait trop désespéré pour réaliser qu'en restant, il prenait de sérieux risques. Il commença à l'insulter vertement.

— Franchement, ce qu'il y a là-dedans ne te servira à rien, lui répondit-elle calmement.

Le jeune homme tira plus violemment et Maddy manqua se tordre la cheville. Elle réalisa alors que, si elle se blessait au cours de cette incartade absurde, elle serait incapable de danser et risquerait de perdre son rôle dans la comédie musicale.

C'était une chose qu'elle ne pouvait se permettre.

Renonçant à convaincre son agresseur, elle opta donc pour une solution de compromis.

— Ecoute, si tu acceptes de lâcher ce sac, je te donne l'argent que j'ai sur moi. A peu près trente dollars... De toute façon, mes cartes de crédit ne te serviraient à rien puisque je les ferai annuler immédiatement. Quant à mes chaussons, j'en ai besoin demain.

Malheureusement, l'adolescent ne paraissait pas décidé à transiger. Il tira de nouveau sur la poignée. La violence de son geste fit basculer Maddy en avant, tandis que son sac volait à quelques mètres de là. Les vêtements qu'il contenait se répandirent sur la chaussée.

Un cri se fit alors entendre, et le jeune homme se retourna, réalisant qu'ils n'étaient plus seuls. Sans hésiter, il prit ses jambes à son cou et disparut dans une ruelle adjacente. En pestant, Maddy se releva et entreprit de ramasser ses affaires.

— Tout va bien ? fit une voix derrière elle.

Toujours accroupie, elle se retourna et comprit pourquoi l'adolescent avait brusquement renoncé.

L'homme était grand et solidement bâti. L'élégant costume qu'il portait révélait de larges épaules et une silhouette mince et sportive qui faisait de lui un opposant beaucoup plus crédible qu'elle aux yeux de son agresseur.

Maddy admira les traits de son visage rasé de frais : un nez légèrement aquilin, qui lui conférait un air vaguement aristocratique, des pommettes hautes, une bouche fine et bien dessinée, une légère fossette au creux du menton et de beaux yeux gris qui trahissaient sa sollicitude.

Les habits qu'il portait, ses chaussures italiennes et sa montre en or révélaient à la fois le milieu aisé auquel il appartenait et son bon goût teinté de classicisme. Visiblement, il ne s'agissait pas d'un habitant du quartier. La plupart des gens qui vivaient ici n'avaient pas les moyens de s'offrir de tels vêtements.

— Vous allez bien ? répéta l'homme en fronçant les sourcils d'un air inquiet.

— Ça va, répondit la jeune femme en se redressant. Mais je suis heureuse que vous soyez intervenu. Ce garçon ne paraissait pas décidé à entendre raison…

— Parce que vous essayez toujours de raisonner vos agresseurs ?

— Disons que celui-ci n'avait pas l'air très dangereux. A voir la façon dont il s'y est pris, je me suis dit qu'il n'avait sans doute pas beaucoup d'expérience. Alors j'ai tenté de négocier.

— Vous pensez vraiment que cela valait le coup de prendre un tel risque ? demanda l'homme en désignant la tenue de danse moite de transpiration qu'elle était en train de remettre dans son sac. Il aurait réellement pu vous faire du mal, vous savez.

— Je ne pense pas, honnêtement. Et, franchement, je ne tenais pas à perdre mes chaussons de danse. Je les ai achetés il y a moins de deux semaines !

— Je comprends, acquiesça l'inconnu en souriant. En tout cas, je trouve que vous réagissez plutôt bien pour quelqu'un qui a manqué se faire dérober un vieux collant, un justaucorps délavé et une serviette élimée…

— Elle n'est pas si élimée que cela. De toute façon, l'essentiel, c'est que je n'aie rien perdu. Grâce à vous…

— Je ne sais pas si mon intervention a changé grand-chose. Vous aviez l'air de très bien vous débrouiller toute seule.

— Merci, répondit-elle avec un sourire ironique.

— Je suis sérieux. La plupart des femmes que je connais n'essaieraient même pas de discuter avec un agresseur.

— Et que feraient-elles, alors ?

— Je pense qu'elles se mettraient à crier.

— Si j'avais agi de cette façon, remarqua Maddy, je n'aurais plus mon sac, à l'heure qu'il est. En tout cas, je vous remercie, ajouta-t-elle en lui tendant la main. J'ai toujours eu un faible pour les héros.

L'homme serra sa main, visiblement amusé.

— Puisque c'est le rôle que je suis censé jouer, puis-je vous signaler qu'il ne me paraît pas très prudent qu'une jeune femme se promène seule dans un tel quartier à la nuit tombée ?

Une fois de plus, la jeune femme éclata d'un rire franc.

— Il se trouve, cher héros, que c'est mon quartier. Mon appartement se trouve à quelques pâtés de maisons d'ici. Si je vous ai dit que cet adolescent était un débutant, c'est parce que je sais pertinemment qu'un voleur plus expérimenté ne s'en prendrait jamais à une danseuse. Ils savent très bien que nous sommes généralement presque aussi fauchées qu'eux. Par contre, ce n'est visiblement pas votre cas. Habillé comme vous l'êtes, vous constituez une cible de choix et je vous conseille de cacher votre montre et votre portefeuille si vous ne voulez pas attirer les pickpockets.

— Merci pour ce conseil. J'essaierai de m'en souvenir.

— Mais, dites-moi, puisque vous n'avez pas l'air d'être un habitué du quartier, peut-être puis-je vous indiquer la direction de ce que vous cherchez.

— C'est très gentil mais j'ai déjà trouvé : je dois me rendre dans le bâtiment qui se trouve juste derrière vous.

— La salle de répétition ? s'étonna Maddy. Vous n'êtes pourtant pas un danseur. Ni un acteur... Un musicien, peut-être ? Non, je ne pense pas...

— Pourquoi cela ?

— Parce que vous êtes vêtu de façon trop classique. Les artistes aiment montrer qu'ils ne sont pas des gens comme les autres. La plupart préféreraient mourir plutôt que d'enfiler un costume ! Vous, vous pourriez être banquier, avocat ou...

La jeune femme réalisa brusquement à qui elle avait affaire.

— A mon avis, vous êtes notre ange gardien, ajouta-t-elle.

L'homme leva un sourcil, trahissant son incompréhension.

— Vous travaillez pour Valentine Records, n'est-ce pas ?

— C'est exact. Je suis même le propriétaire de la maison de disques, Reed Valentine. Mais comment avez-vous deviné ?

— C'est facile : je suis la stripteaseuse.

— Je vous demande pardon ? fit Reed, un peu dépassé par le tour surréaliste que prenait la conversation.

— Celle de la pièce, expliqua-t-elle.

Cette fois, Reed ouvrit de grands yeux et elle éclata de rire.

— J'interprète le personnage de Mary, la stripteaseuse de la comédie musicale que vous produisez.

— Vous êtes Madeline O'Hurley ? s'exclama Reed, incrédule.

— C'est ce qui est marqué sur le contrat que j'ai signé avec votre entreprise, en tout cas.

— Ça alors ! Je vous ai vue jouer dans *Suzanna's Park* mais je ne vous avais pas reconnue.

— Cela n'a rien d'étonnant. Je portais une robe du XIXe siècle et une perruque blonde… Sans parler du maquillage et de l'éclairage… Vous avez l'air déçu.

— Je n'ai pas dit ça ! protesta aussitôt Reed, gêné.

— Bien sûr que non. Vous êtes sans doute trop poli pour vous permettre une telle remarque. Mais ne vous en faites pas, monsieur Valentine. Je ferai parfaitement l'affaire. Vous avez bien fait de m'engager.

A quelques mètres d'eux, un réverbère s'alluma, leur rappelant que la nuit n'allait pas tarder à tomber.

— Je suppose que vous avez rendez-vous avec le compositeur.

— Oui... Nous devions nous rencontrer, il y a déjà une bonne dizaine de minutes.

— Ne vous en faites pas. Lorsque je suis parti, il était en plein travail. Il n'a même pas dû remarquer votre retard. En tout cas, n'hésitez pas à passer nous voir. Nous répétons presque tous les jours, et je pense que vous ne serez pas déçu ! Je suis plutôt douée et Macke est un véritable génie.

Sur ce, elle lui décocha un sourire amical et s'éloigna à grands pas en direction de la rue.

Reed détestait être en retard mais il ne put s'empêcher de la suivre des yeux jusqu'à ce qu'elle s'engage dans l'artère principale, tourne à droite et disparaisse à sa vue. Il secoua alors la tête d'un air vaguement interloqué. Décidément, cette fille n'était pas banale, songea-t-il avec un sourire.

Comme il se détournait pour gagner le hall de répétition, il aperçut une brosse à cheveux qui avait roulé sur le trottoir. Après un instant d'hésitation, il la ramassa. Il émanait de l'objet une odeur très féminine, une délicieuse fragrance de shampooing au citron vert.

Reed la glissa dans sa poche, se promettant de la rendre à sa propriétaire. Après tout, il n'en était pas à une bonne action près...

2

Il s'écoula presque une semaine avant que Reed n'ait l'occasion de se rendre de nouveau à la salle de répétition. En temps normal, il n'aurait pas pris cette peine, se contentant de s'intéresser aux détails techniques de la production sans se soucier de son aspect esthétique.

Après tout, il n'était ni chorégraphe ni musicien et n'était pas qualifié pour juger de la qualité d'une comédie musicale. Sa spécialité, c'était la gestion des budgets, le suivi des dépenses engagées, la mise au point du plan média et la négociation avec les différents acteurs de cette vaste entreprise.

Mais sa rencontre avec Maddy avait aiguisé sa curiosité. Lorsqu'il l'avait vue danser dans *Suzanna's Park*, il avait été frappé par l'énergie qui se dégageait d'elle. Elle brûlait les planches, démontrant une parfaite maîtrise de son corps et de sa voix. Comme la plupart des autres spectateurs, Reed était instantanément tombé sous le charme.

C'était d'ailleurs l'une des raisons pour lesquelles il avait accepté sans hésiter de produire la comédie musicale. Il s'était dit qu'avec une telle interprète, elle remporterait certainement un véritable triomphe.

Lorsqu'il s'était retrouvé nez à nez avec Maddy, il avait été surpris de découvrir à quel point la jeune femme était différente de l'image qu'il s'était faite d'elle. Sur scène, elle lui avait paru grande et athlétique alors qu'en réalité, elle était plutôt petite et fine.

Il avait supposé qu'elle se conduirait comme la majorité des stars qu'il avait croisées depuis qu'il travaillait dans le milieu de la musique, qu'elle ferait preuve de ce mélange d'arrogance et de mépris qui avait le don de l'exaspérer. Au lieu de cela, il avait découvert une jeune femme pleine d'humour et de malice qui préférait visiblement le quartier modeste dans lequel elle vivait aux luxueux appartements de la Cinquième Avenue.

Reed, par contre, se sentait parfaitement déplacé dans un tel environnement. Lorsqu'il sortit du taxi qui l'avait conduit de son bureau à la salle de répétition, il remarqua les regards étonnés que suscitaient les vêtements de prix qu'il portait. La plupart des gens qui vivaient là étaient habillés de façon beaucoup moins ostentatoire.

Ici, il n'y avait ni grands restaurants, ni bars branchés ni épiceries fines. Les murs étaient couverts de graffitis et les boutiques évoquaient plus un souk oriental qu'une rue de New York.

Tandis qu'il se dirigeait vers le bâtiment de briques devant lequel il s'était fait déposer, Reed plongea les mains dans les poches de son manteau. Sa main rencontra la brosse à cheveux de Maddy, et il se sentit un peu ridicule. Après tout, elle était sans valeur particulière, et la jeune femme en avait probablement déjà racheté une autre.

Ne le soupçonnerait-elle pas d'avoir des intentions moins avouables ? Cette idée le mit terriblement mal à l'aise. Bien sûr, il trouvait la jeune femme attirante. Mais il avait appris à se méfier des actrices, des chanteuses et des artistes en général. Leur ego et leur besoin de reconnaissance étaient généralement bien trop surdimensionnés à son goût...

Pénétrant dans le hall de la salle de répétition, Reed se laissa guider par les notes de musique et ne tarda pas à parvenir dans une vaste pièce aux murs couverts de miroirs. Il découvrit un groupe de danseurs et ne put s'empêcher d'éprouver une pointe de déception.

La plupart d'entre eux étaient vêtus de vieux collants et de justaucorps dépareillés et ce groupe disparate était loin d'évoquer la magie que les gens associaient généralement aux comédies musicales de Broadway. La salle elle-même, qui avait dû connaître des jours meilleurs, ne contribuait guère à estomper cette impression. En fait, on se serait cru dans un cours de danse de seconde zone plus que dans les coulisses d'un spectacle coûtant plusieurs dizaines de millions de dollars...

— Il me faut beaucoup plus de sensualité, les enfants, déclara alors un homme aux cheveux blancs que Reed reconnut comme étant le chorégraphe. Vous êtes censés vous trouver dans un club de strip-tease, pas dans un bal mondain ! Il faut que le spectateur sente que vous vendez vos corps... Sers-toi de ton bassin, Wanda. C'est de là que doivent venir tous tes gestes. Quant à toi, Maddy, je veux que ton entrée soit plus fracassante. N'hésite pas à en faire trop lorsque tu es sur le podium : rappelle-toi que tu es là pour aguicher les hommes présents dans le club et que, si tu n'y arrives pas, tu risques de ne pas avoir de quoi payer ton loyer ! Cambre-toi plus au début de ton solo, comme ça...

Sous le regard interloqué de Reed, Macke ondula des hanches avec une sensualité que lui aurait enviée une danseuse du ventre.

— Je veux bien, répondit Maddy en riant. Mais j'ai vu le costume que je porterai dans cette scène et, si je bouge de cette façon, les spectateurs du premier rang vont avoir droit à une leçon d'anatomie...

— Je crois que tu surestimes la taille de ta poitrine, remarqua Macke avec un sourire amusé.

Maddy et les autres danseurs éclatèrent de rire, et

chacun reprit sa place sur la marque au sol qui lui était assignée. Macke fit signe au pianiste, et celui-ci se remit à jouer.

Dans un accord parfait, les danseurs se mirent en mouvement. Reed contempla avec stupeur la scène qui prenait vie sous ses yeux. Il aurait vraiment pu se croire projeté dans un bar de strip-tease. Les femmes ondulaient lascivement du bassin, aguichant les hommes, s'approchant d'eux jusqu'à les frôler avant de s'écarter. C'était un véritable ballet de provocations, une mise en scène parfaite de la séduction.

Reed était suffisamment proche des interprètes pour percevoir la difficulté de l'exercice. Il voyait la transpiration perler sur leurs fronts et devinait la tension que leurs mouvements imposaient à leurs muscles. Pourtant, ni l'expression des danseurs ni leur respiration ne trahissaient leurs efforts. Cette parfaite maîtrise impressionna le producteur.

Puis Maddy entra en scène et il oublia tout le reste. La jeune femme était superbe. Le justaucorps qu'elle portait soulignait ses longues jambes, sa taille fine, et sa silhouette légère et aérienne. Lentement, elle s'avança vers le centre de la pièce, les mains posées sur les hanches, ondulant de façon suggestive et terriblement sensuelle.

Puis elle s'immobilisa et, tournant lentement sur elle-même, elle fit mine de se déshabiller sans cesser de danser. Il se dégageait d'elle en cet instant une sensualité si torride que Reed sentit sa gorge se nouer.

Le rythme s'accéléra et les mouvements de la jeune femme se firent plus explicites encore. Elle virevoltait autour d'une barre imaginaire, présentant aux spectateurs les diverses parties de son anatomie tandis que les autres danseurs se tournaient vers elle.

L'un d'eux quitta le groupe et l'attrapa par le bras. Maddy posa la main sur son épaule, et ils se lancèrent dans un duo magnifique qui simulait à la perfection un jeu de séduction : avancées, fausses reculades, ébauches de caresses, promesses muettes d'étreintes à venir.

Puis la musique ralentit progressivement jusqu'à disparaître dans une ultime cascade de notes cristallines.

— C'est mieux, déclara Macke tandis que les danseurs s'asseyaient à même le sol pour économiser leur énergie.

Maddy se tourna vers son partenaire qui la tenait toujours par la taille.

— Surveille tes mains baladeuses, Terry, lui dit-elle.

— Tu ne sais pas ce que tu perds, répliqua son compagnon en s'exécutant.

Maddy sourit. Ce n'est qu'alors qu'elle aperçut Reed qui se tenait discrètement dans l'embrasure de la porte. Il paraissait plus déplacé que jamais avec son costume taillé sur mesure mais elle ne put s'empêcher de songer que, malgré cela, il avait fière allure.

Elle lui adressa un petit signe de la main avant de se tourner vers Macke.

— C'est l'heure de la pause déjeuner, déclara ce dernier en allumant l'une de ses inévitables cigarettes. Maddy, Wanda et Terry, vous avez une heure. Dites à Carter que j'aurai aussi besoin de lui. Pour les autres, rendez-vous à 13 h 30 en salle B pour travailler les chœurs.

Les danseurs se levèrent et se dirigèrent vers les vestiaires. Maddy remarqua les regards aguicheurs et peu subtils que certaines femmes adressaient à Reed qui paraissait plus embarrassé qu'intéressé par ces propositions muettes. Elle finit par le rejoindre après avoir épongé la sueur qui couvrait son visage et ses avant-bras.

— Bonjour, lui dit-elle. Est-ce que vous avez tout vu ?

— Vu quoi ? demanda Reed.

— La danse, bien sûr…

— Oh, oui…

En fait, Reed avait toujours un peu de mal à faire

abstraction de la sensualité dont Maddy venait de faire preuve. Une fois de plus, il se demanda comment une femme pouvait être transfigurée à ce point par la seule force de la danse.

— Alors ? Qu'en avez-vous pensé ?

— C'était impressionnant, reconnut-il. Vous avez vraiment une énergie étonnante, mademoiselle O'Hurley.

— Appelez-moi Maddy, je vous en prie. Et merci pour le compliment. Est-ce que vous avez encore un rendez-vous ?

— Non. En fait, je suis venu vous rapporter ceci, répondit Reed en lui tendant sa brosse à cheveux.

— C'est très gentil. Je pensais l'avoir perdue. Attendez-moi un instant…

Se détournant, la jeune femme alla chercher son sac et y rangea sa serviette trempée et sa brosse à cheveux. Tandis qu'elle se penchait pour le récupérer, Reed ne put s'empêcher d'admirer la façon dont le collant qu'elle portait moulait le bas de ses reins.

Lorsqu'elle se redressa et lui décocha un sourire aussi amical qu'innocent, il se sentit vaguement coupable.

— Ça vous dirait d'aller déjeuner ? suggéra-t-elle.

— Je ne pense pas que j'aurai le temps. J'ai un rendez-vous en début d'après-midi.

— Dans ce cas, nous pourrions dîner ensemble.

Reed leva les sourcils, stupéfait par cette approche si directe. La plupart des femmes auraient attendu qu'il fasse le premier pas mais Maddy ne semblait pas se soucier des conventions.

— Dois-je comprendre qu'il s'agit d'une invitation ? demanda-t-il, d'un ton un peu embarrassé.

— Vous saisissez vite, répondit la jeune femme en riant. Est-ce que vous êtes carnivore ?

— Carnivore ?

— Oui… La plupart des gens que je connais n'aiment pas la viande.

— Ce n'est pas mon cas.

— Bien ! Dans ce cas, je nous préparerai des côtes de bœuf. Vous avez un stylo ?

Passablement estomaqué par les manières très directes de Maddy, Reed en sortit un de la poche intérieure de sa veste. Maddy arracha une page de son agenda et écrivit son adresse.

— On se voit à 19 heures, décréta-t-elle.

Sur ce, sans attendre la confirmation de Reed, elle héla l'une des autres danseuses qui se trouvait dans le hall et se dirigea vers elle.

Durant quelques instants, Reed resta immobile, se demandant si, en acceptant cette invitation, il ne courait pas au-devant de graves ennuis.

En quittant la salle de répétition, ce soir-là, Maddy réalisa qu'elle n'avait absolument pas de quoi préparer le repas qu'elle avait promis à Reed. Aussi se dirigea-t-elle vers le supermarché le plus proche où elle acheta tout ce dont elle avait besoin.

Lorsqu'elle arriva enfin à son immeuble, elle se sentait vidée, et la simple idée de cuisiner la déprimait profondément. Elle regretta de ne pas avoir donné rendez-vous à Reed dans un restaurant du quartier. Mais une promesse était une promesse, et elle entendait bien tenir celle qu'elle lui avait faite.

Dans le hall, tandis qu'elle cherchait les clés de sa boîte aux lettres, elle entendit les Giannelli se disputer. C'était apparemment l'un des passe-temps favoris de ce couple qui avait permis à Maddy de développer au cours des années une connaissance encyclopédique des jurons italiens.

Passant en revue son courrier, la jeune femme avisa une carte postale de ses parents, un relevé de compte en banque et deux factures. Tandis qu'elle gravissait l'escalier menant à son appartement, la jeune femme croisa Angie, l'une de ses voisines qui venait tout juste de se marier.

— Alors ? lui demanda-t-elle en remarquant le manuel que la jeune femme tenait à la main. Comment se passent ces cours de littérature anglaise ?

— Très bien. Je crois que je devrais décrocher mon diplôme en août, comme prévu.

— C'est génial ! Et comment va Tony ?

— Il a été rappelé pour l'audition finale de cette comédie musicale. S'il parvient à décrocher le rôle, il va enfin pouvoir arrêter de travailler comme serveur et se concentrer sur sa carrière de chanteur.

— C'est tout ce que je lui souhaite, répondit Maddy. Il a vraiment mérité de percer. Désolée de ne pouvoir parler plus longtemps mais j'attends quelqu'un et je suis censée préparer le dîner...

Lorsqu'elle atteignit le troisième étage, Maddy entendit les accords d'une guitare électrique qui accompagnait le chant de sa voisine du dessous. Elle devait répéter pour son prochain concert, et Maddy se promit de lui demander où il devait avoir lieu.

Lorsqu'elle arriva enfin à son appartement, il ne lui restait plus qu'une heure pour tout préparer. Sans attendre, elle alluma sa chaîne stéréo et éplucha deux grosses pommes de terre qu'elle entoura de papier aluminium avant de les placer dans le four. Puis elle lava les légumes qu'elle venait d'acheter.

Elle réalisa ensuite que son logis aurait eu grand besoin d'un brin de rangement. Elle avait été si occupée ces derniers jours qu'elle n'avait pas vraiment pris le temps de faire le ménage. D'un œil critique, elle passa le salon en revue.

Les meubles qui y étaient disposés étaient tous dépareillés. Elle avait acheté la majeure partie d'entre eux à des accessoiristes qui bradaient les décors des comédies musicales sur lesquelles ils avaient travaillé. Ainsi, les rideaux rouges provenaient de *Best Little Whorehouse* et le canapé était censé avoir été utilisé sur la scène de *My Fair Lady*. Quant à la table et aux chaises, Maddy les avait récupérées à la fin de *Suzanna's Park*.

Le tout formait un amalgame improbable et chamarré, mêlant meubles de style et accessoires kitsch qui s'accordaient étrangement avec les affiches bigarrées couvrant les murs et vantant diverses comédies musicales, des plus renommées aux plus obscures.

La seule plante qui survivait dans cet environnement étrange était un philodendron qui avait perdu la moitié de ses feuilles mais que Maddy n'avait pas le cœur de jeter.

Sur le bar qui séparait la cuisine du salon trônait l'objet préféré de la jeune femme : une petite enseigne en néon dont les caractères tarabiscotés épelaient son nom. C'était Trace qui la lui avait offerte lorsqu'elle avait décroché son premier rôle à Broadway et, chaque fois qu'elle la regardait, elle pensait à son frère qu'elle ne voyait, hélas, que trop rarement.

Renonçant à passer l'aspirateur, la jeune femme rassembla les magazines qui étaient entassés un peu partout dans l'appartement et les empila dans le porte-journaux. Elle passa ensuite le plumeau là où la poussière était la plus visible et estima que cela suffirait amplement à faire illusion.

Elle regagna alors la cuisine et remplit une bassine d'eau chaude et de lessive avant d'y plonger ses affaires de danse. Elle les lava et les rinça rapidement avant de les suspendre dans sa salle de bains comme elle le faisait chaque soir. Là, elle s'arrêta devant la glace et se contempla.

Au cours des répétitions et des cours de danse, elle passait des heures entières à s'observer dans les miroirs, prêtant attention au moindre de ses gestes, travaillant sans relâche pour rendre ses mouvements plus naturels, plus gracieux. Cette fois, par contre, elle s'intéressa essentiellement à son visage.

D'un œil critique, elle observa ses grands yeux, son menton légèrement pointu, ses pommettes hautes et ses lèvres fines. L'ensemble formait une physionomie raisonnablement attirante, décida-t-elle. Mais il n'y avait rien là de renversant. Elle décida donc de donner un petit coup de pouce à la nature et sortit une trousse ventrue du placard à pharmacie.

Collectionner les articles de maquillage était chez elle une véritable manie. Elle possédait une gamme impressionnante de rouges à lèvres, de mascaras et d'eye-liners que n'aurait pas reniés un professionnel du déguisement. C'était sans doute un hobby curieux pour quelqu'un qui se maquillait aussi rarement mais, ce jour-là, il s'avérait payant.

Maddy essaya diverses combinaisons jusqu'à trouver celle qui mettait le plus en valeur ses yeux, son teint et ses cheveux roux. Elle rangea alors son matériel et regagna la cuisine pour sortir le vin sur le balcon.

Reed se demanda si Maddy ne s'était pas joué de lui. Il chercha l'adresse qu'elle avait griffonnée sur un bout de papier mais il avait dû l'oublier à son bureau. De toute façon, il était certain de s'en souvenir. Comment aurait-il pu l'oublier, lui qui était capable de mémoriser des colonnes entières de bilans et de comptes de résultat ?

C'était un talent qu'il avait développé sous la houlette de son père. Edwin Valentine lui avait maintes fois répété qu'un entrepreneur digne de ce nom devait connaître par cœur le moindre détail concernant son entreprise pour ne jamais être pris en défaut. Reed, qui lui vouait une admiration sans bornes, n'avait jamais remis en cause cette règle fondamentale du monde des affaires.

Mais il commençait à se demander si sa mémoire ne lui jouait pas des tours. A mesure qu'il se rapprochait de l'endroit que Maddy lui avait indiqué, le quartier devenait de plus en plus mal famé. Les rues étaient sales, les trottoirs couverts de papiers gras et de déchets les plus divers.

Il avisa plusieurs dealers qui se tenaient dans l'ombre des ruelles latérales, quelques prostituées vêtues de façon provocante et des bandes de jeunes désœuvrés à l'allure inquiétante.

Comment Maddy pouvait-elle vivre dans un tel environnement ? se demanda Reed. Sa dernière pièce avait pourtant dû lui rapporter assez d'argent pour qu'elle puisse déménager dans un quartier moins défavorisé. D'autant qu'avant de remporter un Tony pour son rôle principal dans *Suzanna's Park*, elle avait joué dans une adaptation à succès de *Kiss me Kate*…

Reed se gara devant l'immeuble de la jeune femme et descendit de sa voiture. Il repéra aussitôt un adolescent adossé à un mur qui observait avec intérêt les enjoliveurs de sa BMW.

— Combien veux-tu pour la surveiller au lieu de la désosser ? demanda-t-il en s'approchant du garçon.

Ce dernier sourit, jetant un coup d'œil intéressé à Reed. Il avait troqué son costume contre un pantalon et une veste de sport mais il détonnait toujours autant dans cet environnement.

— Ça fait une paie que je n'avais pas vu des enjoliveurs comme ça, déclara l'adolescent. Je ferais peut-être bien de prendre une photo avant que quelqu'un ne les fasse disparaître…

Reed lui tendit un billet de vingt dollars.

— Justement, j'aimerais que tu les gardes à l'œil. Tu en auras vingt de plus lorsque je ressortirai si ma voiture est toujours en état. Quarante dollars, c'est plus que ce que tu ne gagnerais en revendant les enjoliveurs, n'est-ce pas ?

Le jeune homme observa attentivement Reed. S'il avait perçu en lui la moindre trace de peur ou de malaise, il aurait probablement cherché à pousser sa chance mais le producteur se contenta de lui rendre son regard, sans cesser de tendre le billet de vingt dollars. Finalement, l'adolescent hocha la tête et le lui prit. Il le fit instantanément disparaître dans la poche de son survêtement.

— Ça marche, répondit-il. De toute façon, je n'ai pas grand-chose d'autre à faire que de glander dans le coin…

Reed se dirigea vers la porte de l'immeuble, notant au passage la profusion de graffitis obscènes qui formaient sur les murs des entrelacs multicolores. Le hall aurait eu besoin d'un bon coup de peinture et il n'y avait pas trace d'un ascenseur.

Reed gravit donc l'escalier, découvrant le paysage sonore caractéristique des lieux : les jurons et les insultes des habitants du premier, le free-jazz du second et les feulements torturés de guitare électrique du troisième. Lorsqu'il parvint au quatrième étage, il bénit le silence relatif qui y régnait.

Lorsqu'elle entendit retentir la sonnette de la porte d'entrée, Maddy était en train de laver la salade. Elle jeta un coup d'œil à l'horloge murale qui se trouvait dans la cuisine. 7 heures précises… Cette ponctualité ne la surprenait pas le moins du monde. Elle aurait parié que Reed était le genre d'homme à ne jamais arriver en retard.

— Un instant, j'arrive ! lui cria-t-elle.

Des yeux, elle chercha un torchon pour se sécher les

mains. N'en trouvant pas, elle se résigna à les essuyer sur son jean avant d'aller ouvrir.

— Bonsoir, dit-elle à Reed. J'espère que vous n'êtes pas trop affamé. Je n'ai pas encore tout à fait fini de préparer le repas.

— Ne vous en faites pas... L'odeur de la cage d'escalier m'a momentanément coupé l'appétit.

Maddy s'avança pour renifler et éclata de rire.

— Cela ne m'étonne pas. Un de mes voisins, Guido, a une vision très expérimentale de la cuisine.

Reed sourit et pénétra dans l'appartement de la jeune femme. Rien ne l'avait préparé à ce qu'il découvrit à l'intérieur. Des couleurs contradictoires cohabitaient en un patchwork déroutant. Les meubles couvraient l'ensemble des époques et des styles sans aucun souci d'harmonie. Et le nom de Maddy brillait en lettres de néon sur le bar.

— Sacrée décoration, remarqua Reed d'une voix neutre.

— Merci, répondit la jeune femme.

Un martèlement se fit alors entendre au plafond.

— L'appartement du dessus est également habité par une danseuse, expliqua-t-elle. Elle doit être en train de répéter. Vous voulez du vin ?

— Volontiers...

— Je vais nous chercher deux verres.

Maddy contourna le bar et gagna la cuisine.

— Il doit y avoir un tire-bouchon dans un de ces tiroirs, dit-elle à Reed lorsqu'elle constata qu'il l'avait suivie. La bouteille est sur le balcon. Ouvrez-la pendant que je finis de préparer la salade.

Reed hocha la tête et se dirigea vers la fenêtre entrouverte. Elle donnait effectivement sur un petit balcon qui surplombait une cour mal entretenue. Récupérant la bouteille, il regagna la cuisine et entreprit de chercher le tire-bouchon.

Dans le premier tiroir, il ne trouva qu'une balle de tennis, quelques clés et diverses photographies. Au-dessus de sa tête, il entendait toujours le bruit des pas de danse de la voisine. Brusquement, il se demanda ce qu'il faisait là et pourquoi il avait accepté l'invitation de cette fille fantasque.

— Quelle cuisson pour votre steak ? lui demanda alors Maddy.

— Saignant, répondit-il en repérant enfin le tire-bouchon emmêlé dans une pelote de ficelle.

Il entreprit de démêler cet écheveau tandis que la jeune femme s'agenouillait pour récupérer une poêle dans l'un des placards situés sous le plan de travail. Il sentit sa joue effleurer la jambe de son pantalon.

— Pourquoi m'avez-vous invité à dîner ? demanda-t-il tandis qu'elle se redressait.

— Il n'y avait pas de raison particulière, je suppose, répondit-elle en haussant les épaules. A vrai dire, je suis un peu impulsive... Mais si vous y tenez, disons que c'est pour vous remercier de m'avoir sauvé de cet agresseur, l'autre jour... Sans compter que vous êtes un homme très séduisant.

Une fois de plus, Reed se sentit pris de court par le mélange de franchise et d'innocence de Maddy. Dans la bouche d'une autre femme, ce genre de réplique aurait certainement semblé crue, presque vulgaire. Mais il était évident qu'elle n'avait pas cherché à le choquer ou à le provoquer. Elle se contentait d'énoncer ce qui pour elle était une évidence.

— Merci, répondit-il, un peu gêné.

— Il n'y a vraiment pas de quoi, répondit Maddy en écartant une mèche de cheveux roux qui lui tombait dans les yeux. Et vous ? Pourquoi êtes-vous venu ?

— J'avoue que je n'en ai pas la moindre idée.

— Voilà qui rend les choses plus intéressantes, déclara

la jeune femme en riant. Est-ce la première fois que vous produisez une comédie musicale ?

— Oui.

— Moi, c'est la première fois que j'invite un producteur à dîner. Nous voilà à égalité.

Reed se demanda s'il était vraiment censé trouver une logique à cette remarque et finit par y renoncer. En fait, il commençait à comprendre ce qu'avait ressenti Alice lorsqu'elle avait été confrontée aux habitants du Pays des Merveilles.

— Vous avez des verres ? demanda-t-il.

— Des verres ? répéta-t-elle. Ah, oui... Dans un des placards, sans doute.

Résigné, Reed se lança dans cette nouvelle quête. Il trouva plusieurs tasses aux anses brisées, un service à café dépareillé, des assiettes en Plexiglas coloré comme on n'en fabriquait plus depuis les années soixante-dix et, finalement, huit verres à vin de modèles tous différents.

— Vous n'avez pas l'air d'aimer l'uniformité, constata-t-il.

— Pas vraiment. J'aime ce qui est unique.

Elle plaça les steaks dans la poêle et entrouvrit la porte du four pour vérifier la cuisson des pommes de terre. Satisfaite, elle se redressa et prit le verre que Reed lui tendait.

— A une salle comble ! déclara-t-elle en guise de toast.

Reed trinqua et but en silence, en profitant pour étudier la jeune femme. Elle portait un jean, un pull-over trop grand aux manches distendues et pas de chaussures. Il émanait d'elle un parfum léger et subtil.

— Vous ne ressemblez pas du tout à ce que j'avais imaginé en vous voyant sur scène, déclara-t-il enfin.

— Pour une actrice, c'est un compliment. Mais comment m'imaginiez-vous ?

— Je ne sais pas... Plus dure, sans doute. Plus cynique et plus ambitieuse, certainement.

— Vraiment ?

— Oui. J'ai même pensé que l'une des raisons pour lesquelles vous m'aviez invité… était de me poser des questions au sujet du budget de la pièce.

— Et en profiter pour vous demander une augmentation ? Ce n'est pas mon genre… D'ailleurs, j'ai huit ou dix numéros de danse, six chansons et pas mal de texte à apprendre, ce qui ne me laisse pas le temps de dépenser un cent. Et je préfère laisser les problèmes d'argent aux producteurs et aux agents pour me concentrer sur mon travail. Mais, vous avez dit « l'une des raisons ». Y en avait-il une autre ?

— A vrai dire, je pensais que vous vouliez me séduire.

Cet aveu ne parut pas choquer Maddy outre mesure. Elle se contenta de le regarder avec une pointe d'étonnement.

— Vous êtes un cynique, n'est-ce pas ? C'est dommage… Mais je suppose que vous avez vos raisons. Est-ce que les femmes ont pour habitude de vous faire des avances ?

Reed se sentit déstabilisé par la réaction de la jeune femme. Il s'était attendu à ce qu'elle se montre choquée ou, à tout le moins, gênée. Mais elle paraissait juste curieuse.

— Je suppose que c'est le cas, poursuivit-elle avant qu'il ait pu trouver une réponse adéquate. Et je comprends que cela puisse vous exaspérer au bout d'un moment. Fort heureusement, je n'ai jamais eu ce problème. Les garçons s'intéressaient beaucoup plus à ma sœur qu'à moi…

— Vous avez des frères et sœurs ? demanda Reed, ravi de pouvoir faire diversion.

— Deux sœurs et un frère…

— Dites, vous ne faites cuire qu'un seul steak.

— Oui, le vôtre.

— Vous ne comptez pas manger ?

— Si, bien sûr. Mais j'évite généralement la viande rouge. Je me contenterai d'une bouchée du vôtre par pure gourmandise. Tenez, ajouta-t-elle en lui tendant le saladier. Prenez cela. C'est prêt.

Ils s'installèrent sur les deux confortables fauteuils qui se dressaient de chaque côté de la table basse et Maddy les servit. Reed fut surpris par la qualité du dîner. La sauce de la salade était délicieuse, les pommes de terre cuites à point et recouvertes d'une fine couche de fromage fondu parsemée d'herbes de Provence. Quant au steak, il était saisi exactement comme il l'aimait.

— Reprenez-en un peu, suggéra Reed en constatant que la jeune femme mangeait très peu. Vous vous dépensez beaucoup et il faut vous nourrir si vous ne voulez pas vous effondrer au cours d'une des répétitions.

— Ne vous en faites pas pour moi. Je connais exactement mes besoins nutritifs. Cela fait partie des choses à savoir lorsque l'on est danseuse. C'est d'ailleurs le seul aspect de ce métier que je déplore. J'adore manger et, de temps en temps, je m'autorise même quelques excès. Enfin, seulement lorsque j'ai quelque chose à célébrer…

— Quel genre de choses ? demanda Reed, curieux.

— Eh bien… Le retour du beau temps après trois jours de pluie, par exemple. Cela mérite quelques cookies.

Reed la regarda avec stupeur.

— Vous n'aimez pas les cookies ? demanda la jeune femme que cette simple idée paraissait choquer.

— Si. Mais je n'ai jamais considéré qu'il s'agissait d'un plat de fête. Remarquez que je n'ai jamais fêté le retour de beau temps non plus…

— Cela ne m'étonne pas. Vous avez une vie normale.

— Parce que la vôtre ne l'est pas ?

— Je suppose que si… Bien que la plupart des gens penseraient probablement le contraire. Mais, dites-moi, à quoi ressemble votre vie ?

Reed contempla longuement la jeune femme. La lueur du soleil couchant faisait naître dans ses cheveux de jolis reflets dorés. L'espace d'un instant, il songea que, lovée dans son fauteuil, elle ressemblait à un chat. Il émanait d'elle un mélange de grâce et de douceur mais il savait que, sous ces apparences, se cachait cette prodigieuse énergie qu'il avait vue à l'œuvre dans la salle de répétition.

— Je ne sais pas trop quoi en dire, répondit-il enfin.

— Laissez-moi vous aider. Vous devez avoir un grand appartement. Probablement situé dans l'un de ces immeubles qui dominent Central Park... Quelques vases de la période Ming, des gravures anciennes, un tableau de maître, peut-être... Mais vous passez beaucoup plus de temps dans votre bureau que chez vous. C'est une attitude typique chez un entrepreneur de la deuxième génération. Vous vous sentez responsable du patrimoine que vous a légué votre père. Je suppose que vous sortez avec des femmes de temps à autre mais vous n'avez ni le temps ni l'envie de vous investir dans une relation sérieuse. Vous aimez les musées, les films étrangers et les restaurants français.

Reed la regarda fixement, se demandant avec une pointe d'agacement s'il était vraiment aussi transparent. Dans les yeux de Maddy, il vit briller un éclair malicieux.

— Vous êtes douée, remarqua-t-il un peu sèchement. Je suis impressionné.

— Je suis désolée, soupira-t-elle d'un air contrit. C'est l'une de mes mauvaises habitudes... J'ai tendance à mettre les gens dans des cases. C'est d'autant plus inexcusable que je déteste que l'on agisse ainsi à mon égard.

La jeune femme s'interrompit, paraissant hésiter.

— Dites-moi, ajouta-t-elle enfin. Est-ce que j'étais proche de la vérité ?

— Pas très loin, avoua Reed, désarmé par l'honnêteté de la jeune femme.

Celle-ci sourit, apparemment satisfaite, et s'enfonça dans son fauteuil, les jambes en tailleur.

— Dites-moi, pourquoi avez-vous décidé de produire une comédie musicale parlant d'une strip-teaseuse ? Cela aurait pu paraître un peu scabreux…

— Je vous retourne la question : pourquoi avez-vous accepté le rôle ?

Maddy fronça les sourcils, paraissant réfléchir.

— C'est une excellente pièce, conclut-elle enfin. Pour s'en rendre compte, il suffit de la lire en faisant abstraction des parties dansées et chantées. Même sans cela, l'histoire est solide et bien menée, et le personnage de Mary est attachant. Elle change sans même s'en rendre compte, ce qui est assez subtil. Pour survivre, elle doit être forte mais elle essaie toujours de faire au mieux avec ce qu'elle a. Elle est également ambitieuse et décidée… Jusqu'à ce qu'elle rencontre ce garçon, en tout cas. Elle se rend alors compte que l'argent et la position sociale ne sont pas aussi importants qu'elle le pensait. Et, le comble de l'ironie c'est que c'est justement à ce moment-là qu'elle obtient le rôle dont elle rêvait. Je trouve que c'est une bonne morale…

— Vous croyez aux fins heureuses ?

— Pas vous ?

L'expression de Reed se métamorphosa brusquement. Une lueur sombre passa dans son regard, comme s'il revivait quelque épisode douloureux de son existence.

— Seulement dans les pièces de théâtre, répondit-il.

— Dans ce cas, je devrais vous raconter l'histoire de ma sœur.

— Celle qui a le don d'attirer les hommes ?

— Non, l'autre. Dites, vous voulez un éclair au chocolat ? J'en ai acheté un pour vous et, si vous en mangez, vous pourriez m'en offrir une bouchée. Je serai bien obligée d'accepter si je ne veux pas passer pour une hôtesse déplorable.

Reed ne s'étonnait plus de ce genre de coq-à-l'âne. En

fait, il commençait même à trouver terriblement séduisant la façon dont fonctionnait l'esprit de la jeune femme.

— Je serais ravi de partager mon éclair, répondit-il en souriant.

Maddy se leva d'un bond gracieux et gagna la cuisine. Quelques instants plus tard, elle était de retour avec la pâtisserie promise.

— Ma sœur Abby a épousé Chuck Rockwell, reprit-elle. C'est un pilote de formule 1.

— J'ai entendu parler de lui, acquiesça Reed. Il s'est tué dans un accident, il y a quelques années, n'est-ce pas ?

— C'est exact. Toujours est-il que son mariage avec Abby était un échec complet. Elle s'est retrouvée seule dans une ferme de Virginie à élever leurs deux enfants. Elle n'avait plus un sou et avait renoncé à tous ses rêves. Jusqu'à ce qu'un écrivain vienne lui rendre visite. Il voulait écrire un livre sur Chuck… Je peux vous prendre une bouchée de cet éclair ?

Reed en coupa un morceau qu'il piqua sur sa fourchette. Elle la prit et laissa fondre sur sa langue le délicieux morceau de pâtisserie.

— Que s'est-il passé, alors ? demanda Reed, curieux.

— Elle est tombée amoureuse de l'écrivain et tous deux se sont mariés, il y a six semaines de cela. Vous voyez ! Il n'y a pas que les pièces de théâtre qui finissent bien…

— Qu'est-ce qui vous fait croire que ce mariage sera plus couronné de succès que le précédent ?

— Parce que c'est le bon ! Mes deux sœurs et moi sommes des triplées. Je les connais presque aussi bien que moi-même, et lorsque Abby a épousé Chuck, j'étais désolée pour elle. Je savais qu'ils n'étaient pas faits l'un pour l'autre et qu'ils ne se rendraient pas heureux. Mais je n'ai pas osé le dire à Abby. J'ai juste espéré qu'ils trouveraient un modus vivendi acceptable… Par contre, quand elle a épousé Dylan Crosby, j'étais certaine que tout se passerait bien.

— Dylan Crosby ? s'exclama Reed, surpris.

— Oui. Vous le connaissez ?

— Très bien. Il a écrit un livre sur Richard Bailey. Or Richard travaille sous notre label depuis plus de vingt ans. Naturellement, Dylan est venu me voir dès qu'il a commencé ses recherches.

— Le monde est petit !

Reed hocha la tête. Il faisait presque nuit, à présent, et la seule lumière provenait de l'enseigne au néon sur le bar. La danseuse de l'étage supérieur avait depuis longtemps cessé de s'entraîner mais on entendait un bébé pleurer quelque part dans l'immeuble.

— Pourquoi restez-vous ici ? demanda brusquement Reed.

— Qu'est-ce que vous voulez dire ?

— Eh bien… Le quartier n'est pas à proprement parler bien famé, et vos voisins ne sont pas des modèles de discrétion.

— Et alors ?

— Vous pourriez déménager.

— Pourquoi ferais-je cela ? Je connais bien le quartier et je m'y sens chez moi. Mon appartement est à deux pas de Broadway ce qui me permet d'aller travailler à pied. En plus, mes voisins sont mes amis. La plupart sont des artistes fauchés.

— Cela ne me surprend pas.

— Vous savez, je suis exactement comme eux. La seule différence, c'est que j'ai percé alors qu'eux ne l'ont pas encore fait. Mais je ne suis pas assez naïve pour me croire à l'abri d'un revers de fortune. De toute façon, je crois que ce que j'essaie de vous dire, c'est que j'appartiens à ce milieu. Et on ne peut pas changer qui l'on est vraiment… Ou, du moins, on ne devrait pas.

Reed hocha la tête. C'était effectivement une conviction qu'il partageait avec la jeune femme. Lui-même était le fils d'Edwin Valentine, l'un des plus grands producteurs de l'histoire du disque. Comme lui, il s'était dévoué entièrement à la survie et au développement de l'entreprise familiale.

Il était un redoutable négociateur et un habile investisseur. Il maîtrisait les arcanes les plus complexes de la finance et du droit. Et il n'avait absolument rien à faire dans cet appartement plongé dans la semi-obscurité, avec cette femme aux allures de chat et au sourire malicieux qu'il avait de plus en plus envie d'embrasser.

— Vous allez tuer cette pauvre plante, remarqua-t-il en désignant le philodendron rachitique avec les feuilles duquel la jeune femme jouait nerveusement.

Elle cessa aussitôt, comme prise en faute. En fait, elle ne s'était même pas aperçue qu'elle était en train de le faire, ce qui ne lui ressemblait guère. D'ordinaire, elle se flattait de jouir d'une maîtrise parfaite de ses gestes.

Mais quelque chose dans l'attitude de Reed la troublait plus qu'elle n'aurait voulu se l'avouer. Depuis quelques instants, elle avait senti l'atmosphère se charger d'une inexplicable tension.

— De toute façon, articula-t-elle, toutes les plantes que j'achète dépérissent rapidement. C'est une véritable malédiction.

Reed contempla le philodendron et hocha la tête.

— Je crois que vous lui donnez trop d'eau et trop de lumière, déclara-t-il. En amour, l'excès peut parfois être aussi néfaste que le manque.

— Vous avez peut-être raison, acquiesça Maddy.

Elle se demanda s'il appliquait aussi ses règles dans ses relations avec les personnes de l'autre sexe. C'était probable, décida-t-elle. Après tout, il lui avait avoué à demi-mot qu'il faisait passer sa vie professionnelle bien avant sa vie personnelle.

— Je peux vous offrir du thé, suggéra-t-elle. Je suis désolée mais je n'ai pas de café…

— Ce n'est pas grave, répondit Reed en se levant. De toute façon, il va falloir que j'y aille.

C'était faux, bien sûr : il n'avait ni rendez-vous ni raison particulière de se coucher tôt. Mais il avait la conviction que, s'il restait plus longtemps, il finirait tôt ou tard par perdre le contrôle de la situation. Maddy était trop imprévisible et ses propres sentiments à son égard bien trop troubles pour qu'il puisse se permettre de rester.

— J'ai été enchanté de faire votre connaissance, ajouta-t-il. Et ce dîner était délicieux.

Maddy se leva à son tour et lui sourit.

— Je suis contente qu'il vous ait plu. J'espère que nous aurons l'occasion de recommencer…

Sur ce, cédant à une brusque impulsion, Maddy s'approcha de Reed et posa les mains sur ses épaules. Se penchant en avant, elle posa un léger baiser sur ses lèvres. Instantanément, elle sentit s'éveiller en elle un désir aussi violent qu'incoercible qui la prit de court.

Elle ne s'était pas attendue à une telle réaction mais, lorsqu'elle s'écarta de Reed, la surprise qu'elle lut dans ses yeux lui révéla qu'il était aussi troublé qu'elle. Que leur arrivait-il ? se demanda Maddy avec une pointe d'inquiétude.

Elle n'avait pourtant pas l'habitude de réagir de cette façon. Son métier de danseuse et d'actrice l'avait plus d'une fois conduite à embrasser l'un de ses partenaires sans qu'elle y attache une grande importance. Elle était habituée aux frôlements des corps et jamais elle ne s'était sentie profondément ébranlée par un simple contact physique.

Elle fut tentée de renouveler l'expérience pour s'assurer qu'elle n'avait pas rêvé mais elle réalisa qu'en agissant de cette façon, elle compliquerait singulièrement ses rapports avec Reed.

— Je suis heureuse que vous soyez venu, lui dit-elle d'une voix mal assurée.

— Moi aussi, répondit Reed.

Il aurait voulu l'embrasser de nouveau mais la prudence l'incita à n'en rien faire. Quelque chose lui disait qu'en cédant à la tentation, il s'engagerait dans une relation qu'il n'était pas certain de pouvoir maîtriser. Et Reed ne détestait rien tant que de perdre le contrôle de ses actes.

— Bonne nuit, Maddy, ajouta-t-il.

— Bonne nuit...

La jeune femme le suivit des yeux tandis qu'il gagnait la porte et quittait l'appartement. Lorsqu'il eut disparu, elle se rassit dans son fauteuil et s'efforça de réfléchir à ce qui venait de se produire.

Il fallait absolument qu'elle prenne la mesure de ce qui s'était passé ce soir entre Reed et elle. Car, tôt ou tard, elle serait amenée à le revoir. Et d'ici là, elle devait décider d'une attitude à adopter à son égard...

Comme elle méditait sur cette épineuse question, elle avisa le philodendron aux feuilles jaunies et se rappela les paroles de Reed : « En amour, l'excès peut parfois être aussi néfaste que le manque. »

3

Le pied posé sur la barre, Maddy se pencha en avant. Elle sentit les muscles de son dos et de sa cuisse s'allonger, chassant un début de courbature. Combien de fois dans sa vie avait-elle répété ce geste si familier ? Comme tous les mouvements d'échauffement, il appartenait à une sorte de rituel immuable dont le but principal était de faire travailler et de développer des muscles dont la plupart des gens ignoraient jusqu'à l'existence.

C'est grâce à cet entraînement quotidien que les danseurs étaient capables d'effectuer des figures défiant les lois de la gravité. Et si Maddy avait interrompu durant quelques mois cet incessant travail sur elle-même, elle aurait perdu rapidement la maîtrise nécessaire pour les réaliser.

Elle n'avait même plus besoin de se concentrer pour que son corps réagisse aux instructions du professeur de danse. Aussi, tandis qu'elle s'échauffait de la sorte, son esprit se mit à vagabonder.

Il était un peu moins de 9 heures et elle songea que Reed devait déjà se trouver à son bureau. Il se faisait probablement un devoir d'arriver le premier, avant même sa secrétaire ou son assistant. Elle se demanda s'il pensait à elle et songea que tel n'était probablement pas le cas.

Son esprit devait être entièrement accaparé par ses responsabilités : emploi du temps, rendez-vous, budgets et bilans… Peut-être lui accorderait-il une pensée fugace un peu plus tard, lorsqu'à la fin de la journée, il s'arrêterait pour prendre un verre quelque part. Ou bien quand il rentrerait dans son grand appartement désert...

Elle l'espérait, en tout cas.

Lorsqu'elle eut terminé ses étirements, la jeune femme s'éloigna de la barre et vint se placer au centre de la salle pour travailler quelques figures de base. Tandis qu'elle enchaînait les sauts et les voltes, elle remarqua que la pluie s'était remise à tomber.

De grosses gouttes s'écrasaient sur les vitres et sur la vaste verrière qui tenait lieu de plafond. Ce devait être une pluie chaude, songea-t-elle. Une pluie d'orage. Elle espéra qu'elle ne s'arrêterait pas avant la fin du cours.

Maddy adorait se promener sous la pluie. Lorsqu'elle était jeune, elle n'avait eu que peu de temps pour s'adonner à cet inoffensif passe-temps. Sa famille et elle étaient alors bien trop occupées à courir les salles de spectacle et les bars pour cela.

Mais la jeune femme ne regrettait pas cette étrange jeunesse. Car ses parents étaient de véritables conteurs doués d'une imagination féconde qui leur permettait d'inventer sans cesse des histoires abracadabrantes et magiques qui avaient fait la joie de leurs filles.

Elle avait beaucoup appris d'eux. Plus que l'art de la mise en scène et les aspects techniques de la danse, ils lui avaient enseigné un mode de vie, lui donnant le goût de la liberté et le mépris des préjugés.

Bien sûr, Maddy n'avait pas reçu une éducation très conventionnelle. La géographie, elle l'avait apprise au gré de leurs voyages, l'histoire et la littérature au hasard des livres que lui conseillait sa mère, les mathématiques en regardant son père faire les comptes de leur petite troupe...

A présent, cette jeunesse lui apparaissait comme l'épisode le plus heureux de son existence, un éden doré dont le souvenir lui réchauffait le cœur dans les moments de doute ou d'incertitude.

Mais elle avait aussi découvert de nouveaux plaisirs, comme se promener durant des heures, les jours de pluie.

Reed ne partageait probablement pas cet engouement, songea-t-elle avec amusement. La plupart du temps, il devait se déplacer en voiture, en avion ou en taxi et éviter soigneusement de mouiller les beaux costumes sur mesure qu'il portait.

Il n'aurait probablement pas compris que la jeune femme puisse aimer se faire tremper des pieds à la tête au risque d'attraper un rhume ou une bronchite. Ce n'était pas rationnel et Reed était avant tout un homme de raison. Dans le cas contraire, il n'aurait jamais pu réussir dans le monde impitoyable de la production.

D'ailleurs, réalisa la jeune femme, il ne comprendrait probablement pas non plus sa passion pour la danse. C'était un métier ingrat qui vous conduisait à repousser sans cesse les limites de votre corps au risque d'aller trop loin. Car tous les danseurs savaient qu'ils jouaient avec le feu, qu'ils pouvaient à tout moment se blesser et voir leur carrière entière réduite à néant.

Reed était probablement aussi différent de Maddy qu'il était humainement possible. Pourquoi, alors, ne cessait-elle de penser à lui ? Pourquoi ne parvenait-elle pas à le chasser de ses pensées ? Fallait-il croire ce que disait le proverbe ? Que les opposés s'attiraient ?

Une chose était certaine : elle était hantée par le souvenir de la soirée qu'ils avaient passée ensemble. Il lui suffisait de fermer les yeux pour revoir les reflets dorés qu'avait fait naître le soleil couchant dans ses cheveux blonds, pour se rappeler le mélange de franchise, de curiosité et de cynisme dont il n'avait cessé de faire preuve.

Comment pouvait-elle être attirée par un tel cynisme, elle dont l'optimisme frisait parfois la naïveté ?

C'était absurde...

D'un autre côté, songea-t-elle avec une pointe d'ironie, ce n'était pas la première fois qu'elle se conduisait de façon irrationnelle.

Ce qui était plus étonnant, en fait, c'est qu'il avait suffi d'un simple baiser pour déclencher une telle obsession. Pas même un vrai baiser, d'ailleurs... Reed ne l'avait même pas prise dans ses bras et leurs lèvres s'étaient juste effleurées l'espace de quelques instants...

Pourtant, elle ne cessait de rejouer cette scène dans sa tête. Et, chaque fois, elle arrivait à la conclusion que Reed avait été tout aussi troublé qu'elle. Dans ses yeux, elle avait lu de l'incompréhension mêlée d'une pointe de désir.

Qui sait ce qui se produirait la prochaine fois qu'ils se rencontreraient ?

Sans prendre la peine de sécher ses cheveux trempés, Maddy enfila un sweat-shirt jaune et un jean. Dans les vestiaires flottait une odeur familière : celle de la transpiration, de divers déodorants et du talc qu'utilisaient la plupart des danseuses.

— Merci beaucoup de m'avoir parlé de ce cours, lui dit Wanda qui était en train d'enfiler un T-shirt si moulant qu'il semblait former une seconde peau. Le niveau est bien meilleur que là où je vais d'habitude et il coûte cinq dollars de moins.

Maddy s'assit sur le banc près de la jeune femme et entreprit de se sécher vigoureusement les cheveux.

— Il n'y a pas de quoi, répondit-elle. Notre métier est assez ingrat comme cela et il est normal de partager les bons tuyaux...

— Ce n'est pas ce que pensent la plupart de celles qui ont réussi, objecta Wanda.

— Tu exagères.

— Non. J'évite juste de me faire des illusions. Bien sûr, tous les danseurs prétendent qu'ils appartiennent à une grande famille mais c'est complètement faux. La plupart d'entre eux n'hésitent pas à se tirer dans les pattes pour décrocher le rôle qu'ils convoitent.

— Pas tous, protesta Maddy.

— Ne me dis pas que toi qui es au sommet de la pyramide, tu n'as pas peur qu'une nouvelle venue te souffle ta place, un de ces jours.

— Si. Mais si cela arrive, c'est parce qu'elle sera meilleure que moi. C'est pour cela que je travaille aussi dur. Dis-moi, où as-tu trouvé ces boucles d'oreilles ?

— Dans une boutique du Village. Pour cinq dollars soixante-dix.

— Est-ce qu'ils avaient les mêmes en bleu ?

— Sûrement. On dirait que toi aussi, tu aimes les bijoux voyants.

— Plus c'est toc, plus c'est choc ! s'exclama Maddy en riant.

— Je suis bien d'accord. Si tu veux, je te les échange contre le T-shirt bigarré que tu portais la dernière fois.

— Marché conclu. Je te l'apporterai à la prochaine répétition.

— Tu sais que tu as l'air en pleine forme.

— C'est le cas.

— Cela ne cacherait pas un nouveau petit ami, par hasard ?

Maddy se regarda dans la glace et tenta de distinguer ce qui avait pu mettre Wanda sur la voie. Avec une once de prétention, elle décida que son visage paraissait radieux.

— Pas tout à fait, répondit-elle en souriant. Mais j'ai effectivement rencontré quelqu'un.

— Beau garçon ?

— Superbe ! Il a des yeux extraordinaires. Des yeux gris... Et une petite fossette au menton.

— Il m'en faut plus que cela pour succomber, remarqua Wanda, ironique.

— Il a aussi de larges épaules. Il est mince et se tient bien. Je pense qu'il est assez musclé.

— Tu penses ?

— Je ne l'ai vu qu'habillé.

— Alors ça ne veut rien dire, décréta Wanda sentencieusement.

— Tu as peut-être raison. Nous avons juste dîné ensemble. Je crois que je l'intéressais mais je n'en suis pas sûre.

— Rassure-moi, il ne s'agit pas d'un danseur, au moins ?

— Non.

— Tant mieux, répondit Wanda en détachant ses boucles d'oreilles. Les danseurs font tous de mauvais maris. Je suis bien placée pour le savoir.

— Nous n'en sommes pas encore là, s'exclama Maddy en riant. Mais je ne savais pas que tu avais été mariée...

— Si, il y a cinq ans. Je l'ai rencontré lors des répétitions de *Pippin*. Nous nous sommes mariés le soir de la première.

Elle tendit les boucles d'oreilles à Maddy avant de poursuivre.

— Le problème, c'est que j'ai vite découvert qu'il avait une conception très élastique de la fidélité.

— Je suis désolée, compatit Maddy.

— Cela m'a servi de leçon. Le mariage n'est pas fait pour moi. Sauf s'il s'agit d'un homme plein aux as... C'est le cas du tien ?

— Je crois, oui...

— Dans ce cas, il n'y a pas à hésiter. Mets-lui le grappin dessus. Si ça ne marche pas, tu pourras toujours te consoler avec une solide pension alimentaire.

— Je suis sûre que tu n'es pas aussi cynique que tu veux bien le faire croire, remarqua Maddy en posant une main amicale sur l'épaule de la jeune femme. Il t'en a fait baver, n'est-ce pas ?

— Plutôt, oui…, reconnut Wanda. Et pour être parfaitement honnête avec toi, disons que je suis aujourd'hui convaincue qu'un mariage n'a une chance que si les deux époux sont prêts à jouer le jeu. Bon, que dirais-tu d'un petit déjeuner ?

— Je ne peux pas, répondit Maddy en récupérant le sac qui contenait son philodendron. Il faut que j'aille livrer quelque chose.

— A mon avis, ce qu'il faut à cette plante, c'est un enterrement décent, commenta sa nouvelle amie d'un ton dubitatif.

— Non. Je crois que ce qu'il lui faut, c'est juste un peu d'amour.

Contrairement à ce que croyait Maddy, Reed n'avait pas cessé de penser à elle. Et cela commençait même à l'agacer singulièrement. Il n'avait pas l'habitude de se laisser déconcentrer facilement, et surtout pas par une danseuse excentrique dont les goûts en matière de décoration frisaient la démence.

Après tout, ils n'avaient rien en commun. C'était du moins ce que se répétait Reed. Il n'aurait même pas dû la trouver séduisante. Certes, elle avait de très beaux yeux dorés, une jolie frimousse et un rire franc et cristallin qui avait le don de le mettre d'excellente humeur…

Mais il préférait généralement les femmes plus élégantes qui alliaient les bonnes manières à un sens esthétique irréprochable. Jamais elles n'auraient accepté de vivre dans un quartier aussi minable que celui où Maddy avait élu domicile. Jamais elles n'auraient grappillé dans l'assiette de leur invité. Et jamais elles n'auraient gardé chez elles une enseigne lumineuse à leur nom...

Alors pourquoi la soirée qu'il avait passée avec la jeune femme avait-elle brusquement ravalé ses précédentes conquêtes au rang de beautés ennuyeuses et superficielles ? Cette question obnubilait Reed. Il avait pourtant la prétention de ne pas choisir ses compagnes uniquement pour leur physique attrayant. Il avait toujours privilégié chez elles l'intelligence, la sensibilité et le goût de la discussion.

Les seules femmes qu'il avait toujours fuies étaient les actrices, les danseuses et les chanteuses. Car, s'il respectait leur talent, il éprouvait à leur égard une profonde méfiance et préférait s'en tenir avec elles à des relations d'ordre exclusivement professionnel.

Cela lui permettait notamment de conserver une parfaite intégrité. Il ne méprisait rien tant que ces producteurs qui faisaient travailler leurs dernières conquêtes au mépris de toute considération artistique.

Car si Reed n'avait rien d'un créatif, il admirait plus que tout le travail des artistes. Il s'était toujours efforcé de maintenir chez Valentine Records un niveau d'exigence et de qualité maximal. Il refusait de céder aux sirènes des profits faciles, aux attraits de ces interprètes jetables dont le nom était oublié au bout de quelques mois.

Les musiciens qui travaillaient pour lui le savaient. Ils reconnaissaient tous qu'ils lui devaient beaucoup. Car Reed était capable de comprendre leurs exigences, leurs ambitions et cette vulnérabilité qui les caractérisait souvent. Il était prêt à se battre pour eux parce que leur talent représentait le capital le plus précieux de son entreprise.

Or Reed était bien décidé à ce que Valentine Records conserve la place qui lui revenait de droit dans le monde impitoyable de la musique. Il le devait à son père et se le devait à lui-même.

Levant les yeux des chiffres de vente du mois en cours, il jeta un coup d'œil par la fenêtre. De lourdes gouttes de pluie s'écrasaient sur la vitre, éveillant un martèlement sourd et irrégulier. La ville entière était recouverte de gros nuages gris.

Que faisait-elle en ce moment ? se demanda Reed. Répétait-elle une fois encore cette comédie musicale qui lui tenait tant à cœur ? S'entraînait-elle quelque part ? Probablement…

Maddy adorait la danse plus que tout et paraissait y consacrer l'essentiel de son temps. Plus que par le succès, la gloire ou l'argent, elle semblait intéressée par l'exercice de son art. Lorsqu'elle en parlait, une lueur passionnée s'allumait dans ses yeux.

Comment était-elle parvenue à se préserver de la mesquinerie et de l'envie qui accompagnaient généralement la réussite ? Reed ne se faisait aucune illusion sur le monde du show-business et savait pertinemment qu'une carrière comme celle de la jeune femme avait dû susciter bien des jalousies. Pourtant, elle ne semblait pas affectée par ces rancœurs, ne se souciant que de danse.

Reed admirait cette forme d'intégrité malheureusement fort peu commune. Il appréciait aussi le naturel et le charme dont Maddy faisait preuve. Il aimait sa générosité, son absence de préjugés et sa continuelle bonne humeur.

Mais, surtout, il y avait eu cet étrange baiser…

Comment un geste aussi insignifiant avait-il pu éveiller en lui un désir aussi immédiat ? Cette question ne cessait de le hanter. Il aurait aimé pouvoir se convaincre que son attirance était parfaitement naturelle, que Maddy était une très jolie femme, que son corps sculpté par des années d'exercice frisait la perfection…

Mais il y avait plus que cela. Ce qui le fascinait le plus, chez elle, c'était ce mode de pensée qui lui était si radicalement étranger, cette façon profondément anticonformiste de considérer la vie et le monde qui l'entourait.

Comme il se faisait cette réflexion, la porte de son bureau s'ouvrit et son père pénétra dans la pièce.

— Sale temps pour jouer au golf, remarqua Reed en souriant.

— Tu peux le dire, acquiesça Edwin en se laissant tomber sur l'une des chaises qui faisaient face à la table de travail de son fils. Mais cela me donne l'occasion de te rendre visite. J'aime me tenir au courant de l'évolution des affaires. Cela m'aide à me sentir moins vieux.

— Je te rassure : pour une antiquité, tu es drôlement bien conservé.

— C'est gentil, fiston. Alors ? J'ai entendu dire que tu allais arracher Libby Barlow à Galloway Records…

— C'est possible, répondit prudemment Reed.

Edwin hocha la tête d'un air satisfait. Durant plus de vingt ans, il avait géré Valentine Records d'une main de fer mais ce dont il était le plus fier, aujourd'hui, c'était d'avoir trouvé en son fils un digne successeur. Reed avait transformé l'entreprise familiale en une compagnie moderne et puissante, et Edwin n'avait jamais regretté de lui avoir cédé sa place.

— Cette petite bonne femme a un sacré coffre, déclara le vieil homme. Je pense que Dorsey serait ravi de s'occuper d'elle si elle rejoint effectivement notre écurie.

Reed ne put s'empêcher de sourire : comme d'habitude, son père ne pouvait s'empêcher de lui donner des conseils.

— Nous en avons discuté, répondit-il. En attendant, je pense vraiment que tu devrais reprendre un bureau au siège. Tu pourrais venir chaque fois que tu en as envie.

— Pourquoi auriez-vous besoin d'une vieille baderne dans mon genre ?

— Parce que c'est toi qui as créé cette maison et qu'elle te doit tout.

— Balivernes ! C'est toi qui es aux commandes, à présent, répondit Edwin d'un ton péremptoire. Je continuerai à te donner de bons conseils et à te faire profiter de mon expérience. Mais un bateau ne navigue bien que s'il a un seul capitaine. Ma présence ici ne ferait que saper ton autorité. D'ailleurs, j'ai une entière confiance en toi, tu le sais bien.

— Et je ferai tout mon possible pour ne pas la décevoir, déclara Reed.

Edwin hocha la tête.

— J'en suis sûr. Tu es sans doute ce qui m'est arrivé de mieux dans ma chienne de vie. Je suis fier de toi, fiston.

— Papa…, commença Redd, la gorge un peu serrée par l'émotion.

Avant qu'il ait pu dire ce qu'il avait sur le cœur, sa secrétaire frappa à la porte et entra dans le bureau, portant un plateau sur lequel étaient placées deux tasses de café fumant et une assiette de petits gâteaux secs.

— Hannah ! s'exclama Edwin. Je vois que vous êtes toujours un modèle d'intuition et d'efficacité !

— Et vous, vous paraissez en pleine forme, monsieur Valentine. Si je ne me trompe, vous avez même dû perdre quelques kilos depuis la dernière fois que je vous ai vu.

Hannah était l'une des plus vieilles employées de la compagnie pour laquelle elle travaillait depuis plus de douze ans. Elle avait fidèlement secondé Edwin avant d'entrer au service de Reed.

— Dites plutôt que j'en ai gagné cinq ! protesta Edwin en riant.

— Alors, c'est que vous les portez bien. Je vous rappelle, ajouta-t-elle en se tournant vers Reed, que vous avez rendez-vous à 11 h 30 avec Mackenzie du département des ventes. Voulez-vous que je décale cette réunion ?

— Surtout pas à cause de moi ! protesta aussitôt Edwin.

Reed jeta un coup d'œil à sa montre. Il lui restait trente-cinq minutes.

— Ce ne sera pas nécessaire, répondit-il à Hannah.

— Quelle sacrée bonne femme ! s'exclama Edwin lorsque la secrétaire eut quitté la pièce. Tu as vraiment bien fait de la garder lorsque tu as repris mon poste.

— C'est vrai. Honnêtement, je ne pense pas que Valentine Records tournerait aussi bien si elle n'était pas là.

Reed avait répondu d'un ton distrait et Edwin l'observa attentivement. Il connaissait son fils presque aussi bien que lui-même et devina que quelque chose le préoccupait. Les cernes qui soulignaient ses yeux trahissaient d'ailleurs la nuit sans sommeil qu'il avait passée.

— Qu'est-ce qui ne va pas ? demanda-t-il gravement.

— Rien, répondit Reed. Les indicateurs sont tous dans le vert et nos ventes augmentent…

— On dirait pourtant que tu as autre chose en tête.

— C'est vrai. Ces temps-ci, je pense souvent à cette comédie musicale que nous produisons.

— Ça te rend nerveux ?

— Non… J'ai rencontré à plusieurs reprises le producteur exécutif et le metteur en scène et ils m'ont l'air de savoir ce qu'ils font. J'ai même assisté à quelques répétitions et je suis persuadé que la pièce fera un triomphe. Sans compter le fait que la musique est magnifique et que les CD se vendront comme des petits pains. Nous travaillons déjà à la campagne de promotion.

— Si cela ne te dérange pas, j'aimerais vraiment assister aux réunions qui auront lieu à ce sujet.

— Tu n'as même pas à me le demander, papa.

— Au contraire. C'est toi le chef, Reed. Et je te suis reconnaissant de me laisser me mêler de ce projet. Tu sais que j'y suis particulièrement attaché.

— Oui, mais tu ne m'as jamais expliqué pourquoi.

Edwin engloutit un nouveau gâteau sec avant de répondre à son fils.

— Cela remonte à pas mal de temps. Dis-moi, est-ce que tu as déjà rencontré Maddy O'Hurley ?

— Oui, répondit Reed, étonné.

Comme il allait demander à son père quels rapports ce dernier entretenait avec la jeune femme, l'Interphone se mit à sonner.

— Oui, Hannah ?

— Je suis désolée de vous déranger, monsieur Valentine, mais il y a ici une jeune femme qui demande à vous voir. Elle dit qu'elle a quelque chose à vous livrer.

— Pouvez-vous le prendre pour moi ?

— Elle préférerait vous le donner en mains propres. Elle s'appelle Maddy...

— Maddy ? répéta Reed, stupéfait. Très bien, faites-la entrer.

Un instant plus tard, la porte du bureau s'ouvrit de nouveau, révélant la jeune femme trempée de la tête aux pieds qui tenait à la main un sac en plastique contenant son pitoyable philodendron.

— Je suis désolé de vous déranger, Reed, déclara-t-elle. Mais je me suis dit qu'il valait mieux que je vous confie mon philodendron. Chaque fois que l'une de mes plantes meurt, je me sens terriblement coupable, et j'ai pensé que vous pourriez m'éviter ce désagrément.

Edwin se redressa poliment et Maddy avisa sa présence.

— Bonjour, lui dit-elle avec un charmant sourire. Je suis navrée de vous avoir interrompus mais vous comprenez bien qu'il s'agit d'une question de vie ou de mort.

Elle déposa la plante dégoulinante sur un coin du bureau immaculé de Reed qui la regarda faire avec effarement.

— Inutile de me prévenir si elle meurt, ajouta-t-elle. Mais si elle survit, dites-le-moi. Merci d'avance...

Sur ce, elle fit mine de quitter le bureau.

— Maddy, la rappela Reed qui commençait lentement à revenir de sa stupeur. Avant que vous ne disparaissiez aussi brusquement que vous êtes apparue, je voudrais vous présenter mon père, Edwin Valentine. Papa, je te présente Maddy O'Hurley.

Celle-ci tendit la main au vieil homme avant de la retirer précipitamment.

— Désolée, mais je suis trempée, expliqua-t-elle. En tout cas, je suis ravie de faire votre connaissance.

— Moi de même, répondit Edwin. Asseyez-vous.

— Je ne peux pas, je vais tout salir.

— Allons donc, un peu d'eau ne peut pas faire de mal à un bon siège en cuir.

Après une légère hésitation, Maddy prit place sur l'un d'eux.

— Je vous ai vue sur scène et j'ai été très impressionné, reprit Edwin.

— Merci…

Maddy ne se sentait pas le moins du monde intimidée par cet homme qui était l'un des plus riches et des plus influents du milieu du spectacle. En fait, elle le trouvait plutôt sympathique, même si elle avait du mal à imaginer que ce personnage massif au visage carré puisse être le père de Reed.

— Voulez-vous une tasse de café ? suggéra ce dernier.

— Je n'en bois jamais. Mais si vous avez du thé, j'en prendrai volontiers une tasse.

Reed hocha la tête et commanda la boisson à Hannah.

— Prenez aussi un biscuit, l'encouragea Edwin en lui tendant l'assiette sur laquelle ils étaient disposés.

— Je crois que je n'aurai pas le temps de déjeuner. Autant avaler un peu de sucre avant d'aller répéter… Vous savez, monsieur Valentine, nous nous demandions tous si vous passeriez nous voir travailler.

— J'y ai pensé, effectivement. En fait, Reed et moi

étions justement en train de parler de la pièce. Il pense qu'elle remportera un grand succès. Etes-vous du même avis ?

— Je ne peux pas répondre avant la première à Philadelphie, répondit Maddy d'un air désolé. Cela porte la poisse. Mais je pense que les numéros de danse sont exceptionnels. Celui que nous allons répéter cet après-midi devrait faire un malheur. Et si tel n'est pas le cas, je suis prête à retourner jouer les serveuses dans le premier restaurant venu !

Hannah pénétra alors dans le bureau et tendit à la jeune femme la tasse de thé qu'elle avait demandée.

— Je vous fais entièrement confiance, déclara Edwin. D'après mon expérience, personne ne vaut un O'Hurley lorsqu'il s'agit de critiquer un numéro de danse !

Maddy lui jeta un regard interloqué.

— J'ai bien connu vos parents, expliqua Edwin.

— Vraiment ? demanda-t-elle, un large sourire aux lèvres. Je ne crois pas qu'ils m'en aient jamais parlé…

— C'était il y a très longtemps, expliqua le vieil homme. Je venais juste de débuter dans le métier. J'ai rencontré vos parents ici même, à New York. A ce moment-là, je n'avais plus un sou en poche et ils m'ont laissé dormir dans leur chambre d'hôtel le temps que je me refasse. Je ne l'ai jamais oublié.

— Eh bien ! s'exclama Maddy. Pour quelqu'un d'aussi fauché, on peut dire que vous avez plutôt bien réussi !

— C'est vrai. Et j'ai toujours eu envie de remercier vos parents pour ce qu'ils ont fait pour moi. C'était il y a vingt-cinq ans et vous et vos sœurs étiez encore au berceau. Je crois même avoir changé votre couche, un jour.

— Comment pouvez-vous en être sûr ? répliqua Maddy en riant. Chantel, Abby et moi devions nous ressembler comme trois gouttes d'eau, à ce moment-là.

— C'est vrai… Je me souviens que vous aviez un frère qui jouait très bien du piano.

— Il joue encore mieux aujourd'hui.

— Il chantait comme un ange. J'avais promis à votre père de lui faire enregistrer un disque si je réussissais. Mais le temps que cela arrive et que je parvienne à localiser votre famille, il était déjà parti.

— Au grand désespoir de mon père, Trace a décidé qu'il ne voulait pas passer sa vie sur les routes.

— Je peux le comprendre. En tout cas, lorsque j'ai retrouvé les O'Hurley, vous et vos sœurs aviez formé un groupe.

— Les « Triplées O'Hurley », c'est exact.

— Je vous aurais bien proposé un contrat à vous aussi mais, à ce moment-là, votre sœur Abby s'est mariée.

Maddy ouvrit de grands yeux. Elle avait du mal à croire que ses sœurs et elle auraient pu sortir un disque sous le label Valentine. Dans la profession, il s'agissait d'une véritable consécration.

— Est-ce que papa était au courant ?

— Nous en avons discuté.

— Mon Dieu ! Il devait être désespéré de voir une telle occasion lui échapper. Mais il n'en a jamais rien dit. Chantel et moi avons chanté encore quelque temps ensemble avant de partir chacune de notre côté. Pauvre papa…

— Ne le plaignez pas. Il doit être très fier de vous aujourd'hui.

— Vous êtes gentil, monsieur Valentine. Mais, dites-moi, est-ce que vous avez décidé de produire cette comédie musicale pour rembourser la dette que vous aviez contractée vis-à-vis de mes parents ?

— Non. Cette pièce risque de me rapporter plus qu'elle ne m'a coûté. Par contre, j'aimerais beaucoup revoir votre père et votre mère.

— Je le leur dirai. Je suis certaine qu'ils seront enchantés d'avoir de vos nouvelles.

La jeune femme se leva, sachant qu'il lui restait tout juste le temps de regagner la salle de répétition avant que l'échauffement ne commence.

— Je suis désolée de vous avoir dérangé, Reed, dit-elle.

— Il n'y a pas de quoi, répondit-il. Cette visite fut des plus instructives.

Maddy hocha la tête.

— Je vous avais dit que le monde était petit.

Reed la contempla, sidéré par son aplomb. Pourtant, en cet instant, elle n'avait pas vraiment fière allure. Ses cheveux imbibés d'eau étaient plaqués contre ses joues. En guise de boucles d'oreilles, elle portait deux triangles de plastique rouge qui juraient avec son pull-over trempé jaune canari. Et, malgré cela, Reed ne pouvait s'empêcher de la trouver terriblement désirable.

— C'est vrai, soupira-t-il, incapable de comprendre ce qui lui arrivait.

— Vous prendrez bien soin de ma plante, d'accord ?

— Je ferai ce que je peux mais, étant donné son état, je ne vous promets rien...

— Ne vous en faites pas. De toute façon, je n'aime pas les promesses.

La jeune femme fit quelques pas vers la porte puis se retourna.

— Vous savez, lui dit-elle, votre bureau est exactement comme je l'avais imaginé : organisé, fonctionnel et élégant. Il vous correspond tout à fait. Merci pour le thé...

— C'était un plaisir. A bientôt, j'espère...

— Que diriez-vous de vendredi ?

— Vendredi ? répéta Reed, pris de court une fois encore.

— Oui, je suis libre vendredi soir. Nous pourrions nous retrouver après la répétition.

Reed secoua la tête, de plus en plus sidéré. Comment

était-il censé réagir face à une femme qui répondait à une simple formule de politesse par une invitation en bonne et due forme ?

— Où ? demanda-t-il, presque malgré lui.

Un petit sourire satisfait se dessina sur les lèvres de Maddy.

— Au Rockefeller Center, à 19 heures. Je vous préviens, je serai en retard. Je suis ravie d'avoir fait votre connaissance, ajouta-t-elle à l'intention d'Edwin avant de se pencher vers lui pour déposer sans façon une bise sur chacune de ses joues. Au revoir.

— Au revoir, Maddy, répondit Edwin en s'efforçant vainement de conserver son sérieux.

Il attendit qu'elle fût sortie et se tourna vers son fils avec un sourire malicieux. Il n'avait que rarement l'occasion de voir ce dernier arborer une mine aussi stupéfaite.

— Lorsqu'un homme se trouve sur le chemin d'une tornade dans ce genre, déclara-t-il, il n'a que deux solutions : s'accrocher à ce qu'il peut pour garder les pieds sur terre ou se laisser aller. Si j'avais quelques années de moins, fiston, je n'hésiterais pas un instant à profiter de la balade…

4

Reed se demanda si Maddy n'était pas un peu sorcière. Bien sûr, elle ne correspondait pas à l'idée que l'on se faisait généralement de ces inquiétants personnages. Mais il avait l'impression qu'elle l'avait envoûté. Dans le cas contraire, comment expliquer qu'il se trouve ici, au Rockefeller Center, à 19 heures précises, nerveux comme un adolescent à son premier rendez-vous amoureux ?

Il aurait sans doute mieux fait de rentrer tranquillement chez lui, de se servir un bon whisky et de s'attaquer à la masse impressionnante de paperasses qu'il avait rapportées du bureau pour le week-end.

Sur la Cinquième Avenue, le trafic était plus dense que jamais, et des coups de Klaxon se faisaient régulièrement entendre, trahissant l'exaspération des conducteurs. Les plus chanceux d'entre eux devaient quitter la ville pour rejoindre leurs maisons de campagne et fuir la chaleur oppressante qui pesait sur la ville depuis quelques jours.

Les passants remontaient à grands pas les trottoirs pour gagner l'ombre et la fraîcheur de leur appartement ou de leur café préféré. Non loin de l'endroit où se tenait Reed, une bande de gamins accostait les badauds pour leur vendre des roses à un dollar pièce. Ils n'avaient même pas pris la peine de tenter leur chance avec lui, considérant sans doute qu'il ne paraissait ni assez généreux ni assez naïf pour en acheter une.

Tandis que la marée humaine défilait devant lui, Reed percevait des bribes de conversations auxquelles il ne prêtait aucune attention. Il était bien trop préoccupé par ses propres problèmes.

Pourquoi avait-il accepté de retrouver Maddy ? se demanda-t-il pour la centième fois. Parce qu'elle piquait sa curiosité, décida-t-il. Parce qu'elle était tellement différente de tous les gens qu'il connaissait qu'il ne pouvait s'empêcher de vouloir la connaître mieux.

Tout en elle lui paraissait receler quelque incompréhensible paradoxe. Elle avait réussi à se tailler une place dans un milieu impitoyable mais n'en éprouvait aucune arrogance. Elle était très attirante mais ne cherchait jamais à se mettre en valeur sur le plan physique. Elle vivait dans la ville la plus corrompue du monde et avait réussi à conserver une franchise et une naïveté à toute épreuve...

Maddy était unique, c'était incontestable. Mais pourquoi n'avait-il pas eu la présence d'esprit de suggérer un endroit un peu plus calme pour la retrouver ?

Un groupe de jeunes filles s'approcha, se dirigeant vers l'entrée de l'immeuble qui se trouvait juste derrière lui. Reed s'écarta prestement pour ne pas être bousculé. Au passage, il constata que l'une des adolescentes le regardait d'un air appréciateur. Elle se pencha vers une amie pour lui murmurer quelque chose à l'oreille et toutes deux éclatèrent de rire avant de disparaître à l'intérieur du bâtiment.

En soupirant, Reed se détourna et observa le vendeur qui avait installé son petit chariot à quelques mètres de là. A en juger par le nombre de glaces qu'il vendait aux passants, la recette du jour serait bonne. Hélas, il n'en irait probablement pas de même pour le mendiant qui faisait la manche juste à côté.

Comme Reed se dirigeait vers lui pour lui glisser un

billet, il fut abordé par un jeune homme qui prétendait lui vendre deux tickets pour un spectacle. Comprenant qu'il ne parviendrait pas à ses fins, il abandonna la partie et se dirigea vers deux touristes qui portaient une casquette sur laquelle était inscrit :

« J'aime New York. »

Un véhicule de police remonta alors la Cinquième, sirène hurlante, mais personne ne parut y prêter attention. Reed jeta un coup d'œil à sa montre et constata qu'il était 19 h 20. Cela ne fit qu'accroître son agacement déjà amplifié par la chaleur implacable et la foule de gens qui grouillait autour de lui.

Mais c'est alors qu'il la vit. Elle remontait la rue d'une démarche légère, paraissant presque flotter au-dessus du bitume. Même au milieu de tout ce monde, elle conservait une sorte de sérénité qui se reflétait sur son visage comme si ni le bruit ni la chaleur ne pouvaient la troubler.

Elle n'était probablement pas la plus belle des femmes présentes et rien dans son habillement ne la distinguait particulièrement des autres. Mais Reed ne parvenait pas à détacher son regard, trouvant mille raisons insensées de la trouver fascinante.

L'espace d'un instant, elle s'arrêta devant le mendiant et fouilla dans son sac à la recherche d'un billet qu'elle lui tendit. Ils échangèrent quelques mots et elle lui sourit avant de reprendre sa progression. En apercevant Reed, elle pressa le pas et ne tarda pas à le rejoindre.

— Je suis désolée, lui dit-elle. Je suis toujours en retard, c'est une vraie malédiction. Mais je suis rentrée chez moi pour me changer après la répétition. Je me doutais que vous seriez élégant, comme à votre habitude, et je voulais être présentable.

Elle portait ce jour-là une robe longue multicolore qui lui donnait une apparence un peu bohème.

— Vous auriez pu prendre un taxi, remarqua Reed qui n'était pas prêt à se laisser charmer aussi facilement.

— Je ne le fais jamais, répondit Maddy. Mais pour me faire pardonner, c'est moi qui paierai le dîner.

Sans façon, elle le prit par le bras comme s'ils étaient des amis de longue date. Reed comprit qu'il lui serait difficile de garder ses distances comme il avait espéré le faire.

— Je suis certaine que vous êtes affamé, reprit-elle. En tout cas, moi je le suis. Je connais une bonne pizzeria pas loin d'ici.

— Ecoutez, c'est moi qui vous invite, et je pense que nous pouvons trouver mieux qu'une pizza.

S'approchant de la rue, il appela un taxi qui se rangea contre le trottoir. Tous deux montèrent à l'arrière, et Reed donna au chauffeur l'adresse d'un grand restaurant situé sur Park Avenue.

— Je crois que vous avez raison, déclara la jeune femme, enchantée. Ce sera meilleur qu'une pizza. Au fait, j'aime beaucoup votre père.

— Je crois que le sentiment est réciproque, répondit Reed.

Le taxi démarra en trombe et coupa deux files de voitures sans aucune considération pour le Code de la route.

— Vous ne trouvez pas fou qu'il ait connu mes parents ? Mon père adore se vanter des gens qu'il a rencontrés, surtout si cela ne s'est jamais produit. Mais il n'a jamais fait mention d'Edwin Valentine…

— Peut-être a-t-il oublié, répondit Reed en s'efforçant de ne pas prêter attention à l'odeur délicieuse qui émanait de la jeune femme.

Maddy éclata de rire et secoua la tête.

— Certainement pas ! Un jour, il m'a raconté qu'il avait rencontré la nièce de la femme d'un homme dont le frère avait travaillé sur *Chantons sous la pluie*. Il était ravi…

Alors imaginez un peu : votre père, l'un des plus grands producteurs de musique du monde, a passé la nuit dans sa chambre. C'est quelque chose que l'on n'oublie pas. Par contre, je me demande vraiment pourquoi Edwin se souvenait aussi bien de deux artistes inconnus qui l'avaient accueilli pour quelques nuits.

Reed acquiesça. Lui-même s'était effectivement posé la question. Après tout, son père avait dû rencontrer des milliers de gens dans des circonstances plus curieuses au cours de son existence bien remplie.

— Je suppose que vos parents lui ont fait bonne impression, répondit-il.

— Peut-être. Ce sont des gens exceptionnels.

Le taxi ralentit et le chauffeur se gara devant le restaurant que lui avait indiqué Reed.

— Ça alors ! s'exclama Maddy, impressionnée. C'est magnifique… Je devrais venir plus souvent dans ce quartier.

— Pourquoi ne le faites-vous pas ? demanda Reed, curieux.

— Je ne sais pas… Peut-être parce qu'il y a tout ce dont j'ai besoin dans le mien. Et que je n'ai que rarement l'occasion de sortir avec des gens qui ont les moyens de fréquenter ce genre d'endroits.

Ils sortirent du taxi et Reed paya le chauffeur qui redémarra à toute vitesse.

— Je n'aurais pas dû dire cela, soupira alors la jeune femme. Ce n'était pas très élégant de ma part…

— Effectivement, répondit Reed avec un sourire moqueur. Mais quelque chose me dit que ce n'est pas le genre de choses qui vous tracasse beaucoup.

— Je préfère ne pas savoir s'il s'agit d'un compliment ou d'une insulte, remarqua Maddy tandis qu'ils pénétraient dans le restaurant.

— Bonsoir, monsieur Valentine, salua le maître d'hôtel en s'approchant d'eux.

— Bonsoir, Jean-Paul. Je n'ai pas réservé. J'espère que vous nous trouverez une petite place.

— Pour vous, certainement. Si vous voulez bien me suivre…

Maddy emboîta le pas aux deux hommes et constata que la salle était déjà pleine. Jean-Paul aurait probablement refusé tout autre client mais Reed était de toute évidence un habitué des lieux. Et il dispensait probablement des pourboires suffisamment généreux pour expliquer le traitement de faveur dont il faisait l'objet.

Une chose était certaine : c'était exactement le genre d'endroit que Maddy s'était attendue à le voir fréquenter : chic, sobre et stylé sans être trop à la mode ou trop tape-à-l'œil. L'atmosphère était feutrée, les conversations poliment étouffées.

Les tenues que portaient la plupart des dîneurs révélaient leur appartenance à une classe sociale privilégiée, et plusieurs saluèrent Reed de la tête, trop polis pour l'aborder sans y être invités.

— Champagne, monsieur ? s'enquit Jean-Paul lorsqu'il les eut installés à une petite table située un peu à l'écart.

— Maddy ?

La jeune femme décocha un sourire radieux au maître d'hôtel.

— J'aurais mauvais jeu de refuser, lui dit-elle.

— Je vous apporte la bouteille tout de suite.

Jean-Paul s'éloigna et Maddy en profita pour observer la pièce.

— C'est un très bel endroit, conclut-elle. Mais dites-moi, pourquoi n'êtes-vous pas venu nous voir répéter ? J'avais vaguement espéré que vous le feriez.

Reed ne pouvait lui avouer qu'il avait été très tenté par cette perspective et qu'il s'était forcé à ne pas céder à son envie.

— Ce n'est pas nécessaire, répondit-il. Je n'ai aucune

compétence en matière de danse. La seule chose sur laquelle je me sois adjugé un droit de regard, c'est la musique.

— Je vois, répondit Maddy qui avait entrepris de dessiner sur la nappe des arabesques du bout de l'ongle. En fait, ce qui vous intéresse le plus, c'est que la comédie musicale remporte assez de succès pour que les albums se vendent bien.

— Bien sûr. Et je ne suis pas inquiet à ce sujet : nous avons engagé les meilleurs.

— Je suis flattée.

Jean-Paul revint alors avec la bouteille promise et Maddy observa attentivement la façon presque rituelle avec laquelle il l'ouvrait. Il remplit alors leurs deux flûtes et la jeune femme leva la sienne pour porter un toast.

— Buvons à Philadelphie, déclara-t-elle.

— Pourquoi Philadelphie ?

— Parce que c'est là qu'a lieu la première. Et la réaction du public nous donnera une bonne idée du succès que rencontrera la comédie musicale.

— A Philadelphie, dans ce cas, acquiesça Reed.

Ils trinquèrent et la jeune femme avala une gorgée de champagne.

— Il est délicieux. La dernière fois que j'en ai bu, c'était au cours de la fête organisée pour mon départ de *Susanna's Park*. Mais il n'était pas aussi bon, loin de là.

— Pourquoi avez-vous fait cela ?

— Fait quoi ?

— Vous avez quitté cette comédie musicale alors qu'elle connaissait un succès retentissant. Pourquoi ?

Avant de répondre, Maddy but une nouvelle gorgée, admirant la réflexion de la lueur des bougies dans son verre de cristal.

— Il était temps pour moi de changer, déclara-t-elle enfin. Je ne tiens pas en place.

— Vous ne vous souciez donc pas de la sécurité de l'emploi ?

— Etant donné l'existence que j'ai connue avec mes parents, ce n'est effectivement pas l'une de mes priorités. D'ailleurs, je suis convaincue que c'est d'abord en soi que l'on trouve la sécurité.

Reed hocha la tête. Il ne connaissait malheureusement que trop bien les femmes qui passaient d'un endroit à l'autre sans jamais se sentir satisfaites.

— Est-ce que vous diriez que vous vous lassez facilement ? demanda-t-il.

Maddy sentit qu'il accordait une grande importance à cette question mais elle ne put deviner pourquoi.

— Je ne me lasse jamais, répondit-elle en toute honnêteté. C'est impossible. Il y a toujours quelque chose de nouveau à découvrir dans la vie.

— Vraiment ?

— Oui, je le crois.

— Alors pourquoi dites-vous que nous ne tenez pas en place ?

— Eh bien... Je suppose que c'est une composante essentielle de la vie que j'ai choisi de mener. Un homme dans votre position doit être stable, solide et fiable parce que des dizaines de gens dépendent de lui. Moi, au contraire, je fonctionne en électron libre. Je travaille uniquement sur moi-même. Et si je ne renouvelais pas régulièrement le cadre dans lequel j'évolue, je ne pourrais plus m'améliorer. Vous devriez le comprendre, vous qui fréquentez des artistes.

— C'est vrai. J'ai souvent remarqué qu'ils avaient besoin de se confronter régulièrement à de nouvelles expériences, concéda Reed en souriant.

— On dirait que cela vous amuse.

— D'une certaine façon, oui. Je trouve qu'il y a quelque chose de terriblement narcissique dans ce mode de vie.

Mais je suppose que c'est le prix à payer pour pouvoir créer. Et j'admire ce talent.

— Tout en considérant que les artistes sont un peu fous, compléta Maddy.

— Exactement, acquiesça Reed.

— Vous savez, je vous aime bien, déclara la jeune femme en posant sa main sur la sienne. Et je suis désolée que vous soyez si cynique.

Reed ne répondit pas. Il ne tenait pas précisément à ce que Maddy développe sa pensée. Elle s'approchait beaucoup trop d'une partie de lui qu'il tenait à garder secrète. Fort heureusement, le serveur les interrompit, leur présentant les menus avant de leur décliner la liste des plats du jour.

— Nous n'aurions pas dû venir ici, soupira la jeune femme lorsqu'il se fut éloigné pour leur laisser le temps de se décider.

— Pourquoi ? Vous n'aimez pas la cuisine française ?

— Vous plaisantez ? J'adore ça ! En fait, je crois que j'adore toutes les cuisines du monde. Et c'est bien là qu'est le problème…

— Vous aviez proposé une pizza, objecta Reed. Ce n'est pas précisément léger.

— Je n'en aurais pris qu'une part, répondit-elle. Bon… Il y a deux solutions. Soit je me contente d'une salade et je vous regarde manger en soupirant, soit je décide que nous avons quelque chose à célébrer et je me fais plaisir.

— Si vous voulez quelque chose de léger, je vous conseille le saumon. Il est délicieux.

— Vraiment ? demanda-t-elle en le regardant gravement.

— Vraiment.

— Reed, je suis une adulte à l'esprit indépendant. Mais lorsqu'il s'agit de nourriture, je ne vaux pas mieux qu'une fillette de quatre ans lâchée dans une confiserie. Je crois donc qu'il vaut mieux que vous choisissiez pour moi.

— Très bien, acquiesça Reed. Faites-moi confiance.

De fait, il était bien décidé à lui offrir un repas inoubliable.

Et il ne fut pas déçu. Maddy fit preuve d'un enthousiasme presque enfantin en découvrant les plats qu'il avait commandés pour elle. Elle mangeait lentement, savourant chaque bouchée avec une délectation évidente, goûtant de tout sans jamais rien finir.

Reed y vit une nouvelle manifestation du sens de la discipline et de la volonté de fer qui caractérisaient la jeune femme. Et, tandis qu'il la regardait manger, il fut frappé par la sensualité qui se dégageait d'elle.

Il y avait dans sa façon de profiter de la nourriture quelque chose de presque sexuel. Une certaine voracité qui le troublait, paraissant promettre d'autres appétits plus délicieux encore.

— C'est divin ! s'exclama-t-elle en lui tendant une fourchette sur laquelle était empalé un petit bout de poisson. Goûtez !

Reed s'exécuta. Mais, en réalité, ce n'était pas tant ces plats qui lui faisaient envie que sa séduisante compagne. Il avait envie de sentir ces lèvres gourmandes contre les siennes, de la serrer dans ses bras et de la voir s'abandonner contre lui.

Et le plus excitant était que ce désir n'échappait aucunement à Maddy. Il le lisait dans ses yeux que faisait pétiller un mélange de promesses muettes et d'amusement. Ce dîner prenait une tournure complètement inattendue et Reed réalisa qu'il était bien près de renoncer à toutes les résolutions qu'il avait prises en acceptant de venir la retrouver.

— Je crois, dit-elle brusquement, que les danseurs pensent beaucoup trop à la nourriture. C'est probablement parce qu'ils ne cessent de s'en priver.

— C'est une façon de vivre très étrange, observa Reed.

— C'est un choix. Dès notre jeunesse, nous abandonnons beaucoup de choses pour pouvoir nous adonner à notre passion : la télévision, les fêtes, les sports collectifs… Tout cela pour nous entraîner sans relâche. Et cette habitude perdure lorsque nous devenons adultes.

— Et combien êtes-vous prête à sacrifier à votre art ?

— Tout ce qui est nécessaire, répondit-elle sans hésiter.

— Et cela en vaut-il la peine ?

— Oh, oui ! Même dans les moments les plus difficiles, il y a quelque chose d'exaltant dans la danse. C'est comme si, l'espace de quelques secondes, de quelques minutes parfois, on arrivait à s'arracher à la gravité, à sublimer la réalité pour devenir quelque chose d'autre.

Reed s'adossa à sa chaise, désireux de prendre un peu de recul, de s'abstraire de la passion qui animait la jeune femme et se communiquait à lui.

— Et le succès ? Est-ce que cela a un sens, pour vous ?

— Lorsque j'avais seize ans, le succès, pour moi, c'était de jouer à Broadway. Et je crois que cela n'a pas changé.

— Alors vous êtes parvenue à vos fins.

Maddy secoua la tête, ne sachant s'il pouvait comprendre ce qu'elle ressentait vraiment.

— Le succès n'est pas quelque chose d'objectif, expliqua-t-elle. C'est un état d'esprit. Comme pour cette pièce, par exemple : je la vois comme un succès parce que je n'imagine pas un seul instant qu'elle puisse se solder par un four. Je ne peux pas me le permettre.

— Alors, vous portez volontairement des œillères ?

— Disons plutôt que je choisis toujours de voir les choses du bon côté. Vous, au contraire, vous êtes réaliste. Et je crois que c'est ce que j'aime, chez vous. Vous ne jouez pas à faire semblant comme la plupart des artistes que je fréquente. C'est notre principal défaut : même lorsque nous sommes notre seul public, nous sommes toujours un peu en représentation.

— Je n'ai pas vraiment le choix, remarqua Reed. Je gère une entreprise et je n'ai pas le droit de me voiler la face.

— C'est exact. Mais qu'en est-il de votre vie privée ?

— Touché... Je suppose que vous avez raison : je suis un incorrigible réaliste.

— Pourquoi ?

— Parce que je crois que l'on ne peut trouver la paix que si l'on sait distinguer le vrai du faux, la réalité du rêve.

— Moi, je pense que l'on peut faire de ses rêves des réalités. C'est même ma définition du bonheur.

— Je ne sais pas si je crois au bonheur, observa sombrement Reed.

Comme Maddy s'apprêtait à l'interroger à ce sujet, un homme s'approcha de leur table. Il était très grand, dégingandé et portait un improbable costume couleur pêche.

— Reed. Comment vas-tu ?

— Très bien, Allen. Et toi ?

— Bien. Très bien. Je suis désolé d'interrompre votre dîner, ajouta-t-il à l'intention de Maddy. Je ne crois pas que nous nous soyons déjà rencontrés.

— Effectivement, répondit-elle en lui serrant la main.

— Maddy O'Hurley, Allen Selby, les présenta Reed.

— Maddy O'Hurley ? s'exclama le nouveau venu. C'est un plaisir de faire votre connaissance. J'ai vu *Suzanna's Park* deux fois, vous savez. Vous étiez fantastique.

— Merci...

— Dis-moi, Reed, j'ai entendu dire que vous vous intéressiez à Broadway, à présent.

— Les nouvelles vont vite, à ce que je vois. Allen est le président de Galloway Records, ajouta Reed à l'intention de Maddy.

— Concurrents et amis de toujours, acquiesça Allen.

La jeune femme songea que son rire sonnait faux.

Quelque chose lui disait que Selby était un homme bien plus redoutable en affaires qu'il ne voulait le faire croire.

— Avez-vous déjà pensé à enregistrer un album, mademoiselle O'Hurley ?

— Je sais que je ne devrais pas le dire mais le chant n'est pas mon point fort. Je suis danseuse avant tout.

— Si Reed ne parvient pas à vous convaincre de votre talent, n'hésitez pas à venir me voir, répondit Allen en tapotant l'épaule de son concurrent.

Une lueur de colère passa dans les yeux de ce dernier mais son visage resta parfaitement impassible. Il se contenta de boire une gorgée de champagne.

— J'aimerais pouvoir me joindre à vous pour le café, reprit Allen, mais je dois dîner avec l'un de mes clients. Salue ton père de ma part, Reed. Quant à vous, Maddy, n'oubliez pas ce que je vous ai dit !

Sur ce, il s'éloigna en direction de sa propre table. Maddy attendit qu'il se fût suffisamment éloigné pour décocher un clin d'œil complice à Reed.

— Est-ce que tous les producteurs s'habillent de façon aussi voyante ? demanda-t-elle.

— Selby est un modèle unique, répondit Reed en se détendant quelque peu.

— Vous aussi.

— Je ne sais pas s'il s'agit d'un compliment ou d'une insulte.

— D'un compliment, bien sûr ! Je vous ai dit que j'aimais ce qui était unique. Mais vous, vous n'avez pas l'air d'apprécier beaucoup ce Selby.

— Il vous l'a dit : nous sommes concurrents.

— Il n'y a pas que cela, protesta Maddy en secouant la tête. Vous ne l'aimez pas non plus sur le plan personnel.

Reed lui jeta un regard étonné. Il se targuait d'ordinaire de sa capacité à masquer ses sentiments. Mais, visiblement, Maddy venait de le prendre en défaut.

— Qu'est-ce qui vous fait dire cela ?

— Vos yeux sont devenus glacés. Je n'aimerais vraiment pas que vous me regardiez de cette façon un jour. Je sais que vous vous refuserez à dire du mal de Selby mais que sa simple présence vous agace. Alors pourquoi ne pas demander l'addition et nous éclipser avant qu'il ne se mette en tête de nous inviter à sa table ?

Reed hocha la tête et fit signe au serveur. Malgré les protestations de Maddy, il insista pour lui offrir le repas et tous deux sortirent du restaurant. Dehors, la chaleur était déjà moins étouffante.

— Il serait dommage de ne pas profiter du beau temps pour faire quelques pas, déclara Maddy en lui prenant le bras.

Ils remontèrent donc l'avenue bordée de grands magasins qui, à cette heure, avaient fermé leurs portes.

— Selby avait raison sur un point, remarqua Reed. En vous associant avec un bon compositeur, je pense que vous pourriez enregistrer un excellent album.

Maddy haussa les épaules. Cela n'avait jamais fait partie de ses rêves.

— Peut-être un jour, répondit-elle évasivement. En attendant, Madonna peut dormir tranquille… Regardez toutes ces étoiles. Il est rare qu'on en voie autant à New York. Il m'arrive d'envier à Abby sa vie à la campagne.

— Votre profession ne vous permet pas vraiment de vous éloigner d'une grande ville, objecta Reed.

— C'est vrai. C'est d'ailleurs pour cette raison que je me suis promis de prendre de longues vacances, un de ces jours. Je pourrais partir en croisière dans les mers du Sud et rester tranquillement allongée sur une chaise longue à regarder la lune se lever sur l'océan. Ou bien, je louerais une cabane dans les bois, au fin fond de l'Oregon, par exemple. Là, je ferais la grasse matinée et me réveillerais avec le chant des oiseaux. Evidemment, la danse finirait vite par me manquer… Et vous, Reed ? Que faites-vous pendant vos vacances ?

En fait, il n'en avait pas pris depuis qu'il s'était retrouvé propulsé à la tête de Valentine Records, deux ans plus tôt. Il s'accordait tout juste un week-end prolongé de temps à autre.

— Nous avons une maison à St Thomas. C'est un endroit paisible et lorsqu'on est là-bas, on a presque du mal à croire qu'une ville comme New York puisse exister.

— Ce doit être merveilleux. Je suppose qu'il s'agit d'une de ces grandes demeures rose et blanche avec un immense jardin ?

Reed acquiesça.

— Je suis pourtant certaine que, même là-bas, vous ne vous éloignez jamais longtemps du téléphone.

— Nous avons tous un prix à payer pour la vie que nous avons choisie.

Maddy hocha la tête. Brusquement, elle s'arrêta devant une des vitrines.

— Regardez ! s'exclama-t-elle en désignant un long déshabillé bleu nuit rehaussé de dentelles. C'est exactement le genre de chose que Chantel adorerait.

— Vraiment ? fit Reed.

— Oui. Il est sophistiqué et sexy à la fois. Elle est née pour porter ce genre de choses. D'ailleurs, elle est la première à le dire.

Maddy sortit son agenda pour noter le nom et l'adresse du magasin.

— Je le lui enverrai pour notre anniversaire. C'est dans moins de deux mois.

— C'est étrange. Avant que vous ne me le disiez, je n'avais jamais fait le rapprochement entre Chantel O'Hurley et vous.

— Cela n'a rien d'étonnant. Nous ne nous ressemblons pas du tout au premier abord.

Reed acquiesça. Chantel était l'archétype de la star hollywoodienne. D'une beauté plastique irréprochable. Sexy et sophistiquée, ainsi que l'avait définie sa sœur. Maddy ne cherchait pas à être sexy. Et elle n'était certainement pas sophistiquée.

Mais c'est ce qui la rendait d'autant plus dangereuse à ses yeux. Il se dégageait en effet d'elle un charme aussi diffus que ravageur, une forme de séduction à la fois moins visible et plus profonde. Et plus il apprenait à la connaître, plus il y était sensible.

— Ce doit être étrange d'avoir deux sœurs jumelles, remarqua-t-il enfin.

— C'est difficile à dire puisque je n'ai jamais vécu autrement. Mais je suppose que vous avez raison. Contrairement à la plupart des gens, je ne me sens jamais vraiment seule. Il y a toujours une partie de mes sœurs en moi. Je crois que c'est grâce à cela que nous avons trouvé le courage de faire des choix de vie aussi radicaux.

— Elles doivent beaucoup vous manquer, alors.

— Oh, oui ! Mes parents et Trace aussi, d'ailleurs. Nous étions très proches lorsque j'étais plus jeune. Nous vivions ensemble, travaillions ensemble et voyagions sans cesse.

Elle sourit, gagnée par une pointe de nostalgie.

— Je crois que ce qui me manque le plus, ce sont nos disputes. Chacun devrait avoir quelqu'un avec qui il peut se disputer sans avoir peur de le blesser. Trace est parti le premier et ç'a été un véritable déchirement pour toute la famille. Papa ne s'en est jamais vraiment remis. Puis Abby s'est mariée. Ensuite, Chantel et moi sommes parties chacune à notre tour. Heureusement, mes parents étaient très proches. Cela les a aidés à surmonter la situation. Et vous ? Etes-vous aussi lié à vos parents ?

Instantanément, le sourire de Reed disparut, remplacé

par ce masque glacé que Maddy lui avait vu arborer lorsque Selby les avait abordés.

— Je n'ai que mon père, répondit-il.

— Je suis désolée, s'excusa-t-elle. Je n'ai jamais perdu quelqu'un de proche mais j'imagine que ce doit être très difficile…

— Ma mère n'est pas morte, répondit durement Reed.

Mille questions brûlèrent les lèvres de Maddy mais elle s'abstint prudemment de les formuler. Reed n'était visiblement pas prêt à se confier à elle.

— Votre père est un homme merveilleux, dit-elle. Je l'ai su dès que je l'ai rencontré. Il a des yeux très doux, comme le mien. Le genre de regard qui incite à faire confiance parce que l'on sait que l'on ne sera pas trahi. Vous savez que ma mère s'est enfuie avec mon père ? Elle avait dix-sept ans et travaillait dans un petit club perdu. Et puis mon père est arrivé un jour et lui a promis monts et merveilles. Je ne pense pas qu'elle l'ait cru mais elle l'a suivi quand même. Lorsque nous étions petites, mes sœurs et moi, nous imaginions qu'un jour, il nous arriverait la même chose…

— C'est ce que vous voulez ?

— Bien sûr ! s'exclama Maddy en riant. Comme toutes les filles, je suppose.

Reed s'arrêta brusquement et la considéra gravement.

— Vous êtes une rêveuse, Maddy, murmura-t-il en tendant la main vers elle pour écarter une mèche de cheveux qui lui tombait dans les yeux.

— Cesser de rêver, c'est mourir, répondit-elle avec conviction.

— J'ai arrêté de le faire, il y a bien longtemps, murmura Reed.

Se rapprochant, il effleura les lèvres de la jeune femme d'un baiser.

— Et pourtant, je suis toujours vivant, conclut-il.

— Pourquoi avoir arrêté ?

— Parce que je préfère la réalité au rêve.

Cette fois, lorsque sa bouche chercha celle de la jeune femme, il fut incapable de contenir la passion qui l'animait. Il avait attendu ce moment depuis l'instant où il avait quitté l'appartement de Maddy et était bien décidé à en profiter pleinement.

Leurs langues se mêlèrent tendrement tandis que Maddy entourait le cou de Reed de ses bras, se serrant contre lui. Il sentit son corps souple et brûlant se presser contre le sien, attisant le désir impérieux qu'il avait d'elle. Brusquement, il eut l'impression qu'ils étaient seuls au monde, que, tant qu'ils seraient ensemble, rien ne pourrait les atteindre.

Il laissa ses mains glisser le long du dos de Maddy, lui arrachant de petits frissons de bien-être, puis les posa sur ses hanches. Tout en elle le rendait fou : le goût de sa bouche, l'odeur de ses cheveux, le contact de sa poitrine contre son torse.

Depuis qu'il l'avait rencontrée, il avait été inexorablement attiré vers elle. Il avait lutté pied à pied mais avait été incapable de se défaire de la fascination qu'elle lui inspirait. Pourtant, il savait qu'il n'avait rien à lui apporter. Il ne voulait pas d'une relation sérieuse, et elle attendait l'homme de sa vie. Toute liaison se serait soldée par un échec cuisant pour l'un comme pour l'autre.

Alors pourquoi était-il en train de l'embrasser ? Pourquoi ne parvenait-il pas à dominer l'envie qu'il avait d'elle ? En cet instant, s'il l'avait voulu, elle se serait donnée à lui sans hésiter. Il l'entendait dans chacun de ses soupirs, le devinait dans chacune de ses caresses.

Lui-même n'aspirait qu'à cela. L'idée même de la tenir nue contre lui faisait vaciller sa raison. Et chacun de leurs baisers en appelait un autre. Il aurait pu se perdre dans cette étreinte, se noyer sans rémission, s'abandonner corps et âme.

Mais il savait ce que cela signifierait : une telle femme pourrait détruire un homme. Il l'avait appris très jeune et avait alors décidé qu'il ne serait jamais une victime, qu'il ne laisserait jamais personne l'atteindre comme sa mère avait blessé son père.

Maddy avait beau être une femme extraordinaire, elle était aussi dangereuse que les autres. Et il ne pouvait accepter de lui céder. A force de volonté, il s'arracha donc à ses bras, reculant d'un pas.

Maddy le contempla, étonnée. Son cœur battait la chamade, son sang semblait s'être mué en lave et cognait contre ses tempes et au creux de ses cuisses. Elle tenait à peine sur ses jambes, encore sous le choc de l'intensité des sensations qui venaient de la terrasser.

Mais lorsque ses yeux rencontrèrent ceux de Reed, elle sentit son désir refluer brusquement pour céder la place à un terrible mélange d'angoisse, de désespoir et d'incompréhension.

Car au lieu de voir se refléter dans son regard la passion qui se lisait dans le sien, elle ne distinguait que de la colère.

— Je vais te ramener chez toi, lui dit-il.

— Attends ! protesta-t-elle en luttant pour retrouver son souffle et maîtriser la sensation de vertige qui s'était emparée d'elle. Quelque chose ne va pas ?

Reed ne répondit pas. Ses yeux étaient toujours aussi glacés et elle eut l'impression qu'il lui déchirait le cœur. Désespérément, elle lutta contre les larmes qui menaçaient de la submerger. Sa fierté lui interdisait de s'y abandonner comme elle aurait eu envie de le faire.

— Puisque tu refuses de me répondre, déclara-t-elle d'une voix cassante, je crois que je vais rentrer seule.

— J'ai dit que je te raccompagnais, protesta-t-il.

Cette fois, elle le fusilla du regard.

— Je suis une grande fille, déclara-t-elle, furieuse. Je me suis débrouillée sans toi jusqu'à aujourd'hui et je suis bien décidée à continuer. Alors, à un de ces jours !

Sur ce, elle se détourna et s'éloigna à grands pas. Comme Reed s'apprêtait à la suivre, elle héla un taxi et monta à bord sans un regard en arrière. Il suivit des yeux le véhicule jusqu'à ce qu'il ait disparu au coin de la rue.

Les yeux dans le vague, il se répéta qu'il avait agi au mieux, qu'il leur avait épargné à tous deux d'amères déceptions, qu'il s'était conduit en gentleman en refusant d'abuser de l'idéalisme de la jeune femme...

Mais il ne parvenait pas à effacer de sa mémoire l'expression d'immense chagrin qui s'était peinte sur son joli visage lorsqu'il l'avait repoussée. Et il se haïssait pour lui avoir fait du mal.

5

Maddy se tenait sur le côté gauche de la scène, observant Wanda sur laquelle elle devrait caler ses premiers mouvements. Il n'y avait pas de public dans la grande salle du théâtre mais celle-ci n'était pas déserte pour autant, loin de là.

Outre les danseurs qui étaient répartis sur la scène, les personnes qui assistaient à cette répétition étaient le metteur en scène, le chorégraphe, leurs assistants, le chef éclairagiste, ses aides, le compositeur, le pianiste, et divers techniciens.

— Crois-moi, lui dit Wanda sur un signe du metteur en scène. Il n'y a rien à attendre de ce type. Tu ferais mieux de le laisser tomber.

— Tu te trompes, répondit Maddy d'une voix forte. Il est la réponse que j'ai toujours attendue.

Elle traversa la scène, se dirigeant vers un bar imaginaire et fit mine de se verser un verre qu'elle avala cul sec.

— Je l'ai espéré toute ma vie, reprit-elle.

— Tu ferais mieux d'avoir des rêves plus constructifs, répliqua Wanda. Un bracelet de diamants, par exemple. Tu pourrais te le faire offrir et le placer dans un coffre avant qu'il ne découvre ce que tu fais pour gagner ta vie. Parce que lorsqu'il sera au courant, il prendra la poudre d'escampette.

— Justement, il ne le découvrira pas. Jamais ! Crois-tu

qu'un homme de sa classe s'abaisserait à fréquenter une boîte de strip-tease de seconde zone comme celle-ci ? Je te le dis, Maureen : pour la première fois de ma vie, je tiens une chance d'échapper à cette médiocrité.

Le pianiste attaqua l'introduction du morceau. Mais Maddy avait complètement oublié ce qu'elle était censée faire. Elle poussa un juron sonore et se tourna vers le metteur en scène.

— Désolée, Don.

— Maddy ! soupira ce dernier. Tu n'es pas assez concentrée. Je veux que tu te donnes à cent dix pour cent.

— Tu as raison, acquiesça-t-elle. Laisse-moi juste une minute.

— Je t'en donne cinq. Après ça, je veux que tout soit parfait.

Les danseurs se dispersèrent pour profiter de cette pause. Maddy alla s'asseoir dans les coulisses et poussa un profond soupir de frustration.

— Tu as des problèmes ? lui demanda Wanda en s'installant à ses côtés.

— Je déteste me planter de cette façon.

— Ce n'est pas ce que je voulais dire. Est-ce qu'il y aurait une raison particulière à ce brusque trou noir ? Tu connaissais la scène sur le bout des doigts.

— C'est vrai…

— Ecoute, cela fait une semaine que tu as l'air déprimé. Il serait temps que tu reprennes du poil de la bête.

— Pourquoi les hommes sont-ils tous des imbéciles ? soupira tristement Maddy.

Wanda considéra la question durant quelques instants avant de répondre.

— Je pense que c'est comme pour le ciel : il est bleu parce que c'est dans sa nature.

— Dans ce cas, nous ferions mieux de ne pas nous occuper d'eux.

— Ce serait effectivement plus sage. Mais ce serait aussi terriblement ennuyeux. En tout cas, j'en déduis que ton petit ami te cause des soucis…

— Ce n'est pas mon petit ami. Et je ne comprends vraiment pas ce qu'il veut. Il commence par m'embrasser comme s'il voulait me dévorer toute crue et ensuite il me laisse tomber comme une vulgaire chaussette. Que suis-je censée en conclure ?

— Tu as deux solutions : soit tu l'oublies tout simplement, soit tu lui laisses une deuxième chance de réaliser qu'il ne peut pas se passer de toi.

— Il n'en vaut pas la peine, répliqua Maddy sans grande conviction.

— C'est bien dommage parce que toi, tu es sacrément mordue.

— C'est vrai, reconnut Maddy avec une pointe de désespoir qui ne lui était pas familière. Le problème, c'est que je crois qu'il le sait et que c'est ce qui le rend méfiant.

— Peu importe ce qu'il pense. L'essentiel, c'est de savoir ce que toi tu veux.

— C'est tout le problème !

— Est-ce que tu crois que c'est le bon ?

— Peut-être…

— Eh bien, dans ce cas, fais comme Mary : bats-toi pour obtenir ce que tu veux.

Maddy songea amèrement que c'était bien plus facile au théâtre que dans la vie réelle.

— Tu sais quel est notre problème, à nous autres, danseuses ? demanda-t-elle à son amie.

— Je pourrais t'en citer une bonne centaine mais je suppose que tu as la réponse.

— Nous n'avons jamais le temps d'apprendre à nous conduire comme des femmes normales. Nous passons trop de temps en représentation. Et c'est pour cela que je ne sais pas comment me conduire avec lui…

— Ce n'est peut-être pas aussi compliqué que tu ne le penses.

— Qu'est-ce que tu veux dire ?

— Eh bien, contente-toi de le voir. Si vous vous fréquentez pendant quelque temps, c'est lui qui finira par faire le premier pas.

— Je ne suis pas si irrésistible que cela, protesta Maddy avec un pâle sourire.

— Tu ne le sauras jamais si tu n'essaies pas.

Maddy réfléchit quelques instants à la remarque de son amie.

— Tu as raison, déclara-t-elle enfin. Et en attendant, retournons au charbon ! Je suis bien décidée à donner à Don ses cent dix pour cent !

Les deux jeunes femmes regagnèrent la scène et reprirent leur dialogue. Cette fois, Maddy puisa dans son propre état émotionnel l'intensité qu'elle devait donner à son personnage. Finalement, lorsque le pianiste attaqua la partie musicale, elle mit toute son énergie dans la chanson, réalisant une magnifique performance.

Wanda la suivait des yeux avec un mélange d'approbation et d'admiration qui réchauffa le cœur de la jeune femme. Elle redoubla d'ardeur, parvenant à la fois à délivrer une interprétation vibrante de son rôle et à respecter scrupuleusement les instructions que lui avait données le metteur en scène.

Lorsqu'elle se tut enfin, une salve d'applaudissements salua sa prestation. Puis chacun reprit son travail, et Maddy put s'accorder une nouvelle pause. Elle en profita pour avaler un verre de jus d'orange et un yaourt.

Le reste de la répétition se passa à merveille et, lorsqu'elle quitta enfin le théâtre, elle se sentait de bien meilleure humeur. Les autres danseurs avaient décidé d'aller dîner ensemble pour célébrer cette première étape.

Maddy fut tentée de les accompagner mais elle décida qu'il était temps de mettre à profit les conseils de Wanda.

Selon son amie, elle pouvait soit renoncer à Reed, soit le pousser dans ses retranchements.

La première solution était certainement la plus sûre. Poursuivre de ses assiduités quelqu'un qui n'était pas intéressé risquait de lui faire du mal. Après tout, il y avait beaucoup d'autres hommes qui ne demanderaient pas mieux que de sortir avec elle.

Elle n'était pas désagréable à regarder et était parfaitement consciente de son charme. La plupart des gens la trouvaient sympathique et drôle et appréciaient sa personnalité. Malheureusement, il n'y avait pour le moment qu'une seule personne qui l'intéressait réellement.

Elle gagna donc la cabine téléphonique la plus proche et consulta l'annuaire. Sans surprise, elle constata qu'il vivait en centre-ville, juste à l'ouest de Central Park. Cette seule adresse trahissait le monde qui les séparait.

Elle-même n'aurait jamais pu vivre dans un endroit aussi huppé. Elle se serait sentie parfaitement déplacée. A la limite, elle aurait pu s'installer dans le Village, à Soho ou dans un de ces quartiers un peu bohème pour esthètes fortunés.

Mais Central Park symbolisait pour elle les vieilles familles, le conservatisme sourcilleux, les voitures avec chauffeurs et les dîners mondains. C'était un univers qui lui était parfaitement étranger.

Un peu abattue, elle quitta la cabine téléphonique et se demanda si elle ne ferait pas mieux de rentrer chez elle, de prendre un bon bain et d'oublier une fois pour toutes le jour où sa route avait croisé celle de Reed.

Au fond, elle n'avait pas besoin d'un homme dans sa vie. Ils ne faisaient que compliquer les choses. Et elle n'avait ni le temps ni l'énergie de se consacrer à une relation difficile...

Malgré ces réflexions, elle se surprit à prendre la direction de la station de métro la plus proche. Là, elle prit la ligne qui desservait le centre tout en se répétant qu'elle était en train de commettre une énorme erreur.

Qui sait si Reed serait seulement chez lui ? Elle aurait mieux fait de l'appeler avant de se précipiter chez lui sans réfléchir.

Pourtant, en descendant du métro, elle poursuivit sa route jusqu'à son immeuble.

Là, elle s'arrêta brusquement.

Et s'il était chez lui mais qu'il n'était pas seul ? se demanda-t-elle avec angoisse.

Une femme vêtue d'une robe très élégante et d'un manteau de fourrure pénétra dans l'immeuble sans même jeter un regard à Maddy. Comment en aurait-il été autrement ? Son jean et ses baskets devaient paraître complètement saugrenus en ces lieux.

Si seulement elle avait pris le temps de repasser chez elle pour se changer…

Réalisant le tour que prenaient ses pensées, Maddy se réprimanda vertement. Elle valait bien toutes ces snobs en manteau de fourrure ! Et si Reed n'était pas capable de se satisfaire d'une fille en jean et en baskets, c'est qu'il ne méritait vraiment pas qu'on s'intéresse à lui.

Prenant une profonde inspiration, Maddy rassembla son courage et se dirigea vers la porte de l'immeuble. Elle pénétra dans un hall de marbre particulièrement intimidant et repéra aussitôt le concierge qui était assis derrière un grand comptoir.

Se rappelant qu'elle était une actrice, Maddy plaqua sur ses lèvres un sourire engageant et se dirigea vers lui d'un pas assuré.

— Bonsoir. Est-ce que Reed est là ? Reed Valentine ?

— Je suis désolé, mademoiselle. Il n'est pas encore rentré.

— Ah, soupira la jeune femme, abattue. C'est dommage...

— Si vous voulez, je peux lui laisser un message, mademoiselle O'Hurley.

Maddy ouvrit de grands yeux, passablement stupéfaite. Il était très rare que les gens la reconnaissent en dehors des théâtres.

— Je suis vraiment ravi de vous rencontrer, reprit l'homme avec enthousiasme. Mes enfants nous ont offert deux places pour *Suzanna's Park*, à ma femme et à moi. Nous avons passé une soirée formidable !

— Tant mieux. J'espère que vous les avez remerciés.

— Oh, oui ! Tous les six... Ma femme a dit que vous regarder danser, c'était comme assister au lever du soleil.

— Merci, répondit Maddy en rougissant.

Ce genre de compliments suffisait à justifier des années de travail, de doute et d'angoisse.

— Merci beaucoup, répéta-t-elle, touchée.

— Je me souviens de ce moment où vous pensez que Peter a pris le train, qu'il est parti définitivement... Vous chantiez dans une belle lumière bleue quelque chose comme : « Où qu'il aille, mon amour le poursuivra... »

Maddy hocha la tête.

— Où qu'il aille, mon amour le poursuivra, chanta-t-elle doucement. Il peut partir mais jamais il ne m'oubliera.

Le concierge hocha la tête avec enthousiasme.

— Oui, c'est ça ! s'exclama-t-il. Ma femme pleurait comme une Madeleine et je crois bien que moi aussi, j'ai versé une larme, à ce moment-là.

— Vous devriez venir voir ma prochaine pièce. La première devrait avoir lieu dans six semaines.

— Dans ce cas, je vous promets que nous ne la manquerons pas !

Maddy sortit un stylo et une feuille de papier de

son sac et griffonna le nom du théâtre et le numéro de l'assistant du metteur en scène.

— Appelez Fred de ma part. Je lui dirai de vous mettre deux places de côté.

Un large sourire éclaira le visage du concierge.

— Ça alors ! Ma femme ne le croira jamais. Je ne sais vraiment pas comment vous remercier, mademoiselle O'Hurley.

— En applaudissant très fort à la fin, répondit-elle malicieusement.

— Vous pouvez y compter ! Oh, bonsoir, monsieur Valentine.

Se retournant, Maddy se retrouva face à Reed. Elle fut aussitôt envahie par un sentiment de culpabilité qu'elle ne put s'expliquer.

— Bonsoir, Reed, lui dit-elle.

— Bonsoir, Maddy, répondit-il d'un ton incertain.

S'ensuivit un silence gêné.

— Je passais dans le quartier et j'ai décidé de venir te dire bonjour, mentit-elle sans conviction.

Reed hocha la tête. Il sortait d'une réunion où le souvenir de la jeune femme l'avait impitoyablement poursuivi, l'empêchant de se concentrer. Le fait de la revoir ne le réjouissait guère mais, paradoxalement, il fut saisi d'une brusque envie de la prendre dans ses bras.

— Tu allais quelque part ? demanda-t-il.

L'espace d'un instant, elle fut tentée de mentir, de s'inventer un rendez-vous quelconque. Mais ce n'était pas dans sa nature et elle renonça presque aussitôt à cette vaine tentative de sauver la face.

— Non, avoua-t-elle. C'est toi que je voulais voir.

Reed adressa un petit signe de tête au concierge puis, prenant la jeune femme par le bras, il se dirigea vers l'ascenseur.

— Tu es toujours aussi généreuse avec les inconnus ? lui demanda-t-il comme la porte se refermait sur eux.

— Toujours, lorsqu'ils me font d'aussi jolis compliments que lui. Tu as l'air fatigué.

— J'ai eu une dure journée.

— Moi aussi. Nous avons eu droit à la première répétition générale, aujourd'hui. Et c'était assez épique…

Maddy éclata d'un rire un peu gêné.

— Je ne devrais peut-être pas dire cela à l'homme qui tient le carnet de chèques, ajouta-t-elle.

Les portes de l'ascenseur s'ouvrirent, révélant un luxueux couloir recouvert d'une épaisse moquette couleur crème. Quelques toiles étaient accrochées aux murs. Reed se dirigea vers l'une des deux portes et l'ouvrit.

Curieuse, Maddy pénétra dans son appartement. Elle s'était attendue à le trouver élégant et luxueux mais il dépassait de loin ce qu'elle avait pu imaginer. Tout d'abord, il était immense. Les murs pâles étaient ornés de peintures impressionnistes.

Au fond s'ouvrait une immense baie vitrée qui offrait une vue magnifique sur le parc et la ville en contrebas. Les meubles étaient modernes, aussi sobres que confortables. Deux superbes ficus apportaient à l'ensemble une touche plus chaleureuse. Avec un sourire, Maddy avisa les deux vases Ming qui trônaient dans de petites niches.

D'un côté de la pièce, un escalier de bois sombre permettait d'accéder à l'étage supérieur du loft. Tout était parfait, comme elle l'avait supposé, mais elle fut étonnée de découvrir que, contrairement à ce qu'elle avait supposé, l'endroit ne manquait pas d'une certaine chaleur.

— C'est splendide, Reed, déclara-t-elle en traversant la pièce pour s'approcher des portes-fenêtres pour contempler la vue. Est-ce que tu te demandes parfois ce qui se passe en bas ?

— Et que devrais-je me demander ?

— Je ne sais pas... Qui sont ces gens qui se disputent ? Où va cette voiture de police qui fonce, le gyrophare allumé ? Arrivera-t-elle à temps pour intervenir ? Combien de personnes dormiront dans le parc, ce soir ? Combien de gens sont en train de mourir quelque part dans cette ville ? Combien sont en train de naître ?

Pendant qu'elle parlait, Reed s'était un peu rapproché d'elle et il percevait à présent son odeur entêtante qui éveillait en lui un désir languissant auquel il refusait de céder.

— Tu te poses vraiment toutes ces questions ? demanda-t-il enfin.

— Oui... Cette ville m'a toujours fascinée. Aussi loin que remontent mes souvenirs, j'ai toujours voulu y vivre. C'est étrange, d'ailleurs. Mes sœurs et moi avons très vite su à quel endroit nous appartenions vraiment. Et nous avons toutes choisi des villes différentes. Abby est en Virginie, Chantel à Los Angeles et moi ici...

Reed hocha la tête sans vraiment la comprendre. Sa seule famille, c'était son père. Il n'avait jamais eu de frères et sœurs et ne pouvait imaginer ce qu'il aurait ressenti dans le cas contraire.

— Tu veux boire quelque chose ? suggéra-t-il.

Avisant le détachement qui perçait dans sa voix, Maddy se sentit blessée mais elle s'efforça de n'en rien laisser paraître.

— Je veux bien de l'eau gazeuse, si tu en as.

Reed hocha la tête et se dirigea vers le bar. Maddy s'écarta de la fenêtre, oubliant les millions de gens qui s'agitaient en contrebas pour se concentrer sur cet homme insaisissable.

C'est alors qu'elle vit sa plante. Reed l'avait posée sur une petite table basse d'où elle pouvait recevoir les rayons du soleil. La terre du pot était légèrement humide. Avec un sourire, Maddy réalisa que Reed n'était pas aussi insensible qu'il voulait bien le laisser croire.

— Elle a meilleure mine, constata-t-elle en prenant le verre qu'il lui tendait.

— Tu n'es pas difficile, répliqua-t-il en humant le cognac qu'il venait de se verser.

— Je t'assure. Elle a déjà repris des couleurs. Merci de t'en être occupé.

— Il n'y a pas de quoi. A mon avis, tu lui donnais trop d'eau. Mais assieds-toi donc et dis-moi pourquoi tu es venue.

— Parce que je voulais te voir, répondit la jeune femme, regrettant brusquement de ne pas être aussi à l'aise avec les hommes que sa sœur Chantel. Ecoute, je ne suis pas vraiment douée pour ce genre de conversations… Je n'ai jamais eu le temps de me pencher sur le mystère des relations entre les hommes et les femmes. Alors autant te dire la vérité : j'avais envie de te voir et je suis venue. C'est aussi simple que cela.

— Effectivement, ça a le mérite d'être direct, commenta Reed avec une pointe d'amusement.

Il s'assit sur le canapé et, après quelques instants d'hésitation, Maddy l'imita.

— Parlons franchement, si c'est ce que tu veux, reprit-il. Es-tu ou n'es-tu pas venue pour me faire des propositions ?

Un éclair de colère passa dans les yeux de la jeune femme.

— Je vois que les danseurs n'ont pas le monopole des ego surdimensionnés, remarqua-t-elle vertement. Je suppose que les femmes que tu fréquentes sont prêtes à se jeter dans ton lit dès que tu leur en laisses la possibilité ?

— Les femmes que je fréquente ne chantent pas

pour le concierge de mon immeuble, répondit-il d'un ton moqueur.

Maddy reposa brusquement son verre sur la table basse, sentant croître sa colère.

— C'est sans doute parce qu'elles chantent faux, déclara-t-elle avec humeur.

— C'est possible. En tout cas, ce que j'essaie de te dire, Maddy, c'est que je ne sais vraiment pas quoi faire de toi.

— Quoi faire de moi ? répéta-t-elle, outragée. Mais tu n'as rien à faire de moi. Je n'ai absolument pas besoin de toi et de tes airs de Pygmalion.

— Tu parles comme un personnage de théâtre.

— Et toi comme un comptable, rétorqua-t-elle.

Elle se leva brusquement et se mit à faire les cent pas dans la pièce sous le regard attentif de Reed.

— Je ne sais pas ce que je fais là, s'exclama-t-elle. J'ai été stupide de venir. Bon sang ! Cela fait une semaine que je suis malheureuse et je n'ai pas l'habitude de ça ! A cause de toi, ajouta-t-elle d'un ton accusateur, j'ai oublié mes répliques aujourd'hui !

Reed s'était promis de garder ses distances mais la détresse qu'il lisait dans les yeux de la jeune femme eut raison de ses bonnes résolutions. Malgré lui, il posa son verre, se leva et s'approcha d'elle pour caresser doucement sa joue.

Maddy sentit sa colère fondre comme neige au soleil tandis qu'un désir incoercible montait en elle. De peur qu'il ne retire sa main, elle prit le poignet de Reed dans la sienne.

— J'espérais que tu pensais à moi, murmura-t-elle, le cœur battant.

— Peut-être était-ce le cas, répondit Reed, incapable de lui mentir comme il aurait voulu le faire. Peut-être que, lorsque je regardais par cette fenêtre, je me demandais où tu te trouvais et ce que tu étais en train de faire.

Maddy se dressa sur la pointe des pieds et posa ses lèvres sur celles de Reed. Elle sentait le conflit qui l'habitait en cet instant mais ne parvenait pas à en comprendre les raisons. Quelle importance ? se dit-elle. Avait-elle besoin de comprendre alors qu'elle se sentait si bien avec lui ? Ne pouvaient-ils pas se contenter de cela ?

— Reed…, murmura-t-elle.

— Chut, souffla-t-il avant de la serrer contre lui. Ne dis rien…

En cet instant, il n'avait plus envie de réfléchir, de sacrifier une fois encore son désir à cette voix impitoyable qui lui soufflait qu'il était en train de commettre une erreur, qu'il ne faisait que compliquer une situation déjà suffisamment dangereuse.

Envoyant au diable la prudence, il l'embrassa avec ferveur, se noyant dans cette étreinte. Il comprit alors à quel point son existence lui paraissait vide depuis qu'il avait rencontré Maddy.

En la tenant dans ses bras, il lui semblait qu'une partie de lui s'éveillait. D'une certaine façon, il se sentait plus complet et l'idée de la perdre lui était insupportable.

Le cœur battant à tout rompre, Maddy embrassait Reed avec passion, s'offrant à lui sans la moindre réticence. Jamais elle n'avait réagi aussi intensément à un simple baiser. Elle en avait pourtant échangé des milliers avec ses anciens petits amis ou avec d'autres acteurs sur scène. Mais pas une seule fois ce geste qu'elle considérait comme parfaitement naturel n'avait revêtu une telle charge sensuelle et émotionnelle.

Reed parvenait à éveiller en elle un besoin impérieux qui la submergeait entièrement, faisant courir sur sa peau des frissons d'extase, muant son sang en lave et alimentant impitoyablement cette sensation de manque au creux de son ventre.

Elle était incapable de réfléchir, incapable de dominer

cette réponse primale de tout son être qui menaçait de la rendre folle. Elle aurait voulu sentir les mains de Reed sur sa peau et sa bouche sur ses seins. Elle désirait plus que tout qu'il pénètre en elle et soulage le besoin presque douloureux qu'elle avait de lui.

Mais il se contentait de l'embrasser, ne faisant qu'accroître la frénésie de la jeune femme. L'image de leurs corps enlacés lui traversa l'esprit, lui donnant la force de s'arracher à ses lèvres.

— Je te veux, Reed, murmura-t-elle d'une voix si rauque qu'elle eut du mal à la reconnaître.

— Moi aussi, répondit-il.

Mais sa voix, loin de trahir ce désir, révélait plutôt la réticence que lui inspirait ce constat. Dans ses yeux, elle perçut une pointe de dégoût, comme s'il s'en voulait de céder aussi facilement au besoin qu'il avait d'elle.

Maddy recula, sentant sa passion refluer brusquement pour céder la place à un mélange de frustration et de désespoir.

— Cela n'a pas l'air de te plaire, remarqua-t-elle.

Pourquoi fallait-il que les choses soient si compliquées entre eux ? se demanda-t-elle. Ne pouvaient-ils pas simplement s'abandonner à la mystérieuse alchimie qui les poussait l'un vers l'autre ?

— C'est vrai, soupira Reed. Je ne suis pas sûr que tout ceci soit une très bonne idée.

— Pourquoi ?

— J'ai envie de toi, Maddy. Je crois que je te désire depuis que je t'ai rencontrée…

— Alors pourquoi m'as-tu repoussée, l'autre soir ? Pourquoi me repousses-tu encore, aujourd'hui ?

— Parce que je ne suis pas l'homme qu'il te faut.

— Attends une seconde ! Tu es en train de me dire que tu m'éconduis pour mon propre bien ?

— Exactement.

— C'est absurde ! protesta-t-elle. Je ne suis plus une enfant, Reed. Je suis parfaitement capable de décider de ce qui est bon pour moi.

— Vraiment ? Pourtant, je ne crois pas que tu sois le genre de femme à te satisfaire d'une seule nuit de plaisir.

Maddy sentit un frisson glacé la parcourir. C'était donc tout ce qu'il attendait de leur relation ?

— C'est vrai, murmura-t-elle.

— Dans ce cas, j'ai effectivement agi pour ton bien.

— Je vois, répliqua Maddy, sèchement. Je suppose que je devrais te remercier pour cette preuve de mansuétude...

L'espace d'un instant, elle fut tentée de quitter l'appartement en claquant la porte et de ne plus jamais revoir Reed. Mais les O'Hurley ne se laissaient pas décourager aussi facilement, songea-t-elle. D'ailleurs, si elle avait agi de la sorte, elle l'aurait certainement regretté dès le lendemain.

— J'aimerais au moins savoir pourquoi tu es si convaincu que cette histoire se terminerait après une nuit, déclara-t-elle en regardant Reed droit dans les yeux.

— Parce que je ne veux pas m'investir dans une relation à long terme.

— Il y a une différence entre « une nuit » et « à long terme », objecta-t-elle. Ne crois pas que je vais te demander en mariage simplement parce que nous décidons de coucher ensemble.

— Peut-être... Mais à quoi cela servirait-il ? Nous n'avons rien en commun, toi et moi...

— Figure-toi que j'y ai beaucoup réfléchi. Et j'admets que c'est en partie vrai. En partie seulement... Car, si l'on y pense, nous avons en réalité de nombreux points communs. Nous vivons tous les deux à New York, par exemple.

— Comme près de vingt millions de personnes.

— Peut-être. Mais c'est déjà un bon début. Nous

travaillons tous les deux dans le show-business. Nous participons à la création d'une même comédie musicale. Sans compter, ajouta-t-elle avec un sourire malicieux, que j'ai remarqué que nous enfilions tous deux nos chaussettes *avant* nos chaussures.

— Maddy…

— Est-ce que, par hasard, toi aussi tu te tiens debout lorsque tu prends une douche ?

— Je ne vois pas…

— Ne cherche pas à éviter la question. Alors ?

— Oui, soupira-t-il sans pouvoir réprimer un sourire. Je me tiens debout sous la douche…

— Ah ! Nous y voilà ! Est-ce que tu as vu *Autant en emporte le vent* ?

— Oui.

— Tu vois ? Nous avons même des goûts communs en matière de cinéma. Je pourrais continuer pendant des heures…

— J'en suis certain, acquiesça Reed. Mais je ne vois pas ce que cela change.

— C'est simple : je t'aime bien, Reed, dit-elle en posant les mains sur ses épaules. Je crois que si tu acceptes de te détendre un peu, nous pourrions devenir amis. Et comme nous sommes attirés l'un par l'autre, avec le temps, cette amitié pourrait se transformer en quelque chose de plus et nous pourrions devenir amants.

Reed hésita. Il aurait certainement dû s'en tenir à sa position initiale et limiter ses contacts avec Maddy au strict minimum. Mais comment résister à la patience et à la gentillesse dont elle faisait preuve alors même qu'il venait de la repousser sans ménagement ?

— Tu es vraiment incroyable, lui dit-il en écartant une mèche de cheveux roux de son visage.

— Je l'espère bien, répliqua-t-elle avant de poser un

petit baiser sur ses lèvres. Alors ? Crois-tu que nous puissions devenir amis ?

— Il se pourrait que tu finisses par le regretter, objecta Reed.

— Ça, c'est mon problème.

Elle lui tendit la main en le regardant droit dans les yeux d'un air un peu solennel.

— Amis ? fit-elle.

— Amis, soupira-t-il en lui serrant la main.

Mais, intérieurement, il espéra que ce ne serait pas lui qui finirait par regretter d'avoir cédé au charme de la jeune femme.

— Bien, conclut celle-ci. Maintenant, passons aux choses sérieuses. Je n'ai quasiment rien avalé de la journée et je suis vraiment affamée. Que dirais-tu si je nous préparais quelque chose à manger ?

6

En apparence, les choses paraissaient aussi simples que Maddy l'avait promis. La plupart des gens se seraient peut-être même contentés de ces apparences. Mais Reed et Maddy étaient bien trop conscients de tous les non-dits que sous-tendait leur étrange relation.

Ils se voyaient aussi souvent que le leur permettaient leurs emplois du temps respectifs. Ils allaient au cinéma tous les deux. Ils se promenaient dans Central Park. Ils allèrent même voir plusieurs expositions dans divers musées de la ville.

Cela rappelait à Reed certaines comédies romantiques qu'il avait pu voir au cinéma. Mais il savait que, cette fois, il n'y aurait pas de fin heureuse. Car il était bien décidé à ne pas sortir avec Maddy.

Il avait trop souffert de l'expérience malheureuse qu'avait connue son père. Ironiquement, ce dernier paraissait s'en être remis mais Reed, lui, ne pouvait ni oublier ni pardonner. D'ailleurs, son expérience personnelle n'avait fait que renforcer la méfiance que lui inspiraient les relations amoureuses.

Combien de couples avait-il vus se déchirer au cours des années ? Combien de trahisons, petites ou grandes, avait-il devinées chez les gens qui l'entouraient ?

Très tôt, il avait décidé de ne jamais être victime de ce jeu pervers. N'étant pas indifférent aux plaisirs de la chair, il avait eu plusieurs aventures mais s'était toujours efforcé de les considérer comme transitoires. A ses yeux, la relation la plus saine qu'un homme et une femme puissent nouer, c'était une satisfaction mutuelle de leurs désirs.

Toute forme d'engagement ne pouvait mener qu'au mensonge et à la trahison et se finir dans les regrets les plus amers. Ceux qui croyaient que l'amour était éternel se voilaient la face. C'était aussi simple que cela.

Hélas, ce que Reed vivait avec Maddy semblait contredire ses convictions les plus profondes. Lorsqu'il n'était pas avec la jeune femme, il ne cessait de penser à elle, attendant avec impatience leur prochaine rencontre.

Malgré les différences irréductibles qui existaient entre eux, ils s'étaient découvert suffisamment de points communs pour établir une relation de confiance et de respect. Certes, Reed était plus mesuré, plus prudent que Maddy. Mais il devait bien reconnaître que la proposition de la jeune femme avait été couronnée de succès : ils étaient vraiment devenus amis.

Mais tous deux savaient que cette situation ne pourrait durer indéfiniment. A tout moment, le désir qu'ils éprouvaient l'un pour l'autre pouvait refaire surface. Leurs gestes et leurs regards trahissaient régulièrement cette envie qui bouillonnait sous leur apparente camaraderie.

Elle était même accentuée par la distance qu'ils s'efforçaient de maintenir artificiellement entre eux.

Or, s'ils sautaient le pas, s'ils devenaient amants, Reed perdrait la relation privilégiée qui s'était établie entre eux. C'était inévitable. Car il lui faudrait alors se protéger contre les sentiments de tendresse et de complicité qui le rendraient vulnérable. D'une façon ou d'une autre, il était condamné à la perdre.

C'était la première fois de sa vie que Reed se trouvait confronté à une telle situation. Que ce soit sur le plan personnel ou professionnel, il avait toujours obtenu ce qu'il voulait. Avec le temps, c'était même devenu une évidence.

A ses yeux, la défaite était inacceptable. Et la victoire était la conséquence logique d'une planification rigoureuse, d'une exigence de chaque instant et d'une attention sans cesse en alerte.

Malheureusement, aucun de ces critères ne paraissait s'appliquer à sa relation avec Maddy. Ce qu'ils partageaient était d'ordre purement émotionnel et défiait toute logique, toute rationalisation.

Il aimait simplement le reflet du soleil dans ses cheveux roux, la douceur perlée de son rire, l'odeur entêtante de sa peau… A son cœur défendant, elle le rendait poète.

La sonnerie de l'Interphone tira brusquement Reed de sa rêverie.

— Oui, Hannah ?

— Votre père, sur la ligne un.

— Merci. Je le prends tout de suite.

Il décrocha le combiné et appuya sur le bouton de transfert d'appel.

— Papa ?

— Salut, Reed. Dis-moi, j'ai entendu dire que Selby avait signé avec un certain nombre de labels indépendants. Ça te dit quelque chose ?

Reed avait justement le rapport sous les yeux.

— On dirait que tu as toujours une oreille qui traîne, remarqua-t-il en souriant.

— C'est plus fort que moi. Alors ?

— C'est vrai. Mais la plupart n'ont aucun artiste vraiment intéressant. Par contre, une rumeur court selon laquelle Galloway aurait cherché à faire pression sur certaines radios pour qu'elles privilégient leurs poulains. Je ne sais pas si c'est vraiment sérieux…

— Tâche de vérifier. Selby est un véritable requin. Et si tu apprends quoi que ce soit, tiens-moi au courant.

— Tu seras le premier informé, c'est promis.

— Bien. Je n'ai jamais aimé l'idée qu'il fallait payer pour se faire diffuser. Nous sommes censés repérer des gens talentueux, pas jouer les maquereaux ! A propos de talent, je comptais aller assister à la répétition de notre comédie musicale, cet après-midi. Tu aurais le temps de venir avec moi ?

— Quand ça ? demanda Reed en jetant un coup d'œil à son agenda.

— Dans une heure. Je ne les ai pas prévenus car je ne veux pas qu'ils se mettent en quatre simplement parce que M. Portefeuille leur rend visite.

Reed hésita. Il avait plusieurs rendez-vous programmés et aurait probablement dû refuser. Mais, finalement, ce fut la curiosité qui l'emporta.

— Je viendrai te rejoindre vers 11 heures.

— Tâche de te libérer pour déjeuner. C'est moi qui invite.

Reed réalisa que son père devait se sentir seul. Edwin Valentine était membre du plus prestigieux club de golf de la côte Est, avait assez d'argent pour voyager jusqu'à la fin de ses jours, et connaissait tout ce que la ville comptait de célébrités. Mais, au fond, ce n'était qu'un vieil homme solitaire et désœuvré.

— Je viendrai, déclara Reed avant de raccrocher.

Il allait lui falloir reporter des rendez-vous très importants mais cela n'avait aucune importance si cela pouvait faire naître un sourire sur le visage de son père.

Edwin entra dans le théâtre comme un voleur, prenant bien soin de ne pas se faire remarquer.

— Glissons-nous discrètement dans les derniers rangs,

souffla-t-il à Reed. Et voyons un peu ce que nous sommes en train de financer.

Son fils hocha la tête et ils s'assirent. Maddy était sur scène, dans les bras d'un danseur, et Reed se surprit à regretter de n'être pas celui qui la serrait contre lui. Se forçant à écarter cette pensée, il se concentra sur la pièce.

— C'était merveilleux, Jonathan, déclara Maddy. J'aurais pu danser encore pendant des heures.

— Tu parles comme si tout était fini mais il nous reste encore des heures. Rentre avec moi…

Le corps de Maddy se raidit, marquant clairement l'angoisse qu'elle ressentait brusquement.

— Rentrer avec toi ? répéta-t-elle. Oh, je le voudrais bien…

Elle se recula légèrement mais l'acteur lui prit les mains.

— Je ne peux pas. Il faut… que je travaille tôt demain… Et je dois rentrer voir ma mère…

Elle se détourna de façon à laisser voir aux spectateurs qu'elle était en train de mentir sans que son compagnon puisse s'en rendre compte.

— Elle ne va pas bien, tu sais. Et je tiens à être là au cas où elle aurait besoin de moi.

— Tu es si généreuse, Mary.

— Ne dis pas cela, protesta Maddy, trahissant un mélange de culpabilité et de détresse.

— Je le pense, pourtant, répondit l'acteur en la reprenant dans ses bras. Et je crois que je suis en train de tomber amoureux de toi.

Il l'embrassa et, malgré lui, Reed sentit un absurde accès de jalousie l'envahir.

— Il faut que je parte, Jonathan.

Sur ces mots, elle se dirigea vers les coulisses, à droite de la scène.

— Quand nous reverrons-nous ? lui demanda son compagnon.

Elle s'arrêta, visiblement aux prises avec un conflit intérieur.

— Demain, répondit-elle enfin. Viens me rejoindre à la bibliothèque vers 6 heures. Je t'y attendrai.

— Mary…

— Demain, répéta-t-elle avant de disparaître.

— Parfait ! s'exclama le metteur en scène. Ici, nous aurons quinze secondes de rideau pour effectuer le changement de décor. Wanda, Rose, prenez vos marques. Action !

Maddy arriva en courant de la gauche de la scène. Wanda était assise sur une chaise tandis que Rose se maquillait devant un miroir.

— Tu es en retard, remarqua Wanda d'une voix traînante.

— Je ne savais pas qu'il fallait pointer, à présent, répliqua durement Maddy.

— Jackie te cherche.

Maddy, qui avait entrepris d'enfiler une perruque rouge, s'immobilisa brusquement.

— Que lui as-tu dit ?

— Que tu étais occupée ! Ne t'en fais pas, je t'ai couverte, comme d'habitude.

— C'est vrai, renchérit Rose avant de souffler une bulle de chewing-gum rose qui éclata bruyamment.

— Merci, soupira Maddy en se rapprochant du miroir pour se maquiller à son tour.

— Il n'y a pas de quoi, répondit Wanda. Il faut bien qu'on se serre les coudes. Mais je pense que tu as tort d'agir de cette façon…

— Je sais ce que je fais, répliqua Maddy en disparaissant derrière un paravent.

Quelques instants plus tard, la robe qu'elle portait vola sur le côté et atterrit mollement sur le sol.

— A ta place, je me méfierais de Jackie, reprit Wanda.

As-tu la moindre idée de ce qu'il pourrait vous faire, à toi et à ton petit ami, s'il découvrait la vérité ?

— Il n'en saura rien, répondit Maddy en sortant de derrière le paravent.

Elle portait à présent une sorte de nuisette à demi transparente sous laquelle son corps n'était dissimulé que par des étoiles en tissu rouge stratégiquement disposées.

— Ça va être à moi, dit-elle.

— Je te préviens : le public est plutôt remuant, ce soir.

— Tant mieux. C'est comme ça que je l'aime.

Une fois de plus, elle quitta la scène.

— Projecteur sur la gauche de la scène ! commanda le metteur en scène. A toi, Terry !

Reed reconnut le danseur aux mains baladeuses qu'il avait vu à la répétition. Ses cheveux étaient plaqués en arrière avec de la gomina et il portait une fausse moustache, une chemise noire et une cravate blanche.

Maddy apparut derrière lui et il lui prit le bras.

— Où étais-tu passée ? lui demanda-t-il d'un ton agressif.

— Je me promenais, répondit Maddy, bravache, une main sur la hanche. Ça te pose un problème ?

Edwin se pencha vers son fils.

— On a du mal à croire que c'est la même fille qui a débarqué dans ton bureau, trempée des pieds à la tête avec une plante à demi morte dans les bras, souffla-t-il.

— C'est vrai, reconnut Reed tandis que les deux acteurs continuaient à se disputer sur scène.

— Elle est douée, déclara Edwin. Je suis sûr qu'elle ira très loin.

— Moi aussi, acquiesça son fils auquel cette idée inspirait un inexplicable mélange de fierté et d'angoisse.

— Ecoute, mon sucre, disait Maddy en tapotant la joue de son partenaire, tu veux que je me déshabille ou que je reste ici pour te lire mon emploi du temps ?

— Déshabille-toi. C'est pour ça qu'on te paie.

— Et c'est ce que je fais de mieux, acquiesça la jeune femme d'un air provocant.

— Lumière sur l'avant-scène et musique ! ordonna le metteur en scène.

Les basses puissantes d'un rythme électronique se mirent à pulser dans le théâtre tandis que Maddy s'avançait en ondulant des hanches, jouant de façon aguicheuse avec un boa rouge. Lentement, elle s'approcha jusqu'au bord de la scène et jeta l'accessoire dans la salle.

Il serait remplacé chaque soir jusqu'à la dernière du spectacle et constituerait un souvenir de choix pour un spectateur chanceux.

— Je ne t'ai jamais emmené dans une boîte de strip-tease, n'est-ce pas ? demanda Edwin à son fils, tandis que Maddy se débarrassait des longs gants qu'elle portait.

— Non.

— J'aurais dû le faire. Ça fait partie de l'éducation d'un garçon !

Sur scène, Maddy avait commencé à danser. Sur le papier, il ne s'agissait que d'un numéro parmi d'autres sans aucune difficulté technique particulière. Mais la jeune femme savait pertinemment qu'il constituait l'un des points d'orgue de cette comédie musicale.

Si elle parvenait à donner à son solo suffisamment de sensualité, il resterait dans l'esprit des spectateurs comme l'un des moments clés de la pièce. Forte de cette conviction, elle se mit donc à danser de façon terriblement suggestive.

Ses mouvements étaient autant de provocations, appelant aux caresses les plus passionnées. Elle ondulait, se déhanchait, virevoltant comme un feu follet sur la scène. Lorsqu'elle commença à déboutonner sa nuisette, quelques techniciens se mirent à pousser des sifflements admiratifs.

Bientôt, elle se retrouva nue. Seules les étoiles qui adhéraient à sa peau constituaient un ultime et fragile rempart à sa pudeur. Lorsqu'elle acheva sa chorégraphie, des applaudissements retentirent en provenance du fond de la salle.

Surprise et flattée à la fois, elle chercha à distinguer son admirateur mais la lumière des projecteurs l'en empêcha.

L'équipe technique et les autres danseurs, par contre, se retournèrent et constatèrent avec surprise la présence de Reed et d'Edwin qui continuaient d'applaudir. Immédiatement, le metteur en scène les rejoignit, furieux que personne ne l'ait prévenu de la visite des producteurs.

— Messieurs Valentine, s'exclama-t-il en leur serrant la main. Je ne m'attendais pas à vous voir.

— Nous avons décidé de venir à l'improviste, expliqua Reed qui avait du mal à détourner les yeux de la scène sur laquelle Maddy avait entrepris de se rhabiller. Et je dois dire que je suis très impressionné par ce que j'ai vu.

— Oh, il reste encore quelques ajustements à faire, répondit Don avec modestie. Mais je suis sûr que nous serons fin prêts pour Philadelphie.

— Je n'en doute pas un seul instant, s'exclama Edwin en lui décochant une bourrade amicale. Mais ne perdez pas votre temps avec nous. Le spectacle passe avant tout !

— Justement, nous devons encore répéter la première scène du deuxième acte avant la pause. Vous pourriez vous installer dans les premiers rangs si vous voulez…

— As-tu suffisamment de temps, Reed ? s'enquit Edwin en se tournant vers son fils.

— Bien sûr, répondit ce dernier sans hésiter.

Pour rien au monde il n'aurait manqué la suite, même si cela signifiait qu'il passerait une bonne partie de la soirée à rattraper le retard pris durant la journée.

Les deux hommes allèrent donc prendre place à l'avant du théâtre tandis que les techniciens installaient le décor de la scène suivante. Il s'agissait cette fois d'un passage comique destiné à relâcher un peu la pression accumulée au cours du premier acte.

Reed constata avec admiration que Maddy pouvait passer avec talent d'un registre à l'autre en quelques instants seulement. Elle paraissait comprendre instinctivement les exigences très précises du metteur en scène en matière de rythme.

Mieux encore, elle parvenait à donner à son personnage une profondeur que l'on sentait percer même dans les moments les plus légers. Elle rendait à la perfection ce mélange étonnant de romantisme et de duplicité qui caractérisait Mary.

Celle-ci menait en effet deux existences parallèles. Le jour, elle fréquentait Jonathan, l'homme qu'elle aimait, et lui faisait croire qu'elle était une bibliothécaire innocente dont la mère se mourait. La nuit, elle redevenait la stripteaseuse provocatrice qui ne reculait devant rien pour survivre.

Ce jeu de masques constituait aux yeux de Reed une troublante mise en scène du métier d'acteur. Et, en voyant Maddy jouer la comédie avec un tel brio, il ne pouvait s'empêcher de se demander avec angoisse qui elle était vraiment.

— Elle est phénoménale, lui souffla Edwin, conquis.

— C'est vrai, admit Reed avec nettement moins d'enthousiasme.

— Qu'est-ce qui se passe exactement entre vous deux ? lui demanda alors son père à brûle-pourpoint.

— Qu'est-ce qui te fait croire qu'il se passe quoi que ce soit ? demanda Reed en s'efforçant de conserver un ton détaché.

— Disons que, si je n'étais pas doté d'un minimum d'instinct, je ne serais jamais parvenu à me faire un nom dans le monde de la production musicale.

— Nous sommes amis, c'est tout…, déclara Reed après un instant d'hésitation.

— Tu sais, Reed, j'ai toujours espéré que tu finirais par rencontrer quelqu'un comme Maddy O'Hurley. Une femme aussi belle qu'intelligente qui pourrait te rendre vraiment heureux.

— Mais je suis heureux.

— Non. Il y a toujours de l'amertume en toi. C'est à cause de ta mère, n'est-ce pas ?

— Je ne veux pas en parler, répliqua Reed d'une voix calme dans laquelle perçait néanmoins une colère rentrée. Elle n'a rien à voir avec tout ça.

Edwin songea que rien n'était plus éloigné de la vérité. Mais il comprit qu'il ne gagnerait rien en poussant son fils dans ses retranchements. Avec un soupir, il se détourna donc et fit mine d'observer la scène qui continuait à se dérouler sous ses yeux.

Pourtant, il n'écoutait plus vraiment le dialogue, réfléchissant aux événements qui s'étaient déroulés des années auparavant et avaient à jamais transformé sa vie. Edwin avait appris à accepter ce qui s'était produit alors et il aurait aimé que son fils en fasse autant.

Mais Reed s'y refusait, et son père ne pouvait pas l'en blâmer. Comment aurait-il pu faire confiance à qui que ce soit, lui qui devait sa propre naissance à une trahison ?

Observant le beau visage de Maddy, Edwin se demanda si elle aurait suffisamment de force et de volonté pour réussir là où lui-même avait échoué. Etait-elle vraiment la femme dont Reed avait besoin sans le savoir ? Celle qu'il cherchait sans même se l'avouer à lui-même ?

Même s'il ne s'agissait que d'une simple répétition, Maddy avait décidé de s'investir totalement dans son personnage. Elle n'avait jamais compris les acteurs qui se ménageaient dans l'attente du grand soir. Pour elle, on ne pouvait espérer jouer sans aller jusqu'au bout de soi-même.

Malheureusement, la présence de Reed ne l'aidait guère à se concentrer. Il ne la quittait pas des yeux, l'observant fixement comme si elle avait été seule sur scène, comme si rien d'autre au monde n'avait d'importance.

Il était suffisamment proche d'elle pour qu'elle puisse distinguer le trouble qui l'habitait. Dans son regard, elle discernait un mélange de réprobation et de méfiance. Au début, elle ne comprit pas ce qui lui valait une telle réaction. Puis, brusquement, elle comprit.

Il était en train de la voir jouer la comédie. Pour un homme qui redoutait la trahison au point de fuir toute forme d'engagement, ce devait être une confirmation du peu de foi que l'on pouvait accorder aux paroles des femmes…

Cette idée la terrifia. Elle aurait voulu pouvoir descendre de la scène et le rejoindre pour le rassurer, pour lui dire qu'elle l'aimait et ne lui mentirait jamais. Mais ce n'était pas ce qu'il attendait d'elle.

Elle avait eu suffisamment de mal à gagner son amitié pour ne pas prendre le risque de tout perdre. Si elle lui avouait ses sentiments, il prendrait peur et couperait définitivement les ponts afin de se protéger.

Elle se força donc à poursuivre la représentation, mais le cœur n'y était plus et elle finit par trébucher sur l'une de ses répliques. Don lui fit reprendre sa tirade au début et elle s'exécuta sans grande conviction. Il dut le sentir et, à la fin de la scène, il annonça que l'heure du déjeuner était arrivée.

— Je vous rappelle que nous reprenons à 14 heures précises, dit-il à l'équipe. Il nous reste encore deux scènes à boucler, et je tiens à ce qu'elles soient aussi bonnes que celles de ce matin.

— Alors, c'est lui ? souffla Wanda à Maddy en observant Reed qui se rapprochait du metteur en scène pour le féliciter.

— Qui ça, lui ? demanda Maddy qui effectuait quelques assouplissements.

— C'est ce type-là qui te met dans tous tes états.

— Je ne suis pas dans tous mes états, protesta la jeune femme sans grande conviction.

— Alors comment se fait-il que tu aies raté une réplique que tu connaissais sur le bout des doigts ?

Incapable de répondre, Maddy regarda son amie se diriger vers les vestiaires, un sourire malicieux aux lèvres. Pestant intérieurement contre la perspicacité de Wanda et contre sa propre transparence, la jeune femme rejoignit Reed et son père.

— Je suis heureuse que vous soyez venus, leur dit-elle avec un charmant sourire.

— C'est moi qui suis ravi ! protesta Edwin en lui serrant la main avec enthousiasme. Vous étiez formidable et c'est un vrai plaisir de vous voir travailler. Mais nous en discuterons en déjeunant.

— Je ne sais pas si..., commença la jeune femme en avisant l'expression morose de Reed.

— C'est moi qui invite ! l'interrompit Edwin. Par contre, vous devez connaître le quartier mieux que moi et je vous fais confiance pour choisir le restaurant.

— Il y en a un au coin de la rue.

— Parfait ! Qu'en penses-tu, Reed ?

— Que tu devrais au moins laisser à Maddy le temps de se changer, répondit ce dernier en se forçant à sourire.

— Laissez-moi cinq minutes et je vous rejoins devant l'entrée, leur dit-elle.

Dix minutes plus tard, tous trois pénétrèrent dans une petite épicerie grecque qui faisait aussi office de restaurant. Il flottait à l'intérieur une délicieuse odeur de viande, d'épices et de café chaud. La plupart des danseurs étaient déjà installés et mangeaient avec appétit.

Edwin, Reed et Maddy s'approchèrent du comptoir derrière lequel était installé le patron de l'établissement, un homme qui devait faire près de deux mètres de haut et arborait d'impressionnantes moustaches noires.

— Bonjour, Maddy. Je te sers un spécial O'Hurley, comme d'habitude ?

— Avec plaisir.

— Qu'est-ce qu'un spécial O'Hurley ? demanda Edwin, curieux.

— Salade, tomates, fromage de brebis et yaourt, expliqua le patron.

— C'est tout ce que vous mangez ? s'exclama le vieil homme d'un air réprobateur. Vous devriez au moins prendre un peu de viande après toutes les calories que vous avez dépensées ce matin !

— J'en prendrai ce soir, lui assura Maddy en souriant. Si je mange trop à midi, je serai incapable de danser correctement tout à l'heure.

Elle prit l'assiette que le patron venait de lui servir et la posa sur un plateau avec une bouteille d'eau.

— Commandez pendant que je vais nous chercher une table, dit-elle aux deux hommes.

Ils acquiescèrent et elle s'éloigna. A peine avait-elle fait quelques pas qu'elle fut rejointe par Terry qui avait toujours les cheveux coiffés en arrière comme le personnage qu'il interprétait.

— Alors, tu déjeunes avec les huiles ? demanda-t-il malicieusement. J'espère que tu leur diras un mot gentil sur mon compte…

— Quel genre de mot ? demanda-t-elle en lui retournant son sourire.

— Je ne sais pas... « Star », par exemple !

— Je ferai ce que je peux.

Terry s'apprêtait à ajouter quelque chose lorsqu'il repéra l'un des acteurs qui chipait dans son assiette.

— Leroy ! Pose ce cornichon immédiatement où tu es un homme mort ! s'exclama-t-il en s'éloignant.

Maddy gagna en riant l'une des rares tables encore libres. Quelques instants plus tard, elle fut rejointe par les Valentine.

— Ça ne manque pas d'ambiance, par ici, commenta Edwin qui avait assisté à la scène.

— Et encore, ils se tiennent plutôt bien aujourd'hui, parce que vous êtes là, répondit Maddy.

Comme pour la contredire, quelqu'un se mit à chanter, bientôt imité par toute sa tablée.

— Est-ce que vous viendrez à la première, monsieur Valentine ? demanda la jeune femme en haussant un peu la voix pour se faire entendre au milieu de ce tumulte.

— Je pense que oui. Je ne voyage plus aussi souvent qu'avant et cela me donnera l'occasion de le faire. Je me souviens qu'à une époque, je pouvais faire mille kilomètres sur un coup de tête, juste pour aller entendre un artiste dont on m'avait vanté les mérites.

— Ce devait être une vie très excitante, remarqua Maddy.

— Parfois, oui... Mais, du coup, je passais pas mal de temps à courir les hôtels et je ne voyais pas assez mon fils. J'ai raté un nombre incalculable de ses matchs de base-ball.

— Je suis sûr que tu en as vu plus que la majorité des autres parents, protesta Reed avec un sourire affectueux. Maddy, tu es sûre que tu ne veux pas un peu de roast-beef ? ajouta-t-il à l'intention de la jeune femme.

Son père sourit en la voyant se servir dans son assiette. Visiblement, ils avaient développé une certaine complicité. Qui sait ? Maddy finirait peut-être par avoir raison des angoisses de Reed…

— Je ne savais pas que tu jouais au base-ball, remarqua la jeune femme en se tournant vers ce dernier. Tu ne me l'avais jamais dit…

Tout en prononçant ces mots, elle réalisa que cela n'avait rien d'étonnant. Il y avait sans doute des centaines de choses qu'elle ignorait encore de cet homme si secret. Mais elle avait bien l'intention de les découvrir, quel que soit le temps que cela prendrait.

— Je n'avais jamais rien compris à ce jeu avant de m'installer à New York, reprit-elle. Mais là, je n'ai pas eu le choix. Plusieurs amis m'ont traînée de force à des matchs des Yankees et j'ai fini par devenir complètement accro ! Quelle était ta moyenne de points mérités ?

— Deux virgule trente-huit, répondit Reed, visiblement surpris par sa connaissance du sujet.

— Mais tu aurais pu passer professionnel ! s'exclama-t-elle, impressionnée.

— C'est ce que je n'arrêtais pas de lui dire. Mais il a préféré travailler dans la musique.

— Je suis convaincue que c'est tout aussi excitant. La plupart des gens n'imaginent même pas comment fonctionne la production musicale. Tout ce que nous voyons, c'est le disque que nous achetons ou la chanson que nous entendons à la radio…

— Si cela vous intéresse, je pourrai vous faire visiter nos studios et vous expliquer comment ça fonctionne, suggéra Edwin.

— Avec plaisir ! s'exclama la jeune femme, ravie. J'ai déjà eu un petit avant-goût de la chose lorsque nous avons enregistré les chansons de *Suzanna's Park* mais j'avoue que cela a plus aiguisé que satisfait ma curiosité.

— Vous avez aimé le travail en studio ? lui demanda Edwin.

— Ce n'était pas désagréable mais j'ai trouvé ça beaucoup moins excitant que la scène.

— C'est sans doute vrai, remarqua Reed en reposant sa tasse de café. Mais cela présente certains avantages : dans un studio, on pourrait transformer le patron de ce restaurant en Caruso rien qu'en tournant quelques boutons.

— Ce serait de la triche ! protesta Maddy en riant.

— Certains producteurs appellent ça du marketing.

— Est-ce le cas de Valentine Records ?

— Non, répondit Reed en faisant la grimace. Nous préférons privilégier des artistes de qualité, quitte à rater quelques coups. De cette façon, au moins, les fans ne sont pas déçus lorsqu'ils assistent aux concerts.

— Dans ce cas, remarqua la jeune femme avec un sourire malicieux à l'adresse d'Edwin, il est heureux que vous n'ayez pas produit les sœurs O'Hurley !

— Pourquoi ? demanda le vieil homme. Vous n'étiez pas bonnes ?

— Nous étions juste un peu au-dessus du médiocre.

— J'ai beaucoup de mal à vous croire, considérant la qualité de ce que j'ai entendu tout à l'heure.

— C'est gentil.

— Pas du tout. J'ai vu suffisamment d'artistes dans ma vie pour pouvoir juger en toute objectivité. Et je sais que vous devez travailler très dur pour atteindre un tel niveau d'excellence. Cela ne doit pas vous laisser beaucoup de temps libre…

— Pourquoi ? demanda la jeune femme en lui décochant un clin d'œil. Vous vouliez me fixer un rendez-vous galant ?

Pendant un instant, Edwin parut pris de court. Puis

il éclata d'un rire sonore qui attira sur lui l'attention de tous les clients du restaurant.

— Si seulement j'avais vingt ans de moins, je n'hésiterais pas un instant ! s'exclama-t-il enfin. Et, si vous acceptiez, je serais certainement le plus heureux des hommes.

En parlant, il avait gardé les yeux fixés sur Reed qui se garda bien de relever l'allusion.

— En fait, reprit son père, je pensais vous inviter à une fête que je veux donner pour la troupe, juste avant la première à Philadelphie. Qu'en pensez-vous ?

— Je crois que c'est une excellente idée !

— Mais je vous préviens : vous ne serez invitée que si vous acceptez de me réserver une danse.

— Vous en aurez autant que vous voudrez, lui promit la jeune femme, touchée par le mélange de gentillesse et de simplicité dont il faisait preuve.

— Une seule me suffira amplement. A vrai dire, après vous avoir vue danser, je crois que je ne soutiendrais pas votre rythme très longtemps.

Maddy éclata de rire. Mais elle remarqua que Reed se contentait de l'observer d'un regard froid et distant, comme si l'idée qu'elle assiste à cette fête ne l'enthousiasmait guère.

— Je vais devoir y aller, dit-elle, brusquement mal à l'aise. J'ai deux ou trois choses à faire avant la répétition de cet après-midi.

— Raccompagne cette jeune femme pendant que je finis mon café, Reed, suggéra Edwin. Tu repasseras me chercher ensuite.

— Ce n'est pas la peine, protesta Maddy en se levant un peu précipitamment.

— J'insiste, déclara Reed en l'imitant.

Comprenant qu'elle ne pouvait refuser sans que cela paraisse suspect aux yeux d'Edwin, la jeune femme se pencha pour embrasser le vieil homme sur les deux joues.

— Merci beaucoup pour ce déjeuner, lui dit-elle.

Reed et elle quittèrent le petit restaurant.

— Je suis parfaitement capable de traverser la rue toute seule, lui dit-elle lorsqu'ils furent sortis. Tu peux retourner auprès de ton père.

— Je veux te raccompagner. Où est le problème ?

— Mais ce n'est pas moi qui ai un problème ! s'exclama la jeune femme avec humeur. Crois-tu que je ne te connaisse pas suffisamment pour ne pas comprendre que quelque chose ne va pas ? Quand tu as cette voix polie et glaciale, c'est généralement que tu es de mauvaise humeur.

Sur ce, elle se détourna et traversa la rue à grandes enjambées. Mais Reed la suivit sans se laisser démonter par cette sortie.

— Pourquoi te presses-tu ? demanda-t-il. Il te reste encore vingt minutes avant la reprise.

— Je te l'ai dit : j'ai des choses à faire.

— C'est faux.

— Très bien. Disons donc que j'ai mieux à faire que de déjeuner avec quelqu'un qui se conduit avec moi comme un entomologiste en train d'étudier une fourmi ! Qu'est-ce que j'ai fait pour mériter une telle froideur ? Cela te dérange que je m'entende si bien avec ton père ? As-tu peur que je n'aie des visées sur lui aussi ?

— Arrête ça tout de suite !

— C'est ridicule ! poursuivit-elle sans tenir compte de son interruption. Je crois qu'au fond, tu détestes les femmes. Au lieu de faire la part des choses, tu as décidé qu'elles étaient toutes indignes de ta confiance. J'aimerais bien savoir pourquoi.

— Maddy, tu es folle.

— Pas encore. Mais je risque vraiment de le devenir si tu continues à jouer avec mes nerfs de cette façon. Crois-tu que je n'ai pas vu la façon dont tu me regardais, lorsque j'étais sur scène ? Je ne suis pas Mary, tu sais ! Ne me confonds pas avec le personnage que j'interprète !

— C'est ridicule, protesta Reed sans conviction.

En réalité, il était impressionné par la facilité avec laquelle Maddy avait vu clair en lui.

— Ce n'est pas vrai ! s'écria-t-elle, à présent hors d'elle. Je sais parfaitement quand je suis ridicule et ce n'est pas le cas, en ce moment, je t'assure ! Je ne sais pas ce qui t'a fait tant de mal, Reed, et je suis désolée que tu aies souffert. Mais ce n'est pas une raison pour laisser ce qui s'est passé ronger toute ta vie. J'ai cru que je pourrais en faire abstraction mais c'en est trop !

— De quoi est-ce que tu parles ?

— J'ai bien vu la tête que tu faisais quand ton père m'a proposé d'assister à sa fête. Eh bien, ne t'en fais pas : je ne viendrai pas. Je trouverai bien une excuse...

— Maddy...

— Franchement, je ne pensais pas que l'idée d'être vu en ma compagnie te gênerait à ce point !

— Mais...

— Je suppose que c'est compréhensible, poursuivit-elle sans lui laisser le temps de protester. Je ne suis qu'une danseuse, issue d'une famille d'artistes à moitié bohémiens. J'ai obtenu mon baccalauréat par correspondance et je n'ai jamais mis les pieds à l'université...

Reed la prit par les épaules et la regarda droit dans les yeux.

— La prochaine fois que tu décides de délirer de cette façon, tâche au moins de me laisser un mode d'emploi pour que je puisse te suivre. Je ne comprends même pas de quoi tu parles !

— Je parle de nous ! s'exclama la jeune femme. C'est absurde, d'ailleurs... A quoi cela sert-il de parler de nous puisqu'il n'y a pas de *nous* ? Tu n'en veux pas...

Incapable de trouver les mots capables d'arrêter son monologue, Reed pressa ses lèvres sur les siennes.

— Tais-toi, la supplia-t-il comme elle s'apprêtait à protester de plus belle. Je t'en prie, tais-toi une minute.

Il l'embrassa de nouveau mais cette fois, sa propre passion le trahit. Jusqu'alors, il n'avait pas réalisé à quel point le désir et la frustration s'étaient accumulés en lui tandis qu'il regardait Maddy sur scène.

A présent, elle était de nouveau sienne, et il découvrait combien il tenait à elle, combien le contact de son corps contre le sien lui avait manqué au cours de ces derniers jours.

Il se haïssait pour l'avoir fait souffrir tout en sachant qu'il recommencerait. Car il était incapable de comprendre ce qui lui arrivait, ce qui leur arrivait. Il avait l'impression d'être emporté par des sentiments qu'il ne maîtrisait pas et dont l'intensité le terrifiait.

— Ça va mieux ? lui demanda-t-il en s'arrachant enfin à cette délicieuse étreinte.

— Non, répondit-elle d'un ton mutin.

— Tant pis. Contente-toi de m'écouter pendant quelques secondes. Honnêtement, je ne sais pas ce qui m'a pris lorsque je te regardais jouer. En fait, j'avoue que j'ai du mal à penser clairement chaque fois que je te vois.

Maddy le regarda droit dans les yeux.

— Pourquoi ? demanda-t-elle simplement.

— Je ne sais pas. Mais une chose est sûre : si tu penses vraiment tout ce dont tu viens de m'accuser, tu te trompes du tout au tout. Je me fiche que tu aies obtenu ton bac par correspondance ou que tu aies étudié à Vassar. Je me moque que ton père ait été adoubé par la reine d'Angleterre ou qu'il ait été condamné pour meurtre...

— Juste pour tapage nocturne, répondit la jeune femme en souriant. Et encore, ça n'est arrivé qu'une fois ou deux... Je suis désolée, Reed. Je ne sais pas ce qui m'a pris. Je n'avais pas le droit de te parler comme cela. Mais j'étais en colère, et dans ces cas-là, j'ai une fâcheuse tendance à dire n'importe quoi... Je suppose que c'est à cause de mes origines irlandaises. Nous avons tous le sang chaud dans ma famille.

— Ne t'en fais pas pour ça. D'ailleurs, je crois que je n'ai pas été parfaitement honnête avec toi, moi non plus. Je pense qu'il est effectivement temps de clarifier un peu la situation.

— Je suis d'accord. Mais je n'ai plus beaucoup de temps...

— Je sais. Dis-moi, quel soir es-tu libre ?

— Samedi.

— Très bien. Dans ce cas, passe chez moi ce jour-là. S'il te plaît.

— D'accord, Reed, répondit Maddy, un peu rassérénée. Je viendrai. Et je te promets que je ne voulais pas te faire une scène.

— Moi non plus, Maddy. Quant à mon attitude vis-à-vis de mon père, elle n'a rien à voir avec ta présence à sa fête.

La jeune femme le regarda d'un air dubitatif.

— Alors, pourquoi as-tu réagi de cette façon ?

— Parce que je ne l'ai jamais vu aussi... charmé par quelqu'un depuis très longtemps. Lorsqu'il était plus jeune, il rêvait d'avoir beaucoup d'enfants. Et je suis certain que, s'il avait eu une fille, il aurait aimé qu'elle soit comme toi.

— Et alors ?

— Alors, je veux juste lui éviter une cruelle désillusion, Maddy. Il a beaucoup souffert dans le passé et je ne veux pas que cela se reproduise si nous arrêtons de nous voir un jour...

7

Lorsque Maddy regagna son immeuble, ce soir-là, elle pensait toujours à Reed. Cela n'avait d'ailleurs rien de surprenant. Ces derniers temps, il l'obsédait littéralement, l'empêchant même de se concentrer sur le rôle de Mary qui aurait dû constituer sa seule préoccupation.

La première à Philadelphie devait en effet avoir lieu dans moins de trois semaines, et elle ne pouvait se permettre de se laisser distraire par quoi que ce soit. Hélas, c'était bien plus facile à dire qu'à faire et Maddy ne cessait de se demander ce qui se produirait, le samedi suivant.

Elle essaya d'écarter cette question mais en fut incapable. Pénétrant dans son appartement, elle remarqua que les lumières étaient allumées. Elle était pourtant certaine de les avoir éteintes avant de partir, ce matin-là.

C'était une habitude qu'elle avait prise durant les périodes de vaches maigres, lorsque la moindre économie pouvait faire la différence. La jeune femme remarqua alors une odeur de café fraîchement passé qui flottait dans la pièce.

Posant son sac, elle fit mine de se diriger vers la cuisine. Mais elle entendit alors un bruit qui provenait de la chambre à coucher. Le cœur battant à tout rompre, elle s'empara de l'une des chaussures à semelle de métal qu'elle utilisait pour faire des claquettes.

Pas un seul instant, elle ne pensa à appeler la police

ou à ressortir pour demander de l'aide. Elle était bien décidée à défendre ses biens et à prouver à cet intrus qu'elle n'était pas le genre de femme à se laisser dévaliser aussi facilement.

Lentement, sans faire le moindre bruit, elle s'approcha de la porte de la chambre. Elle perçut un bruit de cintres. Si ce cambrioleur pensait trouver des objets de valeur dans sa penderie, c'est qu'il ne devait pas être très malin, songea-t-elle. Cela ne fit que renforcer sa résolution de s'en occuper elle-même.

Raffermissant sa prise sur la chaussure, elle posa la main sur la poignée de la porte et tira violemment le battant à elle. La personne qui se trouvait à l'intérieur poussa un cri perçant et elle réalisa alors avec stupeur qu'il s'agissait de sa sœur.

— Eh bien ! s'exclama Chantel en posant la main sur son cœur qui battait la chamade. En voilà une façon bizarre d'accueillir tes invités !

Maddy lâcha sa chaussure et alla la serrer dans ses bras.

— Je ne m'attendais pas à te trouver là, dit-elle lorsqu'elles se furent embrassées affectueusement. Tu as bien failli te retrouver avec une vilaine bosse sur la tête et un mal de crâne carabiné !

— C'est bien ce que je vois...

— Mais qu'est-ce que tu fais là ?

— Je suspendais quelques affaires dans ton armoire, répondit Chantel en écartant une mèche de cheveux blond cendré qui lui tombaient dans l'œil. J'espère que cela ne te dérange pas.

— Pas du tout ! Mais ce n'est pas ce que je voulais dire : qu'est-ce que tu fais à New York ? Et pourquoi ne m'as-tu pas prévenue de ton arrivée ?

— Je t'ai écrit la semaine dernière.

— J'ai bien peur d'avoir un peu de courrier en retard.

— Comme d'habitude, acquiesça Chantel en riant.

Maddy observa sa sœur, admirant son visage d'ange. Ses traits avaient cette beauté classique des tableaux de la Renaissance italienne : des yeux bleus, un nez droit et aristocratique, une bouche sensuelle et de légères fossettes au creux des joues.

— Tu as une mine superbe, déclara Maddy.

— Toi aussi, répondit Chantel en contemplant attentivement sa sœur. Tu ne serais pas amoureuse, par hasard ?

— Je crois que si, avoua Maddy, stupéfaite par sa perspicacité.

— Ça alors ! Voilà une merveilleuse nouvelle. Allons nous installer dans le salon, et tu me raconteras tout.

— D'accord, répondit Maddy en la prenant par le bras. C'est vraiment dommage qu'Abby ne soit pas avec nous... Mais, dis-moi, combien de temps comptes-tu rester en ville ?

— Quelques jours seulement. Je dois présenter une remise de prix vendredi soir. Mon agent pense que ce sera l'occasion de me faire un peu de publicité gratuite.

— Visiblement, tu n'as pas l'air de partager son enthousiasme, remarqua Maddy en allant chercher une bouteille de vin et deux verres.

Chantel jeta un coup d'œil par la fenêtre de l'appartement.

— Tu sais que je n'aime guère New York. Cette ville est trop...

— Réelle ? suggéra Maddy.

— Disons trop bruyante...

De fait, à l'extérieur, on entendait mugir les sirènes d'une voiture de police.

— Je suis heureuse de constater que tu as du vin. Tout à l'heure, j'ai cherché du café et je n'en ai trouvé nulle part.

— J'ai arrêté d'en boire.

— Tu as arrêté ? Toi ?

— Oui. J'en buvais beaucoup trop, et la caféine n'est pas idéale pour un danseur. Alors je me suis mise à la tisane. Mais où as-tu trouvé le café ?

— Je suis allée frapper chez ton voisin.

— Chez Guido ? s'étonna Maddy.

— Celui qui a de grandes dents et un physique de Conan le Barbare ?

— Oui, c'est bien lui. Cela fait des années que j'habite à côté de chez lui mais je n'aurais jamais osé aller lui demander quelque chose sans un garde du corps.

— Il s'est montré charmant, répondit Chantel. J'ai juste dû lui faire comprendre que je n'avais pas besoin de lui pour préparer ledit café.

— Cela ne m'étonne pas ! s'exclama Maddy en riant.

Elle remplit leurs verres et en tendit un à sa sœur avant de lever le sien pour porter un toast.

— Aux O'Hurley !

Chantel trinqua avec elle et avala une gorgée de vin avant de faire la grimace.

— Je vois que tu achètes toujours des bouteilles au rabais.

— Allons, il n'est pas si mauvais que cela. Est-ce que tu as des nouvelles d'Abby ?

— Je l'ai appelée avant de partir. Elle avait l'air d'être aux anges.

— Et Dylan ?

— Elle m'a dit qu'il avait quasiment fini son livre.

— Qu'est-ce qu'elle en pense ?

— Elle lui fait entièrement confiance, répondit Chantel d'un ton ironique.

Maddy ne releva pas, sachant combien sa sœur avait souffert lorsque sa propre confiance avait été trahie par l'homme qu'elle aimait autrefois.

— Abby a l'air d'avoir définitivement tourné la page. Elle m'a même dit que Dylan allait adopter les enfants.

— C'est génial ! s'exclama Maddy avec enthousiasme. Je suis vraiment heureuse pour elle...

— Moi aussi. Il était temps qu'elle soit heureuse ! Et je crois que Dylan sera à la hauteur.

— Tu as des nouvelles de Trace ?

— Oui. Il a envoyé un cadeau de mariage à Abby.

— C'est dommage qu'il n'ait pas pu assister à la cérémonie. Où est-il, en ce moment ?

— En France. En Bretagne, je crois.

— Tu sais ce qu'il fait, exactement ?

— Non. Et j'évite de me poser la question. Est-ce que papa et maman viendront à la première de ta pièce ?

— Je l'espère. Ils ont encore trois semaines pour s'organiser. Mais je suppose que toi, tu n'auras pas le temps de revenir sur la côte Est.

— Hélas, non. Le tournage des *Etrangers* a été repoussé parce que les repérages se sont avérés plus longs que prévus. Je devrais donc commencer dans deux semaines. Et je regrette vraiment de ne pas pouvoir venir.

— C'est gentil. Mais tu dois être très excitée. C'est un rôle formidable !

— C'est vrai, acquiesça Chantel avec une certaine réserve.

— Qu'est-ce qui ne va pas ?

Chantel hésita à parler à Maddy des lettres et des coups de téléphone anonymes qu'elle avait reçus au cours de ces dernières semaines. Mais elle décida de n'en rien faire pour ne pas l'inquiéter inutilement.

— Je ne sais pas, éluda-t-elle. Je crois que je suis nerveuse, c'est tout... Je n'ai encore jamais tourné de feuilletons et c'est un format étrange : pas vraiment celui des séries télévisées ni celui des films de cinéma.

— Il n'y a pas que cela, remarqua Maddy en la regardant droit dans les yeux. Qu'est-ce que tu me caches ?

Chantel secoua la tête, songeant que cette histoire ne

prêtait sans doute pas à conséquence. Son mystérieux correspondant se lasserait probablement rapidement de son petit jeu. D'ailleurs, il ne s'agissait probablement que d'un fan un peu détraqué...

— Rien de bien grave, répondit-elle enfin. Parle-moi plutôt de ce garçon dont tu es tombée amoureuse. Raconte-moi tout.

— Il n'y a pas grand-chose à dire, répondit Maddy. Au fait, est-ce que papa t'a déjà parlé d'Edwin Valentine ?

— Edwin Valentine ? répéta Chantel en fronçant les sourcils.

Elle avait une très bonne mémoire, ce qui avait constitué un excellent atout dans sa carrière. Elle n'oubliait jamais une ligne de texte, un nom ou un visage.

— Non, répondit-elle finalement. Cela ne me dit rien.

— C'est le fondateur de Valentine Records, l'un des plus gros labels de musique de New York. Apparemment, il aurait rencontré papa et maman lorsque nous étions encore bébés. Il débutait tout juste dans le métier et il n'avait pas un sou. Nos parents l'auraient hébergé quelques nuits dans leur chambre d'hôtel.

— C'est bien leur genre, acquiesça Chantel. Et alors ?

— Eh bien, c'est Valentine Records qui produit la pièce dans laquelle je joue.

— Intéressant... Mais je ne comprends pas. Es-tu en train de me dire que tu es tombée amoureuse d'un homme qui a l'âge d'être ton père ?

— Non, pas du tout. Remarque bien que, même si tel était le cas, tu serais mal placée pour me faire la leçon : j'ai lu quelque part que tu avais eu une liaison avec le Comte DeVargo, le fameux joaillier. Il a au mois soixante ans !

— C'est différent, protesta Chantel. Il est européen.

— Je ne vois pas ce que cela change. En tout cas, ce

n'est pas d'Edwin que je suis amoureuse mais de son fils, Reed Valentine.

— Ne me dis pas qu'il est danseur !

— Non, rassure-toi. Il a repris l'entreprise de son père. C'est l'un des plus gros producteurs de la place.

— Eh bien, on dirait que tu as de l'ambition, sœurette.

— Tu sais très bien que je ne suis pas du genre à me faire entretenir. Mais j'avoue que je me surprends moi-même. Imagine, Reed est riche, il porte des costumes coupés sur mesure et fréquente les restaurants français.

— Diable !

— Comme tu dis…

— Est-ce que vous avez couché ensemble ?

Maddy ne put s'empêcher de sourire : ce genre de question à brûle-pourpoint était typique de Chantel.

— Non, avoua-t-elle.

— Mais tu y as pensé.

— A vrai dire, je n'arrive plus à penser à autre chose, ces derniers temps.

Chantel remplit de nouveau son verre. Le vin n'apparaissait plus aussi mauvais, une fois que l'on avait avalé les premières gorgées.

— Et lui ? Qu'éprouve-il à ton égard ?

— C'est bien tout le problème, soupira Maddy. Je crois qu'il se méfie des femmes comme de la peste. Il ne veut pas s'engager de peur d'avoir à souffrir. Pourtant, je sais que je ne lui suis pas indifférente… Du coup, il ne cesse de tergiverser. Parfois, il m'embrasse avec passion et j'ai l'impression d'avoir attendu cela toute ma vie. Puis, brusquement, il reprend de la distance et c'est comme si nous étions parfaitement étrangers l'un à l'autre.

— Sait-il ce que tu ressens pour lui ?

— Je le crois. Bien sûr, je ne lui ai rien dit parce que j'ai peur que cela ne l'effraie…

— Dois-je en déduire que tu serais prête à t'engager vraiment ?

— Je crois que je pourrais passer ma vie avec lui, Chantel. Je crois que je pourrais le rendre heureux.

— Peut-être. Mais il ne s'agit pas d'une relation unilatérale. Il faut aussi que tu saches si lui pourrait te rendre heureuse.

— Oui. Du moins, s'il accepte de baisser la garde, s'il me laisse une chance de comprendre pourquoi il a si peur de ses propres sentiments… Je sens que quelque chose de grave s'est produit et que c'est cela qui l'a rendu si dur. Malheureusement, j'ignore ce dont il peut bien s'agir…

Chantel posa son verre de vin, prit les mains de sa sœur dans les siennes et la regarda droit dans les yeux.

— Tu es vraiment amoureuse, n'est-ce pas ?

— Oui.

— Dans ce cas, il a beaucoup de chance.

— Tu n'es pas très objective en la matière, remarqua Maddy en souriant.

— C'est vrai. En tout cas, je suis convaincue qu'il n'a aucune chance de te résister. Il suffit de voir ton regard pour comprendre que tu lui es entièrement dévouée. Il finira par le sentir.

— Dévouée ? répéta Maddy en plissant le nez. A t'entendre, je ne vaux guère mieux qu'un animal de compagnie.

— Ce n'est pas ce que je voulais dire !

— Alors dis-moi comment je devrais me comporter pour qu'il comprenne ce que j'éprouve.

— Sois toi-même, c'est tout.

Découragée, Maddy reprit son verre et avala une gorgée de vin.

— Je croyais que tu allais me donner quelques conseils en matière de séduction, soupira-t-elle enfin.

— C'est ce que je viens de faire. Dans ton cas, il

me semble que le plus important est de faire preuve de naturel. D'ailleurs, ce que tu veux, au fond, c'est épouser cet homme, non ?

— Je suppose...

— Eh bien, il n'y a pas à hésiter. Si tu veux partager sa vie, tu dois te montrer honnête. Quand comptes-tu le revoir ?

— Samedi.

Chantel fronça les sourcils. Elle aurait bien aimé rencontrer ce Valentine mais, le samedi suivant, elle serait dans l'avion qui la ramènerait à Los Angeles.

— Commençons par te trouver de nouveaux habits. Quelque chose de séduisant qui te mette vraiment en valeur...

Chantel observa sa sœur et réalisa que toutes deux devaient faire à peu près la même taille.

— La seule chose positive, à New York, c'est le nombre de boutiques de vêtements. D'ailleurs, pendant que nous y sommes, nous pourrions en profiter pour faire quelques courses ! Tu sais que ton réfrigérateur est vide, en dehors de trois carottes et d'un pack de jus d'orange ?

— Je pensais passer au magasin bio situé en bas de chez moi.

— Sûrement pas ! Je n'ai pas envie d'ingurgiter ces racines insipides que tu m'avais servies la dernière fois en m'assurant qu'elles étaient pleines de vitamines !

— Si tu préfères, il y a un restaurant pas très loin d'ici qui sert d'excellentes pâtes fraîches.

— Voilà qui est mieux ! Allons-y...

— Tu devrais peut-être te changer, suggéra Maddy en considérant d'un œil dubitatif la robe magnifique que portait sa sœur. Tu es un peu trop habillée pour l'endroit où nous allons.

— Cela fait partie de mon métier, répliqua Chantel en

riant. Je m'efforce toujours de garder une image glamour et légèrement décadente.

— Je ne sais pas si les clients de chez Franco te reconnaîtront, objecta Maddy, amusée.

— Tu veux parier ?

Cette fois, Maddy éclata de rire. Une fois de plus, elle retrouvait avec sa sœur cette merveilleuse complicité qui les unissait depuis l'enfance. Et cela suffisait presque à lui faire oublier les incertitudes qu'avait fait naître en elle un certain Reed Valentine…

Au cours des trois jours qui suivirent, Chantel acheva de charmer Guido qui s'avéra effectivement plus sympathique que son allure extérieure ne le laissait supposer. Elle conquit aussi Macke et Don lorsqu'elle accompagna Maddy à l'une de ses répétitions. Le reste de son temps, elle le consacra à dévaliser les boutiques de la Cinquième Avenue.

Malheureusement, elle n'avait pu prolonger son séjour, et lorsque Maddy rentra chez elle après son cours de danse du samedi matin, elle ressentit une pointe de mélancolie en découvrant l'appartement désert.

Elle aurait bien voulu que sa sœur lui donne quelques ultimes conseils avant son rendez-vous avec Reed. Mais il était écrit qu'elle devrait faire face à cette épreuve sans l'aide de personne.

Consultant sa montre, elle réalisa qu'il lui restait encore une bonne heure avant d'aller le rejoindre. Elle gagna la salle de bains et prit une douche. Tandis que l'eau brûlante enveloppait son corps, elle essaya de chasser la nervosité qu'elle sentait grandir en elle à chaque instant. Le plus important, se répétait-elle, c'était de prendre les choses étape par étape.

Tout d'abord, se changer. Ensuite, prendre le métro

jusqu'au centre-ville. Puis monter jusqu'à l'appartement de Reed. Jusque-là, il n'y avait rien d'insurmontable, rien qu'elle n'eût déjà fait.

Ensuite, ils discuteraient, c'est tout. C'était quelque chose qu'ils devaient faire s'ils ne voulaient pas continuer éternellement à se faire du mal. Il n'y avait rien là de si terrifiant...

Elle commencerait par lui parler de la pièce, par lui dire que les progrès étaient visibles de jour en jour. C'était la vérité : à chaque nouvelle répétition, le résultat devenait un peu plus visible. Tout prenait corps. Et lorsqu'ils partiraient enfin pour Philadelphie, ils seraient prêts.

Qui sait ? Il lui annoncerait peut-être qu'il comptait les accompagner. Ou bien, il lui dirait qu'elle lui manquerait lorsqu'elle serait là-bas...

Maddy se morigéna intérieurement : mieux valait ne rien espérer, ne pas se faire d'illusions qui risqueraient d'être cruellement déçues en fin de compte.

Quittant la douche, elle s'essuya et se sécha les cheveux. Puis elle se maquilla, chassant ses doutes et ses espoirs, se concentrant sur ces gestes simples et familiers. Lorsqu'elle fut satisfaite du résultat, elle regagna sa chambre.

Là, sur le lit, se trouvaient le cadeau d'adieu de Chantel et le petit mot qu'elle lui avait laissé en partant. Maddy le prit et le relut en souriant :

« Chère Maddy,

» Après des recherches intensives, d'interminables hésitations et une réflexion quasiment transcendante, j'ai décidé que j'avais trouvé exactement ce qu'il te fallait. Bon anniversaire, donc, avec un peu d'avance.

» Porte cette tenue lorsque tu iras retrouver Reed. Et ne te fie pas à ta première réaction au sujet de la couleur. Crois-moi, je sais ce que je fais.

» Je penserai bien à toi ce soir et je croise les doigts d'avance. Je t'aime. Ta sœur,

Chantel. »

Maddy observa de nouveau l'ensemble. Le pantalon de soie était rose. Comme l'avait deviné Chantel, c'était typiquement une couleur dont elle se méfiait car elle se mariait généralement très mal avec ses cheveux roux.

Le chemisier, quant à lui, était d'une jolie teinte jade. Le tout formait une combinaison aussi audacieuse qu'improbable, exactement le genre de chose dont raffolait la jeune femme.

Mais le plus beau, c'était la veste. Elle était également de soie mais des milliers de petites perles étaient cousues sur le tissu, en faisant un véritable kaléidoscope de couleurs. A chaque mouvement, une nouvelle forme paraissait se dessiner selon l'angle sous lequel le vêtement accrochait la lumière.

Au départ, Maddy l'avait trouvé trop osé, trop stylé pour elle. Mais plus elle le regardait et plus elle était convaincue que Chantel avait fait le bon choix.

— De l'audace, murmura-t-elle. De l'audace, toujours de l'audace…

Reed ne cessait de faire les cent pas dans son appartement, sentant monter en lui une nervosité telle qu'il n'en avait jamais éprouvée. C'était ridicule, bien sûr. Après tout, ce n'était pas la première fois qu'une femme venait lui rendre visite chez lui…

Mais cette femme n'était pas n'importe qui, se reprit-il. Il s'agissait de Maddy. Et cela rendait les choses beaucoup plus compliquées.

Il tenta de se raisonner, se répétant qu'ils avaient déjà passé beaucoup de temps ensemble, qu'elle était même déjà venue ici. Mais rien n'y faisait. Finalement, il glissa un disque dans la platine espérant que cela suffirait à le distraire.

Durant la semaine, il s'était volontairement interdit de revoir Maddy pour se prouver qu'il était parfaitement capable de vivre sans elle. Hélas, l'expérience n'avait guère été couronnée de succès.

Combien de fois avait-il décroché son téléphone et composé les premiers chiffres du numéro de la jeune femme dans le simple espoir d'entendre sa voix ?

A présent qu'il était sur le point de réaliser ce rêve et même de la voir, il se sentait terrifié. Pourtant, il savait qu'il n'avait pas le choix. Il fallait qu'ils définissent de nouvelles règles, qu'ils établissent les limites dans lesquelles leur relation pourrait évoluer.

Mais quelles seraient-elles ? se demanda-t-il pour la millième fois. Il désirait plus que tout devenir l'amant de Maddy. La simple idée de faire l'amour avec elle éveillait en lui un incoercible élan de désir. Il en rêvait chaque nuit et y pensait chaque jour.

Pourtant, il savait qu'en cédant à cette envie, il risquait de faire du mal à la jeune femme. Car il ne pouvait toujours rien lui promettre, ni mariage, ni relation à long terme. Il ne pouvait pas même prévoir le temps que durerait leur liaison…

Reed passa nerveusement la main dans ses cheveux. Il se rappelait encore la détresse qu'il avait perçue dans les yeux de Maddy, la dernière fois qu'ils s'étaient vus. Le mélange de courage, de tristesse et de colère dont elle avait témoigné lui avait serré le cœur, le touchant plus qu'il ne l'aurait voulu.

Cela suffisait à lui prouver que, selon ses propres critères, les choses étaient déjà allées beaucoup trop loin. Il aurait dû mettre un terme à leurs relations bien avant qu'elles ne se compliquent à ce point. En fait, il aurait même dû deviner ce qui allait se passer dès le soir où elle l'avait invité chez elle…

Pourquoi avait-il fallu qu'il joue avec le feu ? Qu'il la laisse l'affecter à ce point ? Avec angoisse, Reed réalisa que la situation deviendrait plus épineuse encore s'ils couchaient ensemble.

Il fallait donc qu'ils établissent des règles claires, se répéta-t-il. Et il ne resterait qu'à espérer qu'elles suffiraient à endiguer les sentiments de plus en plus troubles qui le hantaient, éveillant en lui de vieilles et indéracinables frayeurs…

Comment pouvait-elle exercer une telle fascination sur lui ? Elle n'était pas exceptionnellement belle. Elle l'était moins, en fait, que la plupart des femmes avec lesquelles il était déjà sorti. Elle n'était ni particulièrement raffinée, ni remarquablement élégante, ni douée de ce sex-appeal qui faisait se retourner les hommes dans la rue.

Mais elle l'avait conquis comme jamais personne avant elle n'avait réussi à le faire. En quelques semaines, elle avait balayé les défenses qu'il avait patiemment bâties autour de son cœur. Elle lui avait fait baisser la garde et, si sa prudence n'avait pas confiné à la paranoïa, il serait probablement tombé amoureux d'elle.

Jetant un coup d'œil à sa montre, Reed se demanda combien de temps encore il devrait endurer cette insupportable attente.

Lorsqu'elle sonna enfin à sa porte, quelques minutes plus tard, il était dans un état de nerfs qui confinait à l'hystérie. S'accordant quelques instants pour recouvrer un semblant de calme, il alla ouvrir.

Pendant ce qui lui parut une éternité, il resta immobile, frappé de stupeur. Comment avait-il pu penser un seul instant que Maddy n'était pas la plus belle femme du monde ? se demandait-il sans trouver de réponse à cette question.

Les vêtements qu'elle portait ce soir-là mettaient en valeur sa magnifique silhouette de danseuse, son beau visage aux traits angéliques et ses cheveux roux sombre dans lesquels il avait désespérément envie de plonger les doigts.

Elle était rayonnante, magnifique. En fait, il n'était même pas sûr de disposer des mots lui permettant de décrire ce qu'il éprouvait exactement en se retrouvant face à elle. L'espace d'un instant, il se demanda s'il ne s'agissait pas d'une illusion, de la matérialisation d'un rêve qu'il n'osait s'avouer à lui-même.

— Bonsoir, articula-t-il enfin. Comment vas-tu ?

— Bien, répondit-elle avant de s'approcher pour l'embrasser sur la joue.

Ce simple geste le fit frissonner. Le parfum de Maddy s'insinua en lui, ébranlant un peu plus sa raison déjà chancelante. Une fois de plus, il lui suffisait d'un mot, d'un mouvement pour l'ensorceler.

— Nous avions bien dit samedi soir, n'est-ce pas ? lui demanda-t-elle en souriant.

— Euh... oui...

— Alors pourquoi ne me laisses-tu pas entrer ?

L'amusement qui brillait dans ses yeux donna à Reed l'impression qu'il se conduisait comme un imbécile. Cela l'aida un peu à reprendre le contrôle de ses émotions et il s'écarta pour la laisser entrer.

Lorsqu'il referma la porte derrière eux, une petite voix lui souffla qu'il était en train de commettre la plus énorme bêtise de toute sa vie. Mais il était sans doute trop tard pour l'écouter...

— Tu es magnifique, lui dit-il. Mais différente de d'habitude...

— Tu le penses vraiment ? demanda-t-elle, ravie.

Il acquiesça.

— Ma sœur est passée à New York et s'est installée

chez moi pendant quelques jours. C'est elle qui m'a acheté cet ensemble. Qu'est-ce que tu en penses ?

— Qu'il est très beau et te va merveilleusement bien.

— Merci ! Dis-moi, tu n'es pas venu assister aux répétitions, ces temps-ci.

— C'est vrai, reconnut-il. Je peux t'offrir quelque chose à boire ?

— Un verre de vin, répondit-elle en se dirigeant vers la baie vitrée qui dominait la ville. Tu as tort, tu sais. Tout commence à se mettre en place et on se rend de mieux en mieux compte de ce que sera la pièce.

— Je suis certain que mon département comptabilité en sera ravi. Ils n'arrêtent pas de se plaindre des frais engagés.

— Allons, ne sois pas si matérialiste ! s'exclama Maddy en riant. De toute façon, tu n'as rien à perdre. Si la pièce est un succès, tu gagnes un beau paquet d'argent. Si c'est un échec, tu économises sur tes impôts. La seule chose qui compte, pour le moment, c'est que la magie opère. Chaque fois que j'entre en scène, je la sens monter un peu plus.

— C'est vraiment important, pour toi, n'est-ce pas ? demanda Reed, frappé par l'intensité avec laquelle elle venait de s'exprimer.

La jeune femme prit le verre de vin qu'il venait de lui servir et s'absorba dans la contemplation du liquide grenat comme si elle avait pu y lire la réponse à sa question.

— Si j'étais vraiment seule, commença-t-elle enfin, si je n'avais personne au monde, je crois que je pourrais quand même être heureuse. Lorsque je suis sur scène… Lorsque je vois la salle suspendue à chacun de mes gestes, à chacune de mes paroles… Je ne sais pas si je peux t'expliquer ce que je ressens…

— Essaie, l'encouragea Reed, les yeux fixés sur sa

silhouette qui se détachait contre le ciel ténébreux que l'on apercevait par la fenêtre. Je voudrais comprendre.

La jeune femme passa une main dans ses cheveux roux et ferma les yeux, cherchant ses mots.

— Je ressens une forme d'amour, déclara-t-elle enfin en les rouvrant. Un amour que je peux rendre au moyen d'une danse ou d'une chanson. Cela peut paraître absurde mais je crois que c'est pour cela que je suis née, que c'est le sens de ma vie...

— Tu te satisferais donc de n'être aimée chaque soir que par des centaines de spectateurs anonymes ? demanda Reed, surpris.

— Si c'était tout ce que j'avais, oui. Je saurais m'en contenter.

— Tu pourrais vivre sans partager ton existence avec une personne unique ?

— Ce n'est pas ce que je souhaite mais je crois en effet que j'en serais capable, répondit honnêtement la jeune femme. Les applaudissements peuvent combler bien des manques, bien des vides intérieurs, tu sais. Peut-être même tous, si l'on travaille assez dur pour cela... Je suppose qu'il en va de même dans ton propre métier.

— Oui. D'ailleurs je t'ai dit que je n'avais ni le temps ni l'envie de m'investir dans une relation sérieuse.

— C'est vrai.

— Et je le pense vraiment, Maddy, insista-t-il.

Il avala une gorgée de vin, se demandant pourquoi il avait l'impression de mentir au moment même où il cherchait à se montrer le plus honnête possible.

— J'ai essayé de respecter le marché que nous avions conclu la dernière fois que tu es venue ici. J'ai essayé de me conduire en ami.

— Et tu y as réussi, répondit la jeune femme d'une voix un peu étranglée.

Elle se demandait avec angoisse ce qui allait suivre.

— Peut-être. Mais je veux plus que cela. Et si je cède à cette envie, je te ferai du mal.

C'était la vérité, réalisa Maddy avec une brusque clairvoyance. Une vérité qu'elle était prête à accepter parce qu'elle ne pouvait plus supporter l'atroce sensation de manque qui la taraudait chaque fois qu'elle pensait à Reed.

— Ecoute, lui dit-elle gravement, je te l'ai dit la dernière fois et je te le répète. Je suis assez grande pour faire mes choix et gérer mes émotions. Et moi aussi, je veux plus qu'une simple amitié. Alors, quoi qu'il arrive par la suite, souviens-toi que nous aurons fait ce choix ensemble.

— Parce que tu appelles cela un choix, Maddy ? répondit-il avec une pointe d'amertume. Crois-tu vraiment que nous ayons eu notre mot à dire, dans cette histoire ? J'ai voulu te repousser, t'oublier, ne plus penser à toi. C'était cela, mon choix. Mais j'ai fini par me rendre compte que mes efforts étaient inutiles. Plus je cherchais à t'éloigner et plus je me rapprochais de toi.

S'approchant d'elle, il posa les mains sur ses épaules et la regarda droit dans les yeux, la mettant au défi de le contredire.

— Tu ne me connais pas, reprit-il. Tu ne sais pas ce qui se cache au fond de moi. Il y a là des choses qui ne te plairaient pas et d'autres que tu ne comprendrais pas. Si tu es maligne, tu ferais mieux de quitter cet appartement avant que nous ne fassions une folie.

— Il faut croire que je ne suis pas si maligne que cela, alors, répondit Maddy avec un pâle sourire.

— Ainsi soit-il, murmura Reed en repoussant sa veste qui tomba à ses pieds dans un chatoiement multicolore.

Il sentait à présent la peau douce et soyeuse de Maddy sous ses doigts et sa gorge se noua.

— Tu me haïras pour cela, dit-il.

Elle posa doucement sa main sur sa joue.

— Je ne hais pas facilement, Reed. Fais-moi confiance, pour une fois.

— Cela n'a rien à voir avec la confiance ! s'exclama-t-il alors qu'une lueur de colère traversait ses yeux pendant une fraction de seconde. Rien à voir, ajouta-t-il d'un ton un peu radouci. Je te veux. Je te désire depuis des semaines, et cette envie me ronge à petit feu. Je n'en peux plus…

Maddy sentit un mélange de tristesse et de résignation l'envahir. Mais elle s'y était préparée et repoussa cette sensation. Elle était prête à s'offrir à Reed quels que soient les termes du marché. C'était la conclusion à laquelle l'avaient menée les heures qu'elle avait passées à réfléchir à la question.

— Aujourd'hui, reprit Reed d'une voix un peu rauque, j'ai décidé que je ne gagnerais jamais. Alors je veux que tu passes la nuit avec moi.

— Je le ferai, répondit la jeune femme en lui jetant un regard de défi. Pas parce que tu le veux mais parce que *je* le veux.

Reed prit la main de la jeune femme dans la sienne et la porta à ses lèvres comme pour sceller ce pacte.

— Suis-moi, murmura-t-il.

8

Seule la lampe qui brillait dans le couloir éclairait la chambre à coucher, la plongeant dans une semi-obscurité rassurante. La chaîne hi-fi était toujours allumée, dispensant une musique étouffée par la distance.

Ils s'assirent sur le lit, se dévorant de baisers. Mais, lorsque Maddy entreprit de déboutonner la chemise de Reed, ce dernier se raidit brusquement.

— Nous sommes en train de commettre une énorme erreur, lui dit-il d'une voix mal assurée.

— Chut, souffla-t-elle en posant ses lèvres sur les siennes. Nous serons logiques plus tard. Pour le moment, tout ce qui compte, c'est de profiter de l'instant présent. Je rêve de ce moment depuis que tu es venu chez moi. Je voulais savoir à quoi tu ressemblais vraiment et ce que je ressentirais lorsque je serais dans tes bras.

Elle dégrafa le dernier bouton et lui retira sa chemise, révélant son torse sur lequel elle laissa glisser ses doigts, lui arrachant un petit frisson de bien-être.

— La nuit, reprit-elle à mi-voix, je restais éveillée, les yeux ouverts dans le noir, et je me demandais si le jour viendrait où nous nous retrouverions tous les deux comme cela.

Elle suivit le contour de ses épaules, s'émerveillant du mélange de douceur et de fermeté de sa chair brûlante.

— Je n'ai pas peur de toi, Reed. Et je n'ai pas peur de ce que je ressens.

— Tu devrais.

La jeune femme pencha la tête de côté, l'observant avec un mélange d'amusement et de défi.

— Vraiment ? fit-elle. Alors, prouve-le-moi…

Reed savait qu'il aurait mieux fait de quitter cette pièce, de mettre de la distance entre Maddy et lui. Il aurait dû les préserver l'un et l'autre des déconvenues qui les attendaient. Mais il n'en avait plus la force. Son désir était à présent si puissant qu'il annihilait sa volonté, ne laissant plus en lui qu'une faim insatiable.

Attirant la jeune femme contre lui, il l'embrassa presque avec férocité. Ses mains coururent sur son chemisier de soie et il sentit qu'elle tremblait convulsivement. Cela ne fit que décupler le besoin impérieux qu'il avait d'elle, et il se fit plus ardent encore.

Une fois de plus, il se demanda si Maddy ne l'avait pas envoûté. Il se sentait aussi impuissant qu'Ulysse face à Circé. Et cela le terrifiait. Jusqu'alors, il s'était toujours vanté d'exercer un parfait contrôle sur lui-même, de dominer ses instincts les plus élémentaires.

Mais, à présent, il perdait pied. L'espace d'un instant, il fut tenté de se jeter sur elle, d'entrer en elle sans attendre pour satisfaire son désir et recouvrer un semblant de maîtrise de soi.

Cela vaudrait mieux pour eux deux, songea-t-il. Une fois qu'ils auraient évacué le besoin qu'ils avaient l'un de l'autre, ils pourraient de nouveau se conduire en adultes responsables…

Ce fut alors qu'elle murmura son nom. Et ce simple son réduisit à néant le cynisme derrière lequel il tentait vainement de s'abriter. Comment aurait-il pu agir ainsi avec Maddy ? Elle méritait mieux que cela…

Ses mains se firent plus douces, sa bouche plus tendre.

S'il ne devait faire l'amour avec elle qu'une seule fois, il voulait que ce soit à la perfection, que tous deux gardent un souvenir impérissable de ce moment.

Il se força donc à apaiser leur étreinte, bien décidé à donner autant qu'il le pourrait et à prendre autant qu'il l'oserait.

Lentement, prenant tout son temps, il la débarrassa de son chemisier de soie. Sentant le brusque changement qui s'était opéré en Reed, elle s'était immobilisée, se pliant à ce rythme nouveau.

Avec une tendresse qui le surprit lui-même, il commença à couvrir les épaules dénudées de la jeune femme de petits baisers, sentant sous sa langue le goût affolant de sa chair. Il était étrangement ému par le mélange de douceur et de force qui se dégageait d'elle.

Sous sa peau satinée, il pouvait sentir les muscles raffermis par les heures qu'elle passait à s'entraîner sans relâche. Tout comme son esprit, son corps reflétait une vivante contradiction qui ne cessait de le fasciner.

Maddy avait senti le changement qui s'était opéré en Reed. La tension qui l'habitait semblait avoir brusquement disparu, comme s'il s'était résigné à l'inéluctabilité de ce moment.

Prenant l'initiative, elle commença donc à le caresser, parcourant les courbes puissantes de ses épaules, glissant le long de ses flancs palpitants pour se poser sur ses hanches. Là, ses mains s'immobilisèrent, lui laissant le temps de réaliser ce qui était en train de leur arriver.

Mais elle comprit alors que Reed avait depuis longtemps dépassé le point de non-retour. Après avoir dégrafé son soutien-gorge, il la repoussa doucement en arrière. Sa bouche se posa sur l'un de ses seins, lui arrachant un profond soupir. Elle sentit sa langue agacer son mamelon tandis que ses doigts caressaient son ventre palpitant.

Les yeux mi-clos, elle s'abandonna à cette exploration, guidant Reed dans la découverte de son corps. Il paraissait ne pas pouvoir s'en rassasier et elle ne tarda pas à gémir doucement tandis qu'il descendait lentement le long de ses côtes. Enfin, il lui ôta son pantalon, révélant ses longues cuisses nerveuses sur lesquelles il laissa glisser ses paumes.

Maddy tressaillit lorsque ses doigts se posèrent au bord de sa culotte de dentelle. Lentement, presque cérémonieusement, il la fit glisser le long de ses jambes, la révélant dans toute la splendeur de sa nudité. Il se figea alors, comme hypnotisé, buvant du regard ce corps qu'il avait tant désiré.

Elle était plus belle encore qu'il ne l'avait imaginé. Tout en elle n'était que grâce et harmonie. Maddy se redressa alors et, s'asseyant en face de lui, elle défit sa ceinture et l'aida à se défaire de son pantalon.

— Embrasse-moi, murmura-t-elle.

Reed s'exécuta, la reprenant dans ses bras. Le contact de leurs peaux nues allumait en eux un brasier qui les consumait. Ils commencèrent à se caresser l'un l'autre, entretenant cette envie, la décuplant.

Maddy était à présent incapable de parler, incapable de penser. Elle n'était plus que sensations. Répondant à chaque audace de Reed, elle avait l'impression d'être emportée par une lame de fond qui l'entraînait toujours plus loin. Jamais encore, elle n'avait réagi avec autant d'intensité et elle avait l'impression de faire l'amour pour la toute première fois.

Jamais aucune femme ne s'était donnée à Reed de cette façon. Elle s'offrait sans retenue à sa bouche et à ses doigts, le laissant explorer son intimité la plus secrète, la posséder pleinement.

Et plus elle s'abandonnait plus il sentait croître l'envie qu'il avait d'elle. Il lutta autant qu'il le put, faisant appel à toute sa volonté pour l'entraîner encore un peu plus loin.

Puis, brusquement, il comprit que, s'il repoussait plus longtemps l'inéluctable, il risquait de perdre la raison.

Cédant à son désir, il entra en elle d'un long mouvement, pénétrant sans difficulté sa chair qui paraissait s'ouvrir pour mieux l'accueillir, se coulant dans ce fourreau plus doux que la soie.

Maddy se cambra pour venir à sa rencontre, la tête renversée en arrière. Son cri de pur bonheur fit tressaillir Reed des pieds à la tête et il craignit un instant de perdre tout contrôle. Se forçant à respirer profondément, il se mit à bouger lentement en elle.

La jeune femme noua ses jambes autour de sa taille, l'attirant plus loin encore. Il sentait ses reins se creuser pour répondre à chacune de ses impulsions. Bientôt, le rythme se stabilisa, comme s'ils avaient naturellement découvert celui qui les emporterait le plus loin.

Maddy avait l'impression que leur étreinte s'était muée en une danse primitive aussi vieille que le monde lui-même. Chaque mouvement était source de plaisir. Chaque baiser attisait leur désir. Et l'un et l'autre se mêlaient, s'alimentaient, les entraînant par-delà ce qu'elle avait cru possible.

Elle avait l'impression que son corps se disloquait à chaque seconde pour mieux se reconstituer, qu'il pulsait au même rythme que son cœur. Elle avait l'impression de ne plus faire qu'un avec Reed et avec l'univers qui les entourait.

Puis elle le sentit accélérer encore et les sensations qui déferlèrent en elle dépassaient toute compréhension. Elle eut l'impression fugace de frôler l'absolu avant que son esprit, incapable de supporter cette extase bien trop intense, n'explose en millions de particules qui portaient le nom de joie.

Lorsque Reed ouvrit les yeux, Maddy avait disparu. Immédiatement, il sentit monter en lui une vertigineuse sensation de vide. Se redressant, il s'efforça vainement de la bannir. Dans le salon, la chaîne hi-fi était toujours allumée et il pouvait entendre la voix du speaker qui commentait les informations de ce dimanche matin.

Pourquoi ressentait-il la disparition de Maddy comme une privation ? se demanda-t-il avec une pointe d'angoisse. Il avait passé une nuit merveilleuse avec elle et, à présent, elle était partie. C'était sans doute ce qui pouvait leur arriver de mieux, la conclusion la plus sage à cette folie…

Mais, curieusement, ce raisonnement ne parvenait pas à le convaincre vraiment. A quoi s'était-il donc attendu ? A ce qu'elle patiente jusqu'à son réveil ? A ce qu'ils passent la journée ensemble ? Quel sens cela aurait-il eu puisqu'ils savaient tous deux que leur relation était condamnée d'emblée ?

En fait, il aurait dû savoir gré à Maddy de l'avoir accepté, leur évitant ainsi des adieux embarrassants. Elle avait parfaitement compris qu'il ne changerait pas d'avis, qu'il n'aurait aucune promesse à lui offrir.

Il ne s'était agi que d'une nuit de plaisir librement donné et rendu entre deux adultes consentants et responsables. Rien de plus…

Alors pourquoi se sentait-il si seul ?

La réponse était aussi évidente qu'inquiétante, réalisa-t-il. En fait, il aurait juste voulu pouvoir la tenir dans ses bras encore un peu plus longtemps. Loin de satisfaire le besoin qu'il avait de Maddy et de l'aider à l'oublier, cette nuit n'avait fait que lui prouver à quel point elle était désirable.

Etouffant un juron, Reed se redressa et s'assit au bord de son lit dont les draps froissés portaient encore l'empreinte de leurs ébats. Comme il passait nerveusement une main dans ses cheveux, il aperçut la petite culotte que portait la jeune femme, la veille.

Fronçant les sourcils, il s'en saisit et l'observa pensivement. Avait-elle voulu lui laisser un souvenir de cette nuit ? Si tel était le cas, il éveillait en lui bien plus d'amertume que de nostalgie. Il avisa alors le pantalon de Maddy, roulé en boule au pied du lit. Cela, elle ne le lui aurait certainement pas laissé, se dit-il tandis qu'un brusque regain d'espoir montait en lui.

Il essaya en vain de dominer cette délicieuse sensation lorsqu'il entendit la porte de son appartement s'ouvrir. Jetant le pantalon sur le dossier d'une chaise, il enfila sa robe de chambre et quitta la pièce.

Il trouva la jeune femme dans la cuisine où elle venait de déposer un gros sac en kraft portant la marque de l'épicerie située au coin de la rue.

— Maddy ?

Elle sursauta, laissant échapper un petit cri de surprise.

— Reed ! s'exclama-t-elle en portant la main à son cœur. Tu m'as fait peur… Je croyais que tu dormais encore.

— Je viens tout juste de me réveiller. Qu'est-ce que tu fais ?

— Je suis allée nous chercher un petit déjeuner.

Malgré lui, Reed sentit un brusque accès de joie l'envahir. A présent, il ne se sentait plus du tout seul…

— Je pensais que tu étais partie, avoua-t-il.

— Ne sois pas ridicule ! Je ne t'aurais pas quitté sans te dire au revoir…

Elle passa une main dans ses cheveux qu'elle n'avait pas encore pris le temps de coiffer.

— Pourquoi n'irais-tu pas te recoucher ? suggéra-t-elle. Je t'apporterai ton petit déjeuner au lit.

— Maddy…, s'apprêta à protester Reed.

Mais il s'arrêta net, considérant la tenue que portait la jeune femme. Elle avait enfilé la chemise qu'il portait la veille et l'avait ajustée au niveau de la taille au moyen de sa cravate mais ses jambes étaient nues.

— Tu es sortie comme ça ? s'exclama-t-il, sidéré.

— Non, ne t'en fais pas, j'avais enfilé l'un de tes imperméables. Qu'en penses-tu ?

Elle pirouetta sur elle-même et Reed secoua la tête, incrédule.

— Tu pourrais peut-être lancer une mode…

— Je vois que tes goûts en matière d'habillement sont aussi sûrs que les miens ! Je meurs de faim, ajouta-t-elle en s'approchant de lui pour le prendre dans ses bras et l'embrasser. Alors retourne au lit et laisse-moi nous préparer un bon petit déjeuner.

Reed avait besoin d'un peu de temps pour prendre la mesure de cette situation inédite et il regagna docilement sa chambre. Ainsi, elle n'était pas partie, songea-t-il. Au lieu de cela, elle avait décidé de lui préparer son petit déjeuner comme si c'était la chose la plus naturelle du monde.

Et le plus inquiétant, c'est que cela le réjouissait. Il eut brusquement l'impression qu'un piège terrible se refermait sur lui.

— J'ai apporté de la crème chantilly en plus, au cas où nous en aurions envie, déclara la jeune femme en pénétrant dans la chambre, un plateau entre les mains.

— Qu'est-ce que c'est que ça ? s'exclama Reed en considérant d'un œil stupéfait ce qu'elle venait d'apporter.

— Des fraises à la chantilly avec des boules de glace à la vanille, expliqua-t-elle en posant son fardeau sur le lit.

Elle plongea son index dans la crème et le porta à ses lèvres d'un air gourmand.

— De la glace au petit déjeuner ? répéta Reed. Je croyais que tu te méfiais comme de la peste des calories superflues ?

— La glace est un produit laitier et les fraises sont pleines de vitamine. Que te faut-il de plus ?

— Des œufs au bacon, par exemple...

— Graisses saturées et cholestérol, déclara-t-elle d'un ton sentencieux. En plus, c'est loin d'être aussi bon et ce n'est pas un plat digne d'une célébration.

— Et que sommes-nous supposés célébrer ? demanda Reed.

La jeune femme le regarda avec stupeur. Comment pouvait-il poser une telle question ? Et, s'il ne connaissait pas la réponse, comment était-elle censée le lui expliquer ?

— Le fait que nous soyons dimanche matin, que le soleil brille et que je sois d'excellente humeur, éluda-t-elle. Cela devrait amplement suffire.

Maddy prit une fraise couverte de chantilly et la tendit à Reed.

— Goûte, l'encouragea-t-elle. Il faut parfois savoir vivre dangereusement.

Il avala la fraise et en profita pour lécher les doigts de la jeune femme du bout de la langue, lui arrachant un frisson voluptueux.

— Moi qui pensais que tu te nourrissais exclusivement de pousses de soja et de germes de blé !

— C'est le cas, la plupart du temps. Et c'est bien pour cela que ce genre d'écart est si excitant. D'autant que d'ordinaire, je fais du jogging le dimanche matin...

— Vraiment ? fit Reed en goûtant un morceau de glace.

— Seulement cinq ou six kilomètres.

— Seulement, ironisa-t-il.

— Mais aujourd'hui, je suis d'humeur décadente.

— Vraiment ? demanda Reed en effleurant le genou de la jeune femme.

— Absolument ! Et comme je devrai le payer demain, il vaut mieux que cette journée en vaille le coup.

— Tu as donc l'intention de rester ici et d'en profiter ?

— A moins que tu ne préfères me voir partir…

Sans même s'en rendre compte, Reed prit la main de la jeune femme dans la sienne.

— Non, lui dit-il. Je ne veux pas que tu t'en ailles.

Un sourire illumina le visage de la jeune femme.

— Tu sais que je peux devenir vraiment très décadente…

— J'y compte bien.

— Tu pourrais être choqué, insista-t-elle en léchant une fraise couverte de crème chantilly du bout de la langue de façon très sensuelle.

Reed sentit les battements de son cœur s'accélérer tandis que son désir renaissait, impérieux.

— Moi qui me demandais à quoi tu ressemblerais au réveil, murmura-t-il, captivé.

— Alors ? Tes conclusions ?

— Tu es presque encore plus séduisante que durant la journée… Encore que je ne sache pas si c'est possible.

— Excellente réponse ! déclara Maddy en grignotant sa fraise du bout des dents.

— Au fait, tu sais que tu ne m'as pas demandé si tu pouvais emprunter ma chemise, lui dit Reed d'une voix suggestive.

— C'est vrai, approuva-t-elle vivement. Et c'était très mal élevé de ma part…

— J'aimerais beaucoup la récupérer.

— Maintenant ?

— Oui, maintenant.

— Comme tu voudras…

La jeune femme s'agenouilla et entreprit de dénouer lentement la cravate qu'elle portait autour de la taille. Elle la tendit à Reed avant de déboutonner sa chemise en prenant tout son temps, révélant progressivement la naissance de ses seins, une épaule, puis l'autre.

Finalement, elle laissa doucement glisser le vêtement contre son dos, révélant son torse dénudé au regard avide de son compagnon. Récupérant la chemise, elle la lui tendit.

— Ceci est à toi, je crois.

— Je crois que, finalement, je suis plus intéressé par ce qu'il y a à l'intérieur, déclara-t-il d'une voix un peu rauque.

Maddy lui prit la main et la posa sur un de ses seins.

— Je suis à ton entière disposition, répondit-elle.

Cette fois, ils firent l'amour avec beaucoup plus de douceur. Ils ne se laissèrent pas emporter par l'urgence de la découverte, comme la première fois, mais prirent le temps d'explorer chacune de leurs envies, chacun de leurs fantasmes.

Ils alternèrent les caresses langoureuses et les étreintes passionnées, s'arrêtant de temps à autre pour laisser refluer leur désir et pouvoir repartir plus loin encore. Chaque fois, ils s'élevaient un peu plus haut, escaladant un à un les degrés de la passion, se guidant l'un l'autre vers les cimes de l'extase.

Pendant ce qui leur parut une éternité, ils parvinrent à repousser encore et encore ce moment ultime, jusqu'à ce que le plaisir confine à la douleur, jusqu'à ce que leurs corps brisés appellent la délivrance.

Alors, Reed entra de nouveau en elle et ils roulèrent sur le lit, s'agrippant l'un à l'autre, s'arquant pour mieux se sentir fusionner dans ce chaos de corps et de cris qui était devenu la seule réalité, leur unique vérité.

Lorsqu'ils retombèrent enfin côte à côte sur les draps froissés et moites de sueur, Maddy comprit que jamais un autre homme ne lui offrirait tant de bonheur. Brisée, rassasiée, elle tourna la tête vers Reed.

— Je t'aime, murmura-t-elle avant même de réaliser ce qu'elle venait de dire.

A ces mots, Reed se raidit, brusquement, s'écartant d'elle comme s'il s'était brusquement réveillé au côté d'un serpent. Dans ses yeux, la passion avait cédé la place à une défiance si profonde, si évidente, que Maddy sentit son cœur se briser tandis qu'un froid glacial semblait se répandre dans chacun de ses membres.

Se redressant, elle le contempla en silence, luttant contre les larmes qui l'étranglaient.

— Je suis désolée, souffla-t-elle d'une voix tremblante. Pas de t'avoir dit ce que je ressens. Pas parce que je le ressens. Mais parce que tu ne veux pas l'entendre.

— Je ne crois pas à ce genre de formule passe-partout, répondit-il durement.

— C'est vraiment ce que tu crois ? Que l'amour est un cliché, tout juste bon pour les mauvais romans et les films mièvres ?

— Oui. Et je ne veux pas gâcher ce que nous vivons en ce moment, Maddy. Je ne veux pas que nous nous abritions derrière des mensonges.

— Mais je ne mens pas, protesta-t-elle.

— Peut-être pas des mensonges, alors... Des chimères.

— Tu ne crois donc pas que je puisse être tombée amoureuse de toi ?

— L'amour n'est qu'un mot, répliqua-t-il en se redressant à son tour.

Il se leva et passa sa robe de chambre comme pour mieux marquer le gouffre qui les séparait à présent.

— Je crois à l'amour d'un père pour son fils, poursuivit-il. D'une mère pour sa fille ou d'un frère pour sa sœur... Mais pas entre un homme et une femme que rien ne lie. Ils peuvent éprouver de l'attirance, bien sûr. De la passion ou même de l'obsession... Mais ce sont des sentiments qui ne durent pas.

— Tu ne crois pas vraiment ce que tu dis ? murmura-t-elle, effondrée.

— Ce n'est pas une histoire de croyance. Je le *sais*. Les couples se forment parce qu'ils y ont un intérêt.

Lorsque cet intérêt disparaît, ils se séparent. En attendant, toutes leurs promesses, tous leurs engagements ne sont que du vent.

Glacée par ces paroles, Maddy remonta le drap sur son corps dénudé.

— Je suppose que cela ne changera rien si je t'avoue que je n'avais encore jamais dit à personne que je l'aimais ? articula-t-elle.

— Non, répondit Reed. Je ne veux pas de mots ou de serments que je ne puisse te rendre.

Maddy prit une profonde inspiration, bien décidée à ne pas pleurer devant lui.

— Ce que je voudrais savoir, lui dit-elle, c'est pourquoi. Que t'est-il donc arrivé pour que tu refoules tes émotions à ce point ? Je ne t'ai pas dit que je t'aimais pour t'arracher je ne sais quelle promesse ou déclaration. Je te l'ai dit parce que c'est la vérité. Parce que c'est ce que j'éprouve. Si tu y vois un mensonge, c'est parce que ton propre regard est déformé…

Elle s'interrompit un instant, luttant contre la colère qui remplaçait subrepticement son désespoir.

— Pourrais-tu me regarder dans les yeux et m'affirmer que tu n'as rien ressenti, pendant que nous faisions l'amour ? Qu'il ne s'agissait que d'une banale histoire de sexe ?

Reed se tourna vers elle et la contempla fixement.

— Je n'ai rien d'autre à t'offrir, Maddy. C'est à prendre ou à laisser.

Le silence qui suivit parut durer une éternité.

— Je vois, murmura enfin la jeune femme, anéantie.

— J'ai besoin d'un café…

Reed se leva et gagna la cuisine. La scène qu'il venait de vivre l'avait littéralement vidé. Il avait l'impression d'avoir perdu toute son énergie et tremblait convulsivement. Jamais, au cours de sa vie, il n'avait mené pareil combat contre lui-même.

Lorsque Maddy lui avait avoué qu'elle l'aimait, il avait compris que le moment qu'il avait redouté depuis qu'il l'avait rencontrée était arrivé. Car, tout au fond de lui, il avait alors ressenti une joie sourde. Il avait presque été tenté de lui répondre qu'il l'aimait aussi.

Heureusement, l'instinct de survie le plus élémentaire avait pris le relais. Il ne pouvait pas se permettre de faiblir, de se réfugier dans une douce et réconfortante illusion. Car, tôt ou tard, elle aurait volé en éclats.

Il le savait. Il avait été aux premières loges lorsqu'une telle chose était arrivée à son propre père. Et il avait pris alors toute la mesure de sa douleur. A ce moment-là, il s'était juré de ne jamais commettre la même erreur, de ne jamais tendre la gorge au bourreau.

C'était devenu un élément constitutif de sa personnalité, l'une des seules vérités qu'il tenait pour acquises. Et il avait failli la perdre des yeux à cause de Maddy.

Loin, très loin, il entendit claquer la porte de l'appartement. Mais il se força à rester immobile, le regard fixé sur la machine à café qui gargouillait devant lui.

Essayant d'ignorer la sensation de vide atroce qui venait de se creuser dans sa poitrine...

9

— Je me fiche de savoir si tu avais prévu de conquérir le monde, d'effectuer ta première opération à cœur ouvert ou de piloter un jet ! s'exclama Wanda avec fougue. Il est hors de question que tu n'assistes pas à cette soirée.

— Mais qu'est-ce que ça peut bien te faire ? protesta Maddy avec une pointe d'agacement.

— A moi ? Rien, répondit son amie en enfilant le T-shirt qu'elle lui avait offert. Mais toi, tu vas rentrer bien sagement chez toi, enfiler ta plus belle robe et venir faire la fête.

— Je t'ai dit que je n'en avais pas la moindre envie.

— Et moi, je dis que tu ne peux pas continuer à bouder éternellement.

— Je ne boude pas, répliqua Maddy d'un air de défi.

— Au contraire, tu es passée maître en la matière !

— Arrête de me harceler de cette façon, Wanda. Je ne suis vraiment pas d'humeur à le supporter.

Wanda la dévisagea d'un air amusé. Même lorsqu'elle était en colère, la jeune femme ne paraissait pas bien menaçante.

— Ecoute, si tu as besoin de parler de ton imbécile de petit ami, vas-y. Je préférerais que tu déverses ta rage contre lui que contre toi-même.

— Ce n'est pas mon petit ami ! s'exclama Maddy.

— Vraiment ?

— Oui, vraiment ! Je n'ai pas de petit ami, Wanda. Je ne veux pas de petit ami. Alors quelle que soit la personne dont tu parles, il ne peut pas être le mien !

— Je vois, concéda Wanda en examinant ses ongles d'un air songeur. Eh bien, disons que ce type qui n'est pas ton petit ami, est un sale con.

Maddy soupira, vaincue par la sympathie dont Wanda ne cessait de faire preuve à son égard malgré les nombreuses rebuffades qu'elle lui opposait.

— Je suis d'accord, déclara-t-elle en souriant. C'est un sale con.

— Et tu sais quoi, ma chérie ? Ils le sont tous. Mais cela ne change rien au fait que M. Valentine organise une fête en l'honneur de notre comédie musicale et que la star de la pièce ne peut se permettre de rester chez elle à faire la tête au fond de son lit.

— A vrai dire, je pensais plutôt bouder dans ma baignoire…

Wanda observa Maddy tandis qu'elle finissait de nouer les lacets de ses baskets.

— Si tu ne viens pas, je dirai à tous les membres de la compagnie que tu te trouves beaucoup trop bien pour faire la fête avec eux.

— Ils ne te croiront pas.

— En es-tu si sûre ? Après tout, tu ne seras pas là pour te défendre.

Maddy entreprit de coiffer ses cheveux encore humides.

— Pourquoi est-ce que tu insistes tant pour que je vienne ? demanda-t-elle.

— Parce que je t'aime bien et que tu me manqueras si tu n'es pas là.

— C'est gentil. Mais je suis trop fatiguée…

— Je n'en crois pas un mot. Je t'ai vue travailler depuis que nous avons commencé les répétitions et je sais que tu es increvable.

Maddy rangea sa brosse à cheveux en soupirant.

— Peut-être. Mais ce soir, je suis vraiment épuisée.

— Maddy…

— Bon, très bien ! Si tu tiens vraiment à me l'entendre dire : tu as raison. Reed assistera à cette soirée et je ne suis pas sûre de pouvoir le supporter.

L'expression narquoise de Wanda céda aussitôt la place à la compassion et elle passa un bras autour des épaules de son amie.

— Il t'a vraiment fait du mal, n'est-ce pas ?

— Oui, avoua Maddy. Beaucoup…

— Est-ce qu'au moins tu as pleuré un bon coup depuis que vous vous êtes séparés ?

— Non. Je ne tenais pas à me montrer plus stupide que je ne l'ai déjà été.

— Ce qui serait stupide, ma chérie, ce serait de ne pas pleurer. Pose ta tête sur mon épaule et laisse-toi aller. En luttant contre toi-même, tu ne peux que te faire du mal. Tu es une danseuse, tu devrais savoir ce genre de choses…

— Je ne pensais pas que ce serait si douloureux, murmura Maddy dont les yeux commençaient à se remplir de larmes trop longtemps contenues.

— C'est toujours comme ça, soupira Wanda en lui tapotant l'épaule. D'ailleurs, si nous connaissions à l'avance les risques que nous prenons, nous resterions toujours à distance respectueuse des hommes. Mais c'est plus fort que nous : il nous faut toujours tenter notre chance en espérant que, pour une fois, les choses tourneront différemment.

— Mais ça ne marche jamais…

— Parfois si. Et alors, c'est la plus belle chose qui soit au monde.

— Reed ne vaut vraiment pas la peine que je me

mette dans un état pareil, déclara Maddy en s'essuyant les yeux du revers de la main.

— Aucun homme n'en vaut la peine. Sauf lorsque l'on a finalement rencontré le bon.

— Je l'aime, Wanda.

— Pour de vrai ?

— Oui, soupira son amie. Mais lui ne m'aime pas. Il ne veut même pas accepter mon amour. Je crois que je m'étais toujours dit que, lorsque je rencontrerais la bonne personne, elle éprouverait les mêmes sentiments que moi et que nous pourrions vivre heureux pour le reste de nos jours, comme dans les contes de fées. Mais Reed refuse même d'admettre que l'amour puisse exister.

— C'est son problème, pas le tien.

— Tu te trompes. Cela fait des jours et des jours que j'essaie de l'oublier, de tourner la page, mais j'en suis incapable. Alors je ne veux vraiment pas courir le risque de le revoir ce soir.

— Et c'est bien là que tu te trompes ! Il faut au contraire que tu le revoies.

— Wanda...

— Ecoute, ma chérie, si tu te contentes de rentrer chez toi et de t'enfouir la tête dans le sable, tu te réveilleras demain exactement dans le même état.

Wanda la regarda gravement, une expression de défi brillant au fond de ses beaux yeux noirs.

— Comment réagis-tu lorsque tu es sur scène et que les spectateurs ont aussi peu de réactions qu'une bande de zombis ?

— J'ai envie de courir me cacher dans ma loge.

— Mais qu'est-ce que tu fais, en réalité ?

— Je reste sur scène et je donne tout ce que j'ai, reconnut Maddy à contrecœur.

— Bien ! Et c'est exactement ce que tu vas faire ce soir. Si Reed est aussi indifférent qu'il te l'a dit, ce sera peut-être douloureux mais tu pourras tirer un trait sur lui. Seulement, je n'y crois pas un seul instant. J'ai bien vu la façon dont il te regardait lorsqu'il est venu assister à la répétition avec son père et je suis sûre qu'il va finir par craquer tôt ou tard. En attendant, tiens le coup !

Maddy se prépara à revoir Reed comme elle se serait préparée à affronter un public exigeant. Elle se répéta qu'elle connaissait parfaitement son texte et que, si elle commettait la moindre erreur, elle parviendrait bien à faire diversion.

Dans son armoire, elle choisit une belle robe dont le bustier moulait son ventre plat et révélait la naissance de sa poitrine. La jupe était fendue jusqu'à mi-cuisse. Au moins, songea-t-elle avec une pointe d'ironie, si l'expérience se soldait par un flop retentissant, elle l'affronterait en beauté…

Malgré toutes ces bonnes résolutions et le détachement dont elle s'efforçait de faire preuve, en arrivant devant la maison d'Edwin Valentine, Maddy fut tentée de faire demi-tour et de rentrer directement chez elle.

S'obligeant à avancer jusqu'à la porte d'entrée, elle frappa, se répétant qu'elle était prête à revoir Reed, à conserver son calme et à faire preuve d'un parfait self-control. Malheureusement, la seule chose à laquelle elle ne s'était pas préparée, c'était à le voir ouvrir la porte lui-même.

Lorsqu'il le fit, elle sentit monter en elle une vague de sentiments contradictoires qui déferla sur son esprit, la plongeant dans la plus incoercible panique.

— Bonsoir, Maddy, articula Reed qui serrait si fort son verre de whisky qu'il craignit un instant qu'il n'explose entre ses doigts.

— Reed, souffla-t-elle sans parvenir à trouver l'énergie

de lui décocher le sourire décontracté qu'elle avait tant travaillé.

Au moins, songea-t-elle, elle était parvenue à ne pas s'effondrer sur place.

— J'espère que je ne suis pas en avance...

— Pas du tout. En fait, mon père attend ton arrivée avec impatience.

— Dans ce cas, je ferais mieux d'aller le saluer directement.

Une trompette se fit entendre, provenant d'une pièce s'ouvrant un peu plus loin dans le hall.

— Je suppose que je le trouverai sans peine, dit-elle en se faufilant à l'intérieur.

— Maddy...

La jeune femme se retourna à demi vers lui, le cœur battant à tout rompre.

— Oui ?

— Est-ce que... Comment vas-tu ?

— J'ai été très occupée, ces derniers temps, répondit-elle comme il refermait la porte derrière eux.

A cet instant, quelqu'un sonna.

— Mais je vois que c'est également ton cas, reprit-elle. Nous nous verrons sans doute plus tard.

Sur ce, elle s'éloigna à grands pas en direction de la fête qui battait déjà son plein. En se retrouvant au milieu des membres de la compagnie, la jeune femme sentit la tension nerveuse qui l'habitait refluer légèrement. Elle embrassa certains de ses camarades et échangea quelques plaisanteries avec d'autres.

— Je commençais à croire que tu t'étais dégonflée, déclara Wanda en la rejoignant.

— Sûrement pas. Les O'Hurley ne sont pas des lâches, répliqua son amie avec plus de conviction qu'elle n'en éprouvait réellement.

— Tu seras peut-être heureuse d'apprendre que Reed

Valentine a passé la majeure partie de son temps à fixer la porte…

— Vraiment ? fit Maddy d'une voix emplie d'espoir.

Mais elle se reprit, songeant qu'elle ne pouvait pas se permettre de nourrir de nouvelles illusions.

— Peu importe, au fond, dit-elle en haussant les épaules. Allons boire un verre. Y a-t-il du champagne ?

— Plein. M. Valentine a bien fait les choses. C'est un homme adorable, tu sais. Pour quelqu'un d'aussi riche, il est étonnamment simple et naturel. Et il nous traite comme des gens normaux…

— Nous sommes des gens normaux.

— Ne le crie pas trop fort. La plupart des artistes se sentiraient insultés que tu penses une telle chose.

Wanda aperçut par-dessus l'épaule de Maddy quelque chose qui fit briller dans ses yeux une lueur de malice.

— Voilà Phil, dit-elle. J'ai décidé de lui laisser une chance de me prouver que ses intentions à mon égard étaient sérieuses. Note bien que je dis « sérieuses », pas « honorables ».

Amusée, Maddy se retourna et observa le danseur qui jouait le partenaire de Wanda dans la pièce.

— Tu crois que c'est le cas ? demanda-t-elle, curieuse.

— Peut-être, peut-être pas… Tout l'intérêt est de le découvrir.

Maddy aurait aimé partager cette analyse des rapports entre les hommes et les femmes mais il lui faudrait probablement encore quelque temps avant de retrouver cette légèreté. Elle décida donc de laisser Wanda flirter avec Phil et de gagner le buffet.

Là, tandis qu'elle hésitait entre un morceau de quiche et un alléchant pâté, elle fut rejointe par Edwin.

— Bonsoir, Maddy, lui dit-il avec un sourire affectueux.

— Bonsoir, monsieur Valentine. Votre fête est très réussie.

— Appelez-moi Edwin, protesta-t-il en prenant sa main pour la porter galamment à ses lèvres. Je vous rappelle que vous m'avez promis une danse.

— Bien sûr. Et je vous l'accorderai avec plaisir.

Joignant le geste à la parole, Maddy posa la main sur l'épaule d'Edwin et ils commencèrent à évoluer lentement au rythme de la musique.

— J'ai réussi à contacter mes parents, déclara la jeune femme. Ils sont actuellement à La Nouvelle-Orléans mais ils devraient venir assister à la première à Philadelphie. Vous pourrez les y rencontrer si vous y allez.

— Je ne raterais cela pour rien au monde, déclara Edwin avec son enthousiasme coutumier. Vous savez, Maddy, produire cette pièce est ce que j'ai fait de mieux depuis de longues années. Je crois que je suis en train de vieillir.

— C'est la chose la plus absurde que je vous aie jamais entendu dire.

— Vous êtes encore jeune et vous ne pouvez pas comprendre. Attendez d'avoir soixante ans. Vous verrez qu'à partir de cet âge, on commence à se ménager presque malgré soi. Mais je ne regrette rien. Je crois qu'il était grand temps que je commence à m'occuper un peu de moi.

— Vous le pensez vraiment ?

— Oui. Même si je regrette de ne pas voir Reed aussi souvent que je le souhaiterais. Il est autant mon meilleur ami que mon fils, vous savez. Et c'est la plus belle chose qu'un homme puisse souhaiter.

— Il vous aime beaucoup...

— Oui. Et la réciproque est vraie. C'est pour cela que je lui ai légué l'entreprise sans hésiter. Et je n'ai pas été déçu. Il a parfaitement réussi à la faire prospérer. Mais, pour cela, il y a investi toute sa vie et je crois que c'est une erreur.

— Lui ne le pense pas, remarqua Maddy en s'efforçant d'adopter un ton dégagé.

— Je n'en suis pas si sûr. En tout cas, depuis que Reed est en charge des affaires, j'ai eu beaucoup de temps pour moi. Au début, je l'ai principalement passé à jouer au golf, un sport que j'adore. Mais je me suis rendu compte que cela ne suffisait pas vraiment... Et puis, il y a eu cette pièce et je crois que j'ai trouvé un nouveau but.

— Vous voulez en produire d'autres ? demanda Maddy, curieuse.

— Exactement. Une fois que celle-ci tournera, je commencerai à chercher un nouveau projet. Mais j'ai pensé que j'aurai besoin pour cela de quelqu'un qui puisse me conseiller. Quelqu'un qui connaisse bien le sujet et en qui je puisse avoir confiance...

Maddy avisa la question muette qui se lisait dans les yeux d'Edwin et, après une infime hésitation, elle hocha la tête.

— Je serais heureuse de vous aider, répondit-elle gravement. J'ai toujours été douée pour jouer l'avocat du diable...

— Je savais que je pouvais compter sur vous ! s'exclama Edwin, réjoui. Vous savez, j'ai passé ma vie à produire et à organiser des spectacles et je crois qu'aucune partie de golf ne pourra jamais remplacer quelque chose d'aussi excitant. Mais ne parlons plus de travail, pour le moment, et allons plutôt nous chercher quelque chose à manger.

— Avec plaisir, répondit la jeune femme.

Ils regagnèrent le buffet alors que la musique changeait brusquement de registre. Les instrumentistes de la pièce se lancèrent dans un pot-pourri endiablé des grands morceaux de Broadway.

Phil prit la main de Wanda et l'entraîna sur scène pour offrir à la troupe une démonstration particulièrement acrobatique. Un tonnerre d'applaudissements se fit entendre et les deux danseurs se mirent à défier quiconque de faire mieux.

Terry s'approcha de Maddy et lui prit la main.

— Viens ! l'encouragea-t-il. On ne va tout de même pas les laisser frimer de cette façon !

— Bien sûr que si, répondit-elle en faisant mine de se servir de la quiche.

— Pas question ! Nous avons une réputation à défendre. Tu te souviens de notre duo dans *Within Reach* ?

— Je crois bien que c'est la plus mauvaise pièce dans laquelle j'aie jamais joué, remarqua Maddy en riant.

— C'est vrai. C'était une véritable catastrophe. Mais les parties dansées étaient géniales et elles nous ont valu notre part de bonnes critiques. Allez, viens, Maddy ! En souvenir du bon vieux temps...

Incapable de résister, la jeune femme renonça une fois de plus au buffet et le rejoignit au centre de la piste sous les vivats des autres membres de la compagnie. Ils commencèrent à danser et Maddy retrouva instinctivement les enchaînements qu'elle avait appris par cœur à l'époque.

Les mouvements lui revenaient naturellement. Il s'agissait d'un duo assez lent mais qui nécessitait une parfaite coordination entre les deux partenaires. Il y avait notamment plusieurs portés assez impressionnants.

Maddy ne tarda pas à s'abandonner à ce bonheur simple que lui inspirait toujours la danse, retrouvant la complicité qui l'unissait à Terry.

— Peut-être n'était-ce pas une si mauvaise pièce que cela, lui dit-elle au bout d'un moment.

— Elle était atroce, lui répondit-il en riant tandis que les autres danseurs les rejoignaient.

Reed avait assisté à leur démonstration avec un mélange d'admiration et de jalousie. Il aurait voulu pouvoir partager de tels moments avec Maddy mais s'en savait parfaitement incapable.

Une chose, au moins, était certaine : la jeune femme lui manquait terriblement. Lorsqu'elle quitta enfin la piste de danse et se dirigea vers la porte-fenêtre qui s'ouvrait sur le jardin, il la suivit au mépris de toutes ses bonnes résolutions.

Dehors, l'air chaud de ce début de soirée se chargeait de la senteur envoûtante des nombreux massifs de fleurs plantés le long de la pelouse. Maddy était accoudée à la balustrade de la terrasse, les yeux mi-clos.

La voyant se raidir légèrement, Reed comprit qu'elle l'avait senti approcher.

— Si tu préfères ne pas me voir, n'hésite pas à le dire tout de suite, lui dit-il.

La jeune femme se retourna, le cœur battant, et le dévisagea pensivement.

— Non, répondit-elle enfin. Tu peux rester…

— Es-tu toujours aussi généreuse ou bien suis-je le seul à bénéficier de tant d'indulgence ?

— Je ne sais pas… A vrai dire, je ne m'étais jamais fait repousser aussi souvent par le même homme.

Reed la rejoignit et s'appuya contre la balustrade sans la quitter des yeux.

— Tu m'as manqué, avoua-t-il.

— C'est ce que j'espérais.

Levant les yeux, elle observa les étoiles qui brillaient au-dessus d'eux comme pour y chercher une réponse aux questions qui la hantaient.

— Lorsque j'ai décidé de venir à cette soirée, reprit-elle, je voulais me montrer détachée et désinvolte. Mais je ne crois pas en être capable.

— Je t'ai observée pendant que tu dansais avec mon père et sais-tu ce que j'ai compris ?

Elle secoua la tête et il tendit la main pour caresser

une mèche de ses cheveux. Plus que jamais, il avait besoin de la sentir, de la toucher.

— Nous n'avons jamais dansé ensemble.

— Tu ne me l'as jamais demandé, remarqua-t-elle en se détournant légèrement.

— Je te le demande maintenant.

Il lui tendit la main, lui laissant le choix d'accepter ou de refuser cette proposition. Elle le suivit sans hésiter et ils commencèrent à évoluer lentement sur la terrasse.

— Lorsque tu es partie, la semaine dernière, je me suis dit que c'était la meilleure solution, avoua-t-il.

— Moi aussi.

— Mais je me trompais. Il ne s'est pas passé un seul jour depuis sans que je ne pense à toi, sans que j'aie envie de toi.

Maddy ne dit rien mais ses yeux trahirent la réponse qu'elle n'avait pas le courage de formuler à haute voix. Lentement, il abaissa son visage vers le sien et posa ses lèvres sur celles de la jeune femme. Elle ne chercha pas à se détourner, lui rendant son baiser avec une infinie tendresse.

Son corps se pressait doucement contre le sien, éveillant en lui mille désirs qui le terrifièrent. Mais il se força à dominer sa propre panique.

— Maddy, articula-t-il enfin, je voudrais que tu reviennes.

— Moi aussi, je le voudrais, répondit-elle en posant doucement une main sur sa joue. Mais je ne le peux pas.

— Pourquoi ? demanda Reed qui sentait monter en lui une indicible angoisse.

— Parce que je ne peux pas accepter de le faire selon tes conditions. Je ne peux pas m'empêcher de t'aimer et toi tu ne veux pas envisager de m'aimer.

— Bon sang, Maddy ! Tu m'en demandes trop…

— Non, répondit-elle gravement. Je ne te demande

rien. Mais je refuse de faire semblant. Je t'aime, Reed. Si nous sortions de nouveau ensemble, je ne pourrais pas m'empêcher de te le dire. Et toi, tu te boucherais les oreilles ou tu te mettrais à paniquer.

— Peut-être. Mais cela ne nous empêcherait pas de sortir ensemble…

— Et avec quel espoir ? Avec quelles perspectives ? Je ne veux pas d'une simple cohabitation, Reed. Je veux que nous soyons vraiment l'un à l'autre.

— Tu veux te marier, Maddy ? C'est bien cela ?

— Ce n'est pas le mariage qui compte, c'est ce qu'il symbolise.

— Et que symbolise-t-il, selon toi ?

— L'union de deux êtres qui s'engagent l'un envers l'autre et se jurent de tout partager.

— Pour le meilleur et pour le pire, je sais. Mais combien durent vraiment ?

— Seulement ceux qui unissent des gens prêts à faire des efforts, je suppose.

— Peut-être… Mais la plupart se soldent par un échec. Cette institution est complètement dépassée. Il ne s'agit plus que d'un simple contrat que l'on peut rompre quand on le désire et enfreindre aussi souvent qu'on le souhaite.

— C'est vrai. Mais tu parles de la lettre et non de l'esprit. Ce qui compte, c'est ce que le mariage représente aux yeux de ceux qui s'engagent.

— Très bien. Alors cite-m'en un qui soit réussi, qui dure vraiment ?

— Reed, c'est ridicule…

— Un seul, l'interrompit Reed.

— Mais il y en a plein. Celui de mes voisins, les Gianelli, par exemple…

— Ceux qui passent leur temps à s'insulter et à se lancer des assiettes au visage ?

— Ils aiment ça. C'est leur façon de fonctionner et

ça les rend heureux. Sinon, ils auraient déjà divorcé, justement. Mais il y a d'autres exemples. Sean Connery est marié depuis une éternité. La Reine Elizabeth et le Prince Philippe, par exemple. Ma grand-tante Jo qui a été mariée pendant cinquante-cinq ans. Mes parents qui sont toujours aussi amoureux l'un de l'autre...

— D'accord, concéda Reed avec cynisme. Mais pour ces quelques exemples, combien peux-tu m'en citer qui ont échoué lamentablement ?

— Des centaines, c'est évident. Mais ce n'est pas une raison pour condamner le mariage. D'ailleurs, je ne t'ai jamais demandé de m'épouser. Je veux juste savoir ce que tu ressens pour moi.

Reed hésita, cherchant visiblement ses mots.

— Je t'admire, dit-il enfin, autant comme femme que comme artiste. Je suis très attiré par toi. Et j'ai besoin de toi...

— Toutes ces choses sont importantes, Reed. Mais elles ne durent qu'un temps. Bien sûr, si je n'étais pas tombée amoureuse de toi, nous pourrions nous en contenter et prendre la vie comme elle vient. Mais, malheureusement, les choses ne sont plus aussi simples, à présent. Alors, je t'en prie, va-t'en.

Reed n'avait pas la force de se battre contre elle alors qu'il devait en même temps lutter contre ses propres démons. A vrai dire, il ne savait plus trop où il en était ni ce qu'il attendait de la jeune femme ou de leurs relations. Il ne pouvait vivre sans elle mais ne pouvait lui mentir en affirmant qu'il l'aimait.

Comprenant que le dilemme était sans issue, il s'écarta d'elle.

— Ce n'est pas fini, tu sais, lui dit-il doucement. Même si nous préférerions tous deux que ce le soit, ce n'est pas fini...

— Peut-être pas. Mais je suis lasse de me conduire

comme une imbécile et je préférerais que tu me laisses seule, à présent.

Reed hocha la tête et s'éloigna, la tête baissée. Maddy resta longuement immobile, luttant contre les larmes qui montaient en elle. Elle était bien décidée à se ressaisir avant d'aller prendre congé d'Edwin et des autres, puis de rentrer chez elle.

— Maddy ?

Se retournant, la jeune femme se retrouva face à Edwin qui la regardait avec une infinie compassion.

— J'ai entendu une grande partie de votre conversation, avoua le vieil homme. Je sais que je n'avais pas à le faire et vous avez le droit d'être en colère contre moi. Mais Reed est mon fils et je l'aime.

— Je ne suis pas en colère, soupira-t-elle. Mais je pense qu'il est temps pour moi de rentrer…

— Je vous raccompagne.

— Mais vous avez des invités, protesta-t-elle. Je peux très bien prendre un taxi.

— Ne vous en faites pas. Personne ne s'apercevra de mon départ. Et j'ai une histoire à vous raconter. Je crois qu'il est temps que vous l'entendiez…

Sur le chemin du retour, Edwin et Maddy parlèrent peu. Le vieil homme paraissait perdu dans ses pensées et la jeune femme n'avait pas le courage d'entretenir la conversation. Lorsqu'ils atteignirent enfin son immeuble, Edwin considéra d'un œil critique les alentours.

— Ce quartier n'a pas l'air très sûr, observa-t-il. Or vous êtes en train de devenir une star, Maddy. Il y a un prix à payer pour cela et vous devriez peut-être envisager de déménager…

Maddy réfléchit à la question. Jusqu'alors, elle n'avait jamais considéré la question sous cet angle. Elle avait toujours eu le sentiment d'appartenir à ce monde un peu mélangé, un peu bohème.

Mais elle savait qu'Edwin avait raison. Son statut avait changé et, tôt ou tard, elle devrait en tirer les conséquences.

— Je vais nous préparer du thé, dit-elle lorsqu'ils eurent atteint son appartement.

— J'aime beaucoup cet endroit, commenta Edwin en regardant la pièce dans laquelle il se trouvait. Il vous ressemble : chaleureux, accueillant et joyeux... Je ne voudrais pas vous embarrasser mais je dois vous dire que j'admire beaucoup la façon dont vous menez votre vie.

— Cela ne me gêne pas, répondit la jeune femme en souriant. En fait, je suis flattée que vous le pensiez.

— J'ai connu bien des artistes talentueux, vous savez. Et je sais que cela ne suffit pas. La plupart d'entre eux se perdent en route parce qu'ils n'ont ni la volonté ni la confiance en soi qu'il faut pour atteindre le sommet. Vous, vous y êtes déjà, même si vous ne le savez pas encore.

— Je ne sais pas si je suis au sommet, comme vous dites. Mais je suis heureuse là où je suis.

La jeune femme versa l'eau qu'elle venait de faire bouillir dans la théière et posa celle-ci sur un plateau avec deux tasses et une sucrière. Elle porta le tout sur la table basse qui se trouvait au pied du canapé.

— C'est là que réside votre force, déclara Edwin. Vous aimez ce que vous faites et vous vous aimez vous-même. Et c'est pour cela que Reed a besoin de vous.

— Dans un certain sens, c'est probablement vrai, concéda-t-elle en s'efforçant de dominer le sentiment de frustration que lui infligeait ce constat. Mais moi, je ne peux m'en satisfaire.

— Lui non plus, je vous assure. Simplement, il est trop têtu et trop effrayé pour l'admettre.

— Têtu, je le conçois. Mais je ne comprends pas d'où

vient cette peur qui le ronge et l'empêche d'être lui-même. Cela n'a aucun sens.

— Il ne vous a donc pas parlé de sa mère ?

— Non. Visiblement, c'est l'un des sujets qu'il se refuse à aborder.

— Exact. Mais je considère que vous avez le droit de connaître la vérité à ce sujet.

Edwin avala une longue gorgée de thé et Maddy devina qu'il existait en lui une fêlure, une tristesse sourde et profonde qu'il s'efforçait d'ordinaire de dissimuler sous une attitude bonhomme et sympathique.

— Sachez que je ne vous parlerais jamais de ceci si je ne pensais pas que vous tenez réellement à Reed et que vous êtes la femme qu'il lui faut.

— Je ne sais pas si c'est une bonne idée, protesta la jeune femme, inquiète. Reed n'aimerait certainement pas que vous me racontiez tout cela.

— C'est justement parce que vous vous souciez de ce genre de choses que je vais vous le dire.

Il se tut et prit une profonde inspiration, paraissant rassembler son courage.

— La mère de Reed était une femme magnifique, déclara-t-il enfin. Je suis certain qu'elle l'est toujours, d'ailleurs, même si je ne l'ai pas revue depuis de nombreuses années.

— Et Reed ?

— Lui non plus. Il s'y refuse absolument.

— Il refuse de voir sa propre mère ? s'exclama-t-elle, sidérée. Mais pourquoi ?

— Lorsque je vous aurai tout expliqué, vous le comprendrez sans doute.

Il y avait dans la voix d'Edwin tant de tristesse que la jeune femme sentit son cœur se serrer.

— J'ai épousé Elaine alors que nous étions encore très jeunes, tous les deux. J'avais un peu d'argent que m'avait légué ma famille. Elle, c'était une chanteuse débutante qui luttait pour s'en sortir.

— Je vois, acquiesça Maddy.

— Elle avait réellement du talent. Rien d'exceptionnel mais un joli brin de voix et des idées de paroles intelligentes. J'ai décidé de devenir son manager. Puis les choses ont suivi leur cours et nous nous sommes mariés. Pendant un an ou deux, tout était pour le mieux dans le meilleur des mondes. Je crois qu'elle se sentait vraiment reconnaissante de ce que j'avais fait pour elle. Quant à moi, j'étais heureux d'avoir une aussi belle épouse. Je l'aimais et je faisais tout mon possible pour assurer sa réussite professionnelle. Mais Elaine était une femme impatiente…

Edwin s'interrompit quelques instants et avala une nouvelle gorgée de thé, les yeux perdus dans le vague.

— Elle était jeune, reprit-il, sachant que ce n'était pas une excuse suffisante. Elle voulait jouer dans de plus grandes salles. Et elle supportait de moins en moins mes conseils, me soupçonnant de vouloir me servir d'elle pour asseoir ma propre carrière.

— Vous connaissait-elle donc si mal que cela ? demanda Maddy en secouant la tête.

Edwin sourit, un peu rasséréné par la confiance de la jeune femme.

— A vrai dire, nous ne nous connaissions pas vraiment l'un et l'autre… J'en étais même arrivé à l'inévitable conclusion que notre mariage était condamné et je m'y étais résigné. Mais c'est alors qu'Elaine m'a annoncé qu'elle était enceinte. J'avais toujours voulu avoir des enfants mais ce n'était pas son cas, loin de là…

— Elle a décidé d'avorter ? demanda Maddy, suspendue à ses lèvres.

— Non. Elle a gardé l'enfant. Rétrospectivement, je crois que c'est surtout parce que j'avais réussi à obtenir pour elle un contrat qui lui assurait la réalisation d'au moins un disque. Elle savait que je désirais un enfant et a dû considérer qu'il s'agissait en quelque sorte d'un échange de bons procédés.

— Mais à ce moment-là, l'aimiez-vous toujours ?

— J'éprouvais toujours quelque chose pour elle, c'est certain. Et il y avait le bébé. Quand Reed est né, j'ai eu l'impression que c'était le plus beau cadeau que m'ait jamais fait la vie. Quelqu'un que je puisse aimer et qui me rendrait cet amour sans conditions, sans arrière-pensées… Ma vie a changé du tout au tout. Son bonheur devenait ma priorité la plus absolue. Je crois que j'avais enfin trouvé un véritable but, bien plus important que mon travail ou mes ambitions personnelles…

— Je crois en effet que les enfants aident leurs parents à relativiser, à comprendre ce qui compte le plus à leurs yeux.

— C'est juste. En tout cas, sachez que Reed a toujours comblé toutes mes attentes, me donnant une joie immense tout au long de ma vie.

— Vous n'aviez pas besoin de me le dire, lui assura Maddy en souriant. Il suffit de vous regarder lorsque vous êtes ensemble pour le comprendre.

Edwin hocha la tête.

— Alors que Reed avait seulement cinq ans, j'ai eu un accident de voiture assez grave. Lorsque j'étais à l'hôpital, les médecins ont fait toutes sortes de tests. Et l'un d'eux m'a appris que j'étais stérile.

— A cause de l'accident ? demanda la jeune femme en fronçant les sourcils.

— Pas du tout. Je ne peux pas avoir d'enfants et je n'ai jamais pu en avoir…

Maddy sentit un frisson la parcourir, réalisant ce que cela signifiait.

— Reed n'était pas mon fils, reprit Edwin d'un ton

douloureux. Vous ne pouvez pas imaginer le choc que cela m'a fait...

— Oh, Edwin, murmura la jeune femme en se penchant vers lui pour lui prendre la main.

— Je suis allé trouver Elaine. Elle n'a même pas pris la peine de nier. Je crois qu'elle en avait assez de ses propres mensonges... Notre mariage était un échec, et elle savait qu'elle ne deviendrait jamais une grande chanteuse. Elle m'a avoué qu'il y avait eu un autre homme et qu'il l'avait laissée tomber lorsqu'il avait appris qu'elle était enceinte. Elle avait alors compris que je n'imaginerais jamais que je n'étais pas le père. Elle savait aussi que, sans moi, elle n'arriverait jamais à percer. Alors elle avait décidé de rester et de se taire...

— Ce devait être une femme très malheureuse.

— Insatisfaite, surtout. Elaine n'était jamais contente de ce qu'elle faisait. Elle aspirait toujours à mieux, à plus. Et, chaque fois qu'elle l'obtenait, le schéma se reproduisait. En tout cas, lorsque je suis finalement sorti de l'hôpital, elle était partie. Elle avait confié notre fils à l'un de nos voisins, avait fait ses bagages et avait quitté la ville. Mais le pire, c'est qu'elle avait tout raconté à Reed...

— Mon Dieu ! murmura Maddy, horrifiée. Comment a-t-elle pu faire une chose pareille ?

— J'ai bien peur de ne pas avoir été beaucoup plus brillant, soupira Edwin.

Il passa une main dans ses cheveux. A présent, il lui devenait plus facile de parler et il se demandait pourquoi il avait attendu si longtemps pour se confier ainsi à quelqu'un.

— Il fallait que je réfléchisse à tout ça alors j'ai laissé Reed chez notre voisin. Je suis parti pendant plus d'un mois pour réunir les fonds qui me permettraient par la suite de fonder Valentine Records. C'est à ce moment-là que j'ai rencontré vos parents. Jusqu'alors, je n'étais pas sûr de jamais revenir chercher Reed…

— Vous souffriez, Edwin, lui rappela-t-elle. Vous aviez besoin de temps…

— Mais Reed était aussi traumatisé que moi. Plus encore puisqu'il n'était qu'un enfant. Si j'avais réalisé l'impact qu'aurait sur lui cette période de sa vie, je ne l'aurais jamais laissé ! Hélas, j'étais tellement occupé par la création de mon entreprise que je ne me suis aperçu de rien. Puis j'ai rencontré les O'Hurley et j'ai compris ce que le mot « famille » signifiait vraiment.

— Simplement parce que vous avez dormi dans leur chambre ? s'étonna Maddy.

— Oui. J'ai vu la façon dont ils prenaient soin l'un de l'autre et dont ils s'occupaient de vous. Alors je me suis rappelé combien Reed avait compté pour moi depuis sa naissance, combien je l'avais aimé. Votre père a dû sentir que quelque chose n'allait pas et il m'a emmené dans un bar. Là, je lui ai tout raconté, Dieu sait pourquoi…

— Papa a toujours cet effet sur les gens. Je crois que c'est parce qu'il sait les écouter vraiment.

— C'est vrai. Il m'a écouté et a fait preuve de sympathie. Mais pas autant que je ne pensais en mériter.

Edwin eut un petit rire sans joie.

— Il a vidé son verre de whisky d'un trait, m'a assené une claque sur l'épaule et m'a dit que j'avais un fils qui m'attendait et qu'il était temps de rentrer chez moi. J'ai compris qu'il avait raison et tout est devenu clair dans ma tête. C'est pour cette raison que je n'ai jamais oublié vos parents.

— Et Reed ?

— Il est mon fils. Il l'a toujours été et le sera toujours. J'ai été idiot de penser qu'il pourrait en être autrement.

— Vous ne l'aviez pas oublié, lui assura Maddy sans hésiter.

— Non, je suppose que vous avez raison. Au fond de moi, je le savais. Alors, je suis rentré à la maison et je l'ai vu jouer tout seul sur la pelouse du voisin… Il n'avait que six ans mais le regard qu'il m'a jeté était déjà celui d'un adulte.

Edwin fut parcouru d'un frisson à ce souvenir.

— Je n'ai jamais réussi à oublier ce regard. Je crois que c'est là que j'ai vraiment compris tout le mal que sa mère lui avait fait.

— Mais ce n'est pas votre faute. Je vous ai vu avec lui et je sais que vous n'avez rien à vous reprocher.

— Vous êtes généreuse, Maddy… En tout cas, j'ai essayé de réparer les dégâts autant que je l'ai pu, de lui offrir une vie normale. J'ai même fini par oublier ce que sa mère m'avait fait mais lui ne lui a jamais pardonné. C'est cette amertume qui le ronge encore aujourd'hui et l'empêche de faire confiance à qui que ce soit…

— Je vois, soupira la jeune femme en soupirant. Je crois que je commence à le comprendre un peu mieux. Mais je ne sais pas si je peux faire grand-chose pour l'aider, Edwin.

— Vous l'aimez, n'est-ce pas ?

— Oui, répondit-elle sans hésiter.

— Et vous lui avez donné quelque chose. Ne le lui retirez pas alors qu'il commence malgré lui à vous faire confiance.

— Mais il ne veut pas de ce que je lui offre, objecta-t-elle.

— Si. Et il finira par l'admettre. Tâchez seulement de ne pas perdre la foi.

S'approchant du vieil homme, Maddy le serra affectueusement dans ses bras.

— Etes-vous certain que c'est de moi qu'il a besoin ? lui demanda-t-elle enfin.

— Je le sais, répondit-il avec fougue. Parce que Reed est mon fils...

Reed ne parvenait pas à trouver le sommeil. Après s'être retourné dans son lit durant des heures, il avait été tenté de vider une bouteille de whisky pour noyer la douleur qui le taraudait. Mais il savait que ce n'était pas une solution à ses problèmes et il s'était relevé.

Il avait perdu Maddy. Il l'avait perdue parce que ni l'un ni l'autre n'avaient été capables de s'accepter comme ils étaient...

Bien sûr, c'était la meilleure solution. A terme, ils n'auraient pu que se faire du mal, c'était évident. Et pourtant, elle était ce qui lui était arrivé de mieux de toute sa vie. Savoir qu'il ne la reverrait pas, qu'il ne la tiendrait plus dans ses bras lui déchirait le cœur.

Serrant les dents, il essaya vainement de chasser cette souffrance qui le rongeait impitoyablement. Le mieux serait de confier à son père l'entière gestion de la comédie musicale. Ainsi, il n'aurait plus besoin d'avoir affaire à la jeune femme.

Alors qu'il s'approchait de la fenêtre, il se rappela brusquement combien Maddy aimait regarder la ville qui s'étendait en contrebas. Il s'éloigna, furieux que tout paraisse le ramener à elle et se remit à faire les cent pas.

Lorsqu'il entendit retentir la sonnette de la porte d'entrée, il fronça les sourcils, stupéfait. Il n'avait guère l'habitude de recevoir des visites à une heure si avancée de la nuit. D'ailleurs, il n'avait aucune envie de discuter avec qui que ce soit.

Mais son mystérieux visiteur ne paraissait pas disposé à se décourager facilement. Il continua à sonner avec insistance. Reed finit par aller ouvrir la porte à la volée, bien décidé à faire comprendre à cet importun ce qu'il pensait de cette intrusion.

Maddy se tenait sur le seuil, son sac de danse sur l'épaule et les mains plongées dans les poches de sa veste en jean.

— Salut, lui dit-elle.

— Maddy..., murmura-t-il, abasourdi par cette apparition inattendue.

— Je passais dans le coin, lui dit-elle en pénétrant dans l'appartement. Alors j'ai décidé de venir te rendre une petite visite. Je ne te réveille pas, au moins ?

— Non, je...

— Tant mieux. Moi, ça me fiche toujours en rogne quand quelqu'un me réveille au beau milieu de la nuit.

Elle jeta son sac sur un fauteuil d'un geste désinvolte.

— Tu as quelque chose à boire ?

— Maddy, qu'est-ce que tu fais là ?

— Je te l'ai dit : j'étais dans le quartier...

S'approchant d'elle, Reed la prit par les épaules et la regarda droit dans les yeux.

— Qu'est-ce que tu fais là ? répéta-t-il.

— Je ne pouvais pas rester loin de toi, lui dit-elle avec un petit sourire.

Avant même qu'il ait pu retenir son geste, Reed posa la main sur sa joue. Mais il la retira aussitôt en secouant la tête.

— Maddy, il y a seulement quelques heures...

— Je sais, le coupa-t-elle. J'ai dit beaucoup de choses. Et toutes étaient vraies. Je t'aime, Reed. Je veux me marier avec toi. Et je crois que, contrairement à ce que tu penses, cela pourrait marcher. Mais je sais aussi que tu n'es pas prêt à cela. Alors j'attendrai.

— Tu as tort.

— Arrête de me dire ce que je dois faire ou penser, protesta-t-elle. Si nous étions mariés, je pourrais à la limite le supporter. Mais, étant donné les circonstances, je suis la seule habilitée à prendre des décisions en ce qui concerne ma propre vie. Et, pour le moment, ce que je veux, c'est quelque chose à boire. Tu as du jus d'orange ?

— Non.

— Un whisky, alors ? Tu sais que ce n'est pas très poli de refuser un verre à un invité.

Reed ne fit pas mine de lui servir à boire. Pendant ce qui lui parut une éternité, il resta immobile, son regard plongé dans celui de la jeune femme. Puis il posa doucement son front contre le sien.

— J'ai besoin de toi, Maddy, soupira-t-il, vaincu.

— Je sais, lui dit-elle en posant ses mains fraîches sur ses joues. Et je suis heureuse que tu le saches aussi.

— Si seulement je pouvais te donner tout ce que tu veux…

— Nous en avons assez parlé comme cela. De toute façon, je pars demain pour Philadelphie.

— Le spectacle doit continuer. C'est la règle d'or du show-business…

— Exactement. Et je compte bien me donner à fond. Je ne veux donc pas perdre mon énergie en discussions inutiles ce soir.

— Très bien, acquiesça Reed. Je vais nous servir un verre.

Il se dirigea vers le bar et joignit le geste à la parole.

— Tu sais, Reed, cela me fait toujours bizarre de me déshabiller sur scène.

— J'imagine ! concéda-t-il en riant.

— C'est un acte qui paraît tellement contre nature…

Lorsque Reed leva les yeux vers elle, il constata qu'elle s'était débarrassée de sa veste en jean et commençait à déboutonner son chemisier.

— Ce dont j'aurais besoin, reprit-elle, c'est d'un avis

objectif pour savoir comment je m'en tire. Le strip-tease est un art, tu sais.

Ecartant les pans du chemisier, elle laissa glisser sa main entre ses seins et sur son ventre. Reed sentit sa gorge se nouer alors qu'un désir irrépressible montait en lui. Elle se retourna alors et dénuda l'une de ses épaules.

— Il faut savoir promettre sans tout offrir, poursuivit-elle d'une voix un peu rauque.

Tournant la tête vers lui, elle lui sourit et laissa le chemisier glisser le long de son corps. Il retomba doucement à ses pieds, révélant son dos nu.

— Il faut éveiller la curiosité. Comment est-ce que je m'en sors ?

— Très bien jusqu'ici, répondit Reed d'une voix étranglée.

— Je veux juste être sûre que ce sera réaliste.

Elle dégrafa lentement la fermeture de sa jupe qui ne tarda pas à rejoindre le chemisier par terre. Faisant de nouveau face à Reed, elle le laissa admirer son corps que ne dissimulaient plus qu'une fine culotte de dentelle noire et une paire de bas retenus par des porte-jarretelles. Craignant de lâcher le verre qu'il tenait à la main, il le reposa précautionneusement sur le bar.

— Je ne t'ai jamais vue porter quelque chose dans ce goût-là, observa-t-il.

— Ceci ? fit-elle en jouant avec l'élastique. Ce n'est pas vraiment mon genre. Franchement, ce type de sous-vêtements n'est pas très confortable.

Se plaçant de profil, elle se pencha en avant pour dérouler lentement l'un des bas le long de sa jambe toujours tendue, ce qui souligna de façon très suggestive la courbe de ses reins.

— Mais on ne peut aller contre la tradition, poursuivit-elle en se redressant.

Fermant les yeux, elle passa les mains dans ses cheveux roux, se cambrant légèrement en arrière.

— Tu trouves que je suis crédible ?

— Je pense que si tu portes ce genre de tenue sur scène, il risque d'y avoir une émeute.

En riant, elle se pencha de nouveau et se défit de son autre bas, caressant sa jambe au passage avec une sensualité qui fit frissonner Reed de la tête aux pieds.

— Je suis heureuse de te l'entendre dire, déclara-t-elle. Cela nous fera un peu de publicité gratuite… Je regrette juste de ne pas avoir une silhouette plus voluptueuse.

— Celle-ci fera parfaitement l'affaire, je t'assure.

— Tu penses vraiment ? demanda-t-elle en posant les mains sur ses seins comme pour jauger leur taille. Reed, je sais que j'insiste, mais tu ne m'as toujours pas offert à boire…

— Désolé, marmonna-t-il en s'approchant pour lui apporter son verre.

Maddy le lui prit des mains et le leva dans sa direction.

— Je bois à la santé de ton père, déclara-t-elle.

— Pardon ? fit Reed, médusé qu'elle pense à lui en un moment pareil.

— Ne cherche pas à comprendre…, répondit-elle avant de vider son whisky d'un seul trait. Que penses-tu du spectacle, jusqu'ici ? Est-ce que ça valait le prix du ticket ?

Reed plongea ses mains dans les cheveux de la jeune femme comme il rêvait de le faire depuis qu'elle avait franchi le seuil de l'appartement. Il aurait voulu faire preuve de douceur, lui montrer combien il lui était reconnaissant d'être revenue vers lui. Mais la passion qui l'habitait était bien trop forte.

— Je ne t'ai jamais autant désirée, lui dit-il.

Elle pencha la tête et laissa son verre vide tomber sur le sol recouvert de moquette.

— Prouve-le-moi, répondit-elle.

Il l'attira contre lui et l'embrassa avec ferveur. Sa langue avait le goût du whisky. Elle l'enserra de ses bras d'un geste possessif, presque rageur. Cette fois, réalisa Maddy, il ne cherchait plus à contrôler l'envie qu'il avait d'elle. Son cœur se mit à battre la chamade alors que son sang paraissait se changer en lave.

Lorsqu'il l'attira à même le sol, elle se laissa faire, exaltée. Elle sentit ses mains et sa bouche courir sur sa peau, éveillant mille brasiers que lui seul saurait éteindre. Incapable de réfléchir, elle lui rendit chacune de ses caresses, entretenant le feu qui les consumait.

Lorsqu'ils n'en purent plus, Reed la débarrassa de ses vêtements et lui ôta sa culotte. L'odeur de sa chair emplissait à présent les narines de Maddy, plus capiteuse que le plus puissant des aphrodisiaques.

Elle le sentit alors entrer en elle en murmurant son nom d'une voix rauque. Jamais encore, ils ne s'étaient aimés de façon aussi violente, aussi primaire. Ils ne cherchaient plus à canaliser l'ardeur qui les habitait, les jetant l'un contre l'autre.

Maddy avait l'impression de chevaucher une vague de plaisir qui ne cessait d'enfler, balayant toute pensée, toute volonté consciente. Son corps était parcouru de spasmes délicieux qui se communiquaient à chacun de ses membres.

En cet instant, elle réalisa qu'Edwin avait raison, que le besoin sauvage que Reed avait d'elle était déjà une forme d'amour. Et, tandis qu'ils escaladaient ensemble les degrés de la passion, elle pria pour qu'il finisse par le comprendre et l'accepter enfin.

10

— Nous irions aussi vite en marchant, déclara Wanda.

— Allons ! protesta Maddy en ralentissant pour éviter de percuter la voiture qui les précédait. Où est passé ton sens de l'aventure ?

— Je crois que je l'ai perdu il y a environs vingt kilomètres, lorsque nous avons failli basculer dans ce fossé.

— Ce n'était pas un fossé, s'exclama son amie en riant. Regarde plutôt par la fenêtre et dis-moi si tu aperçois un bâtiment intéressant.

— Je ne sens plus mes jambes, soupira Wanda en se tortillant pour trouver une position moins inconfortable. Pourquoi a-t-il fallu que tu loues cette Jeep minuscule qui n'arrête pas de rebondir dans tous les sens ? Si les immeubles continuent à sauter comme ça, je crois que je vais finir par avoir le mal de mer.

— Ce ne sont pas les immeubles qui sautent mais la voiture.

— Peu importe. Pourquoi as-tu loué cette épave ?

— Parce que je n'ai jamais l'occasion de conduire lorsque je suis à New York.

— Nous aurions au moins pu éviter de prendre toutes ces petites routes défoncées.

— Je tenais à profiter du paysage. C'était tout de même plus exaltant que l'autoroute.

— Exaltant ? Tu parles ! On a failli se perdre une

bonne dizaine de fois, tomber en panne d'essence et verser dans un fossé.

— Ce n'était pas un fossé, répéta Maddy. Eh ! Ce n'est pas le hall de l'indépendance ?

— Ma chérie, tu devrais regarder la route au lieu d'admirer les bâtiments si tu veux que nous ayons une chance de revoir New York un jour.

— J'adore conduire ! s'exclama Maddy, aux anges.

— Remarque que ça pourrait être pire. Certaines personnes aiment sauter des avions en plein vol…

— Arrête de bougonner et dis-moi plutôt combien de temps il nous reste.

— Quinze minutes, répondit Wanda en s'agrippant au tableau de bord au moment où son amie accélérait de nouveau. Je sais que j'aurais mieux fait de te poser la question avant de monter à bord de cet engin mais depuis combien de temps n'as-tu pas conduit, exactement ?

— Oh, je ne sais plus. Un an, peut-être deux. Je crois que j'irai faire un tour dans ces petits magasins après la répétition générale !

— Si nous sommes encore vivantes, soupira son amie avant de fermer les yeux tandis que Maddy dépassait à toute vitesse un énorme break. J'ai l'impression que je n'ai jamais vu quelqu'un planer à ce point sans avoir eu recours auparavant à une substance illicite !

— Ça se voit tant que cela ? demanda Maddy avec un sourire réjoui.

— Même un aveugle s'en rendrait compte. J'en déduis que tu as recollé les morceaux avec M. Parfait ?

— Si on veut… J'ai décidé de prendre les choses comme elles viennent.

— Toi ? Je n'aurais jamais pensé que tu en sois capable. Je croyais qu'avec lui, c'était « à la vie, à la mort » ou rien…

— Sauf que j'ai découvert entre-temps qu'il avait une bonne raison de se méfier des relations durables.

— La belle affaire ! Je ne vois pas en quoi cela va changer quelque chose à ce que tu ressens, toi.

— Tu as raison. Mais je crois que je suis en train de découvrir que la vie est un peu plus compliquée que ce que j'ai toujours voulu croire. Arrête-moi si je suis indiscrète mais tu as bien été mariée. Pensais-tu que cela durerait toujours ?

— On peut dire que je le pensais et lui, non.

— Et si tu rencontrais quelqu'un à qui tu tiennes vraiment, est-ce que tu te marierais ?

— Si je pense vraiment que c'est le bon choix, oui peut-être. Mais, cette fois, je réfléchirais un peu plus longtemps avant de m'engager…

Elle s'interrompit et éclata de rire.

— Qui suis-je en train de duper ? Si je pensais vraiment une telle chose, je replongerais sans hésiter !

— Pourquoi ?

— Parce que, de toute façon, il n'y a jamais de garantie. C'est comme la loterie… Si je croyais qu'il y a une chance pour que ça marche, je jouerais. Dis, tu n'étais pas censée tourner à droite ?

— Mince ! s'exclama Maddy en prenant la rue suivante. Maintenant, nous allons vraiment être en retard !

— Ce n'est pas grave. Dis-moi plutôt ce qui te tracasse. Sinon, ça va te miner pendant toute la répétition.

— A vrai dire, j'espérais qu'il viendrait avec moi. Je sais qu'il ne pourrait pas rester une semaine entière ici mais il aurait au moins pu passer un jour ou deux.

— Il a peut-être du travail.

— C'est ce qu'il a dit.

— Dans ce cas, tu ne peux pas lui en vouloir.

Maddy hocha la tête sans conviction et manœuvra

pour pénétrer dans le petit parking du théâtre. Elle se gara, et les deux jeunes femmes descendirent de la Jeep.

— Plus qu'une répétition et c'est le grand plongeon, remarqua-t-elle en observant le majestueux bâtiment où devait avoir lieu la première.

— Ne m'en parle pas ! Chaque fois que j'y pense, j'ai la gorge si serrée que j'ai l'impression de m'étrangler.

— Ne t'en fais pas trop. Je suis certaine que tu seras parfaite.

Elles traversèrent le parking et Maddy avisa un marchand de fleurs ambulant qui avait installé son petit chariot devant le théâtre. Elle se promit de s'offrir un bouquet à la fin de la répétition pour se récompenser.

— J'espère que tu as raison, soupira Wanda. La dernière pièce dans laquelle j'ai joué n'a connu que deux représentations avant que le producteur ne jette l'éponge. J'ai failli me coller la tête dans le four.

— Qu'est-ce qui t'en a empêchée ? demanda Maddy en riant.

— Il était électrique.

— Ecoute, je te promets que si notre pièce fait un flop, tu pourras utiliser le mien. Il est au gaz.

— Merci beaucoup.

— Eh ! Il faut bien que les amis servent à quelque chose, répondit Maddy en poussant la porte du théâtre.

Stupéfaite, elle s'arrêta avant de pousser un cri de joie. Curieuse, Wanda la regarda se précipiter vers un petit groupe de gens qui attendaient dans le hall.

— Vous êtes là ! s'exclama-t-elle, aux anges. Vous êtes tous là !

— Tu ne croyais tout de même pas que tu allais te débarrasser de nous si facilement, répondit Frank O'Hurley en la serrant affectueusement dans ses bras.

Lorsqu'il la reposa enfin, Maddy alla embrasser sa mère.

— Tu as une mine splendide, remarqua Molly en souriant.

— Toi aussi, maman... Oh, Abby ! ajouta-t-elle en se tournant vers sa sœur. Je ne pensais pas que tu pourrais venir.

— Je n'aurais manqué ça pour rien au monde. D'ailleurs, la ferme peut bien attendre mon retour. Par contre, ce n'est pas tous les jours que j'ai l'occasion de voir la première d'une de tes pièces.

— Merci de l'avoir amenée, Dylan, dit la jeune femme en se tournant vers son beau-frère.

— C'est plutôt elle qui m'a emmené. Mais je ne regrette pas, Maddy. Je suis heureux de te revoir.

— Dommage que vous n'ayez pu venir avec les garçons..., dit-elle en adressant un clin d'œil à sa sœur.

— Eh, on est là ! protestèrent vertement les deux enfants.

— On est venus aussi, confirma l'un d'eux.

— Et on va même visiter New York ! ajouta l'autre.

Maddy les observa en fronçant les sourcils. Puis elle secoua la tête de façon théâtrale.

— Impossible ! décréta-t-elle. Vous ne pouvez pas être mes neveux. Ben et Chris sont des enfants et vous êtes beaucoup trop grands.

— C'est parce qu'on a grandi, affirma Chris.

Prenant son temps, Maddy les étudia tour à tour.

— Allez, Maddy, insista Ben. Tu sais bien que c'est nous...

— Il va falloir me le prouver. Venez m'embrasser.

Elle se pencha vers eux et ils la serrèrent dans leurs bras.

— Nous sommes venus en avion, expliqua Chris. Et j'étais assis près de la fenêtre.

— Mademoiselle O'Hurley ? appela l'un des techniciens. On vous demande en coulisses.

— Mince, s'exclama Maddy en se redressant. Dites-moi, où avez-vous réservé ?

— Nous sommes au même hôtel que toi, répondit Molly. Maintenant, file. Tu as du travail…

— D'accord. Est-ce que vous assisterez à la répétition ?

— Tu crois vraiment que quelqu'un pourrait nous en empêcher ? demanda Frank.

— Tant mieux ! Lorsque ce sera fini, nous irons fêter ces retrouvailles comme il se doit. C'est moi qui invite !

Frank passa affectueusement le bras autour des épaules de sa femme.

— Si elle croit que je vais la contredire sur ce point, elle se trompe. Venez, allons nous installer au premier rang avant que la pièce ne commence !

— M. Selby est arrivé, déclara Hannah avant de s'effacer pour laisser entrer ce dernier dans le bureau de Reed.

— Merci. Prenez mes appels pendant que nous serons en réunion.

Aujourd'hui, songea Reed, à en juger par l'expression réprobatrice de sa secrétaire, il n'y aurait ni café ni petits gâteaux. Visiblement, elle ne portait pas plus que lui Selby dans son cœur.

— Assieds-toi, dit-il à son visiteur en désignant l'une des chaises qui lui faisaient face.

Selby prit place et laissa son regard errer sur les murs auxquels étaient accrochés plusieurs disques d'or.

— Ton père doit être fier de toi, déclara-t-il. Tu as réussi à maintenir Valentine Records au sommet. Encore que j'aie entendu dire que tu avais signé avec ce petit groupe de Washington. C'est un pari risqué…

Reed ne releva pas. Il savait que Galloway Records

avait offert audit groupe un contrat. Mais Valentine avait surenchéri.

— Il faut bien prendre quelques risques de temps en temps, répondit-il enfin. C'est comme ça qu'on fait des découvertes intéressantes.

— C'est vrai. Mais il est toujours difficile de convaincre les radios de diffuser les jeunes groupes. Sans une promotion solide, ils sont condamnés à une mort certaine.

Selby sortit de sa poche intérieure un petit cigare qu'il alluma sans prendre la peine de demander à Reed si cela l'ennuyait ou même s'il en voulait un.

— C'est pour ça que je suis ici, reprit-il en tirant une profonde bouffée. J'ai pensé que ce serait sage avant que nous assistions à cette réunion avec les pontes de l'industrie du disque.

Reed hocha la tête. Il savait que Selby avait sollicité cette entrevue parce qu'il avait peur. L'Association Américaine de l'Industrie du Disque devait en effet se réunir pour discuter de l'opportunité d'ouvrir une enquête sur les activités des labels indépendants.

Or nombre de grosses compagnies comme Galloway utilisaient ceux-ci pour dissimuler leurs petits trafics à l'abri des regards. Aujourd'hui, Selby devait sentir le vent tourner et redouter les répercussions que d'éventuelles investigations pourraient avoir sur son entreprise.

— Ecoute, Reed, déclara-t-il gravement. Ni toi ni moi ne sommes nés de la dernière pluie. Nous savons très bien à quoi nous en tenir : tout ce qui compte vraiment, dans notre métier, c'est la diffusion radio. Sans elle, un disque ne se vend pas.

Reed remarqua que Selby transpirait abondamment. Il était visiblement à cran, ce qui confirmait ses soupçons : quoi que Galloway ait à cacher, ce ne devait pas être beau à voir.

— J'ai toujours pensé qu'acheter les radios pour obtenir

une meilleure diffusion était une erreur, déclara Reed d'une voix posée. On ne peut pas mentir éternellement au public. D'autre part, le procédé est illégal et, tôt ou tard, il finit par se retourner contre celui qui y a recours.

— Je ne vois pas le mal qu'il y a à glisser quelques billets à un responsable de la programmation. Tout le monde a toujours fonctionné de cette façon.

— Pas tout le monde. Et plus rares sont ceux qui vont jusqu'à menacer ces programmateurs pour obtenir ce qu'ils veulent.

— Personne ne ferait une chose pareille, protesta Selby. Mais son regard venait de le trahir.

— Dans ce cas, nous n'avons pas à craindre l'ouverture de cette enquête, répondit Reed avec un sourire aimable. De toute façon, nous n'utilisons quasiment pas d'indépendants chez Valentine Records.

— Cela ne change rien au fait que seules les radios confèrent à un disque sa légitimité. Si nous ne pouvons plus traiter avec elles, c'est la mort de l'industrie.

— Je ne pense pas. Il faudra simplement trouver de nouvelles méthodes pour travailler avec elles. Et un peu de transparence ne fera pas de mal au petit monde de la production, si tu veux mon avis...

— Je vois que tu es aussi étroit d'esprit que l'était ton père, cracha Selby, incapable de dissimuler le dépit qu'il éprouvait en cet instant.

— Merci, répondit gracieusement Reed. Je prends cela pour un compliment.

— Oh, je suppose que c'est facile, pour toi. Tu es assis dans ton petit bureau bien à l'abri. Tu n'as pas à te salir les mains parce que ton père l'a fait pour toi.

— Tu te trompes, Selby. Les mains de mon père sont aussi propres que les miennes. Les Valentine n'ont jamais eu recours aux méthodes quasi mafieuses qui prévalent malheureusement dans notre profession.

— Tu n'es pas blanc comme neige, Valentine.

— Le fait que je m'apprête à voter en faveur de ces investigations devrait te prouver le contraire.

— La motion ne passera jamais, répondit Selby.

Mais il était loin d'en être convaincu, songea Reed. Dans le cas contraire, il ne serait pas venu plaider sa cause chez l'un de ses plus féroces concurrents. Tous deux savaient que le pouvoir et la réputation de Valentine Records pouvait très bien suffire à faire pencher la balance d'un côté ou de l'autre.

— La plupart des labels indépendants savent qu'ils n'auraient pas une chance de survivre sans les majors. Même si la motion passe, ils ne témoigneront jamais contre nous. Quelques têtes tomberont pour la forme mais certainement pas la mienne. Il y a moins de dix ans, Galloway était dans le rouge. Aujourd'hui, c'est l'une des sociétés les plus cotées du marché. Et c'est grâce à moi ! Lorsque la poussière retombera, Valentine, je serai toujours là.

— J'en suis certain, murmura Reed tandis que Selby se levait d'un bloc et quittait son bureau à grands pas, claquant la porte derrière lui.

Il n'ignorait pas, hélas, que les hommes comme lui n'étaient jamais ceux qui payaient pour leurs erreurs. Ils s'arrangeaient pour trouver des boucs émissaires en cas de problème.

Si Reed avait voulu mener une vendetta personnelle contre Selby, il n'aurait pas eu d'autre choix que de prendre l'enquête en main. Il disposait déjà d'un certain nombre d'éléments compromettants, comme l'histoire de ce disc-jockey qui avait été battu comme plâtre parce qu'il refusait de passer certaines des productions Galloway.

Il avait également entendu parler d'un directeur de programmation du New Jersey dont la femme avait été menacée. Il y en avait beaucoup d'autres qui, moins regardants, bénéficiaient régulièrement de voyages tous frais payés à Las Vegas où Galloway ouvrait pour eux une ligne de crédit…

Mais Reed ne tenait pas à entrer dans ce jeu dangereux. Après tout, il n'avait rien personnellement contre Selby. Ce type était une véritable ordure, c'était certain. Mais lui-même n'était pas en position de le condamner.

Il avait hérité de l'entreprise de son père et n'avait eu qu'à la faire prospérer. Aurait-il été aussi droit et honnête s'il avait dû la créer de ses propres mains ? Aurait-il pris l'un de ces raccourcis que Selby n'hésitait jamais à employer ?

Il ne le pensait pas mais n'avait aucun moyen d'en être certain. Aussi laisserait-il la commission se charger de cette affaire. En attendant, la réunion serait probablement houleuse…

Quittant son bureau, il alla trouver Hannah.

— Vous pouvez y aller, lui dit-il. Je ne pense pas que je repasserai.

— Bonne chance, monsieur Valentine. Au fait, vous avez reçu plusieurs coups de téléphone pendant que vous étiez en réunion avec cet homme.

Le ton méprisant de son assistante ne manqua pas de lui arracher un sourire.

— Rien d'important ?

— Non. Par contre, Mlle O'Hurley a appelé.

Hannah lui lança un petit sourire en coin, attendant une réaction de sa part. Son hésitation dut confirmer ses soupçons.

— Si elle téléphone de nouveau, dites-lui…

— Oui, monsieur Valentine ?

— Dites-lui que je la rappellerai.

La déception de sa secrétaire ne lui échappa pas.

— Monsieur Valentine ?

— Oui ?

— Je me demandais si vous iriez à Philadelphie pour la première ou si vous vouliez que j'envoie des fleurs de votre part.

Reed songea à la confusion qui l'habitait depuis plusieurs jours. Il n'était plus très sûr de ses propres sentiments, de ses propres besoins et avait l'impression de naviguer à vue en terrain miné. Jamais il ne s'était senti aussi désemparé.

— Mon père doit assister à la première, répondit-il enfin. Même si je n'y vais pas, nous serons donc représentés.

— Je vois, répondit Hannah d'un ton réprobateur.

— Quant aux fleurs, je peux m'en occuper moi-même.

— Tâchez de ne pas oublier, murmura-t-elle tandis qu'il se dirigeait vers la porte.

Il feignit de n'avoir pas entendu.

La répétition avait été un succès, songea Maddy en se jetant sur le lit de sa chambre d'hôtel, vidée. Elle savait à présent qu'elle était au point, qu'elle ne commettrait aucune erreur. Mais pour rien au monde elle ne l'aurait affirmé à voix haute. Elle était bien trop artiste pour ne pas être superstitieuse.

Demain soir, à la même heure, songea-t-elle le cœur battant, elle serait dans sa loge, confiant son visage aux bons soins de la maquilleuse. Il ne lui restait plus que vingt-quatre heures avant de découvrir si ces mois de travail acharné avaient valu le coup.

Se retournant, la jeune femme contempla le plafond de la pièce. La question était juste de savoir comment elle survivrait à cette tension. Le pire, c'est que Reed ne l'avait pas rappelée. Se tournant vers le téléphone, elle hésita à composer son numéro.

En partant pour Philadelphie, elle avait compris qu'elle lui laisserait suffisamment de temps pour prendre de la distance, pour se détacher d'elle. Hélas, elle n'avait pas eu le choix. Qui sait ? se dit-elle. Il y était peut-être parvenu…

En tant que danseuse, la douleur ne lui était pas étrangère. C'était une sensation familière qu'il fallait savoir cerner si l'on voulait travailler dessus et la dominer. Evidemment, dans le cas d'une peine de cœur, les choses n'étaient pas aussi simples.

Il ne s'agissait pas d'un simple muscle tétanisé, d'un tendon un peu trop sollicité. Mais elle était suffisamment forte pour ne pas se laisser submerger, pour survivre malgré tout. Et puis, sa famille serait toujours à ses côtés.

Se redressant, la jeune femme gagna son armoire et entreprit de choisir les vêtements qu'elle porterait ce soir-là. Elle voulait faire bonne figure devant ses proches, leur présenter un visage heureux et décontracté pour ne pas les inquiéter inutilement.

Après tout, elle n'était pas si à plaindre que cela. Elle était aimée, soutenue et admirée. Sa carrière connaissait un bel essor. Même si elle commettait une erreur, elle avait suffisamment d'expérience et de bagage technique pour retrouver du travail. Et elle savait toujours se contenter de ce qu'elle avait.

Maddy n'avait pas besoin d'un homme pour se sentir complète. Elle n'avait besoin ni de faire-valoir, ni de chevalier servant, ni de substitut paternel. Elle assumait parfaitement qui et ce qu'elle était.

Si Reed reculait, s'il s'effaçait de sa vie, elle le supporterait. Ce serait difficile, terrible, même, mais elle survivrait.

Toute la question était de savoir à quel prix…

Comme elle en était là de ses réflexions, la jeune femme entendit quelqu'un frapper à sa porte.

— Qui est-ce ? demanda-t-elle.

— Abby !

Maddy alla lui ouvrir sans attendre et constata que sa sœur s'était changée pour enfiler une belle robe blanche.

— Tu es déjà prête ? s'exclama-t-elle.

— Je me suis habillée en vitesse parce que je voulais te parler en tête à tête avant que nous ne sortions tous ensemble.

— Avant tout, je tiens à te dire que je ne t'ai jamais vue aussi radieuse ! Je ne sais pas si c'est grâce à Dylan ou à l'air de la campagne mais tu es splendide.

— Ce doit être à cause de ma grossesse.

— Pardon ?

— Oui, je l'ai appris juste avant de partir.

Elle prit Maddy par les épaules, les yeux brillant de joie.

— Je vais avoir un autre bébé ! s'exclama-t-elle avec enthousiasme.

— Mon Dieu, Abby… C'est génial ! Oh, je sens que je vais me mettre à pleurer. Comment Dylan a-t-il accueilli la nouvelle ?

— Je crois qu'il est encore sous le choc, répondit sa sœur en riant.

Elles s'assirent sur le lit et Abby prit les mains de Maddy dans les siennes.

— Nous avons l'intention de l'annoncer au cours du dîner de ce soir.

— Excellent ! En tout cas, il va falloir que tu commences à prendre soin de toi. Plus question de monter à cheval. Je dirai à Dylan d'y veiller.

— Ce ne sera pas nécessaire. Il me traite déjà comme si j'étais en porcelaine. Tu imagines comme cela peut me taper sur les nerfs, avec l'éducation que nous avons reçue !

— Tâche plutôt d'en profiter.

Maddy passa un bras autour des épaules de sa sœur et la serra contre elle.

— Oh, je suis si heureuse pour toi…

— Je sais. Mais ce n'est pas seulement de cela que je

suis venue te parler. Parle-moi un peu de toi. Chantel m'a appelée et m'a dit que tu étais tombée raide amoureuse de quelqu'un.

— Cela ne m'étonne pas d'elle. Mais elle a un peu exagéré. Tu sais bien que ce n'est pas mon genre.

— Justement ! Qui est-ce ?

— Il s'appelle Reed Valentine.

— De Valentine Records ?

— Exact. Comment le sais-tu ?

— Je suis toujours en contact avec certaines personnes du monde des médias. De plus, Dylan a travaillé avec lui sur un livre qu'il a écrit, il y a quelque temps.

— C'est vrai. Reed m'en a parlé.

— Et alors ?

— Et alors rien… Je l'ai rencontré, je suis tombée amoureuse et je me suis rendue complètement ridicule.

Maddy avait essayé d'adopter un ton léger et détaché mais elle savait que sa sœur ne se laisserait pas duper aussi facilement.

— Quand tu as frappé à la porte, soupira-t-elle, j'étais assise devant le téléphone, en train de me demander s'il allait me rappeler ou non, comme une véritable adolescente…

— Il n'est jamais trop tard, répondit sa sœur. Après tout, tu n'as jamais vraiment eu d'adolescence.

— Crois-moi, je m'en passerais bien. C'est un type bien, Abby. Il est bon, prévenant et généreux. Mais il n'est même pas capable de s'en apercevoir lui-même.

— Raconte-moi comment vous vous êtes rencontrés.

Maddy s'exécuta, lui narrant ensuite en détail tout ce qui lui était arrivé depuis lors. Pas un instant, elle n'eut le sentiment de trahir la confiance de Reed. A ses yeux, parler à Chantel ou à Abby revenait à se parler à soi-même.

Sa sœur écouta calmement tandis que Maddy lui

narrait son amour, les compromis qu'elle avait dû faire et le traumatisme qui avait marqué l'enfance de Reed et continuait à influencer sa vie aujourd'hui.

— C'est pour cela, conclut-elle, que quelle que soit l'intensité de mes sentiments pour lui, je ne peux changer sa façon de penser.

— Je suis désolée, soupira Abby en prenant sa sœur dans ses bras. Je sais combien ce doit être difficile pour toi. Mais je peux te dire une chose : si tu aimes quelqu'un suffisamment fort, de véritables miracles peuvent se produire. Dylan ne voulait pas tomber amoureux de moi, tu sais. Pas plus que je ne voulais tomber amoureuse de lui, d'ailleurs ! Etant donné nos histoires respectives, nous avions tous deux décidé que ce genre d'engagement n'était pas fait pour nous. C'était un choix logique et parfaitement légitime. Mais l'amour a une drôle de façon de balayer tout ce qui nous semble si important…

— C'est ce dont j'ai essayé de me convaincre, acquiesça Maddy. Le pire, c'est que je ne peux même pas en vouloir à Reed. Il a été honnête depuis le début : il m'a toujours dit qu'il ne voulait pas d'attaches, qu'il était incapable d'aimer, qu'il ne pouvait m'offrir ni mariage, ni promesses… En fait, c'est moi qui ai faussé la donne en refusant de jouer le jeu et en lui demandant plus.

— C'est toujours comme cela que les choses se passent, ma chérie. Les hommes traînent des pieds et les femmes les poussent à s'engager. Sans cela, une relation amoureuse n'aurait aucun sel ! Allons, Maddy, où est passé ton proverbial optimisme ?

— Je crois bien que je l'ai perdu.

— Alors il est temps de le retrouver, ma chérie. Cela ne te ressemble pas du tout de déprimer de cette façon et de ressasser des idées noires. Jusqu'à présent, tu t'es toujours battue pour obtenir ce que tu voulais jusqu'à ce que le vent tourne à ton avantage.

— Cette fois, c'est différent.

— Pas du tout ! Tu sais que je n'ai jamais possédé cette forme de confiance en soi. J'avais toujours peur d'échouer ou de perdre ce que j'avais.

— Ne dis pas ça…

— C'est pourtant vrai. Mais, chaque fois que je me laissais aller, il me suffisait de penser à toi pour trouver le courage de m'accrocher. Alors ne me laisse pas tomber ! Si tu l'aimes vraiment, tiens bon jusqu'à ce qu'il réalise qu'il t'aime, lui aussi.

— Encore faudrait-il que ce soit le cas.

— D'après ce que tu m'as dit, je crois que ça l'est, déclara Abby avec conviction. Tu prétends que Reed est un homme qui place sa liberté et son autonomie avant tout. Alors pourquoi te dirait-il qu'il a besoin de toi ? Et, si c'est vrai, pourquoi n'a-t-il pas pris ses jambes à son cou ? A mon avis, il est fou de toi. Mais il refuse de l'admettre.

Maddy sentit monter en elle un brusque regain d'espoir.

— D'accord, dit-elle, je m'accrocherai à cette idée tant qu'il me restera la moindre chance de le convaincre.

— Très bien ! Crois-moi, en matière de relations amoureuses, j'ai connu ce qu'il y avait de meilleur et de pire. Et je suis aujourd'hui persuadée que l'essentiel, c'est de ne jamais baisser les bras. En attendant, habille-toi et allons fêter dignement la création de cette pièce !

Reed laissa le téléphone sonner une bonne douzaine de fois avant de raccrocher. Jetant un coup d'œil à sa montre, il réalisa qu'il était minuit passé. Où était-elle donc passée ? Pourquoi n'était-elle pas couchée à cette heure ? Elle aurait dû dormir, se reposer en attendant le grand jour.

Maddy était une vraie professionnelle. Elle s'entraînait

sans relâche et se soumettait à un régime physique et alimentaire draconien. Alors pourquoi n'était-elle pas au lit ?

Reed se mit à faire les cent pas dans son appartement, sentant monter en lui un mélange de suspicion et de jalousie qui ne lui était pas familier. Maddy était à Philadelphie, songeait-il, à des kilomètres de là, au milieu de danseurs à la moralité parfois très élastique.

Elle avait très bien pu s'accorder une petite faiblesse avec l'un d'entre eux. D'autant que Reed lui avait répété à l'envi qu'ils n'avaient aucun droit l'un sur l'autre, qu'ils étaient libres. Peut-être avait-elle décidé d'en tirer les conséquences…

Cette simple idée lui donnait la nausée. N'était-ce pas elle qui ne cessait de lui parler d'amour, d'engagement et de confiance ? Alors pourquoi ne répondait-elle pas au téléphone ?

Il se rappela brusquement la déception qu'il avait lue dans ses yeux lorsqu'il lui avait annoncé qu'il ne serait peut-être pas présent, le jour de la première. La réunion s'était déroulée exactement comme il l'avait espéré. Mais il devait rester à New York pour en gérer les conséquences.

Car maintenant que l'enquête était ouverte, le scandale ne tarderait pas à être médiatisé et retomberait sur toutes les maisons de production et tous les labels, qu'ils soient ou non mis en cause.

Dès le lendemain, des dizaines de journalistes, de responsables de radios, d'avocats et d'employés chercheraient à entrer en contact avec lui. Il ne pouvait pas se permettre de tout plaquer juste pour assister à la première d'une comédie musicale.

Décrochant le téléphone, il enfonça la touche de rappel d'un geste rageur. Tandis que la sonnerie retentissait dans son oreille, il songea qu'il ne s'agissait pas de n'importe quelle comédie musicale. C'était la sienne, celle que son entreprise avait produite et financée.

Bien sûr, son père serait sur place. Mais il n'occupait qu'une fonction symbolique au sein de l'entreprise. Reed était le président-directeur général de Valentine Records... N'aurait-il pas dû se trouver là-bas pour soutenir ce projet dans lequel il avait investi plusieurs dizaines de millions de dollars ?

Au fond, cela n'avait aucune importance. La seule chose qui comptait vraiment à ses yeux, en cet instant, c'était le fait que Maddy ne décrochait pas ce maudit téléphone et que cela le rendait fou.

Passant une main dans ses cheveux, Reed réalisa qu'il était en train de se comporter comme un imbécile. Tentant de recouvrer un semblant de calme, il se dirigea vers le bar et se servit un whisky. C'est alors qu'il aperçut le philodendron que lui avait confié la jeune femme.

Les feuilles jaunes étaient tombées depuis longtemps mais de petites pousses vertes avaient fait leur apparition au bout de ses branches. S'approchant de la plante, il la caressa du bout des doigts, admirant sa résistance et son entêtement à survivre. Il avait suffi de quelques soins et d'un peu d'attention pour qu'elle échappe au dépérissement.

Si seulement les choses avaient été aussi simples entre Maddy et lui...

Maddy dormait profondément lorsqu'elle fut réveillée par quelqu'un qui frappait à sa porte. Elle se retourna dans son lit en bougonnant, bien décidée à ignorer l'importun. Mais il continua à frapper sans se laisser démonter.

La jeune femme finit par émerger complètement du sommeil et jeta un coup d'œil au réveil qui trônait sur sa table de nuit. Etouffant un bâillement, elle réalisa qu'il était un peu plus de 3 heures du matin. Il lui restait encore beaucoup de temps avant que l'ultime répétition ne débute.

— J'arrive ! cria-t-elle avec humeur.

Il s'agissait probablement d'un danseur victime d'une crise d'angoisse, songea-t-elle. Mais si tel était le cas, elle se contenterait de le renvoyer dans sa chambre en lui conseillant de prendre un bon somnifère. Elle était bien trop fatiguée pour jouer les mères poules à une heure si avancée de la nuit.

Allumant sa lampe de chevet, Maddy se redressa et enfila sa robe de chambre avant d'aller ouvrir. Sur le seuil, elle eut la stupeur de découvrir Reed, vêtu d'un de ses éternels costumes.

— Reed ! s'exclama-t-elle en se jetant dans ses bras, à présent complètement réveillée. Je ne pensais pas que tu viendrais !

Elle l'embrassa avec passion, sentant une joie immense la submerger.

— Mais pourquoi arrives-tu au beau milieu de la nuit ? lui demanda-t-elle, étonnée.

— Je peux entrer ?

— Bien sûr, répondit-elle en s'écartant pour le laisser passer.

Il pénétra dans la pièce qu'il parcourut du regard avant de déposer le sac qu'il portait sur l'une des chaises.

— Quelque chose ne va pas ? s'enquit Maddy en avisant l'air sombre qu'il arborait. Mon Dieu, ne me dis pas qu'il est arrivé quelque chose à ton père…

— Non, il va bien. Il devrait arriver demain matin.

— Alors qu'est-ce qui ne va pas ?

— Tout va bien.

Reed s'avança dans la chambre, remarquant la façon dont Maddy se l'était déjà appropriée. Il reconnut certains de ses vêtements jetés sur le canapé ou à même le sol et une paire de chaussons de danse qui avaient roulé au pied du lit.

Sur la commode était disposé un grand nombre de ces articles de maquillage qu'elle affectionnait tant. L'un d'eux s'était apparemment renversé, déposant une fine traînée de poudre blanche qu'elle n'avait pas pris la peine d'essuyer. Il y traça un sillon du bout des doigts.

— Je n'ai pas réussi à te joindre, ce soir, dit-il enfin.

— C'est parce que je dînais avec...

— Tu ne me dois aucune explication, coupa-t-il un peu sèchement.

Maddy fronça les sourcils et écarta une mèche de cheveux, prise de court par cette marque de froideur. Puis elle se rasséréna. La seule chose qui comptait, c'était que Reed avait dû faire près de deux heures de route pour lui rendre une visite surprise en pleine nuit.

— Tu es venu me voir à cette heure juste parce que je n'avais pas répondu au téléphone ? s'exclama-t-elle. Jamais je n'aurais cru cela de toi... C'est la chose la plus gentille que l'on ait jamais faite pour moi, tu sais.

L'éclair de culpabilité qui passa dans les yeux de Reed n'échappa pas à la jeune femme et elle réalisa ce qui s'était réellement passé.

— Tu pensais que j'étais avec quelqu'un d'autre, murmura-t-elle, sentant son plaisir refluer brusquement pour laisser place au désespoir. Tu pensais que je passais la nuit avec un autre homme et tu es venu t'en assurer, n'est-ce pas ?

Une sensation nauséeuse la submergea.

— Je suis désolée de te décevoir, ajouta-t-elle en désignant son lit vide.

Ses yeux commençaient déjà à se remplir de larmes et Reed fit un pas vers elle.

— Je t'en prie, Maddy, plaida-t-il. Ce n'est pas ce

que tu crois… Enfin, peut-être en partie. Mais, de toute façon, c'était ton droit le plus strict…

— Mon droit ? répéta-t-elle, comme sonnée.

Elle s'assit au bord du lit, incapable de dominer les sanglots qui la secouaient à présent.

— Va-t'en, Reed ! lui dit-elle. Maintenant que tu as satisfait ta curiosité, fiche le camp. J'ai besoin de dormir.

— Je sais, acquiesça-t-il en s'asseyant auprès d'elle. C'est pour cela que je me suis posé des questions en voyant que tu ne rentrais pas… Et je reconnais que je me suis fait des idées. C'était idiot de ma part, Maddy. Je n'ai aucun droit sur toi.

— Tu n'es qu'un imbécile.

— Je sais cela aussi. Mais laisse-moi au moins t'expliquer ce que j'ai ressenti. J'ai commencé par te soupçonner et c'est sans doute impardonnable. Mais, ensuite, je me suis demandé s'il ne t'était pas arrivé quelque chose de plus grave. Et c'est seulement à ce moment-là que j'ai décidé de venir.

— C'est ridicule, protesta la jeune femme. Qu'aurait-il bien pu m'arriver ?

— N'importe quoi… En tout cas, je voulais être certain que tu allais bien.

La colère de la jeune femme refluait lentement, remplacée par une profonde incertitude.

— Et que comptes-tu faire, maintenant que tu t'en es assuré ? lui demanda-t-elle.

— Cela dépend de toi, je suppose.

— Non. Cette fois, c'est à toi de me dire ce que tu attends de moi. Regarde-moi dans les yeux et dis-moi ce que tu veux.

— C'est toi que je veux, Maddy. Je veux rester avec toi. Pas pour faire l'amour, juste pour être là…

La jeune femme hésita. Elle aurait pu se draper dans sa dignité, l'accuser d'être un véritable paranoïaque et le repousser. Mais elle leur aurait fait du mal à tous les deux et, au fond, ce n'était pas ce qu'elle voulait.

— Tu veux dire que tu n'as pas envie de faire l'amour avec moi ? demanda-t-elle en souriant.

— Oh, si ! s'exclama-t-il avec passion. J'en ai envie jour et nuit. Je ne cesse de penser à toi, Maddy. C'est devenu une véritable obsession. Mais je sais que la première de ta pièce a lieu demain et que tu as besoin de sommeil.

— Je vois. Monsieur a peur pour son investissement, répondit-elle en riant.

Lentement, elle commença à détacher les boutons de sa chemise, révélant son torse qu'elle couvrit de petits baisers.

— Oui, lui dit alors Reed. J'ai peur pour toi, Maddy...

— Tu n'as pas à avoir peur. Fais-moi confiance. Au moins pour cette nuit...

11

Le lendemain matin, Maddy s'accorda une grasse matinée. Lorsqu'elle se leva enfin, vers 11 heures, elle se sentait pleine d'énergie, capable d'affronter toutes les difficultés de l'existence. Dans quelques heures, songea-t-elle, le moment tant attendu arriverait enfin.

Reed et elle commandèrent un petit déjeuner qu'ils prirent dans leur chambre. Puis, lorsqu'ils se furent douchés et habillés, la jeune femme insista pour qu'il l'accompagne jusqu'au théâtre. Ils prirent donc la BMW de Reed qui était infiniment plus confortable que la petite Jeep louée par Maddy.

— Je croyais que tu ne devais y être que tard dans l'après-midi, remarqua Reed tandis qu'ils progressaient lentement au sein de la circulation très dense du centre-ville.

— C'est aujourd'hui que tout se joue, répondit-elle.

— Ce soir, tu veux dire ?

— Pendant toute la journée. Les techniciens vont installer les lumières, le décor et les accessoires. Ils vont vérifier le système de sonorisation et effectuer la balance. S'ils commettent la moindre erreur, le spectacle en pâtira. Tourne à droite…

Reed s'exécuta et ils se retrouvèrent dans la grande avenue qui menait au théâtre.

— Je ne savais pas que les acteurs étaient concernés

par l'aspect technique de la production, remarqua Reed, surpris.

— J'aime bien assister à la préparation, répondit Maddy tandis qu'ils pénétraient dans le parking du théâtre. C'est comme prendre la température de l'eau avant de plonger. Cela m'aide à trouver mes marques, à mieux me représenter la scène et la salle… Il y a une place juste là, ajouta-t-elle en désignant un étroit espace libre. Tu crois que la voiture tiendra ?

— Sans problème, affirma Reed avant de manœuvrer habilement.

— Génial ! s'exclama la jeune femme avec fougue. Tu sais, je suis vraiment heureuse que tu sois venu, Reed !

— Tu me l'as déjà dit une bonne dizaine de fois depuis que j'ai ouvert les yeux, remarqua-t-il en riant. Je crois que j'aurais mieux fait de te convaincre de rester au lit et de te reposer. Tu es survoltée.

— C'est toujours le cas, les jours de première. Si j'étais détendue, ce serait mauvais signe… En tout cas, je suis contente que tu aies l'occasion de voir par toi-même ce dans quoi tu as investi tant d'argent. Je sais que tu t'intéresses plus à la production qu'au résultat final, et c'est l'occasion inespérée de voir comment fonctionne une comédie musicale.

Amusé par l'enthousiasme de la jeune femme, Reed la suivit à l'intérieur du bâtiment. Elle adressa un petit signe de la main à l'agent de sécurité avant de s'engouffrer dans l'un des couloirs réservés au personnel. Reed perçut le son étouffé d'une scie électrique et de plusieurs voix.

Puis Maddy poussa une double porte et ils découvrirent la grande salle du théâtre. De nombreuses personnes s'activaient un peu partout, certaines donnant des ordres et d'autres les exécutant dans ce qui semblait être à Reed une confusion totale.

A les voir, il n'aurait jamais pu imaginer que le lever

de rideau n'aurait lieu que quelques heures plus tard. Il avisa même un groupe de machinistes qui buvaient tranquillement le café en échangeant des plaisanteries.

Sur la scène, un homme équipé d'un talkie-walkie faisait de grands gestes en direction d'une des cabines de la régie. Un rond de lumière apparut et il traversa la scène, suivi par le projecteur.

— C'est le chef éclairagiste, précisa Maddy en suivant le regard de Reed. Tu as déjà dû le rencontrer.

— Brièvement, en effet.

— Il doit régler un par un les projecteurs et les poursuites, expliqua la jeune femme. Bien sûr, il ne s'occupe que des lumières de l'avant-scène. C'est son assistant qui se chargera des autres.

— Combien de projecteurs y a-t-il ?

— Des dizaines.

— Et la pièce commence à 20 heures ! N'auraient-ils pas mieux fait de s'en occuper avant ?

— Ils ne pouvaient pas. Jusqu'à hier soir, la scène était utilisée par une autre troupe. Mais ne t'en fais pas ! Il a l'habitude. Quoi qu'il arrive, le spectacle commencera à 20 heures.

Reed hocha la tête et se détourna. Partout, il apercevait des caisses métalliques dans lesquelles étaient enroulées des centaines de mètres de câbles. Que quelqu'un puisse les distinguer les uns des autres lui paraissait relever du miracle.

— Viens, lui dit Maddy en le tirant par la manche. Je vais te montrer l'étage supérieur. C'est là que c'est le plus intéressant.

Maddy traversa la salle et le conduisit sur la scène par une petite volée de marches. De là, ils passèrent en coulisses. Reed la suivit, évitant précautionneusement les rouleaux de câbles, les échelles et les boîtes contenant divers accessoires. Des dizaines de fils électriques et de cordes pendaient du plafond.

— Mademoiselle O'Hurley ! s'exclama un des techniciens qui était occupé à fixer un boîtier électrique. Vous avez une mine superbe !

— C'est gentil, Paul. Tâchez de me faire une belle lumière pour que les spectateurs s'en rendent compte.

— Ne vous en faites pas. Tout sera parfait !

Ils poursuivirent leur chemin jusqu'à un escalier qui s'enfonçait dans les profondeurs du théâtre.

— C'est le seul moyen de passer d'un bord à l'autre de la scène, expliqua Maddy.

— Est-ce que ce sera mieux rangé pendant les représentations ? demanda Reed, curieux.

— Ce sera encore pire. Bienvenue dans le petit monde du théâtre ! C'est par-là...

Après avoir suivi un étroit couloir qui courait sous la scène, ils montèrent l'escalier qui permettait d'accéder de l'autre côté. Là, d'autres cordes pendaient de toute part, certaines supportant de lourds sacs de sable. Reed avait l'impression de se trouver sur un bateau et il commençait à se demander s'il y avait à bord un capitaine capable de les sortir de la tempête qui faisait rage.

Dans un coin était dressée une petite table couverte de papiers maintenus en place par un cendrier qui débordait de mégots. Une odeur de cigarette et de sueur flottait dans l'atmosphère confinée.

— C'est d'ici qu'on manipule tous les éléments de décor, lui indiqua Maddy. Chacune de ces cordes permet de déplacer un rideau ou une partie du décor. Tout fonctionne par un système de contrepoids.

— D'où les sacs de sable ?

— Exactement. Imagine que le rideau à lui seul pèse plus de deux cent cinquante kilos !

— Incroyable... Mais comment font-ils pour savoir quelle corde correspond à ce qu'il faut déplacer ?

— Il y a des étiquettes sur chacune d'entre elles mais le plus rapide, c'est de tout apprendre par cœur. De cette façon, ils ne perdent pas de temps. Entre les actes, cela devient vital.

— Comment se fait-il que tu saches tout cela ?

— J'ai passé presque toute ma vie dans des théâtres, lui rappela-t-elle. Suis-moi !

Elle s'enfonça dans la forêt de cordages et Reed lui emboîta le pas, de plus en plus sidéré par ce qu'il découvrait. Maddy emprunta un nouvel escalier, les menant à une passerelle située au-dessus de la scène. Là étaient installées des rangées de projecteurs. Un technicien se trouvait près de l'un d'eux et en réglait l'intensité au moyen de gélatines de couleur.

— Il prépare l'éclairage de l'endroit où je me tiendrai dans la scène trois de l'acte un.

— Si je ne te connaissais pas, je dirais que tu es nerveuse, remarqua Reed.

— Pas seulement nerveuse, corrigea-t-elle. Je suis terrifiée...

— Je ne comprends pas. Tu sais très bien ce dont tu es capable, pourtant.

— Je sais ce que j'ai déjà fait, acquiesça-t-elle. Mais je n'ai encore jamais joué cette pièce-ci et, en ce moment, c'est la seule qui compte. Ce soir, lorsque le rideau se lèvera, ce sera exactement comme si je dansais pour la première fois. Oh, regarde ! ajouta-t-elle en désignant les tribunes. C'est ton père. Il discute avec le directeur du théâtre. Tu devrais peut-être les rejoindre.

— Je préfère rester avec toi, répondit Reed.

Réalisant ce qu'il venait de dire, il frissonna malgré lui. Depuis qu'il avait rejoint Maddy à Philadelphie, il avait effectivement l'impression que sa place était à ses côtés. De jour en jour, la jeune femme prenait une place plus importante dans sa vie. Et cette idée l'effrayait.

— Tiens, voilà ma famille, remarqua alors Maddy qui était toujours accoudée à la passerelle.

Elle passa un bras autour de la taille de Reed, et il se raidit. Le naturel avec lequel elle avait accompli ce geste lui confirmait encore à quel point tous deux étaient devenus proches.

Et chaque minute passée en sa compagnie contribuait à renforcer ce lien. Combien de temps s'écoulerait-il encore avant que leurs vies soient si intimement intriquées que toute séparation soit impossible ?

— Tu vois l'homme très mince qui discute avec l'un des charpentiers ? lui demanda alors Maddy, le tirant de ses sombres réflexions. C'est mon père ! Il serait parfaitement capable de superviser tous les aspects techniques du spectacle : les lumières, les accessoires, les décors... En fait, il pourrait probablement diriger ou régler la chorégraphie mais cela ne l'a jamais tenté. Il n'a jamais pu vivre loin des feux de la rampe.

Dans la voix de Maddy, Reed percevait le même mélange d'amour et d'admiration que lui inspirait son propre père.

— Tel père, telle fille, on dirait...

— J'espère que c'est vrai. Les gens disent souvent que je lui ressemble. Tiens, regarde la femme qui se tient à sa gauche. C'est ma mère. Et à côté d'elle, le petit garçon est mon neveu, Chris. Hier, il a décidé qu'il voulait devenir éclairagiste parce qu'ils ont le droit d'utiliser l'ascenseur qui mène à la passerelle. Derrière, c'est ma sœur, Abby.

Reed plissa les yeux, détaillant la jeune femme aux cheveux blonds que Maddy venait de lui indiquer. Il se dégageait d'elle une étonnante impression de calme et de sérénité, au milieu du chaos qui régnait dans le théâtre.

Elle posa alors la main sur l'épaule d'un autre garçon et désigna la partie des gradins la plus proche de la scène.

— Je suppose qu'elle lui montre où ils seront assis, ce soir. Mais je crois qu'il est beaucoup plus excité à l'idée de visiter New York. Dylan doit y rencontrer son éditeur et il compte les emmener là-bas.

Reed reconnut l'écrivain avec lequel il avait travaillé. Il discutait avec Chris et finit par le hisser sur ses épaules. L'enfant poussa un petit cri de joie qui résonna à travers la salle.

— Ce sont des enfants adorables, murmura Maddy.

Elle s'interrompit aussitôt, avisant le regard de Reed. Mieux valait ne pas aborder le sujet devant un homme que toute forme d'engagement paraissait rebuter, songea-t-elle avec une pointe de résignation.

— Allons leur dire bonjour, reprit-elle pour faire diversion.

Comme ils regagnaient la scène, les techniciens firent lentement descendre un rideau constitué de milliers de perles multicolores qui renvoyaient la lumière des projecteurs en faisceaux chatoyants, presque hypnotiques.

— Ça en jette, n'est-ce pas ? dit-elle en riant.

— C'est le moins qu'on puisse dire.

— Il sert pendant la scène du rêve, expliqua-t-elle. Lorsque j'imagine que je suis ballerine et non strip-teaseuse et que je me jette dans les bras de Jonathan… Je suppose que c'est toute la beauté du théâtre : on peut même y réaliser ses rêves.

Comme ils approchaient du petit groupe, Maddy entendit la voix de son père.

— Valentine ! s'exclamait-il en serrant avec effusion la main d'Edwin. Si j'avais su que nous nous retrouverions en un jour comme celui-là ! Ma fille m'a dit que c'était vous la fée qui s'était penchée sur le berceau de cette pièce.

Avec un sourire ravi, Frank assena une claque sur l'épaule du père de Reed.

— Ça fait un bail, pas vrai ?

— Trop longtemps ! s'exclama Edwin en riant. Beaucoup trop longtemps ! Mais vous n'avez pas pris une ride.

— Ce doit être l'âge qui fait baisser votre vue.

— Molly ! fit Edwin en embrassant la mère de Maddy. Vous êtes toujours aussi radieuse.

— Tu vois que ses yeux vont parfaitement bien, Frank, déclara Molly en lui rendant son étreinte. Je suis vraiment heureuse de vous revoir.

— Vous savez que je n'ai jamais pu oublier ces nuits que j'ai passées dans votre chambre d'hôtel, Frank… Je repense souvent à vous et à votre femme et j'avoue qu'il m'est arrivé de vous envier.

— Allons, Edwin. J'ai cru comprendre que la vie ne vous avait pas si mal traité. Mais, dites-moi, est-ce que vous vous souvenez d'Abby ?

— Vous êtes donc l'une des sœurs de Maddy, s'exclama Edwin en l'embrassant à son tour. Mon Dieu, quand je pense que vous étiez si petite…

En riant, Abby s'effaça pour présenter Dylan.

— Dylan, voici M. Valentine, un vieil ami de mes parents. Edwin, voici Dylan Crosby, mon époux.

— Crosby ? J'ai lu plusieurs de vos ouvrages. Je crois que vous avez travaillé avec mon fils.

— Effectivement. Mais je pense que vous n'étiez pas à New York, à cette époque, et nous ne nous sommes jamais croisés.

— Je suppose que ce sont vos enfants, remarqua Edwin avant de se pencher vers les deux garçons. Comment allez-vous ? ajouta-t-il en leur serrant la main chacun à leur tour. Vous voyez, Frank ? Ceci prouve une nouvelle fois que vous êtes l'homme le plus heureux du monde.

— Et ce n'est pas fini ! Abby sera de nouveau maman, l'hiver prochain.

— Félicitations ! En tout cas, vous serez tous les bienvenus à ma table si vous n'avez rien de prévu après le spectacle.

— Nous sommes des O'Hurley, affirma joyeusement Frank. Aucun de nos plans ne saurait être immuable. Mais puisque vous avez fait connaissance avec toute la famille, dites-moi comment se porte votre fils, Edwin.

— Il va bien... Tenez, le voilà justement, avec votre fille.

Frank se retourna et avisa effectivement Maddy qui tenait par la main un homme de haute stature et à l'élégante prestance. Dans les yeux de sa fille, il perçut un mélange de douceur, de joie et d'inquiétude. Il avait trop d'expérience pour ne pas deviner instantanément ce que cela signifiait.

Molly dut le sentir également et glissa sa main dans la sienne, comme pour atténuer la mélancolie qui l'envahissait. Pendant qu'Edwin faisait les présentations, Frank ne quitta pas Reed des yeux. S'il était l'homme que Maddy avait choisi, il devait s'assurer qu'elle n'était pas en train de commettre une erreur.

— Vous êtes donc le nouveau gérant de Valentine Records, lui dit-il lorsqu'ils se furent serré la main. J'ai entendu dire que vous vous en sortiez plutôt bien.

— J'aime à le penser.

Reed observa l'homme qui se tenait devant lui. De petite taille, il était mince et nerveux. Rien ne paraissait échapper à son regard bleu et perçant. Il ne ressemblait guère à Maddy mais Reed crut percevoir en lui quelque chose de familier. Il avait presque l'impression de le connaître déjà.

— Diriger une compagnie de cette envergure requiert beaucoup d'habileté, reprit Frank. Et un investissement de tous les instants, je suppose. Vous n'êtes pas marié, n'est-ce pas ?

Reed ne put s'empêcher de sourire. Visiblement, Frank avait deviné qu'il existait quelque chose entre Maddy et lui et entendait le sonder.

— Non, répondit-il.

— Vous ne l'avez jamais été ?

— Papa, est-ce que je t'ai dit qu'ils avaient changé l'une des transitions du spectacle ? intervint Maddy.

Elle l'entraîna à part, hors de portée de voix.

— Mais qu'est-ce que tu fabriques ? s'exclama-t-elle alors.

— Je ne vois pas de quoi tu parles, ma chérie, répondit Frank avec un sourire faussement innocent. Tu sais que tu es splendide !

— Ce genre de flatterie ne suffira pas à faire diversion ! protesta-t-elle. Arrête de le passer au gril de cette façon, papa. Ce n'est pas très discret.

— Je te rappelle que tu es ma fille, Maddy. Et, qu'à ce titre, j'ai parfaitement le droit de veiller sur toi lorsque je suis dans les parages.

— Papa…, soupira Maddy. Dis-moi, penses-tu m'avoir bien élevée ?

— Comment peux-tu me poser la question ?

— Dirais-tu que je suis une femme raisonnable et responsable ?

— Evidemment ! Et je suis prêt à corriger le premier qui prétendra le contraire.

— Bien, acquiesça-t-elle. Alors fiche-moi la paix et laisse-moi m'occuper de mes affaires.

Sur ce, elle déposa un petit baiser sur la joue de son père et rejoignit les autres.

— Je sais que vous avez tous des choses à faire, cet après-midi, déclara-t-elle. Alors je vais vous laisser et aller répéter quelques enchaînements.

Maddy commença par s'échauffer soigneusement. Elle ne pouvait se permettre une blessure le jour même de la première. Procédant avec méthode, elle étira donc chacun de ses muscles. Elle était seule dans la salle de répétition et les bruits qui lui parvenaient de l'extérieur étaient étouffés.

Elle reconnut le ronronnement de la machine à laver dans la salle de la costumière, le bruit de la porte du Frigidaire de la petite cuisine réservée aux techniciens et les voix de deux éclairagistes qui discutaient dans le couloir. Faisant abstraction de ces sons, elle se concentra sur les miroirs qui lui faisaient face.

C'était Macke qui avait eu l'idée d'introduire la séquence du rêve dans la pièce et de la chorégraphier comme un ballet classique. Lorsque Maddy l'avait appris, elle était allée le trouver et lui avait avoué qu'elle n'avait pas pratiqué ce style depuis plus de six mois.

Il s'était contenté de lui répondre que ce n'était pas son problème et qu'elle n'avait qu'à s'entraîner. Elle avait donc pris le chorégraphe au mot et s'était inscrite à un cours de danse classique pour travailler ses pointes.

Cela avait singulièrement alourdi son emploi du temps déjà surchargé mais elle espérait qu'aujourd'hui, elle en tirerait profit. Bien sûr, elle avait répété des centaines de fois ce passage mais c'était toujours celui qui la faisait douter et qu'elle n'était pas certaine de maîtriser à la perfection.

Pourtant, elle n'aurait pas droit à l'erreur. Pendant quatre interminables minutes, elle serait seule sur scène, éclairée par le rideau de perles multicolores, exposée à tous les regards...

Maddy glissa le disque dans la platine et enclencha la touche de lecture. Elle se plaça devant les miroirs et attendit que la musique commence, les mains posées sur ses épaules.

Lorsque les premières notes se firent entendre, elle se dressa lentement en pointes et s'élança.

Pirouette.

Elle était Mary, à présent, plongée dans son rêve.

Jeté, bras étendus.

Il fallait que chacun de ses gestes paraisse détendu, comme si elle flottait. Ni la tension de ses muscles ni la fatigue ne devraient être perceptibles. Elle était à présent une illusion. Fluide comme de l'eau…

Tour fouetté.

Tour fouetté.

Grand battement.

Arabesque.

A ce moment, Jonathan était censé la rejoindre pour entamer un pas de deux.

La jeune femme se détendit, laissant ses bras retomber lentement le long de son corps et ses muscles se détendre. Elle ne pouvait aller plus loin sans partenaire. Se dirigeant vers la chaîne, elle coupa la musique et se prépara à recommencer.

— Je ne t'avais jamais vue danser comme ça, fit une voix derrière elle.

La jeune femme se retourna brusquement, découvrant Reed qui se tenait sur le seuil.

— Ce n'est pas trop mon style, acquiesça-t-elle. Je ne savais pas que tu étais toujours là.

— Franchement, tu ne cesses de me surprendre, déclara Reed. Si je ne te connaissais pas, je jurerais que je suis tombée sur une ballerine en train de répéter un ballet.

— Tu exagères ! protesta-t-elle en riant. Entre quelques mouvements de danse classique et le *Lac des Cygnes*, il y a un monde.

— Mais je suis sûr que tu serais capable de l'interpréter si tu le voulais vraiment.

Reed prit la serviette que la jeune femme avait posée sur la barre et lui épongea doucement le visage.

— Je n'en suis pas certaine. Je n'ai pas la discipline nécessaire. Je crois que je serais bien capable de me lancer dans un solo de claquettes au beau milieu de *La Belle au bois dormant*.

— Tant pis ! Le malheur de la danse classique fait le bonheur de Broadway.

— Continue à me remonter le moral. J'en ai vraiment besoin.

— Maddy, le spectacle commence dans deux heures. Si tu continues, tu seras épuisée avant même le lever de rideau.

— Aujourd'hui, je crois que j'ai assez d'énergie pour enchaîner trois spectacles de suite.

— Est-ce que tu comptes manger quelque chose ?

— J'ai entendu dire que les techniciens avaient préparé un goulasch. J'en prendrai un peu vers 16 ou 17 heures.

— Je voulais te proposer un bon dîner au restaurant…

— Je suis vraiment désolée, Reed, mais ce n'est pas possible. Pas avant une première. Par contre, si tu veux, nous pourrions aller souper après la pièce.

— C'est d'accord, acquiesça-t-il en lui prenant les mains.

Elles étaient glacées, et il fronça les sourcils.

— Maddy, es-tu vraiment toujours aussi tendue avant une première ?

— Toujours.

— Même si tu sais que le spectacle fera un tabac ?

— Seulement si je suis à la hauteur. Et, pour cela, il faut que je travaille dur et que je reste concentrée. Rien de ce qui vaut vraiment la peine ne peut s'obtenir facilement.

— Sans doute pas, concéda Reed.

Il savait pertinemment qu'elle ne parlait plus simplement de théâtre.

— Tu crois vraiment qu'en travaillant suffisamment dur et en croyant suffisamment fort à quelque chose, on obtient toujours ce que l'on veut ?

— Oui.

— Et c'est valable pour nous deux ?

— Oui.

— Même si toutes les chances sont contre nous ?

— Ce n'est pas une question de chance, Reed. Mais de personnes…

Reed resta silencieux, partagé entre l'espoir qu'elle lui faisait miroiter et la peur qui l'habitait toujours.

— J'aimerais être aussi optimiste que toi, soupira-t-il. J'aimerais pouvoir croire aux miracles.

— Moi aussi, murmura la jeune femme, sentant une profonde tristesse l'envahir.

Durant quelques instants, elle avait presque cru qu'il avait compris…

— Le mariage est une chose importante pour toi, n'est-ce pas ?

— Oui. Parce qu'il symbolise l'engagement de deux êtres qui veulent vivre ensemble. J'ai été élevée dans cette conviction et je la partage. Mais le mariage n'est pas une fin en soi : c'est le commencement d'une aventure.

— Ce n'est qu'un contrat, articula Reed plus pour lui-même que pour elle. Un simple morceau de papier qui ne lie pas vraiment ceux qui le signent. Si c'est important pour toi, je suis prêt à le faire…

Sidérée, Maddy le contempla sans comprendre. Etait-il en train de la demander en mariage ?

— Qu'est-ce que tu dis ? demanda-t-elle.

— Que je suis prêt à me marier avec toi. Nous obtiendrons une licence, signerons les papiers et remplirons les formalités nécessaires…

— Les formalités ? répéta-t-elle à mi-voix. Une licence ? C'est donc tout ce que cela représente, pour toi ?

— C'est juste un contrat, répéta-t-il comme pour s'en convaincre. Je ne sais pas exactement ce que dit la loi à ce sujet mais je suppose que nous pourrions rentrer à New York lundi pour nous en occuper. Tu seras de retour pour la représentation de mardi…

— Et, de cette façon, nous éviterons de chambouler nos emplois du temps, ajouta-t-elle avec une pointe de cynisme. Ecoute, Reed, j'apprécie vraiment ton offre mais je crois que je vais la décliner.

Sur ce, elle appuya sur le bouton de lecture et la musique reprit au commencement.

— Qu'est-ce que tu racontes ? protesta Reed en la prenant par le bras avant qu'elle n'ait pu se mettre en position.

— Que je ne suis pas intéressée par ta proposition. Maintenant, excuse-moi mais je dois travailler.

Elle avait parlé d'une voix glaciale et Reed sentit son angoisse monter d'un cran.

— Mais tu voulais te marier et je suis d'accord, s'exclama-t-il. Que te faut-il de plus ?

Maddy lui fit face, les yeux brillant de colère.

— Il me faut beaucoup plus que cela, articula-t-elle. Bien plus que ce que tu n'es prêt à me donner, apparemment. Je ne veux pas d'un bout de papier. Je ne veux pas d'un mariage accordé du bout des lèvres comme on jette un os à un chien trop gourmand ! Je n'ai pas besoin de tes faveurs, Reed. Alors va te faire voir une bonne fois pour toutes !

— Mais je ne voulais pas…

— Je sais très bien ce que tu veux, l'interrompit-elle violemment. Je ne le sais que trop. Tu te dis que le mariage n'est qu'un contrat et qu'en cas de besoin, tu pourras toujours te dédire. Qui sait ? Tu voudras peut-être même rajouter une clause de sauvegarde pour être certain que, si les choses commencent à sentir le vinaigre, nous pourrons nous séparer sans attendre. Ce n'est pas un mariage, c'est une farce ! Et je n'en veux pas !

— Maddy, plaida-t-il, je t'assure que je n'avais pas réfléchi à la question avant de venir te voir. Cela m'est venu comme ça... Dis-moi ce que tu veux. Si je dois mettre un genou à terre ou t'offrir une bague pour que tu acceptes, je le ferai.

— Je suis fatiguée de t'expliquer sans cesse ce que je veux, Reed, soupira-t-elle d'un air distant. Tâche plutôt de te demander ce que toi, tu veux. Ce que tu attends de la vie... Mais maintenant, laisse-moi tranquille. Je dois monter sur scène dans quelques heures et tu m'as déjà rendu les choses déjà bien assez difficiles comme cela.

Sur ce, Maddy revint au début du morceau et commença à danser. Lorsque Reed finit par quitter la pièce, elle ne s'arrêta pas, malgré les larmes qui coulaient le long de ses joues et brouillaient sa vision.

12

Lorsque Reed redescendit, il croisa son père.

— Je viens de parler avec le régisseur, annonça Edwin. Il m'a dit que toutes les places étaient vendues. La salle sera comble, ce soir. Et, apparemment, il ne reste plus beaucoup de tickets pour le reste de la semaine. Je voulais le dire à Maddy pour lui donner le moral. Elle est toujours là-haut ?

— Oui, répondit Reed en s'efforçant de dissimuler le mélange de frustration et de détresse qui l'habitait en cet instant. Mais laisse-lui un peu de temps. Elle travaille un enchaînement.

— Je vois. Suis-moi.

Edwin gagna le bureau désert du régisseur et Reed le suivit. Lorsqu'ils furent à l'intérieur, son père referma la porte derrière eux.

— Autrefois, lorsque tu avais des ennuis, tu venais toujours m'en parler, dit-il gravement.

— J'ai atteint un âge où il vaut mieux savoir résoudre seul ses propres problèmes, répondit Reed d'un air sombre.

— C'est vrai. Mais cela ne veut pas dire pour autant que tu doives les garder pour toi…

Edwin alluma un cigare et attendit patiemment que son fils se décide.

— J'ai demandé Maddy en mariage.

Un large sourire éclaira le visage de son père.

— Attends, l'arrêta Reed. Les choses ne se sont pas passées exactement comme tu as l'air de le croire. Elle a refusé tout net.

— Maddy a refusé ? s'exclama Edwin, incrédule. Je ne comprends pas…

— Je lui ai demandé quand elle voulait signer les papiers et régler toutes les formalités mais elle a décliné ma proposition.

— Les papiers ? Les formalités ? C'est vraiment comme cela que tu as formulé les choses ?

— C'est elle qui veut ce mariage ! s'emporta Reed. Je pensais que cela lui ferait plaisir…

— Oh, Reed ! On ne se marie pas pour faire plaisir à quelqu'un. Et si tu ne considères cette cérémonie que comme un vulgaire contrat, il n'est pas étonnant que Maddy t'ait envoyé paître…

— Tu as raison, soupira son fils. D'ailleurs, c'est peut-être mieux ainsi. Je ne sais vraiment pas pourquoi j'ai soulevé la question…

— C'est peut-être parce que tu l'aimes, suggéra Edwin.

— L'amour est un mot. Un mot qui fait vendre des cartes postales, des livres et des comédies romantiques…

— Si je pensais vraiment que tu crois à ce que tu viens de dire, je considérerais l'éducation que je t'ai donnée comme un complet désastre…

— Ce n'est pas vrai ! protesta Reed. Tu n'as rien à te reprocher.

— Au contraire. Je suis partiellement responsable de l'échec de mon mariage et c'est justement cela qui t'a donné une si mauvaise image de cette institution.

— Qu'est-ce que tu racontes ?

— La vérité… Je sais que tu es convaincu que ta mère a tous les torts mais tu te trompes. Pour de nombreuses raisons, nous n'en avons jamais vraiment discuté. Tu ne voulais pas entendre ce que j'avais à te dire. J'avais honte d'assumer ma part de responsabilité dans cette triste histoire. Et je ne voulais pas raviver d'anciennes blessures... Mais il est grand temps que je te dise comment les choses se sont vraiment passées.

Edwin écrasa son cigare dans le cendrier et prit une profonde inspiration.

— J'ai épousé ta mère en sachant pertinemment qu'elle ne m'aimait pas, reprit-il enfin. Je pensais pouvoir la garder parce que je détenais ce qu'elle désirait le plus : le moyen d'asseoir sa carrière, de devenir une star... Mais plus le temps passait et plus elle se sentait piégée dans un mariage dont elle n'avait jamais vraiment voulu. Lorsque nous nous sommes enfin séparés, c'était autant ma faute que la sienne.

— C'est faux !

— Non, c'est vrai, hélas... Un mariage se réussit ou se rate à deux, Reed. Il ne s'agit pas d'un simple contrat, d'un vulgaire arrangement. Aucune des deux parties ne doit se sentir lésée.

— Pourquoi est-ce que tu me dis tout cela précisément aujourd'hui ?

— Je crois que tu le sais très bien. Parce que Maddy et toi, vous êtes faits l'un pour l'autre.

Reed se figea et, pendant ce qui sembla une éternité, resta silencieux, réfléchissant à ce que venait de lui dire son père. Se pouvait-il qu'il ait raison ? Que Maddy et lui soient, d'une certaine façon, destinés l'un à l'autre ? Cela expliquerait au moins pourquoi, malgré les efforts qu'il avait faits, Reed n'avait jamais réussi à chasser la jeune femme de son esprit...

— Ta mère ne m'aimait pas, reprit Edwin. Et elle ne t'aimait pas non plus. Je le regrette profondément mais c'est ainsi. L'amour n'est pas quelque chose que l'on trouve simplement en donnant naissance à un enfant. Ni parce qu'on le considère comme un devoir. C'est quelque chose qui vient du cœur.

— Mais elle t'a trahi, articula Reed.

— Oui. Mais c'est grâce à elle que tu es là. Je lui dois mon fils et je ne pourrai jamais me résoudre à la haïr. Il est temps que toi aussi, tu cesses de laisser ce qu'elle a fait régenter ta vie.

— Mais je pourrais très bien être comme elle, remarqua Reed.

— C'est donc cela qui te fait peur ?

— Oui. Je pourrais lui ressembler. A elle ou à ce père génétique que je ne connais même pas…

— Est-ce que tu voudrais savoir qui il était ?

— Non. Ils ne représentent rien pour moi. Sauf que leur sang coule dans mes veines et que j'ignore ce qu'ils ont pu me transmettre…

— Personne ne peut connaître ce dont il a hérité de ses parents, répondit gravement Edwin. Mais la question n'est pas de savoir d'où nous venons mais ce que nous faisons de nos vies et des chances qui nous sont offertes. Si je ne croyais pas en cela, tu ne serais jamais devenu mon fils. Mais je suis convaincu que les trente-cinq ans que nous avons passés ensemble sont plus importants que l'identité génétique de ta mère ou de ton père biologique…

— Je sais, mais…

— Il n'y a pas de « mais ».

— Si… Je veux bien admettre que je suis amoureux de Maddy, reconnut-il enfin. Mais comment puis-je savoir si ce sera encore le cas le mois prochain, l'année prochaine ou dans dix ans ? Comment puis-je m'engager pour le reste de ma vie ? Cela n'a pas de sens…

— J'ai bien peur qu'il ne s'agisse d'une autre chose dont tu ne seras jamais certain, Reed. Aimer, c'est toujours prendre un risque. Il est toujours possible que tes sentiments ou ceux de l'autre se fanent et dépérissent.

C'est pour cette raison qu'il faut toujours en prendre soin, qu'il faut sans cesse faire des efforts et ne jamais les considérer comme acquis. Mais si tu aimes vraiment quelqu'un, ton amour te donne la force d'entretenir la flamme.

— Et si je n'y parviens pas ? Si je la fais souffrir ? Elle est ce qui m'est arrivé de mieux dans la vie et, si je lui faisais du mal, je ne me le pardonnerais jamais.

— Je suppose que tu ne lui as pas dit tout cela lorsque tu lui as proposé le mariage, remarqua Edwin.

— Non, soupira son fils en baissant la tête. Je m'y suis pris n'importe comment...

— Ne t'en fais pas. Il vaut mieux être un peu trop têtu que s'engager à la légère.

— Dans ce cas, tu peux dormir tranquille, ironisa Reed. J'ai fait preuve de tellement d'entêtement que j'ai repoussé la femme que j'aimais plutôt que de m'avouer mes propres sentiments.

Edwin sourit et lui adressa un clin d'œil.

— Je vais te dire une chose, mon garçon. Jamais mon fils ne laisserait une femme comme Maddy O'Hurley lui échapper simplement parce qu'il pense ne pas être assez bien pour elle.

— On dirait un défi, remarqua Reed en souriant malgré lui.

— Et c'en est un ! Peut-être le plus important que tu aies jamais relevé de toute ton existence. En attendant, pourquoi ne m'offrirais-tu pas un verre au bar du théâtre. Toutes ces discussions m'ont asséché le gosier !

Vêtue d'une robe de chambre qui avait connu des jours meilleurs, les cheveux tirés en arrière par un large bandeau, Maddy était assise dans sa loge, devant son miroir. Elle ajusta ses faux cils et s'observa attentivement. Satisfaite, elle jugea qu'elle avait plutôt réussi son maquillage. Il soulignait habilement les atouts de son visage tout en le transformant. Ses lèvres paraissaient plus pulpeuses, ses yeux plus fendus et ses joues plus creusées.

Elle avait pris soin de se farder un peu plus que nécessaire, jugeant que Mary n'aurait pas hésité à en faire trop. Après tout, elle incarnait une stripteaseuse, pas une femme du monde.

Lorsqu'elle eut parachevé son œuvre de quelques coups de pinceaux et de brosse, la jeune femme ôta son bandeau et attacha ses cheveux à l'aide d'épingles. Elle ne mettrait sa perruque qu'au tout dernier moment.

En attendant, elle allait devoir affronter la période la plus stressante de la vie d'une danseuse : les ultimes minutes qui la séparaient encore du lever de rideau. Respirant profondément, la jeune femme s'efforça de chasser la boule qui commençait à se former dans son ventre.

Pour faire diversion, elle se força à penser à Reed. Le fait qu'il l'ait demandée en mariage l'avait prise complètement au dépourvu. Hélas, la façon dont il l'avait fait avait anéanti les derniers espoirs qu'elle entretenait encore à son sujet.

Jusqu'alors, elle avait secrètement espéré qu'il finirait par réaliser qu'ils étaient faits l'un pour l'autre. Elle avait été convaincue qu'avec le temps, il parviendrait à dépasser ses angoisses, à dompter cette méfiance instinctive que lui inspiraient ses propres sentiments.

Mais elle comprenait aujourd'hui que ce mal était ancré bien trop profondément en lui. La trahison de sa mère était devenue partie intégrante de sa personnalité. Espérer le voir changer revenait à espérer le voir devenir quelqu'un d'autre…

Bien sûr, elle aurait pu se contenter du simulacre de mariage qu'il lui proposait. Elle aurait au moins remporté le droit de vivre avec l'homme qu'elle aimait. Mais au prix de quels mensonges, de quelles compromissions ? Mieux valait en finir une bonne fois pour toutes avec cette relation biaisée qui la minait chaque fois un peu plus…

Se levant brusquement, la jeune femme alla jeter un coup d'œil dans le couloir. Des gens couraient dans tous les sens, veillant aux derniers préparatifs. Sur les visages, elle lisait la même tension que celle qui la rongeait. L'air paraissait vibrer d'électricité statique.

Réintégrant sa loge, Maddy contempla les fleurs qui encombraient chaque centimètre carré de la pièce et se reflétaient dans les miroirs. Il y avait les roses blanches que lui avait fait porter Chantel, les marguerites que lui avaient offertes ses parents et des gardénias de la part de Trace. Il y avait joint une carte sur laquelle était juste inscrit :

« Bonne chance ! »

La jeune femme ignorait comment il avait découvert l'adresse du théâtre et comment il s'était arrangé pour faire livrer les fleurs. Mais cette attention l'avait beaucoup touchée.

Bien d'autres bouquets étaient disposés çà et là : ceux de divers admirateurs dont le portier de Reed, celui du directeur du théâtre et celui d'Edwin. Mais Reed n'avait apparemment pas pris la peine d'imiter son père.

— Plus que trente minutes, mademoiselle O'Hurley, vint lui annoncer un technicien.

Maddy posa la main sur son estomac noué. Brusquement, elle avait envie de s'éclipser discrètement, de rentrer chez elle et de s'y terrer comme une bête traquée. L'idée de danser devant tous ces inconnus la terrifiait.

Quelqu'un frappa de nouveau à sa porte. Avant même qu'elle ait pu répondre, ses parents entrèrent dans la loge.

— Tu veux un peu de compagnie ? lui demanda sa mère.

— Oh, oui ! s'exclama-t-elle, reconnaissante. J'ai besoin de tout le soutien que vous pourrez me donner...

— La salle est en train de se remplir, lui dit Frank. Elle sera comble, ce soir ! C'est idéal pour une ovation debout...

— Tu me parais bien optimiste, remarqua-t-elle en riant nerveusement.

— Pas du tout. Je viens de croiser le directeur et il est persuadé que vous allez casser la baraque.

— Il devrait peut-être attendre le dernier acte avant de s'enflammer. Bon sang, ce que j'ai mal au ventre. Je devrais peut-être prendre quelque chose si je veux être capable de danser...

— C'est juste un peu de stress, la rassura Molly. Ça passera dès que tu entreras en scène. A moins qu'il n'y ait autre chose, ajouta-t-elle en regardant sa fille droit dans les yeux.

Maddy hésita un instant puis se rappela qu'elle n'avait encore jamais rien caché à ses parents. Ce n'était pas ce soir qu'elle allait commencer à le faire.

— Je crois que je suis amoureuse d'un imbécile, soupira-t-elle.

— Moi aussi, répondit Molly. Mais je ne suis pas malheureuse pour autant...

— Je vois, fit Frank avec un soupir théâtral. C'est encore une de ces conversations entre femmes... Je vais vous laisser, dans ce cas.

S'approchant de sa fille, il déposa un petit baiser sur son front.

— Fais-en leur voir de toutes les couleurs ! lui dit-il.

Sur ce, il sortit.

— Il est extraordinaire, soupira Maddy. Si seulement tous les hommes étaient comme lui...

— Il a ses bons moments, acquiesça Molly en souriant

tendrement. Bon, tu ferais bien de t'habiller, à présent. Je vais te donner un coup de main.

— Je commence par le costume avec les plumes et les petits sequins.

Molly le décrocha tandis que sa fille se débarrassait de son peignoir.

— Cet imbécile dont tu parles, c'est bien Reed Valentine, n'est-ce pas ?

— Oui, répondit Maddy en enfilant son Bikini.

— Nous avons dîné avec son père et lui, hier soir. Il m'a l'air d'être un garçon très bien…

— Il l'est, acquiesça Maddy en passant un soutien-gorge couvert de petites étoiles dorées. Et je ne veux plus jamais le revoir.

— Mademoiselle O'Hurley, dans quinze minutes ! entendit-elle appeler à travers la porte de la loge.

— Je crois que je vais vomir…

— Mais non, répondit Molly en attachant la jupe de sa fille. En tout cas, ton Reed m'a paru très distrait, au cours du dîner…

— Il devait être préoccupé par son travail, supposa Maddy en vérifiant les attaches de son costume. Sans doute une question de contrat, ajouta-t-elle avec une pointe d'amère ironie. Mais cela ne m'intéresse plus du tout.

— Ils ne nous rendent pas la vie facile, c'est certain.

— Qui ça ?

— Mais les hommes, bien sûr ! D'un autre côté, on ne peut pas leur en vouloir. Ils doivent en avoir autant à notre service.

— Peut-être que la société idéale serait celle des Amazones, remarqua Maddy en souriant malgré elle.

— Tuer les hommes après avoir fait l'amour avec eux ? Non, je ne pense pas que ce soit une solution. D'autant qu'il y a de bons côtés à partager sa vie avec l'un d'eux. Où sont tes chaussures ?

Maddy les enfila sans quitter sa mère des yeux.

— Tu es toujours amoureuse de papa, n'est-ce pas ? Ce que vous ressentez l'un pour l'autre n'a pas changé ?

— Bien sûr que si, répondit Molly en riant. Tout change. A commencer par nous... La façon dont j'aime Frank aujourd'hui n'a rien à voir avec celle dont je l'aimais, il y a trente ans. Nous avons eu quatre enfants et une longue vie de rires et de disputes... Je n'aurais jamais pu l'aimer autant lorsque j'avais vingt ans et je ne l'aime sans doute pas autant que lorsque j'en aurai quatre-vingts.

— Si seulement..., murmura Maddy sans terminer sa phrase.

— Dis-moi à quoi tu penses, ma chérie. Les mères sont là pour écouter les vœux de leurs enfants. Et leur donner des conseils pour les aider à les réaliser lorsqu'elles le peuvent...

— J'aimerais que Reed puisse comprendre ce que tu m'as dit au sujet de papa et toi. J'aimerais qu'il sache que, parfois, les choses vont dans le bon sens et que les relations durent. Oh, maman... Si tu savais comme je l'aime...

— Alors je vais te donner mon avis : ne renonce pas.

— Je crois malheureusement que c'est déjà fait, soupira Maddy.

— Ce serait bien la première fois qu'une O'Hurley baisserait les bras de cette façon ! Laisse-moi te mettre ta perruque.

Molly l'ajusta avant de la fixer au moyen d'épingles à cheveux.

— Plus que cinq minutes, mademoiselle O'Hurley !

Molly suivit sa fille des yeux tandis qu'elle se dirigeait vers la porte.

— Tu sais ce que je te dis...

— Je vais casser la baraque ! s'exclama Maddy en serrant le poing.

— J'y compte bien.

Maddy se dirigea vers les coulisses. De là, elle pouvait voir l'avant-scène sur laquelle le chœur avait entamé la chanson de l'ouverture. Fermant les yeux, la jeune femme se dépouilla progressivement de sa propre personnalité et se coula dans celle de Mary.

Elle entendit alors quelqu'un inspirer profondément à côté d'elle.

— C'est le grand jour, murmura Wanda d'une voix mal assurée. Le moment de vérité...

— Quel est ton record de rappels ? lui demanda Maddy en souriant.

— Sept, répondit son amie. C'était à Rochester...

— Eh bien, je te promets que nous ferons encore mieux ce soir !

— En place ! leur souffla le metteur en scène.

Suivies par les autres danseurs, Maddy et Wanda s'avancèrent sur l'arrière-scène qui était encore séparée du public par un rideau. Elle représentait l'intérieur de la boîte de strip-tease dans laquelle travaillait Mary mais était encore plongée dans le noir. Cela n'avait d'ailleurs aucune importance : chacun d'entre eux connaissait parfaitement ses marques.

Macke se tenait de l'autre côté des coulisses et il décocha un clin d'œil à Maddy. Celle-ci y répondit par un petit signe de tête avant de prendre une profonde inspiration. Les lumières qui éclairaient l'avant-scène décrurent progressivement.

Puis, brusquement, les projecteurs situés juste au-dessus d'eux s'allumèrent tandis que le rideau s'ouvrait et que la musique commençait. Avant même de s'en rendre compte, Maddy se mit à danser.

Lorsque Maddy revint en coulisse pendant le changement de décor de la première transition, elle se sentait grisée. Jusqu'alors, la salle avait parfaitement réagi. La costumière se précipita vers elle pour l'aider à se changer tandis que Macke la rejoignait.

— Si tu parviens à maintenir cette énergie jusqu'à la fin, lui dit-il, je t'invite à dîner dans le meilleur restaurant de Philadelphie.

— Ça marche, répondit-elle du tac au tac.

Maddy regarda Macke s'éloigner en souriant. Ce n'était pas tous les jours qu'il se laissait aller à faire de tels compliments et elle se sentait à la fois flattée et encouragée par sa réaction.

Elle n'eut pourtant pas le temps de s'y attarder. En moins de deux minutes, elle se changea, fit rafraîchir son maquillage et fila vers l'escalier qui passait sous la scène. Parvenue de l'autre côté, elle observa Jonathan et son meilleur ami qui discutaient, provoquant de grands éclats de rire dans l'assistance.

Dans les coulisses, quelques techniciens étaient assis sur un vieux canapé et regardaient un match de baseball sur un petit poste portatif dont le son était coupé. Maddy s'approcha, sachant qu'elle disposait d'encore un peu de temps avant de faire son entrée.

— Qui joue ? demanda-t-elle à mi-voix.

— Les Pirates contre les Mets. Le score est encore nul.

— Je parie que les Mets vont l'emporter.

— Vous perdriez, répondit l'un des hommes en riant.

— Disons cinq dollars ? demanda-t-elle comme Jonathan terminait sa chanson.

— C'est d'accord, acquiesça le technicien.

Ils se serrèrent la main puis elle se détourna et entra sur scène pour sa première rencontre avec Jonathan Wiggings III.

L'alchimie entre eux fut parfaite et le public n'eut

aucun mal à accepter l'idylle entre la belle stripteaseuse et l'enfant des beaux quartiers à l'âme de poète. Maddy enchaîna les scènes avec une facilité qui la déconcerta presque.

A tout instant, elle s'apprêtait à trébucher sur un mot, à rater un enchaînement ou à lâcher une fausse note. Mais rien de tout cela ne se produisit et elle parvint à la conclusion de l'acte I, la scène du strip-tease.

Son dialogue avec Wanda fut plus acerbe que jamais, sa dispute avec Terry confondante de réalisme et de violence rentrée. Puis les lumières changèrent, plongeant la scène dans une pénombre rose et sensuelle tandis que la musique commençait à pulser sur un rythme obsédant.

S'approchant du bord de la scène d'une démarche féline, elle se défit de son boa qu'elle lança dans la foule, prenant soin de bien viser. Il atterrit sur les genoux de son père auquel elle adressa un clin d'œil complice.

C'était sa façon à elle de rendre hommage à tout ce qu'il lui avait appris. Car sans les patientes leçons qu'il lui avait dispensées depuis l'enfance, elle n'aurait jamais eu la chance de se trouver sur cette scène.

Puis elle entreprit donc de faire ce qu'elle lui avait promis : elle cassa la baraque.

Pendant l'entracte, Maddy n'eut pas le temps de souffler. Une fois de plus, elle changea de costume et de maquillage. Pourtant, elle eut le temps de passer voir les techniciens qui lui apprirent que le match continuait mais que les Pirates menaient de deux points sur les Mets.

Elle accepta la nouvelle avec philosophie, songeant qu'elle avait perdu bien plus qu'un simple pari ce soir-là. Gagnant le bord des coulisses, elle observa le public que l'on distinguait nettement à présent que les lumières s'étaient rallumées.

Elle reconnut sans mal l'atmosphère caractéristique des bons soirs : un bourdonnement étouffé mais intense de conversations entrecoupées de rires et de cris, une tension dans l'air presque palpable, une attente...

Puis elle aperçut Reed qui était assis près de Frank. Ce dernier éclata de rire et passa un bras autour de ses épaules. Curieusement, ce geste lui fit chaud au cœur. Il lui paraissait important que son père apprécie l'homme qu'elle aimait, même si elle devait perdre ce dernier pour toujours.

— Si tu continues à faire cette tête-là, déclara alors Wanda, tu vas déprimer les spectateurs !

Maddy se tourna vers son amie. Toutes deux avaient revêtu des chemises de nuit pour la scène qui devait se dérouler dans l'appartement qu'elles étaient censées partager. Puis le rideau de perle descendrait et ce serait le moment de vérité : celui de la séquence du rêve...

— Je ne peux pas me le permettre, répondit-elle à Wanda. Nous devons toujours battre ces sept levers de rideau !

— Il est là, n'est-ce pas ?

— Oui, il est là.

Les lumières de la salle se mirent à clignoter, signalant la fin de l'entracte.

— Dans ce cas, tu as quelque chose à prouver...

Maddy hocha la tête. Elle avait en effet quelque chose à prouver : qu'elle pouvait survivre, qu'elle pouvait donner un sens à sa vie, qu'elle pouvait surmonter la solitude.

— A moi-même, murmura-t-elle. Pas à lui...

Wanda hocha la tête et, quelques instants plus tard, elles entrèrent en scène.

Lorsque le rideau se referma sur Mary et Jonathan qui s'embrassaient après avoir triomphé des mensonges, des différences et des épreuves, un silence de mort plana durant quelques instants dans la salle. On n'entendait pas un mot, pas même un souffle.

Puis les applaudissements commencèrent. Ils enflèrent tandis que le rideau se rouvrait sur les choristes qui saluaient. Puis les acteurs entrèrent un par un, accueillis par un véritable tonnerre qui grondait et s'amplifiait sans cesse.

Les poings serrés, la gorge nouée par l'émotion, Maddy attendait son tour. Lorsqu'elle apparut, un sourire un peu crispé aux lèvres, ce fut un véritable délire. Les trois quarts de l'assistance étaient debout, frappant des mains, tapant du pied et criant.

Presque sonnée par l'intensité de cette réaction, Maddy salua comme dans un rêve et des vivats fusèrent de partout. Elle se redressa, émue jusqu'aux larmes, comprenant que, ce soir, sa vie venait de basculer.

— Salue encore une fois, lui souffla Wanda. Tu l'as bien mérité.

La jeune femme s'exécuta avant de prendre les mains de son amie et de Terry dans les siennes. Tous les acteurs s'inclinèrent en un même geste tandis que le rideau se refermait.

Lorsqu'il fut clos, Maddy se jeta dans les bras de Wanda et la serra contre elle. Mais les applaudissements continuaient, et tous se remirent en ligne avant que le rideau ne se rouvre.

Ils avaient travaillé très dur, avaient répété pendant des heures les mêmes gestes, les mêmes mots jusqu'à ce que leurs muscles les fassent souffrir, jusqu'à ce que leurs voix se brisent. Mais, à présent, tous ces mois de labeur s'effaçaient pour laisser place à une joie immense.

Ils saluèrent de nouveau et le rideau se referma. Puis se rouvrit...

Il tomba sur eux dix-sept fois.

Il fallut beaucoup de temps à Maddy pour regagner sa loge. Tous les acteurs la serrèrent dans leurs bras. Certains d'entre eux avaient les larmes aux yeux. D'autres dansaient, criaient ou débouchaient des bouteilles de champagne. Tous savaient en tout cas que la pièce ferait un triomphe.

Bien sûr, il y aurait des modifications à apporter, des corrections mineures, de nouvelles répétitions... Mais le spectacle continuerait. Il reviendrait à Broadway où il entrerait dans la légende.

Pour tous les danseurs, cela signifiait qu'une nouvelle vie commençait. Ils n'auraient plus à s'inquiéter du lendemain, désormais, et pourraient vivre pleinement de leur art. Plusieurs musiciens se lancèrent dans une improvisation débridée, et une joyeuse sarabande s'organisa dans les coulisses.

C'est alors que Macke rejoignit Maddy. Sans un mot, il la serra dans ses bras avant de l'embrasser sur les deux joues.

— Tu as intérêt à être aussi bonne demain, conclut-il comme pour compenser cette inhabituelle manifestation d'enthousiasme.

Se frayant un chemin jusqu'à sa loge, Maddy s'y enferma et s'effondra sur sa chaise. S'apercevant dans la glace de la coiffeuse, elle réalisa qu'elle arborait un sourire qui, en d'autres circonstances, aurait certainement suffi à la faire interner.

Elle avait réussi !

La porte de la petite pièce s'ouvrit alors et son père la rejoignit, le boa qu'elle lui avait lancé reposant sur ses épaules. Retrouvant un peu de son énergie, la jeune femme se leva pour se jeter dans ses bras.

— C'était génial, papa ! s'exclama-t-elle.

— Génial ? répéta-t-il d'un air réprobateur. Lorsque le

rideau se rouvre dix-sept fois, on appelle ça un triomphe, ma chérie !

— Tu as compté !

— On ne se refait pas, répondit-il, la voix étranglée par l'émotion. Je suis si fier de toi, Maddy. Tu brûlais les planches. Je n'avais jamais rien vu de pareil…

— Oh, papa, je t'en prie, ne pleure pas, s'exclama Maddy, la gorge serrée, en voyant les larmes qui perlaient au coin de ses yeux. De toute façon, tu serais fier de moi, même si la pièce avait fait un flop ! C'est pour cela que je t'aime tant…

Molly entra à son tour et enlaça sa fille, la serrant très fort contre elle.

— Tu sais, lui dit-elle en luttant contre sa propre émotion. La seule chose à laquelle je pensais en te voyant danser, c'était aux premiers chaussons que nous t'avions offerts. Je n'arrive pas à croire tout le chemin que tu as parcouru depuis cette époque. Tu avais tellement d'énergie… On aurait dit qu'elle se répandait à travers toute la salle !

Dylan, Chris et les deux garçons les rejoignirent alors.

— C'est un véritable parcours du combattant pour arriver jusqu'ici, commenta Dylan.

— Et ça ne va pas s'arranger, renchérit Maddy en riant. Alors ? Ça vous a plu ?

— C'était extraordinaire ! s'exclama sa sœur. Chaque fois que tu entrais en scène, je serrais si fort la main de Dylan que j'ai bien dû lui casser quelques doigts. Je regrette juste que Chantel n'ait pas été là pour voir ça.

— Moi aussi, acquiesça Maddy.

— Je ne me suis même pas endormi ! déclara alors Chris. J'ai tout vu et j'ai trouvé que c'était vraiment très joli.

— Merci. Et toi, Dylan, penses-tu que nous sommes prêts pour Broadway ?

— Je crois que vous allez faire un malheur, là-bas. J'espère juste que tu ne t'en lasseras pas quand vous attaquerez la deux centième représentation... Et je tenais aussi à te dire que j'avais beaucoup aimé tes costumes.

Maddy éclata de rire.

— Je crois que je ferais mieux de le ramener avant qu'il ne décide qu'il s'est trompé de sœur, déclara Abby en souriant. Les enfants tombent de sommeil... Appelle-nous demain quand tu te réveilleras, ajouta-t-elle. Nous irons boire un verre ensemble avant de partir pour New York.

— Nous allons te laisser, nous aussi, déclara Frank en lançant à Molly un regard entendu. Le reste de l'équipe tiendra absolument à ce que tu ailles faire la fête avec eux.

— Mais vous pouvez rester si vous voulez, protesta Maddy.

— Non. Il est temps d'aller nous reposer. D'autant que nous avons un spectacle à Buffalo dans deux jours. A demain Maddy.

Toute la famille quitta la loge après avoir embrassé la jeune femme une dernière fois. Avant de refermer la porte derrière eux, Frank s'arrêta sur le seuil et se tourna vers elle.

— Tu es la meilleure, ma chérie.

— Et c'est grâce à toi, papa, répondit-elle avec conviction. C'est entièrement grâce à toi...

Lorsqu'ils eurent disparu, Maddy se rassit sur son siège, sentant la tension nerveuse refluer rapidement pour céder la place à cette sensation de déprime que connaissaient les artistes après chaque représentation.

Dans le cas de la jeune femme, cette impression était encore accentuée par le souvenir de sa dispute avec Reed. Si seulement elle avait pu partager ce moment avec lui, songea-t-elle tristement.

A cet instant, quelqu'un frappa à la porte.

— Entre ! cria-t-elle, persuadée qu'il devait s'agir de Wanda.

Mais, dans le miroir qui lui faisait face, ce fut la silhouette de Reed qui se découpa.

— Puis-je entrer ? demanda-t-il presque timidement, comme s'il s'attendait vraiment à ce qu'elle le jette dehors.

— Bien sûr, soupira-t-elle, résignée, en commençant à se démaquiller.

— Je crois que je n'ai pas besoin de te dire à quel point tu étais formidable, lui dit-il en refermant la porte derrière lui, étouffant le joyeux chahut qui se faisait entendre à l'extérieur.

— Je ne me lasse pas de l'entendre, répondit-elle avec un pâle sourire. Ainsi tu es resté pour voir le spectacle ?

— Bien sûr ! s'exclama-t-il, choqué qu'elle ait pu envisager le contraire.

Jamais encore il n'avait cherché à conquérir une femme de cette façon et il souffrait terriblement de ce manque d'expérience. Lui qui avait l'habitude de maîtriser n'importe quelle situation se retrouvait brusquement aussi démuni qu'un enfant.

Et le pire, songea-t-il, c'est qu'il n'avait plus le droit à l'erreur. C'était déjà un miracle qu'elle tolère sa présence. S'approchant d'un pas hésitant, il s'immobilisa à quelques pas de la jeune femme, la regardant se démaquiller.

— Je suppose que tu vas faire de jolis bénéfices, remarqua-t-elle.

— Certainement…

S'avançant encore, il posa délicatement une grosse boîte bleue sur la coiffeuse de Maddy. Mais elle se força à l'ignorer.

— Mon père va ouvrir une filiale qui produira de nouvelles comédies musicales, expliqua-t-il. Il m'a chargé de te dire qu'il t'avait trouvée fantastique, ce soir.

— Je pensais qu'il viendrait me voir, remarqua Maddy, un peu déçue.

— Il savait que nous avions besoin de discuter seule à seul, toi et moi.

La jeune femme passa un dernier linge démaquillant sur son visage. Mary avait de nouveau disparu, laissant place à Maddy. Se levant, elle s'empara de son peignoir.

— Je dois me changer, dit-elle à Reed. Cela ne te dérange pas ?

— Non, bien sûr...

Désireuse de marquer la distance qu'elle entendait prendre vis-à-vis de lui, elle contourna le paravent et commença à se déshabiller à l'abri de ses regards.

— Je suppose que tu comptes rentrer à New York dès demain, lui dit-elle.

— Non.

— Si c'est ton père qui s'occupe des comédies musicales, tu n'as aucune raison de rester, objecta-t-elle, bien décidée à ne pas lui faciliter les choses.

— Je n'irai nulle part, Maddy. Et si tu veux me faire ramper à tes pieds, dis-le-moi. Je le ferai. Je l'ai amplement mérité...

— Je ne veux pas te voir ramper, Reed. Ce serait aussi ridicule que malséant.

— Je me suis conduit comme un imbécile, Maddy. Je suis prêt à le reconnaître. Et si tu n'es pas prête à accepter mes excuses, j'attendrai.

S'étant débarrassée de son costume de scène, Maddy passa sa robe de chambre et contourna le paravent.

— Ce n'est pas juste, lui dit-elle d'une voix accusatrice. Tu n'as jamais été juste avec moi.

— C'est vrai. Et cela m'a coûté très cher, crois-moi.

Il fit un pas en avant mais se figea aussitôt, avisant le regard menaçant de la jeune femme.

— Si tu veux que je recommence tout de zéro, je suis

prêt à le faire, lui dit-il. Je te veux, Maddy. Plus que je n'ai jamais voulu quoi ou qui que ce soit de toute mon existence.

— Pourquoi est-ce que tu fais ça ? s'exclama Maddy en passant nerveusement une main dans ses cheveux. Chaque fois que j'arrive à me convaincre que tout est fini entre nous, tu réapparais. Mais je suis fatiguée d'entretenir sans cesse de faux espoirs, Reed. J'en ai assez d'être celle qui se fait rejeter et qui souffre à tous les coups. Je veux retrouver l'équilibre que j'avais avant de te connaître.

Cette fois, rien n'aurait pu arrêter Reed. En quelques enjambées, il la rejoignit.

— Je sais que tu peux parfaitement vivre sans moi, Maddy. Je sais que tu es assez forte pour atteindre les sommets et t'y maintenir. Et je pourrais peut-être survivre à notre histoire, moi aussi. Mais je ne suis pas sûr d'avoir envie de vivre sans toi. Alors je ferai tout ce que je pourrai pour que tu reviennes.

— Tu ne comprends donc pas que l'on ne peut pas bâtir une maison sans de solides fondations ? s'exclama-t-elle. Que sans compréhension, sans amour et sans confiance, il n'y a pas de vie à deux possible ?

— Tu sais, j'ai beaucoup réfléchi depuis que nous nous sommes rencontrés. J'ai beaucoup changé, aussi. Avant de te connaître, je voyais les choses en noir et blanc. Mais tu as ajouté de la couleur à mon existence et je ne veux pas perdre cela. Alors, avant de me répondre, ouvre la boîte.

— Reed…

— Je t'en prie, Maddy, ouvre-la.

Il la connaissait suffisamment à présent pour savoir que ce qu'elle contenait aurait plus de poids que de simples mots aux yeux de la jeune femme. Celle-ci hésita puis se rappela brusquement ce que lui avait dit sa mère : elle était forte, assez forte pour survivre à cette nouvelle scène.

Elle ouvrit donc la boîte et, en découvrant son contenu, elle se figea brusquement.

— Je ne t'ai pas envoyé de fleurs, reprit Reed. J'ai pensé que tu en aurais déjà trop. Mais j'ai pensé que ceci serait plus important à tes yeux et j'ai demandé à Hannah de l'apporter.

Muette de stupeur, Maddy souleva le philodendron qu'elle lui avait donné, quelques semaines auparavant. Les feuilles racornies avaient disparu pour laisser place à de nouvelles pousses. Sa couleur brunâtre s'était muée en un joli vert.

Les mains tremblantes, elle reposa le pot sur la coiffeuse, craignant de le lâcher.

— C'est un petit miracle, murmura Reed. Il aurait dû mourir. Mais il s'est battu et il a survécu. Je crois maintenant que les miracles, petits ou grands, peuvent se produire si on est prêt à se battre pour eux. Tu me l'as dit un jour et je n'ai pas voulu te croire. A présent, je le crois.

Il caressa doucement les cheveux de la jeune femme, attendant qu'elle se tourne vers lui.

— Je t'aime, Maddy, lui dit-il. Et j'aimerais que tu me laisses toute la durée de notre vie pour te le prouver.

— Alors commence dès maintenant, répondit-elle, les yeux embués de larmes.

La gorge serrée, Reed la prit dans ses bras et la serra très fort, comme s'il avait peur qu'elle ne change d'avis et ne lui échappe une fois encore.

— Je n'ai jamais eu aucune chance, avoua-t-il avec un sourire. Depuis l'instant où je t'ai vue, tout a changé… Mais les choses que je t'ai dites cet après-midi…

— Tu ne les penses pas ? Tu ne veux pas m'épouser ?

— Si. Je le veux plus que tout au monde… Mais je ne peux te le demander tant que tu ne sauras pas toute la vérité à mon sujet.

Il prit une profonde inspiration, rassemblant son courage. C'était encore plus difficile qu'il ne l'avait imaginé.

— Maddy, mon père…

— Est un homme exceptionnel, lui dit-elle. Et il m'a tout raconté, il y a quelques semaines de cela.

— Vraiment ?

— Oui. Pensais-tu vraiment que cela ferait la moindre différence, pour moi ?

— Je ne pouvais en être sûr…

Maddy secoua la tête et, se hissant sur la pointe des pieds, déposa un léger baiser sur les lèvres de Reed.

— Sois-en certain, lui assura-t-elle. Maintenant, tu n'as pas besoin de te mettre à genoux mais j'aimerais vraiment que tu me demandes officiellement en mariage.

Il prit ses mains dans les siennes et les porta à ses lèvres sans la quitter des yeux.

— Je t'aime, Maddy, déclara-t-il avec une assurance nouvelle. Je veux passer ma vie à tes côtés. Je veux que nous ayons des enfants ensemble et que nous fondions un vrai foyer. Je veux aussi être là chaque fois que tu monteras sur scène pour une nouvelle première et savoir que je suis celui qui aura la chance de te ramener à la maison après le spectacle. Maddy, est-ce que tu veux m'épouser ?

Un large sourire s'épanouit lentement sur les lèvres de la jeune femme et elle ouvrit la bouche…

A cet instant, quelqu'un frappa à la porte.

— Je vais me débarrasser d'eux, dit-elle à Reed. Surtout, ne bouge pas d'un millimètre.

Elle alla ouvrir la porte et se retrouva face au technicien avec lequel elle avait parié pendant le spectacle.

— Voilà vos cinq dollars, mademoiselle. Les Mets ont gagné quatre à trois. On dirait que rien ne vous résiste, ce soir…

Maddy prit le billet et le glissa dans la poche de sa robe de chambre.

— Vous ne pouvez pas imaginer à quel point vous avez raison, s'exclama-t-elle en éclatant de rire.

Vous avez aimé ce livre ?

Ne manquez pas
le dernier tome de la série :

SAGA O'HURLEY

Disponible dès le mois de mai 2020
dans votre collection

Nora Roberts

Composé et édité par HarperCollins France.

Achevé d'imprimer en février 2020

BLACK PRINT

Barcelone

Dépôt légal : mars 2020.

MIXTE
Papier issu de sources responsables
FSC® C108412

Pour limiter l'empreinte environnementale de ses livres, HarperCollins France s'engage à n'utiliser que du papier fabriqué à partir de bois provenant de forêts gérées durablement et de manière responsable.

Imprimé en Espagne.